本書由全國古籍整理出版規劃領導小組資助出版

國家清史編纂委員會・文獻叢刊

桐城派名家文集

8

馬其昶集

戴鈞衡集

主編　嚴雲綬　施立業　江小角

時代出版傳媒股份有限公司
安徽教育出版社

圖書在版編目（CIP）數據

桐城派名家文集. 第8卷，馬其昶集、戴鈞衡集 / 嚴雲綬，施立業，江小角主編. 一合肥：安徽教育出版社，2014
ISBN 978-7-5336-7882-1

Ⅰ.①桐… Ⅱ.①嚴…②施…③江… Ⅲ.①中國文學一古典文學一作品綜合集一清代 Ⅳ.①I214.91

中國版本圖書館 CIP 數據核字（2014）第 143596 號

桐城派名家文集 ⑧馬其昶集、戴鈞衡集
TONGCHENGPAI MINGJIA WENJI

出 版 人：鄭 可
質量總監：張丹飛
策劃統籌：吳壽兵 錢 江 夏業梅
責任編輯：姚 莉 吳曉東
裝幀設計：何宇清
責任印製：王 琳

出版發行：時代出版傳媒股份有限公司 安徽教育出版社
地 址：合肥市經開區繁華大道西路 398 號 郵編：230601
網 址：http：//www.ahep.com.cn
營銷電話：（0551）63683011，63683013
排 版：安徽創藝彩色製版有限責任公司
印 刷：安徽新華印刷股份有限公司

開 本：787×1092 1/16
印 張：43.75
字 數：610 千字
版 次：2014 年 10 月第 1 版 2014 年 10 月第 1 次印刷
本册定價：360.00 元
全套定價：5480.00 元

國家清史編纂委員會出版委員會

總序

戴逸

二〇〇二年八月，國家批准建議纂修清史之報告，十一月成立由十四部委組成之領導小組，十二月十二日成立清史編纂委員會，清史編纂工程於焉肇始。

清史之編纂醞釀已久，清亡以後，北洋政府曾聘專家編寫清史稿，歷時十四年成書。識者議其評判不公，記載多誤，難成信史，久欲重撰新史，以世事多亂不果。中華人民共和國成立後，中央領導亦多次推動修清史之事，皆因故中輟。新世紀之始，國家安定，經濟發展，建設成績輝煌，而清史研究亦有重大進步，學界又倡修史之議，國家採納衆見，決定啓動此新世紀標志性文化工程。

清代為我國最後之封建王朝，統治中國二百六十八年之久，距今未遠。清代衆多之歷史和社會問題與今日息息相關。欲知今日中國國情，必當追溯清代之歷史，故而編纂一部詳細、可信、公允之清代歷史實屬切要之舉。

編史要務，首在採集史料，廣搜確證，以為依據。必藉此史料，乃能窺見歷史陳迹。故史料為歷史研究之基礎，研究者必須積累大量史料，勤於梳理，善於分析，去粗取精，去偽存真，由此及彼，由表及裏，進行科學之抽象，上升為理性之認識，才能洞察過去，認識歷史規律。史料之於歷史研究，猶如水之於魚，空氣之於鳥，水涸則魚逝，氣盈則鳥飛。歷史科學之輝煌殿堂必須巋然聳立於豐富、確鑿、可靠之史料基礎上，不能構建於虛無飄渺之中。吾儕於編史之始，即整理、出版文獻叢刊、檔案叢刊，二者廣收各種史料，均為清史編纂工程之重要組成部分，一以供修撰清史之用，提高著作質量，二為搶救、保護、開發清代之文化資源，繼承和弘揚歷史文化遺産。

清代之史料，具有自身之特點，可以概括為多、亂、散、新四字。

一曰多。我國素稱詩書禮義之邦，存世典籍汗牛充棟，尤以清代為盛。蓋清代統治較久，文化發達，學士才人，比肩相望，傳世之經籍史乘、諸子百家、文字聲韻、目録金石、書畫藝術、詩文小説，遠軼前朝，積貯文獻之多，如恒河沙數，不可勝計。昔梁元帝聚書十四萬卷於江陵，西魏軍攻掠，悉燔於火，人謂喪失天下典籍之半數，是五世紀時中國書籍總數尚不甚多。宋代印刷術推廣，載籍日衆，至清代而浩如烟海，難窺其涯涘矣。清史稿藝文志著録清代書籍九千六百三十三種，人議其疏漏太多。武作成作清史稿藝文志補編，增補書一萬零四百三十八種，超過原志著録之數。彭國棟亦重修清史稿藝文志，著録書一萬八千零五十九種。近年王紹曾更求詳備，致力十餘年，遍覽群籍，手抄目驗，成清史稿藝文志拾遺，增補書至五萬四千八百八十種，超過原志五倍半，此尚非清代存留書之全豹。王紹曾先生言：『余等未見書目尚多，即已見之目，因工作粗疏，未盡鈎稽而失之眉睫者，所在多有。』清代書籍總數若干，至今尚未能確知。

清代不僅書籍浩繁，尚有大量政府檔案留存於世。中國歷朝歷代檔案已喪失殆盡（除近代考古發掘所得甲骨、簡牘外），而清朝中樞機關（內閣、軍機處）檔案，秘藏內廷，尚稱完整。加上地方存留之檔案，多達二千萬件。檔案為歷史事件發生過程中形成之文件，出之於當事人親身經歷和直接記録，具有較高之真實性、可靠性。大量檔案之留存極大地改善了研究條件，俾歷史學家得以運用第一手資料追踪往事，了解歷史真相。

二曰亂。清代以前之典籍，經歷代學者整理、研究，對其數量、類别、版本、流傳、收藏、真僞及價值已有大致瞭解。清代編纂四庫全書，大規模清理、甄别存世之古籍。因政治原因，查禁、篡改、銷燬所謂『悖逆』、『違礙』書籍，造成文化之浩劫。但此時經師大儒，聯袂入館，勤力校理，盡瘁編務。政府亦投入巨資以修明文治，故所獲成果甚豐。對收録之三千多種書籍和未收之六千多種存目書撰寫詳明精切之提要，撮其內容要旨，述其體例篇章，論其學術是非，敘其版本源流，編成二百卷四庫全書總目，洵為讀書之典要、後學之津梁。乾隆以後，至於清末，文字之獄漸戢，印刷之術益精，故而人競著述，家嫻詩文，各握靈蛇之珠，衆懷崑岡之璧，千舸齊發，萬木争榮，學風大盛，典籍之積累遠邁從前。惟晚清以來，外强侵凌，干戈四起，國家多難，人民離散，未能投入力量對大量新出之典籍再作整理，而政府檔案，深藏中秘，更無由一見。故不僅不知存世清代文獻檔案之總數，即書籍分類如何變通、版本庋藏應否標明，加以部居舛誤，界劃難清，亥豕魯魚，訂正未遑。大量稿本、鈔本、孤本、珍本，土埋塵封，行將澌滅。殿刻本、局刊本、精校本與坊間劣本混淆雜陳。我國自有典籍以來，其繁雜混亂未有甚於清代典籍者矣！

三曰散。清代文獻、檔案，非常分散，分別庋藏於中央與地方各個圖書館、檔案館、博物館、教學研究機構與私人手中。即以清代中央一級之檔案言，除北京第一歷史檔案館所藏一千萬件以外，尚有一大部分檔案在戰爭時期流離播遷，現存於臺北故宫博物院。此外，尚有藏於沈陽遼寧省檔案館之聖訓、玉牒、滿文老檔、黑圖檔等，藏於大連市檔案館之內務府檔案，藏於江蘇泰州市博物館之題本、奏摺、録副奏摺。至於清代各地方政府之檔案文書，損毁極大，但尚有劫後殘餘，璞玉渾金，含章藴秀，數量頗豐，價值亦高。如河北獲鹿縣檔案、吉林省邊務檔案、黑龍江將軍衙門檔案、河南巡撫藩司衙門檔案、湖南安化縣永曆帝與吳三桂檔案、四川巴縣與南部縣檔案、浙江安徽江西等省之魚鱗册、徽州契約文書、内蒙古各盟旗蒙文檔案、廣東粤海關檔案、雲南省彝文傣文檔案、西藏噶厦政府藏文檔案等等，分別藏於全國各省市自治區，甚至清代兩廣總督衙門檔案（亦稱葉名琛檔案），英法聯軍時遭搶掠西運，今藏於英國倫敦。

清代流傳下之稿本、鈔本，數量豐富，因其從未刻印，彌足珍貴，如曾國藩、李鴻章、翁同龢、盛宣懷、張謇、趙鳳昌之家藏資料。至於清代之詩文集、尺牘、家譜、日記、筆記、方誌、碑刻等品類繁多，數量浩瀚，北京、上海、南京、廣州、天津、武漢及各大學圖書館中，均有不少貯存。豐城之劍氣騰霄，合浦之珠光射日，尋訪必有所獲。最近，余有江南之行，在蘇州、常熟兩地圖書館、博物館中，得見所存稿本、鈔本之目録，即有數百種之多。

某些書籍，在中國大陸已甚稀少，在海外各國反能見到，如太平天國之文書。當年在太平軍區域内，為通行之書籍，太平天國失敗後，悉遭清政府查禁焚燬，現在中國，已難見到，而在海外，由於各國外交官、傳教士、商人競相搜求，携赴海外，故今日在外國圖書館中保存之太平天國文書較多。二十世紀，向達、蕭一山、王重民、王慶成諸先生曾在世界各地尋覓太平天國文獻，收獲甚豐。

四曰新。清代為傳統社會向近代社會之過渡階段，處於中西文化衝突與交融之中，產生一大批內容新穎、形式多樣之文化典籍。清朝初年，西方耶穌會傳教士來華，携來自然科學、藝術和西方宗教知識。乾隆時編四庫全書，曾收録歐几里得幾何原本，利瑪竇乾坤體儀，熊三拔泰西水法、簡平儀説等書。迄至晚清，中國力圖自强，學習西方，翻譯各類西方著作，如上海墨海書館、江南製造局譯書館所譯聲光化電之書，後嚴復所譯天演論、原富、法意等名著，林紓所譯茶花女遺事、黑奴籲天録等文藝小説。中學西學，摩蕩激勵，舊學新學，鬥妍爭勝，知識劇增，推陳出新，晚清典籍多别開生面、石破天驚之論，數千年來所未見，飽學宿儒所不知。突破中國傳統之知識框架，書籍之內容、形式，超經史子集之範圍，越子曰詩云之牢籠，發生前所未有之革命性變化，出現衆多新類目、新體例、新內容。

清朝實現國家之大統一，組成中國之多民族大家庭，出現以滿文、蒙古文、藏文、維吾爾文、傣文、彝文書寫之文書，構成為清代文獻之組成部分，使得清代文獻、檔案更加豐富，更加充實，更加絢麗多彩。

清代之文獻、檔案為我國珍貴之歷史文化遺産，其數量之龐大、品類之多樣、涵蓋之寬廣、內容之豐富在全世界之文獻、檔案寶庫中實屬罕見。正因其具有多、亂、散、新之特點，故必須投入巨大之人力、財力進行搜集、整理、出版。吾儕因編纂清史之需，賈其餘力，整理出版其中一小部分；且欲安裝網絡，設數據庫，運用現代科技手段，進行貯存、檢索，以利研究工作。惟清代典籍浩瀚，吾儕汲深綆短，蟻銜蚊負，力薄難任，望洋興嘆，未能做更大規模之工作。觀歷代文獻檔案，頻遭浩劫，水火兵蟲，紛至沓來，古代典籍，百不存五，可為浩嘆。切望後來之政府學人重視保護文獻檔案之工程，投入力量，持續努力，再接再厲，使卷帙長存，瑰寶永駐，中華民族數千年之文獻檔案得以流傳永遠，霑溉將來，是所願也。

二〇〇四年

前言

桐城派興起於清代康熙之際，延續至民國初年，前後達兩個世紀之久。其陣營之壯大，內涵之豐富，在中國文化學術史上，實屬罕見。近百年來，社會變遷，貶之者較多，譽之者亦不乏人，分歧頗大。自上世紀八十年代以後，在解放思想大潮的推動下，不少學人已不約而同地認識到：作爲清代文化學術領域内一種重大的存在，桐城派是一個繞不過去的話題。可以説，没有對桐城派系統、深入的研究，要想寫好清代文學史、學術史、文化史，當非常困難。而且，不少桐城派作家的社會實踐活動，涉及清代社會的諸多方面，如政治、經濟、軍事、教育、學術、文藝等，有些影響至爲深遠；且其詩文中史料甚豐，值得治史者細心發掘。然而，由於種種原因，桐城派所受到的學術關注，還很難説與其重要的歷史地位、影響相稱。很多研究有待於深化，不少的領域還是空白。文獻資料的搜尋、整理則長期停留在分散、零星的狀態。

桐城派名家文集係國家清史編纂委員會文獻組的規劃項目。此項目的確定與實施，無疑使桐城派文獻資料的整理工作邁入了一個新階段。其便利學人，推進桐城派研究的作用，自不待言。桐城派自興起、形成，歷經發展、變化，兩百多年中，直接或間接與桐城派相關聯的作者，可能近千人。影響所及，北達京都，南逾五嶺，東及吴越。文獻遺存十分豐富。我們此次從其發展過程中選擇各個階段的若干代表人物的文集，編纂整理，試圖爲廣大讀者提供一套大體上能體現桐城派不同階段特徵的文獻資料；在以歷史發展綫索爲主的基礎上，適當兼顧地域的因素。本着上述意圖，文集收入的作家爲：戴名世、方苞、劉大櫆、姚範、姚鼐、吴德旋、陳用光、方東樹、姚椿、管同、劉開、姚瑩、梅曾亮、吴敏樹、曾國藩、龍啓瑞、戴鈞衡、王拯、方宗誠、張裕釗、黎庶昌、薛福成、吴汝綸、賀濤、范當世、馬其昶、姚永樸、姚永概，共二十八人。持此一編，基本上可以感知桐城派演化的不同階段的根本特徵，亦能從中窺探清代社會某些方面的情景。

文集分甲、乙兩編。甲編收入姚範、吴德旋、陳用光、方東樹、姚椿、管同、劉開、姚瑩、吴敏樹、龍啓瑞、戴鈞衡、王拯、方宗誠、薛福成、馬其昶、姚永樸、姚永概等十七位作家詩文集。因爲在本項目擬訂規劃時，上述十七位作家的詩文尚未見到整理本出版，所以此次編纂、整理時，盡力求全：在對其已刊刻作品進行校勘、標點的同時，又儘可能蒐集其未刊稿，希望由此提高資料的完整性。乙編爲戴名世、方苞、劉大櫆、姚鼐、梅曾亮、曾國藩、張裕釗、黎庶昌、吴汝綸、賀濤、范當世等十一位作家的文章選集。上述作家，或爲桐城派開宗立派的大師，或爲推進桐城派轉變、發展的巨匠，其詩文本當全部匯録，但考慮到均已有整理本出版，因此本文集以其文選入編，雖然未能以全貌示人，但經過編者認真選擇、整理的文選，當亦能在基本方面體現出各位作家的文章風貌。

國家清史編纂委員會、國家清史編纂委員會項目中心與文獻組對桐城派名家文集的編纂十分重視，給予了多方面的指導與扶持。安徽省哲學社會科學界聯合會、中共桐城市委員會、桐城市人民政府從始至終對整理工作提供各項支持，諸多實際困難得以化解。顯然，若無上述各方面的關心，文集必然很難完成。時代出版傳媒股份有限公司安徽教育出版社一向重視文化傳承，扶持學術，毅然承當了文集的出版工作。在此，謹對一切關心、支持本項目的機構、人士深致謝忱！

桐城派名家文集乃是文化學術界第一次較大規模的桐城派文獻資料整理工程，難度可想而知。而我們則學力有限，每每有力不從心之憾。因此，文集内難免有不少疏誤之處。出版之後，希望得到廣大讀者的積極回應，給予指正。

嚴雲綬　施立業　江小角

二〇一一年九月廿五日

凡例

一、桐城派名家文集分甲、乙兩編；甲編收入姚範、吴德旋、陳用光、方東樹、姚椿、管同、劉開、姚瑩、吴敏樹、龍啓瑞、戴鈞衡、王拯、方宗誠、薛福成、馬其昶、姚永樸、姚永概等十七位作家詩文集，乙編爲戴名世、方苞、劉大櫆、姚鼐、梅曾亮、曾國藩、張裕釗、黎庶昌、吴汝綸、賀濤、范當世等十一位作家選集。

二、凡收入甲編的名家文集均保持其原刻本編次。不同年代刊行的文集或詩集按其刊刻年代先後編排。有輯佚稿者按文、詩分類編年，附於原刻文集之後；年代不明者，酌情處置。

三、每位作家文集前之整理説明，簡要説明作家、著作版本的主要情况。甲編各文集後附録清人所撰寫的年譜、附記、墓志銘等相關資料。

四、底本之選擇兼顧底本完整性與準確性兩原則。若兩者不能兼顧，則以訛誤少、校刻精之本作底本，其殘缺部分以他本配補。

五、凡底本不誤而他本誤者，一般不出校記。

六、底本之明顯的版刻錯誤，如因形近致誤的『己』、『已』、『巳』之類，可以依據上下文予以辨識者，逕改之，不出校記。

七、凡底本之訛、脱、衍、倒，確有實據者，予以改正，并以符號標識。以圓括號表示誤字或應删之字，改正之字置於括號後；以方括號表示增補之字。

八、文中脱漏、殘缺或難以辨識之處用方框表示。

九、底本與他本文异，但義可兩通、難以取捨者，以校記説明。一般虚字有异而文義無殊者，可不出校。

十、文字盡量保持原貌，通假字、异體字一般均依原文，不改爲現代通行體，亦不求統一。過於冷僻之字可酌改爲通行字。文中如有外文詞語之翻譯與現在通行譯法不同者，不作改動，仍存原譯。同一譯名在文集中前後相异者，亦存原譯，不予統一。

十一、校記力求簡短，摘引正文時僅舉所校詞語。校記置於該篇篇末。

十二、文中引文與原書小异但不失其本意者，不改動亦不出校。節引原書文字大异且失其原意者，出校説明，但不改正。

十三、標點符號依照一九九六年中華人民共和國國家標準標點符號用法的規定使用。考慮到古代漢語的特點，原則上不使用省略號、破折號、着重號和連接號。

十四、凡直接引用的文字用雙引號表示，若引文中復有引文，則加單引號。古人引書多述其大意或節略其文，凡此等處不用引號。

總目

馬其昶集

點校　孫維城

整理說明

馬其昶（一八五五—一九三〇），字通伯，晚號抱潤翁，桐城人，少時從父親馬起升（慎庵先生）學習古文，後從同邑方宗誠、吴汝綸和武漢張裕釗學習（方宗誠、吴汝綸是桐城派後期重要作家，吴汝綸、張裕釗為曾門四子中人）。其後馬氏游京師，又交鄭杲、柯鳳蓀，學問、文章大進。宣統年間馬氏再游京師，授學部主事，辛亥革命後，擔任清史館總纂。馬其昶被稱為桐城派的殿軍。桐城派不僅主文，且治經。馬氏治易、詩、書，易崇費氏，詩宗毛氏，書宗大傳，儒家之外，又精研老莊、屈賦，有三經誼詁、老子故、莊子故、屈賦微等著作問世。文集為抱潤軒文集、抱潤軒遺集。

筆者近年接受教育部古籍整理課題馬其昶文集點校任務，後更參加大型清史項目桐城派名家文集匯刊編纂工作，承擔馬其昶抱潤軒文集的點校任務。有機會接觸馬其昶的文集，獲益良多，茲將筆者的點校情況敘述於下。

抱潤軒文集傳世者，據清人別集總目，有下列文本：

抱潤軒文一卷　稿本（安徽省圖書館）

抱潤軒文集十卷　宣統元年安徽官紙印刷局石印本

抱潤軒文集二十二卷　光緒刻本（南充師範學院）
民國十二年北京刻本

抱潤軒集外文稿一卷　排印本（復旦大學）

馬其昶文稿　鈔本（北京師範大學）

清人別集總目未收的還有抱潤軒遺集。

我經過千辛萬苦複印到宣統元年石印本抱潤軒文集（下簡稱宣統石印本）十卷，民國十二年北京刻本抱潤軒文集（下簡稱民國刻本）二十二卷，而鈔本馬其昶文稿藏北京師範大學圖書館，筆者近來托同事複印了前半部，並瀏覽了全文。此本寫在民國五年（一九一六年），共收錄四十三篇，起宣統元年（一九〇九年），迄民國五年（一九一六年），正好在宣統元年石印本抱潤軒文集十卷後，民國十二年北京刻本抱潤軒文集二十二卷前，四十三篇文章在民國刻本中都收錄了。民國十二年的抱潤軒文集二十二卷是作者最後的手定本，既收錄了一九一六年後的文章，又對前面的文章進行了文字的修改，是最有價值的文本。令人疑惑的是，光緒刻本抱潤軒文集也是二十二卷，它在宣統元年石印本抱潤軒文集十卷前，不可能收錄後面的文章，雖稱二十二卷，其篇幅應該不會大於宣統元年十卷本，其内容在宣統本中也應該有所肯定或修正，此本藏南充師範學院。筆者托朋友到南充師範學院見到此本，並對有關部分進行鑒別，確定此本實際也是民國十二年北京刻本。

抱潤軒遺集一卷，沒有序跋，僅署『丙子仲冬孫婿吳常燾敬校刊』，即由吳孟復（原名常燾）先生刊刻於一九三六年，無錫文新印刷所代印。其時馬其昶已經故去。

按時間先後，宣統元年石印本抱潤軒文集十卷在前，接着是民國五年鈔本馬其昶文稿，接着是民國十二年的抱潤軒文集二十二卷。可以用抱潤軒文集二十二卷本作為底本，抱潤軒文集十卷本和鈔本馬其昶文稿作校本對校。最後接以抱潤軒遺集。

下面看看宣統石印本和民國刻本收錄文章的異同情況。

宣統石印本收文一一八篇，大部分為民國刻本所收錄，但也有未加收錄的，現引錄於下：

一　雜說二首（卷一）

二　說需

三　桐城古文集略序（卷三）

四　書陸清獻公手劄後

五　和漢譯法新編序

六　姚叔節排印所著文詩五卷序

七　上孫琴西先生書（卷四）

八　與劉仲魯書

九　與劉仲儀書

十　復皖中紳士書

十一　贈劉摭園序（卷五）

十二　方柏堂先生七十壽序

十三　孫氏節母何太恭人墓誌（卷六）

十四　張府君墓碣銘

十五　姚閑伯墓表

共十五篇文章，從卷一到卷六，應該說是馬氏親手刪除的，刪除原因不好蠡測。其中方柏堂先生七十壽序收在抱潤軒遺集中，文中一再說明不寫壽序的原因，及寫作此篇的不得已。姚閑伯墓表一篇，姚氏永楷，字閑伯，乃姚永樸、永概兄，體羸多病，三十八歲卒。不知此文為何刪去，這樣，民國刻本共收錄宣統石印本中的一〇三篇，其餘一一七篇是後來補充的。

這一一七篇文章，有一部分是很有價值的，如補充收入了大量的文集序跋，包括自己的一些重要學術著作的序，一些並世詩人學者的詩集、著作的序跋，還有後作的一些亭臺樓記；而一些應酬的文字如大量的墓誌銘，還有一些應酬的信件，價值顯然低一些，但作為一個學者、作家的作品全貌，還是可以收錄的，也許馬氏當時正是這樣考慮的。

隨之而來的問題是，既然這些文章可以收錄，為何又要刪除那十五篇呢？抱潤軒遺集收錄文章共十八篇，也屬於這一類，又如何處理呢？我的初步想法是，為了保持馬氏文章的全貌，只有委屈他的初衷，把能搜羅到的馬氏文章全部收錄。全書分上、下編，上編收入民國刻本的內容，下編收入抱潤軒遺集十八篇，並把馬氏民國刻本刪除的十四篇（十五篇中方柏堂先生七十壽序已經收入抱潤軒遺集）收入。民國刻本前面有陳三立與王樹枏的序文，仍然放在上編最前面，抱潤軒遺集附錄有陳三立與姚永樸撰寫的馬其昶墓誌銘，仍作為附錄放在全書的結尾部分。

排印本抱潤軒集外文稿一卷，藏復旦大學圖書館，我在二〇〇六年前沒有見到，故沒有收錄。後來得到這個本子，得知共收入文章十三篇，其中九篇與抱潤軒遺集重出，沒有重出的四篇為菊齋七十壽序、貴池先哲遺書序、武昌蕭君墓誌銘、劉母楊太孺人家傳。現抱潤軒集外文稿收入馬其昶著作三種，由安徽大學出版社二〇〇九年出版，故不再收入。

從二〇〇二年接受點校馬其昶文集任務，到現在基本完成，這麽多年的休息時間幾乎都放在文集的點校上，尤其是酷暑的夏天，寢食難安，酷熱難耐，其間艱辛，寸心唯知！要點校馬其昶的文集，必須要瞭解他所具有的一切學問，他的交遊。尤其他的學問中的經學，是我們這一代學人的欠缺，他的經學中的孝經、喪服經更是難懂，必須硬着頭皮從頭啃起。不過也好，沒有這個任務，我也不會下決心啃這樣的學問，現在回過頭來看，覺得還是值得的。點校過程中，還有一些習慣性的錯誤，有時就是轉不過彎來，非要幾遍以後，才會恍然大悟。現在才知道點校的難處，而對於嚴謹地從事點校工作的專家們產生深深的敬意。最後，還要説一句：對於點校中可能有的錯誤，還望專家學者不吝批評。

孫維城

二〇〇六年八月十四日寫就

二〇一〇年十月二十九日改定

目録

抱潤軒文集三

桐城馬其昶通白

抱潤軒文集四

桐城馬其昶通白

抱潤軒文集五

桐城馬其昶通白

抱潤軒文集六

桐城馬其昶通白

抱潤軒文集七

桐城馬其昶通白

抱潤軒文集八

桐城馬其昶通白

抱潤軒文集九

桐城馬其昶通白

抱潤軒文集十

桐城馬其昶通白

抱潤軒文集十一

桐城馬其昶通白

抱潤軒文集十二

桐城馬其昶通白

抱潤軒文集十三

桐城馬其昶通白

抱潤軒文集十四

桐城馬其昶通白

抱潤軒文集十五

桐城馬其昶通白

墓表

抱潤軒文集十六

桐城馬其昶通白

墓表

下　編……三〇四

上編

抱潤軒文集民國刻本（二十二卷）

抱潤軒文集序

陳三立

馬君通伯所爲文，去今二十年間，余獲而讀之。前兩歲續成近百篇，自京師寄余，且督爲之序，余又獲而讀之。至謀所以序其文，皇然無所措。

蓋以通伯籍桐城，桐城自方氏、劉氏、姚氏，迄於吳先生，宗派流演相嬗而名者十數輩，其述作淵源見諸海内鴻彦碩儒推引稱説，不可勝原。通伯文雖甚精深微妙，卓卓樹立，固皆守其傳而有成，無復同異也，亦安取贅辭常論以加之通伯哉！既久而思之，方、劉仕國初，方興；太平姚先生及其弟子際乾嘉，聲教翔洽，稱極盛；獨吳先生覩光緒甲午之敗，益遘庚子八國會師擾畿輔之難，流離困阸，不遑棲息，已異於諸鄉先輩，而莫能同也。

然吳先生終光緒末葉，所謂革命軍未起；而吾通伯者，則躬及宗社之遷移，萬方之喋血，其與吳先生同時而所遭又異。當吳先生之世，中外多故，改制之議寖昌，吳先生頗委輸萬國之學説，緣飾其文，文若爲之一變。通伯不獲安鄉里，孤寄京師，廁搶攘喧閧之場，危禍交乘，聽覩皇惑，怏鬱之極，輯費氏易、毛公詩傳畢，遂浸淫於佛乘，通伯異日之文，當不免更爲之一變。審如是者，匪獨遠異諸老先生，即吳先生恐莫得而盡同矣。嗟乎！天地之變無窮，文章之變亦與之無窮。然而非變也，變而通其同異，而後能維百世之不變者與！

姚子叔節，亦桐城人，屬文亞通伯，並以所列贅説溷之，其可乎！己未義寧陳三立。

抱潤軒文集序

王樹枬

古文無所謂宗派也，自桐城姚姬傳氏古文辭類纂出，於是始有『桐城派』之目，久之，而傳播於人口者，無識與不識，幾習爲常言，不之怪； 而毁譽是非亦滋，多交嘲互擠，各張其說。要之，於姚氏書，均無當也。吾觀姚氏所甄錄，自周、秦、兩漢下，逮明清之文，大抵皆人人所目熟口咀，而心炙之者，豈桐城所得私哉！ 桐城文惟方望溪、劉海峰二人而已。 之二人者，其淺深、工拙、離合之故，較之周、秦、兩漢以來所謂文者，奚若？ 派之同異，又奚若？ 識者自能辯之，然亦未嘗自標其目，曰此吾桐城之文，而別區一派於古人之外也。 譬之於聲，繩其節奏，審其清濁，察其曲直，繁瘠廉肉之宜，一有不中，則逆於耳； 譬之於色，五采之施，染入渲和，藻飾之法，一有失宜，則遻於目。 文亦有然，義法是也。 若夫規隨於義法之中，而神明於義法之外，鉤深極變，古人要各有獨至之詣，而非義法之所能窮。 得魚而忘荃，得兔而忘蹄，善爲文者，何莫不然。 孟子曰：『羿之教人射，必至於彀，學者亦必至於彀，大匠誨人，必以規矩，學者亦必以規矩。』姚氏之爲是書也，蓋亦教人以彀與規矩，而毗陰毗陽，四象之妙，則各視其性所近焉，盡乎人以合乎天。 若是者，不言宗派，而實隱然有宗派之可尋，特不以桐城囿之耳。

雖然，桐城者，文章之淵藪也。 乾嘉之時，姬傳先生繼方、劉後，以古文義法倡天下，其在同邑，有從孫瑩、石甫、方東樹植之與上元管異之、梅伯言，並稱高第弟子。 石甫子濬昌慕庭濡染家學，尤以詩名。 植之傳戴鈞衡存莊，存莊不幸早世，而吳汝綸摯父蹶起同光之際，與武昌張廉卿皆篤守姚氏學說，爲清末鉅子。 吾友馬君通白，其尊甫慎庵先生始事存莊，繼事植之，而君又嘗問業張、吳二先生之門，同時姚永樸仲實、永概叔節兄弟，與君竝起，以道義相切劘。 蓋二姚爲慕庭子，君其姊夫也。 壬子國變後，余始識君京師，朝夕過從，得盡取其文讀之。 君則自謂爲文而不求之經，是無本之學也。 時方治毛詩，既卒業，復治易、治尚書，及秦漢諸子，乃於文若有所不暇爲者。 今君年六十餘矣，雖不役志於文，而世之謀不朽其先，及假君一言以自重者，爭輻湊其門，以得請不得請爲至榮大辱，皆曰姚氏之文，非君莫與歸也。然吾竊論之，姚氏際國家隆盛之會，上下嘽諧，萬物條達，故其文體潔而氣舒，志和而音雅；君乃不幸身丁喪亂，蒿目瘵心，常岌焉，若不克終日。故其思深，其辭婉，其言雖簡，而意有餘，往往幽懷微恉，感喟低徊，令人讀之有不知涕泗之何自者。當其得諸心而輸諸手，躊躇四顧，儼然謦欬於周、秦、兩漢以來諸作者之旁，而邈然無與儔焉，桐城云乎哉！

君手勒其文，自丙子以訖今茲，凡得若干篇，而屬予爲之序。君桐城人也，予有感於世俗宗派之妄論，爰借君文發之，以諗當世之知言者。辛酉春新城王樹柟序。

題辭

大作，真退之也！年少氣雄如此，若鍥而不捨，積之以學問，劘之以歲月，其所就殆不可量，豈獨爲方、姚替人哉！光緒元年乙亥冬，瑞安孫衣言。

讀足下上孫方伯書，往復冉四，不能已。不謂精進乃至於此。歐公所謂『老夫當讓此人出一頭地』者也。足下學介甫文，已甚肖似，此後便可上窺昌黎。介甫之瘦硬精謹，誠爲罕儔，恨意境少陿，更進以他家，恢廓之，使不窘於邊幅，則善之善者已。丙子秋日張裕釗。

大文與年俱進，甲申以後所詣，愈益老成，佳者幾及於古。老夫瞠乎後矣。光緒十九年十月吳汝綸記。

史公之文，詼奇俶詭，變化不測，而知言者，獨曰參之太史以著其潔。潔之一字，似易而實難，今之知此者稀矣！先生獨得此訣，足徵功力之深。拜讀數日，妄加評注，不能得一當也。甲寅冬日樹柟識。

體潔思嚴，而摩戛之音，醇醲之味，沁人心脾，前列孤詣，所醞釀往往欲據而有之，可謂深造自得，命世之作者矣。丙辰十月陳三立讀畢記。『韻出百家上，誦之心已醺。』此后山評涪翁詩句也，移以論作者之文，亦然。三立又記。

先生文如空山高人，有遺世獨立之概，當與望溪、惜抱分堋角立，無論海峯以下也。癸亥仲夏膠西柯劭忞拜識。

抱潤軒文集一

桐城馬其昶通白

論辨議釋

李泌論丙子

唐時吐蕃入寇，嘗爲邊患，李泌謀結回紇、大食、雲南，與圖吐蕃，令吐蕃備多能，不用中國兵，而吐蕃自困。

嗚呼！泌之謀可謂深得天下之大計者矣。昔者聖人知夷狄饕詖之性〔一〕，不可以先王之法治也，故不與同中國，使夷得居中國，則吾之禍亟矣。古未有夷狄雜處，天下可以晏然無事者也，至後世夷狄之禍尤烈〔二〕，吐蕃幸唐室之災，陷河隴數千里之地，又引兵入京城，使人主蒙塵於陝。天下之大，竟坐制於數千百暴至之寇，動搖其根本，而莫敢誰何！當是時，宰相尚欲結吐蕃以攻回紇，彼豈以吐蕃爲可和，以羈縻之哉？鄉使非泌反覆陳說，而其計竟行，則回紇之怨既深，大食必不可招，雲南必不可復，天下新承兵革之後，財力俱匱，吐蕃勢益驕，必起而乘其敝，據其要津，箝制其官吏，手揉而掌玩之，則唐之爲唐，未可知也。今有分盜以財，匄其生者，財不盡，盜之欲不止。何則？彼所以窺吾之隙，而生其欲利者，固不僅如是遂已也。

且夫泌之心，以爲制夷者，所以救天下之人也，救天下之人而制夷，遂不肯以制夷而困天下之人，第使之不敢犯塞害民而已。若窮天下力以逞志假狄〔三〕，則仁人所不忍爲也。蝮蛇窟於深山人迹不接之區，必趨往，以嘗其毒，則可謂大惑矣。夫以吾制夷，君子尚有所不忍，況使天下制於夷，是又與蝮蛇並處，將爲所噬嚙而不知也。

嗚呼！先王政教之不明久矣，夷遂得乘虛而覬覦中國。不求自强以勝之之術，持忿而與之戰，天下遂不勝其鬥爭之苦；忍一時之辱以連和，彼利吾之怯，愈益肆其侵暴，而快所欲，然則求所以弭夷患，而又不勞吾民者，殊未有全策也。顧安所得如泌者，與之深計天下事哉！

孫佩南葆田曰：深明事體，文氣與蘇氏為近。

吳至甫先生曰：按切時事，有長公之恣肆，而不隣於輕剽。

【校】

〔一〕宣統本作『夷狄豺狼之性』。

〔二〕宣統本作『夷狄之禍尤烈』。

〔三〕宣統本作『以逞志豺狼之國』。

荀卿論庚辰

孟子之言性，曰善； 荀子之言性，曰惡。何所言之異甚邪？曰：不異也，是皆本孔子。孔子曰『繼之者善，成之者性』，又曰『性相近，習相遠』，『唯上知下愚不移』。孟子之言性，天命之性也，無不善也； 荀子之言性，氣質之性也，不能無惡。雖然，孟子曰『形色，天性』，非即所謂氣質者邪？ 荀子曰『塗之人可以爲禹』，非即所謂天命者邪？

知塗之人可以爲禹，而又曰性惡，何也？性命之旨不明於天下久矣！吾見其初之善，而人第見其生之不皆善也，則必有退脫以自遁者矣。責富人以財，彼且曰：『吾貧也。』曰：『女誠貧也，而費不可已。』彼富者則無辭矣。責人以性善，彼且曰：『吾未嘗善也。』今稱曰惡，庶賢者聞之當益勉，而惰者亦可以警矣。然而其說不足以警惰，而其弊足以誣賢。夫聖人之言，言於此可通於彼，故行之而可成，遵之而無弊。賢者鑒於彼以立言，泥於此或不勝其失，不察其指之所在，第以其言有失也，而執以爲疵。嗟乎！荀子安所逃其責乎！聖人之言不可幾矣，賢者之言亦皆其所自得也，下此者剽竊焉而已。一切習爲純美無疵之說，而不必其言之有於己、切於時。夫言不有於己，未有能切於時者。然而較其純美，或有遠過前代者矣。若荀子者，固逆知吾說一出，終不免於詬病也，乃其熟思審慮，而卒出於此者，憤時之心誠切，而救時之意誠急也。

荀子之教也，始於勸學，終於崇禮，可謂深得先王經世宰物之原矣。懼人之不吾從，乃矯爲性惡之說，使人勉焉以就吾學、範吾禮，夫所謂就學範禮者是也。而抑知非性之善，則學與禮皆後起，而强人以本無，尚安必其從哉！吾於是知孟子之說之卒不可易也。

張廉卿先生曰：識議非俗儒腸胃中所有，文亦屈盤瘦勁。

陳伯嚴曰：古之人持説立教，不一其端，要皆為發憤救時而設。文能觀其大通，氣息亦厚。

風俗論 辛巳

前乎吾者千百世，後乎吾者千百世，皆人與人相續而嬗焉者也；接乎吾者，近自閭里之邇，遠逮四海九州〔一〕，皆人與人並立而生焉者也。人與人相嬗，古今以成焉；人與人並立，宇宙以塞焉。而其中獨有所謂聖者、哲者，則凡覺人之事屬之矣；有所謂君者、佐者，則凡長人之事屬之矣。此其才智勢位既高出乎人人，而凡爲人者亦遂屈伏而受命，蟻附而群趨，因其志之所嚮，意之所專，遂翕然而蒸爲風俗。

雖然，風俗者其端甚微，其終乃莫之能禦〔二〕。人之生也，有口體耳目之欲，則遂有聲色嗜味之好，有聲色嗜味之好，由是有禮樂之節、刑賞之施，使其欲不至放於無等。人之情，惟其未有以倡之也，而後有所憚，而不敢鼠之竊、狐之淫，衆人者賤之，宜其憚而不敢犯。然而天下之淫且竊者何多也？兩驂載路，一馬奔踶，群馬皆逸；兩敵對壘，一卒奔潰，百卒從靡；千畦之稻不能無莠，千夫之村不能無頑。衆人之所不敢犯，苟有一人焉犯之，則繼之者靡然起矣。孔子曰：『始作俑者，其無後乎！』誠痛之也。是故食取充饑，稻粱非不具也，進以庶羞，則山海珍錯不足於口；衣取蔽寒，布帛非不完也，被以文繡，則白縠薄紈不足於體。節之則情淡而日損，縱之則蹈欲無窮，不陷滔天之姦不止。故君子戒懼於隱微，絕惡於秒忽，委曲煩重不敢偷爲壹切。豈好爲是拘苦哉？誠懼其欲之縱而不可制，己之德不立，而人又將於己取效也。世之人輒以爲細行也忽之，不然則曰：『吾一身何與人爲？』夫一人之身密邇者，豈啻十人？十人密邇，百人習焉，百人密邇，千人習焉，習之所尚，曹好之所趨，而能堅己以獨行者少矣。

嗟乎！先王之遺俗存者萬一而已，累世之聖哲君佐陶鑄之，整齊之，歷數十百年而始成。及其敝也，一狂夫庸人不自勝其一念之媮，足以蕩民風而夷世教。是故君子在上則軌度一世，而大爲之坊；在下則堅貞碩立，宏己之學，而不惟獨善自完。外是二者，大率戢戢之。凡民其亦約身寡過焉，可也，雖無與於長人、覺人之數，即亦何忍使天下風俗之始我靡乎？而況侈然民上實操風俗之權者哉！

方柏堂先生曰：氣醇理充，而筆法變化〔三〕。

孫佩南曰：立論皆確有見地，不獨詞氣與周、秦人為近，當與曾文正原才篇竝傳。〔四〕

【校】

〔一〕宣統本作『接乎吾者，閭里鄉里，暌乎吾者，四海九州』。

〔二〕宣統本作『其終莫禦』。

〔三〕宣統本此下有『陳伯嚴曰：氣體博厚』。

〔四〕宣統本此下有『吾鄉郭君卿刑部尤愛此作，謂所言有關於世道，曾屬傭書人錄副以去，亦通伯一真知己也』。

為人後辨 甲申

予家自九世祖西屏公，爲恕菴公長子，傳至訓導公，爲適長者八世矣。訓導公卒，無子，其昶奉王父命爲之後，於倫序實從伯父也。後十年，母氏吳宜人卒，持服三年，又十八年，本生母氏張恭人卒，有數弟皆殤矣，請於官，其昶得兼祧，然格於例，不得復持三年服也。乃私痛而爲之說曰：

爲人後者之義何居乎？重宗也。重之，則爲之服斬；而降其父母期，示其義有所專云爾。嗟乎！父母，天親也，非人之所能爲也，不可得而更易也。今於其伯叔父母，或再從，或服，或無服疏遠之人，而父母之焉；於其父母，而伯叔之焉，人子之心其安乎哉？然而先王曰：大宗之統至重也，不可絕也。重於此，則不得不輕於彼也。蓋嘗論之宗法者，與封建相表裏者也。古者天子世天下，諸侯世國，大夫世家，其繼世而爲天子、諸侯、大夫者，即爲其天下國家之所宗者也。天下之族，不皆天子、諸侯、大夫也，則推其大宗之適長而爲宗子，以統治其族，其族而有蹶起爲大夫者，則又爲繼別之宗，故夫天下雖大，如身使臂、臂使指，而不稍紊焉。宗法行，則庶姓有統，一族無宗，則一族之衆散而無紀。天下者，族與族相積以成焉者也。一族無紀，則天下之勢亦有所閡矣。然則天子也，諸侯也，大夫也，庶姓之宗子也，皆所以爲統者也，如之何其可絕也？統不可絕，是爲後之義所自昉矣。禮曰：『爲人後者孰後？後大宗也。曷爲後大宗？大宗者，尊之統也。』其非大宗而亦爲之後者，非古也。

秦廢封建，而郡縣其天下，自其公卿大臣以下，皆不能世其祿。於是所謂宗子者，或單寒愚賤，不足以庇其宗，而遂寖微寖廢，勢使然也。封建壞於上，欲宗法之存於下，豈可得哉！封建壞而宗法亡，宗法亡而爲後之義始濫，爲後之義濫，而人之倫理幾乎其滅矣。此古今世運之一大變也。何以言之？古之爲後者，後大宗，若小宗，則舉從祖祔食之禮，而不爲之立後。孔子曰：『凡殤與無後者，祭於宗子之家。』無後而得祭，則亦不必後之矣。惟大宗而後可後，則爲後者亦少矣。嗟乎！父母，天親也，非人之所能爲也，不可得而更易也，此先王之所以難之也。自宗子不能收其族，則小宗之無後者，求祔食而不得，不其餒乎？由是而降，凡無子者，莫不爲之置後，亦勢使然也。宗法以維封建，於下立後，以濟宗法之窮。封建既壞，宗法不得不亡，宗法既亡，爲後之義乃不得不濫。蓋宗無以聯，雖其伯叔父母之親，苟非號爲父子云者，未有不死而遺之者矣。於斯時也，必舉小宗可絕之說，以持其後，亦人情所萬不便也。然以不忍其無後者之心，至抑其天性之愛，且舉世皆然，薄其所生，而不之怪，不誠爲人道之大變哉！然則如之何而可？曰：古者有斬衰三年之服，有齊衰三年之服，其降是一等者，則期服也。斬不可貳，故斬於大宗，則服其所生父母期。今之服斬者多矣，如子之爲母，婦之爲舅姑，及繼母、生母、慈母、養母之類，皆斬也。所生父母，縱不敢亢於所後而服斬，比之慈養之母，不亦可乎！明太祖定孝慈錄，凡昔之服齊衰三年者，或加入斬，或降爲期，而此服遂闕，並其名而亡之，此又古今服制之一大變也。

今誠爲所後父母服斬衰三年，以示爲後之義；爲所生父母服齊衰三年，以申人子無已之情；而凡所謂慈母、養母者，仍服以齊衰，以重斬衰之服，而又可以略存周公服制之舊，是一舉而數善集也。夫先王制禮之義至深微矣，非可以意增損之也。今既不能一循先王之舊，則必推考古今世變之所由，以求得其天理人情之稍安者。予故妄爲之説，將以折中於知禮之君子。

吴先生曰：折中至當，通變稱情，可謂深知禮意。

陳伯嚴曰：犁然當於人心之文。〔一〕

【校】

〔一〕宣統本此下有『姚叔節曰：此文前幅可與余祔廟説相成』。

為人後者其妻為本生父母服辨 甲申

婦人斬衰三年之服，惟在室服其父，既嫁，則降其父，而以服其夫，又以祖禰之正體，服其長子。雖以舅姑之尊，乃服止於期者，有三從之義，無專用之道也。宋太祖時，改舅斬衰三年，姑齊衰三年。明太祖并姑亦改斬衰，而降其長子之服。今律文因之。

夫聖人之制禮，義精仁至，非苟焉而已也。顧氏炎武曰：婦事舅姑，如事父母，而服止於期，不貳斬也；然而心喪則未嘗不三年矣，故曰與更三年喪，不去。予謂經言不貳斬者，皆當服斬，而降爲齊衰期者，婦服舅姑，從服也。顧氏以降服言之，非也，乃其言居喪之意，則是矣。人子之守親喪，三年不入於内，悲哀不怠寢處，不適其痛。如此，雖以嚴父之尊，猶必三年然後娶，以達子之志，况夫之重憂未釋，則婦之服雖止於期，而其三年之中，亦必有所以達夫之志者，故曰：與更三年喪也。後世禮教益微，人子之薄其親者，所在皆是，而况其婦乎？乃從而重其服制，使知婦之於舅姑，子之於父母，其服同，則其所以事之者不容有二，亦所以勵薄俗也。

雖然，子爲父母三年，婦亦爲舅姑三年矣，即繼母、生母、慈母、養母，亦皆同於夫，皆爲之三年，乃其夫服本生父母齊衰不杖期，而妻則大功，不得與夫同服，何也？夫婦人之從服，固率視其夫降一等矣。今不降其父母，即名義之同於母者，如繼母、慈母之類，亦不敢降，而獨降其所生，果何義邪？且古者適子之爲庶母，大夫以上無服，士止於緦而已。孝慈録改入杖期，其妻之服亦同。曾是所生之親，而不足比於是乎？此尤理之不得其平者也！聖人之制禮也，初觀之亦若有可疑者，及參伍以求，莫不有精意寓乎其間。後王有作，則每多抵牾而不安矣。然觀其所以沿革之由，蓋亦世變使然云。

吴先生曰：義精辭足，似望溪集中文字。

陳伯嚴曰：探追情變確義，以成其通論。

庶子為其母黨服辨 甲申

或問曰：『庶子得爲其所生母之黨服乎？』曰：『可。』喪服記：『庶子爲後者，爲其外祖父母、從母舅無服，不爲後，如邦人是也。』然則喪服傳何以無之？曰：是固不能概爲之服也。古之爲妾者有辨，大夫之姪娣，士之長妾，皆得服其私親，其子之不爲後者，皆得服其母黨；若買妾，不知其姓，則卜之者固已絶，不與通，安得復爲之服？是故深沒其文於正傳，而旁達其情於後記，以待處之者之自爲權衡，此聖人之微意也。

今律無庶子爲母黨之服。萬氏斯大據喪服記之文，謂凡世之庶子，皆當爲母黨制服，而又推本修身遠色，娶之以道，俾子得服其母黨之親，而無所嫌。其爲説善矣。然自三代以後，不復有姪娣之媵，其所謂妾，大抵益微賤，世之名族孰肯爲妾於人者？必度其子可以視爲母黨之親而始得爲妾，則世之無子而求妾者難矣。且夫制禮之大端，固將正名定分，别嫌疑，防僭亂也。今律雖加庶子服所生母三年，而削去其母黨之服，凡以嚴適庶之閑而已。古者公妾及士妾，服其父母期，故其子得爲母黨服者，從服也。今使庶子爲母黨服，必先使妾得爲其父母服而後可。而其事豈可行哉？今昔異勢，喪制屢更，不正其本，而徒取末節行之，轉見其多所抵牾，且滋弊也。其或所處情事，有可爲制服之道，則援喪服記之文，仿古姪娣長妾之例，請於父與適母，得命而後服焉，可也。

萬氏謂天下無無母之人，固也，然欲申私恩於己母之黨，無所顧慮，而概爲之服，是無父也。世之庶子不達斯義，以抗其所生爲孝，不惟蔑視適母，抑且無父實甚。萬氏之説，適足爲其所藉口也。其殆不足爲訓哉！

吴先生曰：議禮諸篇，可謂持之有故，言之成理。

陳伯嚴曰：達識雅辭，與前二篇相稱。

為長子服辨 甲申

斬衰者，服父之服也，不得服其母，而以服其長子；

子爲母衰三年，必父殁而後可，母爲長子衰三年，即父在亦然。是何其輕重之不倫乎？然而先王制服乃若是，何也？傳曰：『正體於上，又乃將所傳重也。』又曰：『父之所不降，母亦不敢降也。』蓋敬宗之爲義大矣。敬宗之爲義大，故正適之統尊，尊正適之統，故爲長子三年，衆子期，適婦大功，庶婦小功。雖以大夫之嚴，而不敢降其祖禰之主，所以正名分、窒亂源也。歷代以來，未之或改也。唐顔師古等乃請加冢婦期，衆婦大功，至今因之，然其服長子三年者，仍自若也。

明太祖定孝慈錄，始改長子、衆子皆不杖期，至今因之。然其冢婦、衆婦之服，又仍自若也。夫同一不杖期也，則長子與衆子無别也，而獨異冢婦之服於衆婦，豈正適之統，不係於子，而係於婦乎？此何說也！祖之服適孫期，故爲適孫婦小功；服庶孫大功，故爲庶孫婦緦。古之制也，亦至今因之。夫長子與衆子之服既同，則適孫與庶孫之服不得有異。適孫與庶孫之服既異，則長子與衆子之服何得獨同？豈正適之統不係於子，而係於孫乎？又何說也！春秋桓公六年：『九月丁卯，子同生。』胡氏安國曰：適冢始生，即書於策，與子之法也。與子者定於立適，故有君薨而世子未生之禮，植遺腹，朝委裘，而天下不亂者，名分素明，而民志定也。公儀仲子之喪，捨其孫而立其子，子服伯子曰仲子，亦猶行古之道也。孔子曰：『否，立孫。』鄭康成注謂周禮適子死，立適孫爲後。由是觀之，父之於子，祖之於孫，未有不加隆於其適者也。其加隆於適孫者，以其爲適子之子也，今降其長子之服以同於衆，是無所謂適也，子且無適，更何有於孫乎？古人正體傳重之義，於是掃地盡矣，卒致他日召强藩稱兵奪統之釁。賈生曰『禮禁於未然之前』，不其然哉！方懿文太子之卒也，帝意欲立燕王，學士劉三吾進曰：『皇孫，世適之子，子殁孫承，適統禮也。』帝大哭而罷。使建儲立適之說不足泥邪，則燕王之長且賢，胡爲捨之而不立也？以正適不可奪邪。又胡爲降長子之服以等於衆子也？此所謂進退失據，自貽伊戚者也。

然則宜復古者三年之服乎？曰：宗法之不行久矣，徒服子以父母之服，人情之所駭也。然則宜何服？

曰：妻道也，子道也，一也。妻服其夫三年，而夫服以杖期，子服父母三年，而父母亦以杖期服之，可也。記曰：『爲長子杖，則其子不以杖即位。』則父爲長子杖焉，宜也。爲之期，以成其爲子之服，爲之杖期，以別異於其衆子之服，是猶愛禮存羊之意也。是劑其輕重之宜者也。呂氏枏曰：爲長子不杖期，其記錄之誤乎？然兩朝之禮文律令皆如此，不應皆誤也。予故從而極論之。

吴先生曰：論難既能分風擘流，斷制亦極精審。

陳伯嚴曰：極控縱恢疏之致，立說忠允，更無待言。

葬期論 甲申

葬宜定期乎？曰：親死而不葬，人子之大罪也，烏可以不定？古之葬期七月、五月、三月，踰月無或爽者，今不能從，何也？葬地之難擇，而其期迫也。然則定期奈何？曰：期三年。今律文亦有停柩不葬之禁矣，而民不之畏，以天下之不葬者多也，勢不能一一按之罪，則雖設是律，空文耳。三年之限獨非空文乎？曰：據禮經，未葬，不除服，又略法周廣順之詔令，已仕者不得赴官，未仕者不得應舉，庶幾其可懲矣。必三年，何也？葬地之不易得也。期之以三年，則亦可以得矣。夫終喪三年，固當不治他事，如是而不葬，則是不以葬爲事也，不然則是有大故也。有大故者，人子之所深痛，安忍仕進？何子平是已。不以葬爲事，則不孝也。不孝者罪之固宜，第不許其仕進，猶寬之也。

曰：周禮有冢人墓大夫之職，凡公墓邦墓之地，皆爲之圖，而掌其禁令，其葬也，有定所，無待於擇，今必曰擇地，於古何徵乎？曰：孝經固有卜其宅兆，而安厝之之文矣。徐氏乾學謂世數無窮，而地域有限，其勢必至於改，卜又有始遷之別。子造塋而卜，豈後世人卜一邱之謂哉？此其說甚辨矣，吾恐其於聖人之意猶有所未盡也。蓋地勢之不同，地之情也，周禮所云，大抵主中原之地，水土深厚，故能大其兆域，而行族葬之法，不惟先王之制使然。今之北方亦猶是也，若江浙數郡，山川峭薄，即一棺之藏，非精以求之，患不免矣。聖人俯察於地理，而深知其不可强同，故謀之卜筮，以致其慎，又兩存其義，以待處者之各適其宜。此其所以爲聖人之經也。且吾意冢人墓大夫既世其官，掌其事，則辨兆域、正墓位之法亦必猶有其詳，如詩所云『相其陰陽，觀其流泉』者，特無所謂禍福之説爾。

曰：司馬文正爲諫官，奏乞禁天下葬書，張無垢至欲律葬巫以左道亂政之辟。歷代儒者亦無不深詆其術，今子所云，得無戾於此乎？曰：自地勢不同，而相墓之術興，相墓之術興，而休咎之徵驗，益起人子不勝其禍福之心，至有終身累世而不克葬其親者，此儒者之所以痛心疾首於斯也。夫親死不葬，而福蔭是謀，此誠不孝之大者也！精其術，以避諸患，而藏吾親，則亦不可以已也。吾讀禮經，見古人之於喪禮，蓋至慎矣，始死而襲，襲而殮，殮而殯，殯而後葬，極纖且細，各有定程。夫自襲以至於殯，若是其慎之也，慎之也者，所以期成乎葬也，至於葬而顧可不慎與？附身附棺之慎，其事皆可取辦一時，至葬則一藏而不可復啟，水泉之侵否，風蟻之不易預知也，於此有術焉，可以審形勢，決取捨，豈非格物之一端，而人子慎終者之所有事乎？夫古者既有官以掌其事，卜以決其疑，不幸而有患，且制有改葬緦之服，吾於是知古人所以慎其葬者，猶有非後世之所能及也。其後程子、朱子亦謂地不可不擇，大儒之通論，足爲萬世法矣。若徒懲希福不葬之弊，並其術之可以致慎於葬者，而亦絶焉，其毋乃因噎廢食者類與？呂新吾至謂朱子遷葬有福利之心，爲生平之一迷。嗟乎！求善地者，安親也；不惑於風水者，爲己名也，己名與親體孰重？今夫人之置一器也，不得其安處，再更之，不爲嫌〔一〕。况吾親體魄之所藏哉〔二〕！既已，不安於心，豈可幸其不見而苟自欺乎？若曰有福利之心，是以親爲市也，曾是大賢也，而忍以親爲市乎哉？

吳先生曰：陳義絶精，此所謂先王未之有，而可以義起者也〔三〕。

陳伯嚴曰：本人心所安，以推禮意，而盡其變，故不狥高論，不牽俗情如此。

【校】

〔一〕宣統本為『雖再更之不為嫌』。

〔二〕宣統本為『況吾親體魄之所藏』。

〔三〕宣統本此下有『鄭東父曰：葬地難得，當預早求之，親年不俟，然後用斯議可也』。

釋八蠟 己酉

八蠟之祭何昉乎？尚矣，自伊耆氏始也。周禮籥章：『國祭蠟，則吹豳頌，擊土鼓，以息老物。』周衰，禮廢，國人若狂，孔子以爲未足深過，歷代王者皆制爲祀典，以至於今，莫之敢廢也。其祭之義奈何？記言之矣，曰蠟也者，索也，歲十二月，合聚萬物而索享之也。蠟之祭也，主先嗇，而祭司嗇也，祭百種以報嗇也，享農及郵表畷、禽獸，仁之至，義之盡也。古之君子，使之，必報之。迎貓，謂其食田鼠也；迎虎，謂其食田豕也，迎而祭之。祭防與水庸，事也。

其八者何也？鄭康成曰先嗇一，司嗇二，農三，郵表畷四，貓虎五，防六，水庸七，昆蟲八。昆蟲，害稼者，又記所不言，曷爲其祭之？貓也，虎也，二而一之，亦非也。王肅出昆蟲，分貓虎。橫渠張子又據記文，增百種是也，而仍以貓虎爲一。說者謂先嗇、神農、司嗇、后稷，而顧與貓虎同祭，不其瀆乎？非瀆也，記言之矣。蠟之祭也，主先嗇，而祭司嗇也，是先嗇、司嗇，祭之主也。自百種以下，皆所謂合聚萬物，而索享之者也。其祝辭曰：『土反其宅，水歸其壑，昆蟲毋作，草木歸其澤。』土反其宅，故報防也；水歸其壑，故報水庸也；昆蟲毋作，故迎貓虎；草木歸其澤，故祭百種。農，則凡有勞於田者也。古之君子，使之，必報之也。獨所謂郵表畷者，何神乎？說之者曰：『郵表畷謂田畯，所以督約百姓於井閒之處也，而因爲神號，不詞甚矣！』郵表畷，非所以號神也，是即防也，水庸也。畜障受泄，爲水之郵，必有表識連畷，故曰事也。郵表畷之指防、水庸，猶禽獸之指貓虎也。享農及郵表畷、禽獸，仁之至，義之盡也。蓋預探下事，而言其義也，不然，郵表畷果別一神也，貓虎外，又何不數禽獸乎？以是知其非也。

然則所謂八神者，先嗇也，司嗇也，農也，百種也，防也，水庸也，貓也，虎也。今祭不及百種，而防、水庸，又與郵表畷雜出，豈非儒者釋經之未審乎？子曰：『名不正，則言不順。』竊謂當據禮經改祀，以正其名。

方倫叔守彝曰：曲折詳盡，深契乎制禮之原，經學明而後名學精也。

柯鳳生曰：精審，可入國史禮志〔一〕。

【校】

〔一〕文稿鈔本無評語。其他無一字差。

祀天配孔議 癸丑

某月日，奉國務院訓令，祀天配孔，關係絕重，應徵集國民多數意見。並發交王式通請定祀典說帖、徐紹楨請改天壇爲禮拜堂呈文二件，仰見博採群言，慎重典禮之至意。雖愚陋，曷敢不竭其忱。

謹按：治國以禮爲重，五禮以祭爲先。而祀天之禮，又祭禮之大者也。周禮：冬日至，祀昊天上帝於圜丘。禮器云『因吉土，以饗帝於郊』是也。今之天壇，義本於此。禮經稱名不一，或言天，或言帝，或言上帝，言五帝，言皇天上帝。鄭康成又據緯書，有耀魄寶靈威仰含樞紐諸稱，儒者咸闢其誕。夫緯書耀魄寶云云，特後世崇上徽號之類耳，要其爲天，則一也。古者圜丘祭天，方丘祭地，各有專祀，而天無所不統，則祀天而以地從之，亦無不可者。南郊北郊之異，分祭合祭之說，聚訟千載，迄無定論。竊嘗以謂先王制禮之大原，在洞達天人之故，而管懾乎人心，以即於安。雖一名一物之微，莫不有精義存焉。苟得其精義之所存，則因革損益，禮隨時變，舉凡名物之微，紛紛異同之論，又有不足道者矣。蓋天生人，而立之君，以一人加乎億兆人之上，其刑賞舉錯，出乎一人，必無以合乎億兆人之心。億兆人之心，即天心也，故稱天以治之。討曰天討，命曰天命，祿曰天祿，舉其大者言之，則征伐禪繼之事，皆歸之於天。書曰：『予畏上帝，不敢不正。』詩曰：『上帝臨女，無貳爾心。』孟子曰：『天與賢，則與賢，天與子，則與子。』舉其細者言之，則一呼吸出入之頃，無不與天相肸蠁焉。詩曰：『昊天曰明，及爾出王。昊天曰旦，及爾遊衍。』書曰：『顧視天之明命。』其言天，親切如此，而又非矯誣以託於窈冥不可知之天也。

書曰：『天聽明，自我民聽明，天明畏，自我民明威。』以天治君，以君治民，而又以民驗天。古之王者，無一時一事敢或恣於民，上誠畏天也。世謂吾國君主專制，而不知實有民主之精義存焉〔一〕。自天子以至庶人〔二〕，皆畏於天，曷敢自專哉！以孔子之聖，猶畏天命，畏大人，畏聖人之言，蓋天下大亂，必自人心之無所畏憚始矣。先王知其然也，故祀天之禮，不厭其煩。冬至圜丘，爲祀天之正祭，孟春祈穀於上帝，仲夏大雩帝，季秋大饗帝，其禮皆殺於冬，至其事，皆主於爲民。然冬至之祭圜丘，郊特牲，曰：祭天掃地以祭焉〔三〕，於其質而已矣，則亦不似後世之勞費也。一歲四祭天，至於陟位、行師、巡守，諸大事又有所謂類祭焉，風雨水旱無不致其祈禱，而日月薄蝕可推測而知者〔四〕，廟堂之上猶必齋戒修省，積其精誠恪慎之心，以上答天譴。董仲舒所謂天人相與之際，甚可畏也。而說者疑古神道設教，藉以儆人主，猶未爲知天也。聖人純，亦不已，時時有對越上帝之思，其在常人，則必制爲登降拜跪之儀，以作其震動恪恭之氣。今民國肇建，號稱共和，天下之心皆放無紀極，昔患一人專橫於上，今乃患億兆人縱恣於下，欲已其亂，惟崇禮而重祀天。一人專橫，則稱天以治之，億兆人縱恣，則立君以治之。以天治君，以君治民，復以民驗天，而民又如此其縱恣也。民之中有聖人焉，聖人之心實合乎億兆人之公心，乃所謂天心也，聖人與天，一而已矣。

禮也者，聖人之所制也。謂祀天之禮爲可廢者，是自絕於天也。冬至之祭，大總統主之，其餘祭，國務卿輪主，民庶預往所不禁，此自吾國舊典毋庸效法他族。徐紹楨請改天壇爲禮拜堂，名稱不正，不可施行。王式通謂郊祀之禮，總統不親，總統亦萬民之一也，敬天之義人人所同，何有帝制之嫌乎！

又案：萬物本乎天，人本乎祖，知本乎天，則知祀天之禮〔五〕，知本乎祖，則知配天之禮，大戴禮曰『祀天於南郊，配以先祖』是也〔六〕。唐虞、三代之祖，若黄帝，若顓頊，若帝嚳，若契，若稷，若文王，皆聖人，而在天位，其配天宜也。後世王者，各隆其祖以配天，疑於僭矣，尤與民國之制不合。匹夫而可以配天，宜莫如孔子。孔子嘗援天以自信，曰『天生德於予』，曰『知我者其天』。明太祖曰：『仲尼之道廣大悠久，與天地相竝。』前清升孔子爲大祀，則孔子之當配天也久矣。子思作中庸以昭明聖祖之德也。其言曰：『仲尼祖述堯、舜，憲章文、武，上律天時，下襲水土，此天地之所以爲大也。』又曰：『天之所覆，地之所載，日月所照，霜露所隊，凡有血氣者，莫不尊親，故曰配天。』今已兆其端矣。人之性，與天地之性同，其大以蔽於有我之私，斯渺乎小耳，惟孔子爲能盡其性，以盡人物之性，故與天地參。孟子曰：『逸居而無教，則近於禽獸。』大之可以參天地，小之不免爲禽獸，設世無孔子，人之不禽獸也幾希。或謂孔子尊君，不適於今制，不知民國非無君也，特君不專屬。詩不云乎，『天命靡常』。況孔子大同之旨，載於禮運，彼自不察耳。孔子明人倫，覃教思，集大成，於道爲至高。東西國學者，苟稍通儒術，莫不尊親〔七〕，而吾乃弁髦視之，失崇德報功之旨，非所以揚國華、明宗教也。祀天而配以孔子，實協於禮，當乎人心。謹議。

柯鳳生曰：議禮之文，皆樸茂淵懿，此作尤兼擅醇肆之盛，使南豐見之，亦當推服。

王晉卿曰：窮搜脈縷，洞見聖人制禮本原，故能曲暢以盡其致。吾見先生考辨禮制諸作，皆精鑿可據，真有功世道之文。〔八〕

【校】

〔一〕文稿鈔本為『而不知實有民主之精義焉』。

〔二〕文稿鈔本為『自天子以至於庶人』。

〔三〕文稿鈔本為『曰祭天掃地而祭焉』。

〔四〕文稿鈔本為『而日月薄蝕可推測可知者』。

〔五〕文稿鈔本為『知萬物本乎天，則知祀天之禮之所由起』。

〔六〕文稿鈔本為『知人本乎祖，故大戴禮曰：「祀天於南郊，配以先祖。」』

〔七〕文稿抄本為『皆知所尊親』。

〔八〕文稿鈔本無評語。

抱潤軒文集二

桐城馬其昶通白

讀

讀法言庚辰

昌黎亞荀卿於孟子，是誠篤論。予讀荀氏書，好之，嘗著論明其恉。若揚雄者，昌黎推爲大醇，與荀卿氏並舉，後世尚論者，卒不易其說。自予觀之，非其倫也。

方雄之草元譔法言，寂寞傲睨陋巷之中，湛思孤往，彼遂真以仲尼自屍？夫以聖人之道之大，而雄乃欲以言語摹肖之。當是時，王莽亦竊擬周公，條教誥令莫不依飾經術，雄直爲其所紿耳，何則？彼周公，固仲尼所寤寐欲親見之者也，高明之士往往躐求非常過分之等，其蔽也，或反昧於庸人之所及知。王仲淹續詩與春秋，朱子譏其欲爲仲尼，而不知漢魏，不足爲三代。予謂世變雖大，要在有所衷擇，仲淹之志猶有取也，雄之書則何爲者邪？雄豈汲汲於利祿者，竊聖人以自尊？巧相值而得莽，卒以裂其生平，悲夫！〔一〕

昔司馬君實好雄書，稱其道孟、荀不足擬，蘇子瞻則並其文深譏之。雄之長在此不在彼，二公固皆知言之徒，而所稱若此，何哉？

陳伯嚴曰：識議獨出，所謂擬之而後言者與？

【校】

〔一〕宣統本此下有『使雄之文非出於摹肖，一放意為之，當愈可快，然其詞要已工』。

讀藝文志丁亥

班氏序六藝，言古之學者存其大體，玩經文而已，是故用日少而畜德多。後世經傳既已乖離，博學者又不思多聞闕疑之義，而務碎義逃難，便辭巧說，破壞形體，說五字之文，至二三萬言。後進彌以馳逐，幼童而守一藝，白首而後能言，安其所習，毁所不見，終以自蔽，學者之大患也。

嗚呼！此其言可謂深切著明者矣。蓋聖人之道，大者內足以軌度其志體，外足以經世育物，若夫訓詁文字之學，亦儒者之所有事。然志獨區其類曰小學家，則古聖人立教之大，未遂可以小學域之也。夫經術莫盛於漢，而當時通儒之論乃若此，今之述漢學者蹈其蔽，而適犯其所嘲，亦見其惑也。太史公以老子、韓非列傳，獨推孔子世家，斷之曰至聖，言六藝，則折中孔子，於孔子仕止進退生卒皆謹書之。而其自序，述文談論六家指要，則謂儒者以六藝爲法，六藝經傳以千萬數，累世不能通其學，當年不能究其禮，故博而寡要，勞而少功。彼其推孔子也如彼，而其論儒又絀之如此。昔子夏以文學教授，而孔子告之有君子之儒、小人之儒〔一〕，莫不有文武之道，賢者識大，不賢者識小，儒之有大小久矣〔二〕。昌黎韓氏言孔子傳之孟軻，軻之死，不得其傳，其後士果有奮起千載，而紹孟軻氏之傳者〔三〕？嗚呼！司馬氏、韓氏之識，其殆已及此哉！而固乃反譏遷論大道，則先黃老而後六經。夫遷學儒學，崇孔子道，曷嘗後六經？特病世儒者之習經如志所云耳〔四〕。孔子之後，流而爲儒，儒不足以概孔子〔五〕。

吾聞之師曰，班氏藝文志辭甚高，與其他所爲文異甚。考司馬貞史記索隱則知多出劉向別錄語，而固取之者。蓋文高下不可假如此夫！豈獨文高下不可假哉？予讀志所序論，意固之識乃皆不及此〔六〕，則其譏遷也亦宜。

王晉卿曰：苦心分明，非好學深思、心知其意者烏能語此〔七〕。

【校】

〔一〕宣統本此句為『而其論儒者反出道家下，又絀之如此』。

〔二〕宣統本無『儒之有大小久矣』。

〔三〕宣統本無『而紹孟軻氏之傳者』，另有『明道本，際廣大，而紹孔氏不傳之絶學者』。

〔四〕『特病世儒者之習經，如志所云耳』一句，宣統本為『特病世儒之習經者，如志所云云，夫何譏焉』。

〔五〕宣統本無『孔子之後，流而為儒，儒不足以概孔子』。

〔六〕『皆不及此』，宣統本為『皆不至此』。

〔七〕宣統本無王晉卿評語。

讀蒙恬傳 己丑

秦既夷六國，統區宇，乃使蒙恬將三十萬衆北逐匈奴，築長城，起臨洮，至遼東，延袤萬餘里，用險制塞。嗚呼，偉矣哉！古未嘗有也。夷狄之患中國，自聖人不能以禮義馴化，於是秦獨奮其全力，塹山湮谷，維萬世之安，亭障攝然屹立，以至於今，扞蔽邊垂，永久利賴。

稷教稼，禹抑洪水無慮，皆勤民力以興利天下，輒身享其成功，子孫食報者且數百祀。而秦獨不幸身歿而殃禍隨至也。悲夫！蒙恬引決，至自咎絶地脈。當是時，暴師於外十餘年，財幣單竭，士卒任罷，廑乃有成。太史公謂天下痍傷者未瘳，恬爲名將，不以此時彊諫，振百姓之急，養老存孤，而阿意興功，兄弟遇誅，痛哉言乎！事有見爲大利，造端非時，而不勝其伏害，悍然恣睢，盭民之欲，而創爲之一切以要其成者，往往而受禍，若此也。

秦起長城，功成而滅；宋行新法，功不成而禍天下。上下數千年間，事變日新無窮，覆轍踵踐，乃至後世悲之不能及，及其時者，又罔或能一寤者也。余讀恬將死之語，蓋尤痛之。嗟乎！方秦之强，恬被尊寵，設以養老存孤之說進者，彼且不以謂闊遠於事情乎哉！

陳伯嚴曰：峻潔純雅之作。

讀韓非子 癸巳

韓非作說難，類有智術者之言，乃卒不能自脱，善乎，揚子之言曰：『說難，蓋其所以死乎！』

自周衰，儒術既擯，功利狙詐益起，范睢、蔡澤、蘇、張之徒，立談取卿相，窺世主喜怒爲用，苟容身持寵，孟子所譏妾婦之道，荀卿所稱態臣者，皆是也。而非之智，乃尤能究極物情之所不能遯。吾讀其書，大抵皆乘機挾智術以相勝，自親戚前後左右，莫非危機陷井存焉。天道各以類感，備世愈甚，則其機之所召來者皆危。且以己一機，禦物萬機，固未有能勝者也。古之有道術者知之，虚無因應一歸之自然，而世患不攖。太史公序列老聃、莊周，而綴以申、韓，又傳周末諸子，不載所爲書，而獨詳說難，其指微矣。

吴先生稱非受學荀卿〔一〕，荀卿書有所謂凡說之難云云者，非爲說難，本誦師說，惜其言行相背，卒以致死。余謂非述卿言，蓋失其指趣。卿之言曰：君子度己以繩，故卒爲天下法則；接人用枻，故能寬容，因求以成天下之大事。與非之幾親近、渥周澤者不類。要之，非與李斯皆學於卿，皆背棄師說，以讎其術。非身爲韓客，秦王慕用，甘死一見，沮姚賈上卿之封，彼蓋有所恃矣。不勝其權寵，利勢之炎中，蹈瑕任術以謂秦王遇己厚〔二〕，適足以召殃禍，隕其軀。此固莊生所太息深痛者也。嗚呼！人之遊斯世者，其知所處哉。

吳先生曰：所以論古人者，具得其表裏。其處世亦深有得老莊氏之旨矣。

陳伯嚴曰：明微之論。

【校】

〔一〕宣統本此下有『至父』。

〔二〕宣統本無『以謂秦王遇己厚』。

讀荀子丙申

荀卿書崇王道，小霸業，其於經，善詩、易、春秋，尤致隆於禮，最推周秦閒老師，前代皆儗孟子。其黜自宋儒，以不知性，謂性故惡，其善者僞也。解之者曰：卿之意在彊學，不恃性，此與宋儒言氣質、貴變化者曷異？卿又非子思、孟子，或據韓嬰詩外傳，卿所非無子思、孟子〔一〕，故其書稱孟子能自彊〔二〕，又載孟子軼事〔三〕，攻齊宣王邪心〔四〕，其不非孟明矣〔五〕。然孟、荀要爲牴牾〔六〕。孟子闡性善，達天人之原〔七〕，卿言性主資樸；孟子稱唐虞、三代，卿言法後王。子雲譏其同門異戶以此〔八〕。吾謂卿持論雖異孟子，其行則同，皆不屑詘道以阿世苟合者也〔九〕。

孟子既困於齊、梁，卿廢蘭陵，於是秦兼六國，李斯得志，惡天下學士起繩己，遂乃燒詩書，愚黔首，不旋踵而身與國俱糜〔十〕。悲夫！斯所謂倒行逆施者。彼徒懲儒術易忤世，故悍然違其本師，以取快世主，致尊用〔十一〕。自是以來，談霸王之略者，類無不末殺道德，偷一切便利，其爲人皆斯之徒也，而斯獨專惡聲於萬世，其亦不幸矣哉〔十二〕！

姚叔節永概曰：起結轉變，筆力嶄絕，此境至高。

【校】

〔一〕宣統本無『卿所非』。

〔二〕『故其書』，宣統本為『故卿書』。

〔三〕『孟子軼事』，宣統本為『其軼事』。

〔四〕『攻齊宣王』，宣統本為『攻宣王』。

〔五〕宣統本無『其不非孟明矣』。

〔六〕宣統本此下有『子雲識其同門異戶以此，蘇子瞻尤病其高論，抑予以謂卿所言特獷耳』。

〔七〕宣統本為『孟子達天人之原，闡性善』。

〔八〕宣統本此句為『宜其論卑而易行』。

〔九〕宣統本此句為『然卒距不受，則卿非屑詘道以阿世苟容決也，何至乖謬異甚，豈其見之所及者然歟』。

〔十〕宣統本此句為『一傳而禍烈至此』。

〔十一〕宣統本此句為『彼徒懲儒術寡效，悍然違本師，取快世主，致尊用，斯專惡聲於萬世』。

〔十二〕宣統本此句為『然自是談王霸之略者，類無不末殺道德，偷一切便利。元世祖之一區宇也，文正許公獨以純儒之業輔治，用能區區起假逖主中夏，肇有元一代之休烈，嗚呼！彼斯之效秦者所如哉』。

讀九歌 壬寅

余讀屈原文，高其詞，悼其不遇，意其始贊懷王，必有卓犖大計過絕人者。今所傳自離騷以下，皆原放斥後所爲，九歌詞恉尤不可驟曉。王逸稱楚俗信鬼好祠，祠必作歌樂鼓舞，原陋其辭，爲作九歌之曲，陳己冤結，且風諫，故章句錯雜。是說也，余疑焉。假令原欲自言志，奚託於事神？事神乃陳己冤結，神其瀆矣！其身既疏遠，更欲致其敞罔不可驟曉之辭爲風諫，何其迂計者與！且吾意古君子雖甚不得已於天下，其孤懷湮鬱，不蘄白於塗之人決也，原奚喋喋至如此？

及讀漢郊祀志載谷永之言曰『楚懷王隆祭祀，事鬼神，欲以助卻秦軍，而兵挫地削，身辱國危』，乃知九歌之作，原承懷王命而作也，推其時，在離騷前。太史公稱原博聞彊志，明治亂，嫻辭令，懷王使原造憲令，上官大夫見而欲奪其草稾，原不與，因讒之王曰：每一令出，原曰非我莫能爲。懷王怒，疏原。原豈自矜其能者？然當時爲文，要無出原右，彼懷王撰辭告神，捨原誰屬哉？懷王十一年爲從長，攻秦，十六年絕齊，和秦，旋以怒張儀故，復攻秦，大敗於丹陽，又敗於藍田。吾意懷王事神欲以助卻秦軍，在此時矣，故曰『舉長矢兮射天狼』。天狼者，秦分野也。其後十八年，與秦和，張儀來謝，原使從齊，來曰：『何不誅儀？』二十年，齊湣王爲從長，又合齊而倍秦，二十四年，復與秦和。楚之衰自懷王始。

今讀原所爲辭，前後著其事神之敬，無已之情。雲中君見神既之無私；湘君、湘夫人反復於盟誓不可信，修政之宜及時；河伯非楚境内山川，遙望僭祭之非禮，即神所弗格；山鬼明淫祠、禱祠之無益；而大司命、少司命因其祈福，上陳性命之情，祝宜子，袚不祥，而隱動其爲民父母之心。至所謂事神若鬼，欲以助卻秦軍者，則爲盛言當時聲色之娛嬉、兵禍之慘怛。利害明白，昭著如此，儻所謂卓犖大計，非邪？

懷王不寤忠諫之指，竟虜於秦，爲世大僇，無足怪，乃至千百世讀其文，亦無能通知其意者，或且疑其章句錯雜。悲夫！古之貞臣烈士孤苦不可告語之懷[一]，不吾知則已矣，而禍釁卒搆於家國，茲屈子所爲痛心也！甚矣哉，兒童之見也！當懷王時，乃欲持孱楚，媚鬼神，以卻虎狼之强秦也，寧有幸乎哉！

吴先生曰[二]：議剏而近是，收束神來氣來。

陳伯嚴曰：據郊祀志，定九歌為承懷王命而作，乃成確誼，而文情緜渺，若不可控摶。

【校】

[一]『古之貞臣烈士』，宣統本為『古今貞臣烈士』。

[二]宣統本吴先生言有『以谷永之言證九歌，為承王命而作』語。

讀封禪書 壬寅

太史公作禮書，乃頗採荀卿氏之言。或曰：後人所坿益，遷所爲止數百言。其於禮，意禮制故已具，不待取足荀書。然其於漢制，要爲簡略。秦雜六國禮儀，用尊君抑臣，宜無可紀述；漢興，叔孫通定儀法，希世取寵，大抵皆襲秦故。孝文好道家言，孝景時，廷臣鼂錯受誅，無敢言更制，其有意儒術製作者，獨武帝耳。

武帝興祠祀，致不死之術，其侈心廣騖，一與始皇同。當是時，宮觀、土木、禱祠、巡行、賞賜之費，至不可殫數，海内騷然受其弊。遷別爲封禪書，不與禮書合，明其祠祀之非禮，未能賡續聖制[一]；而叔孫通之起朝儀，亦陋其事，不見本紀[二]。非洞禮樂之原，烏能及此哉！

其後班固之志郊祀，不載漢宗廟諸興壞之議，反取封禪書以充入之。遷、固之識，其懸絶乃至此！吾讀封禪書，其於鬼神事具見其表裏〔三〕，誠使武帝因其言，或發寤於心，何至自沈溺必不得之數，以匱竭元元，取譏後世！宋真宗之崇天書也，其臣孫奭猶得援遷所記載，以著其矯誣。

且夫文之不得已而指陳過失無所避者，其爲用二焉〔四〕：曰忠諷，曰鑒後。是非者，天下之公也，或乃不得直致其詞，則微文隱約，要歸於紀其實而已。斯義不明，世乃謂遷以身陷刑之故，而有所刺譏貶損。悲夫！遷之爲謗書也，久矣。吾友鄭杲論三百篇之有美刺，以謂凡詩刺其人，蓋皆愛其人，而欲救正之。故方書之言刺其穴者，皆所以已其疾也。詩意欲得此人聞之，非欲他人聞之也。若求快己意，抒憤懣，爲深疾之辭，豈刺之謂乎？自説詩者失其義，而溫柔敦厚之思遂不可復覩。吾謂他人聞之，亦所以已他人之疾，此鑒後之説也。人與人相續，於終古是非得失之切於君父與吾身，無以異也。吾愛之、救之、刺之、生之。又有來者焉，其是非得失，踵相起也，則吾愛救斯人之心，又寧有極乎！嗚呼！吾蓋未見遷之果爲謗書也。

吳先生曰：後幅思筆要眇。

陳伯嚴曰：陳義高確，末段縣奧，類半山，宕折又類明允。

【校】

〔一〕宣統本為『明其非禮，不以賡續聖制』。

〔二〕宣統本為『其事亦不見於本紀』。

〔三〕宣統本此下有『此所謂明於天人之際者耶？是篇通紀三代，而獨詳於漢事』。

〔四〕宣統本為『其為用有二』。

讀伯夷列傳 甲辰

太史公書列傳七十，首伯夷傳。其言曰：『夫學者載籍極博，猶考信於六藝。』此自明其作述義例，以六藝爲歸〔一〕，所爲成一家之言者也。雖其好奇，多愛掇拾灰燼之餘，上下數千年間，去取不無牴牾，要必折衷於仲尼〔二〕。仲尼不稱由、光，由、光事雖流俗傳信，宜其不載，而託始伯夷〔三〕。

當周之興，伯夷、叔齊既兄弟歸周矣〔四〕，周有天下，天下宗之〔五〕，二人者乃獨餓死〔六〕。韓愈氏稱其非聖人而自是，窮天地、亘萬世不顧，則其行不爲當代士論所嘉與！可知矣〔七〕。而孔子顧亟稱其爲人。伯夷自爲詩悼黄、農、虞、夏之沒，蓋怨悱特甚，而孔子乃稱其無怨。抑伯夷匪獨窮於人也，天實厄之〔八〕。天命既改，易商而周〔九〕。悲夫！伯夷餓死，顔淵早夭，人能宏道，無如命何！自夫子稱之，而遂聲施後世〔十〕。古之仁聖賢人，孤行其志，其軫戾頓萃於身世間者，曷嘗有所冀幸於後〔十一〕？然而人事之窮極，天道之不可必知如此。使無聖人爲之推大顯白，一瞑而萬祀不睇，即後來者曷以勸焉？且所貴乎立言者，爲其能樹立，持獨見，不碌碌隨俗骫骳，爲常說云爾也。文字興，而人類之生世者，皆有所託命。太史公發憤著書，襃譏貶損，以賡續孔子之爲。儻所謂明於天人之際者邪？

或曰列傳始伯夷，亦猶春秋之始隱公也，二者皆記人倫之變，用以持綱常、立名教〔十二〕。傳曰：作易者有憂患。吾於遷史，亦云。

陳伯嚴曰：精語不刊。

【校】

〔一〕宣統本無『以六藝為歸』。

〔二〕宣統本作『要之，必本於仲尼』。

〔三〕『宜其不載，而託始伯夷』，宣統本為『宜其不道，且仲尼之所為稱伯夷者固異』。

〔四〕宣統本為『彼伯夷、叔齊者既兄弟歸周矣』。

〔五〕宣統本為『天下所禱祀以求者也』。

〔六〕宣統本為『彼伯夷、叔齊乃獨餓死』。

〔七〕宣統本為『無惑矣』。

〔八〕宣統本為『抑伯夷又匪獨窮於人也，惟天亦若助厄之者』。

〔九〕宣統本無此句。

〔十〕宣統本此下有『故曰：求仁得仁，又何怨。君子疾沒世而名不稱』。

〔十一〕宣統本無『曷嘗有所冀幸於後』，而為『不受之於吾心，即天與人舉無能相困，彼其立意較然，固非有所冀幸其後』。

〔十二〕宣統本為『列傳始伯夷，蓋以存君臣、父子、兄弟之倫次，次管、晏，於朋友、夫婦相勖勉之義三致意焉』。

讀魯仲連鄒陽傳 戊申

魯連義不帝秦，有邁越不移之操，太史公嘉其布衣談說當世，不詘於諸侯。而以鄒陽附之列傳，自司馬貞疑爲不類，說者卒未有當。余讀之，而知史公之意至深痛也。士固不能離群獨處，魯連雖高節，未嘗不經世務〔一〕。彼其言曰：所貴於天下士者，爲其排患釋難解紛亂而無取也。世善其不縻爵祿，患亦不及。夫史公自處豈後於魯連？其於爵祿曾不足當其一眄，豈顧問哉！其推言李陵功罪，抑所謂排患釋難解紛亂者，忠貞不白，遽與禍會〔二〕。秦既一統，君之尊至不可指〔三〕，生死惟其所意，以魯連蕩然肆志竟得免者，幸耳？抑猶處戰代之時〔四〕，列國以養士相傾，而士重，故易以自全與？悲夫！入世者譬遊羿之彀中，茲鄒陽之所爲發憤而道也，雖在縲紲，氣不抑撓，與魯連類。諷其辭，傷其遇，故連類書之〔五〕。世之論人者，徒執成敗之迹，豈足語夫孤懷曠識，成一家言，如史公之書之恉，有寄於言議之表者哉！

姚仲實永樸曰：感觸無端，別有懷抱，古之傷心人也。〔六〕

【校】

〔一〕宣統本下有『思以自效用』。

〔二〕宣統本爲『史公自處豈後於魯連，其推言李陵功罪，抑所謂排憂釋難解紛亂者。忠貞不白，遽與禍會，其於爵祿，曾不足當其一眄，豈顧問哉』。

〔三〕宣統本作『君權日崇』。

〔四〕宣統本作『抑猶處戰代』。

〔五〕宣統本無『故連類書之』。

〔六〕宣統本無姚仲實評語。

讀管子一 戊申

劉向七略，管子在法家，漢志入管子道家。隋唐志則仍七略，當矣。管子内業篇言道術甚具，故班氏推其本，以管子一匡九合之業，皆原道德。然管子書固不重是，是殆古昔相傳衛生之學耳。近嚴氏可均以其書泛及儒家、陰陽家、法家、名家、農家、兵家言，謂管子當入雜家。此謬說也，古未有不通衆家之略，而能有立者。操一以禦餘，人特舉其重者號之耳。淮南鴻烈成自衆手，學無有宗主，斯誠雜家。管子書雖不免坿益，皆輯錄者爲之，不與淮南比。漢志儒家有周史六弢，又有周法、周政，甚至高祖、孝文諸篇，皆入之儒。班氏之識，猶能窺儒以治世爲義，故凡法度、政教之書，多與儒相出入。而陋者乃始顓誦習，矜己蒐殘，高言寡實，儒之途寖隘。章氏學誠反以譏班之部居未審，是殆密於論例，而疏於論儒，與嚴氏之失也均。

姚仲實曰：學子厚為文，而加以恣肆，有尺幅千里之觀。〔一〕

【校】

〔一〕宣統本無姚仲實評語。

讀管子二 戊申

管子曰：不法法，則事無常，法不法，則令不行。令而不行，則令不法也；法而不行，則修者不審也；審而不行，則賞罰輕也；重而不行，則賞罰不信也；信而不行，則不以身先之也。故曰禁勝於身，則令行於民矣。嗚呼！千古論法者，盡此言矣。人主之所操以馳驟天下者，法也。法出而行於人，之謂令。是法也，上施之，下遵服之。而其始也，孰立之？管子又有言曰：夫民别而聽之則愚，合而聽之則聖。雖有湯、武之德，復合於市人之言。是以明君順人心，安性情，而發於衆心之所聚。衆心之所聚，非法也，而法之所由立也。孟子言王道在同民好惡，豈異於是乎！

然而管子知有齊而已矣，其所謂衆心，齊民之心耳。嘗試觀於大圜之宇，無西無東，無外無中，灝乎其無窮，區區於其間而獨私一齊，孟子之卑之也，則宜。向使管子以齊王，齊利，天下亦利，而獨以利齊〔一〕，則其不利者，必在諸侯之國。是故管子之術不可充者也。夫以一齊利齊，與以天下利齊，二者勢孰便？則必曰天下利之便。天下利之，則凡所爲陰謀機詐，皆可無設，不要其終之效，第見其陰謀機詐之不設，遂曰王道迂也，豈理也哉！

雖然，管子不及於王，使其霸，齊之法，齊能世守之，雖至今存可也。而管子身歿而遂隤者，無其人，法不獨行，行其法，或不便於其身也，是謂以人持法。吾能立法，而不能必人之法吾法。下不法法，則上威之，上不法法，下不能威之，而賢人君子猶能爭之。爭之不得，則援天以臨之，天之說不勝，則其術窮，術窮，則所謂法，徒以便上之人之縶其下。上益横，下益困，人不得遂其生，故爭裂其法，而天下遂大亂。知其亂之必至於是也，豫立一法，而上下同范於其中，下不能持上，法能持之，不如是法，不許其爲上。上有所劫而法，愚者憚其劫，智者知其劫，而法而遂可以永存。爲吾之至便，又何憚之有？是謂以法持人。上下交相持，而法峙焉不窮，無復之不值其機。嗚呼！此非古之時之所幾也。

王晉卿曰：精鑿透澈，足括盧氏法意一書。〔二〕

【校】

〔一〕宣統本作『今獨以利齊』。

〔二〕宣統本無王晉卿評語。

讀呂氏春秋 己酉

古之著書立言者，往往篇終敘述己意。孟子陳堯舜以來聞知、見知之統，莊子天下篇之論古道術，其旨趣類宏遠，下至司馬遷、班固，亦各有自序，言其義例。獨呂不韋爲春秋，以十二紀、八覽、六論爲綱，而其所謂序意者，即閒廁十二紀後，一若亟亟不暇待其辭之畢者，何邪？

余嘗取而讀之，曰：維秦八年，歲在涒灘，秋甲子朔。良人請問十二紀。文信侯曰：『嘗得學黄帝之所以誨顓頊矣。』既著其年時，又必著其書之出文信侯者，何也？曰黄帝所以誨顓頊，託言己所以教始皇也。中言法天地之道，而曰：『智不公，則福日衰，災日隆，以日倪而西望知之。』日倪而西望，正所謂上揆之天也。後復綴以青荓、豫讓事，曰：『少而與子友，子且爲大事，而我言之，是失相與友存之道；子將賊吾君，而我不言之，是失爲人臣之道。如我者惟死爲可。』其事與前所稱絕不類，讀者疑其錯簡。嗚呼！此微言也。不韋以太后事懼禍，求自脱，乃進嫪毒。及始皇八年，毒封爲長信侯，益驕恣，明年遂以反誅。然則秦之八年，其殆日衺側之時乎？不韋慮禍之及己，中立而兩利之，一託於君，一託交友，而預言於此，以自飾其不舉發賊君之愆〔一〕，又懸其書咸陽市，誘之以金，使衆共覩，庶可告無罪於天下。彼豈真謂其書不可增損一字者哉！揚子雲恨不生其時，輦金而歸，識闇如此，宜其見欺於僞莽矣。

不韋之作春秋，懼禍而作也。太史公知之，故曰『不韋遷蜀，世傳呂覽』，謂其知有遷蜀之禍而爲之也，豈謂遷蜀後始爲書乎？明方正學先生以此譏史公之失，亦疏也。奸人趨辟之術之工，可謂至極，世固有禍機猝發，黠者翻持正論以自解免者矣，而不韋卒坐毒死。不韋書言法天道，不知天道固忌僞巧〔二〕。身殄族夷，爲後世笑，此其所以爲大愚也。悲夫！

章枚叔炳麟曰：精思冥索，幾於鑄鼎象物。

方倫叔守彝曰：文之深美者，本乎識之通微。此史公所以敻乎絕也，作者其幾矣。〔三〕

【校】

〔一〕文稿鈔本為『自以飾其不舉發賊君之愆』。

〔二〕文稿鈔本為『不知天道固惡偽巧』。

〔三〕文稿鈔本無評語。

讀梓材 辛酉

周書・明堂解：周公攝政六年，而天下大治，大朝諸侯明堂之位，制禮作樂，頒度量而天下大服，各致其方賄，七年致政成王。梓材之作，必大朝諸侯明堂時也。初，武王克殷，封弟康叔於康，作康誥；成王誅武庚，徙封康叔於衛，作酒誥；至是周公致太平，城成周，諸侯來朝，既誥殷多士，又以康叔爲諸侯長也，故作梓材，誥康叔，以戒邦君。

史臣連屬三誥，而敘其緣起，曰周公初基，作新大邑於東國洛，四方民大和會至，周公咸勤，乃洪大誥治四十八言，舉最後之成功，爲梓材書也。於是乃追述康誥，又追述酒誥，而及於梓材。康誥、酒誥，即人即事言之耳，若梓材，則普告諸侯，正所云乃洪大誥治也。

太史公謂作梓材『示君子可法則』，蓋制禮作樂，可爲天下諸侯之法則矣。『以厥庶民暨厥臣達大家，以厥臣達王惟邦君』，邦君若是其重也，而皆於方伯連帥乎？是責『汝若恒，越曰』者，教康叔，戒邦君達民達王之說如此也。其達民，奈何曰『至於敬寡，至於屬婦，合由以容』而已？其達王，奈何曰：『用懌先王受命』而已？受命在明德，明德在保民，保民在鰥寡，此天人之機之至捷者也。詩云：『哿矣富人，哀此煢獨。』嗚呼！文王之受命基此矣！

自梓材失其義，遂並篇首四十八言，皆疑其錯簡，而史臣連屬三誥之旨及康叔治化之始終，舉不得見。甚矣，讀經之不可不審也。

陳伯嚴曰：深湛。

【校】

此文作於辛酉年，即一九二一年。宣統本讀梓材作於丙申年，即一八九六年。兩文改動過大，無法校核，故不出校，而將宣統本之讀梓材附於此書的後部，民國刻本删稿中。

再讀藝文志 壬戌

藝文志序六藝爲九種：易、書、詩、禮、樂、春秋、論語，後次以孝經，其言曰：『夫孝，天之經也，地之義，民之行也。』孝經獨自爲類，宜矣。顧所收書雜廁，不名一家，何邪？曰古教學遺法其可考於今者，莫備於此。序謂舉大者言，故曰孝經，明不純言孝也，蓋人類普通肄習之業在焉。

古之學者貴讀經，荀子曰誦數以貫之是也。經旨奧博，未可驟曉，坿入弟子職以練其行，五經雜議以暢其旨，其義衷乎經，其文循乎時，故取諸石渠論，由是而進焉，可以至於大成，晝焉，徙業焉，則所謂孝弟謹信愛衆親仁者已得其要略，爲宋儒學者曰：此小學也。坿入爾雅、小雅、古今字，則餘力學文之事，爲漢儒學者曰：此小學也。古之教者兼收焉而不歧，歧之自末師始也。不慢人以所易，故期之者至大，不困人以所難，故課之者至約。三代學校之精義在此矣。

抑爾雅既入孝經類，又別出史籀、蒼頡十家，爲小學，何也？曰專家之學，非盡人所必由也。通知爾雅，足以讀經，明大誼可矣。彼十家者，其爲事也艱，其爲功也細，故以殿六藝之末。嗚呼！判爾雅、小學爲二，非好學深思，其不以爲牴牾乎哉！

王晉卿曰：讀班敘次六藝之旨，得此便了然於心目之間，可知古人著書，非苟焉已也。

抱潤軒文集三

桐城馬其昶通白

序跋

左忠毅公年譜序 癸未

其昶嘗恭閱欽定明史藝文志左光斗奏疏三卷、文集五卷，後求諸左氏，得公子國材舊刊本，凡奏疏二冊，尺牘雜文一冊，詩一冊，又得祠堂本，缺尺牘、雜文。據公子國材跋，稱公遘禍時，家人取所著稿投火，即典兵疏、與二魏交通三十二可斬等疏，皆不存。蓋史志所據，猶明季人親見公全書，故卷袠視今多，又有四書文及周易文內外篇別行。其昶今重編公集，奏疏仍二卷，諸本雜廁互異，今案時事年月次其先後，尺牘、雜文分二卷，古近體詩、四書文又各二卷，雖不能復史志所載之舊，然大略具此矣。

忠毅年譜上下兩卷，公曾孫宰所編也。宰字雒三，康熙辛卯舉人，爲福建建陽令，有治績。其紀移宮始末及在獄事甚具，自云本家藏舊稿及同難諸公所記有史所未詳者。惜所考他事猶疏舛，文不雅馴，取捨失要，故四庫全書未著錄。其昶嘗與外舅姚慕庭先生審正義例，博考遺文，證之明史及諸家傳狀碑誌，刺取而要刪之，仍爲兩卷，曰年譜定本，附公集後，寄天津廣仁堂刊行。

蓋公之所遭亦極難矣。其平生志事之所得伸者，惟力爭李選侍移宮，而宸極獲正，出按畿輔，而興水利，開屯學，講武備，拔史公可法而造成其材。而一時畿輔諸賢，如定興鹿太公、容城孫徵君等，亦莫不慷慨奮發，急公之難。人之云亡，邦國殄瘁，故高陽孫文正公爲三十五忠詩以寄其慨。於戲！觀公師弟朋友患難死生相與之誼，甚足悲也！是公之大節在天壤，而靈爽所憑式，未嘗不於畿輔尤惓惓焉。然則刊公集於兹土也，儻亦有篤古奇傑之士，聞聲興起，而曠代相感者與！

父友蕭敬孚曰：公晚歲於易特深造，見於方中丞孔炤周易時論中者，其陳義皆精。道光間湘鄉左君春輝刊公集，稱易經制藝嗣出，似當時猶有全稿，今不知其存亡。由是觀之，公撰述之不盡傳世者，固非僅奏疏、文集，即其潛德隱行，如高陽所云遠志包裹區者，又豈玆譜之所能盡哉。

先孝子公血書梵經跋後 甲申

右先七世祖孝子公血書金剛經二分、心經一分、了義經上下二卷、楞嚴呪四分、楞嚴經三卷，墨書楞嚴呪五分，殘一分，都十二冊。謹按公諱懋襄，字爾共，明萬曆中縣學增生，太僕府君子也。年十一，母包淑人歿，哀毀甚，以孝聞一時。既長，益勵於學。太僕在官，公家居鍵戶玉屏山莊，跬步必飭，行市中，下至傭販，亦斂躬循牆讓之，每白衣省覲數千里，以一力負襆被自隨，時人比之袁閎、趙至。痛母不逮養，刺指血書梵經三年，晝夜然一燈，跪古佛前懺誦，卒年二十八〔一〕。國朝勅旌孝子，祀忠孝祠。太僕府君既痛子歿，因建蘭若玉屏山〔二〕，貯所寫經。閱今二百五十餘年，再經兵火，菴已燬，余先人展轉護藏此經及太僕府君遺像、遺簪，幸存無恙〔三〕。

光緒辛巳，其昶以經冊朽蠹〔四〕，攜至京師，謹裝潢之。其後二年，其昶亦爲無母之人矣！嗟乎！人子當親之既歿，欲自致其心與力者，蓋亦無所可致也！聖人深知幽明之故，而制爲塗車芻靈之屬，聲臭祭享之儀，凡以達人子不可奈何之思，而以致其心與力焉云爾。自漢以來，人人之心，皆以佛氏之法足爲亡者利矣。假如其術千萬萬億而有一之效也，天下皆用之，而獨歉於吾親，其能安乎？朱壽昌刺血寫經，求得其母，當時諸公大賢皆歌詠其事，而稱之爲孝。夫壽昌得母未知其適然邪？抑果佛力所加被邪？〔五〕要其不可奈何之思，固聖人之所許也。嗟乎！天下之不可奈何者，縱心一往，又孰暇計其他哉！於是其昶展公手澤，乃涕淚悲泣，而謹誌之。

吳先生曰：沈至，文與情稱。

陳伯嚴曰：低抑悽惋之音，泠泠欲絕。

【校】

〔一〕宣統本無「卒年二十八」，而為「又恐觸太僕府君悲也，隱憫傷懷，遂以成疾而卒」。

〔二〕宣統本為「乃改建玉屏蘭若，貯所寫經」。

〔三〕「菴已毀……」，宣統本為「菴屢有興廢移置，粵寇之亂，予家無寸物留遺，獨展轉護藏此經及太僕府君遺像、遺簪，幸存無恙』。

〔四〕宣統本無『以經冊朽蠹』。

〔五〕宣統本為『夫壽昌之得母，未必果出於佛力』。

桐城耆舊傳序 丙戌

余既論次吾邑名臣、忠節、循吏、儒林、文苑、孝義，自前明以迄近世，百數十人，爲桐城耆舊傳二十一卷，坿列女一卷。乃謹敘其端曰：

嗚呼！一代人才之興，其大者乃與世運爲隆替，觀於鄉邑而可知天下，豈不信然哉！蓋當燕藩奪統，吾鄉方斷事法，以遐方小臣，不肯署表，自沈江流。厥後齊廉使之鸞、余廉使珊及先太僕，皆以孤忠大節，與世齟齬。陵夷至天啓，左忠毅乃死於璫禍，千載有至痛焉，而明之社稷亦遂淪胥以亡。當是時，鉤黨方急，方密之、錢田閒諸先生，於閒關亡命之際，猶沈潛經籍，纂述鴻編，風會大啓。聖清文治，遠邁前古，於是吾邑人才後先迭起，彬彬稱極盛矣。而方、姚之徒益以古文爲天下倡。海內言文章者，必推桐城，而桐城之文，遂爲宗於天下。

吾嘗以暇日陟崵峴、投子之巔〔一〕，望西北曾巒巨嶺隱然出雲表，而湖水迤邐蕩潏於其前，因念姚先生所稱，黄、舒之閒，山水奇傑之氣蘊蓄且千年，宜其遏極而大昌。又竊怪今者風流歇絶，何其蹶而不復可振也。豈不以師友之淵源漸被淪而日薄，士或數典而忘其祖，聞見孤陋，不足感發興起之與？詩曰：『維桑與梓，必恭敬止。』蓋言邇也。仰前哲之芳躅，悼末俗之陵替，文獻放失，余甚懼焉。曩者先伯祖嘗有龍眠識略之輯〔二〕，遘亂亡佚，郡縣志乘又缺略不全。余維傳記之作，蔚然成一家言者，必竊取遷、固之遺法，本末翔實，而一歸諸雅馴，始足賡揚盛美，誘迪方來。因不自揆，乃旁羅載籍，會稡舊聞，著爲此書。

嗚呼！吾之述此，第及一縣之地，遠不出數百里外，而上自名卿碩輔，以逮文儒忠義之彥，操行不一，要皆特立於一時，而可不泯沒於後世者。吾黨之士，苟一閲覽，非其先祖，即其邦之老成宿望。世近已，則欣慕之情切，耳目所能逮，則疑沮不生，而兩朝之學術風趨，盛衰得失之林，亦略具於此，又欲令異世之承學、治國聞者有考焉〔三〕。

吳先生曰：中幅深情往復，低徊頓挫，韻味最勝。

鄭東父曰：完美，意亦善。

陳伯嚴曰：韻度和美，似歐公五代史諸敘。

【校】

〔一〕宣統本爲『吾嘗陟栲栳、投子之巔』。

〔二〕宣統本爲『曩者先大父嘗有龍眠識略之輯』。

〔三〕宣統本此後有『光緒十二年春馬其昶撰』。

幸餘求定稿書後 辛卯

去年冬，叔節還自安福，持示新所刊外舅詩曰幸餘求定稿者十二卷。其昶既敬受讀終卷，則作而言曰：

外舅自始學到今，深自匿晦，絕譁衆表襮之行，獨爲其難於至隱，而不以學道自杓，淹貫群籍，而退然若怯夫之無所一能，於人世爭趨進取之途，穨然泊然不以經其慮，而益肆其力，以滂沛恣取於古人。蓋其學無所不窺，而獨晦之於詩。詩之工至數十年之專且久，世或不知，世知其詩，而要其冥冥乎！所自怡而得者，人不能知之也。晦之久，則光益曜，今其時乎！

於是徐椒岑丈歸里，乃相與推論吾邑文學之緒，自惜抱先生蔚出爲大宗，海內羣士歸之；方植之先生於詩莫深焉；繼是而振起者，必首子外舅，他作者乃皆不能自具體貌，即無望其行遠耳。其昶曰：士苟挾所業能自立於不朽者，彼其初必有所捨。羣天下之物之可爲名者，吾百涉之，必不能以精乎其一，況心乎榮利世俗之紛紛者哉！詩之道，易爲而難成，自豎儒小生，已粗解其聲律，而其事則一本乎性情之爲。彼乃頗往往不能無所冀，特取徑乎此，固無幸焉。然則真潛而罕營，如吾外舅者，庶不波於物，而有以澹其神明者邪！其神明澹者，其詩好也。

其昶既嘗舉此誦於人，及來安福，淹留數旬日，則益早暮從外舅討論所以自軌其身及學問利弊。閒言及此，外舅曰：『是何敢望？然至以學市而蘄償於人世所競取而不可必得者，予則恥之。汝知我者，其可無言。』其昶敬諾，乃退而記其說如此。〔一〕

吳先生曰：駿邁。每於語盡處再振筆收足，最是精神恣肆。

陳伯嚴曰：內氣潛轉，造入單微，鬱而為油然之光。

【校】

〔一〕宣統本下有『光緒十七年辛卯夏五月二十八日子婿馬其昶謹跋』。

莊子故序 甲午

莊子之書，自前世皆列道家，道家祖老子。孔子當周衰，以聖德不得位，序詩、書、禮、樂，爲儒宗。老子生並孔子，孔子所嚴事。當是時，其道未大顯。至戰國，孟子尊孔，攘楊、墨至力矣，無一言及老子。吾意老子遯世無悶，隱君子也，其清虛淡泊，不大異孔子道，不然，孟子排異端，必不釋老子不置論者。

世益陵夷，狙詐爭戰之風日熾，賢者自放不得志，痛當時諸侯王無慮皆爲民害，而世儒又貌襲多僞，乃發憤取老氏之說，務推本言之，以救其失，則莊周之徒興焉。其詞洸洋放恣以適己，其意則重可悲矣。秦得天下，益尚詐力，燒詩、書，民萌凋瘵，天下滋欲休息，慕黃老之無爲，質文異尚，時各宜也。上自文景之君，蕭曹之相國，儒者司馬氏父子、賈誼之論大道，皆右黃老，黃老之學於是爲極盛。而諸儒老師，區區守詩、書煨棄之餘，蒐殘討遺，用力至勤苦，六經始萌芽嚮明。黃老專道之稱者千餘年，浮屠氏乃益乘閒入中國。正始以來，士大夫尚清談，崇高致，人人言老莊，卒放棄禮法，天下大亂。老、莊氏之教，外形骸生死，寧靜自勝，王衍、何晏之倫，溺心勢物，殆不啻與之背馳絕遠。而老莊不幸蒙其名，是故其學盛於漢，而極衰於魏晉。道不軌於中庸，循其末之弊，固將無所不極，然苟得其本志之所存，其爲禍豈至是哉！初浮屠之入中國也，詞至猥淺。老莊既爲世詬病，高明邁俗之士，知名物訓故之學未足彌道之量，乃竊其說，而附益之於浮屠，宏闡而精研，至不可究詰。嗚呼！道家微而釋氏興，雖以程朱大儒昌詞排之，不能驟絕其流，豈擴清之功不可冀與？抑士之傺侘失志者多樂其說以自廣與？不然，則其道果有可自立者存也。

莊子書詞尤高，好文者尚之，前後爲注者百數十家，獨郭象注最顯，陸氏釋文多存唐以前舊詁，自象注及諸

家益各用己意爲說，本指荒矣。余讀其書，爲衷取羣解，
略發怡趣，要以通其詞爲歸。嗟乎！莊生之言曰：
『有機械者必有機事，有機事者必有機心。』又曰：『大
亂之本，必生於堯舜之閒，其末存乎千世之後。千世之
後，其必有人與人相食者。』悲夫！余讀其言，未嘗不慨
焉流涕也〔一〕。

釋文稱內篇衆家並同，自餘或有外無雜。余謂外、
雜二篇，皆以闡內七篇之義。其分篇次第果出自莊生以
否，殆不可考，其閒皆不無羼益，以其傳久，故一仍之。
其讓王以下四篇，舊次列禦寇前，然自蘇子瞻輩皆斷其
僞。今觀之，猶信太史公稱其作漁父、盜跖、胠篋以詆訾
孔子之徒，以明老子之術。世所號儒者，皆託爲孔子之
徒，今胠篋所言，不及孔子，第絀儒信老是其義矣。若盜
跖直詆訾孔子，是殆擬爲之者讀史公語未審耳，且又烏
覩所謂老子之術者哉！非史公所見之舊，其爲贋決也。
因從宣穎南華經解例，退其篇目，附於後。又姚姬傳先
生謂漢志莊子五十二篇，郭象存其三十三篇。然今本經
象所刪，猶有雜入，可決其非莊子所爲者，則其十九篇，
恐亦有真莊生書而爲象去之矣。昔王伯厚輯莊子逸文，
今更益採掇，錄而存之，亦猶姚先生之志也。其昶又記。

陳伯嚴曰：志深而味隱〔二〕。惜抱翁為老、莊章義
各序，茂密淵雅，直追子固，此作疑無多讓焉。

陳劍潭澹然曰：就莊生一書，推論千古學術，世道
大原，宏遠潔深，突過惜抱莊子章義序矣。

【校】

〔一〕宣統本下有『光緒二十年冬十一月桐城馬其昶撰』。

〔二〕宣統本無『志深而味隱』。

來安章氏家乘序 甲午

來安章氏，其先福建人。當唐之季，高州刺史檢校
大傅諱仔鈞最顯聞。夫人練氏賢而達識，南唐諸將邊
鎬、王建封初爲校卒，坐法誅，夫人爲言仔鈞，得不死。
及是鎬等攻破建州，議屠城，以夫人居城中，遂止不屠
城，民獲蘇。仔鈞生十五子，皆貴達，支裔益蕃，其後或
遷徙他郡邑，皆祖浦城，而宗龍泉。明初有御史中丞諱
溢，佐太祖有功，初與劉基、葉琛、宋濂同徵，太祖曰爲天

下屈四先生，事具明史傳。中丞三子，其季曰存厚，存厚之孫有曰顔者，遷來安，於是又爲來安人。其在龍泉以上，宋文憲公濂撰龍泉章氏世系碑紀其先所出甚詳。

既遷來安，則皆祖顔，顔生洪、潤，而復別爲二宗，洪曰南支，潤曰北支，代有潛德。南支丁單於北，十一傳而至先甲。少孤也，事母孝，母病惡囂，嘗跣足行，懼履舄聲驚母。咸豐中計偕入都，母卒，東南亂起，道梗不得歸，痛自刻罰。久之，成進士，授縣令四川，投牒去，請歸，補前喪。親舊尼之，則曰：『棄親遠遊，生死不相守，不可爲人，况民上乎。』語絕痛，卒不赴官，尋病歿。子法護繼成進士，觀政禮部，痛先烈之不耀也，乃賡續舊聞，乞編修馮煦爲文紀之，曰來安章氏世系碑，又益博稽載籍，補綴叢殘，不僭不遺，具有條法，凡三歲而成章氏家乘若干卷。於是上自浦城、龍泉，以迄近代，章氏千餘年支屬疏戚，粲然著矣。法護之勤其先者如此。又嘗手寫二碑文，暨家傳萬餘言，授其友馬其昶爲之序〔一〕。其昶既敬受而讀之，則肅然歎曰：

嗟乎！仁智之用，豈不大哉！仁其昆弟者，必智能及其父，仁其從父及再從昆弟者，必智能及其曾祖、祖、考者也，等而上之；智及其先祖，則仁亦及其同先祖以下。而要必自親者，始父母之不知，他何有焉？今君承贈公篤孝之懷，益兢兢推及其前世遠祖惻然一本之思，而世之人顧自其一身妻子以外，輒歧而二之，何也？嗚呼！觀於茲譜，其尚知所返乎！是則君之爲此，又豈獨章氏萬子孫所當深念者乎！至其世祚之綿久勿替，宋、馮二碑臚載已具，余故從而略之也〔二〕。

【校】

〔一〕宣統本為『授其友人馬其昶，乞為之序』。

〔二〕宣統本下有『光緒二十年冬十一月桐城馬其昶謹拜撰』。

書張廉卿先生手札後丙申

其昶學爲古文，自同里方柏堂、吳至父二先生。二先生愛之篤，教之切也。方先生曰：『文不衷理道，則其用褻，是宜本經史體諸躬，旁及大儒、名臣所論著。今子文雖工，曷用邪？』吳先生則戒作宋元人語，曰：『是宜多讀周、秦、兩漢時古書。』又言：『今天下宿於文者，無過張廉卿，子往問焉，吾爲之介。』賦詩一篇，諧莊雜出，謂得之桐城者，宜還之桐城。

其祖至江寧，謁張先生鳳池書院。先生則大喜，賦詩爲答。於是其祖年二十有一矣。後屢赴江寧試，從遊久，益多聞緒論。先生之言曰：『文之道至精，古之能者，義不苟立，詞不苟措。陳義必取其最高而尤雅者，造言必深古，不使片詞雜乎凡近，其句調聲響必在在葉乎鏗鏘鼓舞之節。』又曰：『培其源，無速厥成，善學者宜俟其自至。』一日櫂小舟，招其祖遊妙相菴，登臺觀落日，誦杜公出塞諸什〔一〕，迴顧鍾山雲氣滃起，須臾彌滿，雨甚，侵夜及曉。菴内一室祀曾文正公，相與危坐其下，先生爲述文正軼事，慨今者無其人，天下幸終平治矣乎。昒爽，走叩王蓋臣副戎壁門，借馬騎行。王未起，大驚出迎，不與騎，餐罷復乘舟歸。

其後先生移主保定講席，再移武昌，遂曠隔不見。武昌，先生故鄉也。既歸，以書抵其祖〔二〕，道相念，且曰：『子來就我，兩三日程耳〔三〕。』其祖以親喪未葬，不克行〔四〕。前歲客保定，過天津，則聞先生就養陜西，不幸卒矣〔五〕。

先生之去保定，吳先生繼主講席，每與其祖追語先生暨方先生，輒纍欷太息，謂東南耆舊文儒盡矣。其祖自悼幼時喜名，後乃痛矯厲，閟聲光一室之中，十餘年不出，以先生期待之厚，猶遜避弘遠而自阻也。今先生已不可復見，而其祖之齒遂倍初見先生之歲。嗚呼！此其尤可慨者已！

先生工書，力晞魏晉，自唐宋以下蔑如也。爲其祖作書至多，今復彙前後手札十餘通裝池之，而誦其所聞大略綴於後，以見文藝末耳，而其祖之負其師傅且如此也。

王晉卿曰：追述師友淵源，念往感來，情詞悱惻，極似歐公〔六〕。

【校】

〔一〕宣統本下有『音響振越』。

〔二〕『以書抵其祖』，宣統本為『書抵其祖』。

〔三〕『且曰：「子來就我，兩三日程耳」』，宣統本為『速來就我』。

〔四〕宣統本為『不能行』。

〔五〕宣統本為『卒矣，自營壙有宋大儒張子墓旁』。

〔六〕宣統本無王晉卿評語。

素光閣讀經記序 丙申

仲實治經，自與余同學易始。余略涉諸經，遂及秦漢子史〔一〕，下逮唐宋詞章義理之學，茫乎其無津涯〔二〕。而仲實則搏揖於經，凡十有餘年，而十三經畢委心。前訓不得於衷，乃下己意，其說成，而徇余言，削之者幾半，今存者猶二十六卷。嗚呼，何其勤也！余對之未嘗不自憾其多歧，而仲實不忘其始事之同劬也，願得余一言序其端。

余讀前史藝文志，歎其著錄浩衍，莫可殫數，隋唐所入，視漢什百焉，宋明視隋唐又什百焉，然而自漢迄明書之零落就湮者，尤往往什百。其所入不幸而史遺不錄，則益無覬耳。其閒惟託業經術者，於道爲尊，故古今說經之文充棟。道尊，懼吾說之乖於聖，託業者衆，病吾說之同於人。是故經者〔三〕，窮垓埏，綿萬禩不敝者也。託之以存難，存而誦習於人也尤難。施、孟、梁丘之易，齊、魯、韓之詩，歐陽、大小夏侯之書，亡慮皆立學官，師弟子傳業相嬗，猶且微絕，況乃私撰孤行，蘄其歷載彌久，知其難也。鑠心力於至艱之途，而或不存，存矣而吾身則既塊然無覺，久矣夫，亦奚樂於此乎？然而自古鴻生鉅儒皆甘心焉而弗悔者，何也？吾之寄此身於斯世者暫耳，千百世上有聖人焉，吾不得而見之也，其言吾不得而聞之也，吾讀其書，則吾之心與聖人之心可歙然冥契於言議之表，天下之至樂，又孰有加此者邪？〔四〕期適乎吾心之獨喻，而非必果有所待於後！且吾既捐百爲，屏群趨，而篤古者，貴其自得也，不覷當時之榮，而乃採名於沒世，自苦其生，以供不知誰何者之慕惜，寧非傎乎？吾於是而知不得於今，必有傳於後，此猶有兢心焉。終其身於聖人之籍，放意寥闊，而毋或有人之見者存，則庶幾其所謂自得者乎？

仲實之學過吾遠甚，而知之惟余獨深，其勤於業，而不急於聞知也，殆與今之學者異。因讀其書，爲發其旨趣，以告後之人，亦所以訟吾不恆之愆，用自創云。

吳先生曰：其言多驚心動魄，可泣鬼神。

陳伯嚴曰：其氣翔翥於虛無之表，而其聲動心。

姚叔節曰：感喟處，古人從未道及。讀之蒼涼欲涕，文則近肖半山。

【校】

〔一〕宣統本為『余略涉易、書、詩，旨趣遂及秦漢子史』。

〔二〕宣統本為『下逮唐宋瑰瑋之文，修正之詣，業龐而力孱，勤苦而寡所獲』。

〔三〕宣統本為『是是經者』。

〔四〕宣統本為『又孰有加於此者耶』。

謙齋詩集序〔一〕癸卯

曩侍先子檢書架上，得徐毅甫先生詩數篇〔二〕，先子爲言：『徐先生，合肥人，同時以詩名合肥者三人〔三〕。』余時尚幼〔四〕，不能問其詳，徒意以爲古之人也。其後友人孫佩蘭宰合肥，余客其所〔五〕，因得見謙齋王先生〔六〕。先生老而善談，方以風雅詔後進〔七〕。歸告先子，先子曰：『是固所稱「合肥三怪」者也〔八〕，今無恙邪？』歲月駸尋，先子之歿已十餘載。余重客合肥〔九〕，問知先生猶健在〔十〕，未遽求見，久之，先生聞而先施焉〔十一〕，惕愧出謁，一見即問先子所爲四體書家存者幾何矣〔十二〕，更問平生所與遊故人子弟如戴先生存莊、文徵君鬥垣，皆昔先子所嚴事者〔十三〕，自是每見必以爲言。

近時士風喜言新學，於老成人殆忽視焉。夫士負奇自喜，不與衆同酸鹹〔十四〕，則群起怪之，此其習尚誠非厚〔十五〕，雖然彼其怪之，猶知其可貴也，今相率賤簡之耳。先生盛壯時，嘗獨身往說捻首苗沛霖〔十六〕，意氣甚豪，樽酒賦詩，一時名流貴卿暨郡邑長吏交相引重，然卒困於諸生。今年且八十矣〔十七〕，家有小園，蓄一鶴，一漢銅鏡〔十八〕，古書名畫參錯几席〔十九〕，撫孤孫〔二十〕，吟嘯其中。人事之紛乘〔二十一〕，猶不得不降其辭色，與後生少年通殷勤，相款語。俯仰今昔數十年間，世運之遷變，乃如隔千歲，固宜其見於詩者憤惋而不平也。

先生詩已印行，今出其續集未刻者〔二十二〕，命題其後。余讀之愴然不知所以爲懷〔二十三〕，匪獨先子音容邈不可接〔二十四〕，即歲時親朋宴集，欲從容追詢前代舊聞逸事〔二十五〕，環顧左右，莫可告語〔二十六〕。獨其曩時所嘗意以爲古之人者，今猶存天壤閒，吟詩如昔，是可慨也。

陳伯嚴曰： 似惜翁學熙甫之文。

【校】

〔一〕宣統本為『王謙齋先生詩集序』。

〔二〕宣統本為『其昶幼侍先子讀書，偶於架上檢得合肥徐毅甫先生詩數篇』。

〔三〕宣統本為『徐先生同時，合肥以詩名者凡三人』。

〔四〕宣統本為『其時幼』。

〔五〕宣統本為『余來視之』。

〔六〕宣統本為『王謙齋』。

〔七〕宣統本為『方以風雅提倡後進』。

〔八〕宣統本無『者也』。

〔九〕宣統本為『今年重客合肥』。

〔十〕宣統本下有『耳目聰明，不減少壯人。 其昶時方治易，矻矻少暇』。

〔十一〕宣統本為『先生聞其來，先施焉』。

〔十二〕宣統本為『今有存者否』。

〔十三〕宣統本『故人子弟』下為『拳拳不置，大抵皆吾鄉道、咸間先輩，如戴先生存莊、文徵君鬥垣，則昔先子所嚴事者也』。

〔十四〕宣統本為『夫士自負所學，稍違異於衆』。

〔十五〕宣統本為『尚誠為非厚』。

〔十六〕宣統本無『捻首』。

〔十七〕宣統本為『今年且八十』。

〔十八〕宣統本為『蓄一鶴，一漢銅鏡，一晉劍』。

〔十九〕宣統本為『紛錯几席』。

〔二十〕宣統本為『日撫孤孫』。

〔二十一〕『人事之紛陳』，宣統本為『寂寥無俚時，出酬酢』。

〔二十二〕宣統本為『先生詩前集已排印，今出示其續集未刻者』。

〔二十三〕宣統本為『其昶讀之，悵觸前事，若不知所以為懷』。

〔二十四〕宣統本為『不獨』。

〔二十五〕宣統本為『欲相與從容追詢前代舊聞』。

〔二十六〕宣統本為『誰可告語』。

周易費氏學序 甲辰

往其昶束髮就學，閒侍先君子，問家世以上傳業，得知先五世祖一齋府君佩服儒素，邃於易，頗有所論說，軼不存。因請退而受易。既孤，再遊京師，友人鄭杲東父爲舉番禺陳蘭甫先生論十篇解易之旨，時予說易已數卷，無一當者。及主講潛川書院三年，專一此經，旁摭精覈，往往能洞徹閎指，成周易費氏學八卷。洎客合肥，諸生多從受易，誦數講貫，有所益損。寢饋久，用思略盡於是，乃述稽文明孔本費繹傳徵注五篇，粗陳纂輯大凡，而復綴以辭曰：

自孔子親授易商瞿，瞿授橋庇，庇授馯臂子弓，子弓授周醜，醜授孫虞，虞授田何，漢興，田何最爲易大師。田何上溯孔子學業，承傳端緒，一貫如此〔一〕。且秦燔書〔二〕，自詩、禮、春秋、尚書之屬，無慮皆殘滅。易以筮卜書不禁，其編獨完。又諸經釋自後儒〔三〕，人人異端，易有夫子十翼，解剝爻彖之旨，燦焉大明〔四〕。而世學者乃反謂易爲難讀，予甚惑焉〔五〕。太史公述其父談受易於楊何，而其言曰：『易著天地陰陽四時五行，故長於變。』又曰：『易以道化。』漢易師施、孟、梁丘，其傳絶，莫能究其指要。劉向謂楊叔、丁將軍大誼略同，諸易家皆祖田何。然則太史公所述，真孔氏微言矣。

費氏之學不詳所自，徒以彖、象、繫辭、文言解説上下經，此與丁寬易説所謂訓故舉大誼者何以異？是費學亦出田何可知爾已。予治易，一本費氏，以十篇槩平衆家之説，而要以變化爲主，其自爲義例，不詳於繫辭、彖、象者，皆不録。凡所採，起周、秦、漢、魏、晉迄唐，十分而有其三，宋賢之説有二，元、明已來諸儒所遞闡者加二，而予所區區辛苦而幸獲者，又加一焉。蓋易之可通者，十而七八矣。

夫古今遼遠，好學深思之士，顑悴窮巷，爲書不傳，與雖傳而限於聞見，予不及收者，不知凡幾。又不知後來之所得者，更復何如。嗟乎！當其澄思孤往，入泉出天，擘精乎風、姬、孔子三聖之文，校其離合分刌，冥冥乎成，成乎而忘其身之所存，而古若今乃邈不相接也。此尤予之所掩卷愾慕而不能自止者也〔六〕。

陳伯嚴曰：質理蒼潤，篇末混茫之思挑橈無極。

【校】

〔一〕宣統本下有『而著家乃唯易獨多異詫』。

〔二〕宣統本無『且』字。

〔三〕宣統本無『又』字。

〔四〕宣統本為『易有夫子十翼，韋編三絶而後成，解剝爻象，天人之故燦焉大明』。

〔五〕宣統本為『而世學者乃獨謂易為難讀，二者予甚惑焉』。

〔六〕宣統本下有『光緒三十年秋七月桐城馬其昶』。

法言章義序乙巳

往余讀法言，至卒章曰『周公以來，未有漢公之懿
也，勤勞則過於阿衡』，以謂揚擬孔，莽擬周公，適相值而
見紿耳，故誦言其美而無慙。嗚呼！揚子而蠢無知焉
則可，且自韓、柳、曾、王、司馬文正諸公皆盛推揚子，是
必此數公者亦皆蠢無知焉則可。嗚呼！其不然矣。後
見吳先生發明揚子劇秦美新爲刺譏之作〔一〕，且謂揚子雖
祿隱，後之知揚子者，謂揚子之視勢利蓋泊如也。其爲
說卓矣！顧獨以法言歎安漢公之懿，爲著書者之所不
得已，彼貴人必好人諛己，人人諛之，一人不諛，則惡其
慠，吾身之不容，其於書也何有？君子欲成吾書，則俛
默以就容焉，彼觀吾書，而得其疑似之辭〔二〕，且曰：謗
我必章章，然稱道歎羡之也，乃始憖置而相忘焉？故
曰：不得已也。余謂著書以明道也，諛貴人以求成吾
書，不惜俛默就容〔三〕，誠若是，亦何貴有其書？且揚子
通律曆，究象數，依隱末秩，無鈞軸之寄，誠欲詭辭以自
免，則劇秦美新亦足矣，必干世論之不韙〔四〕，而明告萬
世，以爲法言〔五〕，雖蠢無知者不爲。而揚子之書乃有是，
何哉？

今年李生國松從余假方樸山、姚姬傳兩先生手校法
言本，錄其說，益旁摭諸家，慎其持擇，爲章義十三卷。
余重取讀之，至問神篇，於梁、齊、趙、楚之君視之無有，
而歎谷口鄭子真之不屈其志，此揚子所自况也。繼之
以：『或問「人」，曰：「難知也。」曰：「焉難？」曰：
太山之於嵦峌，江河之於行潦，非難也；大聖之與大
佞，難也。嗚呼！能辨似者爲無難。』然則揚子之意可
知爾已。史稱莽敢爲激發之行，虛譽隆洽，當時頌莽功
德者，朝野上下無慮數十萬人，此正所謂大聖之與大佞
難也。並舉莽、伊、周，且謂其過之，非欲人之辨似乎！
向使綴此數章於一篇，其意旨固顯白，而乃錯出以自紊，
斯誠君子譎變以免於亂世，明哲之道也。莽之智有所蔽
不足怪，獨惜後之人亦尠識其微旨，而揚子遂蒙詬於天
下。抑吾觀其書，既美安漢公之懿，又繼之曰：『漢興
二百一十載，而中天其庶矣乎。』莽之僭僞，漢統之不中
絕，而光武興，揚子殆若有前知者。苟全性命以待時清

〔六〕，吾又知揚子之學〔七〕，於易者深矣。

然則宋大儒斥其仕莽者，非與？曰奚其非，斥之者爲萬世立教也，不暇爲揚子一人審也；恕之者以爲得其心，即無害於教。因發斯義於簡首，冀與篤信好古之君子相質正焉。

姚仲實曰：誦其書，而得其微旨之所在，具此識鑒，乃可與論古。〔八〕

【校】

〔一〕宣統本為『吾師吳摯甫先生尤喜揚子書，發明劇秦美新為刺譏之作』。

〔二〕宣統本為『而得其褒譏疑似之辭。曰：謗我必章章，然稱道歎羨之也，乃始憖置而相忘焉，故曰：不得已也』。

〔三〕宣統本為『竊嘗求其說而致疑焉』。

〔四〕宣統本為『必載之法言，奚為者必斡世論之不韙』。

〔五〕宣統本為『而以為法，明告後世』。

〔六〕宣統本無『苟全性命以待時清』，而易為『其言曲而中』。

〔七〕宣統本為『吾又以知揚子之學』。

〔八〕宣統本無評語。

屈賦微序 乙巳

漢藝文志屈原賦二十五篇，王逸楚辭章句離騷一，九歌二，天問三，九章四，遠遊五，卜居六，漁父七，九辯八，招魂九，大招十，其篇第與釋文互異，又不依作者以次其先後〔一〕。釋文次宋玉九辯於九歌前，王逸既以招魂屬宋玉，大招屬屈原，而又次大招於後。太史公明言『讀離騷、天問、招魂、哀郢，悲其志』，則招魂爲屈原作固然無疑。逸乃以大招當之，誤矣。洪興祖則斷自漁父以上爲屈賦，以符漢志二十五篇之數，朱子集注承用其說〔二〕。蓋九章九篇，九歌十一篇，九者數之極，凡甚多之數，皆可以九約之，文不限於九也。王船山先生說九歌前十篇皆有所專祀之神，至禮魂，則送神之曲，爲前十篇所通用，然則禮魂各坿前篇之末，不自爲篇數。今定自離騷至漁父二十四篇，入招魂一篇，凡二十五，與漢志適合。蓋原之賦具此矣。

淮南王安序離騷傳，以謂兼國風、小雅之變，推其志與日月爭光。太史公採其說入本傳，而益反復明其存君興國之念，無可奈何而繼之以死。悲夫！死酷事耳，志定於中，而從容以見於文字，彼有以通性命之故矣，豈與夫匹婦匹夫不忍一時之悁忿而自裁者比乎！天地之氣，儲與扈治，爲人物之所公得，而其間條縷分晰，乃至秒忽不相越紊宗國者，人之祖氣也。宗國傾危，或乃鄙夷其先，故而潛之他族，冀綿須臾之喘息，吾見千古之賊臣篡子不旋踵而即於亡者，其祖氣既絕，斯無能獨存也。事可爲，則單瘁心力，以善吾生，且善人物之生，一人一物之生不善，即吾所得全於天之氣，不有虧乎〔三〕？事不可爲，則返其氣於太虛，太虛不毁彼其氣之浩然者，自旁薄而長存，吾又未見屈子之果爲死也。

性與性相通於無盡，是故屈子書，人之讀之者無不欷歔感泣，然真知其文者蓋寡，自王逸已見謂文義不次。今頗發其旨趣，務使節次瞭如秩如，分上下二卷，名曰屈賦微。人之讀之者，其益可興起而決然祛其疑惑乎？又非徒區區文字得失閒也〔四〕。

陳伯嚴曰：醇意高文，其聲激楚。

【校】

〔一〕宣統本為『皆不以作者先後次序』。

〔二〕宣統本為『朱子集注一承用其說』。

〔三〕宣統本為『即吾之氣不有虧乎』。

〔四〕宣統本有『光緒三十一年夏五月戊戌桐城馬其昶敘』。

慎宜軒集序 戊申

外舅安福君謝官歸，余爲館甥，時叔節偕其兩兄方就外傅，三人者性質殊然，皆與余相善也。外舅工爲詩，其論學戒炫鬻，吾黨硜硜，一循其軌轍。叔節年少，學驟進，詩文並茂，余不能詩，嘗一爲之，不工，遂棄去。外舅之重莅安福也，通州范肯堂亦就婚官舍，遂大爲詩，父子、兄弟、甥舅、夫婦更迭和唱，裒然成編矣！其後改令竹山，終於任所。閑伯已前卒，肯堂會喪桐城，時幽、燕俶擾，天子蒙塵，肯堂被病清羸，感觸身世之際，淒然苦語窮朝暮，索余文觀之，未及半而去。

今肯堂則既死矣，獨余與仲實、叔節猶得假館近縣，歲時歸聚，從容出所業相質正，然誠不意今便爲逾五十人也。頃叔節見語，郡守惲公録其文，將爲印行，徵余序，余未及爲。先是叔節以皖中新刻肯堂詩寄我，評目其詩國朝第一。余復書論肯堂所詣誠過絕人，顧詩家各有其性情體貌，正不容軒輊，且吾輩數人暱好，世所聞也，稱心而言，人疑其黨，因約刻集不相爲序。叔節遂亦不余强也。

余既盡讀肯堂詩，私念今世寧復有是詩，又寧復有斯人乎？世曷嘗無人，有之而不與吾接，則等於無矣。幸而並生一域，又託爲骨肉親愛，當其生，不知其難得也，及其既逝，彼此志業所期，或頗未傾寫，猶不若後人讀吾書者之我知，寧非憾邪？所謂戒炫鬻，又豈此之謂乎？然則叔節之檢存所作，用諗同志，有以哉！余雖欲不言，烏得已也。肯堂歿，余未有紀述。敘叔節文，感而思焉，若夫叔節才美不後肯堂，同爲吴先生所激賞，其名聲已自能顯於世，余故不暇以詳，仍前志也。

王晉卿曰：先生善於言情，左縈右拂，低徊欲絶。

抱潤軒文集四

桐城馬其昶通白

序

合刻朱子語類鈔政績記序〔一〕庚戌

太史公言：『儒者博而寡要，勞而少功〔二〕。』蓋七十子喪而大義乖，此所謂儒據乖喪後言之耳。孔子曰『博學於文，約之以禮』，孟子曰『博學而詳說之，將以反說約也』，曷嘗寡要哉？漢後儒者，得聖人之博，六藝、九流、百家、諸子，各有所發明，咸得其一體。宋賢蹶起，默契道真，至朱子而集厥成。

朱子之學，自天地、陰陽、曆算、兵刑、食貨、國故、朝章〔三〕，以逮詩文、藝術，罙之極其精，討論之極其備，其博也如此，而其雅言切至，則不外主敬、致知、修己、治人之道〔四〕，又何約也。此與孔孟之所爲教，何以異？自後君天下者，雖不能躬有其道，必採其學說以持世。由宋歷元以至明中葉，儒者風趨，嘗迭更矣，實皆莫越朱子之園範，篤守前軌以謹身寡過〔五〕，此其所得也。而辟者至乃溺章句，昧本真，於是陽明王氏起倡良知之說，用駕朱子〔六〕，著朱子晚年定論一書，取其合於己者以謂此定論也，其不合者誤也〔七〕。夫良知之說，朱子何嘗不言，彼自矜爲創獲，求之朱子書，皆已具。引之以救末流之失，奚不可者，必以爲晚年定論，則誣矣。因末流之失，而更致疑朱子之誤，則尤誣也。當世衰道敝、人心憒眊之餘，王氏之說出，又豈無摧陷廓清之功哉！偏主所學而務張之，遂不勝其弊矣。我朝聖祖仁皇帝乘千載之會，躬修心得，益契符朱子，躋之十哲之列。當是時〔八〕，君相所相與講求者，惟朱子之學〔九〕，彬彬乎，彧彧乎，斯道之極盛。已而一二儒者或矯王氏之失，務實事求是，攷證訓詁，以博爲量〔十〕。夫實事求是，亦朱子之學也，而諸儒必別其門戶，群集矢朱子，久之，風尚移而世運亦滋替矣〔十一〕。良知家言主於約，實事求是。漢學家言主於博，皆出於朱子，而皆叛焉。則好勝之情有以蔽之，故君子慎之也。

朱子語類凡百卷，番禺陳蘭甫先生嘗鈔錄五卷，皆言克治之事〔十二〕，其東塾讀書記別有朱子一卷〔十三〕，乃皆博學多聞之事，二者皆所謂實事求是也〔十四〕。博觀朱子書而約取焉，絕無兢心勝念萌於至隱〔十五〕。使乾嘉諸儒見之，可以息異同之畛，使陽明王氏見之，本其意以尚論昔賢，更不至有矯誣之失，斯可謂善讀朱子書者矣。同時當塗夏弢甫先生有記朱子外任政績二卷，合陳、夏二書觀之，而朱子之學所爲體用本末，燦然略具。抑又聞昔大興王昆繩以經世氣節自高〔十六〕，意輕朱子，方侍郎靈皋規之曰：『子毋視程朱爲氣息奄奄人也，觀朱子上孝宗書，雖晚明楊、左之直節無以過。』王聞之悚然〔十七〕。今之好詆娸朱子者，皆其於朱子書從未寓目者也，余故附論及之〔十八〕。

王晉卿曰：持平立論，不為囂張，足徵作者學養之深。

柯鳳生曰：本源盛大，非淺學所知。〔十九〕

【校】

〔一〕文稿鈔本為『合刻朱子語類日鈔及外任政績記序』。

〔二〕文稿鈔本為『勞而少功』。

〔三〕文稿鈔本為『自天地、陰陽、曆算、兵刑、食貨、經訓、史傳、國故、典章』。

〔四〕文稿鈔本為『則不外主敬、致知、修己、治人之道而已，平生博極群書，而嘗舉以教人者，惟語孟四子』。

〔五〕文稿鈔本為『蓋千百年來儒者風趨，嘗迭更矣，實皆莫越朱子之圍範，由宋歷元以至明中葉，篤守前軌，無一言一字或軼乎外』。

〔六〕文稿鈔本下有『天下翕然從之，幾有奪席之勢』。

〔七〕『其不合者誤也』，文稿鈔本為『人之所誦習云者，皆其誤焉者也』。

〔八〕文稿鈔本下有『廟堂之上』。

〔九〕文稿鈔本為『惟朱子之學為歸』。

〔十〕『考證訓詁，以博為量』，文稿鈔本為『後進彌以淩轢，風尚移，而世運亦滋替矣』。

〔十一〕文稿鈔本無『久之，風尚移而世運亦滋替矣』。

〔十二〕文稿鈔本下有『此誠正中之實事求是也』。

〔十三〕文稿鈔本為『先生東塾讀書記別有朱子一卷』。

〔十四〕『二者皆所謂實事求是也』，文稿鈔本為『則格致中之實事求是也』。

〔十五〕文稿鈔本為『博觀朱子書而約取之，而絕無兢心勝念萌於至隱』。

〔十六〕文稿鈔本為『又聞昔大興王昆繩先生以經世氣節自高』。

〔十七〕文稿鈔本無『王聞之悚然』。

〔十八〕文稿鈔本下有『宣統二年冬十月桐城馬其昶』。

〔十九〕文稿鈔本無評語。

書方望溪評點柳集後〔一〕庚戌

憶小時自塾歸〔二〕，或持望溪先生致雷翠庭札數通求售〔三〕，請於先君，願留藏，先君許諾，議價卒未諧〔四〕，迄今四十年矣，猶時時往來胸中〔五〕。先生僑居江寧〔六〕，故遺墨存里中者殊罕〔七〕。蕭敬孚丈留心鄉邦文獻，喜藏書〔八〕，每文酒高會，輒舉其所有以詫衆，曰：『此足以傲公等矣！』嘗自矜言有先生家書，然不以示人。蕭丈故後，圖籍散佚，余從其子受鎔求所謂家書者，實乃殘札一紙耳〔九〕，合方嵞山、百川兩先生手書，共三紙，前有蕭丈題字〔十〕。今年攜來都中裝池，偶過廠肆，見朱筆評點柳集八册，無年月、款識，其評語實出先生，余曩從他本迻錄之。吴至父先生嘗笑謂吾輩讀柳文幾仰若天人，方侍郎乃殊不快意，時摘其瑕纇〔十一〕，何識量之相懸邪，即謂此評也。細審其字畫，與殘札無纖毫異〔十二〕，册首皆有程崟印記，程固先生門下士也〔十三〕，則此書爲先生親筆講授無可疑者。前有補綴處，當是南山集禍作，藏者翦除款識以泯其迹。余得南山手書贈張文端公詩册，其名氏亦滅沒也〔十四〕。是時適頒冬季俸米四石有奇，亟糶而購得之，殊不自意。老年入都，漫補一官，神者餉我，俾獲此書以慰其區區數十年之積想，古人音塵不可接矣，得覩其遺迹，意乃彌視，儻亦拙者尋樂之一方也。家有姚姬傳先生評點法言三册，外舅竹山公所賜也〔十五〕，當一匣而併藏之。

比年讀書者日少，書值乃驟高〔十六〕，東雅堂韓集、濟美堂柳集，價至二百金〔十七〕。此亦明時刻本，向使款識未滅，書賈知而居奇〔十八〕，則非余力所能有。今竟有之，幸矣〔十九〕！因詳識於此，庶後之得者加愛護焉〔二十〕！此書暫不出門，朋儕中或欲傳寫，請以其副本〔二十一〕。

吴辟畺闓生曰：寫得意處，極有神態，是大家率意之筆。

王晉卿曰：自道其平生所嗜，故文特雋快〔二十二〕。

【校】

〔一〕文稿鈔本為『書方望溪先生評點柳集後』。

〔二〕文稿鈔本為『憶小時讀望溪先生文，想慕其為人，一日自塾歸』。

〔三〕文稿鈔本為「或持粥先生致雷翠庭劄數通」。

〔四〕文稿鈔本為「卒以價高不能有也」。

〔五〕文稿鈔本為「猶時時往來胸中不置」。

〔六〕文稿鈔本為「先生少居江寧，終身宦學於外，不恒歸里」。

〔七〕文稿鈔本為「故手迹之存於里中者絕罕」。

〔八〕文稿鈔本為「好古多藏」。

〔九〕文稿鈔本為「余從其次子受鎔求所謂家書者，實乃殘札一紙而已」。

〔十〕文稿鈔本為「前有蕭文題檢」。

〔十一〕文稿鈔本為「時摘指其瑕纇」。

〔十二〕文稿鈔本為「與殘札無毫末差失」。

〔十三〕文稿鈔本為「每冊首均有程崟印記，程固先生高弟弟子也」。

〔十四〕文稿鈔本為「則此書為先生親筆講授以付學徒無可疑也」。

〔十五〕文稿鈔本為「家有姚姬傳先生手評法言三冊，外舅竹山公所賜」。

〔十六〕文稿鈔本為「比年廠肆書值奇貴」。

〔十七〕文稿鈔本為「索價至二百餘金」。

〔十八〕文稿鈔本為「向使書賈知而居奇」。

〔十九〕文稿鈔本為「寧非幸耶」。

〔二十〕文稿鈔本為「尤幸矣」。

〔二十一〕文稿鈔本有「宣統二年冬十月馬其昶記」。

〔二十二〕文稿鈔本無評語。

夬齋集序〔一〕辛亥

婁縣張符瑞先生，諱爾耆，早歲受詩古文法於姚春木先生，文宗宋歐陽氏、曾氏〔二〕，詩喜韋、孟，自署其燕居之室曰夬齋。既歿，其令子聞遠孝廉裒輯所著詩五卷、文一卷，刊之曰夬齋集。先生生吳會，盛文藻，又承乾嘉後，經史多勘定本，年十九補博士弟子，即棄科舉業，求諸家平校祕籍，手鈔盈數十篋，熸於寇亂，今存者九經注疏、書、詩、三禮、三傳、爾雅，皆用惠氏棟本〔三〕；周易用嘉善浦氏鏜、金山沈氏大成本；晉書用錢氏大昕本〔四〕；而杭氏世駿點識横雲山人明史稿，則迻錄於明史。尤喜全唐詩，用丹黃紫墨別識之，暨他雜史子集，猶可四篋。平生篤行誼，本生父置義田未就，推己所應受者卒成之，後從子某私售義田償博進，族人欲訟之官，復傾貲贖之歸，家以中落。

先生有子錫恭傳其學，即聞遠孝廉也，盡發篋取先生遺書讀之，通三禮尤精喪服，人謂先生棄產卒，其所以爲後嗣計留者，孰爲多？光緒末詔開禮學館，大臣聘聞遠爲纂修官，後遇其昶京師，出先集請序〔五〕。余惟漢經師往往家世傳業，以聞見切，材易範，學易染也。先生博覽而通，而聞遠遂爲禮經專家，辭貌樸訥，每與聞遠接，疑不類今世人，因益追想先生風槩，恍如睹焉，故不辭而序之〔六〕。

王晉卿曰：如龍門百丈之桐，扶疏無枝，置之昌黎集中，殆無以辨。

方常季守敦曰：淵茂整潔，集中高文。〔七〕

【校】

〔一〕文稿鈔本為『張符瑞先生夬齋集序』。

〔二〕文稿鈔本為『文宗宋歐陽氏、曾氏』。

〔三〕文稿鈔本為『則用惠氏棟本』。

〔四〕文稿鈔本為『晉書則錢氏大昕本』。

〔五〕文稿鈔本為『後與其昶遇京師，出先集請序其首』。

〔六〕文稿鈔本下有『桐城馬其昶』。

〔七〕文稿鈔本無評語。

許編修詩集序〔一〕辛亥

編修與余未相識〔二〕，則嘗致其先王父事狀以屬余，去年入都，乃得晤，雖不恆見，然心知其篤古好學人也〔三〕，久之，盡出所爲詩歌數百篇見示〔四〕。蓋官翰林事簡，無他慕，則一究於詩。初學唐人溫庭筠、李長吉〔五〕，繼乃專主昌黎，賦五言古詩贈我，不謂之韓不可也。

京師賢豪所萃，余所與遊其稍深者，則其性情嗜好每與世殊，沈隱下僚，坐觀時事之遷變，憤憂太息，無聊不平之氣往往發見於文字，爲詩歌者六七人焉，爲古文辭者二三人焉。時政聿新，貴要顯密之途爭採士譽望，破常格取用，不於此時樹立名績，而憔悴專一以娛嬉於古，其見譏通識宜矣。然而古今中外所推鉅人長德，能致尊主庇民之烈，彼其中之所存，必有以自異，決非營營於祿利者比也。吾又疑諸人所未可知者，才耳，以其篤古，不營營祿利，遂謂異日能致尊主庇民之烈，誠亦未敢遽信也。雖然，世無尊主庇民之士，苟有之，必自於此，不自於彼，無惑焉已。

始翰林爲朝廷儲才地，負清望，不勞以吏職，歲除月遷，卒致位公輔。自國勢再挫，天下憬然知實學之足重，詔罷科舉，立學堂，翰林之選輕矣。舊以文學居是職者，既無能一當，而遊學東西國，習工商醫礦雜業，懵不知綴辭屬文爲何事，洎反國部試，則寬假之，幸得上列，亦畀以翰林之職，歲增數十人，皆冀用新知踰等超進，饋遺造請，汲汲無少暇，其所已學，曠日不復理，又皆怠忘廢棄。韓非有言，『所養非所用，所用非所養』，此所以亂，豈獨科舉時然哉！

然則編修不並其心力，希古人，以從事於詩，更何爲乎？〔六〕今將刊布其集，勤以序請辭，不獲已，余乃慨然而書之。

王晉卿曰：夷猶跌宕，如白雲在空，有舒卷自如之妙。

章枚叔曰：其言曲而中，其事肆而隱，主文譎諫之流也，全袟之中，斯為絕作矣。〔七〕

【校】

〔一〕文稿鈔本為『許際唐詩集序』。

〔二〕文稿鈔本為『許際唐編修未相識』。

〔三〕文稿鈔本為『然心知其澹靜好學君子人也』。

〔四〕文稿鈔本為『盡出其平生詩歌數百篇見示』。

〔五〕文稿鈔本為『初學唐人溫庭筠、李長吉之所為』。

〔六〕文稿鈔本為『以從事於詩者』。

〔七〕文稿鈔本無評語。

南山集序 甲寅

吾縣當康熙朝，方望溪侍郎以古文名天下，而同時與之齊名〔一〕，最爲侍郎所心折，則戴先生名世也。先生字田有，一字褐夫，號憂菴，晚歲築室南山岡，學者稱南山先生。侍郎篤於經學，風檢嚴峻，文肖其行。先生則負逸才，生際鼎革，讀太史公書而慕之，綱羅放佚，將欲成一家言，於朝章國故及倫紀義烈瑰瑋之行周諮博訪，若嗜欲之切於身〔二〕。不幸家貧，粥文爲活〔三〕，無從容一日之暇得就其業也。其邁往不屑之氣睥睨一切〔四〕，諸公貴人畏其口，尤忌嫉之。年五十七，始中式會試第一，殿試一甲二名及第。又二年，而南山集禍作，先生之所欲自奮於不朽，以頡頏太史公之所爲者〔五〕，豈唯業之未就，並其身而殉之，茲其可爲痛悼者矣！

先是，門人尤雲鶚刻先生古文，曰南山集，而侍郎爲之序〔六〕，集中有與余生書，稱引明季三王年號，又引及方學士孝標所著滇黔紀聞。趙公申喬方掌風憲，奏劾南山集狂悖不道，遂逮下獄。侍郎與學士同宗〔七〕，又序南山集，坐是，方氏族人及凡挂名集中者，皆獲罪。先生在獄兩載，九卿奏當極刑，猶賴聖祖矜全其親族，又以安溪李公言，宥侍郎及方氏全宗〔八〕。

竊嘗究觀是獄，而深疑焉。先生雖輕世肆志，而雅尚儒術，尤喜推大忠孝之節，既爲清臣，復何所不足，而致其怨望〔九〕？趙公號爲名臣，又上值仁聖之主，區寓乂安，羣萌被澤，先生乃獨以文字受禍如是之烈〔十〕，其故何也？豈非天下初定，文儒學士議論之向背，足以移易世風民情，易蕩而難靖？觀近者種族革命之説興，而累世之基渙於一旦，則當時君相必嚴懲之，以遏其萌者，誠計深慮遠而有所不得已也。雖然，行之而可久者，道也，勢則有時而窮，勢之既窮，則前之抑者愈甚，後之動而反也愈力，固不如大同壹納於道者之無所於兢也夫。道與勢之勝負，必要其終極而後知。而當其始，固未暇恤一人之冤，坐貽宗社傾危之禍，而先生不幸遂罹其殃也。悲夫！

先生既得罪，南山集燬矣，私家閒有寫本，隱其姓名曰宋潛虚集，光緒初，禁網大弛，書賈爭傳印，訛奪不可讀。先生嘗自言其文未經鍛鍊，欲細加别擇更定而後出，今所行率多應俗之篇，決知其不欲存者。惜哉其不及自定之也。侍郎亦謂尤氏所刻，猶非褐夫之文也，褐夫之文蓋至今藏其胸中而未得一出焉。仁和邵君伯絅好先生文特甚，謀欲精刻之，以校訂之役見屬，因本先生别擇更定之意，集録其文百六十四首，爲十二卷，蓋先生文之精者具此矣。至其藏之胸中而未得出者，已終古不可復見，又寧獨先生之不幸也哉！故余頗推論其學行及被禍始末，以待後之人攷鑒焉。

林畏廬紓曰：古今事變，數語括盡，其行文精爽，純是昌黎家法，除夕與陳弢叟談當今作手，叟首推先生，信乎叟之知人也。

王晉卿曰：高識精論，可當一子讀之，但覺方來之禍，可危可懼。

章枚叔曰：道可久，而勢有窮，斯編足為千古龜

鑒。立言微婉，亦與良史同符，可謂蘊藉深厚之辭矣。〔十二〕

【校】

〔一〕文稿鈔本為『當康熙朝，吾縣方望溪侍郎以古文名天下，而同時同邑與之齊名』。

〔二〕文稿鈔本下有『唯恐其不當』。

〔三〕文稿鈔本為『賣文四方』。

〔四〕文稿鈔本下有『時時發見於文字』。

〔五〕文稿鈔本為『以頡頏太史公、歐陽永叔之所為者』。

〔六〕文稿鈔本為『而方侍郎為之序』。

〔七〕文稿鈔本為『時學士已前卒，侍郎實與之同宗』。

〔八〕文稿鈔本為『宥侍郎及其全宗』。

〔九〕文稿鈔本下有『其書具存，可覆按』。

〔十〕文稿鈔本下有『至今以為口實』。

〔十一〕文稿鈔本無評語。

濂亭集序 甲寅

往者武昌張先生主講金陵鳳池書院，年六十矣，門人查燕緒謀所以爲壽，因寫錄先生文稿刊行之，曰濂亭文集八卷。未幾，移主保定講席，又移鄂，最後就養西安，遂卒，年七十有二。黎庶昌蒓齋觀察蜀中，爲刻續著文二卷，詩二卷，曰濂亭遺集。今先生孫孝移既重刻遺集於京師，而復取查本刻之，合爲全集，屬識其緣起。其昶於先生文誦習久，乃敢究論之曰：

文章之傳尚矣。古無所謂宗派之說也。自周末文勝，百氏雜家並出，非堯、舜，薄湯、武，觝排周、孔，坑焚之禍遂作，其歷灰燼而幸存者，皆其文之至精者也。世徒咎秦燔書，不知詩、書六藝至精之文，非秦所能燔也，故不久而遂出。若夫非聖無法之篇，澌滅亦固其所，使其盡存，爲禍當益烈。漢隆儒術，其文辭彬彬爾雅，冠絕後代，建安以還，競尚藻繢，至唐韓子乃矯而返之六經。於是歐陽公稱：韓、李之徒出，元和之文始復於古；又稱：宋興幾百年，而古文始盛於今。由歐公之言觀之，疑若示天下以不廣，然而後世知言君子，卒不能易其說也。自歐公之存，南豐、臨川、眉山父子相與爲師友，誠可謂極盛。其後數百年，明則有歸氏，清則有方氏、姚氏、梅氏，此數家者，尤學者所歸嚮。同治中興，曾文正公以德行、文學鑄陶天下，羣材輻輳，不專一長。曾公論文，私淑方、姚，而友梅氏，其於門徒，則盛稱張廉卿、吳至父兩人。廉卿者，先生字也。吳先生後死，文名被海内外，乃獨心折先生。由二先生之言以上溯文正及姚、方、歸氏，又上而至宋唐大家，而至兩漢，猶循庭階，入宗廟，而禘昭穆也。古今爲文者衆矣，然而淺深離合之際，其辨至嚴。世固有能審雅宴之聲，而別淄澠之味者，宗派之說，即由此起焉。

曾公序歐陽生文集詳矣，學問之淵源漸被，誠未可誣，要皆不盭乎經術，足以持世而章教。當文正公開閣延士，賓僚極一時之選，朝廷置封疆大臣，率取材曾門。先生受知最夙，不緣舊恩有所階進，弱冠舉於鄉，選内閣中書舍人，即棄去，一肆力於文，故其成就卓卓如此。今先生歿逾二十年耳，而國論大變，視古聖籍若糞土矣。讀先生文，因寄其慕思於千載上，不知世變之何所終極，乃慨然而書之。

王晉卿曰：樸茂淵懿，中間由曾文正入張廉卿，尤有御風而行之妙。〔一〕

【校】

〔一〕文稿鈔本無評語。

陶廬文集序甲寅

曩余客保定，則嘗聞王晉卿先生文學爲北方稱首，比迻錄其校定墨子及易說數則以歸，及今三十年，始遇之京師，朝夕談藝相得，各出所著文評騭當否。

嗚呼！文事之輕於天下久矣，況世變日亟，曾不能抒謨建議，乃抱其陳朽之業，互慰寥寂，召笑取侮，而不知止者，何也？竊嘗以謂人之命質於天也，各有所宜，善用之，其長皆有以自見，或以德淑，或以才效，或以言牖，叔孫氏所謂三不朽者，不必强同，要歸有益於世而已。世與世相續，以至於無窮，有此一世則有此一世之政典焉，人物焉，欲傳載之以餉後世，則文尚矣。而或工或否，相倍蓰焉，其傳載之久暫晦顯，一視其文工否以爲之差，故世不能無賴於文，賴於文，又不能不求其工，亦其理然也。且夫天下事理之繁賾，非一人之神智所能獨淪也。人人有其神智，各以其所自得者著之策而餉於人，推之於前古，推之於四海九州，凡其著於策者，皆可資人之益。然而人之資焉者，有得有不得，得之者有閡，有瑣，有易，有艱，則辭之高下爲之也。文豈不難哉？歐陽公稱古聖賢之不朽者，不待施於事，況於言乎？而因譏勤一世，以盡心於文字閒者，皆可悲也。予謂文患不工耳，誠工矣，則雖鉅德隆功，且賴文以載之不朽〔一〕，又可譏乎哉？

晉卿先生著書四十餘種，凡百八十餘卷。其釋羣經諸子，實事求是，一本之故訓，其攷輿地及紀泰西列國事皆精確，而具史裁，其爲詩古文辭，則謹守家法，而於吾鄉方、姚諸先生之緒論，尤津津道之不厭也。其爲書雖浩博，而戾於道者鮮矣，故能裨益世用。先生名樹枏，新城人。其大父重三先生以名進士都講郡城，門下著籍者數千人。先生濡沐先業，早惠夙成，既通籍，由牧令以躋監司，蹟而再奮，鍥學不捨。今老矣，太夫人猶在堂，家累數十口，貧不能歸，每與余言之太息也。會開清史館，先生承今相國命，取畿輔先正遺集蒐討而論述之，將以備一方文獻，可謂勤矣。其所自著陶廬文集二卷、文莫室詩集八卷已刊行，今續刻詩文集共若干卷。余發斯義簡端，言之而不怍，亦欲援先生以自壯也〔二〕。

王晉卿曰：於文章身分，自命甚高，筆筆以波折出之，紆迂動宕，餘味曲包，但刻畫無鹽處，未免阿好耳。

林畏廬曰：轉折關鎖，在在皆有家法，讀之尋味不盡。〔三〕

【校】

〔一〕文稿鈔本為「且賴以載之不朽」。

〔二〕文稿鈔本下有「甲寅冬日桐城馬其昶序」。

〔三〕文稿鈔本無評語。

林畏廬韓柳文研究法序 甲寅

今之治古文者稀矣，畏廬先生最推爲老宿。其傳譯稗官雜說徧天下，顧其所自爲者則矜慎斂遏，一根諸性情，劬學不倦。其於史漢及唐宋大家文，誦之數十年，說其義，玩其辭，醰醰乎其有味也。

往與余同客京師，一見相傾倒，別三年，再晤於京師，陵谷遷變矣，而先生之著書談文如故。一日出所謂韓柳文研究法見示，且屬識數言。世之小夫有一得輒祕以自矜，而先生獨舉其平生辛苦以獲之者〔一〕，傾困竭廪，唯恐其言之不盡，後生得此，其知所津逮矣！雖然，此先生之所自得也，人不能以先生之得爲己之得，則仍誦讀如先生焉。久之而悠然有會，乃復取先生之言證之，或反疑其不必言，然而不言，則必不能久誦讀如先生決矣。故先生言之也，人之得不得，於先生何與？乃必傾困竭廪唯恐其言之不盡。嗚呼！同類之相感相成，其根於性情，殆亦有弗能自已者乎〔二〕！

王晉卿曰：跌宕多姿。〔三〕

【校】

〔一〕文稿鈔本為『而先生獨舉其平生辛苦以獲有者』。

〔二〕文稿鈔本下有『桐城馬其昶序』。

〔三〕文稿鈔本無評語。

古文辭類纂標注序 乙卯

蕭縣徐君又錚既去官，則大肆力於文，取古文辭類纂讀之，苦無以發其意也，因集錄歸、方，以逮近世梅、曾、張、吳諸家之說，覃思而熟復之，又將刊以餉同志，屬予序焉。

古者左史記言，右史記事，文字之用萬端，要不外事、言二者而已。由是二者推衍而析其類，則名目繁多，至不可勝紀。總集昭明文選最著，顧其分類多未當理。李漢親業韓門，其編昌黎集，出入亦不無可議者。自吾鄉姚先生書出，義例至精審矣。姚選分十三類，曾文正公更約爲三門十一類，曰論著，曰告語，曰記載，與姚說小別大同。學者誠準此二家，以辨文體，晰如也。

蓋審同異，别部居，可以形迹求也。若夫古人之精神意趣寓於文字中者，固未可猝遇，讀之久，而吾之心與古人之心冥契焉，則往往有神解獨到，非世所云云也。故姚選平注至簡。昌黎論文，務去陳言，凡一詞一義爲人人意中所有，皆陳言也。陳言爲大家所忌，即何容取常人意中之語，以平議古人至精深奧賾之文乎？此姚氏之所慎也。

懸九級之臺於衆閒，躡其一級，則所見視平地有加焉；累而上之，級愈崇，則其見愈廣。塊坐一室之中，而冥度其上，無當也；天高氣肅，目際無垠，據其巔，述其所嘗覩，則思攬其勝者，踵至矣。夫文字之見，隨所觸感，各肖其性識才學以出，其淺深高下不同之致，奚啻九級之臺乎？

姚氏之書所以足重者，以其鑒別精，析類嚴，而品藻當也；今又錚又集錄諸家之說以輔益之，自來論文精語，未有過此諸家者。其爲說雖多，與姚氏之旨曾無少異，何則？其淵源同也。述所目覩，以導先於人，又錚之爲此，誠善矣哉！抑又錚以幹濟才，時方多難，不盡瘁國事，乃區區勤儒生之業，吾又且爲世惜也。

王晉卿曰：作者於姚氏之學資之甚深，故津津言之，皆抒其所自得。其夷猶跌宕之妙，尤令人挹之不盡。〔一〕

【校】

〔一〕文稿鈔本無評語。

抑快軒文集序乙卯

福建有清一代以文學名海内最著者二家，曰朱梅崖、陳恭甫。鄉者予得陳氏書數種，其攷證皆精贍〔一〕；梅崖文往往見近時諸家選錄，未覩其全也。及來京師，陳弢庵師傅以梅崖集見餉，讀已，歎其沈浸於古者深矣。一日，又出示抑快軒集廿卷，曰：『此光澤高雨農先生遺稿也，無刻本，予舊從其家錄副，今又購此，子試觀而究論之，其不終泯沒乎！』

時予方治毛詩，未暇及，偶展讀焉，則其味澹如泊如也，久之再讀，醰如也。其陳義高，其言不過物；其思穆，能使人愉，使人憬以栗，如寤而聞寥廓之鳴聲；其創意造言，遜於朱，該洽遜於陳，要其天機清妙，高視塵壒之表，卓然能自樹立，非二家所可囿也。

既誦其文，則益欲攷其行事。蓋先生諱澍然，爲梅崖再傳弟子，而恭甫編修則其平生所嚴事者，又與二張氏爲石交。二張氏族兄弟也，紳字怡亭，能古文；際亮字亨甫，以詩名者也。先生充嘉慶七年選拔貢生〔二〕，是年獲鄉舉，攷授内閣中書，未幾移疾歸，教授郡邑，終其身研說經傳。尤篤嗜韓、李二集〔三〕，著有春秋釋經、論語私記及韓文故、李習之文讀〔四〕。

先生之言曰：『人品之邪正，視心術，心術之清濁，視利名之澹否。』故其告歸也，方壯齒，讀其文，知其行也，觀其行，又益知其文也。且非獨先生然也，自朱、陳二先生，皆生際休明，掇巍科，敝屣不有，以自成其學，爲盛時之大隱。嗟乎！唯盛時乃能隱也。朝野蹙蹙，容身無所，棄奇以與人同，古有之矣，求隱而不得，尤可悲與！抑君子所能自靖者，心耳，吾之心不蘄白於世，而世知之者，以其文存也。讀先生文，觀其行，不禁睪然高望於世焉，書此以復陳公，俾刊傳之〔五〕，豈第存其鄉邦文獻，亦使異世孤懷自潔之士聞而興感也。

王晉卿曰：文境之超逸冷然，如御風而行，繞梁之音，尤令人不知涕泗之何自。

吴辟畺曰：文境淡遠，乃作者獨擅，後數行尤卓然於意言之表。〔六〕

【校】

〔一〕文稿鈔本下有『義正而辭雅』。

〔二〕文稿鈔本為『嘉慶七年選拔貢生』。

〔三〕文稿鈔本為『尤篤嗜昌黎集』。

〔四〕『及韓文故、李習之文讀』文稿鈔本為『唯韓文故已刊行』。

〔五〕文稿鈔本為『俾刊之』。

〔六〕文稿鈔本無評語。

壯陶閣書畫錄序 乙卯

癸丑春，予主皖高等學校，時霍邱裴君伯謙參帥府戎幕，因得相見，談藝甚驩。君淹雅，精鑒別，其藏弆古書畫〔一〕，自晉、唐、宋、元以迄近世諸家，數以百十計，皆見前人著錄〔二〕。其所以得多如此者，以咸豐時圓明園被夷禍，粵匪起東南，禍尤烈，光緒時有拳禍，上自天府琳瑯、故家舊物，皆頗散出。君牛際其時，又遊處高明，少隨宦江蘇，洎登第，留京朝，旋改官粵，皆大都會，人文之所萃也，物聚所好，亦會有天幸，往往得名蹟。嘗摹刻數十卷〔三〕，世所稱壯陶閣帖也。今年復遇之京師，君將集寫所藏書畫諸題跋，爲壯陶閣書畫錄，屬予弁言。

予維吾皖文物盛美，爲海內所推〔四〕，自大儒名臣，以逮文章藝術，各自名家〔五〕，獨以收藏著稱者罕。今君書出，視孫北海、高江村輩所錄，且倍蓰焉，其亦足以補先輩之遺矣〔六〕。然予謂此於君抑末也，始君有幹略，出爲大縣，高自標特。當是時，粤中大府以勳臣子驟起爲督，厲威稜，喜怒無恆操，尤惡君文儒敢抗己，誣奏君，必欲置之死，求君罪不得〔七〕，則遣戍極邊。君夷然就道，歌吟笑呼，平騭今古，著河海崑崙錄八卷。讀其言平恕近理，知爲君子人也。而前總督誣奏君者，時移勢易，至失所據依，爲天下笑。

君乃不憤於前，不忻於後，託身幕府，嬰膺薦牘，非仕非隱，每高朋宴集，出斷爛紙墨，交訂互賞，一如曩時。其意量抑何遠邪！當其得意，幾不知朝市之已屢更，豈非鍥古者深？則其視人世之榮辱、虧成、夷險、憎愛，眇然若蘀葉之隕吾前，曾不足當其一哂也，況夫斷爛紙墨之無與吾身者哉！然則是編也，君平生精力所嘗竭也，要之亦其寄焉者爾。

吳辟疆曰：前就集錄書畫言之，而生平行迹賅括略具，文法甚奇，末段高情遠韻，超邁無倫，古今之至文也。

裴伯謙曰：雄渾沈鬱，勁氣內涵，兼六一、半山之勝，中後忽開異境，字字以噴薄跌宕出之，奄有昌黎恣肆矣。〔八〕

【校】

〔一〕文稿鈔本為『其藏弆古書畫卷軸』。

〔二〕文稿鈔本下有『流傳有緒』。

〔三〕文稿鈔本為『嘗摹刻古名家書數十卷』。

〔四〕文稿鈔本下有『久矣』。

〔五〕文稿鈔本為『古大儒名臣外，經學文章藝術各自名家』。

〔六〕文稿鈔本為『其亦是從補先輩之遺而津逮後學矣乎』。

〔七〕文稿鈔本為『求君毫毛罪不得』。

〔八〕文稿鈔本無評語。

江右赤田張氏譜序 乙卯

長江巡閱使定武上將軍張公紹先續修族譜既成〔一〕，最其世系分遷本末，介予友楊昀谷來謁序。

張氏故江西望族也。宋初有瓊公者，爲殿前都虞候，自撫州卜築奉新洪田村，徙赤田，是爲始遷之祖。瓊公三子，分三支，其後益蕃衍，分居散處，譜所載綦詳。歷元、明至清末，而篤生將軍，由行伍起家，武功彪炳寰區矣。

始將軍以孤童從戎，法越之戰、中日之戰，皆親其役，以勇略著聞，尤見奇於今大總統項城袁公。時袁公方治兵北海，留部下，洊保至專閫，總領諸軍，錫勇號〔二〕，最後授江南提督。而武昌事起，當是時，封疆大吏統兵將帥之臣，皆望風潰，獨金陵一城屹立重圍，爲國堅守，謗議沸騰，不少撓曲，旋承異數，改授兩江總督。共和既成，留鎮徐、兖，猶時建讜論，調護前朝。贛江肇釁，金陵再陷，而卒奪之歸。俾殘孽失其穴巢，江淮清晏，則將軍之功爲尤大焉。及其來覲，既詣袁公，復請見舊主，不以隆替改節，求之近古所未有也。迺者識時之士，知共和之不可久長，又議更國體，將軍仍獨拳拳以優待清室爲言。四載之閒，政令迭嬗，而將軍始終一操，威望日崇，豈其性質之殊人哉！

嗚呼！觀其篤宗族，勤譜事，修省館，睦婣任恤，其建樹之本可知也。蓋聞人之倫五，所以行之者一而已矣。未有薄於親，而能厚於君者也，即未有薄於舊君，而能厚於新君者也。君親一也，然而有天有義，天合者不可離，義合者有時而離，悲乎哉！離矣，而義亦未嘗不行焉，如將軍者可風也。若夫本之天不可離者，由父子而兄弟，而九族，延及乎無窮，分居散處，其勢亦且至於離，則綿之、屬之，書之冊以存錄之。蘇明允曰：『幸其未至於途人也，使其毋至於忽忘焉。』此又兹譜之所爲作也。予發斯義，以質將軍，其亦有慨於中乎。

王晉卿曰：若合若離，純用項莊舞劍法，文筆之妙，不可思議。

吴辟疆曰：孤懷微旨，寄之筆墨之外。其神氣縱蕩處，則大似莊子。〔三〕

【校】

〔一〕文稿鈔本為『長江巡閱使定武上將軍張公紹先，其族譜續修既成，書矣』。

〔二〕文稿鈔本下有『恩賞稠疊』。

〔三〕文稿鈔本無評語。

詩毛氏學序 丙辰

予讀毛詩序，至『詩者，志之所之也』，『先王以是經夫婦，成孝敬，厚人倫，美教化，移風俗』，曰：嗚呼，盡之矣！漢儒司馬遷以爲備王道，成六藝；班固謂王者所以觀風俗，知得失，自攷正；而翼奉言詩有五際，君臣、父子、兄弟、夫婦、朋友。是皆有得於詩教，七十子之遺言也。兩漢儒者說經，曷嘗不務明大義，然詩、書當焚禁之餘，去古久遠，訓詁制度莫明，明其粗者，於其精者則引其端，躍如也，詁經之體固宜若是，惟毛氏爲然〔一〕。唐詔儒臣採集衆說，疏通證明，亦多其粗者。宋儒讀注疏，乃益進而求其意旨之所在，久之人自爲說，至廢序不用，註疏束高閣矣。今使讀同時人集，去其前題，而以意測其詩旨云何，鮮有當者，况出於古人二千餘年以上之詩篇哉！古者國史明乎得失之迹，其觀風、採詩，進於王朝，必記其詩之所由作，故序爲國史舊題無可疑也。清代經師懲明季空談之弊〔二〕，崇尚樸學，於詩信小序，宗毛、鄭，是已，宋後儒者之說，乃擯不與。其考訂訓詁，過唐代遠甚，立漢學之名自標異，然以校漢儒經注，則見其辭益繁，義益瑣，是特唐人注疏之精者耳，於孔子論詩『興觀群怨』、『事父事君』之指，稍違異矣。

亡友鄭杲東父嘗論言語之體有二，一質一文。質言如書，辭達而已；文言如詩，一言可畢而故引申之，直言易達而故含茹之，於是有比興之旨，有反復之辭，有韻節之和，有言外之思，有纏綿悱惻之情，有溫柔敦厚之致，其爲用也，巽而易入，所以救質言之窮。詩三百篇，大抵皆賢聖之諫疏也。夫子論諫，取其諷者，諷莫諷於風雅之音矣。召穆公諫弭謗，稱天子聽政，使公卿、列士獻詩；周公遭變，爲詩貽王；祭公、謀父作祈招之詩，以止王心。周人之諫，十九以詩，積數百年，仁人志士之用心，立言之法備矣。王迹既息，列國朝聘，猶且賦詩以見志，斷章以示諷。

予謂孟子言『王迹息而詩亡，詩亡然後春秋作』，是詩與春秋皆聖人經世之志之所存也。然不通其辭，則其義不著，不博稽載籍，逆之以意，則其辭莫由通焉。利祿之途開，士人讀經，卑者以資進取，高者妄希歿世之名，研精殫歲，益瑣益繁，無裨宏旨，然而大義微言之寓於中者，猶日習月誦，漸漬而不自覺也，陵夷至今日學校之中，至以讀經爲厲禁。嗚呼！今天下風俗教化何如乎？所謂君臣、父子、兄弟、夫婦、朋友之倫，猶有存焉者乎？言治而不本之性情，則其發見於事爲者，無不暴戾恣睢，而卒歸於壞亂。廢經之説，近起自光宣一二十年來，而深入人心，其效如此，尚未知其所終極也。

予治詩，一以毛傳爲宗，三家之訓可互通者，亦兼載之，多存周秦舊説，自唐宋到今，不區分門戶，義取其切，辭取其簡，其有異解，不加駁難，是者從之，務在審其辭氣，求其立言之法，以明經大義而已。庚戌在京師始創稿，至小雅而亂作，乙卯再至都，閉關蕭寺，重理舊業，甫錄清稿，未及再校，而世變復作，浩然歸去。饒君敬伯初訂交，慨然謂時事不可知，請任剞劂，庶幾流布人間，不致遽泯。予感其言，舉稿付之，逾歲印成。書來索撰序言。

先是予在京寓所，與東父故廬相望，每治經，獲一義，畜一疑，欲是正於人，皆卒卒少暇。悵歲月之遷流，良友之不作，未嘗不蒼茫四望而傷心也！今吾書成，倉卒付印，不獨無東父之助，且弗克從容自審，一若禍變之至，有迫之不及待者。是孰使之然哉？以古昔志士仁人之所用心，吾聖人之所雅言諷誦，歷代由之而治，倍之而殃禍立見者，毀棄之曾莫之顧，而吾與敬伯乃獨區區於是，其尤可慨也夫。

方常季曰：宏偉，切至深痛之言，當世誰能道此？讀之慨然三歎。

王晉卿曰：深明詩教，其辭氣鑠古切今，有一唱三歎之妙。〔三〕

【校】

〔一〕文稿鈔本為『惟毛詩為然』。

〔二〕文稿鈔本為『清代經師懲明季空腹高談之弊』。

〔三〕文稿鈔本無評語。

金剛經次詁序〔一〕丙辰

歲乙卯，予年周甲，寓京師蕭寺中，注毛詩甫卒業，以世變歸隱，閉門守寂，時時取觀佛書〔二〕，頗悔平生所學多溺於章句文字，非所語於古人自得之趣也。頃方君劍華出示其尊甫海雲先生金剛經分次正諦〔三〕，是經自無著判住，天親斷疑，後注家極夥，昭明析爲三十二分，循文誦之，頗嫌繁複〔四〕。

方先生自言遊峨眉遇夙世緣師顛佛，得受靈覺，心入此經中千八百日矣。歷覽唐宋以來舊解，互有取捨，心光勃勃大動，爲注一卷，夢顛佛以帚拂所注本，曰『金剛妙諦，自古不傳。汝當尋本次譯之，代佛布施，吾放心光映汝〔五〕。』當是時，覺心出經外，而光在經中〔六〕。其自喜如此。

予遂手寫一通，亦自覺心光勃動。其分章用經文原標之次，宜可依據。至其爲說〔七〕，或亦時有未瑩。予感代佛布施之言，復爲此注，七日成書。曩治易、詩、中庸、莊子、屈原賦，多者二三十年，近亦十餘年，其搜集勤苦，至忽餐寢，今涉内典至淺，乃成此若夙搆，儻亦諸佛餘光所映及邪〔八〕？西域譯文誠不可律以常格，然立一意於此，宣之口，布之簡冊，言必有其序，義必有所歸，無古今中外，人情一而已。況佛說法，普度愚智，豈故曼衍其辭，使人不能瞭其意緒之所存乎〔九〕？余讀是經，仍以章句文字之法求之，向之苦其繁複者〔十〕，今見其親切也。諸家之解，不免鑿之使深，正如說易者之見智見仁，引詩、書者之斷章取義，非不自成其說，然按之本文，或遼遠矣。余既自懺文字結習未除，不復以撰述爲事，是經作注，非意所及，寫錄既訖，時加刊正〔十一〕，三易其稿。佛說此經空生涕泣，古人超悟自得，全在行解相應，不恃文字，亦不離文字也。文字明，而受持誦讀者便焉。余雖老，尚冀同志之士共修證之〔十二〕。

是經注成一載矣！知友見者，多督令刊行。雖然，竊有疑焉。吾說未出，昔之人讀是經而證悟者，蓋不可勝數。今則分畫章段、條理晰，誦讀便矣，而自反身修乃無異常士。獲者不必求知，知者又未必獲。既不獲矣，則其所謂知者，果有當乎？一日讀圓覺云：『末世衆生，希望成道，無令求悟，惟益多聞，增長我見。但當精勤，降伏煩惱，起大勇猛，未得令得，未斷令斷，貪瞋愛慢，諂曲嫉妒，對境不生，彼我恩愛，一切寂滅。』佛說是人漸次成就，釋之者曰：求悟則有攀援心，則必於經論文句閒理會，理會益明，祇益識妄耳。然後知吾之爲說，雖明於文句，皆有攀援也。益多聞也，長我見也。成就之道固在彼不在此，因棄不欲收。沈寐叟曰：『何必爾，般若亦多種文字般若，吾輩以之終身可矣。」乃錄其說，過而存之，丁巳仲秋其昶又記〔十三〕。

【校】

〔一〕文稿鈔本為『金剛般若波蘿蜜經次詁序』。

〔二〕文稿鈔本為『時取觀佛書……』。

〔三〕文稿鈔本為『頃方君劍華自滬歸，出示其尊甫……』。

〔四〕文稿鈔本為『是經舊有無著之判住，天親之斷疑，以及昭明三十二分，教理各報，然循文誦之，頗嫌繁複，未易瞭解』。

〔五〕文稿鈔本為『吾放光映汝』。

〔六〕文稿鈔本為『亟起吹火讀經，豁然超悟』。

〔七〕文稿鈔本下有『得者多』。

〔八〕文稿鈔本為『倘亦顛佛餘光之所映及耶』。

〔九〕文稿鈔本為『況佛智慧，說法度世，豈故為此支離曼衍者，使人不能瞭其意緒之所存乎？』

〔十〕文稿鈔本為『向之以為繁者』。

〔十一〕文稿鈔本為『時時補苴罅漏』。

〔十二〕文稿鈔本為『吾老矣，竊願與同志之士共修證之，丙辰舊曆五月二十二日桐城馬其昶謹記』。

〔十三〕文稿鈔本無此一段文字。

抱潤軒文集五

桐城馬其昶通白

序　題辭

半巖廬題記明清廿八科進士履歷序丁巳

仁和邵位西先生嘗得明季及清初進士履歷，起萬曆廿六年戊戌，訖康熙廿一年壬戌，中脫萬曆丙辰、己未、天啓壬戌三科，凡廿八科，各爲之跋尾，考其人之平生行誼甚悉，大之有裨彝倫名教之防，細之亦足以資掌故，擴聞見。先生之友項几山先生傅霖跋五首附後。

嗚呼！自戊戌下逮壬戌，未九十載，國步遽更，士之生於其時而登第者，何其有幸不幸之殊也！夫自古無不亡之國，然爲之臣民者，莫不有其自靖之義焉，不必同出於死之一途；而至於辱身以求生，固不可也。位西先生所論列，於名節尤致謹焉。其後粵亂起，先生獨處危城，吟誦不輟，城破，卒以身殉，可謂求仁得仁，慥慥不欺志意之君子者矣。

抑吾觀此廿八科，其遭興運，曜光展采，固多文儒魁碩之彥。即萬曆、天啓以還，綱轄日紊，蔽朝之臣摧折善類，至不忍道，然士夫之氣彌厲，雖亡國，乃忠義懍懍，史不絕書。其起家也，亦每自甲乙科，何則？菑畬經訓，未必盡賢，猶可百拔而一獲；若乃廢詩、書，炫新說，繆稱選舉，其營營自鬻而來者，果何等也？此吾讀先生文，而愴怳悼栗，若縱舟巨海，而曾無維楫之可言，又不暇爲昔人之傷也。悲夫！

陳伯嚴曰：納慨歎於蘊藉夷猶中，神味獨出。

王晉卿曰：先生每發一論，輒於國家治亂興亡之故三致歎焉，是之謂言之有物。

張君遺稿序戊午

張君篤生之歿十餘年，其子家騮搜輯遺稿，得詩文若干首，校印於上海，屬予題其端。

君長余一歲，又世姻，弱冠俱從楊扶雅先生遊。同塾六七人，獨余與君及方君蔚文相親也，咨諏文史，交推互嘲，妄謂古之人不難到。君門望最一時，自先文端公七傳至父布政公，皆舉甲乙科。布政通籍，仕京朝，君亦入貲爲郎，挈家北行，自是遂與余別。

京師盛文物，君年少，才高喜事，造請名公卿暨諸方聞碩學無虛日，又念昔先人比肩接迹朝右，至於身，乃不獲發名成業繼述之，謂何故？君雖懷高識，亦頗不能無悇憛。青紫之情既久困不能遂，乃一放意聲色，癸巳同試金陵，君遊秦淮有所戀，余諷沮之，弗聽，是秋獲舉，竟亦納妓。又十餘年，以候選道改官農工商部。病卒，布政持其喪歸。

前所納妓曰王氏，自言待卒君哭，乃死，死必乞哀於余文，固請見余，漫謝之去。及期，果仰藥以殉。嗚呼！君之所欲自見於時者，非徒文也。讀其文，要其志與才之不遽止於斯者，猶可即其已能，而信其所必至。若王氏者，以死報君，亦可謂能自克矣。余序君文，並及之，以答其意云。

蔚文名文炳，才而早世，其繼室張氏，亦以不食死。

陳伯嚴曰：著筆空際，自成蕭淡之境。

王晉卿曰：敘妻妾之死在無意有意之間，用筆如神龍出沒，不可捉摸，神乎技矣。

重定周易費氏學序 己未

余主講濳川書院三年，成易費氏學八卷，繕寫定，值上丁釋奠，謹焚薦稿本，不敢瀆先聖，爲冊祝以通於先師朱子之前，冀牖其明，俾得是正謬失。後館合肥，李生國松輯入集虛草堂叢書，遂刻行。今又十餘年，雖老矣，巽時不知後此所得當何如，今幸猶及肄業，芟夷裒益，視前有加。自度此生殆無能更進，因即以此爲定本。

客有問者，曰：費氏亡章句，徒以彖、象、文言、繫辭十篇解說上下經，今無存者，而子以費學名篇，何也？曰：費氏書不傳，其家法自在也。晁公武謂東京、荀、劉、馬、鄭皆傳費學，近儒陳氏灃遂謂凡據十篇解經，皆得費氏家法。其自爲說者，皆非費氏家法者也，說易者當以此爲斷。然則荀、劉、馬、鄭之言不既允乎？曰：知及之而不能純，則有待於擇。然則十篇備矣，曷贅乎爾？曰：聖言簡而義蘊閎大，自非好學深思、心知其意者，孰能通之？一人思力有所溓，則必聚天下古今才知之士，群盡其心焉。天下古今才知之士不皆習於經，其治經者，或頗逞才知，不務師古；若乃循誦孥習，無歧說矣，又讋於大儒名高，寧悟聖言，勿敢越軼舊訓，補苴掇拾，益以猥陋。經義所以猶有未明，無慮皆以此也。

然則學易當奈何？夫易有聖人之道四，象、辭、變、占是也。象莫大於陰陽、天地、雷風、水火、山澤，乃至近取、遠取皆象也，而人事爲多。人事則禮制尚焉，觀其會通，以行其典禮，合禮則吉，違禮則凶，悔吝隨之，故曰禮原大易，周公致太平之書曰周官禮。説者又謂周公繫易爻，非也，象辭、爻辭，皆文王制。文王繫易，虛言其象，周公思兼三王，於是創制立法，悉本於易耳。父作之，子述之，所以爲成文、武之德也。韓宣子適魯，觀易象與魯春秋，曰：『周禮盡在魯矣。』其知此也，豈必簡冊未竟，賡續成書，乃爲傳業者哉？易家言禮唯鄭氏，惜其注佚。李鼎祚自謂刊輔嗣之野文，補康成之逸象，然其取捨失當，未能窺制禮之原。其他瑣屑以求象者，乃益等諸兒戲，此易之一蔽也。

象不明則辭晦，凡注易者當釋其辭，然而有得有失，其得焉者，必其象之已明者也，反是則否。天下事變之無窮也，雖聖人不能靡所據以言理，則即象以顯之，大學之教曰『致知在格物』，物即象也。自輔嗣有忘象之論，世之求象而不得者，遂欲空之，以爲易之象，猶詩之比興耳，適然取之，義、文、孔不必同。夫君子居則觀其象，玩其辭，使無定象，即亦何庸觀玩爲乎？韓退之言『易奇而法』，有定象之謂法，而可忘乎！此易之又一蔽也。

雖然，象既然不明矣，辭因以晦，辭既晦矣，於何求象？曰：仍求之辭。辭有其意，吾求此一爻一象之意而不得，然其大指所在，可推而知也。善乎！陸賈之言曰：『先聖圖畫乾坤，以定人道，民始開悟，知有父子之親、君臣之義、夫婦之道、長幼之序。』當漢之初，七十子之徒其遺言固猶有存者，賈之言，疑非賈所及。吾又聞諸夫子矣，曰學易可以無大過，此聖人作易之本也。操其本以求其離散四出者，證之他經，苦思而潛索之，亦往往有得焉。觀文言釋乾、坤，上下繫釋十九爻，皆舉大義，其辭明白易知，以此推較諸家，支離破析，苟爲難而已，就求其義於經綸世故，敷宣性術，舉無所當，敝心力而無當於用，此易之又一敝也。

易之爲言也，變易以利用。左氏傳稱在乾之姤，在豐之離，雖不筮亦以變言，未有周人乃不知當代王者製作爲書，稱引而淆其義例者。後儒於爻，不言變，失易之用矣。好古者反之，陽必變陰，陰必變陽。夫陽必變陰，陰必變陽，與陰陽一成不變何以異？蓋卦爻有時位，陰陽有老少，老者變，亦言其可變云爾，必觀時位之當否而後能擬議，能擬議而後能成其變化，能成其變化而後易之用章。是故君子有審幾之學，而說者乃各執一觭，此易之又一蔽也。

象也，辭也，變也，其蔽若此，吾慎之猶懼其不免。若夫占法之掌於太卜者，今不可見矣。漢世焦京占候災異，下逮管輅、郭璞之徒之前知，未始非得易餘緒，世俗所喜道。余固未之學，然又頗疑象、辭、變既得而占，已舉其要矣。子曰：『其或繼周者，雖百世可知也。』聖人之前知者如此，此豈孔子閉房記所可同語者乎？諸讖緯書皆術士矯誣所託，非君子之大道，宜不可信。

陳伯嚴曰：探原舉要，掩掃衆說，抉摘處精義絡繹，犁然有當，即所自為書，可推見矣。文亦博邃肅穆。

柯鳳生曰：此等文自曾子固後無能作者矣。氣體之淵雅，子固能之，至其精衍深邃，恐子固未逮也。

王晉卿曰：精湛奥衍，能抉經心，誠古今有數之文。

周易經世書題辭 己未

嗚呼！此吾亡兒根碩年十一之所作也。吾初娶姚氏，生四女，父母望孫切，相繼歿。服除，婦年且四十，苦不育，爲納二妾。久之，各生子二，碩最長，其女弟又四人。碩以乙未至日生，前一夕，予夢賓客盛集，先君衣冠而揖，及得男，姚氏鞠育，憐愛之甚篤，碩亦戀母，甚不私於所生。觀其母子之相依，乃知傳云『一人有子，三人緩帶』非虛語也。碩生三齡，多病，予嘗告之曰：『迺者而母夜恒不寢，問故，曰憂汝病耳。』碩聞乃大啼。及讀書，敏悟倍常童，而不耐尋思。十歲時，縣人創立小學，招試生徒，予將碩涖觀其試題，肄業所素及也，自請願同試，因給紙筆，設專席堂上，碩就席具草。諸老先生環視，略不驚怍，成數百言，衆大嗟賞。趣捨家塾，入校。校課不主誦讀，比歲暮，覆舊所已讀，皆遺忘矣。明年返家塾，師授詩、易，予爲講說。長夏日昳，取古今體詩自漢魏以下數百篇授之，三月悉成誦，又讀文獻通考序、大學衍義輯要，退乃雜取政學諸條目，比傅易義，成此二卷，名曰周易經世書。予時時爲之點竄文句，特等諸遊戲耳。嗚呼！孰知其學問極盛，乃即在此時也。

逾年忽病喘，劇愈不時。自是三從予入都，閔其羸弱，戒不使勤學。湘陰郭編修立山一見，以女妻之。婚逾年，生女巽保，復大病，且殆，病愈，喘，良已，家衆相慶。碩亦自謂體健王矣，恆欲迎母入都，又念予篤老，不忍以家累見困，遂出充陸軍部祕書，調奉軍總司令部，再調西北邊防籌備處祕書，隨次長徐公樹錚往來湘、鄂、津、京間，勤不告勞。去年夏，忽思母，假歸，歸一月，子茂元生，復北上。季冬朔日，卒於京寓，年二十有四。其病篤也，自知不起，爲書別朋故，獨匿不予告。一日予出迎醫，碩望見窗外雪甚，攬予衣不聽去，竟失聲號。既彌留，衾褥整潔，便溲無所點汙，蓋知母妻之在遠，弟入學校，一奴拙不任事，臥牀嘿嘿，不欲以己故重累予也。傷哉！

予持其喪歸，客有非親屬者，弔哭甚哀。予始慮其涉世淺，昧交際之宜，及卒，自鄉里以逮同官僚友，咸悼惜不置，而一二族父昆弟輩知碩深者，謂其志量遠也。徐公既眷其勞勩，呈請賜卹。予檢故篋，得此稿，爲裝池，而書其端，留待他日孤孫長成，儻欲見其父乎，讀此亦可以知其概略焉矣。又有文選、駢體文鈔、杜詩三種，朱墨平識，皆其遺筆，並付茂元寶存之。

陳伯嚴曰：情素盎然，沈摯而澹遠。

老子故序 庚申

予治周易既卒業，因下及九流百氏，求其可以繼易者，於儒家得中庸，於道家得老子，發明天人之故，此兩書爲備。曩讀中庸，作篇義，未及老子，己未冬歸里，杜門讀之，四旬而畢。

老子之言道德，皆原於易。其曰『道生一，一生二』，與易太極兩儀之說合，曰『得一』，即易所謂天下之動貞夫一；　又稱『三寶』，曰慈，曰儉，曰不敢爲天下先，要即乾坤易簡之旨。慈故易，儉故簡，不敢爲天下先，則坤之先迷失道，後順得常也，常即老子之常道矣。而説者乃謂易主陽，老子主陰，是未達陰陽體用之全也。易以道陰陽，陰陽之義莫大乎扶，抑扶陽以爲主，抑陰從之，則陽不愆，陰不慝，而天下治，彼劣陰而欲絶之者，不知易者也。乾知大始，坤作成物，凡乾所始，皆坤成之，而坤則柔道也，此與老子之尚柔何以異？　老子豈無陽德哉？　孔子擬之於龍，龍，陽象也，不然，彼既弱且雌矣，尚何成功之足云？　是故老子曰『自知者明，自勝者强』，此老子之乾道也，而體斯立焉；　曰『知其雄，守其雌，爲天下谿』，此老子之坤道也，而用斯行焉。扶陽以爲主，而抑陰從之，易、老殆無殊旨。易象舊藏史官，老子爲周守藏史，故其爲書也，一本諸易，兹非其『述而不作，信而好古』之一驗與？

老子殁，傳其學者蠭起，莊周爲最。高自如、申不害、商君、韓非之刑名，鄒衍、鄒奭之終始五行，惠施、公孫龍之堅白同異，是數者皆託於老聃，其實皆非也。予讀漢藝文志，述道家出史官，歷記成敗存亡禍福古今之道，秉要執本，清虚以自守，謙弱以自持，此君人南面之術也，合於堯之克攘，易之嗛嗛，一嗛而四益，及放者爲之，則欲絶去禮學，兼棄仁義，曰獨任清虚，可以爲治。推其流極之弊，止於獨任清虚，安所謂刑名哉？　至後世又有鍊形修性之説，出於方技、神仙者流，尤不可誣老子。漢儒者，區分學術流别，具見其本末，其稱道家出史官，合於易，斯誠篤論。老子書喜言治，非忘世者，而唐顔師古亦謂道德篇理國理身而已。予本斯意，採摭諸家，又頗連綴章句，而釋其滯疑，後有君子以覽觀焉。

姚叔節曰：　理周氣博，精闢不刊。

范伯子文集序 庚申

余自弱冠受學，嘗從吳至父、張廉卿兩先生問古文義法。兩先生者皆喜接後進，余居門下，碌碌未有以自見，獨因是得聞海内才儁之名，識於心，不忘。其後北遊京師，往往獲交賢士君子。今雖老，行能無似，而幸差免匪僻之趨者，亦賴之於師友也。張先生嘗爲書抵余外舅姚竹山君，盛稱通州三生。三生者，朱君銘盤、張君謇及范君當世也。朱工駢文，惜早逝；張以幹濟稱；而范君字肯堂，孝友愷悌，詩才雄健，尤爲吳先生所激賞。時方失偶，而竹山次女曰蘊素亦嫺吟詠，吳先生爲媒介焉，遂與余稱僚壻。嘗一見於金陵，再見於天津。君時居李文忠幕府，爲課其公子。吳先生都講蓮池，往來津沽間，詩酒文讌之樂，稱盛一時。自曾文正督畿輔，喜延攬人士，其流風未沫，猶可想見焉。君恨余不爲詩，督之甚力。吳先生曰：『子毋然，子爲詩，徒見短耳，終莫能勝。』彼因相與一笑罷。洎竹山卒官，君會喪桐城，居未幾，聞亂遄返，自是一別不復見，而君遽歿矣。

范氏，通州舊族，明季勳卿公有高節，數傳至君，乃以詩名天下。家貧，客遊以養親，以膳教諸弟，不私一錢。歲時歸省拜謁，因擁膝泣，久之，乃能言。爲諸生，連試不得意有司，守高不仕，門下士或竊其緒餘，致通顯。弟鐘，進士，爲令河南；鎧，以優貢生令山東，時有『三范』之目。十餘年間，零謝殆盡。君習聞吳先生緒論，頗主用泰西新學，以强國阜民。身歿而國祚傾，事有違反，運有代謝，其盛衰存亡之可感喟者，又豈獨一身一家之故哉！

君詩已刻者九卷，曰范伯子集，今其徒友復彙輯君所爲古文四卷，續刻之，屬余弁言。余不聞曩時師友之謦欬久矣，感君夫人屢請之勤，質言之，以俟後君子讀君文者。有以論其世焉。

柯鳳生曰：波瀾宕往，與歐公二釋詩集序異曲同工。

書義補正序 庚申

方靈皋先生以古文名天下，其平生獨致力經學，不涉雜家，於春秋有通論，有直解，有比事屬辭；於左氏傳有義法舉要；於周官有辨，有集注，有析疑；又有攷工記、儀禮、禮記析疑，有喪禮或問，合之離騷正義、史記注補正、刪定管荀及望溪文鈔，世所稱『方氏十六種』也。其後邵位西、蘇厚子、戴存莊三先生廣蒐遺篇，則有集外文、集外文補遺，雖殘箋碎語，皆錄之惟謹，亦云備矣。戴先生取而合刊之。未幾，粵亂起，先生文得不泯滅者，以刊行早也。又有高密門人輯刻所聞詩說，爲詩義補正，徐丈茉存覆刊之，均流布未廣。

初先生嘗教授高密，至今百餘年，山左學者猶稱述在口，篤古好文之士時時有焉，蓋君子之遺澤遠矣。吾友棨成孫君葆田尤墨守方氏學，嘗戲自詡熟方集，隨舉一文輒琅琅誦其旨趣，藏有方氏評點八家文，假予迻錄，又得左氏傳，果親王刻五色標識本，購以餉予。其後，君出宰合肥，聲績大震。予過其署齋，留數旬，君出示高密單徵君爲總尚書述序，曰：『方先生殫竭二十年心力，删定通志堂經解，惟尚書述印行，求之未得也，書存亡不可知。繼先生而從事焉，吾兩人勉之矣。』别後，君投劾歸，歷主濼源、大梁書院，以大臣薦，詔徵，不起。一日得方先生文稿三十餘篇，爲戴刻所無，則大喜，鐫諸板。

又十餘年，予在京師，聞尚書述稿本存朝邑閻觀察迺竹所，就求之。觀察爲言前寓山西，天下大亂，盜入室，劫取財物，書幸存，觀察跳而免。至是以予故，展轉數月，取書至，誼有足感人者！

予既得書，亟發觀之，則單徵君序文暨往來函札儼然在焉。徵君族祖紫溟先生諱作哲，乾隆元年進士，嘗從遊方先生之門，因得受是書，後歸徵君。徵君以屬同州韓介侯刺史，懼其不果刻也，手書敦勉之，意者刺史雖嘗自任，而艱於整理，中輟其役與？書凡二種，其一剪截通志堂刻本，而連綴之，爲四册，各明其去取之由，題曰尚書述；其一寫本，無標題，凡八巨册，則已排比完竣，爲目八，曰正義，曰考證，曰考定，曰辨正，曰通論，曰餘論，曰存異，曰存疑。今徵君乃捨此而傳彼，猶未爲完書也，特卷帙少，易就耳。予亦以校刻費鉅，因録取先生案語别出之，題曰書義補正，以存先生一家之說。惜乎孫君之不及見也，讀唐虞、三代之書，而慕想千百年儒者，皆盡心於此，而其爲說，或傳或不傳也，其亦可慨矣夫！

王晉卿曰：端緒紛繁，有條不紊，六轡在手，一塵不驚矣。

柯鳳生曰：筆意謹嚴，是作者極用意文字。

湖陽徐氏譜序 辛酉

宗法立而譜牒具，周禮以小史奠繫世，宗法備於周，譜牒亦盛行於周。故曰百世而婚姻不通者，周道然也。使不有譜，何由別百世之宗支乎？夾漈鄭氏作氏族，略稱自隋唐而上，官有簿狀，家有譜系，朝廷既設郎令史以掌之，仍令博通古今之儒知撰譜事，爲近古之制；至五季後，其學遂不傳。予謂唐以前雖尚譜學，然承魏晉餘習，以九品官人，大率重門戶，辨族望，聲華利祿之見熾於中，而依託附會之遂不勝其失也，周室九兩繫民之遺意蕩然盡矣。至宋世，歐、蘇諸儒出，其講譜學未嘗不精，朝廷雖失其官，而博通古今之儒不以時代限也。漁仲之言未爲篤論矣。

當塗徐氏始祖象賢公，爲唐乾符中尚書商公會孫。尚書撰徐氏譜一卷，載新唐書藝文志，爲史者即據以成系表。今不祖尚書，而祖象賢公者，以徐氏避黃巢之亂，度江而家湖陽，自象賢公始也。至今歷千載，支裔繁衍，分處當塗、高淳兩邑。在當塗者，曰南分，曰北分，曰西分，曰中分，曰姑城西街；在高淳者，曰凸上，曰下塘，曰横溪，曰西舍，曰淳城中街。名臣碩儒後先相望，世故有譜，閱數十百年必一修，始宋紹興以迄今，茲凡十役矣。世益遠，丁益滋，自前世已有分修之議，已而復合，合百五十九年，而又分。民國既建，徐氏有性初公者，令固安，謀之兩邑族人，復主合修，捐貲為倡，僉曰可，不幸勞勩，卒官。哲嗣晋繼起，以才雋聞於時，將纘先志而成之也。其族長老某某等竝勤纂述，於是剞劂將竟，而謁予序之。

予讀其譜斷自象賢公，以為合古誼，慎終追遠，至始遷祖足矣，奚必矜言世閥？若夫遷徙異地，因異其譜，非所以序昭穆，通一本也。然而昔之人為之者，勢有所不得已也。今觀其言，有惻焉，曰地各一處，人各一心，不可强同也。考其時，則始分於明崇禎之世，至康熙時復合修，又再分於光緒初，皆出兩朝末季。天下之勢，渙則日離，萃則固，人心風俗之異尚，而國運隨之，亦前代盛衰得失之林也。余嘉徐氏諸君子敦本合族，急所先務，意者治亂循環，將復覩世承平如康熙時乎？願執徐氏譜驗之，故樂為序云。

柯鳳生曰：　似史公年月表序。

清史儒林傳序辛酉

六經者，聖人教萬世之書，遭秦而滅絕。漢興，書始萌芽，區區諸老生抱守殘缺，師讀各異，久之，始有集長捨短、兼通羣經者，而大義猶未能盡宣，譬之闢土，芟夷荆榛，其始事也。宋儒承漢、唐後，本其心得，證之經，大義明，微言亦出，豈其智過前人哉，由粗而精，時會然也。

且夫隆古以降，數千百年之政教，未有歷久而不敝者。小敝則小修之，大敝則大更之，四時迭遷，一暑一寒，王者異尚，一文一質，故曰三王之道若循環。易：『窮則變，變則通，通則久。』漢儒之學，至唐義疏成，為極盛矣。有宋諸大儒出，而始一變。宋儒之變也，詣於至精，而未嘗遺其粗，故元、明以來儒者，皆飭言行，謹章句，其敝也窒。於是陽明王氏矯以良知之說，反己而自足，其敝也蕩。於是清代諸儒復矯之以漢學，矜言訓詁名物度數，其敝也瑣。敝之所叢起，而矯之是也，矯之甚，則敝又甚。蓋天下有可變者，有不可變者。夫黜章句而崇良知，黜良知而崇漢學，因時立教，要必止於聖人之經，此變而根本之相承者不變也。漢學之敝，激為新學，亦時會之所必趨。新學昌，而六經皆廢，所謂矯之甚，則敝甚者也。夫敝甚之極，至於廢六經，而國不可為矣。

嗚呼！前代政治之因革，學術之遞興遞晦，必有魁儒傑士能持世者，操其本以齊其末，通其變，使民不倦。非其人而驟欲更化易俗，未有不潰裂者也。是故觀清一代經學之盛衰，而天下所以存亡之故昭然可見。今錄儒林傳，不區分漢、宋界域，要以重躬修，無愧聖門德行之科者為上卷，說經硜硜，著述名家者為下卷。

王晉卿曰：　以六經興廢為斯世治亂之由，識高義卓，可稱良史。

清史文苑傳序辛酉

清有天下，文治邁隆前古，綜其大要，可得而言。始明代王、李盛言復古，繪章絺句，識者譏其偽體，雖以歸有光之雅正，名位下，莫能與抗。鍾、譚論文，益務纖佻。至魏禧、侯朝宗、汪琬，始革其餘習。方苞繼起，經術深，尤嚴義法，故曾國藩推苞文為國朝二百餘年之冠。詩則北有宋琬、王士禛，南有施閏章、朱彝尊主盟壇坫，並足名家。蓋自聖祖十八年詔舉博學鴻辭，得人稱盛，高宗紹述，再開特科，兼徵經學，當是時，海内沈博絕麗之才彬彬出矣，而漢學之風亦由是熾。人人自以為許、鄭，士有不談著述者，擯而不與聚會，又薄宋賢義理之說為空疏，下筆乃甚嚚塵上，鉤析鈲亂。於是姚鼐排衆議，以義理、考據、辭章不可偏廢，詩文皆淵雅。張惠言，漢學鉅子，然甚工文，不類經生之繁碎，世稱苞、鼐『桐城派』，惠言及其友惲敬『陽湖派』。此目論也，爾宋宗唐祖漢而一本於經，安有彼此地域之殊異哉！鼐門人著籍尤高者梅曾亮。曾亮與國藩善，自嘉道後，言古文者皆法姚氏，然流演既廣，循聲蹈跡，稍不厭才士之望。國藩以閎識偉度起而振之，又居處高明，廣攬羣彥，弼佐中興，而文字之堂廡益大。初，士禛論詩，主唐賢風調，同時趙執信已斷斷爭議，然和聲鳴盛，要自為大宗。其後諸家各極其才力所至，或頗闌入宋格，文士避熟求生，其派別尤不可勝。

原自前史，以經學、理學屬儒林，辭章屬文苑，二者遂分軒輊。然實非也，經韓天地之謂文，文豈劣詞乎？孔子論儒，有君子有小人，則儒不必皆賢，以其說世所習聞，故不易。要之，文章自有能事，其工者往往兼義理、考據之勝，今特各從其所重者區之，然亦有記覽該博，而經學無專書者，雖不以詩文名，並次列於篇。

柯鳳生曰：淵雅。

木齋詩說序 辛酉

余膺史館之聘，久客京師，因得備論前代諸儒學術流別。友人黄君鶴雲為言其鄉褚伯機先生，孝友篤行，君子也。其事繼母，待諸弟，服勞讓產，有恆情所難能者。天性獨至，無怨言，無德色，逾五十，貢成均，授安遠縣訓導，清儉厲節，以撰述自娱。頃者，余以事將南旋，先生令子明柄因熊君翰叔，出示先生所著木齋詩說，屬余弁言。余受而讀之，曰：

嗟乎！黄君之言不虛矣！凡一代教法之興，其倡為之者必有鑒於俗流失，世敗壞，而大為之防。獨立而不倚，孤行而不殆，如顧亭林、黄梨洲諸先生是已，目睹明季空談心性之失，起而矯之，非得已也。迨其後風會既成，蟻而附之者衆，高博聞，下行檢，天下靡然從風，則其弊又有甚焉者矣。先生生清末，其説經承乾嘉諸儒，後亦本實事求是之恉，廣列衆證，而斷之於心，以謂學者肄業，須先知訓詁名物，次究古人時世及其行事，然後大義可明，若乃爭持家法，辨析破碎，於聖人六經治世之意無當也。嘗據鴟鴞詩『既取我子』，辨管、蔡為武庚所取，非周公誅之，一反數千年成説，而必求其心之所安。余觀孟子論伊尹，論百里奚，論孔子主癰疽，皆以意斷其是非，不徒沾沾考據間，何則？儒生論道，非若史官紀事，務翔實義，固各有當耳。然則觀先生之書，而推其用心，雖循乾嘉諸儒塗轍，不為乾嘉諸儒所囿。豈好為異論哉，亦懼世運之流失敗壞，而大為之防也。後之人得吾説，以讀先生書，即先生之行誼，亦從可知已。

先生諱汝文，高安人，卒年八十一。

柯鳳生曰：通儒之識，非曲學所知。

三經誼詁序壬戌

大哉！聖人之道莫切於孝經，莫辨於大學，莫邃於中庸。

人之生也，有血氣，則有爭心，爭心日以熾，常德日以灕。人人肆其囂陵之氣，不奪不厭而至於殘殺，天下遂大亂。於是明尊卑，列上下，制為天子、諸侯、卿大夫，以統御之。天子、諸侯、卿大夫，數之至少者也，以少御衆，而能戢之使不爭者，勢也。勢不可以持久，於是聖人有以動其相愛之心焉。相愛之心生於愛父母，而推之及於天下，維之以君臣，導之以師儒之教。俾天下之人皆得相安相養以生，而孝經由是作。故其言曰：『要君者無上，非聖者無法，非孝者無親，此大亂之道也。』明孝經為聖人已亂之書，則其辭意所指皆精切，不然，論孝而必區分天子、諸侯、卿大夫，津津焉以求保其社稷宗廟禄位奚為哉？兵革不作，方内嚮寧，民生遂矣，民生遂，而後學可言也。古之人學成，皆以備家國天下之用，其事必始於修身格致誠正是也。身修而家齊，家齊而國治天下平，舉而措之矣，故曰莫辨於大學。由是而原其性於天，植其道於己，成其教於人，而天人合此神聖功化之極致，天地以位，萬物以育，非仲尼孰克當此無忝者乎？故曰莫邃於中庸。

夫闡道術以覺斯民者衆矣，獨儒為宗，儒以孔子為盛，孔子以此三書為切、為辨、為邃。居三累之上，不敢以淺見寡聞說也，集衆家之注，而精取焉，以餉同志。世方廢經蔑孔，予誠不自揆，乃區區致力於此，而殊鄰絕域，感戰爭之禍烈，因遂欲窮吾先聖哲之學者有之矣。異時羽毛齒革之屬委棄地上，海舶載之出，鍛鍊成就之而還市於我，輸以重直無難色。人情之好異，固若是邪！而況乎其不為羽毛齒革者邪！嗚呼！天無私覆，地無私載，聖無私澤。子思之言曰『凡有血氣者，莫不尊親』，其殆驗於今乎？抑猶有待乎？匪可逆知已。

柯鳳生曰：精粹之理，以雅馴之詞出之，覺朱子學、庸兩序猶嫌平直。

王晉卿曰：經術湛深，直起直落，文品高峻。

蓼園詩鈔序 癸亥

膠州柯鳳生先生積學能文，名被海内外，年七十，著新元史，刊成，翔實視舊史為勝。日本得其書，付文部評定，咸推服以為不可及，贈以文學博士。先是東海徐公以總統得文學博士於鄰邦，而先生繼之，予謂是可以灑吾國羣士失學之恥。要不足為先生道，先生之藴非可以史學盡也。

光緒初，予遊京師，因孫君佩蘭、鄭君東父獲識先生，知其精小學而已。後十餘年，再見於京師，先生方與東父共治春秋，見予文論喪服緒篇而善之。別去，予歸里，先生出督貴州、湖南學政。又十餘年，而宣統改元，予官學部，孫、鄭二君皆前卒，先生獨巍然幸存。天下擾復十餘載，予與先生浮湛燕市，無所聊賴，日取先聖遺經，發憤研誦，務明大道之原，存已壞之人紀，期至老死不悔。先生治穀梁、春秋，予治毛詩，繼治易，治尚書及孝經、大學、中庸以逮老子，皆賴先生得就其業。凡予之為說有創獲，先生未嘗不欣賞，有謬義，亦未嘗不糾也。

蓋學問之事，有本末焉。傳云『正其本，萬事理』，豈不信哉！六經者，學問之淵海也，先生之學，其深於經乎！本經術以制行，則行潔；以為詞章，則其言立。先生躭道棄榮，不以高節自矜，而獨致勤於災賑，所全濟甚衆。性喜為詩，顧不苟作，廉君惠卿為錄存五卷，將刻行，先生曰：『子為我序之。』予不能詩，然能粗知先生之學行，故述其離合數十年之迹，後之讀者不以詩求先生，而先生詩所由工，可知也已。

吴辟畺曰：義藴至多，而文特雍容閑雅。明允稱歐文俯仰揖讓，無艱難勞苦之態，先生此文亦然。

抱潤軒文集六

桐城馬其昶通白

贈序

送阮仲勉序丁丑

孝於親，若於長。機智杜於内沖夷，樂豈溢乎色？能考無所稱，學不逐曹好，爲學官弟子數歲，不隨人應舉。匹夫之庸行，俛焉以自勵，嗜之而不捐，怪笑之而不阻，阮君其亦賢矣哉！

阮君曰：『吾嘗汎涉乎學，茫焉無涯，吾懼焉，吾故退而守吾拙。』時舉以告其昶，其昶者，固所云汎涉焉而莫得泮岸，又有深媿於阮君者也。嘗謂天地之大，鬼神之幽，推至一室米鹽之瑣，紛然難紀，按之皆原於性分，備於一躬。將悉萬殊之等，冥心以自探，膠焉而内固，執焉而罕通，終無以權度乎？自然之則，銖兩而當其分，故質之美者不踐迹，學不至者無由成。於是阮君窈若思，惝若失，辭去不來者一年。其昶自得交阮君，始大悔所學，而阮君亦深有意乎予言。一旦移其家挂車山，來索言爲别。挂車山，予幼時嘗避亂於兹，外舅安福君近棄官隱其中，讀書養親，有終焉之志。今阮君捨其故居，而又往也，試誦吾言於安福君以質之〔一〕。

吴先生曰：起突兀有奇氣，著語亦精練，不肯一字猶人，是學昌黎有得者。

陳伯嚴曰：詞理簡備，不以肖韓為嫌。

【校】

〔一〕宣統本為『試誦吾於安福君以質之』。

贈鄭東父序癸未

宋儒出而聖人之道明，宜學者畢出於此一途，而多歧者，蓋學術之弊久矣。秦燒先王之籍，微言中絶，儒者鑽研遺經，畢生或廑通其章句，若斯之難也，故其所爲説皆純駁互見。宋世大儒既興，有以默契聖人於千載上，本其所力踐而心得者，推闡以明之，於是鄒、魯相授之精旨，崇朝講之而可畢。夫言之愈明，則剽而取之者亦易。

故漢、唐諸儒一二言之當乎聖人，非出於體驗之精不得也。生宋賢之後，患不行耳，曼衍於言，而竊其似，亦豈難哉！淺則入以耳，出以口，深則遊意於太始之原，未嘗即物以求其則，幾何不近理而滑真，蕩焉而乏實用乎？

夫自秦漢以來，學術之離合區以別矣，然各有其不朽之實，即莫不各有所得於聖人之道之一端。夫聖人固陶冶衆善而莫名者也，若姁姁然奉一先生之說，專己以自高，欲尊聖其迹，乃近於自尊，欲明道而必盡詘他人之道，吾不知聖人果若是否也。由前之說，猖狂放恣，無裨世用〔一〕；由後之說，則必至如莊生所譏河伯觀海云者。於是聰明材傑之士意有所不厭，輒舉宋儒之默契乎聖人者鄙之不講，而復從事於鑽研破碎之爲。嗟乎！易一弊，而一弊生，學術之不振也，其不由此與？其昶每與友人鄭東父論學及此，未嘗不慨焉深咎。

予以辛巳冬來京師，得交東甫。居年餘，將歸去，東甫告我曰：『吾子於學，一歸命宋儒，又深知前所云二者之失，博觀百氏以竟其委，不可謂不知所擇，然吾願子益勉之矣。』其昶曰：『願子時發誦先儒之訓，毋歧出，毋阻初志，願子瘉益宏所業，毋尺寸自隘。』兩人則皆敬諾。雖然，吾兩人者年不穉矣，逝而不駐者歲也，躬蹈之而覺其艱者行也。繼自今人事日起，而會合乃不可期。異日相遌，則果能既其所言乎？書以儆之。

陳伯嚴曰：名通沖婉，擅惜抱之勝。

【校】

〔一〕宣統本為『由前之說，則必至倡狂放恣，陽儒而陰釋』。

送毛實君序丁亥

吾讀棠棣之詩，至『喪亂既平，既安且寧。雖有兄弟，不如友生』，以謂人情乖剌失序，乃誠有是，何詩人狀物之悲切也！安居無賢不肖，各朝夕暱儕偶，不可割捨，一旦際倉卒，生死呼吸利害雋肌膚，匪天屬之親者，寧足賴乎？然而伐木之求友聲，則曰：『神之聽之，終和且平。』吾又疑夫世之出肝腑相然許，乃至緩急無可倚者，蓋非友也。篤其誼，足以和神人之聽，則其厲摩薰益，必且有佽，天屬之窮者矣。吾之生鮮兄弟，而幸不見棄絶於友。吾鄉人暨凡與吾接果賢者，皆得師而友之，又嘗一至京師，欲陰求天下奇士。

今吾之歸而索處也久矣，豐城毛實君孝廉入都，道吾邑，恣遊乎山川，憑弔乎先民之遺烈，留兩月不去，幸亦辱友於予，告我曰：『西江有陳伯嚴三立者，洞庭之陽有程伯翰頌藩者，皆今之才賢人也。』更爲我言其他高材方聞之彦，殆六七人。惜乎！吾不得與數子者遊處，而君且去也。『風雨如晦，雞鳴不已』，予能無思乎！抑予讀周詩曰『朋友攸攝，攝以威儀』，然後乃益知伐木詩人之所云和平者，道在積誠，以翊乎中而形諸外，至聲氣之應求，與困阨之不相背負，又末也。吾聞春秋士大夫言志輒賦詩，君行矣，請誦詩以爲別。

徐茱岑先生宗亮曰〔一〕：高古似昌黎，後幅出以神韻，剛柔互用，極佳〔二〕。

鄭東父曰：中含悲感，而意氣俱昌，可謂情深而文明者矣。

陳伯嚴曰：興寄悠然。

【校】

〔一〕宣統本為『徐茱岑文曰』。

〔二〕宣統本『極佳』後有『洗發經義透徹，更不待言』。

送姚叔節序 己丑

己丑夏，叔節罷試禮部，歸里，主予家者一月，且行，索言爲別。予不親先聖墳籍廢業者久矣，無以應。

及秋，其兩兄亦來，幽居結轖，無可與語。覩故人至則喜，莊生所謂聞足音跫然者也。仲實時時引與談易。深夜思叔節乃遠在千里，往者歲月寬閒，吾黨三數人聚處，皆年少，可搏一誦讀。今予更憂患，又各有衣食奔走之累，求如曩時讀書，殆不可得。時一展卷，則悠然會心，然後知易之書，於人事爲甚切至也。而叔節近方治詩，貽書求田間錢先生詩學。嗟乎！先生不得已而著書見志，莊以繼易，屈以繼詩，蓋其離憂愁鬱，有感於身世之際微矣。其論詩，謂與尚書、春秋相表裏，且必考之三禮，徵諸三傳，稽之五雅，何其論博而篤也！予謂治經者貴晰粗以禦精，易之辭寓諸實，而其用也虛，其取象無端，膠之則一隅，會通之則足以周天下之故，惟詩也亦然。叔節才敏而學詩，詩之與易果有可通焉者乎？吾願因其兄以訊之。

吳先生曰：湛深經術之文。

陳伯嚴曰：談言微中，意象超卓。

送教習早川東明君還日本序 癸卯

吾讀史記鄒衍言：儒者所序中國，九州不得爲州數，是名赤縣神州。赤縣神州外自有九州，有裨海環之，人民禽獸莫能相通如一區中者，乃爲一州，如此者九，有大瀛海環其外，當時見謂閎大不經。由今觀之，衍言殊約耳。曩所云人民禽獸莫能相通者，今梯航相接如庭戶，衍之言固可目驗而足蹈。據吾之所處，而以意上下四方之無窮，浩乎渺乎，莫知所紀極，莊周譬言太倉之稊米，誠哉其稊米也。雖然，彼二子者烏從知之？吾以謂心之爲用至纖而善入，不待頃而蟠際乎天地，凡質力判合，遐邇細大，有形無形，皆可以吾之心逆而矩之，意而得之，無足怪者。

夫此不可紀極之世宙，民物生息，代嬗於終古，其種族之能自存立者，莫不各有其政、有其教。儒之教起中國，而稍被及日本。日本之於中國，猶一區也，自儒外，以教名者至多，不可勝數。其地之所被，有廣有狹，國之所託，有强有孱，教各有其宗主，而一教之中，又各别爲支，支之别，爭之所興也。教與教爭，教且與政爭，甚者乃挾其國力以輔行其教，而兵禍隨之。原教之所起，莫不欲以善導誘天下，及其歸也，以殺戮禍天下。中國之盛在唐虞、三代，當是時，政教合，風俗隆。洎周衰，孔子生不得操國政，從之遊者三千人，與聞性道者七十，故教莫盛焉，然而政教之分遂自是始。且夫孔子之所以教者，有末有本，其德知、仁、勇，其術禮、樂、射、禦、書、數，其倫君臣、父子、兄弟、夫婦、朋友，其本在修身，其功之序則始於格物致知，而終以備家國天下之用。其言易行，其行易效，其所被之地不必廣，所託之國不必强，然而其可以爲廣且强者不誣也，不行之於今，必行之於後世。秦并天下，獨讐視儒，不旋踵而亡。其後累代相承主中國之君，大抵皆名尊孔子，而實莫能本之身〔一〕，以措之家國天下，故其效亦可觀。其時之小康小治，必其於孔子之言有合焉者也，合則治，違則亂，違合半，則治亂參。夫豈獨中國然哉？極之瀛海大九州，絕黨殊鄰之域，吾知其無以異也。夫孔子之教易行，行易效，然往往曠千百年不行，行矣而莫或大著其效者，何也？躬其道者無其政，秉其政者虧其道，是以寖衰寖微，以至於今。而吾國之孱極矣，病在政與教分，務虛崇孔子，而不實行其言故也。

泰西諸國自古不與中國通，其盛强乃尤在近今之世，挾其機輪火器以睥睨區宇，彼其所爲天算格致創物之學，雖孔子復生，吾又知其必有取也。而吾孔子精微廣大之蘊，泰西諸國既書文不同，無能驟喻，又痛益輕吾國勢之孱，疑儒不足持世變。嗚呼！生民之禍，其何所終極乎？抑其推而行之者，固猶有所待乎？日本之於諸國最前識矣，儒之盛也，睎儒，泰西霸，則取資泰西。當明治維新之初，羣一國皆騖西學，今其教育家言曰國粹不可失也，輸入異己者之文明以自益，即吾固有之文明胡可棄邪？善哉言乎！茲吾國之所以坐蔽而兩失者也。

迺者朝論稍寤其然，詔天下郡縣設學堂，於是吳先生使日本攷學制，聘早川君爲吾邑教師，而過舉其昶授中學。其昶謝不敏，去今一年矣。竊聞早川君之所以教，不鄙夷儒，異於世所云云者。惜吳先生之遽逝，而不及觀學之成也。夫陰陽氣化之不能不窮，易曰：『窮則變，變則通，通則久。』今天下生民之禍亟矣，其亦窮變通久之時也。締邦交，固唇齒，以競存其種族，未足幸也，意吾聖人之教其益將推而廣被矣乎！早川君歲暮假歸，諸生之在學者、相與遊者，各賦詩祖其行，祝其來速，而慰其思。而君顧惓惓致聲索余言爲別〔二〕，因爲是說以贈，並以示吾鄉人，使知所警焉。

陳伯嚴曰：氣體昌博。

張子開曰：卓識偉論〔三〕，固當於韓原道、歐本論外自成大篇。

【校】

〔一〕宣統本為『而實不能本之身』。

〔二〕宣統本下有『誼有足感人心者』。

〔三〕『卓識偉論』，宣統本為『卓然立論』。

送胡漱唐侍御南歸序 辛亥

曩余讀疏廣傳，疑國史所紀述其事與人，固宜繫朝政隆替之大，獨津津其父子辭榮引退，何邪？ 姚石父先生尤譏廣宦成名立之言，以人臣體國，當遂許身立節，以効知己，若志得意滿，取便私圖，非所語於魁雄特立幹濟世業者。 廣與蕭望之先後傅太子，廣言太子師友必於天下英俊，不宜獨親外家許氏。 其後元帝卒以任用外戚、宦豎致譏。 而望之且坐排許、史，爲恭顯所陷，殺身，無禆於國。 易曰：『介於石，不終日，貞吉。』老子亦言：『知足不辱，知止不殆。』廣其有得於老、易之趣者邪？

天下蒙業承祚，吏縛於文法，一躡故常，循資平進，以致高爵，顧身利否耳，慮無能有所建白，厲廉恥，存退讓，用盪濯斯世巧捷鬭進名實之心，此其功果孰與建立勛閥者多？ 君子欲維挽風教，未嘗不取此，然則班史傳載二疏，昌黎韓子亦推大之，誠有旨哉？ 若夫目覩滔天泯夏之禍，舉吾所因仍於前古者，一旦掃地刮絕，更創新制，當其整齊一切，必有違反持異議者相與牴牾剷切，而後真是出焉。 吾言用，世獲其利，不用，存其言，以待後知世猶有斯言。 今彼洶洶者方獎同而擯異，而吾復自避遜以堅其眩惑瞀亂之爲，詩有之曰：『莫赤匪狐，莫黑匪烏。』又曰：『亂離瘼矣，奚其適歸。』斯誠世變之至棘，又班、韓所不料，非可以尋常淡名勇退，厲世磨鈍之說與也。

宣統三年春，侍御胡君漱唐以爭論朝廷變法，章侃侃數十上，皆不報，一旦告別朋友，棄官去。 嗟乎！ 侍御將安歸哉！ 爲是說以尼其行。

吴辟疆曰： 後半噴薄之勢，抑鬱盤礴，至為樸茂。

陳靜潭曰： 幽曠敻絕，轉折無痕，此文之精闢者。

王晉卿曰： 嫉世湛濁，以壯語出之，結轄在胸，故文特雄傑沈鬱，結語尤深痛。〔一〕

【校】

〔一〕文稿鈔本無評語，其他無一字差。

贈邵伯絅序 辛酉

惟清帝幼沖嗣統，遭逢時變，既舉大位而公之天下，論者以列聖相承，積二百餘年之事實，不可不紀述之也，於是有清史館之設。百度革新，不踵其故。獨載筆以從事史館者猶多耆年舊學，誠朽腐不中世用，然鄰邦之徵考文獻來吾國者，必於館士是求，諮經諏史，不厭益詳，道之廢興，亦各有時。

曩者粵盜起咸同之際，天下亦岌岌矣，逮曾文正公出，而呼召徒友，戡夷大難，成中興之盛烈。初文正之仕京師也，則偕文端公倭仁侍郎、吳公廷棟日造請唐確慎公講求性命之學；言文章道義，則有梅伯言、邵位西諸先生。自今觀之，彼諸人者，赫然震耳目，各有所成就，而當其時，則亦潛蹤孤往於人所不騖之途，甘寂寞而不悔耳。京師者四方之湊，學士大夫之趣向，盛衰治亂倚伏之幾，識微者恆覘於此焉。時屯數極，禍亂相循，雖莫知其所屆，而人才之所由成，世運之所以楮柱於不敝者，不可誣也。世變大，則需才切才之成也。範於學，今猶有文正其人者乎？區區佔畢小儒，有駭而卻走矣，然不能不企望於其儔者，情也。

迺者館長趙公增聘邵君伯絅提調館事。君爲位西先生冢孫，早歲入翰林，提學奉天，有聲績，國體既更，士之出處不可以常義拘，要觀其志之所存。志在一己與志在天下，則尤必審乎其學。邵君勉乎哉！君年方五十，同館之士謀所以壽君者，而屬文於其昶，於是乎言。

姚叔節曰：包孕宏深，絕無浪墨。

抱潤軒文集七

桐城馬其昶通白

哀祭

許宏聲哀辭丙戌

許翁成嘉字宏聲，少習舉子業，屢黜於督學試。會寇亂初定，江南郡縣彫喪，吾邑人多往江南耕田占籍者，翁遂發憤走廣德，州試爲諸生，已而棄去，爲醫。

予與翁相識在友人阮仲勉家〔一〕。翁爲人治病，必時其減劇爲憂喜，餽之財物，則面赤〔二〕。仲勉疾殆甚，翁診之，投劑不即瘳，則私流涕。予見翁長者也，與之語，温然。翁時年六十餘，問翁父母物故幾何歲矣，翁泣下不能語。予心異之。自是時時來予家，翁喜言神仙因果事，日誦世所傳感應經、陰騭文等十數萬言〔三〕，口不及人過。每來予齋中久坐，極歡，即客至，嗒焉睡去，默誦其所習十數萬言者，不以慢客自嫌也〔四〕。其論人物，必及予與仲勉，日再三言，人或謝曰已知矣，翁默然，頃之，復言如故〔五〕。夫人處一鄉邑之中，率未覩天下賢儁，見其人或稍異乎衆，不爲苟賤廉恥之行，即驚爲殊絕〔六〕，宜也。然而世之狃於同而謗所異者，何也？嗟夫！士方少年未遇，抱獨行，其不爲人所忽易幾希矣，乃翁所好惡如此！而今其又死也，予安能無悲也邪！

翁生而羸，壯而漸盛，逾七十不減其壯，時自謂當得大年。今年夏與予一見，及秋〔七〕，高仲揆來言翁死矣，述其病革〔八〕，爲遺令戒子孫勉爲善〔九〕，且謝予相知，誓死不能忘也。予曩戲言：『君善行日積，異日當爲作佳傳。』今未得事狀，不克傳〔十〕。乃先爲文，以攄予哀云〔十一〕。

吴先生曰：前幅寫生入妙，中間感論處尤有遠神。

【校】

〔一〕宣統本爲『予與翁識在友人阮仲勉家』。

〔二〕宣統本爲『饋之財物，則愕然慚』。

〔三〕宣統本爲『日誦世所傳感應經及他格言十數萬語』。

〔四〕宣統本無『不以慢客自嫌也』，而易以『尤喜夜譚，予每自治所業甚憊，不能支，蓋翁猶津津也』。

〔五〕宣統本爲『其與人言，必及予與仲勉，日再三言，人則曰：已知。

頃之，翁復言如故」。

〔六〕宣統本在『率未覩天下賢儁』後為『見粗有別乎不肖者，驚為殊絕』。

〔七〕『及秋』，宣統本為『秋九月』。

〔八〕宣統本為『又言其病革，精爽不稍衰』。

〔九〕宣統本為『為遺令戒子孫為善，不得為不善』。

〔十〕宣統本無『予曩戲言……今未得事狀，不克傳』，而易為『予聞而悲之，將往會翁之葬』。

〔十一〕宣統本為『以攄余哀，吾嘗謂翁即死，當相為傳，即以是貽其子孫，以償諸責』。

祭外舅竹山府君文 庚子

維年月日，緦服甥馬其昶謹以清酌庶羞之奠，再拜頓首，敢昭祭於外舅竹山府君之靈。嗚呼！舒、桐之鄉，靈淑蟠會，仍世有聞，惟姚氏最。憲臣蹶起，活我黎萌，援鶉惜抱，群流慕傾。暨暨按察，樹立崢嶸。我始髫齔，議連高門，安福之子，按察之孫，先子命我，是翁可人，誰不宦富，乃宦彌貧。卜云不諧，別締於張，未偶而隻，前要敢忘！實命自天，顛倒萬千，或虧或成，匪卜之愆，就晉皖湄，骨肉百年，燾我畜我，納我以規，愛分子半，誼則視師。廣坐高譚，默不一詞，斂身退讓，遇詩大恣，掐抉肝腎，人莫吾知。窮老到官，不名一有，曠世之抱，屈此奔走。古上庸地，孟達悲吟，堵水回險，駴魄悽心。冥冥高鴻，浩然投劾，壯子晨駕，瘴毒宵迫，抑豈其中，有不自得！承凶萬里，然疑難揣，欲號仍猜，有隕如瀰，計先子亡，逾時十載。孤立茫茫，猶恃公在，嗚呼已矣，天穹地長。睠懷恩紀，如何可忘？尚饗。

吳先生曰：警拔。〔一〕

【校】

〔一〕宣統本無評語。

祭姚氏妹文 丁巳

維年月日，兄其昶謹遣男根碩備酒脯時羞之奠，致祭於姚氏妹之靈，曰：

嗚呼！吾寡兄弟，同氣之親，一姊兩妹，今以衰齡遠客承爾凶問，心焉摧割，如何可言！爾年十七，作嬪名門，勤家黽勉，上奉重闈，不以才能自見，亦無過咎。

詩曰『無非無儀，惟酒食是議』，爾其有焉！迨後夫子學成，爲世儒宗，兩子皆才，迎養京邸，而爾性嫥静，不樂遊嬉，凡親族過從之情話，珠玉錦繡之珍飾，何嘗流連玩賞，快意當前乎！家門鼎盛，蕭然不有，人欽其德，亦私訝其非宜，今果然矣！前歲兩甥凋殞，愍默自傷，吾固知爾之必不能支，何期去秋分手，乃便永隔，人生直寄耳！念二親亡逾廿載，爾今獲侍，且得撫爾子女於地下，若靈爽有識，豈復戀兹塵世。吾近讀佛典，悟無生之旨，欲遣哀樂，媿不能然。千里馳辭，妹其尚饗。

黄鶴雲翼曾曰：語根至性，簡質似秦文。

抱潤軒文集八

桐城馬其昶通白

狀疏書

請歸宗改襲狀 戊子

竊職祖河南汝寧府通判馬樹華與本生祖樹章為同產兄弟，本生祖生職父起升、叔父起恆，通判生霍邱訓導起泰、叔父起益。訓導獨以適長相承八世，於繼別為宗子。既服官，年四十，早世，無子，宜立後，時叔父起益幼，未娶，期功無可。後咸豐五年，職其昶生，職祖即命嗣訓導，為主後。

自職後訓導三十四年〔一〕，職父生子皆殤，叔父起益生四子。今職嗣母吳氏喪葬事皆已畢，本生父母又不幸相繼歿〔二〕。垂絕流涕，言必得親子兼祧。職自痛襁褓出後，今所後祖已有孫四人，而本生無別子。職年逾三十，未有子息，大懼一身無由奉兩宗之祀，揆諸二祖九原之心，必有悽惻怛悼不能自釋者。苦塊迷惑，罔知義例，誠不勝大願，願專嗣本生，而叔父起益亦願以子其昂繼大宗〔三〕。比哀懇族長定議，告祭先廟，俾其昂承受遺產〔四〕。

惟通判咸豐初在籍殉難，七年，蒙恩給雲騎尉世職，職長孫承重，同治二年遂循例襲職，光緒元年，復以文生兼襲。今其昂既嗣訓導後，職退繼還本生，宜並退世職，歸其昂承襲，於朝廷矜忠教孝之意，誠無所悖。謹取具宗圖册結，呈請鑒核哀憐，據情題奏，改正襲典，以重宗支〔五〕，無任悚切待命之至。謹狀。

吳先生曰：通伯此舉有讓爵之高，無與為人後之累。可謂仁禮兼得矣。文亦勁厲簡直，卓然可傳。

陳伯嚴曰：質茂，為漢人之遺。

【校】

〔一〕宣統本為『後訓導三十年』。

〔二〕『今職嗣母……不幸相繼歿』，宣統本為『今職父母不幸相繼歿』。

〔三〕宣統本無『而叔父起益亦願以子其昂繼大宗』。

〔四〕宣統本為『即哀懇族長定議，告祭先廟，遺產歸嗣子』。

〔五〕宣統本為『以正宗支』。

宣統二年上皇帝疏庚戌

竊臣賦性迂疏，無裨世用，光緒三十三年詔求人才，安徽巡撫臣馮煦猥舉臣應明詔，自知才力淺薄，徘徊卻顧，未敢即行。本年應學部之招，編輯禮經課本〔一〕，適吏部奏請考驗續到人才，交遊敦迫，以君臣大義相勗〔二〕，因隨同報到，特旨以學部主事補用，觀政兩月，即蒙恩實授。職卑例不得言事〔三〕，惟念朝廷既施殊異之恩，時事又值阽危之際，苟隱情惜己，抱其愚忠而不上達，為罪滋甚〔四〕，敢昧死竭拳拳。

方今朝廷發奮圖治，罷科舉，興學堂，獎遊學，設巡警，廣徵兵，勸工業，啟商會，變刑律，改官制，開諮議局，許地方自治，甚至損獨裁威福之柄，定九年立憲之期。宜若富强之效可覩矣〔五〕，而天下乃反岌岌不終日〔六〕，此何故也？則以凡事務其虛名，而百姓受其實禍也。蓋天下之窮甚矣！王制曰：國無九年之蓄，曰不足；無六年之蓄，曰急；無三年之蓄，曰國非其國。今非特無三年之蓄，每歲出入相較，虧短四千餘萬〔七〕，逐年籌備憲政，則逐年增出〔八〕，又不啻數十百巨萬。夫無三年之蓄，已曰非其國，況虧短至數十百巨萬而可以為國乎〔九〕！夫辦事必先籌款，度支無款應付，固一事不能舉行；儻度支竟能應付，其為禍烈更不忍言。何則？度支總全國之財政，請款於度支，度支無款也。則索之於督撫，督撫亦無款也，自清釐財政後，其進款之數既已周知，出款之虧方求補助，更何能橫索之邪？度支無款，督撫無款，而事又非款不辦，則其所應付者，仍是多方搜刮虐取於民耳。夫今日之民尚堪虐取乎？甲午、庚子一再賠款自數千兆〔十〕，民間膏血已罄，重以各項新政之加捐〔十一〕，銅元之耗折，物價騰踴，富者日趨於貧，貧者至不能存活，流離滿塗，盜賊蠭起〔十二〕。去歲南方收成歉薄，並非巨荒，而臣之里中已有全家饑餓赴水而死者〔十三〕，詢之他處，亦復有然〔十四〕。夫人至饑寒迫身，雖父母不能有其子，情甘就死，惟老弱良懦則然，桀暴之徒便生異志，況革命風潮日益加甚，鹽梟、會匪、散勇、遊民，椎剽無忌，善良者惴惴不自保，天下已亂矣，特大衆未屯聚耳。臣非敢以危言悚聽〔十五〕，今在朝之士，各行省皆有其人。監國攝政王御朝之暇，試進而問之，各該地方物力尚不凋敝乎？民生尚可自給乎？盜賊尚不充斥乎？則恐臣之所言猶未能道其百一也。又試進諸臣而問之，比年所行新政成效若何？教育果普及乎？巡警果有益乎？徵兵果足恃乎？工商之業果發達乎？自治諮議局果得人乎？臣又恐各省奏報之所言，百未能有其一二也〔十六〕。

天下之患莫大乎是非利害顯然明白，而朝野上下知之而不言，言之而不盡〔十七〕。吾國舊政，是古聖君賢相及我朝祖宗所行之而效者，然流弊至今日，而極不以實心行實政，此其失，人人能言之〔十八〕。今之新政，亦東西各國行之而效者，然而不以實心行實政，如故也，此其失，人人知之，而勿敢言〔十九〕，言之即被阻撓新政之名，而目為狂怪〔二十〕。今上自樞臣疆吏，下逮文儒縉紳之彥〔二十一〕，莫不私憂歎息，以為未來之效茫如捕風，必至之患，危如厝火，而奉行猶恐其不力者〔二十二〕，督之以至嚴之功令，限之以至迫之時日，困之以至窘之財政，刼之以至新之學說，而莫可如何也！張皇耳目之舉，其聲譽驟騰於報章，慎固邦本之圖，則譏嘲已徧於衆口。如是而求免罪戾，其政策之出於敷衍也必矣！夫變法，大事也，立憲政，尤創舉也。今欲變法而創古今未有之舉，而上下承以敷衍之心，臣誠不知其可也。舊政之失，失之因循，新政之失，失之紛擾。因循之失，聽民之自生自死，而不為之所；紛擾之失，日日為民謀所以生，而實迫之以死，何則？苛斂重而民不堪命也。今一言新政之失，則諱莫如深，是盜鈴掩耳，自絕其新政之機也。傳曰：『長國家而務財用者，必自小人矣。』『小人之使為國家，災害並至。』又曰：『與其有聚斂之臣，寧有盜臣。』〔二十三〕今災害亦可謂並至矣：炸彈起於輦轂，民變兵叛時有所聞，水火旱蝗疊見層出〔二十四〕。歷稽天人相與之故，必有感召致此之由。當今在位之公卿大臣，其存於心者，未嘗無公忠體國之志，觀其設施〔二十五〕，則皆財用聚斂之謀。豈得已哉！百端待舉，兼營並進〔二十六〕，不務財用而不得也，利之所在，上與下爭，內與外爭，紳民與官爭，爭之而民窮，親民之官亦窮，國家愈窮，遂成災害。夫以公忠體國之人，迫之使務財用，而爲災害於國家，臣誠惜之。

而說者且曰，歐美納稅重於吾國，人民應盡義務，多取之不為虐。凡此皆亡國之言，不可聽也。今日中國之民，其應享利益，何一事可比泰西？而獨欲效其納稅，臣竊恐憲政成而陛下之赤子無噍類矣。人莫不有室家妻子之愛〔二十七〕，其欲就安利，去危殆，含生之類殆有同情。今不顧室家妻子，奮然一逞以阻遏新政〔二十八〕，非其勢萬不容已，詎肯出此，諭旨何嘗不嚴切責之，曰：是皆不肖州縣辦理不善之所致。州縣亦人也，豈真甘為不肖哉？責以就地籌款，而又以籌款激變，罪之籌款，未有不滋怨毒者。民間無衣無食，無以為生，而朝程一法，出費若干，暮釐一事，出費若干〔二十九〕，日為爾圖治安〔三十〕，養生救死之不暇，而責之費無已時，治安未覩，而民死已久矣。州縣親民之職，古時所貴，今所甚賤〔三十一〕。自新政興〔三十二〕，上下之言籌款者，莫不以州縣為質的，同心而射之，於是其職非獨賤也，貧乃益甚，被檄到官，哀苦求免。夫人生仕宦，固以試其所學，亦欲自贍身家，若官累私虧因而加重，自謀無術，何暇治民？賢者乃潔身思退，中材錄錄〔三十三〕，豈能自守？是直迫之使為不肖〔三十四〕。賢者退而中材不能自守，察吏之術，至此亦窮，此真天下之大患也。是故今日之四民，至窮者農人也〔三十五〕，今日之百官，至窮者親民之官也。親民之官窮，而民愈不可問矣。堯、舜、禹相授受，曰：『四海困窮，天祿永終。』四海窮而天祿遂終，可不懼哉！故臣願陛下施行新政〔三十六〕，首戒搜刮民財，確守祖宗永不加賦之訓，力挽近時浮靡浪費之習。先求節流，乃言開源，開源之道在興實業，搜刮民財非開源也。政無論新舊，要以養民為主。陛下之所以尊無二上者，以有民也，民窮至死，陛下將何賴焉？自古喪亡之道不一，皆由暴君汙吏虐政害民之所致，未有圖强而反得弱，圖富而反得貧如今日者。今四方之士奔走呼號，一再請開國會而不止者，亦痛所行之無實效，欲藉國會以監督之也。夫朝廷既以立憲為可行矣〔三十七〕，何不與民更始，坦然聽之乎？而又不即許是，於憲政猶有疑也〔三十八〕。有所疑，何不明罷之乎？而勢又不能。民氣一動而不可復靜，事機一啟而不可復遏。既以立憲啟其機，又欲專制遏其氣，是授之口實而速之亂也。假使朝廷竟許開國會，而上果能監督政府，下果能取信人民，猶未敢必；今執狐疑之心，行敷衍之策，以朘民之生，則號為新政者，直可斷之曰有名無實，有害無利。罷之不可，行之亦不可，情見勢絀，莫甚於此矣！於斯時也，猶不速為根本之計，日趨貧弱而猶曰富强，禍在眉睫而猶飾觀聽，此可爲之流涕痛哭者也〔三十九〕。

夫所謂根本之計者何也？君以民為本，欲君位之鞏固，必先厚民之生，民生之厚不厚，則財為之也。臣既言之矣。至於民者，惟君能生之，能死之〔四十〕，是民又以君為本。而為人君者，何以能生民而不陷民於死？則學為之也。臣請得而備言之：立國於天地之間，能傳嬗數千年之久，必有其所以存立不敝之道，是曰國粹〔四十一〕。吾國開化最早，自堯、舜至於孔子〔四十二〕，文教大備，其遞相講明，而為法於天下後世者〔四十三〕，無他，亦曰人倫道德而已。君臣、父子、兄弟、夫婦、朋友，五者相維繫，相親愛〔四十四〕，而天下治矣，此真所謂國粹也〔四十五〕。若夫析陰陽造化之微，窮製作之巧，此泰西之能事矣，吾聖人非不重之。易曰〔四十六〕：『備物致用立成器，以為天下利。』是聖人未嘗不以開物成務利天下為亟亟，特聖人啟其端，後之學者不能極而精之〔四十七〕。然泰西製作之巧，其發明亦多在近世〔四十八〕，不以是輕其耶蘇也，今乃以科學疑聖教〔四十九〕，何其妄也！且臣謂泰西之學，析理誠微，製作誠巧，要其國之所存立不敝者，其於人倫道德之意亦必有其合焉者矣。謂其不能如吾聖人之詳備，可也；因其禮俗之異，謂其一無當焉，不可也。吾所未能極而精者，不可不效法於彼，幸而聖人之所講明詳備者〔五十〕，而顧可棄之與？效法於彼可也，皮傅不可也。皮傅西學者，見吾國勢之不振，遂疑聖人之教不宜於今〔五十一〕。不知世變雖大，而人倫道德不能變也。試問今國勢之不振，果束於聖人之教而然乎？皮傅聖人之教，以至成為今之天下，又皮傅西學而毀棄聖教，更不復知成何等世宙！今之學堂特造成皮傅西學之士，驅天下之在位者，以為災害於國家，更驅天下之學者，以毀棄聖教，臣又竊為陛下危之。治船砲、通工商、尚技勇，雖曰當務之急，要非其本也。向使專務富强，置人倫道德於不顧，則是舉天下唯利是趨，强陵弱，衆暴寡，臣不知有君，子不知有父，妻不知有夫。當是時，船雖堅，砲雖利，陛下能一日安乎？昔者戰國之季，邪說横作，非堯、舜，薄湯、武，秦至無道，燒書坑儒，其惡之如此，乃不旋踵而亡。漢興，五經復出，不可得而滅絶也。然秦雖無道，特惡人之是古非今，其於綱常大義猶未顯絶。今之論者抑又甚焉，視三綱為桎梏，等六經為弁髦，大亂之道其必在此矣。夫上之化下，如風之行草，轉移甚捷，今欲厚風俗，正人倫，亦在上之人端其趨向而已。伏惟皇上沖齡即阼，典學在邇，必宜敦選海内有道德之名儒為師傅，朝夕啟沃聖德〔五十二〕。監國攝政王總攬萬機，日昃不遑，疑若無暇於學。然臣愚以謂受任愈重，則求學愈不容緩，亦宜妙簡端人，置之左右。弼德院顧問大臣宜提前設立，九年籌備中，何時不當弼德，何事不當顧問〔五十三〕？又公卿侍從之臣，宜時賜召見，俾得暢言極論天下事理，講而愈明，亦可藉覘諸臣之才識，庶幾有緩急足恃之人。蓋人主以一身託於億兆之上，至危也。吾能治之，則以億兆人而戴一君，其勢自安；不能治之，則以億兆人而叛一人，其勢自危。夫一人而欲治億兆人，非至誠惻怛以求天下賢才，才何由出，民何由治，位何由安？全軀保妻子之臣盈千累萬〔五十四〕，平居無事相與稱頌聖聽，唯諾一堂，曷云其少〔五十五〕？一旦臨利害，定大計，決大疑，環顧左右，可仗者誰哉？迺者湘中饑民求食，封疆大吏不身出撫循〔五十六〕，反委棄印綬，潛匿求免，用人如此，寧不寒心！況際古今未有之世變，慨然欲舉天下之弊政而革新之，不有二三重臣，才德為天下所信仰者，誰與領此？無其人而輕言變法，自古及今未有能倖成者也。求之於犯顔敢諫之中，擇之於詢事考言之後，天下之大，豈患無人！特患有其人弗能知，知之弗能用。〔五十七〕

居今日〔五十八〕，而談治道，猶以格致誠正之說進，誠覺其迂而不切矣，然而莫切於此也。帝王之學與臣下異，精於兵、農、測算、文學、政法者，為人用者也，帝王者，用人者也。天下之挾其兵、農、測算、文學、政法以求用者，君子出其中，小人亦出其中。向使人君無格致之學，則邪正弗能别；無誠正之學，則好惡弗能端，喜諛而惡直，喜同而惡異，喜願謹而惡狂狷，喜才辯而惡樸訥，如此則君子退而小人進矣。今之用人者，漫然任之而已，曷嘗審其才德〔五十九〕？又是非往往與輿論相反，其愛人而盡心於民事者，每不得安其位，能安其位，必其善事人，有左右之交者也。於是苞苴請寄，疑似之言騰播遐邇，甚非所以揚令名樹風聲也。在用之者第樂其便於己，而豈知其屈意以事己者，將求所大欲於彼也。民窮至此〔六十〕，其堪供此輩之求邪？賢豪之士上無所希於人主，下無所覬於斯世，即又安能回面淟涊以結權要之懽邪？用賢豪雖若不便於己，而能使天下皆安，便孰大者？不用賢豪，而用其瑣瑣姻婭及奔走門下齷齪之材，雖若便於己，而能使天下不安。天下不安，己亦何利之有？然而用人者每棄此而取彼，何也？漫然任之，而弗辨其為君子，為小人，此不知人之故，格致之學不足也。明知其君子，而惡其拂於己，明知其小人，而樂其便於己，而因以害於民，此不克己之故，誠正之學不足也。用人者專取工揣摩善事人之人，將來馴致高位，又為用人之人，天下賢豪有伏巖穴而不出耳。王者與師處，霸者與友處，孱國之君與善事人者處。賢豪不出，而善事人者在位，時事可知矣。是故格致誠正之學不足，未有不樂親小人而惡君子者。君子小人之進退，國之興壞所由判也。臣故曰帝王之學莫切於此也。

我朝聖祖仁皇帝，武功文德遠邁前古，而其學問克治之事，乃與儒生無異。聖祖所遇之時變，非上古之時變，而聖祖所傳之心法，仍是堯、舜以來相傳之心法。今或謂古道不足以治今世，亦可謂數典忘祖，自誣之尤甚者矣。伏願監國攝政王不以臣言為迂闊，上取法於聖祖，下畏顧於民嵒，知君以民為本，則當為天下惜財以養其民，又知民以君為本，則當先天下而勵其學。人君有學，然後能知人用人；能知人用人，然後刑賞當而賢才出；刑賞當，賢才出，然後可以革新天下之政，而民得所養；民得所養，而用其暇豫之力，以共謀生聚，是謂真富，作其尊君親上之心，以並力禦侮，是謂真强。大本既立，而凡所辦學堂、巡警諸政，先後緩急，可行不可行，不待詳言，自能折中至當。

然而臣猶不能已於言者，則海軍一事是已。國家之不可無海軍〔六十一〕，無愚智皆知之，而臣猶不能已於言者，則國力不足也。開辦經費至一千餘萬，常年經費亦不下數百萬，故湖北巡撫胡林翼言國家大事莫難於兵，莫危於兵，而自以學識小，本領薄，未足任此。林翼近代名臣，其言如是，問今足當海軍大將者誰乎？不能自造船械〔六十二〕，則仍購自外洋，不習海道〔六十三〕，不能駕駛，則仍須聘用洋員，徒於賠款輸出之外，增此無限之輸出。不注重實業而專以養兵，不精練陸軍而爭雄海上，非計之得也。說者謂海軍不興，見輕鄰敵〔六十四〕，臣謂此正兵家之機宜。將謀自强，必先示弱，儻動不量力，財匱民死，不免於亡。今天下民窮至此，盜多如此，唯興辦實業，庶游民可以漸少，生計可以漸饒。然實業費鉅，非國力維持，決無能辦之理。國帑耗於海軍，又決無能辦實業之期。今夫生計蹙而盜賊起，謀國者始惶然以養兵為要圖，民以無所養而為盜〔六十五〕。不寤其然，乃刮民財以養兵，養兵愈多，則民愈貧，而盜賊愈熾，仍不寤，又益增兵。今之養兵如驕子，會操如兒戲，用財如泥沙，剥膚敲髓，以練三十六鎮之兵。而叛者四起，陸軍不足恃，更謀海軍〔六十六〕。夫練兵平亂，而亂者即兵，兵可易言乎？故大學士曾國藩論湘軍之功，在一二督兵大臣能以忠誠為天下倡，聞忠誠能倡天下，不聞虛憍之氣可以鎮天下、懾四夷〔六十七〕。吾國自庚子大創後〔六十八〕，二十年内必再無啟釁强鄰戰鬬於海之事。內治不修，人才不出，縱竭全國之力專供海軍〔六十九〕，猶未堪一戰，況財力竭，外人即藉口債權，而攫財政〔七十〕，亂民起，又藉口保商，而干涉兵事，在在可以亡國，奚暇海戰？則何如移其費以辦實業，使內亂不作，猶可以圖存乎？若海軍，但當設一學堂以豫儲人才。考外國之制，實業既興，自有義勇艦隊組織由於商民，政府補助成立，親王總之〔七十一〕，戰時則編入海軍，省費甚鉅，無創海軍之名，而陰有其實，此正所謂兵家之機宜也〔七十二〕。二十年後，氣力漸復，何難再振？今第知海軍之為急，而不知因海軍而財愈竭，民愈困，禍更有甚者〔七十三〕。故大學士李鴻章之經營海軍也，以任將弗慎而敗，然當其始，部臣束縛，朝士譏彈，不動聲色，事亦克舉，何嘗鋪張揚厲若今日之為乎？

耗財莫甚於養兵，生財莫要於實業，危急存亡之秋，財者民命，豈堪浪擲？有識之士引為鉅憂，而皇上曾不聞知者，以海陸軍政皆寄之親貴，天下遂緘口結舌而莫敢道也。從來親貴用事，流弊滋大，不可不察。位高則窮於賞，親近則窮於罰。魁柄久持，趨附者衆，勢不能復就閑寂。緣竿百尺，有上無止，豈不至危？裁之則生怨，斷之則傷恩，縱之又無以善其後，骨肉之際，人所難言，欲圖萬全，惟在慎始。我朝開國之初，專征秉鉞實賴親藩，然皆起自艱難，有雄偉蓋世之略，自後皇子概不與聞朝政。中興以還，主少國危，親王輔治，事非得已。然醇賢親王猶以非成憲為言，歷聖詒謀之遠，萬世所當遵循。今貝勒載洵、載濤慨然欲救危亡，以練兵為急務，然兵事變化必資實驗，非可坐談。出洋考察，匆遽一過，豈遂得其深際？彼鄰邦接待之優崇，皆其外交之機智，爭欲售船砲於我耳。而海軍一經開幕，用費既廣，用人尤多，急功喜事之徒，可以坐致通顯，自必肆其營求。夫以生長貴富之王公，受外人優待，則不免有自是之心，樂群下推崇，更有弗能中止之勢，出言而莫予違，行事而誰敢議，豈必拒諫飾非哉，其處勢高，忠言自難入也。聚無數急功喜事之徒，奉一年少之王公，而握全國之軍政，臣恐草澤奸雄有以輕量朝廷，而生其覬覦矣。自胡林翼、曾國藩且不敢輕易言兵，今之親貴縱有奇才，視之昔人或猶未逮。兵者，國家命脈所繫，他事可以嘗試，不當以命脈為嘗試。且任危責重，為兩貝勒計，亦非所以安全之也。皇上誠篤懿親之愛，何不使之就學以老其才，導之退讓，以儲為大用，未宜驟綰兵符，遽膺重寄也。在兩貝勒忠勇奮發，自應出洋留學海陸軍校，迨學成返國，整軍經武，衆望自孚，不然遊歷考察，糜費無已，徒豪舉耳。西國王子肄習軍事，與齊民齒，勞瘁不辭，若一望能了，又何為自苦？迺者蒙古王公亦知求學為亟〔七十四〕，具此遠志，況國家之親貴大臣哉！自皇上暨監國攝政王及親貴大臣一出於學，而後國可强，四夷可服〔七十五〕。

抑又聞之天下之變，恆出所備之外。今執政諸臣所日夜勞心焦思者〔七十六〕，曰海疆耳，兵力耳，財政耳；士大夫所奔走呼號者〔七十七〕，曰憲政耳，國會耳。臣竊恐他時禍變之作〔七十八〕，不在海疆而在內地；不在兵寡，而在民窮；不在取財之不足，而在用財之太奢。至於立憲政，開國會，域内大勢之所趨，不患其不行，而第患行者之徒務虛名。有憲政，有國會，而其禍更烈，故臣區區愚慮〔七十九〕，伏願朝廷留心根本之計，愛民節用，以固結人心，益提倡人倫道德之教，為皇上培養聖德〔八十〕，而正四海之風趨。念元元之在塗炭，速罷不切之務而課實，以責新政之行，節省海軍經費，以興辦實業，寤寐訪求賢士，以共濟時艱；而於貴胄親臣，尤當裁成保護，示天下以大公，而杜後來無窮之隱患。宗社幸甚，薄海幸甚！臣忠悃自將，罔識忌諱，如蒙譴責，義不逃死。不勝惶悚待命之至。謹奏。

王晉卿曰：忠懇痛切之言，鍼鍼見血，其章法尤具草蛇灰線之妙。

章枚叔曰：四民至窮者農民，百官至窮者親民官，語之痛切，必非京朝清望之士所能言也〔八十一〕。

【校】

〔一〕文稿鈔本為『編輯禮經節本』。

〔二〕文稿鈔本為『以君臣大義相勉』。

〔三〕文稿鈔本為『主事例不得言事』。

〔四〕文稿鈔本為『苟抱其愚忠，不求上達，是臣之出，徒自竊榮利，其羞當世，負知己，為罪益甚』。

〔五〕文稿鈔本為『宜乎千載一時，富強之效可覩矣』。

〔六〕文稿鈔本為『而乃天下岌岌，有旦夕不支之勢』。

〔七〕文稿鈔本為『今非特無三年之蓄已也，每歲出入大數，虧短計四千餘萬，又非特此四千餘萬虧短已也』。

〔八〕文稿鈔本為『則逐年增加出款』。

〔九〕文稿鈔本下有『御史趙炳麟請飭下度支部，確定行政經費，臣謂炳麟之言是也，第不知度支部曾有點金之術乎？抑有窖窟之藏乎？自非然者，仍不過仰屋竊歎，束手無策已耳』。

〔十〕文稿鈔本為『甲午、庚子一再賠款數千兆』。

〔十一〕文稿鈔本為『重以歷年外貨之輸入，各項新政之加捐』。

〔十二〕文稿鈔本下有『一縣之地，旬日之間，搶劫之案動數十起，斗米千錢，斷送軀命』。

〔十三〕文稿鈔本下有『草樹根皮，啗啜殆盡』。

〔十四〕文稿鈔本下有『此等愁苦傷心之狀，不獨九重深邃，呼籲無從，即身依輦下者，日見車馬喧闐，電燈照耀，亦冀幸可苟安無事耳』。

〔十五〕文稿鈔本為『臣非敢為危言以聳聽』。

〔十六〕文稿鈔本為『百未能有其一也』。

〔十七〕文稿鈔本為『而朝野上下相率依違，蓋人情論既往之失，則雖謗聖而弗卹，指當前之弊，則懼違衆之難容」。

〔十八〕文稿鈔本為「人人所能言者也」。

〔十九〕文稿鈔本為「而不敢言」。

〔二十〕文稿鈔本為「而為世論所不容」。

〔二十一〕文稿鈔本為「以下逮文儒縉紳之彥」。

〔二十二〕文稿鈔本為「而奉行猶恐其不力，陳奏則粲然可觀者」。

〔二十三〕文稿鈔本下有「誠痛之也」。

〔二十四〕文稿鈔本為「其他民變、兵衅、警鬨、雹雨、狂風、水火、旱潦，疊見層出」。

〔二十五〕文稿鈔本為「臣竊觀公卿之在位者，其存心非無公忠體國之志，其見於事」。

〔二十六〕文稿鈔本下有「日肆月侈」。

〔二十七〕文稿鈔本為「近時民智雖曰未開，然人莫不有室家妻子之愛」。

〔二十八〕文稿鈔本為「以抗新政」。

〔二十九〕文稿鈔本為「而朝下一令，出費若干，暮建一策，出費若干」。

〔三十〕文稿鈔本為：「曰為爾圖治安，治安豈不甚願？」「曰」誤為「日」。

〔三十一〕文稿鈔本為「今視之甚賤」。

〔三十二〕文稿鈔本為「自新政洊興」。

〔三十三〕文稿鈔本為「中材以下」。

〔三十四〕文稿鈔本為「是直迫之為不肖耳」。

〔三十五〕文稿鈔本為「至窮者農民也」。

〔三十六〕文稿鈔本為「故臣願陛下之行新政」。

〔三十七〕文稿鈔本為「夫朝廷亦既知立憲之為利矣」。

〔三十八〕文稿鈔本為「而又不即許，豈於憲政猶有疑耶」？

〔三十九〕文稿鈔本為「此臣所以繞室旁皇而不禁為之流涕痛哭者也」。

〔四十〕文稿鈔本為：「君生之則生，死之則死」。

〔四十一〕文稿鈔本下有「後之人知而寶之，譬如樹之有根，雖暫時凋落，終必有發生之候，若見葉之盡脱，遂並根株而不存，折取他枝移植此土，花枝雖茂，培壅雖厚，根先絶矣，未見其有能生者。今之崇西學，而忽視舊有之道德者，何以異此？」

〔四十二〕文稿鈔本為「自堯舜以來，至於孔子」。

〔四十三〕文稿鈔本為「而為教於天下後世者」。

〔四十四〕文稿鈔本為「五者之倫相維相係，相親相愛」。

〔四十五〕文稿鈔本下有「人之根也，生類之所以存立不敝者也」。

〔四十六〕文稿鈔本為「觀大易之所取象者可知。且曰」。

〔四十七〕文稿鈔本為「後之學者不能極而精之耳」。

〔四十八〕文稿鈔本為「然彼所發明者，亦多在近世」。

〔四十九〕文稿鈔本為「今乃以科學而疑聖教」。

〔五十〕文稿鈔本為「幸而聖人所講明而詳備者」。

〔五十一〕文稿鈔本為「遂疑聖人之教不可復行於今」。

〔五十二〕文稿鈔本為『必宜敦選海内有道德、博通今古之名儒，使為師傅，朝夕啓沃，培養聖德』。

〔五十三〕文稿鈔本為『何時不當顧問？未可置為緩圖』。

〔五十四〕文稿鈔本下有『曷云其少』。

〔五十五〕文稿鈔本為『雍容足觀也』。

〔五十六〕文稿鈔本為『不身出撫諭』。

〔五十七〕文稿鈔本為『知之弗能用耳』。

〔五十八〕文稿鈔本為『居今』。

〔五十九〕文稿鈔本為『今之用人者曷嘗審其才德之所宜，漫然任之而已』。

〔六十〕文稿鈔本為『傷哉民也』。

〔六十一〕文稿鈔本下有『海軍之必當規復』。

〔六十二〕文稿鈔本為『有能造船械者乎？無有也，有能駕駛習海道者乎？無有也。不能製造』。

〔六十三〕文稿鈔本無『不習海道』。

〔六十四〕文稿鈔本下有『海牙會至夷吾國於三等』。

〔六十五〕文稿鈔本為『民之無所養而為盜』。

〔六十六〕文稿鈔本無『陸軍不足恃，更謀海軍』。

〔六十七〕『不聞虚憍之氣可以鎮天下、懾四夷』，文稿鈔本為『不聞親貴可以懾亂萌，陸軍尚未足恃，更謀海軍』。

〔六十八〕文稿鈔本為『抑思吾國自庚子大創後』。

〔六十九〕文稿鈔本為『縱竭全國之力，停辦他政，專供海軍』。

〔七十〕文稿鈔本為『而干涉財政』。

〔七十一〕文稿鈔本為『以親王為總裁』。

〔七十二〕『無創海軍之名……』，文稿鈔本為『俄自遠東戰敗，尤獎勵此隊，此正所謂兵家之機宜也。無創海軍之名，而陰有其實』。

〔七十三〕文稿鈔本下有『且他政不修，海軍又豈能獨强。知其一，而未知其二。觀於域外，而未察於閭閻，亦智者千慮之一失矣』。

〔七十四〕文稿鈔本為『彼蒙古王公近且知求學為亟』。

〔七十五〕『而後國可强，四夷可服』，文稿鈔本為『斯强國之基已』。

〔七十六〕文稿鈔本為『今執政諸臣之所日夜勞心焦思者』。

〔七十七〕文稿鈔本為『士大夫之所奔走呼號者』。

〔七十八〕文稿鈔本為『臣又恐他時禍變之作』。

〔七十九〕文稿鈔本為『受實禍。是以不勝其犬馬報主之恩』。

〔八十〕文稿鈔本為『以培養皇上聖德』。

〔八十一〕文稿鈔本無評語。

代常裕論新政疏 辛亥四月

奏為國勢危迫，非實力維新，不足以圖存。謹披瀝直陳，仰祈聖鑒事。

臣竊維二帝三王之道亘古常新，不言富强而自握富强之本。今天下之士莫不扼腕而談新學矣，湯之盤銘曰『苟日新，日日新，又日新』，蓋去其舊染之汙之謂新，非舉其舊有之道德而悉屏棄之謂新也。我朝受命定鼎，聖祖仁皇帝崇重儒術，尤喜表彰朱子，康熙六十年之治化如日中天。乾嘉諸儒一變而崇尚漢學，其流弊所極，至掇拾叢殘，諱言義理，已失聖賢明體達用之旨。然數千年來綱常大義深入人心，詩、書之文比戶誦習，故一旦粵逆倡亂，曾國藩、胡林翼諸臣起而提挈義旅，卒底蕩平，其收效猶能如此。近者老成殂謝，異學爭鳴，在朝在野，不聞有名世大儒提倡道德，人才衰耗，於斯極矣！上無禮，下無學，賊民興，此乃根本之事，不思反本，又一變而以新學相矜。臣非敢謂外國理化製造諸學可不必講求也，特怪今之言新學者，拾其皮毛，不克入其堂奥，詆舊學為腐敗，一旦志得意滿，其腐敗更甚於前。賣國營私屢見章劾，行一新政，即增一弊端，是納舊弊於新政之中，變法之害甚於不變。外國既富且强，吾國既貧且弱，勢已不支矣，猶賴聖賢忠孝之訓可以維繫萬一。而諸人必欲讐視三綱，蔑棄禮教，使天下蕩然無復有尊卑之分、團結之情，臣誠不解其何心也！

人心風俗之憂，甚於敵國外患。以學校言之。曩時科舉取士，其失則陋，然經傳義訓未必皆能實行，終莫敢顯然叛越。今則平等自由之說倡於社會，學生目的惟在獎勵，要求分數，與教習作難，動挾全體以破壞規則。一子入學之費，已足耗八口養膳之資，考其功效，或中學及高等畢業，而文義猶有未順，日言興學，而學日廢。如是而求教育之普及，不可得也！以地方言之。曩時民所畏者官耳，紳士有優劣之殊，究不敢與官抗，故得一良吏，則一縣治。今乃增數十百之紳董，號曰自治，用多數票舉而得，大抵皆由運動來耳，賢者豈屑為此？凡地方才智之士，或仕於朝，或幕於外，或家居而廉隅自守〔二〕，不與外事，所謂自治之紳董，皆不在此列。試思其人格為何如人乎？假以事權，如虎生翼，民膏有幾，其能堪此朘削邪？諺曰『昔官一，今官百，名自治，實自亂』，非誣也。以官場言之。曩時京秩雖貧，人安義命。今則設官視昔為多，薪資數倍，徒步入都，不數載而登顯要。人人有躁進之思，又且創一新署，開一學堂，建一局所，莫不仿效西式〔二〕，以為觀美。王公第宅踵事增華，上行下效，奢侈無極，飾輿馬，美冠服，日僕僕於戲園酒館妓寮之中，藉以廣結納，聯聲氣，甚且包苴女謁，無所不至。内官如此，則外官之鑽營奔競概可知矣。以軍旅言之。曩時湘、淮軍初起，皆募農家子弟，樸實耐勞，故能所向克捷，成中興之功。今之新軍甲仗鮮明，徒飾觀聽，其應募來者，亦自詡兵士，而無堅苦之質、愛國之忱〔三〕；為之將領者〔四〕，又不聞以仁愛結兵心，以忠義作士氣〔五〕，流血革命之言且入其耳，蠱其心，竊恐靖亂不足，釀禍有餘，安徽、廣東之事其明驗也。靡巨餉以練新軍，又假之以利器，匪但不能得力，且隱若巨寇之伏肘腋，時有戒心，倉卒變起，而所恃者猶在陶汰未盡之防營。武備如此，可不為之寒心乎？裁緑營而增無數之兵，停捐納而增無數之官，倡民權而增無數之紳，罷科舉而增無數之士，而腐敗如是，熟覩之乃無一足恃，此臣所以中夜徬徨，愁焉如擣也！

今之言新政者，未嘗不以取法東西國為辭。然外人行之皆有效，吾國行之則皆有害，何也？此其咎在人而不在法明矣。且夫立憲云者，立法也，自堯、舜、禹、湯以來，至周而法制大備，其後累朝因革損益，曷嘗無法，患在不能實行耳。今即欲廣取他人之法，亦當擇其有實用者行之，非苟摹形式已也。吾國農民既困，商務又未發達，賠款兩次，元氣更虧，加之水旱頻仍，救死不暇，當事者不權其緩急，而刻意效之，萬端待舉，財力不敷，上下一心以事搜刮，取之盡錙銖，用之如泥沙，而閭閻之哀號困苦不計也。自壬寅迄今，舉行新政已近十年，效何如哉？但見民之益貧，國之益弱耳！以中國土地之廣，人民之衆，未嘗不可以强，不可以富，道在反本而已。反本而後，其新為真新。何謂反本？明倫立教，以忠孝之道為歸；崇實黜華，以節儉之風率下；用人先取其德，理財務節其流。尚才而不尚德，則所尚者乃皆濟惡之才；開源而不節流，則所開者悉供淫侈之用。以濟惡之才，恣淫侈之用，民生已蹙而愈加蹙，風俗已壞而愈加壞，安望其富强哉？況猥瑣齷齪並無才之可言，侵欺失敗又何源之能開？而徒為是紛紛以苦吾民，是亦不可以已乎？從事於形式，而無真精神以貫注其間，譬如富商大賈付託非人，資本已竭，乃亟亟焉金碧其門面，更換其商標，以冀獲贏利，而人則猶是人也，貨則猶是貨也，外觀愈飾，虧折愈甚耳。今之新政，何以異此？

伏惟皇上聖齡沖幼，我監國攝政王權裁大政，尊親之分過於周公，時勢之艱過於周公，則憂勤惕厲之心亦必過於周公而後可。側聞監國攝政王受命之初惶恐固辭，誠懇見於言表，是固知誕保之責之不易矣。今既已遺艱投大，分雖為臣，而所行則人君之事。君道與臣道不同，非英哲不足以知人，非剛斷不足以出治，謙厚之德可以之守成，未足以撥亂。苟欲振危亡之局而保存之，則聖賢典籍不可不親，祖宗成憲不可不考，根本之計不可視為緩圖，正大之言不可疑其迂闊。今進講諸臣按期呈進講義，而不獲時賜接見，安能收討論之益？所講習之書，經史時務不宜偏廢，書如二典三謨，詩如變風變雅，皆深切治道，若内政外交之機宜，莫詳於通鑑，宋臣真德秀大學衍義亦頗為古今所推。進講諸臣果能於此數書中切實發揮，則賢奸昭著，治亂之故了然於胸，學術明而好惡自得其正，用捨自協其宜矣。蓋帝王之學莫大於主持風教，立自新新民之極，開誠心，布公道，破除畛域，廣求天下之賢才以任艱鉅，而不私其權於親貴，不集其權於中央。近時以集權中央為政策，誤之甚者也。督撫進退操之朝廷，權已集矣，復何所集？設任封疆之重，而無特畀之權，何以懾亂萌？何以應機變？至於一切庶政，皆本憂勤惕厲之心，求實力維新之效，如是而異日所歸於我皇上者，乃已安已治之天下，否則且為危亡交迫之天下。臣蒙恩簡授四川提法使，行將離闕，不勝依依戀慕之忱，敢効愚忠，披瀝直陳，伏乞皇上聖鑒。謹奏。

趙堯生熙曰：雄文沈鬱，洞極其弊，收處真氣奇勢，絕美之文。

劉幼雲廷琛曰：其指陳洞切時弊，文氣淵茂，子政、子固之間。

王晉卿曰：痛哭流涕之言，以明白曉暢出之，斯為奏疏之正體〔六〕。

【校】

〔一〕文稿鈔本為『其家居者或辨學務，又或廉隅自守』。

〔二〕文稿鈔本為『莫不競造洋房』。

〔三〕『今之新軍……愛國之忱』，文稿鈔本為『今之新軍非不甲仗鮮明，飾人觀聽』。

〔四〕文稿鈔本為『而之為將領者』。

〔五〕文稿鈔本下有『其一時應募而來者，亦自詡兵士，而無堅苦之質、愛國之忱』。

〔六〕文稿鈔本無評語。

上大總統書 乙卯

竊其昶章句腐儒，讀書不通曉時事，承乏參政，無所表見，時用慚悚。近者都中忽有籌安會之設，大旨以共和政體不宜於中國。共和之不宜於中國，固不待討論而知，然今既以共和為名，建立未久，國基未固，無端而動搖之，則其事所關利害甚鉅。其昶雖愚，不敢漫然附和。連日讀報章，見中外之士贊同者多。私念大總統有高世之識，沈機觀變，悉協時宜，而諸人之所為謀者，或覩其利未窺其害，必不足以淆至明之鑒，故敢竭其愚，為大總統陳之，而備採擇焉。

蓋聞自古帝王能操縱天下，而御之不失其宜者，亦在善審名實之間而已。名不正，則言不順，名正言順，其實乃利，反是而驚其虛名，必至受其實禍。往者武昌事起，大總統一出，而漢陽告捷，和議底成。以彼其時即乘乾綱，握坤符，取代清室，號稱皇帝，勢豈不能然，而大總統不為者，知皇帝之名不可居也。於是乃建設共和，優待清室，天下之人聞之，以為世變至大，亘古未有。內憂外患迭至環生，清帝幼沖，何能當此？惟大總統權略蓋一時，足以戡定斯亂，而又無更姓易代之嫌，故相率歸命。天下非一家之天下，大總統既取而公之，則雖累代相承之共主，亦不得私其位。雖不私其位，仍存帝號，此大總統善審名實之間，御之而得其宜也。自古舉大事者必有其名，仗義執言，不徒恃兵力。項羽弒義帝，高祖即為之發喪，劉、項之興亡判此矣。彼義帝何關當時盛衰之數哉，然弒之而輒敗者，名義之所在也。崇清帝以慰舊臣之望，稱共和以息新黨之爭，既而南方稱亂，一舉蕩平，彼無名義可假，故動而輒敗。蓋既以共和立國而復叛之，不待戰勝攻取，識者早知其無成，名之不可不慎也如此。

雖然，共和之名至美也，而其實中國不宜，識者又竊憂之。幸而改定約法，定總統之任期為十年，又可繼任，是總統得其人，雖終身可也。此與皇帝何異？凡立法足以牽制總統使不得盡其才者，皆削去之。今大總統之權以黜陟百僚，與皇帝無異也，以斷制刑罰，與皇帝無異也；以統一財政，與皇帝無異也，尊無二上，所不同者，特名耳。大總統握皇帝之實權，而不受皇帝虛名之禍，此誠善審名實之間，御之而得其宜也。

而諸人必鰓鰓焉，慮繼承之際或有爭奪。伏惟大總統天篤降生，必享期頤之壽，春秋未高，胡太早計？即使耄期倦勤，又有金匱之法在，何慮爭奪？堯、舜傳賢，禹傳子，皆公也。天下朝覲、謳歌、訟獄者之所歸往，謂之王，大總統指定之三人，必天下之所歸往者。歸往在賢則傳賢，歸往在子則傳子，豈不光明磊落乎？『皇天無私，惟德是輔。』今不曰務德，而曰預定傳子則不爭，夫公天下且慮爭，私天下遂不爭乎？自古王者曷嘗不傳子，而何以爭奪之頻仍也？始皇既併六國，即聚天下兵而焚之，自謂子孫帝王萬世之業，豈知身歿未幾而鉏耰棘矜，遂亡其族。恃力不恃德，而能僥幸者，未之有也。彼其人皆聰明俊傑，利害當前而不知者，心有所蔽也。

當民國成立之初，大總統對衆宣誓，決不使帝制復生，此誠善審名實之間，而為子孫無窮之慮也。皇天后土，實聞斯言，薄海人民所共傳誦，列邦稱賀，載在盟約，此何等事，而可漫焉嘗試？口墨未乾，一旦反汗，使大總統失大信於天下，以後命令所頒，縱出血誠，人其誰信？以公始，以私終，信義一失，人皆解體，而謂大總統之明而為之乎？假使國體再更，勢必襲前代改革故事，舊君去號，嫌釁易生，擁戴諸臣挾功而驕，難滿其欲，出自軍帥，後患尤深。加以鄰國禍心，包藏不測，海外亂黨伺隙以動，有所藉口，清室遺臣名節攸關，相率引去，事勢炳然，有害無利。大總統之不肯為此決矣。方今水旱頻仍，盜賊滿地，政繁賦重，民不聊生，此固上下所當憂勤惕厲之時，非太平無事可以稱頌功德之時也。謀數十年後繼承之安，而先貽目前之危，數十年後繼承之果安與否，又非此時之所能預謀，而無事自擾，取前之所以制勝於人者，悉反之而授人以柄，未見其計之得也。所獲者虛名，所受者實禍。

且名又非至極也，大總統之名，中國前此未有第一之榮名也，以視改革之代，　皇帝之稱數見不鮮者，名果孰榮乎？　若非名之謂，則今大總統之權實與皇帝之權等，無事紛更也；　若又非此之謂，則必謂繼承之事。繼承之事在德不在力，在歷年之久，不在前定。凡一代開創之始，必有開國之人才，開國之規模，開國之事功。以大總統之雄略，求天下之賢才而登用之，閔閭閻之疾苦而罷去苛細之徵，休養生息，民力漸蘇，而後整軍經武力圖自强，使元元之民仰之若父母，自然天與人歸，雖欲拒之而不可得也。若未至其時而强為之，必且受制鄰邦，貽議來世，有無窮之隱患，非所以愛我大總統也。

今開會未久，四方響應，雖出一時仰戴之忱，然尚非謀國萬全之策。惟大總統超然遠覽，内斷於心，堅執謙德，勿失大信，召爭端，受實禍，不私天下而天下自歸之。袁氏永安，萬民蒙福，此國大事，悉衆討論，弗厭求詳。語曰：『芻蕘之言，聖人擇焉。』區區愚忱，未敢緘默，瀆冒尊嚴，不勝惶悚待命之至。謹呈。

王晉卿曰：據事直陳，懇至詳盡，其胎息之厚似劉子政。

陳弢菴寶琛曰：義理與利害兼盡，深嚴婉摯，粹然儒者之言。

姚叔節曰：專就名實立論，反復悚切，似西京文字。

抱潤軒文集九

桐城馬其昶通白

書

答族兄質甫書 癸未

曩者傳聞吾兄上海事，私心甚不快，因致書相規，書詞切直，寄書者乃不肯以達，益以為恨。古豪傑之士少不自檢，一旦悔悟，卒立勳名於世者往往有之，然則前行固不足為兄累也。其昶以辛巳冬來京師，遂留應京兆試，後又存視鞠裳之疾，至今未能歸。去歲辱惠書，適聞叔父凶耗，南望悲痛，略無好懷，故久稽裁答。來書述南越地形、政俗及所以控御之方，明白切當，遊好中如鄧鐵香、黃再同見之，皆錄副以去。兄之才略終必為世用，即此可見。

方今天下之勢有異於古，古者世變固亦無所不備矣，然其所以圖治而補救之者，今古難易之勢不可同日而語也。古之所謂蠻夷戎狄，皆在要荒以內，秦漢而降，拓地益廣，則患亦愈大，然非其種類在中國者，不能遽為吾害。其來為害，亦不能周知吾利病虛實。何則？沙漠之遙、重洋之險，彼固不能驟至也。戰陳攻守之方固無殊絕大異者也，非如今之輪艘火車瞬息千里，沙漠之遙、重洋之險，如履庭戶而絕溝港，軍械火器當之無敵。叩關通市者百數十國計，山川扼塞之形勝彼此共之，朝叛約而兵夕至，一國有故諸國環起。古之謀天下者，息兵固圉即可無事；今之謀天下者，非有自強制敵之術，則不能一日以安。豈非世變之極大，而謀臣智士所當日夜而籌者哉？

夫所謂自強制敵之術何也？外則遣使以採風覘國，內則製器以奪其長技，居今日而求禦夷之法，捨是二者果猶有良策乎？無有也！必吾能得其情偽而後可謀，必吾之長技能與之抗而後可戰，能謀能戰，操縱之權在我，而後能自立國。然則今日之遣使製器，果遂足以謀且戰乎？吾又未敢信其然也。國家歲耗不貲之費，使者紛紛四出，所在設局，製造機器，既為禦夷不能外之策，而又未敢信其然者，何也？且夫治天下者有本有末，有實有名。君臣、父子、夫婦之綱，文物詩、書之懿，禮儀廉恥之防，中國之所以為中國者，更千萬年莫之能易者也，此所謂本也。精器械，習技術，講富强，以為威天下、守國家之具，此其末也。務本而忽末不可也，知末之不可忽，遂以務本者為迂圖，則其弊更有不可勝言者矣。世之儒生不切究當世之務，論高而無實；二三大臣第欲挽回時艱，又或不暇計及其流弊；而一切趨時赴功名者率皆浮誇嗜利之徒，相與揚其波而助其燄。深慮者退詘，諂媚者登進，天下靡靡從風，循此而不變，吾未知其所終極也。

且夫風氣之即開，未有能返之者也。當其始，各國閉關自治可也；陵夷至今日，既不能禁彼之不來，則不得不因勢之所趨而急為之所。譬之水焉，未有歷數百年無南北之或徙者也。當其南徙，必遏使之北，不可也；順其勢而隄防之，亦未至大為禍也；見其南北之無定，因而毁防決隄，則泛濫潰裂必且益甚。今之斥夷務者，是遏使之北之類也；今之習夷務者，是毁防決隄之類也。聚天下浮誇嗜利之徒，囂囂然唯夷務是習，吾懼其有泛濫潰裂之患矣。宜其費之日增月益，而罕有成效可覩也。今亦孰不知浮誇嗜利者未足任乎？顧以儒者既無救時達變之才，不得已而出於此。嗟乎！以浮誇嗜利之徒而期以救時達變，不亦士之所大恥哉？夫士方從學之始，父師之所期冀，朝夕之所肄業，雖日誦習聖人之言，而皆懷利禄之見，殫氣盡力以事無用之域，不得則窮老以死，得之則精力已衰。出而任天下國家之事，則又爭騖利禄以取償其初志之所欲得，而多方巧飾於其外。是故吾之所習者詩、書也，所重者教化也，吾之所操者，本也，而其失也，上下相應以名。夷之所恃以為國者，商務之盛衰、兵力之强弱也，所操者，末也，而其得也，則在能求實際。非我之本不及彼之末也，我之名不及彼之實也。故凡天文、測海、算法、輿圖、製船、造物，有可以益商務而助兵力者，無不日新月異，竭全力以圖之。非運其心思智巧，則器無由工；非工其造作，煥其耳目，則利無由得。故其相與講求者，器耳，無所謂道也；其相與計畫者，利耳，無所謂義也。此亦至猥賤不足道矣。然而其國日以盛强者，名實之效異也。夫以吾之積弱而惟務虛名，既震懾其强悍，而彼又日出其淫靡以炫誘乎吾側，則世俗之張皇崇奉，固其理也。獨奈何君子之持正論者，亦惟恃虛憍之氣以輕掉之也哉！

然則為今之計果若何？曰崇正學、課實效而已。遣使則博求忠慤之士有才勇可信任者，而勿雜以浮誇嗜利之徒；學藝則擇其事之便民而少弊者，而勿染其華靡淫巧之習。以我之聰明才力，懲往而毖終，安在無博通奇傑之士出乎其間，精其術而益上之邪？

今吾兄奉委一再往越南，是即使者之任也，其能勿辱命而有異於世所謂出使者可決矣。讀兄書，觸其平日有感於中者，發憤一道。承外間聞見，日有紀錄，能簡其尤要者寫以相示否？語曰：『言忠信，行篤敬，雖蠻貊之邦，行矣。』自古豪傑志士大有為於世者，未有不築址於謹小慎微者也。此固宜兄所夙聞，而猶區區及此者，乃重相愛助之意爾。吾今謀出都，計抵家當在春暮。兄歸省之說果得遂否？遠客異地，惟强餐飯，慎思慮，自愛，不宣。

答鄭東父書丁亥

得惠書甚喜。别後不自力學，忽忽壯大，恐遂無成。往在都日相接，今乃知其益也。

居嘗讀顧亭林先生書，甚好之，又嘗喜讀陸桴亭思辯錄，私謂國朝諸儒之學平湖、楊園，步趨朱子至矣。顧氏之博，桴亭之通，近代曾文正之大，此三家者，不專主朱子，實與朱子為近〔一〕，綜賅本末，確然可施行。顧氏獨好五經及宋人性理書，其自述蓋如此。惟其論學論治，銳於自信，詞旨矜高，且鑒明季空言之失，矯枉或過。其後學者遂祖其說，稱述漢京，輕詆宋賢，風尚變焉。乃吾觀其書，務求經世之業，固非章句小儒所可託也。夫古之君子自任以天下之重者，深知事變無窮，故嘗有退讓審慎之意，矜其所學，而概欲施之天下。古若今操此而蹶者有矣。吾讀文正集，歉然於學問之不足〔二〕，事功之未可易言，其識固有過人者哉〔三〕？抑更事多而後智量遠也？然文正生平頗致力文事，務推大之〔四〕；顧氏則一以禮教風俗為己任，於文若有不屑意者，二者不同之致，果孰為得失乎〔五〕？承近日服膺顧氏，竊喜其尚論有合，第未知愚淺之見，足下何以教之〔六〕？

佩蘭先生勤於為政，彬彬乎有儒吏之風。讀贈言一篇，陳義至當，憶往年約共致此意於佩公，足下今乃能既其言，其昶居其署中月餘，竟無所贊益也。致仲魯書，幸附去，久不得其息耗，至為念之。天暑，惟千萬自愛，不宣。

吴先生曰：尚論有卓識，抑揚頓挫，最有韻度。

陳伯嚴曰：體驗有得之言，味之彌永。

【校】

〔一〕『不專主朱子，實與朱子為近』，宣統本為『要與朱子為近』。

〔二〕宣統本為『歉然於學問之不足恃』。

〔三〕宣統本為『其識固有大過人哉』。

〔四〕宣統本為『然文正生平頗好文藝』。

〔五〕宣統本為：『顧氏則毅然一以匡植道教為己任，孤行特立，不可謂非命世豪傑之才已！』

〔六〕宣統本為：『承近日服膺顧氏，其昶竊喜其尚論有合，又未知愚淺之見，於足下亦有合乎否也？』

上姚靜菴邑侯書丁亥

昨論汪正宣挾邪術，不得妄舉孝子，害名教甚大〔一〕，故採擇清議，佐賢父母治化。乃未蒙鑒察，斥而不納，誼不得終默，敢略陳之。

正宣一邪僻賤巫耳，其穢行敗德昭昭在人耳目。挾禍福之說干大府，聲勢動一時，思得美名以自蓋飾〔二〕。前者執事迫承大府意旨，為之詳請題奏，猶可諉曰不知〔三〕，今公論大伸，中丞且下檄察實，猶悍然堅持其事，甚無謂也。正宣自言其孝，不過廬墓封股，執事贊曰大德，亦不過信其廬墓封股之誠然。且夫廬墓封股，後世矯激之行，非出於中道，君子節而取之，亦必其他行無大戾〔四〕。正宣以左道惑衆，其廬墓封股事有無不可知，即誠有之，豈足為孝？古之孝者，既葬，速反而虞，何有於廬墓？身體髮膚受之父母，不敢毀傷，何有於封股？防墓之崩，孔子先反，是孔子未嘗廬墓也；曾子考終，啟視手足，是曾子未嘗封股也。今曰廬墓封股乃孝之大德，豈孔子、曾子之孝尚未大邪？詩、書論孝德至備，今從不足與之言此〔五〕，奈何反取邪僻辱身大不孝之行而尊異之，以壞亂風俗？方今天下異學蠭起，各肆其淫邪之說煽誘黔首〔六〕，執事恕之，曰不得以小術掩其大德，是正宣之挾小術，執事知之甚明〔七〕，無可遁飾。闢異端，崇正學，聖諭廣訓，煌煌垂戒〔八〕，且載之國典。巫師術士妄言禍福，厥有常刑，其所以一道德、遏亂萌之意至深且遠，前古之已事可知矣。其他可恕，此不當恕也，而可旌哉？行不軌，盜虛稱，此亦非正宣之福也。

自晚近來，士習於功利，猥瑣以弋取勢位，絕無砥節厲行之意寓乎其間。乃別旌孝弟謹篤有行檢者，以厲風俗。此其事亦有心者所當悲痛而愛惜之者也〔九〕，至孝弟謹篤之名，亦可欺罔而得？嗚呼！其殆世運之極變矣！孔子曰：『惟器與名，不可假人。』非惜夫虛名，惜夫天下之實，將遂不可復見也。敝邑以孝行受旌者，自明檀孝子郁以下數十人，皆行修名立，一旦以賤丈夫廁其間，先賢靈爽必且徬皇卻顧，恥共歆饗，而後進之士見其榮受旌典，遂真謂可法可師，習奔競，甘穢濁，廉恥道喪，正學益衰，誠可痛也！執事臨蒞敝邑數年矣，士民之邪正、衆論之臧否，類無不洞達者，始聞其孝而舉之，繼知其不孝而黜之，豈不光明磊落大君子之行哉〔十〕？若必遂其前失，以辱朝廷、污風教，使百世後論者追溯太息，謂此事成於執事之手，敝邑士大夫竟無一主持清議者，袒誠恥之，亦竊為執事不取也。伏惟恕其狂愚，俯賜採納，不勝至幸。

吳先生曰：辭嚴義正，似韓公闢佛之表，歐陽誚高司諫之書。此舉謬亂可駴，賴學校以公論挽救之，文有功風教不淺。

陳伯嚴曰：聲實宏大。

【校】

〔一〕宣統本下有『顧亭林氏謂禮教風俗，士大夫與有責焉』。

〔二〕宣統本為『思得美名自蓋飾』。

〔三〕『為之詳請題奏，猶可諉曰不知』，宣統本為『為詳請題奏，事非得已』。

〔四〕宣統本為『亦必其生平他行，別無大戾』。

〔五〕宣統本為『今縱不足語此』。

〔六〕宣統本下有『紛紛藉藉，而尚未知其所極』。

〔七〕『執事知之甚明』，宣統本為『彰然明甚』。

〔八〕『闢異端……煌煌垂戒』一句，宣統本為『昔聖祖廣訓，闢異端，崇正學，宣宗以韻文闡其旨』。

〔九〕宣統本為『此其事有心者所當悲痛而愛惜之者也』。

〔十〕宣統本為『豈不仁義兼至大君子之行哉』。

答方倫叔書己丑

倫叔足下：　前者辱示大著京卿公事實攷略〔一〕，後述俾之論定，意懇而詞切，至於再三，其昶自搆家難，文事久廢置不講，承命愧悚，不寧者累日。以吾二人之誼，不應嘿嘿，輒敢妄貢所見，其言不必當其意，惟倫叔知之也。辱再惠書，猥以喪中為文不宜過矜鍊，其說為不謬；獨疑子孫述其先者，贊頌語非所宜施。謂子孫固有闡揚先世之責，舉曾子固先大夫集後序、朱子皇考行狀所以贊頌者〔二〕，辭皆極至。願往復以衷一是，且自明非有拒心。倫叔之意寧待自白邪？其不務辯給取勝，惟吾亦知之而信其誠然〔三〕，則亦何所猶豫遜避，而不肯盡意於吾倫叔邪？莊周有言：『孝子不諛其親，忠臣不諂其君。』夫所謂諛諂者，豈必無其實而虛稱以誣之哉？侍言尊者之側，語貴質而不敢盡也，而或飾之，君子曰，是相疏外之道也。其於為文亦若是焉而已。據事直書，使覽者自得其情，而於言若有所不敢出者，敬之至也。子固之序先集，皆綜其立朝建言大節〔四〕，詞若歸美，而實反覆推明其齟齬不得志之由，所謂用意深遠者也。

今所著事實攷略，大指固主於鋪陳德美，非若他書之有待發明。倫叔自為後序，記其緣起，可也；而復云云，於義為侈，於文則已贅矣。且序跋之體，於傳狀尤不類也，義所不可，古人雖嘗有是，君子不以自安，況古者之未必然邪？吾讀孔、孟書，敘列古仁聖賢人備矣，乃皆罕及其先德，豈其行事皆軼，無可徵與？君子之自修也，務既其實，其事親也，亦體吾親務既其實之心，而不惟名之津津〔五〕。片念之耀乎外，謂以厚其親，即所以薄之者甚大，況吾親自足表見於天下，其名之永不永，固不在此。襮揚其親之名，人子之至情也，然而古之君子猶致慎焉。此其意亦惟倫叔知之也。吾與足下益懋勉之而已。

吳先生曰：　此文有任意揮斥之美，其義則可質古人。

陳伯嚴曰：義謹嚴而氣沖澹，足徵所蓄〔六〕。

【校】

〔一〕『京卿公事實考略』，宣統本為『事實考略』。
〔二〕宣統本為『舉曾子固……朱子皇考朱公行狀所以贊頌者』。
〔三〕宣統本為『惟吾亦知之而有然者』。
〔四〕宣統本為『皆綜其立朝建言之大』。
〔五〕宣統本為『而不惟名之兢兢』。
〔六〕宣統本無陳伯嚴評語。

答蕭敬甫丈書 辛卯

得十月十九日書，並寄賜姚氏漢書平點及醫方各一冊，忻感。以媿迫多事，又所言倉卒未可展意，遂至逾月闕不報，豈不罪甚哉！歲暮念當反里，益苦無便使候問，開春之約，恐不果來。元宵後其昶有金匱之役，儻過皖，得因緣侍教，幸甚幸甚。

伏惟吾丈垂念先人之好，不肯疎外，辱書教以所處，謂當堅忍家居讀書，不當外出，而重以鄉邦五六百年文獻之傳，不宜到今而絕。敦勉倍至〔一〕，又自傷久客，故平生志業未能悉副。嗟乎！非至篤愛，孰肯言此者乎？其昶雖不肖，其安能無慨於中也！念自小席先世遺業，入塾受讀，世事一不通曉，今乃遑遑取資於道塗，吾丈謂我豈誠樂於此乎？孤露失所芘藾，摧傷困辱之事無歲無有，家世薄產鬻去已强半，婚嫁迫乘，丈夫不能自存，乃欲開口向人，輒自慚恧，計惟賣力傭書，猶當勝耳。幸逋負未深，一二年了此，即歸去讀書以終吾身。進取之事，知復有限，妄自謂少壯所業不後於人人，猶且鑿枘而不合，他何求焉！君子之為修也，獨有己之可力耳，其榮悴通窒乎我者，天也，吾何歉乎哉！假文術、逐聲利以自私，其昶雖不肖，猶能知所恥辱。蓋天下所以脊脊大亂，皆始於士大夫之自營其私，而其末乃遂可無所不至。以是自勵，間亦以之語人。比年以來，朋遊中多有讀書嗜古者矣，至於矯然崇節概而不少挫抑者，此其人不必皆有所勉於學。然而不學則更無可以庶幾者，故其昶於讀書嗜古之徒，未嘗有所聞而不求，求之得而不相賓異者，以其在今日尤可貴也。

里中舊籍散亡殆盡，迺者稍稍購蓄。經史之大，且不能具從人假，乞則面有難色，或迫相追索，不終卷取去。日與仲實、叔節言此，相約擇城中高處建閣，各出所藏書充其中，而歲益所未備，恣好學者之取閱〔二〕，毋得禁格。夫書者，聖人以詔世天下之公器也，私焉則失其所以為用矣。承留意搜討掌故數十年，今將舉以相屬，謂但使書傳，不必自我出，大哉言乎！夫書之出於己者且不必其自私，況非己者而可私邪！徒以資蠹蝕，供子弟不材者之狼藉，而豈非惑邪！

塊坐獨處，多所感念，讀來書益觸發不能遏，輒率所胸臆以為答。蓋其昶雖不得已於遊，要其本志所存有如此者。惟吾丈幸垂鑒之。

吳先生曰：具見憐才好古之襟韻。

陳伯嚴曰：中多見道語，文亦取似柳州。

【校】

〔一〕宣統本為『敦勉倍恆』。

〔二〕宣統本作『恣好學者之婪嚵取閱』。

上吳至父先生書壬辰〔一〕

自其昶始學文時，受知愛莫夙於先生，開闢徑塗，不迷其源，不阻其修，其得力惟先生多。乃一旦南北分異，遂至踈絕曠遠，積十餘年之久，無一言一字上徹左右〔二〕，雖至頑薄不肖，不宜至此。蓋嘗念自古魁儒大師奮出一時，于名採譽之士爭自刮磨求親媚，以驚動時人，耳目所在，皆能也，扳依以為重，豈有幸焉？周旋託於平生，名氏廁諸簡末，即百世又知其為誰何乎？吾誠能取之於古，蹈之於躬，則形迹雖疏，君了不疏也；吾誠不能取之於古，蹈之於躬，則形迹雖親，君子不親也。故其昶自先生暨武昌先生及凡當世耆宿，皆未嘗有所請謁，獨私冀其道粗成，庶幾有可承教之一日。

不幸家世中替，二親繼亡，危苦患難之來，非人所堪，孤孑一身，無可諉謝。又先祖久殯淺土，三喪未舉，因一意攷覽形家言，廢詩、書，歷岡阜，八九年於茲，幸今得畢大事，而期功之親亦捐郤明恩，都無纖介。

家難既寧，方思整舊業，又不幸以衣食故傭書外出。

每當深夜不寐，萬籟暫寂，慨然遠想，痛苦吾親之不可復見，悵師友之遠暌。歲月駸駸，誠恐此事便不堪造就，必孤抱所業，俟其或成，是終不復有可承教之一日。而十餘年區區不苟之心，終莫能自白也。並時之賢之嘗我愛者且不相諳悉，而乃冀幸於歿世，其為疎闊，不愈甚乎！因謹獻其所著文二冊，又讀易筆記一冊，惟先生幸鑒其從學最早最不幸，而將無所成也，而卒賜教之。幸甚幸甚。

吳先生曰：曲屈盡意，孤抱尤可敬佩。

鄭東父曰：極似柳子厚。

陳伯嚴曰：託義不苟，言有典則。

【校】

〔一〕宣統本為『奉吳至父先生書　壬寅』。

〔二〕『上徹左右』，宣統本為『得徹於左右』。

答劉仲魯書甲午

往吾與足下遊，至樂也，無旬日不見，見未嘗不善相旌、過相敕也，不見未嘗不思也。別久矣，吾之情猶是也。前足下過此，甚喜，以為可謀永朝永夕之懽，竟不能然，譬之餓者嚵焉求哺，終不得食，斯已矣，嘗鼎一指而揮之去〔一〕，此人之情，能無怨望者哉！

辱書乞言於我，並承惠中州名賢集，多荷多荷！仲魯虛受之懷猶昔也，賢者進修之詣豈一談之頃所能測。又其昶方自媿德業所就，雖欲效前時，有不知所為言者，顧盛指不可不答。記嘗與孫佩公語境遇困人，賢者不免。佩公深感動其言，蓋非獨貧約為困也，脫蓬虆而之顯，其困乃彌甚。易曰：『困於金車，吝。』孟子之稱大丈夫者，富貴不能淫，貧賤不能移，足下不移之操，吾既見其然矣，繼自今當更有以觀足下之處顯也〔二〕。詩不云乎，『靡不有初，鮮克有終』，士未有不始終堅持一節而能有立於世者也。

其昶開春即南返，自此歸隱故山，與公等蓋日遠矣。天寒，惟朝夕珍攝，不宣。

陳伯嚴曰：名論。

姚叔節曰：義精，筆亦不測。

【校】

〔一〕『嘗鼎一指而揮之去』，宣統本為『嘗鼎一指即持去』。

〔二〕宣統本為『繼自今當更有從觀足下之處富貴也』。

答章幼叔書甲午

幼叔足下：諸公在都城慨然外聲利，旬有約，月有會，羣相礱磨性命之理，其昶聞而企仰久矣。及來京師，獲聆緒論〔一〕，多所感發。此在古人恆事耳，得於今，為幸，得於京師，尤幸也！出都甫數月，邊事便至此，足可憤慨。紹伯不期重聚保陽，數相從論學，其識趣故過絕人，乃復自咎學不得力，一試艱難，已見甚矣，其內克嚴也，此非平日講習之明效乎！

抑其昶區區蓄所疑，言之未必當，不言，於交為不忠，則試言之。蓋聞君子之學，先辨名實而已。苟其名也無之，焉而可也，不然，則自身心以逮家國天下之事，何莫非吾事也。而其道必講之於素，其則必取之聖人之經。宋胡安定先生教人，以經義治事為本，此善教也。必以性命之在內者為精，而鄙外事物為粗末，不知吾性無內外也。當世之務，士大夫不之講，將誰畀乎？士大夫之志聖賢者不之講，雖有講之者，又足賴乎？即世亦何貴有聖賢也！今曰任未吾畀，固非吾事，吾恐任畀矣有芒若不知所措者，何則？講之不素也。天下之事變殷矣，無本者固不能有立，然亦未可曰，吾本在其他，乃遂可不學而能。聞少鼎頗專以性體為教，此特懲世之讀書逐名者爾，誠勵實矣，又能略仿安定先生遺意，如水利農田之類。人治一端，專精而互講之，將必有通材達識、兼賅本末之士出其間者〔二〕，固尤當世所幸賴也。讀書何病焉？

少鼎、劍華諸公不及一一〔三〕，幸出此示之，冀有以教我也。承命序貴族家乘，不敢辭，謹擬一稿，屬味西書以呈上，不宣。

陳伯嚴曰：平通切至之語，沁人心脾。

【校】

〔一〕宣統本為『獲領緒論』。

〔二〕『將必有通材達識、兼賅本末之士出其間者』，宣統本為『數年之後，必有通材達識、兼賅本末之士出其間者』。

〔三〕宣統本為『少鼎、季白、劍華諸君不及一一』。

答外舅論嫁取遭喪 乙未

昨張壻喪母，其家人傳語將循桐城舊俗，遣使來致帛。事關變禮，比未敢自決，承示。女未廟見，未成婦則無服，何帛之可施？此誠然也。其昶聞長老言，道光中吾鄉間有行者，壻家致淺青布二端，女則素服，終三年，良為過禮。據曾子問嫁取遭喪，遣弔稱父母，明不以女弔也，致命之詞曰：不得嗣為兄弟，不言夫婦，未成乎婦也。古者婦服舅姑期，安有在室為夫家服三年者乎？昨既據禮爲答，乃復退命二女孝婉衣飾勿純吉，以當心喪。

張氏為取婦〔一〕，數千里遠歸，吉期又已夙定，聞其姑病亟，恨不一見新婦；前時孝婉忽忽不自得，通夕不寐，空室中若有聲息，晨起音耗適至，殆非偶然，天親之愛固有未接，而其誼已甚篤者。思其生死綢繆之情，不可不答其意也。

古者六體各有次第，後世惟重納採，但一傳庚，終身以之歸。熙父之論貞女，一禮不備，比之為奔，不知古今情事懸絕，茲其蔽也。曾子問篇載，昏禮既納幣，有吉日，壻之父母死，『致命女氏曰：「某之子有父母之喪，不得嗣為兄弟，使某致命。」女氏許諾而不敢嫁，禮也。』鄭君注曰：『必致命者，不敢以累年之喪使人失嘉會之時。』『壻免喪，女之父母使人請，壻弗取，而後嫁之，禮也。』鄭君注曰：『請，請成昏也。』自經有『壻弗取，而後嫁之』之文，說經者不得其誼，遂有別嫁別取之謬解，羅整菴氏謂害禮傷教，莫此為甚。蓋弗取弗許者，免喪之初，不遽忍從吉，故禮辭之，其後必再有往復，昏禮乃成。聖人雖未嘗言可，以義推也。羅氏之說經，固至當，不可易，乃徐氏乾學言改嫁改取，自注疏已然。其昶嘗熟復經注，知徐氏之誤說也。昏禮既納幣，有吉日，是嫁有期矣。以喪致命，女氏許諾，而不敢嫁，禮也，此言女氏之不以喪昏為知禮也。壻免喪，可嫁矣，猶必待請而弗取，而後嫁之，禮也，此又言女氏能成其昏為知禮也。昏姻之義，男下女，茲請昏出女氏而無嫌，以納幣既已在前，又不欲發其事於子耳。其曰壻弗取者，見子之不急於昏；請而辭之，一往復也，曰而後嫁之者，見嫁取之宜及時。先王制禮之不敢過是，即羅氏所謂再有往復者也，至是而昏禮成，故曰：『請，請成昏也。』曷嘗有別嫁別取之說哉？然則注所謂不敢者奈何？曰不敢云者，重之之詞也。重其事，故不敢不致命爾，非謂懼其失時，遂與之絕，而使別嫁之也〔二〕。懼其失時，何待三年？待三年矣，又何為別嫁？即子又寧能終弗取乎？前後詞旨較然明白，若墮棄先命，別昏他族，無是理也。自孔疏誤申注說，而經旨遂晦。羅氏得其解，然以為聖人未嘗言，猶未審耳。徐氏師曾至謂事理人情皆未安，削之可也。嗟乎！信臆說而輕疑聖經，後世學者之陋也。不寧惟是，即讀古儒者之傳注而鹵莽之，其不謬而失其指者幾希矣。因論前事及此，冀長者更有以教之，幸甚〔三〕。

陳伯嚴曰：衷情變以釋禮，意迎刃而解諦，當不易。

【校】

〔一〕『取婦』，宣統本為『介婦』。

〔二〕宣統本為『而使之別嫁也』。

〔三〕宣統本下有『方宗屏文曰：有功世教之文』。

上于方伯論清賦書丁酉

入夏來伏惟台候起居萬福，承惠寄朱子大全集已到，當即勉讀一過，期無負高誼。竊嘗考朱子為政，首以清經界，課農桑，蠲賦額為切務。經界行之未久，漳州進士吳禹訟其擾人，詔寢其事，其他則皆著明效大驗。我公服膺朱子有年矣，近者奏核賦額，是即所謂清釐經界也。孟子謂仁政必自經界始，自非忠公體國之大人，孰肯出身任此？而不知者見有司奉行之不善，或往往私憂竊歎，引為盛德之累。其小人則病其厲己，妄肆謗言；其君子則以謂國勢艱難，計無所出。而其昶獨深知我公愛民惻怛之心萌於至隱，紛紛之論無當也，故始議逐田丈量，繼惟查報荒畝，二者難易之勢至懸矣。丈田則賦額可均，而其事不能無擾；不丈則用力省，而又時有不均之患。與其擾民，毋寧不均。嗚呼！此我公愛民惻怛之心慎之又慎，不得已而出此也。

近聞敝縣委員遇輕畝之田，概令加額，不知是否通行之例。此事必不可行，行之不惟無益，且害莫甚焉。夫田有肥瘠，則畝有輕重，其所由來者舊矣。當其始，必視其田之差等而定為額，迨歷年久遠，交易割截，不無飛灑之弊，或此田之畝移入彼田，遂有畸輕畸重者，此在民田，雖有不均之患，而於賦額，初無損益也。何則？其輕在此，其重固在彼也。民間相承既久，視為固然，亦不甚以為病。且肥田輕畝，其值必高，瘠田重畝，其值必賤，其為之或輕或重者，不自此人始也。今於其輕者重之，是民以高價而得重畝之田，再售必不能償其故值。人情於財，折其入，增其出，則怨。以謂短賦額乎？則額不繫此也；以謂不均乎？則必取一邑之田而丈之，而均之，減其重者，加其輕者。加之可也，今既懼擾民而不丈矣，則是畝之重者勢難請減，獨於輕者議加，揆之事理，寧可謂平？閭里之間，父子聚博，一贏一負，兩者之數足相當也，主計者不償其贏，而責其負，纖悉不遺，雖至愚者不能甘。今之加畝，何以異此？未有民心不服而可行者，縱威力可脅，亦本非仁人所忍出也。故曰其事必不行。敝邑缺額之賦數至十萬，攷舊志，其五萬畝自道光時已無著，蓋濱湖之田今成澤國，去年舉人陳濬然上書陳水利，為此也；餘五萬皆荒畝，散入各戶。自奉明諭督責，其稍自愛有知識者，皆已報墾，聞尚不及其半，而民力已竭。今有大族數傳而陵夷者，一旦得覩其故籍所載，乃欣然欲撫而有之，而不知貲產奴僕之他屬久矣，是故以十萬畝而覩今墾之數，誠少也，知其五萬之舊淪於水，則今所墾者，豈易易哉！凡屬吏之於上官也，奉令承教惟恐不得於意，又孰肯為民受過者乎？其猶可搜刮者，上求其一未嘗不思報以十也，若求十而報一，是無可搜括也，民力之竭可知也。今至議加輕畝之田，此亦情見勢絀之一端矣。夫輕畝之田乃千百之一二，此千百之一二縱能全加，於國計無絲毫之補也，而徒授胥吏衿保以操縱之權。輕者可加，即有非輕而亦加者矣，納賄者獲免，報怨者妄訐，文契不足據，世業不足憑，山角水涯，尺土無讓，財力凋敝，流亡必甚，派捐之害累在一時，增額之害累在永世。故曰行之不惟無益，害莫甚焉。且以清賦始，以加賦終，非所以昭大信、順民心也。

今天下惟農民至苦耳！士大夫惟務本業者至拙

耳，聰明才智之士皆不事此，朝廷之所注意經營者，亦不在此，而獨至於籌國計，裕度支，剝膚敲髓，仍在此至苦至拙之人。且夫國家之賦，徵之業主，業主之租，索之佃民，賦之額有常也，租之額亦有常也，佃民之納租者，率豐歲十納七八。今賦額必取盈於業主，則業主租額亦必取盈於佃民，展轉相取而求其盈，於是天下之至苦者乃益加苦焉。某處賦額缺若干，今報墾若干，公所知也；閭閻辛苦愁歎之聲，怨抑之氣，凋瘵無聊之狀，公雖知之而不能盡聞，不能盡見也。愛民惻怛之誠如我公，又未可期之人人者也。悲哉，民也！當我公實為邦伯之時而猶若此，復何望乎！且公之意在繩奸吏、杜中飽，今法行一年，其已效者，皆其地之可行，而不甚病民者也。若夫艱難竭蹷而不能行，則不如其速已。曠日持久，民何以堪！昔朱子奏蠲星子縣稅額，至再至三，而後獲命，又減屬縣無名之賦七百萬，減經總制錢四百萬，當今之時，何敢望此曠大之施！蠲減賦額，惟於綜核名實之中，稍寓薄斂卹農之意，寬一分，即民受一分之賜。

凡此所陳，皆我公之夙抱，而其昶猶喋喋者，蓋既以報賜書之惠，又事關鄉邑利害，不敢隱情惜己而不言也。古之舉大事者，發之自我，收之自我，伏惟明公旦夕思其所以收之者，幸甚幸甚。

吴先生曰：利害分明，論事之式。

陳伯嚴曰：昭晰婉至，畢達其所見，古人無以過。

再上于方伯書丁酉

秋間潘大令奉檄至桐城，宣布德意，敝邑加賦之議遂寢，戴德無量，幸甚幸甚！近聞台端屢奏記乞休，大賢去國，中懷惘惘，若有所失，凡有心者皆然也。自明公到皖，一時官吏莫不兢兢求治，痛刮舊習，效驗顯白，然其昶獨私計我公憂民之隱及民之所挾以冀於公者，固不僅如是遂已。道合則留，不合則去，公自為計則得矣，如吾民何？

人有自皖來者，言部中議提州縣平餘，此事利害甚大，不可不審。夫欲愛民，必卹州縣，州縣勢窘，則賢者潔身自守，將一無可為，不肖者仍設法巧取之民。天下之賢者少而不肖者多，且即賢者亦不能徒手奉職，故羨耗歸公，百姓於常賦外，必倍有所出。夫部議所以及此，以其羨誠多也。銀價昔昂今賤，而民間折銀之數一成不易，是故民日益困，官日益侈，州縣徵銀一兩，平餘幾與之埒，此固處必變之勢。公誠能堅持定見，為力請於朝，不與州縣爭利，而酌減銀價二三百錢，以紓民力，在州縣所入雖若少損，而適如其前銀未大賤之時，固不甚病。而又幸今者少損而遂可永安也，則亦必奉行恐後，且賦額既清，絀此贏彼，上下稱便，因勢利導，在此一時。清賦額，則益在國；寬耗羨，則惠在官；減銀價，則澤在民。今此三者，既行其一矣，利國而不思便民，公賢者也，必不其然。請以去就爭此一事而斷行之，多刊文告，張示遐陬，不使屯膏不下。公一日未去位，則力勢猶有可為，民生疾苦，猶可告愬。

其昶在野竊見百姓困弊日久，催科之虐所不忍言，今果行此，公雖退，澤猶在也。不然，是吾皖之民終無更蘇之日，而公亦負此一出。辱承知愛，敢竭其愚，惟賜垂鑒。不勝惶悚待命之至，不宣。

姚仲實曰：茂密嚴重，似秦漢人論事之書。

抱潤軒文集十

桐城馬其昶通白

書

答金仲遠書戊戌

昶白仲遠足下：　僕來貴邑一年所矣，時時問邑中賢豪奇士，耳目不廣，居此如深山絕壑，無過而親者。久之，聞述足下其人其文殆不類世俗。談者未能道其所以，或訾毀狂生。私心獨喜，果若是，吾庶幾得之。今年春，令弟來見，嘉其英雋；繼又獲交賢從父，乃十年前友人阮仲勉嘗舉其姓字告我者也，歲月久，不復記憶，一見道故，如逢交親，喜可言邪！

頃辱惠書，並寄示大著，讀之，才氣誠偉。嘗以謂古人之文無所用於進取，宜世之為之者少，為古人之文，必其人之性情有與古人類者也，其所為足貴在此。今足下之文務反古今久定之論，以為創獲。文誠創矣，毋乃性情有受其病者乎？或其言猶不免為陳言，吾矜其創獲，實乃古人所吐棄，愈少味矣。立言者必使吾言世不可無，不必其皆古人所未有。切於事理，雖源於古可也；伸吾所獨見，而無闡於聖文，無裨於世教，雖不言可也。凡論古事暨當世利弊，好作一成不變之語，皆未嚌其甘苦者也。懸斷古人之陳跡，古人往矣，吾取而是非之，何嘗有毫芒加損？論議今事，則利害所被尤大，言之甚易，行之實難，事機萬變，匪可揣知，徒作快語驚流俗耳。故區區之意，願足下一以純儒之學自處，從事經術以廣大其德業。

足下言：『欲使後世尚論者稱數廬江人物，知其有我。』廬江一邑不足為足下限也。足下又言：『性嗜古，勉從長老所勸事科舉，輒不樂，將決所從。』蓋得失之數懸之命矣，足下學道有年，奚惑於此焉？今天下志古者希矣，有之，當視為一家，故不欲以曼辭相報，惟足下幸垂鑒之。大文計有副本，留此示徒友，且不奉納。昶白。

陳伯嚴曰：　作者與人書，往往逼肖退之，此文亦多心得語。

與程抑齋先生書戊戌

曩其昶聞友人言皖南胡希晦少年從事儒者之學，心志之不能忘。及與希晦交，叩其淵源所自，始知並吾之域，猶有先生其人者，益恨無因緣得見。迺者希晦寄到大集，並達盛旨，謙謙下問。其昶淺學，何克任此，甚愧甚愧！

先生之書徵引浩博，不為空言，尤致嚴學術之辨。竊嘗以謂：詣微者主宋矣，能知服漢；兼綜者主漢矣，能知服宋，皆豪傑之士深造於道，不隨俗為趨捨，未易得諸耳目前者。今先生學博且精如此，為斯道幸甚大。抑又聞之，學之始利在實，其成也，利在虛。虛也者，所以超萬類而莫滑其靈者也。自堯、舜之事業，鄒、魯之道術，千古所震駴，而其自睇常廓然不有其一物。文之為方也亦然，不實，則植幹不立，不虛，則氣為之累。今先生之書誠博矣，其辨誠嚴矣，然亦有辨之不必辨者，以非大義所存，得毋其中猶沾沾有所不捨者乎？為詁經考辨之言，失則僿，為性命之言，失則朽，皆非善言者也。實道，以己其於言也，迫於不得已，不僿不朽，惟純氣之守，亦虛而已。

其昶學道無得，獨深有嗜於文，輒進其戔戔之說，惟先生幸辱教之。

姚叔節曰：妙義微言，文境乃酷類蒙莊。

復張楚寶觀察書甲辰

前月外弟方子和來書，盛言執事佐尚書周公興學山左[一]，所禮致而為之師者，皆一時名流賢士，顧謂其昶粗解文術，而遽以校長之任是期。其昶誠自揣無以副嘉命，又假館貴邑李中丞家，今三歲矣，堅定後約，義無可去。比屬子和致辭謝，再辱惠書，惓惓以宏造育之義相勖勉，讀之益使人惶愧不敢承。

蓋今天下之患亟矣。嘗妄以謂高爵貴勢通顯之人欲起而弭世變者，無他焉，要當以興學造人才為至急。若士不遇者輒曰自全彼其身，絕無意於天下可也，不能無意於天下，則當助上之人養完天下之材，以强國而安身，外天下而獨存其身，未之有也。故大賢君子必以天下為量，如其昶者，不敢望大賢君子，然亦豈不欲存其身於斯世者乎？居下處卑，人莫之從，斯已矣，今有大力者挈之提之，儼然委以賓師之重，而禮先之，猶且遜避退讓不承焉者，何也？其身之不備而能詔人者，亦未有也。其昶自少所學皆符於空言，於世事一不通曉，獨好取古人敻高至賾之詣，潛思力探，不希知於人，人亦無過問者，以此自識涯分，絕意進取。向使其昶前生百數十年當乾嘉世，士競古學，而投以己之所守，猶未必合，〔二〕況今之變皆前古所未有！於斯時也，乃欲攘臂自奮，與英彥少年相角逐，愈疏闊矣。寒者求纊於冬，而承之以箑，又何賴焉？且以其昶之愚，亦知吾國教學之法久弊，不能長此不革，他族所以致盛强之業，不能不取以自衛，徒苦年力邁往，難兼營耳。

凡所謂學者教者，必其知識有以大相過，乃能澹其好爭之心而生之敬。今制：學子所當肄習者不下十餘科，假如十科中吾能其一二，而以授之人，彼學者從吾受其一，而別從九人者受其餘，則是教者之所知所能，常處其至少。吾精其一，而粗通其餘，猶之可也；吾所精之一，乃皆非世之所求，而其所未達者，則與彼無以異。夫萃數十百英鋭鋒起之後生於一堂，所抗顏而師之者，或與彼無以異，果有以結其心邪？抑猶有未能平者在邪？〔三〕今之學堂師弟子往往乖刺不相得，固無足怪。〔四〕迺者皖中大吏以教師缺乏，亦嘗有意相屬，其昶既遜謝不敏，不敢强所不知以取罪辱，退而與二三徒友詠歌遺經，庶幾存十一於千百，以待道術大明之日，必有聖者出焉，綜古今中外而一之者。誠若是，則吾之所學，雖不周於世用，而竭其不肖之心力，需之十世、百世，未必其遂無補也。士各有所遭時，正不必逮吾之生爾，而又非矜其能，以訾其所不能也。

其昶於尚書固嘗有賓主之誼，其爵齒尊，別後絕不敢率爾通問。尚書乃時時記憶，前歲又過以其昶薦應特科，既未赴試，且無一言半辭自致於前，而尚書不斥其疏簡，又有今茲之命。其昶誠知大臣愛才薦士一出於至公，受之者不得引為私恩，爭自親媚，惟欲少砥名節，使後世有述，以不負知己。今尚書既移督兩江，區區素守與其才性所堪任者，不恥自明，惟執事之垂省覽，亦冀尚書之能知，而幸不獲罪於終也。聞之李生，執事於太史公伯夷、孟子、荀卿諸傳誦之皆嘗數千過，謹錄近所為讀伯夷傳一首，獻之左右，以答知愛，且竢教焉，不宣。

陳伯嚴曰：控縱自如，姿態雅逸。

【校】

〔一〕『興學山左』，宣統本為『興學於山左』。

〔二〕『猶未必合』，宣統本為『猶不得合』。

〔三〕『果有以結其心邪……』，宣統本為『果有以深結之邪？抑其心猶有未能平者在邪？』

〔四〕宣統本為『今之學堂往往師弟子乖剌不相得，無足怪也』。

上巡撫馮蒿庵書戊申〔一〕

迺者伏讀明詔〔二〕，博求天下儁逸奇瑋之彥，無論已仕未仕，概得薦達。遭時艱難，朝廷皇皇求治如不及，頒布新政，日駭月異，而識者獨推此詔及實行禁煙令為最得根本，海內喁喁仰望，以徵其後效。中外大臣所推薦，類皆一時譽髦有績狀可指數者，而明公上言三人，謬以其昶與其列。

竊自維念其昶少無殊邈之操，粗解文句，亦嘗從群士後求舉，屢進而屢躓，今年逾五十，知能才力無一可效用於時，因自退伏，非以此為高節。閒居無聊，其平素之所業不欲中廢，時時有所述作，正所謂符於空言，無實用者。而亦曠觀當世之變，為開剖以來所未有，應之者不得持故常，阻道化不進。既群天下之才爭新於其際，而數百千年先聖留遺之籍為舉世所不為者，亦必有人焉賡續而存保之。過不自揣，區區有志於是。

伏惟明公於其昶無一日之雅，曩者嘗從友人孫仲垣、章佑叔所讀公詩文手翰，私心嚮往久矣，徒以士民之分，不得妄有干乞，草野姓氏無緣徹知。去年復以縣中學務，侃然有所諍論，方懼獲戾於下執事，乃明公不以為忤，俯賜採納，為之改革前令，晚近大吏豈易有此！昌黎有言：『身在貧賤，為天下所不知，獨見遇於大賢，乃可貴耳。』其昶每讀此書，未嘗不反覆三歎。

今幸辱公薦達〔三〕，而又不獲率爾承命者，誠自知明也，以謂無其實，冒得爵祿，非所以報知己。凡人才分之宏纖，具於天而造成於人，過則溢，不及則歉，量而後入，則雖小而有以就其器，於世不無助也，不然，未有不潰敗滅裂者。今世變之大若彼，而其昶之所能若此，强以投之，必不合矣。無所裨濟於世，徒喪失其在己者，亦君子樂育人才者之所不忍為也。叔節來書，傳道盛指，愧無以仰副萬一，輒述其所懷〔四〕，惟明公幸垂鑒之。漸熱，伏希為國自愛，不宣。

張子開曰：背棄時榮，潛心奥業，此正昌黎所謂追古人而從之者也。行文氣味純步昌黎，而怡順處乃頗闌入廬陵。

【校】

〔一〕宣統本為『上巡撫馮侍郎書　戊戌』。

〔二〕宣統本此前有『五月二十八日，部民桐城馬其昶謹再拜奉書蒿庵侍郎大公祖節下』。

〔三〕宣統本為『今幸出公門下』。

〔四〕宣統本為『輒書其所懷』。

與張聞遠孝廉書庚戌

聞遠先生孝廉足下：讀大著修禮芻議，隱然有匡維世教之思，旁推曲證，義皆精審，可稱喪服專家。今之世不復有此矣，敬佩！敬佩！顧私衷猶有一二之疑，自以禮經用力淺，無能贊助，昨復承以新纂大清通禮喪服一卷見示，勤勤不已，苟疑焉而不以告，非交友切磋之誼也。

喪服經：『父卒，繼母嫁，從，為之服。』注云：『嘗為母子，貴終其恩。』王肅讀『從』字句絕，開元禮用之如肅說，從，則為之服，不從，則不服。竊謂肅說最得經恉，即鄭注亦不戾也。注云『嘗為母子』，明其為繼母也，又云『貴終其恩』，明今雖嫁，猶有育己之恩。此正釋經文『從』字之義也。服之期，以終其寄育之恩，期而杖，則以其嘗為母子故也。大著：『出母，惟所生子服之；父卒而繼母改嫁者，則不問所生非所生子，皆服之。』斯不然矣。今曰母有罪，惟父得而論定之，出者，父出之也，嫁則父不及見矣，子豈得責善以賊恩，而不服之邪？愚謂母之被出，非母心也，果有罪與？抑無罪與？尚未可定也。若父死而改嫁，其得罪於父甚矣，子豈忍欺父之不及見邪？嫁者，母自嫁也，生非其所生，死不於我乎死，棄善而絕恩，何服之有！若子從母嫁者，善棄矣，而恩未絕，則貴終其恩，服以齊衰杖期。是故出母之服，以所生子非所生子為斷；嫁母，則以從不從為斷，是義之至衷者也。今曰出不皆服，嫁則皆服，此增之而傷於厚者，一也。王父之姊妹在室，小功；出嫁，緦；婦為夫王姑亦緦，此舊制也。今削去婦為夫王姑之服，姑姊妹在室，期；出嫁，大功；婦為夫之姑姊妹，則皆小功。喪服經注曰：『夫之姑姊妹，不殊在室及嫁者，因恩輕，略從降。』蓋婦人從夫之服，率降一等，今以恩輕，不從期，降大功，而概從大功降小功，故曰『略從降』也，為夫姑姊妹不殊在室及嫁，則為夫王姑無在室及嫁之殊明矣。服術之差，以漸而減為。夫之姑小功，則王姑不當遽無服。自旁殺而上言之，夫之從祖與王父同體者也，故服緦，王姑亦與王父同體者也，何遽無服？自旁殺而下言之，為夫昆弟之女孫適人者緦，在室且小功，而王姑何遽無服？夫王姑與昆弟之女孫二者果孰為尊親乎？一服一不服，固不可也。且夫王姑既同姑姊妹不殊在室及嫁矣，而制服或從其輕，則據出嫁者降之為夫之姑姊妹小功是也，以其恩輕，小功不為薄也；或從其重，則據在室者降之為夫之王姑緦是也，以其屬尊，緦不為厚也，或輕或重，其為從降一而已矣，似未可泥姑從出降，而謂王姑亦當從出降，遂無服。此削之而疑於薄者，二也。愚見如此，有不當，願往復之。

今時士論爭欲破除禮教，而吾輩猶斷斷於此，豈真所謂不能三年之喪，而緦小功之察者邪？可一喟也。天寒惟衛道珍重，不宣。

柯鳳生曰：高古之筆，似昌黎議禮文字，至精至確。

王晉卿曰：精確不磨，如老吏斷獄，禮部廢而清亡，讀此真所謂廣陵散也。

章枚叔曰：論繼母嫁服一事，援比深切，允愜人意。

答李健父書丁巳

健父足下：辱書並舊槧杜詩、韓文、漢唐碑刻及食物多種，良感厚誼。足下述別後情事何其篤摯也！吾與足下聚處凡八年而後別，別復八年，人生幾何，聚散之期如此其久，何能不相思念！ 性懶作書，又以欲言者多，未宜草草，久便廢閣中，閑嘗承惠書帖，亦未報，知能相諒。 前二十餘日，夢見吾子，乃遂得書，豈果興來情往，因相感通邪？ 吾近讀内典，知情感為害，一切禁斷之，然仍不能不憮然心動也。

來書多見道語。 足下受叔父託遺十餘年，增產累鉅萬，反以不能教弟成材自歉，又言前所經營商業遭亂皆蕩然，覩世變之無已，憤悁積胸，臥疾上海，幾無歲不病。吾謂此亦足下之善者機也。 凡人世所經營，要其歸，何有一物不蕩然者乎？ 大至國家興廢，雖數百年社稷，可一旦為墟，即目前百戰百勝之强國，其歸於蕩然者，仍不須臾也。 自其蕩然後回視前此之經營，殆未有不悔者，則何如求其不蕩然者而從事焉？ 夫不蕩然者，於己取之，人人可能也，不求其可能，而在己者或反悔前此之未工，而別出其途，經之營之，則其惑滋甚。 蓋悔之誠是也，其所以悔者，非也。『震無咎者存乎悔』，悔則善機動，夫子以是稱顔子，有不善，未嘗不知，知之未嘗復行也。 吾子其亦懋於此焉，應務與人同，而吾心乃廓焉無一有，即造物其奈我何哉？

松泉圖記輒以意點定，今附去。 足下之於文事，謀篇造言之法皆已得之，繼是而有進焉，則非文之謂，内不充而文工者，皆須臾之耀也，終亦蕩然已爾。 久不譚，率臆以言，惟加察，是幸。

陳伯嚴曰： 理要隨筆勢呈露，於退之與人書逌欲似之。

與徐又錚書 戊午

去冬匆匆南旋，未及面別，抵舍便已祀竈。 久客思小憩，不謂變亂環生，日有數警。 迨奉軍特起，大局既轉，而吾皖因得苟幸無事，遂於元宵後挈兩兒來都，過漢口，甚安謐已，不似前時經此之景象。 豪傑舉動非常，其收效乃迴出意計之表，未可律以繩墨，要之，此心無他耳。

頃晤友人，譚及當軸於定武，似有寬貸之意。 竊謂近數年來中央威勢日替，有賞無罰，叛亂之徒殘民以逞，莫敢何問，與定武同罪者既赦免矣，獨使一人向隅，殊失刑政之平。定武之事，責其輕率昧於大勢，亦何能解免，然究不失爲肝膽血性男子，視彼欺詐反覆者何如哉？合肥今再出，宜廓然與天下更始。果其才有足用緩急可仗賴者，則亟亟焉吐哺握髮求之，任天下之重，必博收天下之才，不徒取之左右近習。天下之才不可遽知，且未必爲我用也，則莫若擇其素行昭著於時而蹉跌不振，或與吾不相能者，拔一人焉，而天下知所歸嚮矣。出萬死一生之計，爲舉世之所不爲，謀慮輕率，罪不可赦，其心猶可白於萬世，節而取之，非第舊臣遺耇唏噓感泣，將使欺詐反覆者聞之赧然而知所愧，或亦舉直錯枉之一道與？時勢之不明，懼其禍天下，則誅罰及之，非私憾也。事已不成，困而知悔，則矜全之，非私德也。示天下以大公，不以恩怨向背爲取捨，蓋古之觀人者無他，亦觀其性情心術而已。心術正，在讐必錄，不然，雖加以兵可也。彼其性情心術之壞久矣，豈足與共功名哉！若定武之事則不然，今惟合肥能誅定武，亦惟合肥能生之。其誅之也，不以私，則其生之也，亦不以私。聞定武困伏外館，時時與人言：『吾舉事未告合肥，合肥非賣我者，今事敗無所恨』。又言及公，則深感平生雅故之情，以此知公之不能恝於定武也。

公位日高，建樹益偉，忌者益日衆。使定武得出，彼不忘故主，豈負友哉！亦緩急可恃之交也！公素磊落，不爲身圖，今吾言此，疑若鄙淺，然願公白合肥，煦定武，翼異時獲指臂之助，正爲國耳。若定武自謀得放歸江湖，足矣，他非所望也。僕辱合肥知愛，欲自言，恐不獲盡意，故具白於此，惟公俠氣，能振躬阨，申讜言，慰士大夫之望，幸甚，不宣。

柯鳳生曰：準情理之平，娓娓動聽，真德人之言也。

王晉卿曰：以開誠布公之道反復開說，不但為定武知己，且所以為合肥謀者，皆古昔先民已行之實效，非為定武作說客也。義正詞婉，筆曲而氣遒，欽佩無似。

復陳弢庵太傅書 庚申

讀來札，爲之累欷感歎者良久。窮老腐生，無裨世用，乃欲於區區文字中究宣聖哲微言大旨，以與波靡之世爭，其爲鑿枘，不問可知也。先生不鄙其陋，且扶掖而張大之，士伸知己，復何所遜避，不盡其辭。

老子書舊時割裂章句，鱗雜無倫次，最爲難讀。老子要不類論語，論語出自弟子，雜紀言行，故其辭質；老子則旨遠而辭文焉。蓋老子將隱，關尹喜强令著書，乃著道德五千言而去。是五千言，老子所自爲也。自發明其學說，成於一時一手，則其意緒語脈必有其前後措注之所以然。今以古人屬文之法讀之，居然可覩，此前人所未及者，一也。老子言：將欲取之，必固與之，又曰：欲上人，以其言下之。世疑其陰謀，此未達其辭而誤說者，二也。老子之言謹嚴，釋其書者益務爲漫衍，此三失也。其奥語不可驟曉，又或望文生訓，不近人情，則四失也。鄙注差免此四失。雖免此失，究何益人世之理亂乎？存以竢後之好古者耳。

二三徒友謀即付刊，先生允撰序言，謹薰沐以待。

姚仲實曰：傲岸之氣神似昌黎。

抱潤軒文集十一

桐城馬其昶通白

傳　行狀

先母行略甲申

吾母張氏諱清徽，字文卿，文端公六世孫女，外曾祖翰林院編修諱元宰，外祖甘肅岷州知州諱聰梓。

母年二十一來歸，於時家人內外且數十，母鞠躬其間，無所觸迕，即亦無所表襮，數十年中，凡經紀三喪、三嫁，再娶以至賓祭、患難、流離、疾病、醫藥，無歲無有，退然若無能，然事亦無不舉者。吾父性嚴毅，即有不當，詰責嗃嗃，母屏息改為，或從容自理，不怨，益虔，即他人有犯，壹務容忍，尤無狀色，或微愠，終已不言。奴僕老，不任事，亦不遣去，曰：『若事我久，不欲相遺棄也。』其與人，不必有大施厚恩，意隆於物，情溢於詞，以故吾母之生皆樂親之，及卒，哭之皆哀。初，母患腰疾，其昶遠遊京師，逾年歸，疾益甚。未幾，疽潰，醫者謂法當可治，然氣體羸憊已甚，可若何？其昶憂惶，不知所為計，婦姚氏、從弟婦吳氏各刲臂肉和劑進，乃至庶母亦旦夕侍疾惟謹，皆以母撫愛之若女，不忍不以母母吾母也。於是內外宗黨益歎吾母逮下之仁，感人之切，至難能矣。母生於道光五年正月元日，光緒九年十月廿八日卒，春秋五十有九。凡生子女八人[一]，今存者一姊一妹，在子惟其昶一人而已。

母得疾，即自度不起，謂他無所冀，第及見吾兒讀書稍有成，得一抱孫，即死瞑目矣。傷哉，吾母之所處！

其昶自有知識以來，未嘗見其有可欣者，今茲之病，以氣體素羸，然非因前者鞠育之艱，亦何遽至是也！《詩》曰：『哀哀父母，生我劬勞。』以劬勞之故，自傷其生焉，傷其生以生一人，而此一人者，又不獲遂其垂老所僅欲慊之懷也！此尤其昶之隱痛，而自以不可為人者也！嗟乎！將安訴此酷哉[二]！

陳伯嚴曰：沈摯。

【校】

[一]宣統本下有『產未彌月者亦入』。

〔二〕宣統本下有『男其昶泣血述』，無陳伯嚴評語。

大父怡軒府君行狀 丁亥

府君諱樹章，字幼白，晚自號怡性老人。先曾祖王父止君公諱邦基，二子長通判公，次府君。府君生而善病，密靜有思，所計畫悉得。年十三，佐止君公督家，裁冗緝匱，內外秩秩，久之，家日以饒，則益推恩以仁其三族。〔一〕

府君質行甚厚，孝謹聞乎一時。止君公病，煩懣〔二〕，臥牀輒欲起，即起復思臥〔三〕，如是者數，終亦不安。府君旦夕承事，聽於無聲，逆意而先得，聞言而響應，其後侍母左太恭人病，亦如之。太恭人年幾九十，府君食則視膳，寒則視衣，百營而求一愉〔四〕。於宅中搆怡軒雙桂樓，於城西搆碧梧翠竹山館，置小肩輿，春秋佳日，每舁母遊觀，通判公奉前，府君奉後。是時太恭人懽甚，或念贈公乃不見有今日〔五〕，往往泣下。太恭人性好潔，晚年瀉利〔六〕，一夕數十起，府君扶掖在側〔七〕，不令少有沾汙。太恭人每歎：『孝哉吾子，乃使我不為病苦也！』

府君兄弟友愛臻至，通判公性峭直，無所假借，齵焉與世不相入，府君事之益虔，終其身無一言之佛。每晨興戒視灑掃，即兄弟集東廳互問安否〔八〕。通判公就席治書史，府君乃退而課鹽米，譏簿籍，皆細字莊寫，通問親友慶弔〔九〕，及午共餐東廳〔十〕，日昳復如之，秉燭話往事及諸所當設施者，諸子婦咸侍側。一日客過，偶置酒為摴蒱戲，通判公適從後堂來，於窗間見之，蹙額而去，府君坐席下，嚮上微窺見之，即謝客。終不復為。通判公兩遭文字禍，皆府君忍詢息之，絕無幾微介於至隱，人以此稱馬氏兄弟之風義也。

通判公既仕河南，謂府君曰：『昔先人嘗欲起祠堂，置義田，未果。余兩人今粗能自立，安可不共勉，以繼述祖考志事？』府君曰：『諾。』〔十一〕先是，通判公家居時，已偕府君纂族譜刊之〔十二〕，及仕，俸錢所入，府君輒別置之，數年乃取己力田所贏，合購二百餘畝為義莊〔十三〕，復糴其租穀，收貯竹木瓦石諸可用物〔十四〕。又數年，遂營祠宇，取用無缺，工成，無濫，歲於春秋舉行祭祀，又建享堂先塋側，凡十所〔十五〕，擴墓田以贍小宗。初入租穀七十石，止君公經營數倍之，至府君又數倍之，歲入千餘石矣〔十六〕。

咸豐初，通判公殉寇難死〔十七〕，府君練鄉兵，助城守，貸錢輸軍，家日以落〔十八〕。其後亂定，府君以民居多燬，而吾家祠宅幸獨存〔十九〕，慨然曰：『是可私邪？』乃推所居宅為邑試院。總督曾文正公嘉其義〔二十〕，聞於朝，以候選詹事府主簿，議敘加太常寺典簿銜。同治四年七月，年七十有五卒。居恆諄諄以孝友仁讓為勖，謂人家貧富不足恃，而盛衰之理終不爽也。著有怡軒歷年紀事。

府君配張氏、左氏，側室崔氏，生子二：長其昶父起升，次叔父起恆，女一，適方傳尹。孫四：其昶、其驫、其昭、其昕。府君得孫遲，以其昶居長，極憐愛之。光緒十三年始克奉府君葬懷寧蟠龍地〔二十一〕，敢撰次行事大略，以求紀述於當代有道能文者。

陳伯嚴曰：條次整雅，客過置酒數語，尤有遠致〔二十二〕。

【校】

〔一〕宣統本下有『止君公嘗曰：吾長子學，次子能勤家，吾先人累代未成之願庶其酬矣』。

〔二〕宣統本為『止君公病，煩』。

〔三〕宣統本為『寢處不寧，甫臥輒欠伸欲起，即起輒復臥』。

〔四〕宣統本下有『必戒必親，不以假人，即他人代，亦不適恉』。

〔五〕宣統本為『或念贈公先逝，乃不見有今日』。

〔六〕宣統本為『太恭人性潔，晚年病脾，瀉利』。

〔七〕『府君扶掖在側』，宣統本為『府君終宵在側扶掖』。

〔八〕宣統本為『即兄弟之東廳燕語』。

〔九〕宣統本為『通問戚友慶弔』。

〔十〕宣統本為『及午共餐於東廳』。

〔十一〕宣統本為『謂府君曰：「昔先人嘗欲起祠堂，置義田，未果。余兩人平生志事無相違者，弟勉之矣。」府君接人無少長，一飲以和。遇族人群從，必詳其支系，若生子、嫁娶、喪葬，隨所聞而皆注之籍』。

〔十二〕宣統本為『通判公家居時，已共纂族譜刊之』。

〔十三〕『府君輒別置之……』，宣統本為『府君輒別置一區，數年乃合己力所贏，購田二百餘畝為義莊』。

〔十四〕宣統本為『糶其租穀之餘，收貯竹木瓦石雜器諸可用之物』。

〔十五〕『又建享堂先塋側，凡十所』，宣統本為『又建享堂先塋側，以便墓祭」。

〔十六〕宣統本為「擴墓田以贍其小宗」。

〔十七〕「通判公殉寇難死」，宣統本為「粵寇亂起，通判公殉難死」。

〔十八〕宣統本無「家日以落」。

〔十九〕「府君以民居多燬，而吾家祠宅幸獨存」，宣統本為「民居多燬，府君所建祠及居宅皆幸存」。

〔二十〕宣統本為「曾文正公嘉其義」。

〔二十一〕宣統本為「葬於某所」。

〔二十二〕宣統本無評語。

蘇廷光傳 癸巳

蘇生名廷光，字伯孚。其族祖曰厚子先生，道光中以宋儒學教授其家。蘇氏子弟多敦謹，生最後出，才致儁朗〔一〕。其於世，夷然若有所不屑，時時從余遊，惜年不足以究其志〔二〕，而遂死也〔三〕。生幼失母，父娶後妻生子，生常寄食於外。稍長，讀書絕慧，為諸生，食廩餼〔四〕。其父喜，則使歸課弟讀〔五〕，母時譴怒，輒長跪受杖，異母弟或偕跪，為謝其所處有至足隱者，生終無一言。余久乃知之，知之而不一二其詳，猶生之志也。

去年春，予客梁谿，生寓書自傷，言至山水幽絕處，見岑林溪壑萬狀清寂，乃有古寺蕭然，託身迦佛之意。念所思非人道，未敢遽焉舉其志，然至與俗接，則偃蹇愁蹙之衷、孤曠矯孑之懷，彌不能自抑。予讀而悲之。逾年而生遂以病卒，年二十有三。聘妻朱氏，未娶。

予視生殮畢，問朱氏女，則皆曰賢也，年與之齊矣〔六〕。又明日，女聞耗，即泣辭父母，來蘇氏。〔七〕既至，不甚哀，絕食飲，七日而後死。方其呻吟牀蓐，氣微屬，父流涕於旁，飲以水，女握掌視之，固卒不飲，遂死。嗟乎！處變而無所逃，義無可二也，若夫義之，不必出於死，而竟死，則亦天為之矣。知其命於天，而不託夫義之便於己者以自處，其心固以得死而乃慊也。人之求慊其心，未遽若死之艱也，而能者鮮焉，則知夫必死而以慊其心者之可貴也，於是僉曰：生之為子難矣，抑貞女之義烈，尤足光哉！尤足光哉！女死，為光緒十九年五月二日，其父名宗洛，縣學生。

馬其昶曰：予始愛生才〔八〕，悲其遇，不意其孝行若此〔九〕，宜天以賢婦報之〔十〕。方貞女誓死不食〔十一〕，其父商所以殮，予曰：『仍其斬衰焉，勿易，約之，毋厚於其夫。蘇氏治喪，絕浮屠，毋違其家法。』其父有難色，予曰：『是以節來，以節終，使其心果有幾微之歉乎，彼即何能至此？不然，是重傷其意也。』聞者皆不謂可。垂絕，以盛服進，女卻不御，遂以其服終。然則非世情之盡忘，曷足語大節者哉？嗚呼，其賢遠矣！

吴先生曰：敘事能達難言之隱，末幅筆埶瘦折，大似介甫學韓公文字。

陳伯嚴曰：習之為高愍女傳，嘗引以自憙，此文高澹蓋近之。〔十二〕

【校】

〔一〕宣統本下有『篤守前緒，益務恢之』。

〔二〕宣統本下有『學不足以既其業』。

〔三〕宣統本為：『而遂死，獨其心常欲追古人而從之也，悲夫！』

〔四〕宣統本下有『文日有名』。

〔五〕宣統本為『則使歸而課弟』。

〔六〕宣統本為：『年與之齊。其祖曰：嗟乎！其生同來，其殆將同歸乎？』

〔七〕宣統本為『果請其父母，來蘇氏』。

〔八〕宣統本下有『嘉其不慕榮勢』。

〔九〕宣統本為『乃不意其孝行若此』。

〔十〕宣統本為『宜天之以賢婦報之』。

〔十一〕宣統本為『方貞女之誓死不食也』。

〔十二〕宣統本無評語。

廉君家傳〔一〕乙未

君廉氏，諱浩，字子美，無錫人。少魁奇〔二〕，偕弟鳳沼讀書太湖之土山〔三〕，見古今義烈畸行，輒欷歔感喟。當是時，東南鼎沸，蘇、常諸郡皆失〔四〕。合肥李公既率師至上海，君奮曰：『壯士一殺賊耳！生亂世，吾終不以家為！』乃涕泣別母，募死士，隸今臺灣巡撫劉公銘傳部下，轉戰南匯、川沙間，復金山衛，攻四江口，屢卻敵有功，劉公奇其才，使主餉械。會官軍進勦常熟，賊距險搏戰，久相持不決。迫暮，騎皆下馬步行，前阻橋，君驟登橋。短兵接，橋下伏砲發，擊君踣地。舁歸營，君養創未瘳，再奮欲陷陳，久之，創迸裂血出，遂卒〔五〕。君以布衣赴義，不顧私，獨時時念母愴然。甫敘功，得選用縣丞，而遽戰死，年二十有八〔六〕。卹贈鑾儀衛經歷銜，祀忠節祠，廕一子入監，配劉氏前卒，無子，以鳳沼子泉嗣〔七〕，泉光緒甲午科舉人。君既卒，而鳳沼亦隨劉公，積軍功，官山東知縣，直隸州，有能名。

馬其昶曰：君創決隕命，癸亥夏五月事也。時常熟一城孤懸賊中，聲勢阻遏，血戰苦守數十日。李公急檄軍赴援，賊噤不得發，城守完，而是年遂復蘇州，東南軍勢大起，功賞茂焉。君乃不幸罹其禍烈，豈非命哉？夫一其心於王事者，要其有成功，而不必其事之立於己。蓋君固可無憾也！然後之人思其奮起冒白刃，以不克竟其志，又安能無悲乎哉！君嗣子泉，好學有文行，輯家乘畢，以狀謁予為傳，乃摭其大略，著於篇。

姚叔節曰：遒鬱〔八〕。

【校】

〔一〕宣統本為『廉府君家傳』。

〔二〕宣統本為『少魁奇自喜』。

〔三〕宣統本下有『不事章句』。

〔四〕宣統本為『蘇、常諸郡皆已淪喪』。

〔五〕宣統本為『遂卒於是，年二十有八矣』。

〔六〕宣統本此處無『年二十有八』。

〔七〕宣統本為『以鳳沼子泉嗣君為之後』。

〔八〕宣統本無評語。

鄭東父傳 癸卯

鄭君諱杲，字東父，直隸遷安人。父鳴岡，以舉人令即墨，有惠政，到官數月，卒，貧不能歸，遂留滯官所〔一〕，有三子：長果，次東，次即君〔二〕。母夫人李氏賢明人也，在約彌厲，瘁志教子。未幾，東成進士〔三〕，復病卒，死喪，仍薦，意不自沮，日夜督君學。君少時家無一椽半畝之遺〔四〕，饔飧朝夕皆母夫人心力所營，不令君知也。其後每言之，輒痛心焉。君文日有名，光緒五年遂用即墨籍，舉山東鄉試第一，明年成進士，授刑部主事，迎養母夫人至都。其後三年，桐城馬其昶與締交心，知君學出己上，宜為師，而君顧引與為友。嘗登堂拜母，母命坐，君伺立，恂恂有孺子色〔五〕，其昶敬悚汗下〔六〕。時將歸里，已戒期首塗，君言於母，流涕也，是日見君事母溫恪之容，積中溢外，益悔恨平日之所虧於子職者甚大。

先是其昶在都，月與君必再三見，每見開口言論，皆三代典籍，退未嘗不自悔恨其失學。而鹽山劉若曾，桐城姚永樸、永概先後因其昶以交君，皆言與君接，如對古賢，聆其言多創獲〔七〕，既歸，莫不充然各有得也。君之學自經訓、史傳、朝章、國故，以逮百家衆説，無所不涉，而獨妉於經，於經無所不致其力，而尤莫篤於春秋。君之言曰：『古者入學祭先聖先師，先聖作經，先師述之為傳，今欲明聖人之經，必自篤信先師之傳始。如易有十翼，春秋有三傳，禮有記，有喪服傳，有周官禮，詩有序傳，書亦有序大傳，又有孝經、論語、孟子、爾雅為五經之總傳，苟據此以求聖人之意，十可七八得。自唐後儒者多不信古傳，而自立新説，經之難明固無惑焉。』其説春秋也，三傳錯出，必求其通，以謂左氏明魯史，舊章一傳，則孔子推廣新意，口授傳指。公羊明魯道者也，穀梁明王道者也，左氏則備載當時行用之道，當時行用之道，霸道也，所以必明魯道者為人子孫，道在，法其祖也。穀梁則損益四代之趣咸在焉，惟聖人崛起，在帝位者乃能用之也。其為説兼綜三傳，若瓜蔓然，牽引連互，不相違害。而尤兢兢致嚴於事天、事君、事親之辨，謂春秋首致謹於元年正月，正月者，正，即位也，人知即位之為君道，而不知其為子道也。雖無事，必舉正月謹始也，必能為父之子，而後能為天之子矣。春秋之有三正，由其有天、君、父之三命也。春者天也，王者君也，正月者父也，將以備責三正，而單舉正月，何也？事天、事君，皆以事親為始也。凡君所論著如此。

當乾嘉熾盛之時，諸老先生慮無不崇尚樸學，篤古多聞，君治經亦循其軌轍，而獨有意於前哲之微言大義，使儒術鑿然可施效，憤當時辯言亂政之徒縱恣蔑古，禍乃甚於坑焚。塊坐一室之中，誦習本經，眇然有千載之慮，而又恥於近名，不輕著書，以為學，期自得，積之久而徐出之，庶有當於古聖人經世垂訓之萬一。嗚呼！孰知學成而無用於世，而今則死矣！其所為書，就不就未可知，而又無胤子以承傳其業，尤可悲也。歲甲午，其昶入都，再見君，母夫人猶無恙，贈言而別。其後來赴母喪，又數十年，聞其主講山東濼源書院，服闋，補原官，擢員外，庚子五月病卒京師，年五十〔八〕。蓋君終其身皆讀經之時〔九〕，即終其身皆事親之時，親之事終而君死，在君無憾耳。獨古聖賢經傳之幸而留遺於今者，亦存亡絕續之秋也。於斯時也，而獨有君，而又不克竟其業以死，此何為者乎邪？然而推君事天之心，其勿敢有懟焉，決也。

君既死〔十〕，姚永樸客山東〔十一〕，從其徒友問君所著書，得殘稿數種，手録以歸。其昶於是並舊所録者編為東父遺書六卷〔十二〕，合肥李國松刊行之，因論次其傳於首〔十三〕。

馬其昶曰：世學者言治經，大抵皆先詩、禮而後易〔十四〕，謂其學難明。君獨言易視他經易明，以有十翼可據依也。余學易自茲始，而姚永樸治尚書。兩人皆自知學不如君，兩人書幸成，皆私冀他日得從容就君正焉。昔丁敬禮有言：『後世誰相知定吾文者？』嗟乎！泬寥天寓，今其已矣！後世即有人，又寧能為益於吾邪？此吾黨所以益悲君不能置也。

陳伯嚴曰：極篤棐揚厲之致〔十五〕。

【校】

〔一〕宣統本此處無『遂留滯官所』。

〔二〕宣統本下有『吏民懷其德，爭來致殷勤，意良厚，亦以貧故，遂留滯官所』。

〔三〕宣統本為『次子東成進士』。

〔四〕宣統本下有『生事之艱，當時殊不自意』。

〔五〕宣統本下有『母曰：「是兒早失父無教，令辱友，子幸勉其學好矣」』。

〔六〕宣統本下有『不知所為對』。

〔七〕宣統本為『聆其言，都為創獲』。

〔八〕『服闋，補原官，擢員外，庚子五月病卒京師，年五十』，宣統本為『尋以疾卒於京師，年四十有九』。

〔九〕宣統本為『蓋君終其身，靡一日匪讀經之時』。

〔十〕宣統本此有『天下書院率奉詔改學堂』。

〔十一〕宣統本為『姚永樸教習山東』。

〔十二〕『編為東父遺書六卷』，宣統本為『編為鄭東父遺書六卷』。

〔十三〕宣統本為『因次論其傳於首』。

〔十四〕『大抵皆先詩、禮而後易』，宣統本為『大抵皆後易』。

〔十五〕宣統本無評語。

龍泉老牧傳 甲辰

龍泉老牧者，合肥人，徐氏，諱子苓，字毅甫，一字南陽〔一〕。先世由南昌遷廬州，世農也。父欽多病早世，性喜振施。君方在娠，有道士自峩眉來，修髯古貌〔二〕，到門乞齋，已忽不見，家人報產兒矣〔三〕，歧嶷穎異〔四〕。既孤，貧不能自存，太守劉耀椿奇賞之，期以國士，為資給其家。性介，特喜讀易及老、莊、孫武書〔五〕，顧視儕輩，無出己上〔六〕，益放不自檢，謂名業可立致，年二十四舉於鄉，入都，獲交湘鄉曾文正公及邵郎中懿辰、陳編修源兗、張石洲穆暨他知名士〔七〕，於時俗人不能容納，尤貴顯者，尤以氣轢之，人以此畏其狂〔八〕。既困不得第，歸而鬻文自活，得錢復隨手散去。久益困，則以書抵故人於京師，謂：『足下誠欲起僕之窮乎？何不號於諸貴人之門，曰合肥有徐生，善鬻文，苟羅而致之，不苟以恆禮，自時文、試帖、館閣賦、牋、表、頌、誄，旁及兩漢三唐樂府〔九〕，唯主人命是聽，計役而與償〔十〕。當其快意，萬言之富唾手可辦，即非其人，雖千金一字不得也。』蓋其困彌甚，其自喜亦彌甚。曾公典試江西，過廬州，詣君不遇〔十一〕，賦詩一章而去。

頃之，陳源兗出守吉安〔十二〕，再補池州，君樂江南山水，陳又故人也，遂客其所。當是時天下已大亂，曾公治兵於長沙，廣西寇既破武昌，順流東下，防江兵潰散，寇遂據江寧，四出侵擾。安徽巡撫移治廬州，江公忠源新立大功，授巡撫，馳入廬州，檄源兗助城守〔十三〕。君方避亂鄉居〔十四〕，聞陳至，亟走存問，甫入而城閉。寇前鋒抵派河〔十五〕。一日，陳置酒飲君，酒半，慨然曰：『嘻！子好言兵，迺恆飲，何憚一見撫軍，樹尺寸功，衛鄉里？』因強之以見江公。江公固夙知君，一見大喜，曰：『何以教我？迺者客有獻計，籍富民財以招徠鄉勇，鄉勇果何如？』君曰：『鄉民自保衛，皆無足當鉅寇。』江公曰：『然。然吾精兵皆留江西，今事急，姑強子一行。且聞子有老母，不可徒死圍城中〔十六〕，子幸出，為我趣鄉勇來，吾開門待，戰事平，還藉子草露布。』君既感陳公之言，又重違江公，乃許諾，以筐縋城下，冒圍出。未幾城陷，二公殉節死。鄉里富民聞前時議斂民財事，皆爭咎君

〔十七〕，君用是益困〔十八〕。

久之，曾公水陸大舉，克安慶，則遣人迎致君。居三年，江寧平，兩淮洊以無事，君謂山中屋可葺，田可耕也，乃辭去。到家解裝，以所得金買黄牛一頭，私心自幸：『天若厭亂，吾與是牛蚤作而夕休，更十餘年即死，幸矣。』因自號龍泉老牧。龍泉者，巢湖之濱，其所居山名也。歲比不登，蝗大起，復飢軀四走，風雪寒沍，中酒成瘴病，比歸而牛死。江淮之亂又作，於是乃太息曰：『皇穹不佑，載掣余肘，我牛不辰，失左右手。天邪盜邪，孰終余畝？悲夫！』自是仍時時鬻文遊公卿間。同治五年揀選得知縣，不樂為吏，改教職，選授和州學正。未上事，州牧遊智開，循吏也，固要之往。比至，聞學師爭諸生贄金薄厚，笑曰：『是尚可為邪？』徑去不顧。光緒二年，年六十有五，其夏有鵩鳥飛集書室，侍者逐不去，醢之，越日二大鵩率群小鵩數百棲園樹，震撼牆屋，格格有聲。君曰：『此賈太傅所謂服鳥也，吾其行矣！』遂卒。

君於醫卜相人之術，一皆掔習，尤雄詩筆，著敦良吉齋詩文存六卷。配楊氏，生子二：長源伯，次元叔，才而早死。君上世五傳皆單丁，至源伯乃有孫五人。

馬其昶曰：予客合肥久〔十九〕，及見王君謙齋，年逾八十矣，嘗舉君逸事，乞余為之傳〔二十〕，且言：『君師事姚石父廉訪〔二十一〕，其文學亦乃傳業桐城，子其勿辭。』果敏公英翰者，起安徽州縣，至巡撫，故與君為昆弟交。一日君敝衣詣巡撫署，果敏屣履出迎，酒酣樂作，君乃言曰：「大難初夷，百廢待飭，而公等為大官者，曾無憂民之念，暇豫逸樂，固若此乎〔二十二〕？僕老罷，殊不慣此。」因起趨出，果敏亟謝曰：「謹受教。」即命徹樂，固請，乃留〔二十三〕。』王君言此未幾，即卒〔二十四〕。余偶與李生國松論君文才氣誠偉，顧應俗者多〔二十五〕，今誠能要刪之，亦足以不朽。李生請任校刻，予乃録存其文百餘篇，分類編次，皆可觀。適君子源伯持狀來謁文〔二十六〕，因頗採君所自著文及王君語，次之如此。

張子開曰：點狀敘義，著手入妙，人文雙絕，何必古人。

陳伯嚴曰：酣恣自喜〔二十七〕。

【校】

〔一〕宣統本為『龍泉老牧者，合肥徐君子苓所自署别號也。君故號南陽，字西叔，一字毅甫』。

〔二〕宣統本為『有道士修髯古貌，自言遊峨眉來』。

〔三〕『家人報産兒矣』，宣統本為『家人報産兒，故遂小字曰道士』。

〔四〕宣統本下有『涉學多通』。

〔五〕『性介，特喜讀易及老、莊、孫武書』，宣統本為『少喜讀易及老、莊、孫武書，究心天下利病』。

〔六〕宣統本為『皆無出己上』。

〔七〕宣統本下有『皆解帶寫誠，群流傾嚮，然性故介特』。

〔八〕宣統本下有『望風嫉之』。

〔九〕宣統本下有『與夫流俗俳諧，祈神諛鬼，藏嬌贈豔之作』。

〔十〕宣統本為『唯主人之命是聽，計後而與償』。

〔十一〕宣統本為『詣君陋巷，時其不在』。

〔十二〕宣統本為『於是陳源兖出守吉安』。

〔十三〕『馳入廬州，檄源兖助城守』，宣統本為『馳入廬州，治守禦，陳源兖已前解池州任，被檄至廬州助守』。

〔十四〕宣統本為『君方避寇亂鄉居』。

〔十五〕宣統本下有『君留居圍城中廿餘日』。

〔十六〕宣統本為『且聞子有老母，又獨子，不可徒死圍城中』。

〔十七〕『皆爭咎君』，宣統本為『雖不就，皆爭齮齕君』。

〔十八〕宣統本下有『卮無所向』。

〔十九〕宣統本為『予客合肥，聞其先輩有三怪之目，蓋謂君暨朱默存、王謙齋而三子』。

〔二十〕宣統本為『及見王君，年八十猶健，為詩述君行，乞為之傳』。

〔二十一〕『君師事姚石父廉訪』，宣統本為『君師事姚石父先生』。

〔二十二〕『而公等為大官者……固若此乎？』宣統本為：『而君輩為大官者固樂甚乎？』

〔二十三〕宣統本此下有『其正辭不阿，皆此類也』。

〔二十四〕宣統本為『今年余來合肥，王君已前卒』。

〔二十五〕宣統本為『偶與李生國松讀君文，歎其絶人，又頗惜其多無聊應俗之作』。

〔二十六〕宣統本為『而君子源伯適於其時持狀來謁文也，蓋其年亦且七十矣』。

〔二十七〕宣統本無評語。

沈石翁傳 乙巳

石翁沈先生，合肥人也，諱用熙，字薪甫，一字石坪，八十後自號曰石翁。翁少而篤學，時時從其鄉先生趙席珍響泉問八法〔一〕。荆溪周保緒有高名〔二〕，嘗過合肥，翁偕趙謁周邸舍〔三〕，周言：『安吴包慎伯，今天下書宗

〔四〕。』翁應試江寧〔五〕，訪安吳不遇，遇其高第弟子吳熙載，就詢筆法，精心習之。其後安吳罷官寓江寧，翁亦客江寧，因從受業，年三十矣〔六〕。安吳負經世之略，河漕兵農刑法，無所不通貫，而論書尤精〔七〕。翁性顓壹，既學書，不他從業〔八〕，以謂藝不獨絕，無取見嗤。年六十，復輟漢分，一意真草，臨摹晉、唐、北朝碑刻，秒黍不失。八十後精能之極，乃趣簡變，人之得之者，猶拱璧也。翁生三十年而始工書，又六十年，年九十而後卒。自三十以逮其卒年，無一日不學書，然七十前猶自謂書不工，不輕為人作，至八十後書，亦乃頗自憙矣。

始翁翳蟄里巷，聲譽闃如，以歲貢生選寧國訓導，不就，而瘉益耽翫於書。其書故不諧世俗，自其縣人蒯檢討攜至京師〔九〕，乃始有聞。李國松尤嗜翁書，計字酬金〔十〕，其家遂資以為生。門人張孝廉文運及劉君澤源、張君敬文皆與余善〔十一〕。劉君之篤信翁，亦猶翁之篤信安吳也〔十二〕，當丐余為翁傳。而孝廉因先為文記翁書法始末甚備〔十三〕，予乃次之如此。

翁卒以光緒廿五年。配趙氏，生二子：寶澤、寶中，孫五人，光烜賢而蚤死，一女適舒城舉人葛鍾秀。葛述翁遺事曰：翁嘗避寇逃竄山谷，纍然負挈以行。寇劫得之，則斷爛古搨及所弆鄧山人、包安吳手迹也。寇怒，裂擲之。翁大呼曰：『命可捨，此不可裂也！』寇乃熟視良久，笑而去。翁幸亦獲免。嗟乎！士生於今，蹙蹙靡騁〔十四〕，書誠未暇工，雖工亦復何用？然自古勝流畸士，世無論治亂，其結習獨至之操〔十五〕，真若性命鴻毛，不以天下易吾之所好。彼一藝之成，顧可倖乎哉？及其既成，風教之所被，乃久而不衰也。然則世所為皆如翁者，又何功緒不竟之為慨哉！

姚仲寶曰：清奇澹永，其腴在骨，結論尤高〔十六〕。

【校】

〔一〕宣統本下有『趙故以學行聞於時』。
〔二〕宣統本為『荆溪周教授保緒有高名』。
〔三〕宣統本為『翁年廿餘，偕趙謁周邸舍』。
〔四〕宣統本為『周為言今天下書宗當屬安吳包慎伯』。
〔五〕宣統本為『翁以諸生應試江寧』。
〔六〕宣統本為『於是年三十矣』。
〔七〕宣統本為『安吳之論書，探微抉奧，間辟一家，前古無有』。

〔八〕宣統本為『翁性顓篤，既親承緒論，則屏棄百為』。

〔九〕『自其縣人蒯檢討攜至京師』，宣統本為『自其縣人蒯檢討光典攜翁書至京師』。

〔十〕宣統本為『李生國松尤篤者之，酬以重直』。

〔十一〕宣統本為『而張君文運、劉君澤源、張君敬文皆傳其業』。

〔十二〕宣統本下有『數人者皆與予善』。

〔十三〕宣統本為『劉君丐予為傳，而張君文運先為文記翁書法始末甚備』。

〔十四〕『士生於今，蹙蹙靡騁』，宣統本為『世方擾擾』。

〔十五〕『然自古……獨至之操』，宣統本為『然往往自古勝流畸士，結習獨至之操』。

〔十六〕宣統本無評語。

贈太僕寺卿南昌縣知縣江君家傳〔一〕丁未

江君諱召棠，字雲卿，桐城人〔二〕，官江西南昌縣知縣。光緒卅二年正月壬寅，法國教士王安之置酒天主堂，脅以事，不從，被刺死。民大譁，焚燬三教堂，殺安之，西國士女遇害者九人，巡撫以下坐罷職，自教案以來，未有禍烈如此者也。

先是，三十年夏，新昌縣棠浦民龔姓與教民鬨〔三〕，訛言棠浦叛，大吏以兵至，未遽動。龔姓抗不服，聚衆數千，洪江會匪乘間陰煽之，相持數月，勢洶洶。議者遂主勦，大吏慎其事，檄君往。君單騎馳入村，曉諭禍福，龔姓長老皆感泣〔四〕，立繳兵械，縛首從三人至，定監禁罪，事得解〔五〕。而安之猶以民弱，一用兵可立威，憾君庇民，議罪輕，無能懲後，謂繼此茬港、新建、高安三教案胥由此起〔六〕，時時誚讓，至是，折柬招君飲〔七〕。

君入而門閉，從者在外。酒半，出片紙，書三事，强君署名，一加抵龔姓罪，一償款十萬，一釋茬港教民逮繫在獄者〔八〕。君以死拒。安之曰：『君死易耳〔九〕！』即持刀剪向君，君知不可理喻，陽起旋，欲出，不得，趨旁室，與教堂司事劉宗堯言，宗堯漫不應，安之亦至，久之，啟門出〔十〕，從者入見，則君已流血被體，刺喉不殊。不能言，以意索紙筆，自書安之暨二教民謀殺狀〔十一〕，且言：『從宦久，薄得民譽，懼身死，愚民激義憤，讎教，貽國際憂，惟長官加意焉。〔十二〕』君傷，未即死，還署〔十三〕，食飲從喉出。民日詣問起居，知不可起，而安之猶陽陽乘輿出入巡撫署。民見之益憤，丙午遂群起毀教堂，安之遁，民追刺之死。又四日庚戌，君卒。於是自巡撫至士民皆走弔哭，而上高、臨川民各哭於所建生祠。

初君歷任新建、廬陵、德化諸縣〔十四〕，皆有績，大吏奏加三品銜〔十五〕，以知府用，而南昌再至，竟死於職。詔遣津海關道梁敦彥偕法參贊戴端貴馳抵南昌定讞〔十六〕。法參贊堅不承安之謀殺，謂知縣死由自刎，不得議卹，索撫卹教士銀二十五萬兩〔十七〕。朝廷顧邦交，曲從之〔十八〕，然於君之死事，未嘗不嘉其忠，追贈太僕寺卿。所在之地，往往開會追悼，亦聽民為之，不禁止也。君所涖皆壯縣，公私饒阜，事所應舉，無不為，又值革新之際，一傾囊橐辦治〔十九〕，務使聲實出時上。歿後，家無餘貲，年六十二。

馬其昶曰：南昌之獄，議者齗齗致辯，惟自刺與謀殺殊耳。夫杯酒談讌，自糜頂踵，事理所必無者也，就令有之，慷慨引決，不枉吾民，不愈彰其美哉！向使稍存濡忍之念，漫辭應之，固未嘗不得生，以君智略，不出此者，慮清議擬其後〔二十〕，亦不知禍烈果至是也〔二十一〕！君在當時，最號為趨時識變，而交涉事又素習，乃卒以此喪其軀，遂廩廩稱義烈矣！

姚叔節曰：詳核雅鍊，史家極筆也。通篇止敘一事，亦本馬、班舊法〔二十二〕。

【校】

〔一〕宣統本為『江西南昌縣知縣江君家傳』。

〔二〕宣統本無『桐城人』三字。

〔三〕『新昌縣棠浦民龔姓與教民鬨』，宣統本為『新昌縣棠浦民龔姓與教民鬨鬥』。

〔四〕宣統本為『君單騎馳入村曉諭，龔姓皆感泣』。

〔五〕宣統本下有『教民獲安』。

〔六〕『三教案胥由此起』，宣統本為『三案由此起』。

〔七〕宣統本為『以柬招君飲』。

〔八〕『出片紙，書三事……逮繫在獄者』，宣統本為『出片紙，强君署名，加抵龔姓罪，償款十萬，釋荏港教民之逮繫在獄者』。

〔九〕『君死易耳』，宣統本為『君死，案白易結耳』。

〔十〕『安之亦至，久之，啟門出』，宣統本為『安之躡至，必得當乃已，久之，安之啟門出』。

〔十一〕宣統本下有『甚具』二字。

〔十二〕『惟長官加意焉』，宣統本為『惟長官加意』。

〔十三〕「君傷，未即死，還署」，宣統本為「君既被傷歸」。
〔十四〕宣統本為「初君歷任上高、新建、南昌、廬陵、臨川、德化諸縣」。
〔十五〕「大吏奏加三品銜」，宣統本為「民祠祀之，其才辯慧捷，於交涉教案事尤中機窾。大吏屢奏其能，加三品銜」。
〔十六〕「詔遣津海關道……」，宣統本為「其後外務部臣奏遣津海關道……」
〔十七〕宣統本為「法參贊堅不承教士謀殺，謂知縣自刎，不得議卹，索賠償撫卹教士銀二十五萬兩」。
〔十八〕「曲從之」，宣統本為「曲從其請」。
〔十九〕宣統本下有「以減損民累」。
〔二十〕宣統本為「慮清議之擬其後」。
〔二十一〕宣統本為「亦不知禍烈之果至是也」。
〔二十二〕宣統本無評語。

許府君家傳〔一〕己酉

君許氏，諱恭壽，字品三，歙人也〔二〕。宋時自歙北鄉之許村遷居西鄉唐慕村〔三〕，曰貴二公，貴二公至君，廿一傳矣。君三歲失母〔四〕，稍長從儀徵程可山先生遊，同門生言文學則汪仲伊，質行推君。咸豐時，粵寇據徽郡，飢寒轉徙，自大父母以下相繼死〔五〕，後母病篤，執君手，顧所生子，泣曰：『吾旦暮入地〔六〕，以此子屬汝矣。』君泣受命。自君遘亂數年，嘗手殮十二喪，哭至於無淚，惟眶陷耳。當是時，君子女多以餒亡〔七〕，其存者君夫婦，暨一弟、一子、一女，凡五人〔八〕。弟曰文銑，子曰學詩。至餒時，得米合勺，必先食銑，而後詩也；至寒時，得敝衣，亦必先衣銑，而後詩也。寇據徽久〔九〕，疫大作，村墟遺民每隱忍從賊〔十〕，君守義〔十一〕，瀕死不撓。俄而湘軍駐祁門〔十二〕，復休寧，江西道通，乃挈家走樟樹鎮〔十三〕，教授為生，亂定，補學官弟子，用貢生候選訓導。本起孤危，因不求仕，遂終於家，以耆德見欽鄉里。初，後母所屬一弟卒〔十四〕，為娶妻營業，嶷然有立。

許故高貲大族，祠堂崇壯，產饒羨溉。及全宗既燬於寇，族人有雲門者，葺祠宇〔十五〕，纂譜系，君尤盡力鈎稽契約〔十六〕，至今族衆有事祠廡，必念雲門，食祭餘，必念君也。君為人方質，敢任事〔十七〕，意有不可，必竭言無隱〔十八〕。管祠事近二十年，裁省縻冗，建敬宗小學、端本女學，以教族子女。於是君孫承堯以編修家居〔十九〕，鋭意興郡邑學，安徽巡撫上言〔二十〕，歙學之興自許氏，時論榮之〔二十一〕。君以光緒三十四年卒，年七十五〔二十二〕。

馬其昶曰：編修興學，余得自邸鈔〔二十三〕。逾年，編修為書，因友人胡希晦〔二十四〕，致其父所為府君事狀，曰：『願有紀也。』余以自古賢士之興，曷嘗不有所自，顧肇基者積累畢世，歸福嗣人，往往遼闊不相及〔二十五〕。今編修承其父，又逮事其先王父，知其留遺以及己也，則後之行必肖於其初，於以綿世澤，不愈敻乎！余述其行，以為之傳，知編修之不能一日忘也。

王晉卿曰：語簡質，而意味濃厚〔二十六〕。

【校】

〔一〕宣統本為『歙許君家傳』。

〔二〕宣統本為『君諱恭壽，字品三，許氏，歙人也』。

〔三〕宣統本為『宋時自歙北鄉之許村遷居西鄉之唐慕村』。

〔四〕『君三歲失母』，宣統本為『祖廷烺，父政祥，五子，君次二，生三歲失母』。

〔五〕『飢寒轉徙，自大父母以下相繼死』，宣統本為『全家轉徙飢寒中，自大父母及父以下相繼死，晝避寇，夜還治殯殮』。

〔六〕『吾旦暮入地』，宣統本為『吾家不幸，死亡殆盡，今吾旦暮入地』。

〔七〕『君子女多以餒亡』，宣統本為『君一子三女俱以餒亡』。

〔八〕宣統本無『凡五人』三字。

〔九〕宣統本為『寇既據徽久』。

〔十〕『村墟遺民每隱忍從賊』，宣統本為『村墟遺民寥落，每隱忍從賊』。

〔十一〕宣統本為『君守義憤慨』。

〔十二〕宣統本為『已而湘軍駐祁門』。

〔十三〕宣統本為『乃挈家梓樹鎮』。

〔十四〕宣統本為『後母所屬一弟更百死以保其生者卒』。

〔十五〕『葺祠宇』，宣統本為『首任葺祠宇』。

〔十六〕『君尤盡力鈎稽契約』，宣統本為『君一與同心為輔，尤盡力鈎稽契約。故業不失，益宏其規』。

〔十七〕宣統本下有『不設城府』四字。

〔十八〕宣統本下有『至於卹貧乏，衛寡稚，自其素性，曾不待强，故其生皆敬愛，其歿皆哀』。

〔十九〕『以編修家居』，宣統本為『方以翰林家居』。

〔二十〕『安徽巡撫上言』，宣統本為『安徽巡撫奏上承堯在籍辦學績狀故，言皖南學務莫先徽歙』。

〔二十一〕宣統本無『時論榮之』，更接以『君本謀也，君娶葉氏，一子即學詩，監生，女適汪，孫承堯，君課之嚴，既通籍，授編修，君老矣，顧之而喜，思先人之前殞，離亂不及見，又未嘗不涕』。

〔二十二〕宣統本為『光緒三十四年十一月日卒，年七十五』。

〔二十三〕宣統本下有『友人胡敬庵益為言其賢』。

〔二十四〕『因友人胡希晦』，宣統本為『因敬庵』。

〔二十五〕宣統本下有『故始之艱苦，享成者或昧焉，今編修逮事其先王父，知其留遺以及己也，則承之者必肖於其初，於以綿世德，不愈敻乎！予故傳之，豈第慰其思，亦欲為凡子若孫於人者告也』。

〔二十六〕宣統本無評語。

王太淑人家傳 甲寅

太淑人，桐城王氏，年廿一，歸同縣贈通議大夫方君諱崧山。通議體孱，耽吟詠，不事生產，家有無一委諸淑人。咸豐初，粵寇躪桐，淑人提挈子女，挾文契，蹀躞山谷間，隻字無毀失。通議旋卒，則益督課二子，雖貧，必為延師已。又遣就外家學，且行，泣誡之曰：『汝先祖父世業儒，勿瀕於汝儕絕也。』其後二子皆克家，長子達出嗣伯父，達子荃以舉人官貴州知府。初，方氏同祖四世者，嘗就宗祠側建屋一棟，以棲遠裔來祭者。年久，屋圮矣，至者日稀。通議因與族人益齋謀更建支祠，未果。淑人憫通議不竟其志，命諸子趣益齋，踵成之。舊址狹，益以己地拓之為三重。益齋刻石紀其事，謂：『立廟之議，微淑人，且中輟也。』族有貧不克葬者，淑人授之地，不取值，更助以財。鄰媪訟鬩，得片語立釋。自奉約而厚於施，敬禮親賓，必潔必豐，裳衣皆自績，不假他手。又自為殮衾，甚具。嘗述其曾祖母之教曰：『女子力不任耕作，鍼綫乃亦需人乎？且婦休蠶織，至使衣履敝污，家之羞，國之蠹也。』時舉以戒子婦，其勤家作苦，今尚有數畝之遺。光緒中卒，年七十有九。

馬其昶曰：荃與余善，其居官所至有循聲。淑人卒後為述其事，且乞傳，曰：『先大母於諸孫獨愛荃，冀可光門戶，不謂薄宦數十年，投劾歸，力且不能營其葬也，悲夫！』予謂淑人居約，能持家，撫孤惠宗，親隆孝享，固已賢矣，至荃歷典大郡，其歸也，乃無以為家謀，亦有足稱者，又何歉乎哉！

王晉卿曰：敘事簡而有法度，論尤跌宕生姿。

永定河道呂君家傳 乙卯

君諱珮芬，字筱蘇，號弢廬。呂氏，故旌德望族也，祖諱培，舉人，候選員外郎，父諱朝瑞，翰林院編修，生四子，君其季也。編修兄朝丞早逝，以君嗣而仍教養於編修。既孤，益自奮於學，年十九，舉江南鄉試，又七年，成進士，亦授職編修，戊子充福建副考官，己丑順天同考，壬辰會試同考，丁内艱歸，主講中江書院，中東事起，憤憂國事，劾宦者李蓮英專擅不法，壞祖制，詣恭親王乞代奏，不得請，仍歸主講席。拳禍作，君已還朝，兩宮西幸，喋血京師，自以病瘧，不獲護蹕，堅臥都城，不肯去。辛丑充貴州正考官，癸卯湖南副考官，又屢充功臣館纂修，編書處總纂。所編書譯文，自他手多蕪雜，意不懌，遂辭總纂事，後書成，加二品銜，非其志也。君秉操清絜，仕京朝二十年，不造請貴勢，以興學育才儁為己職，京察一等，遷侍講，轉侍讀，會學部擇才品優異者，奏請君及學士吳同甲、馬吉樟考察日本學務。時論皆主中學，君著東瀛參觀學校記，於小學尤致意，管學大臣張文襄公韙其論，於是上將任君安徽提學使，文襄奏君皖籍也，乃改簡吳學士，而君亦旋奉署理永定河道之命，遂以能治河稱。君之初被命也，謁總督，謝河防非素習，請辭，不許，既到官，親出巡全河兩岸，相地勢水脈急緩，目營心度，釐定教條，吏民驚悚。永定河隄卑下，尾閭塞，請帑三十六萬金，分期濬築，三年工竣，所費一與初估同。又修築北三汎求賢壩，而南岸金門閘，實乃壩也，君謂名實不協，改為閘，時水消長，啟閉之，費不增而工便。是歲秋汛盛漲，逾前數歲，竟攝然不為患者，以君豫防之效也，特旨褒嘉。君既究心水利害，愈益就沿河村落增設小學十餘所，建客籍學堂，課河員子弟，又以諸待缺員弁懵不省施設所宜，創河工研究所，補署一敘成績，不以私撓。由是人人爭淬厲言水事矣。君權河道三載，辛亥秋以南三汎決口去職，留任所振災，圖功。未及半，而武昌事起，舉國洶洶，河上兵夫以二萬計，君開誠喻導，息其亂心，功卒以成，詔復原官。而國事益壞不可支，君乃歔欷傺侘不欲生也。總督檄提工款助軍需，拒不發，奉旨開缺，挈眷歸。明年癸丑九月三日遂卒，年五十有九。

君峻爽有器局，嘗手寫十三經數過，日記所言行高尺許，皆精整，著山海經分經表、孫子講義、讀漢書劄記、讀晉書劄記，皆毀於火，今存者許書原文義補、宜今弟子禮記、經言明喻、通鑑喻言、采唐集、晚節香齋藏書録共若干卷。配翟氏，一子吉甫，前禮部員外郎，二女適邑人汪槃、銅山張德壽。

馬其昶曰：君治河績效固彰彰矣，乃觀其受任自避，遜懼不稱，豈好為虛謙哉？君平生讀書所致力類經史故訓，河事容非所及。然經史故訓用澡雪吾心也，心明而事至，竭吾慮以圖之，焉有不達者哉！自以為不能，茲其績效所由著也。然則今之士號稱豫教，一試之輒敗，其故可知已！

王晉卿曰：以學字經緯全傳，簡而有章，其精神奕奕紙上。

吳辟畺曰：文有義法，氣韻清迥拔俗。

毛太夫人傳 乙卯

太夫人毛氏，河南鹿邑人，父本孝，母李氏。外祖王父某選拔貢生，愛其幼慧，授以書，通女範焉。年十九，適沈邱高封君復榮。毛氏號素豐，及歸高，貧甚，勤紡績，佐夫讀，不使有室家累。事姑孝，姑病至三年不瘳，夜焚香禱天益姑壽，願奪己算，割臂肉寸許，和湯進，姑飲之，愈，後聞其事，而泣謂：『婦愛我，乃忘其身以活我也！』逾數年，夫遘疾，危甚，度不可起，太夫人泣曰：『親老子穉，今若此，奈何！親養不終，子成立又可冀乎？高氏之存亡繫此。』於是復夜焚香禱天，願身代夫死，夫病稍間，又三日，起矣；而太夫人竟以是夜猝病，病數日，卒，時道光廿七年也，年三十有三。子揆一，繼室任氏子靜一、冠一，後以孫景祺貴，贈夫人，又凝宸貴，晉贈一品夫人。

馬其昶曰：傳有之，夫婦牉合，一體也。夫既曰一體，則其生死、榮枯、疎戚，無不與夫同。故事，夫父母如己父母，及夫死，而以身殉，或為嫠，以終其夫，事皆一體之義也。若太夫人之求死得死，而生其夫，且生其夫之母，亦奇矣哉！古忠臣孝子，勢窮力屈之餘，何嘗不捐糜頂踵，思籲天以求萬一之或濟，然而精誠所積，有應有不應，此事之無如何者也。而太夫人之事姑與夫，能各竭其情之所極，以籲於天者，如唯諾於一堂，如制出入之節，時早暮惟己之宜，如償宿責，則劑其銖兩輕重。嗚呼！此一事也，天人相與之際，可以觀矣！景祺字養祉，既上其事於朝，膺賢孝旌門之寵，復以狀示余，曰願有紀也。余是以論著之。

吳辟畺曰：敍姑病愈數語從荆軻傳化出，贊内别有懷抱，無意中露出，有掀雷抉電之奇。

抱潤軒文集十二

桐城馬其昶通白

傳　行狀

清贈太僕寺卿銜兵部郎中李君行狀丙辰

君姓李氏，諱本方，字仲壺，四川開縣人。父諱宗羲，官至兵部尚書，兩江總督，師事曾文正公，卒繼文正督兩江。君少從父任所，濡染庭聞，喜經世之學，凡農田、水利、鹽漕、貨幣、工藝、屯墾、種植諸大端，一皆覃求其要，尤致詳歷代備荒諸政。年二十七，舉光緒己卯鄉試，以主事供職工部，遷兵部郎中。居京師久，諸公貴人爭相引重，而雅尚廉退，皎然不滓。其平生治事，以條理為先，篤守曾公大小終始條理之論，故於倉卒煩擾中而簡要有法，精神常超然餘事外，不見應事之迹，卒之，事無不辦。

己丑直隸歲大侵，高陽李公鴻藻以振務屬君及豐城毛君慶蕃、華陽喬君樹枏，此三人者為至交，皆有政事才，而君於荒政固素習，條列件繫，不待頃而具，事畢，辭不邀獎敘。自是以訖其終身，一以澤人利物為己事，大臣屢欲上聞，皆堅卻不顧。義寧陳公寶箴巡撫湖南，薦君才，請破格用，交軍機處存記。定興鹿公傳霖督蜀，鋭意整商務，蜀士負清望者推君及喬君，因奏調兩人總辦商局。自海禁通，外貨充斥，兩人相與謀，非改造土物不足塞漏卮，首於嘉定創白蠟公司，次第及煤油、玻璃、煙捲、牛羊皮毛矣，將大有以為，未幾，鹿公去，遂罷。會毛君總辦江南製造局，招君往，君以置局上海造械器，於計不便，宜遷地，識者韙之，數月辭歸。川督蒙古錫良公思得君助行新政，時蜀中監司多與君雅故，又桑梓地，義不得辭，乃出充學務處參議、商鑛局會辦。而川東奇旱，總督尤倚重君，君亦以救民自詭，不委難於人，出巡災區，被疾至重慶，卒，年五十三。得旨優卹，贈太僕寺卿銜。子大防、大閑、大鏞。

君究心振務垂二十年，躬其役者凡五，始振畿輔著聲，至是竟以振死。蓋君以疆臣子仕京朝，告歸，席餘資，不為私圖，時時籌民生利害。又文章行誼出於人，人慕嚮之，有所舉，率爭先應。君其里居所規設義行甚衆矣，若全貞會，若老老會，若幼幼堂，若殘廢院，若病療所，若施藥局，若餽歲倉，若解衣社，若千益會，若生財局，若仁澤堂義塚，若小江口浮尸社，若水龍會，不可勝紀。而修治開縣至雲陽山徑，糜錢至數萬貫，歷時二載，工始竣，行旅謳吟至今。

君為學私淑曾文正，文正以禹、墨治世，莊、老治心，故其功成，務自挹損。君勤民以死，避榮利若浼。然澤之廣狹，位不侔也，乃若其量，則周矣。民生今之世，復何望於上，使鄉里皆有一二如君者，亦憔瘁之民之所託命也。予故承其子大防之請，狀其行，上之史館，庶傳篤行者有採焉。

王晉卿曰：深深款款，辭事相稱，其警湛在結束，通篇以感喟出之，有咫尺千里之觀。

唐桐卿先生傳 丁巳

唐錫晉，字桐卿，江蘇無錫人。生而誠摯，有幹略。粵寇之亂，縣城陷，父文源、母張氏、大母廉氏及弟錫福闔門以殉。文源獨揮錫晉出，曰：『宗祀不可絕也！吾志事未展，不幸遇亂，義不苟存，爾果得生者，無忘利濟矣！』泣而去。後五年亂平，歸，從眢井中拾親骨，瀝血取驗。少勤學，既遘家難，益自刻厲，以縣學生教授鄉里二十餘年，用恩貢生授安東縣教諭。唐氏之先歉菴公與明副都御史襄文公同父兄弟，遂建襄文祠錫山，以祀列祖，葺家譜，立條教，以收族。

於時淮、徐、海三州大水，饑民流安東，積尸滿江滸，錫晉既盡斥俸錢以振益，命子宗愈歸告兄弟，取家財倡助，更募諸蘇、滬、常鎮，得五萬金，躬棹小舟驗災，適宗愈載米至，舟膠不得達，一夕須髮為白，已而水漲，舟通，民竟得食。明年安東澇，迺出前振所餘貲，增募至十萬，全濟無算。自是以逮沒齒，皆勤振務，起光緒初，訖宣統，凡三十有七年。其振地為行省者九，為府州縣五十有六；其振術則皆循古法，將之以至誠，自火輪、舟車、電線四達，而上海為之樞，晨聞災，暮電遐邇，不待頃而貲集。嘗竭天下力以濟一隅，不假官吏，奔走急難，如赴私親，號曰義振，此古所未有也。當是時為義振者，丹徒嚴作霖、吳江施善昌暨錫晉，此三人者，名最著，天下有水旱，無不喁喁望此三人，此三人聞之，無不遄往者。山東沿海郡蜚災巨，錫晉命宗愈等陸行，而自挾棉衣數萬襲，旬日不穀食，犯風濤，期會日照。至則日照令方催科，拒不受。父子相左，復踐冰雪數百里，言郡守，守大驚，由是所屬災縣皆得振。庚子兩宮西狩，關中大饑，錫晉醵金四十萬入秦，終日行，不值人，而豺犬食餘亂髮殘骴，往往而是，因大悲痛，即單車詣行在，請於大學士王文韶，得二十萬金益之。事竣，返安東，坐劾安東令貪殘，令落職，並罷錫晉。大臣奏還其官，改長洲教授，獎二品。大江南北頻歲被水，凡六振淮、浦。丙午之役，流民數十萬洶聚，遣之不散，籍安東者八萬餘，咸曰有司行振未足仗，必得唐公。時錫晉已臥疾上海，猶强扶而至，衆見其來，驩曰：『吾生矣！』乃各還歸待振，遂以無事。及辛亥籌振江、皖，而武昌變起，是役也，錫晉罄其貲，至自質田宅，他所募亦滋多，計贏可數十萬，收孤兒無告者以千計，謀創貧民工廠於兩江，廢試院使人自為養，規畫甚具矣。而豪猾乘勢假共和名，沒其贏貲，孤兒或離散死，於是清禪，錫晉憤慨病篤，亦卒。

馬其昶曰：君二子，宗愈、宗郭。乙卯春，宗愈出所為君狀及碑志諸篇來乞文。君之行，予所樂稱也，以諸文已具，又世變卒，卒未及為。今年再至京師，會宗愈，亦謝官歸，申前約，則知江南大吏業臚君行迹，請宣史館，而予又適有清史之役，誼不得辭。每次康熙時事，見當時君臣所惓惓者，唯民生休戚耳，逮君之生，已際清末運矣，而士大夫卹災，猶如此其急。嗚呼！今既建曰民國，今之民果何如者哉！

陳伯嚴曰：簡勁震發。

王晉卿曰：提綱挈領，關鍵森嚴。

姚叔節曰：文因一人而及全局，縱横變化，不可方物，真得史公長處。唐君得此文，而嚴、施皆以不朽，文字之力乃如此。

特旌孝行張母李夫人家傳 丁巳

夫人李氏，諱蘺，字佩芷，福建永定縣人。幼學書史，工詩歌及儷體文，父奇愛之，慎所選壻。一日遊佛寺，見張氏子寺額擘窠書，遂約婚焉。張君，諱日焜，字梓欽，後官湖北知府，書寺額時，年十二也。

越五年，夫人來歸，逮事祖姑及姑陳氏，孱不任役，强自習勤，庭内潔整。姑嫠居，善病，夫人侍疾，十餘年不倦，聞轉側呻吟聲，即趨視，呼之未嘗不在側，屏息進退，初若無人，有所需，未求也，俄而已具。姑病目翳，治久不效，夫人以舌日舐之，乃愈。嘗赴族人宴，酒未半，心悸，亟辭歸，果途遇僕，告太夫人病；又嘗襄婚禮，宿姻家，忽中夜起，索輿而返，姑一見，大喜曰：『吾正苦憶爾，知爾念我，必歸矣。』其姑婦相憐愛如此。以故知府君至孝，游客久，無内顧憂者，賴夫人也。

知府君學通訓詁、音韻、天算、輿地、兵法，旁逮劍槊、金石、刻印、繪畫，無所不究習，酒酣賦詩，夫人亦往往賡和。及令廣濟，將受事，夫人從容言曰：『君固非徒為文人者，必不以此妨民事。』知府君聳然異之，偶得句索和，竟不和也。子超南、起南，皆從母受學。超南十一歲，夫人攜登黃鶴樓，賦七言古風，超南亦效其體為之，時頗傳誦，未冠成進士；起南亦以童年試詩賦第一。然夫人所以教子者，問行何若，不徒重文藻也。人之稱夫人者，亦稱其行，以為不可及。閩浙總督卞寶第奏旌其孝，又以知府君助振，賜一品服，及子官封贈如例。

初，夫人在室，刲臂療母疾，深自諱，及姑病篤，復刲臂救之，血殷襟袖，終不肯言。光緒二十五年，遺嫁女，自湖湘返閩，被疾甚，知府君曰：『子幸自寬，日者推子禄命，絶於酉後，今尚復十載。』夫人曰：『誠如日者言，天許我矣。曩者陳太夫人病，嘗禱天願自減算，益姑壽十年也。』頃之，果卒，春秋五十有九。顧言：『舅姑墓皆在湘，必葬我湘中。』超南四川候補道，加布政使銜，起南分部郎中，又道南知縣，選南鹽運判，俱庶出，女子五，夫人出者四。

馬其昶曰：宣統初，超南卜葬母夫人善化六都曹家橋漢山坡之原，未具銘，後八年以狀授其昶銘。時方修清史，予謂夫人之行應史法，乃敘次其事，為家傳，俾史有所據。其葬地今併入長沙，既封樹，即略疏名氏、卒葬年月，追埋之其可。超南年少出為吏，夫人手寫唐書崔元暐母訓子語戒飭之，後令新寧，不避貴勢，幾構禍，巡撫義寧陳公知其賢，得免。人有恆言，父教母育，超南乃又兼母教，雖欲不為賢，豈可得哉。

王晉卿曰：　運筆運意之妙，幾於不可思議，敘事親教子之事，惻惻動人，文品高潔。

洪孝女傳 戊午

孝女洪氏名壽華，江西安仁縣人。祖某，武昌鹽法道，父某，以廕生改通判，分湖北，娶葉氏光化令環圃君女，桐城人也。通判不祿，遺四子，男曰鑑、曰鑄，女子子長者年十一，幼即孝女，才四歲爾。諸孤煢煢，始隨母依光化，繼依光化子江寧令篤臣君。洪氏、葉氏共廬處者數十年，江寧之視女兄弟也，若在室，人不知其已嫁而反也，乃至江寧子玉麟與鑑、鑄親愛若同生，亦不知其為異姓也。

鑑、鑄既皆成立，宦學遠方，姊嫁，唯孝女獨留事母，誓不字，依母臥起，愉戚一惟母是視，罔不適指。以母憂江寧病，即刲股療之，其後江寧罷官，羈死，兩甥為出金數千償宿逋。孝女游杭州，一夕夢舅至，寤，語母曰：『舅耽山水，寧樂此邪？』因買山葬舅西湖之濱。孝女初苦跛盭，負痛，畏母知。戊午寓滬上，鑄仕京師，病甚，母欲往，顧孝女遲回，孝女知之，託言願往就針砭。至則感染沴疫，與鑄同，欲寬母，不自言劇也。四月晦，強起沐浴，禱神，乞代兄，明日趺坐逝，年三十三，而鑄疾良已。孝女好讀書，嘗講授八旗女校，諸生咸敬愛之。閑為詩，澹靄高秀。久嬰疾，事佛甚虔，恆言：『死亦無苦，得終吾親年足矣。』而今乃遽死，宜其兄來乞文之悲也。

馬其昶曰：　葉生玉麟從予游，其兩家同休戚，共財賄，嘗所目覩。為述孝女生時嗜予文，自列私淑弟子，予蓋不知也，甚愧其意。夫孟子之言仁，在善推其所為，孝女之事母可謂善推者矣。抑非獨孝女也，雖其家及其外家之所為，豈易見於今之世？儻亦其風類然與？

陳伯嚴曰：　縈繞有逸致。

王晉卿曰：　先生善為錯綜參互之筆，意繁而詞潔，得史公義法。

直隸永年縣知縣夏君家傳 己未

君夏氏，諱詒鈺，字范卿，江蘇江陰人。先世遷自會稽，祖諱翼謀，道光五年舉人，官太常寺博士，父諱子齡，道光十六年第進士，冠其曹，授禮部主事，出知易州，晉知府，祀易州饒陽名宦祠。

君幼從博士受經房山書院，博士歿，隨父歸里，將投名應學使試，易州曰：『使者，京朝相知，汝年幼，儻獲雋，人得無言乎？』乃止。一日見所為文，笑曰：『若果試者，固無爾敵，然士亦何所不足，而必科第也！』於是君勤於學，壹以事親養志自刻，隨易州官直隸垂二十年，因益通曉吏事。

同治初，始援例以知縣分河南，鞫獄詳慎。巡撫李公鶴年才之，補洧川，地貧瘠，為豫南衝。時大兵征關隴，過師縣境，索車急，吏請符括民車，君謂官書下，弊且叢出，乃召車戶，諭以情，倍給值，民不知擾。丁易州艱歸，服闋，補永年。永年者，廣平附郭邑也，洺河自太行來，性慓悍，而辛村當其衝。乾隆中，河決改道，害益甚，君築南岸許莊，隄甫竣，會霖雨隄決，自辛村、許莊至郡城，彌望皆水，君既籌振被災者，復改築南岸大堤，增培北岸舊隄，加築迎水堤。越二年大漲，君所新築用石灰融泥沙，牢甚，而堤尾舊沙復潰，更築如前法，為立條教，刻石河上，至今水不為害，縣人立祠祀之。光緒初大旱，君輕騎履勘，至縣北腰彰村。先是，村民自咸豐時抗糧課，鼪視吏，前數令皆操嚴法，不能服，久亦羈縻之。君至，見旱狀，詰曰：『何不以聞？』乃跪泣曰：『民畏罪，不敢詣縣。』君曰：『若所為，誠罪也，然若獨非國家赤子邪？』一律蠲之，自是數村無逋賦。君在官，未嘗以催科杖民，乃每列上考，嘗歎曰：『官不卹民，而責民梗化，誣民甚矣！』是時晉、豫皆旱，畿輔亦比歲災，君借富人錢，得二萬緡，購米麥山東，為平糶，復為食以活餓者，竟事，耗不及半，餘緡悉還主者。其後大穰，勸民納穀備災，民知君素守，皆爭輸，得穀凡萬石。

君為政勤民事，務在教養，蔽獄能得其情，不矜鉤距之術。閻洛利者，巨猾也，與成安役有連，豢盜為鄰邑患，事發，則賄小偷自承。贓證悉具，君閱辭疑，嚴治役，役始白洛利不法事，並得其黨衆蹤迹，案論如律，而釋諸被誣者，咸感泣去，民大說服。君兄弟三人，仲先逝，意常忽忽不樂，以大計卓異，待遷，俄而卒，年五十有五。子孫桐，光緒十五年進士，翰林院編修，官湖州知府，亦有吏能。

馬其昶曰：予與編修同膺清史館之聘，編修多記前聞軼事，其在館方輯循吏傳，朝夕接晤，語相契也，嘗言少時以古事進質君，君曰：『良法美意須隨地制宜，擇可而勞，因民而利，固非墨守者所能耳。』至哉言乎！夫書史所載制度益損，皆效於前，以時曠邈而異變，尚未可泥，況拾遐陬異域風氣習俗之殊絶者，而一概施之，烏可哉！

陳伯嚴曰：雅潔，為作者本色。

王晉卿曰：述循吏，事具而詞不費，是老斲輪手。

循吏羅君事狀 己未

羅度，字裴卿，南海人。光緒初由軍功保薦知縣發四川。總督丁寶楨善察吏，使權清溪，汰浮征，加例差津貼，定胥役工食費，寶楨得其條教，行下列縣，為通式。補珙縣，上治盜六策，懸重賞禽盜魁，閭市大安，調江安數月，改授內江。內江故劇邑也，訟牒歲以萬計。度令民懷狀詣，堂皇遥投，立訊簿，限日集，訊榜之壁，訟者至自署名其上。法簡而易行，然亦以度精練，吏莫敢為欺。又益興學勸士，旌孝子貞婦，出俸錢貸貧，民更迭斂散之，收育孤貧至六百餘人。乙酉旱饑，戊子，縣又大水，散財發粟，民不知瘥。在內江七年，以母憂解官，士民攀號塞路，或隨至成都，哭而去。服除，改主事，年未强仕，遂不復出。

鹿傳霖、錫良相繼督蜀，皆禮至幕府。拳禍作，朝旨嘉其能攘，教雪讐恥，度力言蜀幸完善，今讐教，必且為國生患。大府悟，秘不宣詔，禍稍紓，蜀民至今德之。而尤以前後三賑為最著，先是二十三年川東霖雨，災州縣二十六，閱五年，全川水旱並臻，災州縣百一十六，又二年，水災州縣五十九，雹災三十五，賑務壹倚辦。度告糴隣境，分區綜畫，凡穀以石計千八百餘萬，銀以兩計三百七十餘萬，民甦活不可勝計，更防後災，鈎稽社，濟倉穀，俾無虧短。始度在官，舉治行卓異，總督三疏論薦，得旨嘉獎，給三品頂戴，人惜其早退，才未究，後反幸其不為縣，乃施澤及全蜀也。晚舉經濟特科，亦不就徵，卒年五十四。疆臣上其治績，請付史館，並坿祀丁寶楨祠，從之。

子述稷，江西財政廳長；述禕，閩侯地方審判廳長；述栒，候選主事。述稷遇其昶京師，出示館中舊傳，讀之憮然，述稷固請予更為狀，上之史館，俾秉筆者採擇焉。

陳伯嚴曰：整鍊。

鎮海李府君家傳 庚申

君姓李氏，諱嘉，自號曰梅塘，世居鎮海小浹口。祖曰敬明，敬明二子，次子容，江蘇候補知府，貿遷致高訾，為富室，知府君一子，即君也。既老而傅外，事一以委兄子。君從師受學，甚勤，應鄉舉，三試不售，遂棄去，翛然不以塵務經懷，廣蓄書畫、古彝鼎。

一歲滬肆財驟燸，遐邇爭取，存貯金因大耗，君從兄所為，主計者憂惶疾作，謝不理事。君承其敝，應機指付從容，諸大賈皆折閱不支，李氏錢業獨無損。久之益息，則益斥奇羨，周貧匱，積二十餘年，倍蓰其初矣。知府君嘗欲置田贍族親，未果，君乃取膏腴二千畝成其志，曰養正義莊。歲大旱，流冗麕集萬餘，日匄食巨家，肆劫略，君慮且生變，急出義莊儲粟，為平糶，復捐貲以振，費財以巨萬計。他若修縣書，治道塗、橋梁，施醫藥，苟力所能為者，為之無不盡。君雖游於闤闠乎，意趣曠遠，築別墅，蒔花種竹其中，常若無事。及接人，推誠寫抱，言不匿，情不苟，察纖介，人材質鉅細所堪，事曲折所經，罔不舉其旨要，一二語能息羣嚚。初領市政，雖君兄亦怪君儒生任事乃如此也。君議敘花翎，三品銜，江蘇試用同知，未赴官，光緒二十五年卒，年五十九。配張氏，後君十九年而卒，有子八人，女三人，孫男女七十二，曾孫男女十六，始君寡兄弟，洎君夫人歿時，凡夫人一本所自出者，至百三十四人，世推以為瑞，今敘列其名於後。

論曰『澹泊明志，寧靜致遠』之言，諸葛公常誦斯語，今雖婦嬰聞諸葛之烈，仰若天人矣。然孰知其平生志蘊之所存邪？夫擁多金，子孫衆盛，人情所願欲，大率此耳。君乃無意得之，亦操之，有其本也，而竟以貨殖終。嗚呼！彼從政，而為民之司命者，何如哉！

王晉卿曰：不鋪陳致富之由，舉重若輕，能使其人栩栩紙上。

郝孝子傳 辛酉

孝子郝氏，諱贊清，字筱浦，先世太原人，清初賈順天，寓居三河沙嶺村，遂家焉。數傳至孝子，兄弟四人，次居三。

母雷太宜人病痿痺，動止不良，於是孝子年十六矣，就外傅，母戒其曠學，非嚮晦不令輒歸。孝子戀母，不敢留，則益自奮勵。久之，母疾臻劇，瀉利，日夜數十下。孝子乃一意事母，不跬步離也。母亦相倚為命，欲遺，即進器承之，須臾，復進衣，無點污。深夜息牀側，懼母艱於呼召，自以繩一端束手，一端繫母榻，掣其繩，則警寤起矣。勞辱事皆躬為之，他人固不能代。母曰：『孝哉，吾子！乃一身而兼職女婦之行。』母病三年，卒，父繼逝，家益落，乃走京師，供事史館。光緒初敘勞補臨清縣吏目，兄老而窶貧，則以己所受產讓之兄。

君子曰：孝子之事親，亦可謂能竭其力者矣！然以校父母之勞勤，雖孝子猶十一之於千百也，夫彼千百勞勤凡父母者皆然也，而人子之區區有其十有其一者，自孝子外，乃未獲多見。故余於孝子之子崇峻之來請，惻然疚於心，烏得而不書也。崇峻，山東知縣，生二子，鵬，鶚，亦皆有名爵於時。

王晉卿曰：敘孝子之事，由母口中結出『孝』字，語意特為真摯。末一段讀之，尤令人疚心泚顙。

含純周女士傳 壬戌

周君緝之弟七女德粹，字含純，年二十，歸廣安胡光廉，兩月，忽病逝。時周君方居父尚書公憂，又連喪二女，意悲甚，丐予為之傳，謂含純尤尚書所篤愛也。尚書為國重臣，雖貴盛，門內之治，一守儒素。含純漸漬風習，安雅有文，少與姊共學，六姊才而早殞，疾殆，刲股救之，不愈，因益悟身世浮漚之旨，揣母意不之許，私探釋典，未以告也。始周君慎選壻，光庶偕其弟留學美洲還國，始締姻，含純故通英語。既嫁，未嘗一自炫，惟時時切劘道義，謂舅姑老，宜盡孝養，夫弟學費未贍，願斥裝資濟之，偶談名理，妙契玄風，光庶紀錄千百言於是，其父葆生編修覽而歎曰：『惜哉，吾子失婦，如失良師友也！』

馬其昶曰：予薄遭世屯，自屏哀樂。去歲三女歿於京寓，近又聞長女之變，欲為小文記之，心若廢井，竟不能成辭。嗟乎！父子恩誼之謂何？予於周君有深愧也！抑予三女病革，時聞誦金剛經，即徹解。每思之，又爽然自失。含純所得，儻類是邪！

王晉卿曰：竟體雅潔，著一二語便自沈痛。論述所遭，反自寬解，尤沈痛之至。

王節婦傳壬戌

節婦盛氏，六安人，年十八，為同縣王大廷妻。逾年生一女，又逾年，而大廷病篤，節婦焚香籲天，願代死也，卒不起，誓以身殉，未得閒投繯，不殊。當是時，大廷嗣父，本生父、繼母皆在堂，痛子甚，又哀新婦無子而寡，為擇從子曰業鑄者為之後。節婦落落殊無意生。於是其母王孺人來視女，哭而誡之曰：『婦人從一，義乃有三：曰節、曰孝、曰慈。今壻死，而下遺子女，上有頒白之親，其責在汝，奈何殉一節而昧孝慈之二義乎！且節不貴苟難，貴有終，而不見臧獲之自裁乎？一旦感憤，死輕鴻毛，未足尚也。』節婦聞誡，俛默久之，泣起受教，遂不復言死。

家故素封，乃悉屏華飾，躬執爨饎，有餘貲輒以賙姻族女婦。歲時會聚，每謝不往，曰：『飲酒歡宴，非嫠者事也。』白狼之竄皖也，以先機避地得免。時邑富室多罹禍於是。節婦呼子業鑄，而申儆之，以禍變之無時，良田美宅之莫能久據，曰：『酒薄亟壞，墻薄亟傾，昔人有明訓。寧誚己愚，毋為薄，夫殆為此耳！』其因事施教多類此。自節婦喪夫，忍死以事親教子，今年五十有五矣，為嫠三十五年，親事終，子業鑄已婚娶，女嫁早寡，亦以節著。

贊曰：余客京師，一日有王生者名懷民，以鄉誼來謁，執禮幣甚恭。徐出其所自述世母盛孺人節孝狀，乞為之傳。王生年甫冠，中學校肄業生也。今京師學風何如者，而王生乃兢兢致謹於此，然則非獨孺人節行高也，彼少年不為習尚所薰者，固自有其人哉！或曰是亦家教使然云。

王晉卿曰：先生善為論贊，此尤顧盼生姿。

張元莊先生行狀 癸亥

先生張氏，諱樹錡，字厚甫，合肥人也。當咸同之際，合肥才傑士蔚起為將相、立勳名者踵相接。先生兄弟九人，長兄官兩廣總督，次兄、五兄皆綰軍符、膺疆寄，而先生獨躬孝友禮讓之行，外絕榮競，以布衣終。

痛早失父母，哀慕畢世。四兄以堙塞鬱軫嬰痼疾，則多方調護之。嘗奉以出遊，猝墮溪澗中，先生躍身下，挽其衣裾而上之，腰腹盡濕，從者方駭愕失措，亦不知其何由登也。性喜施予，其遇宗族厚，推之鄉隣，則壹從其厚，歲或不登，又加厚焉。凡貧乏孤寡失所依、婚娶無貲、喪葬不克舉者謀之，必盡其力，為子弟就學者擇師，魯者亦使其有恆業。朝廷既懲科舉之不能得才，議更學制，先生親赴日本，察其教學之詳，歸設兩等小學。萑苻四起，創保甲局於西鄉，已而改團防局，費巨而民不知擾。宣統元年，被選諮議局議員，巡撫朱家寶稱之曰：『夫人不言，言必有中。』先生率其素履，人自化服，時比之陳仲弓、王彥方。

而其泯教禍事尤著。先是，光緒末，法教士戴爾第岔邑民騰書詆教，欲興大獄，嚴懲民，賴先生言得免。未幾而郭師橋坊董復燬教民居，官吏莫敢何問，教士不平，將訴之領事。先生復往說之，以民教相讐，非兩國福，言甚愷至，教士寤，遂以無事。其後上海總主教道皖北，猶造廬修敬。語曰：忠信篤敬，蠻貊之邦可行。先生有焉，而世顧謂遠人不可以誠格，豈其然哉！

先生以民國六年卒，年五十有九，鄉人士諱其名不稱，相與私謚曰元莊先生。既立碑表，其里閭復建祠官亭鎮西，春秋祀之，而立遺愛碑於祠畔，落成，觀禮者數千人，至感歎泣下，于是僉曰：『先生之德浹於我民者深矣，而其施不遐，儻上之太史氏甄錄而光顯之，庶可以風於天下，即沒世，亦有所稽焉。惟知言之君子為能不忽於庸行。』乃來請，其昶遂據其事狀，紀述之如右，謹狀。

王晉卿曰：敘述事狀，語語徵實，無一閑字，無一剩句，文固各有體制也。

閩縣陳君家傳 癸亥

君陳氏，諱寶璐，字叔毅。先世明永樂間自長樂徙閩，世為冠族，曾祖諱若霖，官刑部尚書，謚文誠。文誠生雲南布政使諱景亮，布政生刑部主事諱承裘。刑部七子，今太傅弢菴先生其長也，君次居三，少有器鑒，耽思經籍，取爾雅、說文雜治之，為文不苟以徇俗，必法於古。光緒十六年，與仲兄寶瑨及從子懋鼎同榜成進士，選庶吉士，改刑部主事。家門貴盛，獨邈然有湖海林壑之趣，通籍未幾，即告歸，而太傅亦以閣學家居二十載，兄弟間自為師友，以文雅道義相劘切。其后太傅年考日高，望日隆，閱天下才儁多矣，而語及君之學行，未嘗不動容咨賞，謂己所弗逮。會變法議興，益取古今中外之故，研窮其得失。疾時士論學論治之浮薄悍肆者，其人往往負盛名，君獨憂其禍國，微言深論，時一及之。或勸以著書明道，謝未遑也。大府議纂郡誌，建存古學堂，最後京師開禮學館，辟召，君皆不應，獨時就謝中書商證所學。中書長樂老儒，名章鋌，品節高峻，君平生所嚴事者也，主講致用書院，歿而貧甚；君嗣其講席，以束脩為刊其遺集，又育養其孤子女而婚嫁之。其他行誼多類此。

宣統三年，遜位詔下，太傅先奉命纂禮書，留京師，遂入內廷授讀，于是南省黨人聞之，頗峻設科條，屬君招隱。君為書第言事局創見，嘗有以自處。太傅得書，復之曰：『自頃以來，日在左右，恩禮優渥，衡義準情，皆無可去。天之安置我者，適如此，則亦順受其正已耳。』君讀而悲之，久之復寓書縱論時事，以謂：『似此國體民德，舉綱常名教及一切防範之具一埽空之，而惟利之爭、權之競，其能一日安乎？名不正，則言不順，更何文教治理之可談！恨河清難俟耳！』俄而卒，壬子冬十二月也，年五十有六。蓋君雖溺志於學，而於世治亂，民生休戚，不須臾忘，豈枯槁一往不返之流哉！詩曰『考槃在澗，碩人之寬，獨寐寤言，永失弗諼』，君之謂也！子三人：懋豫、懋咸、懋賁。

馬其昶曰：予聞君喜藏書，嘗言世苦書浩博，難竟讀，然苟知所擇，則書正無多耳。如呂氏讀詩記、胡氏禹貢錐指、江氏禮書綱目、秦氏五禮通攷、司馬氏通鑑及近思錄性理精義等，豈非至簡諦切實用者。又舉唐律義疏、授時通考、農政全書及顧氏音學、梅氏算書，皆中國之絕學，旁逮困學紀聞亦篤嗜之。予承太傅諉諈，次君家傳，既採其言論之大者著於篇，乃其評隲書史，亦有不得而略者。太傅惜予未與君接，誦其言，為想見之焉。

柯鳳生曰：古峻。

抱潤軒文集十三

桐城馬其昶通白

碑文

贈内閣學士山東登萊青兵備道劉公墓碑 庚子

劉公諱含芳，字薌林，池州貴池人也。曾祖駕夫，祖兆父，考樟〔一〕，連世種德，各以孫子貴顯，贈如其官。公少孤，從從父兄瑞芬受學。同治初，今相國合肥李公始誓師上海，公兄弟實從其後。瑞芬至廣東巡撫〔二〕；而公終始依李公。初隨征蘇、常、湖州，輸轉軍械，設局太倉、無錫，北征捻逆，移局清江、蔣壩、張秋、濟南，以道員加二品銜〔三〕。李公督直隸兼北洋大臣，而公遂治軍械天津。光緒九年，統魚雷營，屯旅順，嘗一攝津海關道數月，自請還屯，十七年授甘肅安肅道，李公奏留旅順，十八年補山東登萊青道，逾年乃到官。

自海禁開，泰西諸國以强武相尚，械器日新不窮〔四〕。李公初資外國火器平寇亂，暨棅國，管北洋，壹改用西國軍制〔五〕。自是言兵事者，尤以購器練技為急。公識性明達，於事無所不諳練，又主軍械久，考別良楛，窮覽冥會，曲得理解，每一新械出，外國語文轇轕，公對客稱舉，應聲而得。議建武庫於西沽，廣收博儲，以肄將士，益增廠，造子彈，不假外購，法越之役，竟以濟師。李公既興立海軍，築砲壘，設船隖，備鐵艦，通電綫，置魚雷，開醫院，起學堂造士，多由公本謀。於是威海、旅順、大連灣三口屹為北海雄鎮，工役浩穰，一領於公，又兼海軍及緣海水陸營務處，調護諸將，綏輯華夷，專一趨公，不顧徇流俗俯仰。人初或不便，久乃大服。終李公之在直隸，倚公治辦若左右手，留天津，十四年屯旅順，十一年後雖之任山左，猶隸於北洋，北洋軍器精，防守完堅，冠諸行省。及甲午倭韓之難作，李公不得志，内召；而公亦遂去位。當東事初起，李公持慎，不欲輕開兵端〔六〕，絓禍强鄰，朝議大譁，日夜責問戰狀，事益不可為，威海、旅順相繼失，敵據寧海州城，前鋒距煙臺道署十三里。時山東巡撫亦駐師煙臺，西國諸領事以巡撫在，則倭攻之急，於租地不便。巡撫退。萊州領事復言公，公曰：『巡撫大臣，可去，某守土吏，去何之？今死此矣。』因置鴆兩盂，與夫人郝氏日服公服坐待，意氣堅定，民恃公無恐〔七〕。有潰卒數千，操兵嗥譁求食，勢將鬨，公疾馳至，皆斂手聽約束，厚給遣散，破數萬金，盡取之囊橐。西國民商在租地者聞潰卒至，咸戒備，既去數日，乃覺，則大驚服，相謂曰：『使中國主兵皆鄧世昌，守土皆劉公若者，即何憂倭乎？』鄧世昌者，起水師學堂，領致遠鐵甲，以偏師拒倭，戰死大東溝，人謂其才足當海軍大將者也。威海、旅順既淪陷，而煙臺孤懸獨完。和議成，大臣奏遣公渡海勘收日本還地，始威、旅、大連灣皆荒島，公瘁心力營搆十餘年，成巘塞，錮京畿門戶，至是皆煨燼，因憤慨流涕，未幾以疾自劾歸，歸數年，卒。李公謀國誠宏遠，有大略，其所嘗識拔而躋之顯列者，亦誠多才傑，然而如公等比者，乃人尤謂其能不負李公云。悼持世之乏才，懼國論之不審，懲前失，將不為後圖，國何以自立？此有心者於公之喪，不能不深矉愴怳，而致私憂於無極者也。

公以光緒二十四年四月二十八日卒，年五十八，詔贈内閣學士，廕一子知縣，事迹付史館立傳。子三人：世珍、世瓊、世璘，長女適候選道建德周學熙，次適内閣中書太倉顧思義，幼未字。以是年冬十一月乙丑葬於青陽縣潼梓湖側。公娶俞夫人，早逝；再娶郝夫人，能承助公賢，疏戚詠仰，後公一年卒。簉室黄氏、李氏。其葬也，兩夫人皆祔。既葬，學熙以狀授其昶，請銘其墓道之碑。維公義俠天稟，篤於故舊，修池州孔子廟，又平九華山徑，告歸三年，不自逸，其卒以料簡義田，絕於村舍。然公之所勤於國者大矣！大者壞於既成，則雖立於身，造於有家，必非賢者愉快事也！嗚呼，悲夫！今不書，以達公志，遂爲銘。銘曰：

天險大鏈，有驕窺堂，巧勇鬬進，儒則爲尫。孰持世變，黮闓開鑿，彼懵不知，方厲其愕。公佐成功，公肩其艱，雖艱厥成，棄等一萱。厲生有階，公曰予恥，憤不居位，福此閭里。人所矜有，在公則餘。我銘以質，來者式諸。

吴先生曰：敘次得實，妙有生氣迸出，其遒勁欲逼荆公。

蕭敬孚先生穆曰〔八〕：敘次雍容，有典有則，此為碑版上乘。

陳伯嚴曰：　遒雅。

【校】

〔一〕「孝樟」，宣統本為「考樟」，「考」字誤為「孝」字。

〔二〕宣統本為「瑞芬以諸生積勳伐至廣東巡撫」。

〔三〕宣統本為「敘功至道員，加二品銜」。

〔四〕宣統本為「器械日新不窮」。

〔五〕「壹改用西國軍制」，宣統本為「乃盡革變，用西國軍制」。

〔六〕宣統本為「不肯開兵端」。

〔七〕宣統本為「民恃公不恐」。

〔八〕「蕭敬孚先生穆曰」，宣統本為「蕭敬孚丈曰」。

贈太子太保兵部尚書銜福建臺灣巡撫一等男爵劉壯肅公神道碑銘 丙午

公姓劉氏，諱銘傳，字省三，合肥人。曾祖某，祖廷忠，考惠世，業農，後皆以公貴贈如公官爵。公生而英特，有偉抱，嘗登所居大潛山，歎曰：『生不爵，死不謚，非夫也！』會天下亂，淮、淝居民爭築堡寨自衛，各相長雄。一日有大豪呼公考至馬前，責供給不時至，訶罵而去，公憤甚，躡豪行數里，奪其佩刀殺之，乘馬徐歸，於時年十有八矣。同治元年曾文正公既督兩江，奏薦合肥李公募淮勇東征，〔一〕公以千總從，所將卒號銘軍。連擊破川沙、奉賢、福山，解常昭圍，合水師奪揚舍，汎要隘，苦戰六日，乘勝下江陰，取無錫，進攻常州，奇兵出奔牛鎮，降其酋，推鋒直前。寇復犯奔牛，還軍卻之，再攻圍常州，先登，生獲寇酋陳坤書，常州平，積功至提督，賞黃馬褂。而程公學啟已前定蘇州〔二〕，遂越境應浙軍，攻嘉興，克之。至是公平常州，亦出屯句容，以應江寧圍軍。於是湘軍拔江寧，殄洪寇，積苦久，遂皆散遣。

羣捻復縱横齊、豫、吴、楚之郊，曾公受命督師，湘軍將既已罷歸，乃益募淮勇，設四鎮重兵。公屯軍周家口，戰捷於瓦店，於南頓，於扶溝，詔授直隸提督，仍率師援鄂，克黄陂，追賊至潁州，大破之。公以中原平曠地，賊四走疲我，乃建議築隄，扼沙河爲守。賊潰，突汴梁隄，追創之鉅野，捻首張總愚竄陝西，任柱、賴汶洸竄山東，自是有東捻、西捻之目。李公代曾公督師，公率所部自郾城至京山，東西數十戰，賊皆披靡望風遁。由是東至黄陂，西至安陸、襄、棗，北至南陽、鄧，銘軍常爲選鋒。復議防運河，扼膠、萊，築長牆，北起夏店，南抵柳林口，遏賊騎西。六年，引兵南救沭陽，追北至諸城、日照，還殪任拄於贛榆，賴汶洸圖竄青、濟，間道馳濰西北，擊破之，蹙之海濱，殲其衆，河流盡赤，汶洸自投揚州防軍以死。東捻平，論功最，給三等輕車都尉，乞假歸。七年，西捻張總愚由陝竄河朔，畿輔大震，詔責諸將率。公臥疾在家，坐逗留奪官。李公假朝命强起之，會師進擊鹽山、滄州、德平。李公仍議築牆臨邑屬之馬頰河，牆成，值大雨，徒駭河盛漲，賊不得渡，張總愚赴水死，西捻平。晉一等男爵，詔駐師張秋，資鎮守，旋命督軍陝西，勦北山回寇，引疾歸。論者謂李公江蘇之功，推程忠烈，平捻之功，公爲大。忠烈攻嘉興，遽戰死，而公初起，將五百人，稍增至七千，討捻益騎兵，合萬二千，西防陝，增多至二萬，逮後臺灣之役，以異數改巡撫，位望乃益崇矣。

自程忠烈始議外國械器利其戰，江蘇悉改用新械，淮軍竟以此勝，而公尤以鐵道關兵事利害爲重〔三〕，光緒六年與俄羅斯爭伊犁約，應詔至都，即上言鐵道便利數大端。李公因奏公主辦，議格不行。十年，法蘭西擾海疆，再起公以巡撫銜督臺灣軍務，至七日，基隆礮臺燬，公以臺灣無兵艦不利海戰，移軍基隆山後避礮彈，且誘敵登陸，尋擊斃法酋二，兵百餘，奪二纛，他兵械數十，有詔褒美。法兵以偏師綴基隆軍，別遣五艦犯滬尾，滬尾者，基隆後路也，距臺北府三十里，軍資饟械皆聚臺北，公夜退師駐淡水，犄角滬尾，謗譏流聞，取斷於中，不眩時議。敵益增艦來攻，是時馬江已挫，上海用三輪船濟師，皆遏不達，諸將冒風雨跣足督戰，監守八閱月，詔受福建巡撫。明年媾成，朝議臺灣阻海，峙南洋門戶，當設立行省自治，乃改公臺灣巡撫，奏增一府一廳三縣。

生番窟宅臺南北七百餘里，奔狂叫呶，風氣湮閼，擣虛斧頑，釐其馴稚，一皆化熟，不以異類自疑。念兵制久敝，不饒給財用，無能革新，於是清丈田畝，賦收倍經額，而諸所創土田、茶鹽、金煤、林木、樟腦之稅，亦充羨府庫，始至歲入金七十萬，其後至三百萬。因益築礮臺，購火器，設軍械局、水雷局、水雷學堂，要以興造鐵道爲綱紐，而電線、郵政輔之〔四〕，功費大萬百餘。公思以一島基國富彊，迹所已效，威名樹立，如其初志，累加太子少保、兵部尚書銜。又特命襄辦海軍事務，嘗登滬尾砲臺，東望日本，欷歔感發，曰：『即今不圖，我爲彼虜矣！』已而戶部奏飭疆臣十年内毋許增置艦砲〔五〕，復喟曰：『人方惎我，我顧欲樽俎折之乎？』乃三疏求去〔六〕。臺灣之立行省，自公始。

公治臺灣，凡七年而歸，歸四年，而朝鮮難作，屢招不出，遂以疾終於家，春秋六十。是年臺灣割隸日本，遺疏入，天子軫悼，贈太子太保。謚壯肅，建專祠，史館立傳。長子盛芬，直隸候補道，前卒，官其長孫朝仰；三子盛芾，皆員外郎，朝仰承襲男爵；次子盛芸賜舉人，襲三等輕車都尉；四子盛芥舉人，候選知府。女四人皆適望族。配程氏夫人，側室有出者曰項氏、陳氏，絕粒以殉，得旌者二人，皆李氏。〔七〕公以某年月日葬某鄉某原，其諸孫朝望，舉人，刑部郎中，致公所爲大潛山房詩二卷，竝致狀，曰：『先公墓碑未刻，敢請銘。』乃銘。公所著別有奏議二十四卷，藏於家，辭曰：

公專閫寄，方壯其齒，金節琱戈，詼嘲文史。蟄居在壑，公驩無止，皇怵外訌，詔速公起。公來氓驩，彼驕亦駭，韜智銜勇，創古未有。漲天大澤，納於一沚，公胡遽歸，公歸不竢。疆埸成壞，彼此一時，悲膺雄志，雖死而視。焯功鑱詞，萬古是記。

陳伯嚴曰：敘列嫺整，斷截支蔓。

姚叔節曰：精煉而裕，嗣響孟堅。〔八〕

【校】

〔一〕『曾文正公既督兩江，奏薦合肥李公募淮勇東征』，宣統本為『合肥李公以曾文正公奏薦，巡撫江蘇，募淮勇東征』。

〔二〕宣統本為『而程忠烈已前定蘇州』。

〔三〕宣統本為『而公尤以鐵道實自強，要圖其關於兵事利害為重』。

〔四〕『而電線、郵政輔之』，宣統本為『輔之以電線、郵政』。

〔五〕宣統本為『已而戶部奏請天下十年内毋增置艦砲』。

〔六〕宣統本為『遂三疏求去』。

〔七〕宣統本為『得旌者曰二李氏』。

〔八〕宣統本無姚叔節評語。

贈光祿大夫甘肅甘涼道李公墓碑 丙午

公姓李氏，諱鶴章，字季荃，合肥人。當同治初，李文忠公以淮勇戰江蘇，於時佐治軍而躬戰以成其績者，公也。考刑部郎中諱文安，有子六人，公次三，少英朗，刻厲嚮學，年二十六，補縣學生員，〔一〕再試，再不利。時仲兄文忠公已第進士，在翰林，有聲矣。公自期待不後於諸兄，既連不得志有司，輒棄去，益究心經世之學。

會廣西寇起，江淮俶擾，因部勒丁壯爲鄉團，自捍衛。姦民夏金堂期會爲變，乘夜出，不意斬之，其黨立潰。刑部奉命治鄉兵，公將數百人從。刑部歿，復出，隨官軍拒寇，〔二〕廬州再陷，走定遠，上書巡撫，陳兵事，〔三〕巡撫不能用，馳去，輾轉江浙閒，無所就。曾文正公一見激賞，稱爲將才。隨曾軍攻安慶，復隨伯兄勤恪公備兵贛南，〔四〕領贛勇四千助防勦。曾公督兩江，規復蘇、常，〔五〕主募淮民替湘勇，既上海來乞師，遂薦文忠以道員貨外國船，〔六〕載師而東，別檄公將騎五百，增募千人，繞淮揚裏下河至上海會師。當是時，淮勇新集，公入贊軍謀，出護諸將。〔七〕寇圍虹橋，屯，大雨，文忠期旦日往援，公謂：『天雨，寇懈，宜乘鋭急擊，勿失。』從其議，破之，上海軍自此振。文忠署江蘇巡撫，〔八〕遂進攻青浦，分軍還救北新涇，屯，拔嘉定，擊援寇四江口，大敗之，功為多。文忠推先他將，奏言：『臣弟不敢闌功。』天子稱其功與程學啟埒，命一體議獎。自初起及敘安慶功，已前得知縣，特詔加四品銜，以知州用。常熟寇反正，蔡元隆亦據太倉降，公率騎至城下，伏發，中槍傷股，後七日，會軍復其城，於是程忠烈克昆山，遂與公各率萬人為統將，忠烈攻蘇州，公則趨江陰、無錫，以取常州。寇自顧山連屯數十里，伏兵河側，燬其舟，諸壘悉平，〔九〕城寇懼，謀内應，遂復江陰，加三品銜知府。移屯偪無錫，悍賊李秀成突犯大橋角，大橋角，蘇州西北要隘也。寇爭之急，公馳救，連大破之，乘勝薄其城。而程忠烈已定蘇州，軍益奮，遂克無錫，虜其酋，捷聞，以道員記名，詔曰：『李某隨其兄在軍，戰甚偉，徒以兄弟嫌，賞不吝勞，〔十〕剋日平常州、江寧，其速議諸將率功賞，無有所遺。』由是益感激，思自效，引軍冒雪趨常州，盡夷坿郭寇壘，〔十一〕下孟河，解奔牛圍，屢擊退援寇，寇西南窺前所復縣，用牽我師，因還守無錫，遣軍分援別縣，皆破走之，常州外援絕，再進攻，明年常州平，賞黄馬褂。已而湘軍遂拔江寧，大功成矣〔十二〕。詔授甘肅甘涼道，疾發未行，會曾公督師討捻，爲奏請開缺，留軍，〔十三〕從至清江，告歸，遂不出，竟以道員終。

其後文忠臻宰相，封爵，同時勤恪亦用州縣平，進開府，兄弟旌節相望，而淮軍諸將，起偏裨，膺疆寄尤顯者復十許人，大抵皆公舊部，而公顧落落。論者謂古今功名之際，往往有遺憾焉，至於公，若或顯之，又若或靳之，尤不能不太息其器業之未究，而有覬於其後，以觀天道之大恆也。公既歸，自號浮槎山人，亦時出遊都會，稍營商業，致鉅萬，喜義俠，立然諾，多棄財爲之，助山西振，加二品銜，光緒六年年五十六卒。大臣上言績狀，請付史館立傳，並立祠原籍，暨建功處報可。後以子經羲貴，贈光祿大夫，廣西巡撫。

初，公投劾，年財踰四十，及巡撫君以優貢生至今官，亦財踰四十，人皆曰是公之餉遺也。前夫人李氏早世〔十四〕，後夫人周氏，側室石氏。子三人：長天鉞，按察使銜，江蘇道；次經羲；次經馥，記名道。女二人，適張、適沈。孫六人：國蓀、國松、國筠、國蘅、國芬、國芝。松、筠皆舉人，從余學，以公前葬二十年，墓道碑不具，松具狀致其父巡撫君命，來請銘，墓在合肥東南許貴村。銘曰：

惟公之先，實本自許，承李而興，大恢厥緒。刑部賫志，教子即戎，淮壖勁旅，聲殫中夏。暨暨我公，樹績自躬，勞成不有，校古疇雙。范蠡違越，遨彼海江，以商經國，今見於治。公之英略，百霆一試，鄙儒小拘，曷不是思。

姚叔節曰：寫抑塞磊落之概，以醖釀出之，乃彌覺淵懿。〔十五〕

【校】

〔一〕宣統本為「始補縣學生員」。

〔二〕宣統本下有「屢戰有績」。

〔三〕宣統本下有「槖萬言」。

〔四〕宣統本下有「復隨往」。

〔五〕宣統本為「曾公之督兩江也，議規復蘇、常」。

〔六〕宣統本為「遂薦文忠以道員擢巡撫，貸外國輪船」。

〔七〕宣統本下有「雖曾公亦以教練新軍之責重屬公矣」。

〔八〕宣統本無「文忠署江蘇巡撫」。

〔九〕『燬其舟，諸壘悉平』，宣統本為『燬其砲舟，盡奪其屯』。

〔十〕『徒以兄弟嫌，賞不荅勞』，宣統本為『今徒緣撫臣引嫌，務推功，故賞不荅勞』。

〔十一〕宣統本為『悉平坿郭寇壘』。

〔十二〕宣統本為『大功成，乞假歸矣』。

〔十三〕宣統本下有『總理營務』。

〔十四〕宣統本為『前夫人李氏早卒』。

〔十五〕宣統本無評語。

直隸通永鎮總兵吴君墓碑〔一〕丁未

君諱宏洛，字瑞生，合肥劉氏。父士發從軍，死寇難，予雲騎尉世職，長子克仁至記名提督，謚武毅，君其仲也，以父命出承舅後，遂姓吴氏。

自安慶、廬州陷寇，合肥張公樹聲、劉公銘傳等竝以材武雄長鄉里，李文忠公既治兵上海，諸公同時應募，各以所號爲軍，後皆至大位，淮軍由此興。君與兄武毅初隸張公，爲樹軍裨將，敢戰，從攻江陰、無錫，下之，克宜興、荊溪，敗援寇三河口，從攻常州，手然鉅礮，裂城垣，先登，復隨軍入浙，助克湖州。同治五年，年廿二，累功以總兵記名，賞花翎。粤寇平，於是捻患益亟，樹軍駐防徐淮，張公補徐淮道。既赴官，其弟勇烈公樹珊統軍事，督師，曾文正公益增樹軍卒，移屯周口，坐勇烈戰殁，失援救，降副將。樹軍無帥，李公既代文正督師，乃分樹軍六營，屬銘軍，銘軍者，劉公銘傳軍號也。自是平捻之役，銘軍收其全功，君最推銘軍驍將，六年四月，擊敗捻黄安紫坪鋪，追至郯城、沭陽閒，大戰，捻走濰壁松樹山，援捻麕集負牟山，而陳君繞山後，鼓而入，捻驚潰，竄諸城、日照，遂至贛榆。我軍追北，捕斬過當，捻悉衆匿城東，軍至伏發，君率二百人，衣廂白衣，短兵接，捻圍之數重，大風起，黄霧四塞，二百人呼噪作氣突圍，出奇兵旁趨，諸軍乘勢合擊，竟大破之。捻首任柱中鎗死，賴汶洸圖竄青、濟。牛老宏者尤桀悍，建白色旗，我軍馳濰西北，遮擊之，君直取白旗捻，白旗捻見白衣軍至，則大駭陳亂，餘黨迸散，東捻殲於揚州。而西捻張總愚於七年春趨河朔，畿輔大震，復隨軍北援，拒戰七級河，敗之，又敗之茌平，益推鋒衝擊，總愚走徒駭河死。論功君先，已賞利勇巴圖魯，還總兵，加一品封典，〔二〕至是遂以提督記名。而君兄武毅亦從劉公立勳，爲提督，捻平，統銘左軍六營，駐張秋，未幾，殁軍，君遂接領其衆，爲統將。

於是劉公督陝西軍務，從至陝西，張公巡撫江蘇，奏調統軍，防吳淞，用西法築炮臺十一，彭剛直公賞其精堅。光緒九年，法越事起，張公遷督兩廣，復奏移軍，防長洲，築炮臺十二。十一年春，法兵擾海疆，劉公方孤守臺灣，奏君往助。時兩廣總督爲張公之洞，而彭公亦督師在粤，皆倚君，留不遣行。君以臺灣事急，〔三〕固請赴援。既至，領前敵戰事，和議成，臺灣改建行省，劉公爲巡撫，而授君彭湖鎮總兵，練新兵五營，號宏軍，屢勦平番社，賞黄馬褂，頭品頂戴，乞假歸，尋丁内艱。廿年秋，倭難作，李公急召君，君前所將卒皆留臺灣，因别募六營，仍號宏軍，壁新河，明年講成，授直隸正定鎮總兵，改通永鎮，駐北塘海口，所統逾六千人。

時國威新挫，淮軍舊部掃地盡矣，君積勞憤鬱，以廿三年六月卒於軍，〔四〕年五十五。詔宣史館立傳，入祀原籍暨各省淮軍昭忠祠。配余夫人，子榮成，江西知府，陞用道；　簉室查氏，子榮達，以廿五年合葬牛窪先墓側。越八年，榮成來請銘。銘曰：〔五〕

顯皇初服，有盜猘狂，孰剗薅之，維淮繼湘。義旅雲蒸，厥績觥觥，譬搆廣廈，備桷與杗。君提一劍，有勇無恇，平洪盪捻，靡役不行。既夷既清，舉國而僵，萬古憤慨，閟兹一岡。我詞旌之，永載勿忘。

姚叔節曰：敘戰狀，極有聲色，其感喟處，又極深婉。〔六〕

【校】

〔一〕宣統本爲『清故建威將軍記名提督直隸通永鎮總兵吳君墓碑』。

〔二〕宣統本爲『加正一品封典』。

〔三〕宣統本下有『又從劉公久』。

〔四〕宣統本爲『以廿三年六月己未卒於軍』。

〔五〕宣統本爲『榮成來請曰：「願有紀也。」爲之銘曰』。

〔六〕宣統本爲『姚叔節曰：「感喟處極深婉」』。

抱潤軒文集十四

桐城馬其昶通白

碑文

武英殿大學士贈太傅孫文正公神道碑文 庚戌

宣統元年十月癸巳，武英殿大學士孫公薨於位。時比遘國卹，朝廷愈益眷傷老臣，遣貝勒毓朗領侍衛十人奠醊，給治喪銀三千兩，特贈太傅，謚文正，祀賢良祠。謹按公諱家鼐，安徽壽州人也，字燮臣，一字蟄生，晚號澹靜老人。咸豐紀元辛亥，以選拔貢生舉於鄉，己未成進士及第第一人，授修撰，入直上書房，德宗御極，命在毓慶宮行走，偕翁尚書同龢授上讀。公爲人簡約斂退，閉門齋居，雜賓遠迹，尤推避權勢若怯，侍上久，上知之最深。累遷内閣學士，歷工、戶、兵、吏四部侍郎，都察院左都御史，工、禮、吏三部尚書，協辦大學士，致仕，再拜東閣大學士，轉體仁閣，終武英殿。嘗充經筵講官，翰林院掌院學士，賞花翎，提督湖北學政，典山西試，再典順天試，總裁會試，又屢充閱卷大臣。

自翁尚書及他儒臣被命持衡，爭採時士譽望，或鄉後生夙隸門下者置高第，公獨無所私，尚書開閣延士，負高名，公位望與之埒，而喧寂異致，未嘗有一事之牾。甲午東事起，大學士李公鴻章主款，尚書持戰議堅，朝士坿之，公獨言釁不可啟，李公議是。及事棘，京師戒嚴，尚書陰就詢遷都謀，公又言不可，乃止。拳禍作，時公已養疴京邸，襆被從乘輿西狩，再起，受任，恩遇益渥，賜紫韁，又賜紫禁城内乘輿。公憂禍變至烈，顧以受恩厚，不忍即言退。先是戊戌初，上親裁大政，驟拔主事康有爲，罷科舉，設大學堂於京師，命公爲管學大臣。公奏言：『有爲假公羊家說，輕言改制，流弊大，臣管學，不敢當此重咎。』是時有爲方嚮用，公特以謹厚被斯任，凡上言興學事，皆公主名。朝局再更，下詔行憲政，又命公爲資政院總裁，一持正議不阿。兩宮殂落日，徒步哀臨，於是公年八十有二矣。逾歲病篤，猶時駕車正陽門外，欷歔望闕良久，而歸自草遺疏，惓惓以知人用人爲戒。嗚乎，忠矣！

公曾祖諱士謙，欽旌孝子，祖附貢生，諱克偉，考附貢生，諱崇祖，三世皆贈光祿大夫，妣皆贈一品夫人。配懷遠宋氏夫人，生子傳榕早世；傳棨廕四品京堂；女適王、適徐。側室王淑人生女，適胡、適劉。孫多焌、多烇皆廕郎中。公卒之明年，與宋夫人合葬壽州城南蔡家廟。乃刻銘曰：

惟孫氏初，遷自濟寧，旌門以孝，世載其靈。篤生我公，爲天子師，雖爲帝師，斂志愈卑。始對大廷，曾魁萬士，雖則士魁，割榮無有。泯德功言，齗齗兢兢，薄俗所侮，天祉則仍。今沖聖祠，方資元老，胡不百齡，以傳以保。松柏丸丸，清流環阜，詩此豐碑，用熹厥後。

林畏廬曰：切直處乃不露圭稜，作止皆溫雅方重。

吴辟畺曰：敘事能見其人大體，最為卷中傑作。

湖南提督周剛敏公神道碑 己未

公諱盛波，字海舲，安徽合肥人。少驍勇，有智略。咸豐時，東南亂起，偕弟盛傳以練鄉團破賊顯名，巡撫福濟獎給六品頂戴，再擢守備。同治元年，李公鴻章以福建延建紹道率師東征，至上海，超署江蘇巡撫，公兄弟將淮勇隸焉，號盛字營。從攻青浦，戰北新涇，功多，擢遊擊，復嘉定，敗援賊四江口。李公奇其才，令兼統撫標親兵。明年會攻太倉，拔其城，進駐雙鳳鎮，賊以昆山圍急，計牽我師，糾衆數萬來犯，戰三日夜，敗走，遂克昆山，擢參將。進壁大河鎮，夷萬水橋寇壘百餘，援賊至，皆擊退之，擢副將。合諸軍及水師攻下江陰，擢總兵。南收無錫金匱，俘朝王黄子隆，晉提督，加從一品封典。時李公已定蘇州，部署諸將所嚮，於是程學啟、李朝斌等南入浙，而公從李公鶴章及劉銘傳等北取常州。三年，別分軍要賊楊舍，殲之，大戰常州小南門外，奪寇壘三，麾衆進，薄城，先登，常州復，俘僞護王陳坤書，詔交部優敘，乃移軍防溧陽。李公以撫標兵改淮勇九營，仍隸盛軍。餘賊聚廣德，合銘軍驅之，追逐數百里，以江、皖肅清，詔賜黄馬褂。未幾而捻衆復由鄂竄皖，英、霍、麻、埠騷然矣。總督曾公國藩以欽差大臣任捻事，檄公渡江，屯六安遮其前，四年調赴徐州。會張總愚圍布政使英翰雉河集，復引軍還援皖。雉河集，故捻逆老巢，兩岸皆賊屯，任柱踞北岸，尤剽捍。公曰：『賊利我遠來兵疲，必夜襲我。』陳而待，果敗其衆。逾數日，躬率軍攻北岸，賊殊死拒，諸軍繼進，英翰軍出陳後夾擊，捻大敗，俘斬無算，授甘肅涼州鎮總兵。移屯歸德，邀擊竄匪寧陵，五年進勦山東，敗賊鉅野，逐北至武城、菏澤，破方埠賊巢，爲遊擊師，往來宿、潁、壽，大創牛落紅亳州龍王廟，逐北至扶溝、鄢陵、許州，還軍周家口，築隄屯守，分軍入鄂，解柘城、羅山圍，轉戰德安、安陸、黃州，賊嘗避盛軍而逸。六年曾公還督江南，李公爲欽差大臣，繼其任，飭公屯宿松，固皖省門戶。任柱竄河南，躡擊至信陽。捻皆入山，依險自保，援至卻之，勒兵分道進，虜騎不得馳，遂大奔潰，五月復由豫馳抵山東運河，逆擊賴汶洸濟南、泰安、沂州，又敗之沭陽高家寨、海州阿湖寨，捻勢蹙，任柱死贛榆，汶洸禽於揚州，東捻平，還屯宿松。明年正月，李公督師討西捻張總愚，援畿輔，公戰臨清、景德、東昌、大名間，捷内黄，乘勝追至清豐、南樂，伏兵毛家莊，賊創而走，又連敗之楊丁莊，斬首虜千，獲騾馬三千餘。於是諸軍齊集茌平，總愚投水死。初公戰江蘇，得卓勇巴圖魯號，至是改法福齡阿巴圖魯。公念母老，遂請養，解兵歸，旋坐前征捻道唐縣，所部卒攻破民砦，河南巡撫劾奏革職，事下李公。李公爲解，再疏陳其功狀，詔復原官。

公器局閎遠，善調和諸將，其用兵審地勢、察敵情，常以少勝衆，遇士大夫有禮，臨陳氣憤發不可抑。兄弟六，其四死王事，惟公及弟盛傳累功致專閫。天下甫定，即不欲離親側，臥家十餘年，疆臣相知者惜其才望，欲推挽之，不顧。光緒十年，法越事亟，詔起，公即其家募淮北十營，至天津備防。公言母逾九十，願留養，命弟盛傳率新募軍，交提督衛汝貴代統。諭旨仍敦促就道，不得已應召出。李公奏公節制前敵諸軍，母憂奪情，旋詔署湖南提督，辭不允，十三年補實，仍留軍。

公從李公百戰，鉅寇平，徑歸，弟盛傳接統其軍，及後復出，盛傳遽殞。其軍用西法操練，精鋭冠列省防營，所謂北洋新軍者也。兵士屯田小站，米粟如江南，其後將帥棟國者多起小站，故二周威名至今猶盛稱於人。十四年卒於軍，賜卹廕，事迹付史館立傳，建專祠，謚曰剛敏。

公娶李氏，子家謙，舉人，内閣中書，以孝行旌。繼娶吳氏，生子家麐，候選同知； 祐候選道； 家頤候選知府； 家復候選通判。 公前葬某所，碑刻未具，越三十年，其孫行原致父命，督其昶銘。 其辭曰：

桓桓將軍，忠孝無愆，提挈義旅，亦裨亦專。 委榮若懦，推鋒無堅，十載承懽，視寢問炙。 大纛靈旗，韜諸子舍，駿烈既奏，公乃不有。 王事孔棘，公惟恐後。 今亦此世，世猶此人，哀哉敝俗，鑒此貞珉。

陳伯嚴曰： 縷列戰績，鄭重分明，本馬、班舊法。

王晉卿曰： 敘次精潔，銘尤矜貴，大類昌黎。

田孝子祠堂碑銘 己未

維昔孝子貞婦義烈之行，足以厲世磨鈍，雖在側陋，朝有旌門之典。 自頃以來，變法議興，狹家族，矜言國民，閭巷獨修者，咸見絀於世，教化陵夷，禮俗大壞，說者謂禮部廢而清亡，誠痛之也。

當是時，阜陽有田君諱國恩，字錫三，以孝行見推鄉里。 生則歆其德，歿而祠之，以永其思。 君少時貧甚，又值寇亂，以孤童依外家李氏，李亦貧也。 自力以勤其家，家稍稍裕，則一惟母之娛，推之外王父母暨諸舅諸母，饑饋食，寒饋衣，殮葬任之一身，雖至諸李疏屬有所乞貸，無不致其隆也，其於羣從伯叔亦然。 女弟嫁而歸寧，遂留不聽去，甥男親課之讀，甥女笄而裝遣之，以故母無思女之戚，不知其家之貧薄，壻之客遊無所賴，而來依也。 母臥疾慈卹，不欲頻勞奴媼，君屏息揣情，意十得九，呼召罔不在側。 及嬰大故，君年逾五十矣，哀慕悼心，强進食飲，鯁而不咽，絰衰未除，未嘗輒與遊讌，時人覩其毀瘠，爭歎異焉。 歲旱蝗，傾囷廩以助糶，鉅商富室感而輸財粟甚衆。 萑苻有警，倡行保甲，境賴以安。 嘗建橋通衢利行，涉歲再饑，再賑，至困厄不悔。 君起自寒素，勤苦立家，赴人阨難，不爲毫髮計留。 其卒也，幾無以飯客，弔者太息以去，然又知其後之必將有興也。

子四，曰璧、瑞、珍、琦。 始君恨幼讀書志業未竟，則一期之子，自嗇以贍其宦學之費，諸子竝才傑，效用當世。 既創興學校，更謀建工廠，造森林，使環所居南北二田家寨。 子弟秀者有以教，貧者有所資以養，曰：『此吾先君之志也。』又曰：『諸長老鄉先生幸列上先君行實，大總統既寵錫之，今將有事於祠，麗牲之石不可無辭以聲之也，敢請銘。』銘曰：

維不國措，迺作家矱，家之矱矣，國寧不祚。大順之世，萬物遂嘉，揆厥本原，曰宜室家。重陰沍寒，冬日彌杲，詩此庸行，萬古是保。

林畏廬曰：敍事整潔。

王晉卿曰：寫庸行瑣事，鑄語矜慎，極徵洗伐之功，銘詞亦韓亦歐。

泗州楊公神道碑 庚申

國家嚴海禁，閩、粤閒民往往潛坿番舶至南洋羣島，起徒手，致鉅貲。疆吏守成法，斥爲荒外，置不問。於是英吉利、法蘭西、美利堅、和蘭諸國各以兵分略諸島地，僑民困苛法，繫生業，不得歸，即歸又苦豪猾魚肉，如是者殆百餘年。光緒甲辰始詔設商部，又四年特命侍郎楊公持節宣慰南洋華僑。僑民自分與中國絕，一旦覩天使至，則驩呼歌舞迎導。公輒陳說朝廷德意，其虐厲尤不便者，約外人稍蠲除之。南洋立商會，置領事官，由此始。

公諱士琦，字杏城，安徽泗州人也。祖漕運總督，諱殿邦，父諱鴻弼，嬰末疾，不仕，生子八人，其五皆登甲乙科，而公與兄文敬公最貴，三代皆贈封一品。公生十三歲而孤，十六爲諸生，後五年中式光緒壬午科江南鄉試，試禮部不第，出參幕府。初爲諸生，李勤勇公辟掌書記，勤勇儒將也，師友皆當世賢士。公雖甚少，固已與聞植身行己之要。繼客漕督盧公所，及李勤恪公督兩粤，尤倚任之，洊保至道員。公爲人有智略，洞悉世情僞，尤喜讀老子，御物而善藏其鍔。許文肅公督京榆路，檄公爲總辦。庚子拳禍作，聯軍攻津沽急，公從危城中立草數千言上大學士榮祿，請以李公鴻章主和議，因其客張翼以達榮祿。公得書意動，遽入，言之上。會總督劉公坤一、張公之洞、巡撫袁公世凱奏至，所請同，上意遂決。李公既授全權大臣，總督直隸，立召公與計事。明年袁公代爲總督，乃以公長幕僚。欵成，俄兵據關外鐵道，無還意，公抗爭之，得還。袁公屢疏薦其才，詔以四品卿用。當是時朝議頗懲前敗，鋭欲興西學，蘄富强，而所營經營工商業成效著者，惟輪舟電報，因益欲整齊恢張之，特命公駐上海，筦輪電事兼監督南洋公學，董招商局，先後卻勞金十余萬，不私有。商部既立，授右參議。時郵傳未設，官事亦隸部，咸就公取決。天子以爲能，一歲歷三階，至侍郎矣，辛亥權郵傳部大臣。未幾，而有武昌之變，公奉命南下，與和議，定優待皇室條約。民國建立三年，大總統袁公强起公爲政事堂左丞，竟一歲，罷去，又三年，卒於上海，年五十有七。遺命以常服殮，赴告，毋書官。

嗚呼！公於袁公之誼深矣！國體更而禪，天下，公天下也，民國之稱，古未之有也，臣於人者不二主，爲古今之通義，乃所謂民國云者，則自上逮下，胥爲役於民而不私一姓焉。古今世運之隆替遷變，雖有大力莫之能遏，雖辯才亦未敢持一端之説裁之也。然而君子卒不以舉世所競馳者，奪吾一心之所獨喻，士不受知斯已耳，不幸出攖世患，殺身以報知己且不惜，而敢爲名高乎！此公之所以垂卒而自明也。悲夫！悲夫！公娶吳氏，無子，撫弟子毓瓚繈褓中，已而毓瓚兼祧本生，加嗣兄子毓鎣。以某月日葬公某所，既有銘矣，毓瓚更致袁君思亮所爲狀來乞文，則謹銘之。曰：

疇工疇賈，猗文儒也，施無不遂，世所須也。沈沈以肅，逴清臞也，黄老是耽，異衆趨也。事鬱心悼，積莫扶也，銘告萬祀，禮厥墟也。

林畏廬曰：氣味醇美，而無意中流出悲音，此六一之所長也。銘詞清健，似昌黎。

清故光禄大夫陸軍部尚書兩廣總督周慤慎公神道碑文 壬戌

公諱馥，字玉山，安徽建德人，今縣名易秋浦。建德周氏，始唐初中丞公訪避武后亂，自徽州來遷，數傳至御史中丞繇，以詩名咸通間，弟繁亦舉進士第一，兄弟並祀鄉賢。其後或隱或仕，至公而大，考光德，妣葉氏，自考以上，至高祖王考，皆贈光禄大夫，妣皆贈一品夫人。

公雖舊族，起寒素，無資藉，少值寇亂，爲人治軍書。

李文忠公率師東征，見所爲書，奇其才，拔以自隨。一日戰青暘鎮，俘賊千計以屬公，謂當誅其半，公擇宿賊，戮三十人，餘悉遣去。文忠益賢之。在幕六年，累功晉知府，留江蘇，連丁大父母及父憂，心氣耗損，從寶華山道士受止觀法，體益健。

同治十年永定河決，文忠總督畿疆，奏起公，特旨以道員留直隸。公任事勤討周諮，不塗飾耳目，既治河，遂洞明水利害。山東巡撫奏挽黄河，復淮、徐故道，文忠用公言，縱水北歸，不復故道，而治天津入海金鍾、河北運筐港減河、通州潮白河，設文武汛官資防守，後又建永定北岸石隄衛京師，築蘆溝減水壩，工尤鉅，民賴其利。光緒三年署永定河道，明年内艱歸，服闋，署津海關道，俄真除。

朝鮮初通商，公與美提督薛斐爾議草商約，首書朝鮮爲中國屬邦，樞府削其語，公喟曰：『分義未著，啟戎心矣！』文忠督畿輔三十年，創興海軍，設機器局、電報局，開天津商埠，鑿取煤井、金鑛，造輪舟、鐵軌利交通，尤加意海陸軍學校，公無所不與其役。時海内清流率鄙夷新政，公不通曉外國語文，規畫付應，動中機竅，北洋推爲先進。任津海凡七年，擢按察使，任按察又八年，嘗一署長蘆鹽運使，天津兵備道，布政使，甲午日本爭朝鮮，敗盟，公任前敵營務處，欵成，文忠已齮齕去位，公遂投劾自免。歸家居三載，文忠被命治河，復强起之，條上治河十二策，以費絀，不果行。

於是文忠乃稱曰：『吾推轂天下賢才，獨周君相從久，功最高，未嘗一自言，仕久不遷，今吾老，負此君矣。』密疏薦之，授四川布政使，調直隸，復召入都，理京畿教案。蜀地險遠，公既涖政，慮教案易生釁，撰安輯民教示，頒郡縣，教士大説。迺未幾，而畿輔義和拳亂作，詔各行省集練義民，公曰：『此亂民也，可召乎？』亟白總督，閣朝旨，毋遽下，川境以安。八國既連兵内犯，兩宮西狩，文忠自粤督移直隸，授議和大臣，入京師，尤倚任公。當是時，諸國兵横境上，拳孽奔逃，恣劫掠，公至數月，時其柔剛以應之，事稍定，始赴保定，受布政使印。前布政使廷雍縱拳亂，法兵至保定，戕廷雍，遂踞司署，及聞公來，法兵郊迎入署，觀其設施，無閒言，乃徐引去。

兩宮方議回鑾，而文忠薨，公再入都鎮撫京邑，始命護直督，兼北洋大臣。尋詔項城袁公爲總督，公還本任佐之。車駕謁東陵，公力陳民艱，請減車馱費，撥庫金，無擾累民，陵事畢，遷山東巡撫，加兵部尚書銜。將之官，袁公密言：『外國兵壁天津，踞津榆道，設都統治民政，越二年，臣屢爭莫能得，環顧在列，多後起，惟周某嫺交涉，足可辦此。』乃復詔公留議津榆路事，占對諒愷，强敵歛容，還我疆索，至今談者猶歎息焉。公之撫山東也，值河決利津薄莊，議徙民居，不塞薄莊，俾河流直瀉抵海，設沿河電局備險，工訖，十餘年河不爲災。德踞膠州灣，築鐵道，達省治，因蠶食路側鑛山。公奏開商埠濟南周村相箝制，德人意沮，自撤膠濟路兵，還五鑛。外患既紓，則益務興學及它工藝，慈卹諸政，擬於北洋。天子咨歎，擢署兩江總督，南洋大臣，移督兩廣，聲績並茂。於是公年七十矣，上疏乞骸骨以歸，歸五年，國變，又十年，薨於津寓。

公爲人縝密，經事綜物，儉約自將，義所當爲，屢斥萬金不顧，修幹鶴立，神思高邁，出言諄諄若老儒，以施於政，折衝忠允，爲功於國甚大。自少以至篤老，未嘗廢學，其在官，纂通商約章、教務紀略、治河述要、東征日記、海軍章程及奏議凡若干卷，自餘公牘機要者悉取裁內心，不假他手。晚喜讀易及儒先學案，優遊林壑，繫心皇極，時時見之詠歌。疾革，屏醫藥，賦詩一章而逝，辛酉九月二十一日也。清帝悼念遺臣，謚曰慤慎。直隸、山東、江南、安徽士民皆祠祀公，並祀本籍鄉賢。

配吳太夫人，側室吳氏、王氏。子六：學海，進士，江蘇候補道；學銘，翰林院庶吉士，署江西按察使；學涵，未仕，皆前卒。學熙，舉人，直隸按察使、財政總長；學淵，舉經濟特科，山東候補道；學煇，舉人，湖北候補道。女三皆適右族。孫二十六，長孫達，三品廕生，曾孫十七。公卒之明年，葬本邑皮家塢。學熙等具狀請銘，其昶嘗辱公知薦，不敢辭。銘曰：

九華巉雲，聳出江表，靈毓我公，遠祖是紹。遭時艱虞，罔不習鍊，兩有文武，讎而不衒。深山蘊寶，孰能覬之，天衢大亨，公自涖之。綏氓睦鄰，不僨不貳，人競巧趨，公以誠致。誠則致矣，皇既寧矣，皇之不寧，公哀誰聽！匪我知公，公詩則云，千齡萬禩，徵此刻文。

姚仲實曰：其事詳核，其詞雅健，提掇斷續處皆合法度，可與歐公、范文正諸碑抗行。

署兗州鎮總兵方公祠碑文癸亥

光緒二十六七年，山東清平、臨清、夏津、高唐諸邑大旱饑，餓莩相藉，時臨清儲漕萬數千石，朝命輸山西。標軍統領方公心齋襄其役，惻然念災鉅，民無所得食，因截其米以糶，而以狀上大府，更下春貸穀秋償賈之約，民不苦飢。今距公歿十餘年，四邑之民戴公德惠不能忘，爲建祠清平，春秋饗祭。《禮》云：能禦大災、捍大患，則祀之。公破常格以活民，此一事也，足以祠矣。

初公之少驍勇，隸淮軍，轉戰大江南北，積功至大同鎮總兵，調山東統標軍，攝曹州鎮，尋授貴州咸寧鎮總兵，留攝兗州。蓋居魯幾二十年，其治軍，約束嚴，士皆用命，赴險而不顧，以軍資嘗賚，盡以給下，不一錢自私也。曹、兗二州故多盜，禽斬鉅魁數百人，無濫及者，師所過，廛市不戒。東省屯衛田廢久矣，民取爲世業，其賦輕，大府加徵，民抗不服，大府怒，檄公往勦，公單騎馳諭之，衆感泣，散去，事遂解。辛亥之變，公老疾，自引去，以貧不克歸，留濟南。其卒也，民思加深焉。於是山東盜大起，民苦盜，更苦兵，公季子午來爲令，盜相戒毋犯其境，曰：『昔者公生我，我其可倍德！』午在官嘗有所不樂，憤欲去，民呼號曰：『微公子，我其寇死乎！』即相率遮留之。烏乎！古大將得民者多矣，然未有若魯人於公之摯也！盜猶若此，況民乎哉！夫民之不得遂其生，禍在盜，盜之不戢，罪在兵，兵不能治盜，則且殘民，將誰咎乎？宜民之念公弗能忘也！

公諱致祥，桐城人，與余有連，於其祠之成，爲之詩，俾歌以祀焉。其辭曰：

山巖巖兮州流洚，猗將軍兮鎮魯邦。戚畚蠹兮字厥衆，令首路兮扇仁風。感民祇兮凶遠迹，佩靈德兮靡窮，倏棠陰兮莫留，惟愛思兮在衷，奉馨香兮陳籩俎，方蘭菊兮終古。廟堂堂兮碑峨峨，行仰首兮道詠歌，奏庸鼓兮奕萬舞，神來饗兮假斯宇，願降福兮祚茲土。

吴辟畺曰：法度謹嚴，而精神洋溢處，自極酣恣。

抱潤軒文集十五

桐城馬其昶通白

墓表

處士龍張二君墓表丙申

龍君諱德，字中亭，甘肅古浪人，與桐城張知生相善也。二君之學皆主於清虛寥寂，卻萬感而勿攖，〔一〕老佛之歸趣則一，不得有所奴主；尤以謂學之不明，顛倒誖惑，人人迷失其本心，〔二〕可哀傷矣。

張君久客蜀、隴、關中，老而歸，歸輒出遊，歷峨眉、武當、九華、普陀、西湖諸勝。嘗約余遊浮渡，信宿華嚴寺，〔三〕共榻臥，昧爽聞鐘聲，披衣起，余訝：『君何哉？項際瘢痕錯若繡也。』君曰：『噫！曩客金縣，遇賊，刃死矣，則見金碧大書梵經，琅琅誦之而寤，匍匐積骸中，血淋漓，抵空室，得良藥，不死。吾友龍君來，急難，創甚，呻吟良苦，龍君呵之曰：〔四〕「曷弗動心忍性？」悚其言，則痛稍衰止。』〔五〕余於是知龍君。別去，君再至甘肅，尋父柩冢，夷矣，迷不知其處，〔六〕積誠感泣，卒得驗，負骸歸。葉仲皃嘗戲語人：『迺者吾見張君寄婦書，大奇，露不封，責問靜功近何等也。』初賊陷盩厔，浙江舉人徐兆占主書院講席，冠服坐堂上，罵賊死，家人皆殉。徐，故龍君友，以女弟歸君，戒之曰：『吾爲若得師也。』君督之，亦如師弟子然者。君時時以不講學爲憂，〔七〕惟龍君亦然，其在甘肅聚徒會講，常數百人，〔八〕事頗聞，大吏將名捕，輒散去。一日君喜告我：『龍君聞吾鄉浮渡之勝，挈妻子遠來。吾閱人多矣，如龍君者，殆聖賢而豪傑者也。』〔九〕約余往浮渡見龍君。〔十〕未幾君病，不果往，龍君亦病，先後三日死。貧不克葬，余與知君者爲賻錢，合葬挂車山草奚窪之巔。〔十一〕

張君諱傳誥，知生其字也。少龍君三歲，以光緒七年年五十三卒，無子，一女適龍君子躍淵。異哉！二君者之生不並域，間數千里，愛逾同氣，及卒，猶夙期而偕征也。世言其學，毀譽皆過，予不書，書其所親聞知者，揭之墓上。

陳伯嚴曰：用筆矯變。

【校】

〔一〕宣統本為『卻萬慼，無以世事自攖』。

〔二〕『顛倒詩惑，人人迷失其本心』，宣統本為『人人迷失其本心，顛倒詩惑』。

〔三〕宣統本為『宿華嚴寺五日』。

〔四〕宣統本為『龍君呵曰』。

〔五〕宣統本為『則痛稍稍衰止』。

〔六〕宣統本為『迷不知處』。

〔七〕宣統本為『君時時欲講學』。

〔八〕宣統本為『龍君之在甘肅，聚徒常數百人』。

〔九〕宣統本為『挈妻子來矣，吾閱人多，如龍君者殆聖賢之徒歟』。

〔十〕宣統本為『約余再遊浮渡，見龍君』。

〔十一〕宣統本為『余與知君者賻錢為合葬於挂車山草奚窪之巔』。

贈道銜原任工部員外郎馬公墓表 丙申

公諱瑞辰，字元伯。〔一〕桐城推天下名縣，〔二〕自前代多忼慨偉節之士，我朝文儒奮起，經學古文傳習不絕，尤有名稱。〔三〕當是時，〔四〕天下競言攷據，文勝而敝，說者謂視前明彊執之氣，殆不侔矣。吾邑諸老師皆涉義理爲教，罕言攷據，〔五〕其以專經樸學聞於時，則自吾家二先生始。〔六〕二先生者，謂公父魯陳先生，傳業及公，凡兩世也。〔七〕魯陳先生諱宗璉，字器之，著述侈富，惟左傳補註刊行。嘉慶四年會試中式，是科大興朱文正、儀徵阮文達爲總裁，〔八〕得人稱盛。先生甫登第而歿，歿後四年，〔九〕公成進士，選庶吉士，改主事，再擢工部營繕司郎中。

公爲人精密彊記，〔十〕懲法比苛嬈，〔十一〕日夜痛讀律，能倍誦，〔十二〕老吏咸憚驚。嘗以部事忤尚書蘇楞額。〔十三〕諸曹司皆畫諾，公獨持不可，〔十四〕後果致駁斥，由是一部事皆取決。然公卒見齮齕，遂再蹶，〔十五〕不復起矣。初，坐會議寶源局匠滋事罪議輕，失政體，發盛京效力，旋賞給主事，曹文正振鏞奏留工部，擢補員外郎；復坐主辦太廟工程，薦郎中納爾經額料工，或訐工不實，〔十六〕內務府覈算無失，納爾經額得不坐，而公遣戍，未幾釋歸，歷主白鹿、繹山、廬陽書院講席。咸豐初，粵賊陷桐城，死之。事聞，贈道銜，襲雲騎尉世職，建專祠。

初，公之家居也，老矣，常未明起，孫曾睡內寢正熟，〔十七〕獨挾一冊秉燭出，就廳事嘔吟。賊至，二子起團練，而奉公避山中。〔十八〕賊入山，衆驚走，公方據案讀書，賊以刃脅之降，叱曰：『吾大清罷職員外郎，豈降賊者邪！吾且命子殺賊！』〔十九〕賊益怒，揮刃刺之，遂遇害。〔二十〕血漬案上書冊，痕班然，春秋七十七。〔二十一〕公爲人故愔碩，鞠躬退讓長者，及臨大節，不屈若此。

居閒喜爲詩，詩近萬篇。矻矻著述不倦，嘗謂詩自齊、魯、韓亡，獨毛、鄭最古，鄭君註詩，宗毛爲主，其改讀，非盡易傳，而正義或誤爲毛、鄭異義。鄭君先從張恭祖受韓詩，其異訓多本韓說。而正義又或誤合傳、箋爲一。毛詩用古文經，字多假借，而正義或未達於是，撰毛詩傳箋通釋三十二卷。同時長洲陳氏奐著詩毛氏傳疏，亦爲顓門之學，故世之治毛詩者，多推此兩家之書。其在同里，有張聰咸著左傳杜註辨證，徐璈著詩經廣詁，學業與公差近，然皆早世。〔二十二〕

公既殉寇難，子孝廉方正優貢生三俊，以起義兵死，其子復震遂與平寇之役，授陽江鎮總兵，得用二品，褒贈三代。〔二十三〕公配方氏，生三子：〔二十四〕建勳、星曙、三俊，孫十五人，曾孫二十三人，以光緒二十一年冬合葬懷寧路沖保江家山之原。〔二十五〕

公於其昶，大父行也，竊嘗誦習公書，而要其終始，以謂一代學術與時勢相消息者也。窮則變，變則通，一二智者起矯前世之窮，而倡其端，千萬人緒衍而推大之。吾日轉乎其中，夫孰能不波然而歷百變，屹乎不可移者，君子自立之道也。公之治經，篤守家法，義據堅通，人以此爲公之鍥力於經者深乎！嗚呼！自知道者觀之，彼其遘危難，較然不欺其志意，是乃所爲深於經者也！然則向所云文章風節之異尚，亦舉其盛美之積重者區之，夫豈有異哉？因頗推論吾邑儒學承傳之緒，表於茲阡，俾過者知所矜式，而後世尚論徵文獻者，亦得以攷覽焉。至其世次、子姓、名爵，詳傳誌者，不臚列云。

吴先生曰：此篇開合斂散，悉中繩墨。

陳伯嚴曰：次論一出於雅懿，琅琅可誦。

【校】

〔一〕宣統本為『公桐城馬氏，諱瑞辰，字元伯』。

〔二〕宣統本為『桐城以盛文物推天下名縣』。

〔三〕『我朝文儒奮起，經學古文傳習不絕，尤有名稱』，宣統本為『而密之方氏倡俺雅之業，望溪侍郎以古文顯，侍郎學深於經，其先則田間錢先生、後葉書山庶子，三家於經皆不專訓詁，姚薑塢編修為學務徵實，姬傳先生恢其緒而益肆於文，流風大煽，後生習傳，彬彬皆被儒雅」。

〔四〕宣統本為「而當是時」。

〔五〕宣統本為「桐城先大師皆涉義理為教，其漸染攷據者寡」。

〔六〕宣統本為「於是吾家二先生復繼起，以專經樸學聞於時」。

〔七〕宣統本為「二先生謂公暨其父魯陳先生者也」。

〔八〕宣統本為「是科大興朱文正、儀徵阮文達以鉅儒為總裁」。

〔九〕宣統本為「歿後四年乙丑」。

〔十〕宣統本為「公既負高材異質」。

〔十一〕宣統本下有「不可究詰」。

〔十二〕宣統本為「倍誦不差一字」。

〔十三〕宣統本為「尚書蘇楞額嘗有所持，意堅甚」。

〔十四〕宣統本為「自堂官逮諸曹司皆畫諾，公爭不可」。

〔十五〕「遂再蹶」，宣統本為「再蹶」。

〔十六〕宣統本為「同部謀訐工不實」。

〔十七〕宣統本為「孫曾累累睡內寢正熟」。

〔十八〕宣統本為「奉公避居山中」。

〔十九〕宣統本為「叱曰：「吾豈降賊者耶？」賊怒呵：「誰何？」曰：「吾大清罷職工部員外郎馬某，而降賊耶？吾且命子殺賊。」」

〔二十〕「遂遇害」，宣統本為「火其發而擁之行，遂遇害」。

〔二十一〕宣統本為「春秋七十有七」。

〔二十二〕「其在同里，有……」，宣統本為「其在桐城有張聰咸、阮林、徐璈六襄學業差近，皆與公善，然皆早世」。

〔二十三〕「得用二品，褒贈三代」，宣統本為「得褒贈三代」。

〔二十四〕宣統本為「公配方太夫人，凡生三子」。

〔二十五〕宣統本為「以光緒二十一年冬會葬懷寧路官沖保江家山之原」。

贈中議大夫道員候補知府陳君墓表〔一〕戊戌

君陳氏，諱釁舉，字退謙，一字序賓。其先五代時自祁門遷石埭。〔二〕自始遷至君，凡三十六世。當咸豐初，天下兵起，傾帑不足以濟師，乃奏榷商稅。曾文正公尤名能知人，〔三〕凡所器使，皆遴簡士人，不假官吏，用是公私充衍，軍無乏興，卒夷大難。石埭陳虎臣先生，故公所禮士也，〔四〕江右鹽梟獷猂，用先生言，〔五〕以君主建昌鹽榷，〔六〕洗手奉職，月徵倍，經逾月，再倍，又逾月，十倍。君乃上言：『建昌故有貨局，可裁併鹽局，節糜費。』文正從之。時福建大猾連賊抗徵，大吏以五百人屬君往。

君不可，曰：『徒損威耳！』他往者卒遇害。〔七〕改権萍鄉，會亂軍失律，肆劫掠，忌者中以危法，禍不測，今相國李公督兩江，曰：『是不嘗以廉能著邪？』卒白之。柄用益親，間問：『子為文乎？吾且為子定之。』君唯唯。或謂：『公言然，子曷委贄？』君義執不可。李公聞之，愈益重君。〔八〕明年督師討捻，以君主行營支應，人曰：『全軍轉饟，利害繫天下。往時至命大臣督理，今以諸生任邪？』李公卒用不疑。於是歷官山東、河南、山西、湖北、陝西、直隸，一以君隨。累功保河南補用知府。〔九〕光緒八年，改直隸，〔十〕十年夏六月卒，年五十九。李公臚纂舊勞以聞，贈道員，祀直隸、湖北、蘇州淮軍昭忠祠。〔十一〕自洪寇之興，用兵十餘年，糜財數十百鉅萬，宇內騷然單竭，然主計者無不人人饜足，民氣因以大耗。其後又益通互市，籌海防，造制輿舟、兵械、火器，煩費益漫不可訾省，君自始出即主軍儲，挈持大綱，杜塞罅漏，遐輸近委，急緩應期，所以節嗇爲公家計者無弗至，〔十二〕若乃規畫長遠，則不靳小費。〔十三〕有建議李公請改商兑，省轉饟，君曰：『商賈行逐利，奸弊不可勝詰，且彼利輪艘，設一旦海疆多故，懸命他族，察眉睫而昧邱山，非計也。』李公亟罷其議。君家故貧寠，前後主財利二十年，清介爲時所推，同輩多致大位，君在事久，有成勞，卒不得一當以竟其施，豈非命哉！君子出匡世難，終不以羣天下所苦，吾爲利焉。然則觀君平生進取之途，怯然如不自克，彼其意量夫豈易測者與？

配沈淑人，能與君合德，後一年卒。男六人：惟喬早世；惟彥候補知府，貴州開州知府；惟庚庠生，陝西府經歷，嗣從父爨銓；惟壬庠生，癐州判，以知縣用；惟真、惟奎。孫男七人。以某年月日葬某所。惟彥具狀請刻墓石，乃詳其名爵、子姓，〔十四〕亦頗樹論時事頽委，以諗來者。虎臣先生名艾，君少從其遊，與聞進修之要，故行誼多可稱。〔十五〕又通古方術，治疾輒奇驗，〔十六〕然皆非君之大，故不書。

陳伯嚴曰：茂雅而氣復疏宕。

【校】

〔一〕宣統本為『皇贈中議大夫道員候補知府陳君墓表』。

〔二〕宣統本為『其先五代時自祁門遷石埭之長林，傳世至常明，永樂中以拔貢生官戶部員外郎，再傳至弼，山東黃縣知縣，於君為十二世祖，祖楚寶，考鶴齡，皆以君貴，贈中議大夫，祖妣蘇、妣桂皆贈淑人』。

〔三〕宣統本下有『群策輻輳』。

〔四〕『石埭陳虎臣先生，故公所禮士也』，宣統本為『而石埭陳虎臣先生，故公所禮士，時時就詢軼材群彥，薦達惟恐不及』。

〔五〕宣統本為『於是江右鹽梟獷猂，文正用虎臣先生言』。

〔六〕宣統本下有『痛刮腥臊』。

〔七〕宣統本下有『文正嘉君善持重』。

〔八〕宣統本為『愈陰重君』。

〔九〕『累功保河南補用知府』，宣統本為『而君亦無所不竭其心與力之所能際，尤重慎災振，輟餐稽寢，條覈勤摯，先是累功保直隸州知州，河南補用知府』。

〔十〕宣統本為『光緒八年引見，改直隸』。

〔十一〕『贈道員……』，宣統本為『贈道員，蔭一子，以州判註選，給卹，賞銀五十兩，入祀直隸、湖北、蘇州淮軍昭忠祠』。

〔十二〕宣統本為『所以節嗇為公家計者無纖弗燭，軍中以故罔敢誦言相冒』。

〔十三〕宣統本為『則必陳大體，不靳小費』。

〔十四〕宣統本為『乃詳其世系、名爵、子姓』。

〔十五〕宣統本無『故行誼多可稱』。

〔十六〕宣統本下有『及他懿行多可稱』。

翟孺人墓表 辛丑

光緒廿六年冬，無爲州廩膳生丁葆光葬其母翟孺人巢縣南鄉小團山祖兆。先事爲書抵其昶，曰：『先妣所行皆常德，無殊異，而際阸艱之年，其處舅姑娣姒之閒，與所以相大人、訓後人者，宜亦有一二不可遽歿。大人欲傳載以文，顧難其作者，今大葬有期，惟吾子辱賜之銘，用哀覆不肖，抑大人實有厚感焉。』其昶謝不敏。再逾歲，不果爲，則其請益堅。

蓋孺人姓翟氏，巢縣人，父曰漸逵，縣學生。幼爲童養婦丁氏，〔一〕夫曰秋帆，逾二十餘年，始生子葆光。光緒廿四年，年六十三卒。二女適萬、適錢。孺人性靜瘱，閨帷宴處，姑姒不言，嘿不先發，及有勞役，劬躬捷往，不以他諉。咸豐初，東南被寇，翁父子皆爲賊得，孺人奉姑熊太孺人避竄山谷，賊去則出，儕里婦採拾爲生，天寒膚涷皸瘃，血漬衣牢，初不令太孺人知。〔二〕逮夫翁先後脫歸，歲比惡，日糜糠覈，而二親及夫未嘗不飽。夫勤治經，家事一不何問，熙熙若忘其在亂焉。姑偶墮砌，傷額，逾時不平，孺人日教諸女更番在側，而己獨夜侍，吻不張氣，衣不弛結，終宵警惕，先旦而興。葆光既娶，乘閒啟母稍節勞，則曰：『我慣此，汝婦生富室，〔三〕或不習邪。』子婦聞戒，爭趨操作，罔敢後。家世習醫，病者集門，孺人則度其貧瘠、道遠來者，飲食之，且資之藥劑。〔四〕

葆光嘗痛母喜施，已無能發名成業，稱其志意，既娶婦，生子而殤，使母篤老之年無含飴之歡，而遽卒也。天下之傷心莫過於人人之所恆有，而已乃不能致於吾親。嗟乎！其昶之痛與葆光同，如之何其能銘也？今葬既後期，不及事，而葆光能以禮請，辭稱其父，不敢不答，輒次其行，俾揭諸墓上。

陳伯嚴曰：尋常語乃獨深至。

【校】

〔一〕宣統本為『幼為童養婦於丁氏』。

〔二〕宣統本為『初不令太孺人有所覺知』。

〔三〕宣統本為『汝婦生富盛』。

〔四〕宣統本下有『有以緩急告者，不計留遺，聞言響荅』。

陳虎臣先生墓表〔一〕丙午

先生陳氏，石埭人，諱艾，字虎臣，號勿齋。生有異秉，篤慕宋儒學，〔二〕厲節高邈，不以資口說。事親孝，視天下至可願欲之事，無有過吾親者。〔三〕始以道光己酉科選拔貢生，朝攷報罷，留京師，〔四〕聞東南亂作，遂歸，教授養母。一日賊猝至，不及避，講誦不輟，無怖容。賊出，誡其侶：『勿擾，此儒生。』〔五〕賊退，乃挈家夜竄，〔六〕七晝夜達祁門。時曾文正公駐師祁門，招集流亢，〔七〕李文忠公方爲幕僚，先生以舊好詣之。李公曰：『曾公饑渴求士，子負幹略，而顧與難民爲伍乎？』語未卒，文正已褰帷入，傾蓋促膝，情款大申，〔八〕因留居幕府，先生謝曰：〔九〕『母老，誠不忍旦夕違，艱劇非所勝。』文正曰：『固不以艱劇屈君。』當是時，軍事旁午，文正尤以人才風教爲急，念非作其忠義之氣，無能鎮澆俗，遏亂本；至是得先生，則大喜，以謂鄉邑遭寇，不屈死者，所在多有，誠得如陳君任採訪，豈第旌逝者，〔十〕亦冀可多獲佳士。先生遂任，不辭採訪，忠義局之設由此起。〔十一〕安慶既克，曾軍合圍金陵，功垂就，餉匱，時李公已授江蘇巡撫，〔十二〕文正謂先生：『金陵事急，豫餉既失望，數十萬衆危殆可立見，今欲取資吳地，抵李公告助，宜莫如子。〔十三〕』受命許諾，即日戒行，卒以濟軍。金陵平，先生已前由知縣擢直隸州道銜知府。文正滋欲試之事，將以江寧府具薦，固辭，免。〔十四〕文正北征，李公權督兩江，〔十五〕又議攝揚州，則又辭；及文正再涖江寧，延主鳳池書院，仍以母老辭不就。於是文正乃歎曰：『異哉斯人！屬之不可，賓之不得乎？』曾公、李公所薦士滿天下，皆躋大位，先生以舊故尤被知待，然卒不可强起。

蓋先生始出自祁門，母楊太恭人年八十矣，自是又十餘年，太恭人年九十七，豫稱百齡之觴，乃終。太恭人性嚴善怒，即有不怡，必長跪請杖，賓客在堂，聞母聲，輒趨前屏息坐，客默自引去。少工書，學顏平原，七十後自號曰悔翁，僑居金陵，簾閣寂處，玩心高明，亦時出步遊負郭山水。光緒廿二年，年八十七卒。自其六十五年以前，皆不離太恭人側。

祖瑚，父嘉綵，皆贈通議大夫。〔十六〕先生娶孫氏，繼娶沈氏，子文蔚，選拔貢生，江蘇知縣，前卒，女二，皆適士族，孫燮坤、兆生。初太恭人稱壽，兆生猶未生，以從孫燮坤嗣文蔚爲曾孫。光緒卅二年，兆生營葬某所，既得吉卜，〔十七〕其昶則謹銘其行，復繫之辭曰：〔十八〕

今天下競言大同之學，謂非崇功利，則旦暮不自存保，〔十九〕門以內瑣瑣奚足賢？然吾竊怪曾文正公於咸同間，固嘗手夷大難，其所引重推先，猶有古一行之士，不出戶庭，終其身如先生者，又曷以稱焉？嗚呼！吾銘其阡，〔二十〕後之觀化人者式旃。

陳伯嚴曰：暢雅。

【校】

〔一〕宣統本為『石埭陳虎臣先生墓誌銘』。

〔二〕『篤慕宋儒學』，宣統本為『言徽行度，篤慕宋儒者義理之學』。

〔三〕宣統本下有『其於世榮利，泊然而已』。

〔四〕宣統本為『朝考京師報罷，以貧故留都中』。

〔五〕宣統本為『賊出，戒其侶曰：「此中一儒生授童子書，毋入也」』。

〔六〕『乃挈家夜竄』，宣統本為『乃散譴學徒，挈家夜竄』。

〔七〕宣統本無『招集流冗』。

〔八〕『傾蓋促膝，情款大申』，宣統本為『長揖就坐，諮詢軍謀，情款備至』。

〔九〕『先生謝曰』，宣統本爲『辭不獲，則泫然曰』。

〔十〕宣統本下有『俾無或遺』。

〔十一〕宣統本下有『一時高名勝流篤學之彥，輻輳並進，先後興起者凡十餘輩』。

〔十二〕宣統本爲『時李公超授江蘇巡撫』。

〔十三〕宣統本爲『宜莫如君』。

〔十四〕宣統本爲『固辭，始免』。

〔十五〕宣統本爲『李公權兩江』。

〔十六〕宣統本下有『如先生秩』。

〔十七〕宣統本爲『光緒卅二年某月日，卜葬於某鄉某原，兆生具狀請銘』。

〔十八〕宣統本爲『其昶則謹銘如狀，繫曰』。

〔十九〕宣統本爲『旦暮不自存保』。

〔二十〕宣統本爲『此石埭陳氏之阡』。

總兵樊君墓表〔一〕丁未

君諱政陞，字佐父，合肥人。〔二〕先世明初有官指揮使者，自江西來遷，隸籍屯衛。〔三〕咸豐初，〔四〕巡撫江忠烈公駐師廬州，君以樸勇應募爲軍鋒，〔五〕拒寇南郭外，彈傷右脛，〔六〕尋從克壽州，敘勞有聞。淮軍起，從張靖達公爲裨將，擢都司，〔七〕又從贈太常卿李公昭慶領護軍中營，擢遊擊，賞孔雀翎，改領武毅中軍，從克湖州，加總兵銜，給三代正一品封典。張公爲徐海道，調徐州助防數月，復領忠樸營，從李公擊捻山東、河南，以總兵記名，加提督銜。〔八〕軍事定，歸居四年，置祭田百畝贍族。同治十一年，〔九〕走謁李文忠公天津，李公留充北洋先鋒官兼筦練軍營務。其冬張公巡撫江蘇，因從南還，張公署總督，〔十〕領督標親軍，兼蘇防水陸營務。光緒元年，移防柘林，六年移軍上海日暉橋，七年巡撫衛公榮光檄領撫標親軍駐蘇州，〔十一〕十二年以疾卒軍，〔十二〕年五十有八，賜恤如例，祔祀江蘇淮軍昭忠祠。〔十三〕

君性厚謹，〔十四〕治軍嚴紀律，尤以愛民爲志。從戰山東，時鄒、嶧間新被兵，民無穀種，買麥數百石散之餓者。其防柘林，用卒修繕城郭廛廬，平道路，疏河渠，建新溪二橋，民以號之曰樊公橋，又捐修漢壽亭侯廟南翔，人苦河淤失利，〔十五〕復率營卒濬之，出千金爲置畚鍤，商民饗其利，爲立祠勒石紀惠。余惟大功之成，非一將之勞，既已賴其死力，即其執，未可驟散，屯軍列縣，亦因以震讋，而天下遂有養兵之費，財賂坐耗，稍復數年，雖勁旅不見敵交綏，未有不罷老者也，有事終不可用，空靡敝海内。高論者至欲去兵，驅不教之民以待臨事徵發，則又傎矣。然則籍兵以興工作如君之所爲，亦知時持變之要術也。

子家穀以蔭選授廣西思恩通判，〔十六〕既奉君及配王夫人合葬縣西十里廟之原，乞余文表其阡，因發兹議，以質後之論世者。

姚叔節曰：文氣古厚。

【校】

〔一〕宣統本為『建威將軍提督銜記名總兵樊君墓表』。

〔二〕宣統本為『君樊氏，諱政陞，字佐父，合肥人也』。

〔三〕宣統本下有『以武勇世家，考曰錫鸞。咸豐十年，廬州再失，隕身寇難，子六人，君次居長』。

〔四〕宣統本為『先是』。

〔五〕宣統本為『君已毅然應募，選在前驅』。

〔六〕宣統本下有『裹創勇戰』。

〔七〕宣統本為『累功擢都司』。

〔八〕『調徐州……』，宣統本為『調往徐州助防數月，復從李公領忠樸營，擊捻山東、河南，屢戰有績，加提督銜，以總兵記名』。

〔九〕宣統本為『同治十一年春』。

〔十〕宣統本為『張公署兩江總督』。

〔十一〕宣統本為『巡撫衛公榮光檄領撫親軍，軍駐蘇州』。

〔十二〕宣統本為『十二年五月某甲子以疾卒軍』。

〔十三〕『賜恤如例……』宣統本為『衛公上其績狀，賜恤如例，明年李公奏請附祀江蘇淮軍昭忠祠』。

〔十四〕宣統本為『君性厚謹勞謙』。

〔十五〕宣統本為『人苦河淤，失水利』。

〔十六〕宣統本為『君長子家壎殤，次家穀以蔭選授廣西思恩通判』。

貴池縣知縣長沙宋君墓表 戊申

君諱慶嵩，字亹伯，一字聘香。咸豐初從戎幕，積勞敘知縣，直隸州知州，賜孔雀翎，留安徽。同治十一年，授貴池令，未上，以疾卒。君歷攝南陵、績溪，有惠愛，不留遺貲賄比，沒世，寡妻撫四歲兒，無以爲生計，彭剛直公聞而歎曰：『廉吏，誠難爲哉！』初，君在南陵，總兵羅宏裕以故交，率軍過縣，貸千金，羅物故，無子，有市屋蕪湖，君棄不顧。於是彭公知之，既經紀君喪，復理羅遺産之見侵奪者，爲償貸金，〔一〕羅無主後，公親署其券曰：〔二〕『屋一區，歸宋。』檄行府縣，如券言。君之孤竟賴以立。

君之任南陵也，承兵燹後，積骸遍郊野，至則斥金數百爲槥，盛之不足，繼以竹笥覆之土。是歲列縣疫大作，南陵獨晏然。益務招墾，有豪猾吏恃其族望，交通爲不軌，君懲之，反誣撼君。總督曾文正公曰：『宋令，吾所悉也。』置吏於法，民大驩。其任績溪，一如南陵，及補貴池，三縣皆隸皖南。貴池民歆君治化，恨不被己。

宋氏其先，直隸南和人，當唐世文貞公爲開元名臣，文貞子八人，其次子太僕少卿昇，少卿曾孫騈，咸通中爲福建觀察巡官，遂爲福建莆田人，廿八傳至兆鯤，知湖南郴州，留不歸，因又爲長沙人矣。乾隆時以舉人得知縣，不就，改華容教授燦者，君祖也。教授生管之，〔三〕歲貢生，直隸州判州，判子六人，惟君有後，君之子曰毓衡，今又爲令安徽，再權潁上，有聲矣，生子三人，皆幼。君葬懷寧汪家沖湖南公塋。配羅宜人坿。〔四〕噫！當君之殁，遺孤煢煢，旁無族親，卒能自奮，仍世長民，此天也，而彭公之行義俠，亦良足風哉！〔五〕

王晉卿曰：敘次繁簡有章，其為廉吏，由彭公口中叙出，其得廉吏之報，亦由彭公。此借賓定主法也，一結尤圓到。〔六〕

【校】

〔一〕宣統本為『償貸金』。
〔二〕宣統本為『彭公親署券曰』。
〔三〕『教授生管之』，宣統本為『父管』。
〔四〕宣統本為『葬君懷寧汪家沖湖南公塋，以其配羅宜人祔』。
〔五〕宣統本下有『桐城馬其昶表』。
〔六〕宣統本無評語。

顧母高太恭人墓表 辛亥

山陰顧君壽椿母高太恭人卒四十年，既葬矣，顧君爲狀授其昶，請表墓。讀其狀至悲，又有可爲世論砭者，宜不得辭。

狀曰：母年十六歸先君，先君就微職陝西，時回逆俶擾，官卑不自得，年四十，捐館。母年三十有三，壽椿十三，又一姊、一妹、一弟，家無長物，遠宦，親知少。母忍死，摒擋質鬻，以資壽椿學，曰：『汝父以雜流自恨，病且死，猶期汝學也。』饎爨、濯澣、縫紉皆身任之，居恒辨色即起，埽除庭室，潔無纖塵，器物移置有恒所。嘗謂貧無足恥，惟怠惰污濁爲可憎。壽椿作字草率，或坐立跛倚，必訶之，尤以妄語爲戒。新歲與同舍生博塞，得勝算歸，母怒，令反之，謂其非義取也。與人處，口未嘗及人過，或嘲人鈍癡、體貌陋，輒嘿不應，閒語壽椿：『勿效此，吾見好姍笑人者，多還自及矣。』壽椿年十八，授徒以養，而貧如故。自先君歿，未幾弱弟殤，大姊嫁二年，卒，二妹繼卒，壽椿娶婦江氏，亦卒。吾母既痛逝者，又撫育雛孫，其憂勞瘁苦之狀，誠不忍追思。不知當時何由處也？壽椿通籍晚，母就養京邸二年，光緒戊戌，年六十六卒。傷哉，衰宗將絕而復延翳，吾母之力。

其袒曰：允矣哉，顧君之稱其母也！說者病吾國女學不講久矣，夫書史所述載，爲彼耳目所不及，不具論，論近世百年，數十年，各自反其先，而求其家道之所繇立，如顧君云云者，亦可知其說之矯誣也已！

顧君山陰人，字芝眉，咸寧籍進士，由主事改官河南涉縣，晉直隸州知州，加四品銜，贈父中憲大夫，母封孺人，贈太恭人，中憲葬咸寧樊村之原，太恭人祔焉。子一人，即壽椿，孫三人：續鋅、續甲、續庚，曾孫一人，起稷。

吴辟畺曰：後幅砭世論，筆意高簡入古。

劉寶誠母李恭人墓表辛亥

江夏劉寶誠客京師，寓圖書局，與余朝夕見。寶誠，高士也，善畫，遊客公卿間，不妄干乞。初與余識，即求文，表其母李恭人墓，辭甚悲。余不即爲，既逾年，寶誠雖不言，然其意常在文也。每言母必悽惻，若負重咎然者。

蓋恭人年二十二，歸同里劉君諱年達，家貧甚。劉君甫婚遽別去，已而用軍功選授四川保寧府經歷，擢知縣鹽提舉銜，嘗權閬中通江縣事，卒於官，囊橐蕭然。恭人攜一子二女返武昌。時寶誠年十三耳，以育以教，以至於成立。又四十年，而恭人卒。

初，寶誠高祖錦堂先生搆靄園武昌，有亭沼臨覽之勝，名流題詠，一時傳爲盛事。園跨崇府山脊，劉氏聚居其下。經寇亂，園毁矣，西人搆教堂山南，蠶食旁近地，得靄園，則俯瞰城中，隱伏畢露，因利啗劉氏。時鄂中大府行新政，欲營高廠地建校舍，莫良於靄園，既興學，亦陰以格距。彼族爲劉氏計萬全，寶誠首諧諾：『有成議矣。』族人之欲售地者，環起噪於門，得寶誠將甘心焉。恭人年七十，驚泣，杖而出，踣地，觸面額，母子咫尺不相救，園卒爲外人有。寶誠既傷先業之永失，又母老驚懼，逾四年而遂至大故，乃亦不無身世之悲也。其乞文也，述母德甚具，餘獨詳其所至痛者，以表於其阡。

恭人以宣統元年五月卒，是年秋，葬東湖門外魯家巷。子維善，字寶誠，江蘇府經歷，陞用知縣，孫四人。

王晉卿曰：敘靄園一事，筆意得之史公。

項母黄太淑人墓表 甲寅

太淑人，平陽黄氏，年廿一歸瑞安項府君禮瑳。入門逾月，君舅遽卒，饋奠悉中儀則，戚黨稱焉。連産七女，思廣胤嗣，遂置二姬。淑人竟先得男。

歲比不登，盜剽其家，既去，淑人喟曰：『吾聞定海之難，富室喪亡殆盡。今劫掠出於饑氓，情有可恕。』憤惌不形辭色。咸豐初，避寇永嘉，環井待死，寇從籬外鳴劍而過，幸得免。時府君留城中，復挈子入視，會援兵至，寇解去，而前所避地，無完土矣。

淑人性簡靜，每三黨宴集，恭默寡辭，獨喜揚人善、述舊恩，娓娓不厭。嘗謂方蒨曰：『汝幼，吾自乳哺，至澣濯裙裳，皆汝庶母岑氏親其役，不避穢汙，此勿忘也。』又謂：『嚮避亂永嘉，吾將汝以行，岑、鄭二母各抱持子女。及闉而閉，紆道從他門出，余兩蹠盡腫。衆忽狂奔，呼寇至。岑母左挾女，右代鄭母抱兒，當時惶遽之情，今思之，尚悸慄。』其後岑、鄭皆先卒，淑人逾八十矣，猶述前事而流涕也。歲庚戌，淑人壽九十，諸子將稱觴宴賓，時方蒨子葆賢隕逝，淑人泫然止之，曰：『必欲爲吾壽者，俟葆賢子成賡釋服乃可。』諸子遂不復敢言。又四年，年九十四卒，葬集廣鎮長山村。

子七人：方蒨、方良、方昕、方綱、方宣、方苞、方衡，以方昕爲從父後。女六人，皆適士族。孫十六人，曾孫七人，始以子方宣官封宜人，又以孫葆賢官貤封恭人，宣統二年，孫驤以編修改五品，例得加級，貤封淑人。初，淑人議昏時，府君之考諦審其干支，喜曰：『是宜貴壽，與吴太淑人埒。』吴太淑人者，以子貴，膺三品封，壽九十餘。蓋其鄉林先生培厚母也。卒如其所言。

林畏廬曰：歸、姚之文，往往於人不經意處作纏綿語，令人神往，作者深得此法。

冀州趙君墓表 乙卯

君諱魁升，字超甫，直隸冀州人也。趙氏當明永樂初，自洪洞遷束鹿，後傳失其名，有四老者，以班兄弟在四，稱四老，復遷今里，是爲遷冀之祖。自遷祖至君之繫，十一世矣。

君曾祖王考以貲雄一鄉，生四子，四分而家瘠，王考生二子，家再分，至君遂爲貧家，又少孤，乃廢學行賈，服食裁自給。世父某喜聲色飲博，爲豪侈，蕩其貲，復粥君所分産，母子私自飲泣，不與校，僅餘瀕河地十三畝，仍强粥之，生計大窘。久之，外家秦氏，乃始爲出錢贖還其瀕河十三畝者，留其券秦氏。君不憂寒餒在己，而憂母養之不備，廢學之早，無以恢大吾門，益委子於學，其後長子試郡邑，果有聲，而其孫衡，字湘帆，遂中式光緒戊子科舉人，能古文，異乎羣士之同舉者。

惟冀州自吾鄉吴至父先生涖官，一以振起文化，造士為急，延禮通儒王君晉卿、賀君松坡、范君肯堂專教事，一時瑰異之材得所矩範，人人皆知文章利病，旁衍及他郡邑。而武昌張廉卿先生暨吴先生又先後主蓮池講席，師友源瀾，同流共貫，徒黨蔚興，於是北方文學之傳，與東南侔矣。其高才尤異者十餘人，衡其一也。

一日衡父詔之曰：『汝祖棄養逾三十年，葬未得銘，汝幸從吴先生游，宜往圖不朽於先生。』衡謹致父命，吴先生諾之，未及銘而歿。今以屬其昶，蓋距吴先生歿又十餘年矣。余謂君之行賢也，而衡承其父業，又以賢嗣。左氏傳曰：『非此其身，在其子孫。』今觀子孫有如衡之賢，則君他行可勿徵而信。以同治七年年七十有一卒，從葬綱溝祖塋之次。君子早逝，孫二，衡為長，次彬，附學生，曾孫四人。余亦學文吳先生，不敢虛衡之託，謹次其族出子姓，並推論北方文教所由起，以表於其阡。

王晉卿曰：敘述遒潔，得中間一段，便覺弈弈有采。

張敬齋先生墓表丙辰

先生姓張氏，諱士棻，字樹滋，敬齋其別號也。先世自吳江遷嘉善，四傳曰景昌，賈京師，父歿，載柩歸，渡黃河，舟覆，身翼柩與湍爭，卒得拯柩以無恙，是為先生高祖。

父心淵，邳州知州，母許氏，早故，繼母黎氏，性嚴急，或時盛怒呵責，跪而受杖，怒霽，乃起。尤謹於侍疾，母卧牀，惡聞聲息，則解履踐地，率婦金氏，左右襍婢媼操作，無或離。性清簡，隨父官舍，布衣糲食，兩幼弟裘服耀炫，見者不知為昆弟也。咸豐中寇亂，邳州君既歿矣，先生奉母避寇鄉居。一日母棹舟入城，先生望城中火起，疾趨至城，或謂：『君母必去，幸毋入。』君不聽，入城，母果已去。俄而寇至，被縶，中夜繩解，即取繩縶要際，緣城堞下，未及半，墮地傷脊，匍匐水濱，久之，得小舟載歸，自是遂瘻，而母許氏殯宮在野，火灼前和，先生大慟，日夜禮佛懺度。

自少劬學，好宋儒性理之言，以增貢生注選訓導，無意進取，通醫術，丸藥濟貧，不輕施治，晚嗜内典，潛心撢討，筆於冊者數十萬言。妻歿，獨身寄僧廬，屏絕世事，體故尪瘻，彌以槁廢，子婦屢請歸養，竟不返也。以同治五年卒，子履勳，孫祖廉以舉人應經濟特科，廷試一等，授知縣，改學部主事，資政院秘書，署弼德院秘書長，追贈先生通議大夫，與余善，具狀請表墓道。余謂先生儒者也，而學涉於釋，世每以蹈空棄倫病釋氏，倫根於性，性可空乎？空其蔽性者，而性呈焉，吾見倫之益厚也。如先生者，可風也。余故表顯之，以告世之別釋於儒者。

姚叔節曰：敘次淵雅，極似漢書。翼柩事與焚殯相發，天然湊泊。

陳伯嚴曰：結語折旋以達。

抱潤軒文集十六

桐城馬其昶通白

墓表

趙編修墓表丁巳

君諱曾重，字伯遠，一字蘅浦。其先元中葉自江西徙安徽之太湖，代有顯者。曾祖山西按察使諱文楷，嘉慶初元廷試，以第一人及第，祖廣東按察使諱畇，父江蘇道員諱繼元，皆起自甲科，及君中式光緒丙子進士，授編修，比四世皆入翰林。

君少穎慧，六歲，祖按察公命賦庭前竹，應聲成詠。年十六，母王夫人病亟，私刲臂肉和藥進，卒不起，毁瘠篤至。洪楊亂作，轉徙南北，未嘗廢業。初以優貢生舉鄉試，考取内閣中書，客李文忠公所。文忠固趙婿也，君介然自守，絶不幹以私。及入詞館，益精研文史、金石、考據。時常熟翁相國、吴縣潘尚書皆喜接士，士流爭趨之。君於二公通家世好，自商榷文字外，無私謁。通籍十餘年，不遷一階，泰然無不足之色。甲午之役，朝議引俄羅斯棄莫斯科城例，謀遷都陝西。君奮曰：『俄城率荒遠不毛，故委諸敵，我今畫關以守，則山東、河北非我有矣！我能往，寇不能往乎？』議者聞之憬然。明年丐歸養，主講敬敷書院，俄丁父艱，遂不復出，居省垣十餘年，遇大興革，必持正議，一方賴之。

壬子七月卒，年六十七，著味琴山館集。配湯氏、沈氏、陸氏、李氏，子九人，恩錢、恩鎰、恩鉉、恩銓、恩鑾、恩鐩、恩鏜、恩鏻，女十二人，長適廣東巡按使李國筠，孫十四人。君卒後一年，葬太湖東鄉之某原，又四年，國筠致恩鉉所為狀，乞文表墓道。

君之寓皖城也，與余一再見，未及深言。聞之姚叔節，君對客喜譚制藝，其警句背誦不遺。叔節嘗從詢洪楊時事，怪君幼在兵間，尚能從容讀文乎？君愀然曰：『當時東南雖淪陷，而農不輟耕，士不廢學，謂承平且復覩，非若今日人人畜倖心也。吾老矣，正不知世變所極耳。』未幾遂卒。余嘉君盛時而恬於進取，又悲其言絶痛，故並揭之，以驗來日焉。

王晉卿曰：介然孤躅，如見其人，一結尤有頰上添毫之妙。

陳伯嚴曰：末段低徊無盡。

井陘縣知縣言君墓表丁巳

君言氏，諱家駒，字應千，世為常熟顯姓。咸豐時，家中落，君孤貧力學，連喪親屬，存一弟，甚友愛之。捻亂起，杖策走廣平，贊戎幕，能於馬上草書檄，嘗穿賊壘輸餉械，兩日不得食，卒能以智全。累擢至知府，君獨就卑，為縣直隸二十年，署清河、肥鄉、廣宗、新河，補井陘，所至皆有績。

廣宗尤號難治，民俗不重節義，夫死，强嫁其婦，親喪，停不葬舉，力役，必多具酒食，往往傾其貲，每麥熟棉結花，而家乏丁壯，則里豪朋往拾遺，棉麥攘無餘矣。君一切禁斷之。新河夏潦，水盛溢，親駕小舟夜巡隄，風起舟覆，一鄉民嘗有罪獲譴於君，適在旁，泅負君起，以君用法平，殊不以前事為恨。鄰邑患水，謀決隄，集眾荷械鳴鼓至，縣人亦群起鳴鼓相牚距，勢洶洶，君從容解諭之，乃各散去。更為災民乞賑大府。時吳至父先生刺冀州，深器異焉，上書總督，稱新河令之勤民也。君任井陘幾十年，中間再任肥鄉者一年，其治陘，務興文教，植桑滿縣中，夫人親繅絲聽事，為之倡。縣故陋簡樂，君治化之久，戒不溺女，納粟義倉，創貸還法，民歌其惠。及移肥鄉，地多盜，君治之尚嚴，不與治陘同。坐事落職，已而事白，還其官，君遂不樂仕進。以宣統元年卒，年六十八。著有鷗影詞鈔、榿叟詩存、井余齋文若干卷。夫人汪氏亦工詩詞，先君卒，合葬邑西桐涇橋先塋側。子三人，有章，新安縣知縣，敦源，以道員改大名鎮總兵，同爵，湯陰縣知縣。女二人，適趙、適蔡。孫九人，曾孫三人。敦源以事狀授其昶乞文表靈域，余負諾，久未報；今又識君之孫，以主事官內務部者，曰雍然，亦精吏職，好文學，其辱愛余文特甚，重以請，故書之。

學部左丞喬君墓表戊午

學部左丞喬君丁巳春考終京師。君華陽人，將還葬，其孤孫曾劬丐文表墓隧。余嘗狀開縣李君事，李故君友也，君讀之，曰：『他日亦已累子。』今曾劬又以請，其曷敢辭。

始君家貧甚，母苦節躬執爨，七歲就外傅，思代母勞，每晨起必析薪乃出。稍長，自力於學，以拔貢生授小京官，分刑部，丙子中式鄉試舉人，自是覃精刑律，三十年不離秋曹。兄賈鄉里，母不忍獨就養，閒歲輒歸省，道遠曠時日，官資坐滯，久之，乃得並迎母兄。

母歿，奉喪歸，逾年，主講少城書院，總督鹿公復以商務局奏君總辦。當是時，變法議起，而兩湖總督張公、湖南巡撫陳公尤負時望，士之言新學者皆歸二公，二公爭招致君自助，君固辭還郎署。於是天子求治急驟，登用新進小臣，操嚴法以戒梗令，君慮啟黨禍，謀召張公入主朝政，或尼其行，不果至。戊戌八月，皇太后臨御，誅軍機用事者六人，而楊銳與君同舍居，劉光第又陳公用君言薦之朝者也，不避罪讉，趨哭棺殮。宣統初，詔舉人才，時君已由主事累遷郎中，擢御史，學部左丞，歷充法政及八旗學堂監督。會張公為管學大臣，因偕尚書榮慶奏薦君。諸被薦徵至者悉詣王大臣諮詢，君為人練達，多智略，凝然雅步，以先進自期待，既前後受知巨公，益守高節不屈。醇親王攝政，選儒臣撰文進講，君所陳恒切至，又屢上封事，不報，俄簡授四川宣慰使，未達，遽聞國變。

其初為御史，即追論同治時以兵夷張積中黃厓，坐死千數百人，積中學道君子，被惡名，宜湔洗。事下山東巡撫，格不行。積中字石琴，儀徵貢生。先是道咸間，石埭周先生星垣講性命之學，推以致用，石琴與同邑李光炘晴峰皆從之遊。晴峰再傳泰州黃葆年錫朋，所謂『太谷學派』者也。太谷者，周先生字也，其徒尊其所為書，號太谷經。石琴既以世亂，聚徒眾黃厓抗官府，嬰巨禍，晴峰亦老死，而黃先生後起，獨為大師。君之友毛君慶蕃棄官從黃先生講學蘇州，至是君亦往，兩人年輩視黃先生等也，皆折節師事焉。

君留蘇州一年，還京師，獨棲法源寺，日課誦佛號，疾作，家人迎之歸。一日，呼寺僧至，曰：『吾行矣。』俄而逝。顧言以僧服殮，年六十八。君諱樹枏，字茂萱。娶呂氏、王氏，一子前卒，孫曾劬、曾佑，皆官教育部。曩予聞毛君稱君能斷大謀，後幸獲交君，相見語時事，太息嗚呼。觀君生死之際，有以自得，其亦何樂居此世也。悲夫！

王晉卿曰：　文中插入黄厓一事，倍增精采，收處尤沉痛。

劉君輔棠墓表 己未

君劉氏，諱仁貴，字輔棠，自號曰亦齋。先世陝西人，祖某咸豐時避兵亂至湖北漢口鎮，遂為漢陽人。八歲願就學，父以家貧使習賈，君堅請不已，至被呵撻，卒得許。時西國教士設義塾課幼童，因往從孟君，肄業，書文上口成誦。旋丁父艱。年十三，推舉本塾教授，齒幼也，諸生覩其儀狀沈毅，咸敬服焉。居三年，從白君習醫仁濟院，通其術。復棄去，念父夙誡，乃為西賈，司會計，以其餘暇自力，家日以起。饒裕不忘本始，猶時時饋遺孟君、白君也。

俄人巴君理茶市行，曰：　新泰，延君授華文，默察君幹略，可信仗，薦任行務。有涂某者，亦巴君友也，譖而代之，君怡然不自白。未三月，事勢不可理，巴君寤其詐，復以任君，君遇涂如初，不以前事芥蒂。已而巴君別為市行，曰：　阜昌，招君往。新泰强留君，久之乃得去。至阜昌逾年，以勞卒，年四十九。

君起孤童，赤手與外人締交，以信義自將，至晚歲居積累數十百鉅萬。世之殖財而遂所求者，往往相矜以輿馬聲伎，子弟益豪侈，無訾省，不須臾耗矣，其敗壞甚者，至不忍言。君為人質樸，有心計，因時推移，協機中窾，察而能斷，其用人不問所由來，唯事之宜，其能足任吾事，斥財與之，必滿其意，即有乾沒，負所托，鉤稽簿冊，衡量息耗，莫或遯隱，以故人不為欺。自始居貧，布衣糲食，迄其終，其身之資於物者無所不約。至激於義行，存孤寡，恤災匱，及凡利濟事絀於貲，皆於我是取，未嘗有難色。孝於母，以推及妻之母，無不致其厚。友愛臻至，兄弟共營業，屢折閲，屢佽補之，費不可勝紀。君雖棄儒而商，尤喜接文士，賓禮之惟恐不及。既歿，子義方能繼君業，為巴君所任，建輔德學校，畢業生逾二百人，成君志也。君娶姜氏，生二子：義方、義正，女三人，孫八人，孫女三人。

長女映藜，君以其婉慧，絕憐愛之，病革，呼而告之曰：『女知而翁志行，他日吾墓或有述也，必得篤古而不苟於文者，非其人，雖淹久不恨。女毋忘吾所屬矣。』映藜泣而諾。君卒於光緒三十年，葬武昌卓刀泉之西。逾十五年，映藜已歸蔡，其婿麟書走京師，乞文於余。余乃據映藜所為狀論次之，表於墓上。非徒歎君才不易覯，及其垂絕父女所告教惓惓者，士大夫或不及知，知之而為其嗣人者，曾不一留意焉？所在皆是也，然則如君之行，安得而不書也。

姚叔節曰：造語下字，絕似孟堅。

陳伯嚴曰：綴次瑣俗，嫻雅，變動，其味彌厚。

王晉卿曰：此文與史公貨殖傳意境迥别而同工，中間總敘經商大略計然，所謂推其術可以富天下者也。

醴泉村徐氏阡表己未

己未春三月，徐上將樹錚母岳太夫人壽終里第，距其先葵南府君歿十有四年矣。於時南北方息戰鬭，遣使要約和議，上將與聞機要，奔歸，弗克守几筵遂其私，既來京，則傫然慘痛不自勝，復丐還營葬，卜先府君墓域祔焉。惟前喪金石刻不具，大懼無以詔後，既告太夫人喪，並追述先府君暨前母馬太夫人事狀，督文於其昶。

謹按：府君徐氏，蕭縣人，諱忠清。世業農，府君獨奮於學，父子繼起，遂大其宗。始值寇亂，貧甚，歛修脯以養母，以母愛幼子，因及其婦，即有所求索，惟恐母意不適，一恣與之。金陵寇勢張，捻北渡淮，鄰里譁曰：『寇至矣！』府君方館郡城，幼子婦趣家人走匿，馬夫人臥病，弗能行，驚悸，遂以不起。府君閔嘿内傷，不一言也。亂定，充選拔貢生，授教諭，改州判，以母老不仕。門下箸籍者日衆，一時推為大師。

馬夫人卒後一年，岳夫人來歸，生子三人，女子子六人。府君文儒，又恒客遊，家事一倚夫人，上奉姑，下鞠嬰穉，與娣姒處，席艱茹訽，凡數十年。一日侍姑堂上，幼子婦登堂，就姑耳語，頃之，姑盛怒，繩責熇熇，夫人俛首泣不語，穉子樹錚在抱，仰問：『母泣何也？』淚墮其頰，因不覺大啼。後旬日，府君遂割取平生課徒所贏，購田宅，良沃者三之二畀幼弟私有，生計乃益絀，夫人安之如未嘗貧。其後府君歿，樹錚學軍旅，仕既遂，迎養京邸，夫人儉約帥初，如未嘗裕。意不樂久違鄉井，旋歸。其卒也，晨起自濯盥更衣，集孫曾笑語如常時，詰朝氣息僅屬微，語曰：『軍事亟可自便邪？』即瞑目，不復言，年七十九。府君卒年七十四。

初府君以樹錚少慧，奇賞之，稍長為諸生，跅弛自喜，課藝得獎金，隨手盡，以此負豪蕩聲，長老或告府君：『曷戒諸？』笑不答，切言之，乃曰：『會當自止耳，戒何能為？』樹錚方奉茶上，微聞之，心愧。顧猶以國積弱需才，吾終不能久汶汶閭井，聞京師募兵，因乘夜亡走，母夫人親追之還，為娶婦，乃復聽其出。至山東，上書巡撫項城袁公。袁公居母憂，不通謁，屬幕吏察其才，一見，語不合，退，更遺書誚之。於是府君聞而讓之曰：『汝之出，將以待用也，未得人用，乃妄擬用汝者先為而用乎？』樹錚謹受教，自是折節讀書，為詩文，甚有名。時從賢豪長者游處，其昶初望見稠人中，以為儒生也。因具其事，揭於墓道，俾上將得時觀省先訓，毋忘厥初，而果立勳績，用慰太夫人垂絕之所期，又以見儒術可效於用。彼以儒為迂而畏遠之者，皆不知儒者也。

陳伯嚴曰：有神光離合之妙。

王晉卿曰：立格制局，迥出恒蹊之外。以俊偉之筆寫濃至之思，善於言情，尤工於敘事，嘆觀止矣。

資政院議長許君墓表 庚申

君許氏，諱鼎霖，字久香。先世居歙許村，其後仕江南，留嘉定，四傳至君。高祖賈贛榆青口鎮，致高貲，遂為贛榆人。君考諱恩溥，以任俠聞。贛榆令特秀，墨吏也，結里豪為奸利，請帑興隄堰。會委員至縣驗工，封翁挺身出，盡發其贓罪狀，令解任去，豪被逮。令旗籍，有兄官京師，江南大府其同年生，陰為之道地，得還任，以他事搆陷翁，坐繫七年，不得出，家耗矣。

翁生七子，君其長也。幼慧，從山左許蔭南孝廉讀書，日記數千言，孝廉目其遠到。及遭家難，年未冠，奔走救護，懷狀訟於朝，卒不得中理。於是君益自奮厲，將應有司試，特秀屏不與名額，久之，督學黃體芳補試，激賞其文，以第一名入學。光緒八年中式江南鄉試第二名舉人，入獄拜見翁，因父子相持泣，明年試禮部，以母嬰宿疾，不忍去，强而行，次沂州，忽心悸，留止不前，翌日而急足至馳歸，得視母含殮。其後納貲為中書，隨大臣出使，充秘魯國嘉里約正領事官，除苛斂，僑民感悅。二十一年返國，以知府發安徽，連署廬州、鳳陽，榷稅大通。票匪煽水師為亂，偵其巢穴，夜往禽之，遂無事，擢道員，辦理浙江洋務局，寧海熠教堂，索償十九萬，力爭而減其半。時肇行新政，諸行省大吏交章論薦，君隨所任受，皆沛然若有餘。在安徽，值道員徐錫麟教練巡警，徐故革黨。是日警生畢業，請巡撫恩銘涖觀，出不意，戕殺之。諸生人人惴恐，君鞫其獄，毋稍濫。以鹽運使記名，簡放，給三代一品封最，後任奉天交涉使。宣統三年選充資政院議長，疏辭。君少曆多艱，於世情偽無不悉，至是位望寖通顯矣。人誦君幹略，而尤推服其孝。翁獄解，又二十餘年乃歿。君服官所至，輒迎養，時其慍怒，則長跪以謝。壬子江北歲大祲，君籌賑積勞而病，又逾年，卒，年五十八。配朱氏，先一歲卒。子廷琛，度支部郎中，廷琦，側室王氏出。女廷芬，高氏出。孫二人：元方、次方。君與朱夫人合葬縣南第二溝祖塋之原。余表其大節於阡，大者得，則其他行可勿論已。

姚仲實曰：記事者必提其要，故核而不蕪。

盧處士墓表 庚申

泰州郡學生盧君幹臣，一字墨卿，廷楨，其諱也。以道光二十五年生，至民國元年卒，中更饑謹、寇亂，夷險隆替之故屢矣，一以禮法自飭，於閭巷之間事親課子，終始一操，不以為名也，盡己而已。中年喪偶，不更娶，曰：『世之後母，能善視前子者罕，吾不以此搆家禍。』故終無妾媵。讀書能文辭，旁及天官、河渠、醫卜、術數之類，無不究覽，而不事撰述，精研八法，不自謂工書，好畫蘭菊，以蘭為君子，菊有傲質焉。性介而喜施，接人溫靄，無疾遽言色，而寡交遊，甘淡泊，宣統初，詔徵孝廉方正，士民舉君應詔，君堅卻乃免，然至今邑人論是舉者，猶謂莫宜君也。晚歲杜門不出幾十年，時時稱先德，教戒子姓。國體既更，乃遍攷漢、唐儀制，自製古儒服，俄而疾革，遂以其服終。

君娶陳氏，進士刑部郎中文田女，生四子，承澤，前卒，承沛、思鼎、武，女子子二，適李、適王，孫五人。以君卒之年冬，葬城南謝家橋。

越八年，武為書述其行，曰：『先君生無榮譽，既歿，鄉里多哀思之。不肖武不敢乞文當代顯者，重違先君意，曠彌年載，日夕皇皇，惟立言君子之是求，冀得託於處士之林，則先君之志也。不肖武且百拜其賜。』嗟夫！君之行，庸行也，然以今世之所趨而觀乎君，即目為畸可也。故不辭而揭諸其阡。

姚叔節曰：極湻古沖淡之致，其清在骨。

江蘇補用道李君墓表 辛酉

君李氏，諱厚礽，字少梅，薇莊其自號也。父諱嘉，江蘇同知，余嘗為之傳，所謂鎮海李府君也。自府君之考知府君航海遠賈，累貲巨萬，府君，儒也，出其緒餘營業，益饒羨。君更達之於政，李氏商三世，各以其長，聲名馳域外矣。

君少有偉志，不屑事舉子業，年二十九援例以知府發江蘇。當是時兩宮西狩，既迴鑾，懲前事，頗欲革新庶政。江蘇按察使朱之榛，有幹才，目盲，而久任劇職，察吏嚴，獨器異君。之榛主警巡，檄君提調局事。未幾移上海，徵收物稅，黠商售絲糖，倚外人為姦漏，君據約力爭，三年，弊始絕。會日俄搆戰，上海聲言中立，交涉繁，張弛緩急，一惟君是賴，嗣調管裕蘇官錢局。始君任警務，即馳赴日本，參驗彼己，考定新章，至是再往日本，研求銀行幣制之學，返國兼任浦江緝私統領，晉秩道員。上海私鹽充斥，設法變租界為引地，歲增稅額數十萬。君所居能効其職，不避嫌忌，疆吏爭欲得君自助。俄為宵人所中罣，吏議羈蘇州府署，待勘者三月，事卒得白。辛亥禍起，眾推任上海閘北民政長，積勞卒，年四十一。君為人伉爽，喜施濟，臨卒，取所貸券焚棄之，曰：『人不足，始貸於我，奈何留此傷長者意乎？』君他所營建，若寧、紹航業，若銀市，若保險公司，若紅十字會，及租界義勇隊，類皆前所未有。

世每咎吾國賤商，謂四千年無商學，是不然。古聖王之治天下也，民為重，民有四，商其一焉。唐虞之世，懋遷有無，化居，至於萬邦作乂，未嘗賤商也。太史公傳貨殖，以爲善者因之，其次利道之，其次教誨之，其次整齊之，最下者與之爭。今時所謂商學，雖至精，豈能外此數言乎？故范蠡曰：計然之策，越用其五而得意，既已施於國，吾欲用之家。由是觀之，商之術通於政，安在其無學而可賤也？秦漢後始有無學之商，於是世主乃務摧抑之。今環海立國者，無慮皆以商爭，君生其時，用之家，既得意矣，惜乎其施國者之止於斯也。

君娶方氏，子七人：祖韓、祖夔、祖模、祖桐、祖元、祖敏、祖萊，女四人，孫三人，長女壻吳興章宗元，與余善。其卒也，以癸丑冬十二月。後八年，祖夔來請文，因書之，俾告窆刻石，以表其阡云。

王晉卿曰：時至今日，始知商戰之烈，故文於末幅，剀切言之。

銅仁府知府饒君墓表 辛酉

君饒氏，諱佩揥，字宛然。先世自撫州遷南昌，五傳至君。考諱文倚，贈通議大夫，善為賈，斂散不主故常，不幸早世，資罄而族人意其富，君年十三，避宗禍，往依外家姚氏。他日歸省母，從兄擠墮溪水中，不死，慨然曰：『安見孤兒不能獨立！』奮欲自出營商，繼父業，母不聽許，流涕勉其勤學，時天下亂，母子惸惸相保。

先是曾文正公率水師東征，至湖口敗績，困保南昌，從富室募軍資，皆觀望。適通議舟載貨物自蜀歸，於諸姚計議：『曾公兵若潰，吾輩囊橐寧己有邪？』乃盡籍貨物上之。俄而卒。一日，曾公求前毀家助軍者，得姚氏子，優擢之。迨君稍長，恥與外家爭功，遂嘿不言，以生計窘，去營商，久之，業益息，白其母曰：『亂世積藏，徒誨盜，不如多市穀，穀不易刦，歲饑以貸鄰里貧者，貧民得甦，而吾財亦不為盜齎。』邑先達劉公於潯方奉命督鄉兵，聞之大驚，曰：『孺子能解此，偉器也。』明年歲大熟，所貸百餘戶，無一人負不償者。劉公既奇君才，强致之，使主餫饋。其後以別將從提督鮑超攻撫州，克之，積功至道銜貴州銅仁府知府，未上，留治軍，年四十，即告歸。光緒某年卒於家，春秋五十三，祀鄉賢祠。

君為人倜儻，喜施濟，邑有貢河，數為患，君出鉅資築堤防，歲增穀三十萬斛，人號曰饒公堤。又於秋冬役諸勇修治道塗磊砢不平者。在軍三十年，所將卒不為民患，其歸也，悉擇荒地使就墾，置室家，同於土著。嘗曰：『人患兵散為匪，兵患不善散耳，兵民一也，能用其力，則戰時為兵，平時為民，夫豈有異術乎？要在統兵者視兵若家人而已。』

君配余氏，子四人：祖蔭，夔州府知府，出繼大宗；延年，內閣中書；延祜，候補知州；延禧，候選道。孫十人：孟任、孟倬、孟儀、孟倫、孟侃、孟俊、孟偉、孟仕、孟仁、孟倚。曾孫九人。君墓在某原，其葬也久矣。長孫孟任狀君行，請余表其阡，未及為，又數年，孟任來告父喪，且述顧言，以不得余文為恨。君始為商，繼為將，其事犖犖皆可紀，余獨有感於君論兵之言，夫兵以衛民也，而今之民憚兵甚於虎，夫兵又寧非人乎哉？吾為今之為民與兵者悲也。

王晉卿曰：論將兵一事，言之不足，又長言之。語極和平，而意極悲痛，蓋簡外之音也。

雲南糧儲道譚君墓表 壬戌

光緒初，予年二十餘，遊京師，論交當世，得可以為師友者三人焉，曰孫君佩南、鄭君東父、柯君鳳生，最後又得譚君叔裕，此四人者，趣向不必同，然皆博涉載籍，篤行慥慥，君子人也。譚君寓廬相邇，恒朝夕見。當是時，天下無事，史臣方纂輯儒林文苑傳，以賡續阮文達公之所為。君在翰林，淹雅有盛名，為總裁吳縣潘公所器賞。俾總厥成，甫脫稿，而簡放雲南糧儲道。自以吏事非所習，意殊怏怏，既至雲南，再權按察使，修濬河渠，溉田六千餘畝，平反冤獄，恤孤教士，政聲大起。以水土瘴癘，居三年，告疾歸，貧不能辦裝，光緒十四年三月己卯行抵廣西隆安邑，遽歿，年四十有三。

君諱宗浚，廣州南海人也。父諱瑩，舉人，官瓊州教授，性彊記，尤熟粵中文獻。文達督粵，開學海堂課士，聘為學長，三十年不自言去，門下傳業甚眾。子五人，君尤敏惠，年十六鄉舉，入都，值英吉利款成，登眺山川，為覽海賦以寄慨，人競傳寫。而教授以君齒幼也，戒讀書十年，毋遽求仕，授以文獻通考諸書，略能成誦，至同治十三年，始以一甲二名進士及第，授編修，出督四川學政，典試江南，所得多知名士。君嘗慨粵俗矜科第，不樂遠遊仕宦，與中朝聲氣不相聞。當乾隆文化極盛時，通經學古之儒後先蔚起，而粵士曾無幾人，雖恬澹知止，然或亦不免孤陋之譏。既入翰林，遂欲從容究掔文史，以自成其學，竟不克久居以去，則才高而忌之者眾，宜君之憤懣而自傷也。今君歿三十五年矣，孫君為令安徽，有循聲，鄭君通春秋三傳，亦相繼物故。國體既更，乃議修清史，予與柯君從事其閒，然亦衰且老矣。平生故人多在於錄，以所得於今，推以校於古，其盛衰隆替之迹與時推移，有不知其所終極者。嗚呼！其可慨也夫！君所著希古堂文集十二卷、荔村草堂詩鈔十一卷，皆已刻其藏於家者，遼史紀事本末十六卷，又兩漢引經考、晉書注、金史紀事本末，均屬稿未就。

夫人許氏，生子四人：祖綸、祖楷、祖任、祖澍。君卒之三年，葬廣州城東河水鄉之原。

王晉卿曰：感不絕於予心，訴風流而如寫，可以移贈斯文，此六一公得意之作。

張母黃太夫人墓表 癸亥

太夫人姓黃氏，父曰鳴球，年十九歸同里贈太子少保銜謚勇烈張公為繼室。公諱樹珊，合肥人也。咸豐時公兄弟並起倡團練，其後李文忠公遂率以戡巨寇。公兄樹聲至兩廣總督，而公以廣西右江鎮總兵同治五年戰歿德安，年四十有一。至今言淮軍者，莫不太息悼公之早殞，而愈益樂稱太夫人遺事，謂其才足以媲公也。

初公選壯士百餘人出禦寇，而遷其累重堡中，太夫人撫慰之甚厚。一夕竊賊持刃至，舉家惶惑，莫知所措，太夫人曰：『賊獨妄意吾家耳，宜可走匿。』即手裂窗欞，挾從子尤幼者兩兒逾窗出，於是君姑娣姒皆相隨，出避鄰舍得免。後二從子貴，終其身事太夫人如母焉。同治三年湘、淮軍既定江南，公率所部援豫，過里門，賓客輻輳，夜半矣，室不戒於火，太夫人告公趣毀牆垣一角以便汲，於時堡中儲火藥計萬斤，去火所數武耳。太夫人悉出氈幕纊絮，令漬諸水覆屋上，不告言屋内何所儲也。火熄，衆始知，猶驚悸駭散，久乃大服。是役也，向非太夫人才略應變從容慎密如此，則全堡燼矣！又二年而遘公變。太夫人生子女各一人，並在齠齔，側室王恭人無出，太夫人待之有禮。公歿，王絕食七日，太夫人勉其同力撫孤，乃强起進一餐，自是盡心鞠養，一室大和。太夫人後公三十年卒，年六十五，子雲逵，直隸候補道，女適定遠方臻一，孫男七，曾孫三。公葬久，不可啟祔，別卜地葬邑西官亭鎮北。

又二十七年，雲逵遇其昶京師，乞文表墓道。予惟太夫人之行不越乎閫門之内，居恒寂處，若無以自異，乃至禍變卒臨，賴其智計以全生者不可勝數，何則？其才裕也！自婦德不修，世乃頗以才為訴病，若太夫人之才，渾於德矣，又奚病乎？國祚之方隆也，一時熊羆不二心之臣，奮發效死，罔顧於厥家，亦豈不以内治之有人哉！

姚仲實曰：氣脈宏大。

陽江鎮總兵馬君墓表 癸亥

君諱復震，字心楷，予同族兄弟行也。曾祖進士，諱宗璉，祖工部員外郎，諱瑞辰，仍世為經師，父徵，孝廉方正，諱三俊，篤睎宋儒學。咸豐初，工部死寇難，徵君起團練，戰歿周瑜城。

君年十六，奉母轉徙避亂，時時欲殺賊以報國，復先世讎。居頃之，走謁曾文正公祁門，軍次獻詩十章，文正目為驥子墮地追風者也。命募淮士五百人將之，屢破賊，會諸軍解祁門徽州圍，由雲騎尉世職，敘功至參將。君才氣高俊，動與俗忤，人或讒之曾公，曾公稍稍誡敕之，君望曾公：『奈何用人言戒我？乃不我知也！』會左文襄公率師征浙，招致君，改為楚軍皖勇，截賊麻車埠，攻昌化，復其城，禽斬賊酋譚體元、黄文英，功為多，遂參帥幕，從至閩、陝。左公稱君膽識堅定，血性過人，又好學知書，宜更授文職，疏三上，部議格不行，乃擢總兵，其後光緒三年授廣東陽江鎮總兵，而君已前卒數月，年三十八。著有莪園詩鈔。

當是時，李文忠公為直隸總督，上言：『復震生長儒家，世有忠孝，曾國藩檄令募軍初，臣治軍皖北，不稱淮勇，淮勇之名自復震始。臣督湖廣，復令管帶操江輪船，悉心研求西國水師兵法，臣移畿輔，調巡北洋，國藩仍令往來南北，逮後南洋船足，始專隸北洋。臣與國藩交章以薦，謂足勝海疆專閫之任，今不幸歿，伏念淮軍之興及海上兵船，復震皆為事始，宜見史臣紀載，至其忠亮義烈，兼資文武，尤可悼惜，惟天子哀憐。』疏入，優詔卹焉。

君體幹英碩，有奇表，每縱飲大醉，感槩賦詩，往往泣下。痛父死義，仲弟為賊掠，經三載，以計贖之還。同治初，軍事粗定，歸尋父骨周瑜城，發數坎得之叢骸中，有六驗，人謂其孝感。母方太夫人聞而泣曰：『信也，顧戒我死，勿合葬。』太夫人賢明勵節，君事之，無幾微不得於其心，尤篤愛兩弟兼父若師。娶吳氏，子振彪舉人，民政部主事，女適姚百琴。

君卒，逾四十年，振彪始克營葬於某所，來請文。予惟君始事曾公，已而謝去，從左公，後依李公以終，而復與曾公合，此三公者，天下所名尤能知人者也，皆偉視君，乃卒連蹇不得一當，彼其負奇自重，誠落落不苟合，然亦不幸早世，才用未究而遽死。烏乎！君歿一紀，朝鮮釁作，海軍殲於敵國以不競，一士之失志，寧足道哉！李公疏陳君喪，而太息防海之才不易得，其痛深矣！予為表之，後之論世者可觀焉。

吳辟畺曰：通體謹嚴修絜，借文忠一疏綰合生平事迹，章法甚奇，後幅尤有遠神。

抱潤軒文集十七

桐城馬其昶通白

墓誌銘

先考妣蓮花岡墓誌 己丑

先考慎菴公諱起升，字慎父，先世居六安，姓趙氏。趙氏之先，實固始祝氏也。始祖明永樂中贅桐城馬氏，遂留不去，為桐城人。〔一〕六世祖太僕公諱孟禎〔二〕，立朝為名臣〔三〕，其後以儒顯。祖諱邦基，考諱樹章，孝義著聞州閭。先考幼受學於世父篠湄府君，為諸生，務益發名成業，又從方植之、蘇欽齋、戴存莊諸先生遊，詩古文義法守鄉先輩方、姚之緒論，有趣園詩文稿八卷，四體書宗懷寧鄧山人，有慎菴字範四卷，論學本成都蔡先生天培，尤服膺古韓、歐、朱、王四家，韓、歐文宗，朱、王道統〔四〕，詣極而互通，有載道集十二卷，稽討義例，終其身不厭，謂文與道不得而離也。嘗欲致用當世，中更喪亂，意氣輒頹然矣。而邑中有大利病創革，一倚之以辨〔五〕，性不能猗違諸諾，與人交無欺紿，亦往往為小人所中。光緒十四年九月八日卒，春秋六十有一〔六〕。先妣諱淑儀，字文卿，同里張氏甘肅岷州知州諱聰梓女，年二十一來歸，長先考三歲，而前卒五年，癸未冬十月二十八日也。一子曰其昶〔七〕，始祧大宗，襲雲騎尉，先考歿，願辭爵歸承本生，大宗別立後。女三人，壻曰方寶彝、姚永樸、姚京受〔八〕。自先妣之存以逮既歿，內外宗交口稱之無閒。先是曾文正公督兩江，奏大父行誼於朝，先考以議敘得同知，覃恩加四品封典，先妣封恭人。

其昶自罹大變，營宅兆，久之，乃得縣北朱家橋保蓮花岡〔九〕。謹以十六年春正月〔十〕，奉先考妣合葬茲土。嗟乎！繼自今吾先考先妣之音容體魄，其遂不可復見也已。以先考之志行，困辱於生存，先妣之慈仁有讓，推天道之常，更千萬世，其必永妥於幽宮，以庇賴其苗裔，無疑也。而更千萬世，山川陵谷遷變無恆，此不可知者，乃涕泣而誌於墓，以抒不肖子終天之痛，而下詔夫茫茫無極，莫知何誰之人。男其昶泣血謹誌。

吳先生曰：峻潔雅澹，收尤入古。

【校】

〔一〕宣統本為『先考諱某，字慎父，慎庵其別號也。先世在固始，姓祝氏，居六安，姓趙氏，明永樂中遷桐城，遂姓馬氏，為桐城人』。

〔二〕宣統本為『六世祖諱孟禎』。

〔三〕宣統本下有『事具史傳』。

〔四〕『韓、歐文宗，朱、王道統』，宣統本為『於文藝道德』。

〔五〕宣統本為『而邑中利病創革，罔鉅細，一倚之以辦』。

〔六〕宣統本下有『悲夫』。

〔七〕宣統本下有『附貢生』。

〔八〕『女三人……』，宣統本為『女曰澤蘭，適刑部督捕司郎中方寶彝；月桂，適候選訓導姚永樸；幼女金枝，字姚金壽』。

〔九〕宣統本為『乃得吉卜於縣北朱家橋保一甲蓮花岡之原』。

〔十〕宣統本為『謹以光緒十六年春正月丙寅』。

怡軒府君墓石後誌 庚寅

王父墓誌，先君撰於戊子春，葬有日矣。覆審地不吉〔一〕，不克葳事，而先君歿又逾年，其祔乃謹卜懷寧縣北五十里張莊之原〔二〕，坐穴向壬兼亥，鄉曰大豐，保曰青口，距桐城縣治七十餘里。先是曾祖王父母葬懷寧，王父曰：『予兄弟終當祔此，不忍吾親獨異縣也。』今邱隴相望可七八里。悲夫！先君遂不及親其役，以慰王父永慕之思也。謹泐原誌，納之壙中，以卒先君之志。光緒十六年冬十二月乙卯長孫其昶謹記。

吳先生曰：似熙父。

【校】

〔一〕宣統本為『既卜地不吉』。

〔二〕宣統本為『其祔乃謹阡懷寧縣北五十里張莊之原』。

蕭太恭人墓誌銘 壬辰

太恭人蕭氏，宛平人。道光中桐城姚公諱瑩，字石甫，以文學政事名天下〔一〕。初，公既成進士，服官入都，未有嗣世，爰求媛淑，而太恭人遂獲侍公。入門兢兢，斂容約己，虔事女君，承秉內綱，時佐厥匱，蠲饎濯浣，習勞若飴，室以大龢。洎公歿王事，天下亂起，而太恭人已生子濬昌，娶婦光氏。曾文正公來江南，以濬昌名家子，積軍功，奏薦得官。太恭人就養江右，再至安福，天姿惇恕，御下毋苛，終日語不及外事，毫髮不自專斷，一委於子。時以惻隱愛人為訓，降其色辭，人爭親附。年八十六，光緒十七年十一月卒於安福官寢，以再遇覃恩，誥封宜人，晉恭人。

太恭人既卒，於是安福君奉喪歸，年亦且六十，鬢髮皓白，諸孫蔚起，閭里嗟歎。子二：孝殤；濬昌，江西湖口縣知縣〔二〕，調安福，配光恭人，直隸布政使諱聰諧公女，秉操嗇勤，祗修婦順，前卒十七年，春秋四十有二。孫五人：永楷，縣學生，州同銜候選縣丞；永樸，廩貢生，候選訓導；永概，舉戊子科江南鄉試第一；永保、永樛。曾孫五人：佐燧、佐炎、佐煥、佐薰、佐熙。孫女二：長適馬其昶，次適通州范當世。其卒之二年春正月甲辰，葬於邑西烏石山陰，以光恭人祔。安福君督其昶銘，銘曰〔三〕：

廩廩姚公，聲讋四表，播仁在氓，安福踵紹。條葉秀茁，庭階嚴遠。名門內飭，老福承慶。厥節彌抑，厥逢彌光。挈德校祉，我里孰方。子宦克養，婦歿匪離，昕宵省定，婉婉是隨。千齡萬代，永奠陰儀。

方宗屏丈曰：遒練似北朝碑版文字，而尤加超拔。

鄭東父曰：安雅。

【校】

〔一〕宣統本為『道光中，桐城姚公石父諱瑩，以文學節行重天下』。

〔二〕宣統本為『濬昌官江西湖口知縣』。

〔三〕『安福君督其昶銘，銘曰』，宣統本為『文藻滿家，別裁芳烈。於是安福君遂督銘，其昶銘曰』。

女得壙銘 癸巳

女得，馬其昶通伯第四女也，生七歲，光緒十九年秋七月以病殤。余時應試江寧，不及知，聞人言，大怪之，絕無幾兆萌動。大江阻深，女魂魄弱小，其不能來我辭也！悲夫！初女在腹，其舅姚仲實戲言：『若女也，當以配吾子佐煥。』佐煥，吾出也。及生，遂前約。女無異常兒，余憐之特甚。余行時，故無恙，去一日，忽死。余困舉場二十年，壬午就京兆試，歸數月，而母卒，戊子試江寧，歸旬日，父卒，今乃不能決然捨去，未歸，輒喪吾女。急世榮，忘無涯之恨，宜罰於天，而吾女適丁是厄也，傷哉！乃追埋以銘。銘曰：

女死吾不知，女不吾嬉。嗚呼！其酣於斯。

吴先生曰：眞摯惻惻。陳伯嚴曰：體約韻遠。

陳府君墓誌銘〔一〕甲午

君陳氏諱耿光，字廉甫。先世明初由鄱陽遷桐城，三傳曰仕文，以舉人官陝西耀州知州。耀州曾孫珊復以舉人官湖南沅州知府，後世遂隱不仕，至君高祖，以貲雄鄉里，好施，傾其家。君生而家益貧，大肆力於學，善為詩，客遊無以養，則兼習刑名家言，卒以直隸州知州待選。〔二〕

君之言曰：『法者，所以禁暴便民也。意主於道之善而已，善之不道，惟峻其法，法乃大為世詬。故不可撼者，法也，可恕者情也。得其情而後法，當焉？』其折獄，時出入法令之中，而必本經術以斷制輕重，遇重囚，則愀然以悲，曰：『此其情無可恕，然思其所以至此者，可憫也。』性介直，意所不可，必反覆得當而後止，亦不為崖岸斬特之行〔三〕。年六十八卒，配張氏，一子時彦，光緒戊子科舉人。將以某月日合葬君某所〔四〕，來乞銘。

余嘗謂古昔之制法，使行者官，後世之制官，使困者法。法益繁而官不能知，遂有擅其法者興焉。此其人乃皆為專家之學，而不可以儒術通也。宜乎世之病法者，謂法不足以制官，足以厲民也！若君者，固猶有漢時引經折獄之遺風哉！君世母汪未嫁，守貞，君敬事終身，又嘗撫嫁故人孤女，及他行誼〔五〕，多可紀，予不著，而獨著此，以見世之別法於儒家者，匪不能儒，抑不能法。銘曰：

維惻惻厥衷，維簡乎於中。維後其逢，永康此幽宮。

陳伯嚴曰：夷猶得永叔之態。〔六〕

【校】

〔一〕宣統本為『候選直隸州知州陳府君墓誌銘』。

〔二〕宣統本下有『祖魁，考樟，皆贈奉政大夫，祖妣吴氏，妣王氏、葉氏，皆為宜人』。

〔三〕宣統本下有『謂平易近人，人必歸之』。

〔四〕宣統本為『將以某年月日合葬君於某所』。

〔五〕宣統本為『及他誼行』。

〔六〕宣統本在陳伯嚴評語前尚有『方宗屏文曰：陳義甚高，足為刑名家生色』。

强賡廷先生墓誌銘 丁酉

先生諱汝詢，字蕘叔，號賡廷，溧陽强氏。先世家錢塘，宋時有祠部郎中至者，佐韓魏公幕，祠部五子皆第進士，四子淵明至禮部尚書，愛溧陽溪山，止焉，是為始遷之祖。曾祖秉康，祖鑾，考溱，舉人，甘肅安定縣知縣，生四子，先生其次也。幼而英碩〔一〕，七歲能了說史記大意，安福阮侯亭一見器異，來嬪以女。咸豐九年，以選拔貢生舉順天鄉試，篤於稽古，鋭進無老，怯於取榮，勇退無少。久之，選授贛榆縣教諭，終不到官。

先生之學自經史、諸子百家、方伎之書，一皆練習，窺見要指，以為學期博不期雜，期約不期陋，嘗六經大義，搜抉叢瑣，茲雜也，匪博也；屏絕羣籍，取足吾心，茲陋也，匪約也，惟博不雜，惟約不陋，捨程、朱其疇歸！因悼痛當時學者外躬修祖劉歆、班固，敘書以六書概小學，且以概大學，非周官師氏、保氏之遺法；其或不出於是，則又馳騖功利，昧厥原本，於是著大學衍義續七十卷，踵前書之成，則矯邱氏之違失，又以聖人因魯史成春秋，其書有義而無例，有筆削而無褒貶，著春秋測義三十五卷。其為說雖多，要一本聖人宰時育物之指〔二〕。抱能在躬，百不施一，纂述終世，不求聞知，意量蓋泊如也。

初避兵亂，并日一食，巡撫李公議總榷商貨，難其人，將任以職，堅不肯赴。會湘鄉陳公湜授山西按察使，提湘勇三千主防務，曾文正公勖以求賢自輔，虛左迓止，贊畫中機。是時晉兵大抵窳不可用，陳公搆疑忌，先生為草陳方略，言防地遼闊，而吉州以上二百里嚴冬，冰牢結，車馬如踐坦道，當築碉堡，益募新勇捶扼，不然晉禍必自吉始。事格不行，至冬，賊果由吉州渡冰掠蒲、解、絳、霍之郊，陳公罷職別去。其後曾文正公重涖江南，雅意尉薦，居無何，公薨，而先生亦將五十矣。當是時，曾公最能得士，所推轂皆天下之選，先生晚出，竟嘿嘿不獲藉手，道之廢興，固各有命哉！然士論益以是高之。

平生內行敕備，孝友烝烝，動有楷，息有則，一身斂抑，舉室互戒，祇嚴既久，乃得大和。人以謂先生之學也，不惟其學，惟其行也；先生之行也，不惟其行，惟其學也。其所著書，又有文集八卷、詩集六卷、讀書記五卷、隨筆二卷、漢州郡縣吏制考一卷、金壇見聞記二卷、女學內外篇二卷、垛積衍術四卷，惟說大學、春秋及詩集已鋟板，餘皆寫藏於家。

光緒二十年六月五日卒，春秋七十有一。配阮孺人，前卒，里黨稱其賢。側室敖氏。子二，以次子承大宗後，長敦信，邑廩膳生，早世，次敦保，孫惠疇，皆縣學生。女二，長適金壇段維柏，次許聘丹徒韓氏。以光緒二十二年十月庚辰，合葬於北鄉官莊之原。先生弟汝謌有學行，兄弟閒自為師友，先期以狀授其昶銘。其昶顧嘗辱先生過聽之譽，且習讀其書，不敢辭。銘曰：

聖塗久蕪，一踴萬趨，胡口則厖，而躬之臞。有瑋一夫，居約而盱，蹶然擿筆，揭日天衢。其行可則，位不究德，焯勤詔遐，視此貞刻。

吳先生曰：　敘述雅健。

陳伯嚴曰：　體度雍容有餘。

【校】

〔一〕宣統本下有『神采外流』。

〔二〕宣統本下有『鑿然可效』。

新野縣知縣方君墓誌銘戊戌

君諱昌翰，字宗屏，號滌儕，桐城方氏，族望重江南。父寶仁積學不耀，生二子，君次末而嗣再從叔父為繼高祖之宗。〔一〕年十八，受知季文恭公，補學官弟子。〔二〕

咸豐初，粵寇起，避地中州，不以世亂惰業，主閿鄉講席，學益肆，名聞益徹。〔三〕時李公鶴年巡撫河南，而湘鄉曾公督師祁門〔四〕，爭起君自佐。李公先焉〔五〕，故為河南得，自後涖豫，大僚羣公禮敬一轍。法蘭西教士挾微故，謁巡撫便室，君爭當庭參〔六〕，巡撫難之，卒從君言，教士逡巡退，嘿不得發。君在豫久，援例用知縣候選〔七〕，權武安，補新野，皆有惠愛，鉏強梗為民害者，柔剛異施，不自藩飾，一循故章，中誠達於物。自長江興輪艘，南北仕宦多由漢口易舟，抵樊城，道新野，車馬供頓無虛日，舊取辦商旅，君一禁斷，因令縣役各自私畜贏車運載，官償其傭，民以不擾，新野為生立祠。在官五年，自免歸。〔八〕

先是，君十世祖諱學漸，以布衣與高、顧諸公講性善之旨，學者稱明善先生。明善生大鎮，官大理寺卿，學者不以官稱，稱其私謚，曰文孝先生。文孝生湖廣巡撫孔炤，稱貞述先生，貞述生翰林院簡討以智，稱文忠先生，文忠弟三子中履，遯跡不仕，稱文逸先生，文逸生潼商兵備道正瑗，兵備生工部主事張登，於君為高祖。自明善崛起為儒宗，歷明季入國朝以來，家世傳業〔九〕，士大夫慕之。其書已刻者世多有，未刻猶數十種。君既告歸，僦居皖上〔十〕，乃彙刻方氏七代遺書，又刻所自著虛白室詩文集十二卷〔十一〕。當是時，河南僚友諮政考疑，則思方君，曰庶幾復出；而皖中大府求賢，亦必曰方君。〔十二〕故雖老矣，猶橐筆幕府十餘年，不克歸，歸一月而病篤。其昶修候，君曰〔十三〕：『平生慚無可述，雖然，必以累子明日。』遂卒，光緒二十三年十二月六日也，年七十有一，覃恩二品封典。配徐氏〔十四〕，前卒，側室王氏無子，以兄子友陶嗣，孫男七人。

君內行完潔，人與之處，初無可驚異〔十五〕，久乃大服。邑子陳澹然跅弛喜大言，以後進士嘗抵書論學，相佛盭，已而歎曰：『嗟乎！不肖奔走江表才數年，叢謗積毀，至不可湔祓，而先生傳食諸侯，方制州邑，文采風流爛然，絕無毫髮訾議，豈不難哉！』以某年月日卜葬某所，乞銘。維兩家世姻，又承顧言，予其可辭！銘曰：

其器渾寬，無有涯端。武安初治，隸駴氓歡。校藝新野，萬士方局，有盜潛發，一昔而寧。鎮如山嶽，迅若驚霆。〔十六〕孰云文儒，不達邦經，孰云施政，不始閨庭。仕則不跂，勞則未已，棲神大幽，千齡無圮。

吳先生曰：敘事健。

陳伯嚴曰：意味雋永。〔十七〕

【校】

〔一〕宣統本下有『幼而劬學』。

〔二〕宣統本下有『肄業成均，屢薦不第』。

〔三〕宣統本下有『羔雁充庭』。

〔四〕宣統本為『是時李尚書鶴年巡撫河南，而湘鄉曾文正公方督師祁門』。

〔五〕宣統本為『尚書先焉』。

〔六〕宣統本下有『不當受私謁』。

〔七〕宣統本下有『敘資勞』。

〔八〕宣統本下有『一以撰著為事』。

〔九〕宣統本下有『著述宏侈』。

〔十〕宣統本下有『名益高』。

〔十一〕宣統本為『又刊其虛白室詩文集十二卷』。

〔十二〕宣統本下有『前後聘治章奏踵相接，其贊畫一如在河南』。

〔十三〕宣統本為『其祀修候，神明不眊，珍重死別，曰』。

〔十四〕宣統本下有『晉封夫人』。

〔十五〕宣統本為『與之處，初若無可驚異』。

〔十六〕『有盜潛發……迅若驚霆』，宣統本為『有盜潛發，猋擊驚霆』。

〔十七〕宣統本無陳伯嚴語。

陳母黃夫人墓誌銘〔一〕壬寅

義寧陳公，諱寶箴，有良嬪，曰黃氏。夫人世居義寧州油塅，父彩意，學行推鄉里祭酒。生十五子，尤篤愛夫人，選壻得陳公。年十八來歸，逮事太夫人，能得其驩，服勞左右〔二〕，太夫人雖瞑目卧，易他人，必揣知之。家時空無，輒稱貸以佐甘滑，先期屏當，門庭寂整。公有大節遠志〔三〕，蚤歲嘗客遊四方，能不失溫清，太夫人不以思子苦，公用是能一恣於學〔四〕。粵寇亂起，夫人襁兒竄道旁林中，羣媼語夫人：『持絮塞兒口，兒即嘑，賊聞聲至矣〔五〕。』夫人恐兒死，不塞〔六〕，兒幸卒不嘑。已而亂定，公以舉人贊軍謀，至河北道，按察浙江〔七〕，坐事罷職，大臣論薦，不起。海疆日棘，詔授湖北按察使〔八〕，累遷湖南巡撫，益發舒感激，以天下自詭〔九〕，風采凜凜，為時名臣矣。而夫人積苦久，往往病劇，又連悼痛亡子女〔十〕，竟以光緒二十三年十二月甲子卒於湖南官舍，年六十六。

自夫人始歸食貧，其後家日昌起，公持節在鎮〔十一〕，前所襁兒曰三立者，種學績文，已第進士，通籍，告養子舍〔十二〕，士論歸高夫人。命服在躬〔十三〕，能一秉謙約，帥初不渝。歲時親知眷屬過從〔十四〕，爭語服玩珍麗及官中遷除事〔十五〕，夫人笑曰：『我鄉人，誠不知有此〔十六〕。』其高致芳逸皆此類。而論者尤以謂公當盛年蠖屈，閉門靜居，無纖介不自得，及有所除授，顓心營職而已，能不牽於私累，其在官所當為，斥資裒每萬金，既歸而無田以耕，無宅以棲也，固公卓犖學道之明效哉，即夫人之為賢可知。嗚呼！其亦難能也已。

夫人以公階封一品夫人。卒未及歲〔十七〕，時政大變，公父子俱獲罪，其冬歸，夫人喪南昌〔十八〕，明年葬西山下青山之原，公自定兆域，而廬其旁曰崝廬。子二人：長三立，革職吏部主事；次三畏，出為仲父觀瑞公後，前卒。女嫁候選道東安席曜衡〔十九〕。孫六人，曾孫一人。既葬，三立以狀授其昶銘，將追埋諸幽。銘曰：

吾嘗泛舟大江，絕彭蠡，抵南昌，望西山，隱隆蟠閎。意其間必有勝絕之區，足徜羊焉。公於此營峙廬，吾所不至。曾一拜公，感知己之誼，嗚呼！公今亦亡矣！惟公，惟夫人，生能同德，歿同其藏，天下事寧可復意！更千萬祀，樵採無敢傷。

吳先生曰：銘詩節奏用韻甚入古。

陳伯嚴曰：雋永，銘詞尤浩蕩。

【校】

〔一〕宣統本為『誥封一品夫人陳夫人黃氏墓誌銘』。

〔二〕『服勞左右』，宣統本為『簟席盤匜，劬躬承將，皆有定程』。

〔三〕宣統本下有『生事不誰何』。

〔四〕宣統本下有『周知民俗利病，卒為偉人』。

〔五〕『賊聞聲至矣』，宣統本為『賊至死矣』。

〔六〕『不塞』，宣統本為『不聽』。

〔七〕『至河北道，按察浙江』，宣統本為『積伐閱至河北道，浙江按察使』。

〔八〕宣統本為『遂再出，授湖北按察使』。

〔九〕宣統本下有『所興舉皆經國遠略』。

〔十〕『往往病劇，又連悼痛亡子女』，宣統本為『性善病，往往而劇，又連悼痛其子女』。

〔十一〕宣統本為『公持節鉞在鎮』。

〔十二〕『種學績文，已第進士，通籍，告養子舍』，宣統本為『已第進士，通籍，告養子舍，種學績文』。

〔十三〕宣統本下有『榮悴異勢』。

〔十四〕『歲時親知眷屬過從』，宣統本為『嘗有親知眷屬過從』。

〔十五〕宣統本為『從容語服玩珍麗及官中遷除闕腴瘠，爭誇所聞』。

〔十六〕『誠不知有此』，宣統本為『誠不知有若許事』。

〔十七〕宣統本為『卒後未一歲』。

〔十八〕宣統本為『其冬將夫人喪歸南昌』。

〔十九〕宣統本為『女二人，長嫁東安世襲騎都尉候選道席曜衡，次殤』。

蘇恭人祔葬誌〔一〕壬寅

光緒二十七年正月，方君守彝、守敦喪其母蘇恭人〔二〕，既卒哭營葬事，以書來致狀請銘。狀所述幾萬言，至深痛，不能讀也。

恭人父求恆早卒〔三〕，母汪以節孝旌，其族祖厚子徵君敬汪操〔四〕，憫其子幼，一女才賢，宜配君子。是時柏堂先生方喪耦，家貧甚，用徵君言，遂委禽焉〔五〕。恭人年十九來歸〔六〕，躬執廚爨，忘其新婦。粵亂起，先生避居魯谼〔七〕，飢餓迍邅，猶聚徒友肆講不輟〔八〕，恭人一身百役，忘其寇難〔九〕。已而亂益甚，先生攜長子培濬遊山東〔十〕，培濬，前夫人出也。恭人與子婦皆留〔十一〕。一日遇賊山中，賊趨長婦所，恭人亟前抱持長婦〔十二〕。賊怒舉刃擬之，姑婦相抱持益固〔十三〕，抵死大號，卒得免。恭人歎曰：『魯谼不可棲矣！』轉徙數處，境益困。

先生之客山東也，吳侍郎廷棟賓禮之〔十四〕。最後以曾文正公奏薦得官，令棗强十年〔十五〕。於是恭人年五十，先生五十九矣〔十六〕。守彝走官所覲視，從容言：『家人子婦誠思慕，諸孫漸長能讀書。』先生欣然顧恭人曰：『與爾偕老故山，復何求乎？』又數年，投劾歸〔十七〕，僑寓皖城，羣士趨嚮，如在魯谼。其昶亦時到門請業，得拜見恭人堂上〔十八〕，校論家法，一時清族或尠逮焉。

先生將卒之年，天子嘉其耄學，給五品卿銜，後十有二年，而恭人以痛其女適孫氏者早寡而殞〔十九〕，傷懷天屬，亦遂告終，年七十有五。子三人：培濬前卒，婦徐有節行，次守彝、守敦〔二十〕。孫七人：時涵、時棨、時簡、時介、時晉、時亮、時喬〔二十一〕。曾孫四人。顧言祔京卿墓，京卿諱宗誠，柏堂其別號也〔二十二〕。墓在懷寧縣北三十里〔二十三〕，孫君葆田誌其家世已詳。

自其昶與守彝兄弟交三十年〔二十四〕，則見其門祚方隆起不可量，今所述行，乃皆其前時側陋危苦之詞，蓋欲其子姓念之永無忘也。創業之艱難，獨其身知之耳，及子者鮮，及孫者加鮮。悲夫！周公之言曰：『否則侮厥父母曰：「昔之人無聞知。」』吾不知為父母者馳驟畢世，為子若孫計留而不獲休止，果何為也？豈當隆周時已有如斯人者邪？然則思厥艱不忘其親若吾友者〔二十五〕，足為天下之凡為子者告已。因推本其意，而為之銘，曰：

更百苦，立其家。躬不有，委祉遐。維俗敝，維踵奢，後指前，公揄揶。念哉朔，誶無涯。

王晉卿曰：先生為表誌多寓勸勉之意，讀之發人深省。〔二十六〕

【校】

〔一〕宣統本為『方恭人蘇氏祔葬志』。

〔二〕宣統本為『光緒二十七年正月壬午，友人方守彝、守敦喪其母蘇恭人』。

〔三〕宣統本為『恭人蘇氏，桐城人。父求恒早卒』。

〔四〕宣統本為『其族祖厚子徵君躬行儒者，敬汪操』。

〔五〕是時柏堂先生……』，宣統本為『當是時柏堂方先生壯年喪室，家貧甚，徵君高其學行，折年輩與之交，慨然為議婚』。

〔六〕宣統本為『恭人年十九，遂來歸於方』。

〔七〕宣統本為『咸豐初，粵寇陷縣城，先生避居魯谼山』。

〔八〕宣統本為『尤日聚故友子弟講學，著書不輟』。

〔九〕宣統本為『恭人先雞鳴而興，一身百役，以敬事夫子，生徒莘莘，調護臻至』。

〔十〕宣統本為『已而先生應吳侍郎廷棟聘，攜長子培濬游山東』。

〔十一〕宣統本為『恭人獨與其子及長婦留』。

〔十二〕宣統本為『賊意惡，恭人急趨長婦所抱持』。

〔十三〕宣統本下有『投於地』。

〔十四〕宣統本為『先生既久客吳侍郎所，道日高，名日聞，當塗書幣聘問相屬，及居河南幕，乃得將家外出』。

〔十五〕宣統本下有『留子守彝督家』。

〔十六〕宣統本為『先生亦且五十九矣』。

〔十七〕宣統本為『政成，遂投劾歸』。

〔十八〕宣統本下有『退而與守彝兄弟游，申以新特之好』。

〔十九〕宣統本下有『遺孤稚昧，春秋既邁』。

〔二十〕『子三人……』，宣統本為『長子培濬前卒，婦徐有節行；次子守彝，太常寺博士；次守敦，府學生，光祿寺署正』。

〔二十一〕宣統本為『孫七人：時涵，縣學生，候選通判；時娶、時簡，皆縣學生；時介、時晉、時亮、時喬』。

〔二十二〕宣統本下有『先用知縣優敘晉級，覃恩予四品封典，恭人得封如其級』。

〔二十三〕宣統本為『墓在懷寧縣北三十里鋪』。

〔二十四〕宣統本為『自其祖與守彝交垂三十年』。

〔二十五〕宣統本為『然則思厥艱若吾友者』。

〔二十六〕宣統本無王晉卿評語。另有『吳先生曰：著議處轉側廉悍』。

吳先生墓誌銘 癸卯

光緒二十六年畿輔民肇亂，搆外釁，八國連兵內犯，京師不守。既和議成，朝廷喟然圖所以自立，更庶政，詔郡縣罷書院，用西國法立學，而建大學堂京師〔一〕，命吏部尚書長沙張公為管學大臣。於是張公奏薦桐城吳先生學行高，兼綜中西，可以師多士。天子俞其請，命以五品卿銜充大學總教習。先生堅辭不得，則請赴日本攷學制。既至日本，自其國君相，下至教育名家、婦孺學子，皆備禮接款，海内外欽遲風采。而先生亦素以興學育才濟時變自詭，博蒐精諮，窮日夜不怠息。思彼族所以驟盛，而度吾力之所能及與時所宜，必得當以稱天子明詔，塞知遇。歸未及返命而卒。嗚呼，悲夫！

先生諱汝綸，字摯甫，祖庭森，縣學生，父元甲，以諸生舉咸豐元年孝廉方正，母馬太淑人，兩世皆以先生貴，贈如其官。徵君孝友博愛，養育宗親數十人，家日以貧。先生幼刻苦向學，嘗得一雞卵，不食，易松脂，以照讀書。篤嗜古文詞〔二〕，少長，受知曾文正公，文益宏肆高潔，以同治甲子舉於鄉，明年成進士，用内閣中書。曾公督兩江，奏調至金陵，移督直隸，隨調至北，補深州、直隸州知州，連丁外内艱，服除，署天津府知府，補冀州，所至有迹。先生既師事曾公，與聞大謀，參章奏，曾公薨，李文忠公繼督直隸，尤倚重焉。初在官，凡有請必得，任冀州八年，方敘遷，一旦投劾去，李公留之不可，則處以賓師，聘為蓮池書院山長，機要疏牘必就咨視草，自是十餘年不離直隸，遂與李公相終始。

先生為政，於世所矜尚為名高者一不屑，獨留意教化，經畫書院，苟力所能至，不憚貴勢。籍冀州已廢學田為豪民所攘奪者千四百餘畝，充書院經費，聚所屬之高材生〔三〕，求賢師而教之，深、冀二州書院遂為畿輔冠。其在冀久，成材尤多，又時時求其士之賢有文者禮先之，凡得十許人。自謂每得一士，雖戰勝而得一國不足喻其喜也。此十許人皆守高，不喜親官府，先生强起之，與此十許人者月一會書院，凡所施為便不便興革於民，必與此十許人者共之。開冀衡六十里之渠，洩積水於滏以溉田，便商旅，費白金十萬兩，公私無一儲。百方斂輸，勢劫情化，功卒以成，民或初不便其所為，既去，而人思之。

先生為人簡易佚蕩，不矜持威儀為曲謹。其宏奬好士出天性，始為吏，繼為師，一以文術誘進之。以謂文者，天地古今之至粹，苟入之不深，其精神意脈一有失，則所載道與事舉無幸焉。其教始學，必本周、秦古籍，由訓故以求通其文詞，而要以能知當時之變，備緩急；其於西國新法冥心孤探，得其恉，要歐美名流皆傾誠締結。日本學者踔海請業，遠近以文字求是正者，四面而至。又愈益以其暇，裨助李公謀略。李公操國柄久，其防海、交鄰、購器，皆前古所未有，拘學恣意妒毀，先生憤國勢弱，李公牽於異議，不克盡其能，為之剖析疑謗。李公嘗失勢，先生尤為之盡其實。先生入仕二十年，李公國士目之，而顧未嘗有所遷官增秩，其於李公無分毫私也。先生既不樂仕宦，隨李公媾和至都，李公薨，益浩然思歸，不得已於張公之薦，殊亦無意教授，獨欲考究學制得失，釐為定法，竢能者。其歸自日本也，自乞先返籍省墓，因興辦桐城小學堂。數月，學堂成，北行待發，臥疾，遂不起，二十九年正月十二日也，春秋六十有四。嗟乎！處數千年遞積遞敝之俗，非大有以奪其故習，其勢不足以振起！世方懲任事銳往之失，以先生之所挾，而揆時之須，其遂能有合邪，則不幸中駕而稅，使夫朝野上下以逮殊鄰絕域之區歔欷鬱悼，謂其人若存，其所為何遽若是？因以為斯世之不幸，而其於先生猶未為不幸也，此其尤可慨痛者已。

先生配汪氏，封淑人，前卒，側室歐氏。子啟孫，有軼才，能世其業，女五人：長適直隸候補知州薛翼運；次適舉人汪應張；次適翰林院編修湖南學政柯劭忞；次適直隸候補知縣王光彎；幼女許聘姚氏。所著書有易說、書說、深州風土記、詩文集、日記、東遊叢錄，凡若干卷〔四〕。啟孫將以某年月日營葬某所。門人馬其昶為銘，銘曰：

宋後儒賢，睨之亡有，道吾不知，文抑何朽？嘲噱風發，而行則修，我昆我弟，萬古殊尤。苟恣其好，身命可漚，真性結牢，鬼愉神泣。惟其大偏，乃匪能及，瘖姬鍥孔，高蹠遠睎。亦圖於新，造漠追微，競存強力，救我民痡。凡此二行，世謂二反，饌德鑱辭，九幽是烜。

陳伯嚴曰：綜括生平，稱心無遺，結構之工，聲情之茂，殆欲上追荊國。

【校】

〔一〕宣統本為「詔郡縣改書院，用西國法立學，而建大學堂於京師」。

〔二〕宣統本下有「私淑同里姚姬傳先生」。

〔三〕宣統本為「聚所屬之高材秀生」。

〔四〕宣統本為「所著書有易説、書説若干卷，深州風土記二十卷，詩文集若干卷，日記若干卷，東游叢錄四卷」。

抱潤軒文集十八

桐城馬其昶通白

墓誌銘

四品銜刑部奉天司主事孫君墓誌銘〔一〕丁未

君諱傳奭，字少鼎，壽州人也。先世遷自濟寧，高祖諱士謙，欽旌孝子〔二〕，祖茂章，父家亨，早世，贈如君階。本生父家夔，貤封中憲，母何氏，本生母王氏皆封恭人〔三〕。贈君甫婚而卒，後十有二年君生，即嗣小宗為主後〔四〕，母氏長育兵革之中。光緒八年舉江南鄉試，明年成進士，觀政刑部，迎養封君暨兩母京師，居三年，封君去〔五〕，歸里。君夙秉仁孝，既傷繈褓為孤，母氏劬苦，懼無能愉慰，又念生我之德之罔可為報，徘徊篤棐，如戴二天。封君病亟，踉蹌歸省，在塗聞凶，入門而何太恭人遘疾耗至，即時還軫。哀誠所積，人神佑憐，母疾良已，旋喪厥配，逾年何太恭人棄養，又數年殞其長嗣。屢更憂患〔六〕，機照益朗。始君為學，篤慕宋賢，其後乃頗往往妉禪悅矣〔七〕。東事起〔八〕，君慮有非常之變，獨身依闕，已而款成，朝野更慶，君遂告歸，王太恭人依仲子粵東〔九〕，迎還致養。前後歷主豐潤、懷遠、定遠、桐城及正陽講席，室無宿舂，推解不勌，敘籌賑勞〔十〕，加四品銜。

初君投劾，方强仕耳，禍難既夷，宜若可少留無患者，而君徑去不顧。既歸，貧甚，諸與君同歲生多躋顯列〔十一〕，即與君偕去而再出者皆遷秩，或外補吏饒贍；而是時君再從父方在朝，以天子師傅為宰相，人諷君復起〔十二〕，笑不應。士固有棲遲高蹈者矣，然或困於無資藉，或其生事足可以自娱，君子猶樂與之，矧如君者無所資於此，而可操券責之彼〔十三〕，顧舍而弗取，何邪？豈其棲心澹泊〔十四〕，舉身世胥納諸大空之域，其道固有然者邪？抑吾觀君之用情於倫紀閒者，又何其哀樂至到結牢而不可已邪？

君以光緒卅一年，年五十有二卒〔十五〕。夫人程氏孝德與君齊一〔十六〕，繼娶劉氏。子多虡〔十七〕，前卒；多甸，縣學生。女適舉人馬振彪，於余為族子婦，次未字〔十八〕。君卒再逾年，與前夫人合葬州南大長岡先兆側

〔十九〕，先期多旬來徵銘，余與君締交久，君憐女遠嫁，命父事余。乃為銘曰〔二十〕：

嗚呼孫君，而止於斯。蓋君洞明無生之恉久矣！魂其奚悕，悼濁俗之骪骳〔二十一〕，不有摩尼珠，孰澄厥源，我心之悲。

姚叔節曰：以議論行敘事，純從空際旋折，其氣彌厚〔二十二〕。

【校】

〔一〕宣統本為『清故中憲大夫四品銜刑部奉天司主事孫君墓誌銘』。

〔二〕『先世遷自濟寧……』，宣統本為『先世由濟寧來遷，五世祖珩以孝行旌門，潛德孕良，炳為著姓』。

〔三〕宣統本為『皆封太恭人』。

〔四〕宣統本為『兄弟三人，君其長也，粵在初降，出後所宗』。

〔五〕『迎養封君暨兩母京師……』，宣統本為『迎養邸舍，封君居三年去』。

〔六〕宣統本無『屢更憂患』，而為『悼心茹撼，軀龐精銷』。

〔七〕『始君為學……』，宣統本為『君之為學，始篤慕有宋程朱之遺軌，袪蔽惑，務明大道之原，寖尋而及明儒良知捷悟之談，其後乃頗往往妉禪悅矣。虛納善下，雖廁朝列，猶時取四子書聚徒友講肆，諸公貴人聞其言，或相錯愕，避席致敬』。

〔八〕宣統本下有『畿甸大震』。

〔九〕宣統本為『王太恭人依仲子於粵』。

〔十〕『前後歷主……』，宣統本為『前後歷主豐潤、懷遠、定遠、桐城及正陽關講席，室無宿舂，推解不勌，鄉邑旱饑，躬助吏振災，敘勞』。

〔十一〕宣統本為『多蹟通顯』。

〔十二〕宣統本為『或諷其復起』。

〔十三〕『然或困於無資藉……』，宣統本為『然或亦不免困於無資藉，或其生事有可自娛憺焉，無晞於外，君子猶樂與之，矧如君者無所資於此，而可操左券以責之彼』。

〔十四〕宣統本為『豈其皈心彼教』。

〔十五〕宣統本為『君後復應京師實業學堂之聘，未幾疾作，抵家卒，光緒卅一年十一月十七日也，年五十有二』。

〔十六〕宣統本為『娶程氏，孝德與君齊一』。

〔十七〕宣統本為『子二，多虞』。

〔十八〕宣統本下有『皆前夫人出』。

〔十九〕宣統本為『其卒之再逾年，葬州南大長岡先兆側，以前夫人祔』。

〔二十〕宣統本為『先期多旬來桐城徵銘，余與君締交京師，後君時來視女，憐其遠嫁，命父事余，故余知君深，銘曰』。

〔二十一〕宣統本無『悼濁俗之骪骳』。

〔二十二〕宣統本姚叔節評語為『論少鼎，得其深處，文氣清厚，乃先生本色』。

署徐州府知府江君墓誌銘〔一〕丁未

君江氏，諱雲龍，字濳之，號潤生，合肥人也〔二〕。少失父母〔三〕，宏邁不羈，伯兄撻之而泣，由是感奮，大恣於學，年十八應督學試，冠其曹，負才自喜。壽州孫振沅，超悟士也，嘗遇異人蘇州〔四〕，授以姚江學說，精思數月，渙若有得。君與語大驚服，折節師事之。光緒十六年成進士，選庶吉士，授編修，充國史協修官。居京師，不能造請貴勢，家貧乞外，改知府，榷稅通州，權知徐州一年，以病歸，俄而卒，年四十七〔五〕。君以孤童長育於伯兄，兄歿，始通籍仕於朝，妻劉繼逝〔六〕，又遘聯兵犯闕，友人翰林壽富、主事王鐵珊皆殉節死〔七〕，淒然身世之際，湮鬱無俚，遂隕天年〔八〕。

然君故有幹濟大略，鄂人曹君令臨榆〔九〕，擊斷為治，豪强側目，因摭其罪，致之死，曹懼罪陽狂。眾知其詐，即以令病狂上言，大吏命榆關軍將拘系之〔十〕，留一竇傳飲食。君初為翰林，過天津，自言願觀榆關炮壘，提督傳知列將〔十一〕，至則周覽營壘畢，逕詣曹所。曹聞人聲，復肆罵，君立門外誦詩感之〔十二〕。曹心動，默不罵，即撾門求出。眾駭視，君曰：『脱有罪責，某自獨任。』開門出之，挾與俱去。曹被錮已兩載，提督為白之大吏，竟復官通州〔十三〕。朱孝廉銘盤高才不禄〔十四〕，君以五百金振其遺孤，其行義俠皆此類也。

君娶劉氏〔十五〕，繼娶儀徵阮氏太傅文達公曾孫女，子彝藻，諸生，前夫人出。以某年月日葬某所，彝藻致張君子開所為狀來乞銘〔十六〕。銘曰：

余接君音麈，曾不一再〔十七〕，於交為新。君之友狀君之行〔十八〕，吾能得其真，以銘其窀。

姚叔節曰：敘脱曹臨榆，極有聲色。

【校】

〔一〕宣統本為『皇授中憲大夫署徐州府知府江君墓誌銘』。

〔二〕宣統本為『君諱雲龍，字濳之，號潤生，江氏，明代由句容遷居合肥縣東浮槎山麓，為合肥人。父永德，母吳氏，生三子，長次皆以武功至都司、副將』。

〔三〕宣統本為『君少失父母，風穎標徹』。

〔四〕宣統本為『壽州孫君振沅，超悟士也，其父為合肥教諭，孫君嘗遇異人蘇州』。

〔五〕『家貧乞外……』，宣統本為『以家貧乞外，改知府江蘇，嘗一權通州釐稅，署徐州府事，未一年以病乞休，歸數月，卒，年四十七』。

〔六〕宣統本為『始君為孤童，育於伯兄，及娶，伯兄旋沒，門内膠戾，益有難言。已而供職承明，妻劉永逝』。

〔七〕宣統本為『又遘聯兵犯闕，宫車遠狩。友人宗室翰林壽富、英山王主事鐵珊皆殉節死』。

〔八〕宣統本下有『籲其傷矣』。

〔九〕宣統本為『鄂人曹君以拔萃令臨榆』。

〔十〕宣統本為『大吏未遽察，命榆關軍將拘禁』。

〔十一〕『自言願觀榆關炮壘……』，宣統本為『時直隸提督為同郡人，隆禮接款，因言願觀榆關新築炮壘，提督傳知列將供具』。

〔十二〕宣統本為『君立門外大誦孔北海憂能傷人語』。

〔十三〕『挾與俱去……』，宣統本為『曹被錮已二年，室中積穢盈尺，面色非人，君挾與俱去，提督為白之大吏，事得解，曹竟復官』。

〔十四〕宣統本為『其在通州，朱孝廉銘盤高才早世』。

〔十五〕宣統本為『君卒於光緒卅年九月，前夫人劉氏』。

〔十六〕宣統本為『彝藻乞銘』。

〔十七〕宣統本為『僅一再兮』。

〔十八〕宣統本為『君之友張子開狀君之人』。

吳太夫人墓誌銘〔一〕戊申

尚書建德周公之配吳太夫人，光緒卅三年，年七十有三，冬十一月終於揚州寓舍。逾年，子學熙以狀並尚書自為傳授其昶乞銘〔二〕。尚書蹶起單寠，任兼圻，家門驟盛，皖南列縣無與比。而太夫人以一身兩涉榮悴，其行事皆可法式，於銘宜。

尚書之言曰：『當粵寇初熾，東南無完土，吾家貧薄，轉徙彭澤山中，晝匿草樹翳蔽，夜出營一炊，遲明則登高處瞭望避賊，一日危得數死〔三〕，祖父母、父母恆泣，約家衆當畢命一區。予既不忍違離，又念守此終無全理，夫人贊畫大計，趣予潛走，留書以白重堂，提攜二嬰〔四〕，深宵送别。自是十餘年，兵飢疾疫之危苦，有非人意計所能得者，乃至吾祖父母、吾父之喪，皆夫人拮据將事，則是夫人有大造於我周也。予乃因緣際會〔五〕，至有今日，而夫人自生四子學熙〔六〕，即静居素食，精誦楞嚴經四十餘載，一以慈利為行。子學海、學銘同歲成進士〔七〕，學銘入翰林，學熙、學輝皆獲鄉舉。子婦孫曾數十人，而夫人守盈以約，不忘前艱，節縮簪珥服御，買田四千畝，曰樂濟會，以恤貧者〔八〕。予撫山東，夫人壽七十，兒輩將召伶樂〔九〕，堅不許，謂吾不以此開汝家汰侈之漸，費移助振，愈於延賓。洎予自粵歸，夫人病〔十〕，予慰之曰：『往吾兩人在難，誠不自意全濟，及今死，已贏年五十〔十一〕，其可無憾。』夫人笑頷之〔十二〕：『蓋其用愛溥，而深達元化，或亦事佛之為效也。』

尚書名馥，官至兩廣總督加兵部尚書銜，子六：學海、學銘、學涵、學熙均夫人出，學銘後其族父；學淵、學輝庶出，夫人視之無歧異。學涵早卒，餘五人皆官道員，而學銘嘗署江西按察使，學熙，長蘆鹽運使，署直隸按察，錫一品封典〔十三〕，夫人得封太夫人。太夫人之歿，學海前一歲卒，子達為承重孫，達亦道員，三品廕生，諸孫十九人，曾孫四人，女子子三，庶出，孫女廿。以某月葬某所〔十四〕。學熙之狀太夫人可紀者眾〔十五〕，其昶昔居賓館，鼓鐘聲聞，府中上下數十人，獨於太夫人無閒辭，號曰『佛母』，狀所言皆驗。銘曰：

今方興女學，顧無女師，孰殫厥施，而自執卑。不膏於脂，不蹉於疷，老福是宜，埋幽我詩，亦以範時。

王晉卿曰：不事侈陳，而嘉言懿行，昭然若揭，歸熙甫擅長在此，此文豈復多讓〔十六〕。

【校】

〔一〕宣統本為『建德周太夫人吳氏墓誌銘』。

〔二〕宣統本為『其子學熙……』。

〔三〕宣統本為『一日嘗得數死』。

〔四〕宣統本為『提攜三嬰』。

〔五〕宣統本下有『薄立勳伐』。

〔六〕宣統本為『而夫人自初入官舍，生四子學熙後』。

〔七〕宣統本為『長子學海，次學銘，同歲成進士』。

〔八〕宣統本為『以恤貧者，名曰：樂濟會』。

〔九〕宣統本為『予撫山東，時東南水災鉅。夫人七十生朝，兒輩請稱觴演劇』。

〔十〕宣統本為『洎予蒙恩告歸自粵，未幾夫人遂病』。

〔十一〕宣統本為『視他人已贏年五十』。

〔十二〕宣統本為『夫人笑而頷之』。

〔十三〕宣統本為『敘勞錫一品封典』。

〔十四〕宣統本為『以卅四年某月日葬某所』。

〔十五〕宣統本為『學熙之狀太夫人他行可紀者眾』。

〔十六〕宣統本無評語。

方君墓誌銘 己酉

君諱元衡，字莘田，桐城方氏〔一〕。曾祖調鼐，嘗捐義田助族人葬資，祖傅琪，父寶光，皆敦行誼，至君益務發揚前休，稱述時時在口。既葬其先祖父以下諸喪，因推及鄉鄰，郡邑貧不克舉者，請於官〔二〕，設勸葬局督之，俾無溺陋俗，暴骸原野。疫厲寖興，濱江桂家壩居民叢葬隄上，淫雨嚙隄〔三〕，或走告君，君時患足疾，掖而前，駕舟驚濤中，指麾遷瘞，甫竣而圻圮〔四〕。蕪湖築道開商埠，掘毀塋塚〔五〕，復集資設勸葬分局。其他購義山，起義冢掩埋會，先後以君得葬者逾五萬。君既以義聲自憙，而尤欽重節烈。慮官師輾轉咨核，不獲即時上達，貧者至不得報，乃請設採訪局，逕申大府以聞，事簡而費省〔六〕。於是幽貞女婦奏聞得旌者逾二十萬，建節孝總祠於會垣，建總坊北郭外，其斂財、發議、督工役，一自於君。

君居貧喜事，善大言〔七〕，所營類闊遠。人以此疑笑之，君不自沮，為之益力。及君子履中通籍，入翰林，舉經濟特科，得高第，人又推為福善之驗，而謂君之所為果善也。士獨行其心所安耳！必一一責報於天，天之不可知也久矣，要之，人人所願望而莫可期必者，惟肖子能自立，以成其親名，斯足為君之幸焉者已！君附貢生〔八〕，誥封如其子階官〔九〕，娶吳氏，繼程氏〔十〕。子用中，附生，早卒；履中，編修〔十一〕；秉中出嗣叔父；次宜中、在中。女適張，次適喬〔十二〕，亦旌貞節。君以光緒三十四年卒，葬某所〔十三〕。履中請銘其碣〔十四〕。銘曰：

百千萬骴，誰其尸之！一有不梩，若己瘞之！幽閨婦嫠，我其暉之！嗚呼！君今已矣，後之人繼斯，載福以餉遺，永莫其螭。

姚仲實曰：淡折中有超妙之致，機趣洋溢，空所依傍。〔十五〕

【校】

〔一〕宣統本為『君方氏，諱元衡，字莘田，族望推桐城最』。

〔二〕宣統本為『因推及其族以逮鄉鄰、郡邑，凡耳目所及貧不克舉者，請於大吏』。

〔三〕『濱江桂家壩居民叢葬隄上，淫雨嚙隄』，宣統本為『濱江桂家壩淫雨詻隄，居民叢葬其上」。

〔四〕宣統本為『馳往遷瘞，甫蕆事而岸圮。』

〔五〕宣統本為『掘毀塋塚無算』。

〔六〕宣統本為『捷簡而費省』。

〔七〕宣統本為『君故勞勤穀儉，善大言，居貧喜事』。

〔八〕宣統本為『君以縣學生』。

〔九〕宣統本下有『光緒三十四年九月，年六十卒』。

〔十〕宣統本為『繼娶程氏』。

〔十一〕宣統本為『子五：　用中，附生，早卒；　履中，翰林院編修』。

〔十二〕宣統本為『女二，長適張，次適喬』。

〔十三〕『君以光緒……』，宣統本為『君卒之明年某月日，葬某所』。

〔十四〕宣統本為『履中來請銘』。

〔十五〕宣統本無評語。

高佩之墓誌銘〔一〕己酉

君諱春浦，字佩之，合肥高氏。明季自江西來遷，居縣南八十里永和圍，永和圍者，咸豐時君所嘗練勇禦寇以為號，今遂以名其地云。其先世勤農業，至君諸弟貴，始贈封。祖榮亮，父華堂，皆二品〔二〕。君威重，有幹略。少從師受讀未竟〔三〕，會天下亂，居民逃徙四出〔四〕，君獨集父老議團丁自衛〔五〕，有土寇將發，夜禽斬之〔六〕，永和團之名由此著。自後遂從戎幕〔七〕，歷江、浙、河南、直隸諸行省，西北出寧遠、歸化，東南渡海，抵安南。數十年中，或出或暫歸，至光緒二十二年，始不復出，又十年，卒於家，年七十三〔八〕。其初徒以練鄉兵起，終老於游，敘勞得同知銜知縣，發山東，以非雅意所存，故不仕。其家居，喜為鄉里興利議〔九〕。岡田恆苦旱，鑿河汊十餘里溉之〔十〕，其工費鉅者大隴潭，面湖背岡，旱潦皆為害，因開長河貫其中，建閘下流〔十一〕，歲獲豐樂。尤精醫術，開門待診，不以煩穢見拒，人望君顏色驗疾劇減，可治不可治，合藥以濟施貧者〔十二〕。里巷忿爭，咸就取直。羣兒遨嬉道旁，見君至，多走匿〔十三〕。

君性能飲酒，酒酣自說平生所經山川形勝及其土俗，甚可聽也〔十四〕。嘗言戰江蘇時，探賊營，炮丸如鶩卵掠肩過，驟馬踐尸，行北逐捻，日馳百數十里止宿，就馬鞍上張燭寫軍書，倦則伏地、臥樹〔十五〕，長矛於側，冰凝矛頭，窣窣有聲。沙漠行，終日不見水，渴取噉橐中芋數片，當時誠不自知其苦〔十六〕。子壽恆侍側，嘗從容問前所從諸帥贊畫狀〔十七〕，輒瞠視良久，曰：『事已往，何足深道！』蓋君亦既老矣，往往欷歔罷酒泣下。自聖哲罕言命，事功之建立，誠未可必，或一出而坐致通顯，或積苦終世，竟無能一當，豈非天哉！以君之器能勞勤，何謙於彼邪？而其建立止此，其所以自處者，其於命焉〔十八〕，殆能安也已！

君娶任氏，繼孫氏、沈氏〔十九〕，篋室王氏。子憲瀛、相均〔二十〕，皆諸生，早卒；次壽恆、壽昶。二女皆適士族〔二十一〕。宣統元年，壽恆改葬君某所〔二十二〕，孫宜人袝。銘曰〔二十三〕：

福於里為奢，澤於人豈遐。天衢不騁蟄騮驊，生與時宜遇則差。通窒孰能測其牙，論才足備古免罝，我旌以銘訊無涯。

王晉卿曰：敘戰時事驚心動魄，造語似韓。〔二十四〕

【校】

〔一〕宣統本為『合肥高君墓誌銘』。

〔二〕『其先世勤農業……』，宣統本為『其先世皆勤農業，自君曾祖有章始學，祖榮亮，父華堂，三世皆以君諸弟貴，贈封二品』。

〔三〕宣統本為『君兄弟四人，次居長，性嚴重，有幹略，少從師受書，未竟學』。

〔四〕宣統本為『會天下亂，土寇四出，居民逃徙』。

〔五〕宣統本下有『編條教，申約束，益造戰具、農器』。

〔六〕宣統本為『夜走其家，擒斬之，黨衆駭散』。

〔七〕宣統本為『自後君從戎幕』。

〔八〕『至光緒二十二年……』，宣統本為『至光緒二十二年，年六十三，始以衰老不復出，又十年，遂卒於家』。

〔九〕宣統本為『喜為鄉里興利建議』。

〔十〕宣統本為『鑿河汊十餘里以導宣蓄』。

〔十一〕宣統本下有『數年訖工』。

〔十二〕『人望君顏色……』，宣統本為『憂喜發於中誠，旁觀欲驗疾劇減，可治不可治，望君顏色恒揣知之。歲合藥以施貧者，濟全甚衆』。

〔十三〕宣統本為『遇君過，輒竦立，或先走避』。

〔十四〕宣統本無『甚可聽也』。

〔十五〕宣統本為『倦則據地、伏鞍、臥樹』。

〔十六〕宣統本為『當時誠不自知苦』。

〔十七〕宣統本為『子壽恒嘗從容侍側，問前所從諸帥贊畫狀』。

〔十八〕『何謙於彼邪……』，宣統本為『視世之所號為傑者何謙耶？而其施止此，其所以自處者若彼，其於命焉』。

〔十九〕宣統本為『繼娶孫氏，皆封宜人，再繼沈氏』。

〔二十〕宣統本為『子四：憲瀛、相鈞』。

〔二十一〕宣統本為『長女亦早卒，餘二，壻潘、壻王』。

〔二十二〕宣統本為『君歿，權厝北岡，將以宣統元年改葬某所』。

〔二十三〕『銘曰』，宣統本為『壽恒自京師以狀來乞銘。其辭曰』。

〔二十四〕宣統本無評語。

陳母潘太淑人墓誌銘 庚戌

今年余來京師，交周君松孫，因周君而知陳君子綬。余與周君同官相親，知其賢，蓋能自奮於孤童，致通顯，以彰其母節。一日周君曰：『余不幸生六歲而孤，余友陳君視余加酷，裁五月耳。吾母已前葬，埋幽之辭闕如。今陳君新遭母憂，葬有期，惟吾子惠許之銘。』

明日陳君辱先施，又明日再至，既不獲辭，則謹次之，曰：太淑人長樂潘氏，年二十歸閩陳氏贈通議大夫諱炳奎。通議父喬榮，以進士知江西寧都州，即選知府。通議少有遠槩，好急人難，侍父任所，日夜刻苦厲學，同治初歸應省試，得瘵疾，五年春遂卒。方是時太淑人年二十三，寧都適有兄喪，又痛子愁憂無聊，投劾去。太淑人自初喪夫，絕食飲瀕死者數，念君舅老家難，仍薦呱呱在抱，即忍死撫孤以養以祀。寧都病痿痺瘖，不能言，飢飽寒燠，太淑人恒揣意先得，事君舅凡十五年。性和靜，習勤而喜施，其所撫呱呱五月子者曰應濤，字子綬。既成進士，授部職，再遷郎中，簡直隸承德遺缺知府，未上而太淑人卒，年六十七。詩曰：『欲報之德，昊天罔極！』罔極之悲，豈不痛哉！斯周君所為勤勤助之請，而余亦何能已於言也！周君又曰：『曩庚子拳禍作，偕陳君避兵三河，割屋而居，親見太淑人，不須臾違反常度，無悖容，無遽語，在厄若此，宜其教子有立，再成其家！』太淑人先以節行旌於朝，又用子官得封。孫四人：與椿，舉人，中書科中書；次毓康；次與椝，副貢生，前卒；次與樟。曾孫二人。其卒以宣統二年，祔葬保福山通議兆次。銘曰：

嗚呼，盛矣哉，陰教綦隆也！女婦歲被旌典，悉數難終也。事有至艱，辭從同也。孰能傳載，焯無窮也。銘以慰其子之衷也。

王晉卿曰：簡老無支，筆法純得之韓。

清山西布政使張公墓誌銘 辛亥

中華民國統一之初，於是前山西布政使張公卒再朞矣，其孤孫家騮卜葬於三安埔保某山，來請銘。

公諱紹華，字絅甫，一字筱傳，其先世推桐城望族。太傅文端公，康熙時為名臣，子文和公繼相高廟，自文端、文和下至公，凡七世，皆取甲乙科。公生道光中，少更粵寇之亂，嘗為賊得，夜縋城遁，墮積尸上。大父罵賊死城中，復潛入殮焉。洎寇平，年三十矣，江南復舉行鄉試，遂獲雋。又十年，成進士，由吏部主事改道員，署大順廣兵備道，調通永道。值甲午中日事起，防河稽税，兼任饋餉事，悉辦治，擢江西按察使，署布政使，調補湖南，終山西布政使，加花翎，頭品頂戴。其在江西、湖南，皆護理巡撫事。

公所至，不驟為聲張，問法何若，意以糅之，涵荒納纇，尤厚於宗親。或頗負德，煦之如初，慍恚不形辭色。而幹事精密，筐篋碎細，一自其手，不假僕隸。惟文端以謙謹教家，著聰訓齋語，其後遂蒸為門風，而公容體魁碩，每大聚會，趨蹌揖讓，醞藉可觀也。投老比喪二子，弔客在門，必强自酬接，卒前一夕，修啟故人，猶紅箋莊寫。年七十有九。配董氏，封一品夫人，二子誠、承聲，皆道員，而誠亦中式江南舉人，先公一年卒，其葬也，祔於公墓。

張氏科甲仕宦與清國同永，公前官江西，遺孫家騮游學日本。今公歸窆，而民國建，海内競於武功矣！乃如公者猶廪廪見承平時公輔風槩，嗚呼！世論異尚，亦各有所遭者然與？公於其祖為舅氏行，而家騮又女夫也，誼不得辭。銘曰：

祚於家綦，隆運於國，為終老瞑，不視其無悃。

方常季曰：即國變生情感，吁處蘊藉深至，有史遷神理。

王晉卿曰：修辭練格，學昌黎而得其神似。

吳辟疆曰：史公傳各肖其人之生平以出，此文摹寫張公可謂逼肖。

朱太宜人墓誌銘辛亥

太宜人姓朱氏，世為涇縣黃田村人。年十六，歸胡君贈奉政大夫。贈君亦涇人，而治絲業於六安蘇家埠。雖為賈，食指衆，猶莫能給，則轉相稱貸。宜人躬作苦，每就燈縛絲至夜分，目盡腫。歲暮，債家環至，贈君性願而口訥，計無所出，彷徨自引去。宜人絜有量無，子母挹注，謝以柔辭，各厭其意。一歲，祀竈矣，而索逋益急，因遣長子走九十里，貸於宗家，垂橐而返，宜人意雖憫子空勞苦，無慍怒言，密不令贈君知也。贈君嘗以事被訟，役吏在門，遑迫失措，臥牀擬答辯語甚具，及對衆仍噤莫能自宣。

宜人念居困無已時，則遣子就學，學成能試矣，資斧乏，取絲佐之，訓之曰：『汝家貧，不足供讀，其能讀者，皆吾心力營之。今力竭矣，汝父忠實，與人處乃恆見欺紿，汝當亟謀自立矣！』聲淚俱下，子璧城泣受教，旋充博士弟子，光緒丁酉，江南鄉試舉人，後卒業京師大學，獎中書科中書，遂為儒家。璧城宦學既遂，舉宿逋千金盡償之，宜人乃喜。宣統元年某月日卒，春秋六十有七。

子璧城，今為安慶府中學監督；次景福；次道樹，殤；次毓瑞。女二，皆適士族。孫二：傳鼐、鴻齡。以卒之明年，合葬六安某山之原。璧城以狀謁桐城馬其昶，為銘如此。

吴辟畺曰：取徑極奇，涵泳意思於筆墨之外，深得史公意趣。

王晉卿曰：詞質而意濃，逼近熙甫。

邵氏節母劉太君墓誌銘癸丑

浙江西湖二龍山邵氏祖塋側有新阡，是惟節母劉太君墓。太君杭縣人，諱葆貞，字莊蘭，清道光中進士漢中守諱埊之女，六合令仁和邵君諱順國之妻，而進士京師法政學校長章、河南國稅廳長羲之母也。

六合君考位西先生諱懿辰，有重名於時，咸豐十年以罷職刑部郎家居。粵賊陷杭城，奉母徙紹興，明年母終，杭州再陷，麾家人出，圖延宗祀，而獨身留殉。曾文正公表其墓，稱賢者遘難，親在則出避，親歿則死之義之至衷者也。六合君年十五，既孤，依曾公安慶，逾六年，就婚漢中，旋以同知需次江寧，權六合縣事，又逾年，以疾卒。時太君年二十八，子章，三齡；義，庶出，遺腹子也。家故貧，曾公幕僚諸與六合君遊者勸留金陵勿遽歸，漢中守又來迎赴陝，太君念淹滯異鄉非久遠計，乃間關歸里，營葬六合君。復延師課子，曰：『邵氏興廢在此二孤，不嚴教，其將何賴？』時時稱先輩行事可效法者以戒子若婦，其後二子皆學成，門望復振。太君厲節幾四十年，受旌於朝，晚歲齋素禮佛，不以子貴弛其艱貞，民國二年，年六十有七卒。既葬，銘不具，其孤章，字伯絅，乞文於其昶。

予維位西先生臨難不苟，其友曾公既為文彰其義節，復收恤其孤，六合君駸駸有立矣，而遽隕，當是時，邵氏不絕如綫，一門孤稺，又有非朋友風義之力所能掖扶者，嗚呼！觀於邵氏三世，其於君臣、父子、夫婦、朋友、倫紀之閒，皆足風於當世，詩曰：『明發不寐，有懷二人。』伯絅主教京師，懷其先德，以導迪後進乎，則於世論，其必知所決擇焉已！予故樂書之，使追而埋諸新阡之址。銘曰：

維邵蹶起一儒宗，大書深刻文何雄。處義蹈難世絕蹤，誰續微緒今其逢。節母之節屹崇墉，一簣足障稽天東。滅裂綱維眾語訩，曷不考文此幽宮。

王晉卿曰：有手揮五絃、目送飛鴻之妙。

姚叔節曰：此文之成，去湘鄉表位西墓甲子未周，而世議大變故，即用曾文為陪客，感喟微至，妙絕千古。

兩淮鹽大使洪君墓誌銘 癸丑

君諱紹奎，字建生，號秋舲，姓洪氏，安徽涇縣人。先世鄱陽洪忠宣公暨子文惠、文安、文敏三公，並見宋史。文惠子槺公為遷涇之祖，或曰涇之有洪在北宋前，槺公實始還故土。其後二十餘傳至福建基隆通判諱熙儔者，君考也。

君供事國史館，敘勞為福建鹽大使，尋改兩淮。光緒十二年兩江總督曾忠襄公薦其能，補授丁溪場大使。時場鹽滯積如山阜，商率折閱，逡循不前，課日絀，竈民重困，君親走維陽，推誠開說，更舊章之不便者，羣商大懽，君挾與俱來，不兩旬，鹽罄矣。濱海貧民架蓬茅以居，每東北風作，海潮洶湧，則往往漂溺。君趣民築土為墩，度高潮所至，丈餘閒百步一墩，水至輒走避墩上，濟全甚眾。又逾年，大旱，蝗，君多設捕蝗局，擇曠地開溝，督民捕蝗，瘞之，酬以錢，又益揭旗鳴鼓，驚擾蜚蝗，使不得降，若降者，以網掩之，由是境內無蝗災。是役也，凡捕蝗蝻至八億萬斤，斤酬錢八，遞減至一，開溝萬七千餘丈，丈酬錢四。費鉅無所出，大府命取之積穀，君曰：『穀者，民之天也，不可取。』乃募諸富室，不足則傾篋濟之。知府許寶書稱其治行第一。眾謂君當得右遷，未幾坐事被劾，罷官去，父老接軫歌功，祖道塞塗，御史某上章訟之，案事者有所趨避，遂不獲理。

民國元年九月六日卒於家，春秋六十有四。娶胡氏，生五男：祖達、祖修、祖武、祖光、祖寶。後娶季氏，生三男：祖庚、祖賢、祖斌。女一人。孫四人：祥儒、祥泰、祥保、祥耀。其諸子卜以某年月日葬於涇縣東某山之原，祖寶、祖庚來皖乞銘。銘曰：

生有績，寃莫湔，沒可傳，亦何懟乎幽埏。

王晉卿曰：據事直書，不立閒架，而波瀾起伏，出之自然，固是昌黎本色。

方倫叔曰：以峻潔見神采。

胡侍御母漆太淑人墓誌銘甲寅

宣統初，余來京師，時方厲行新政，侍御胡君思敬數上章，爭言新政行不便，國亡可立待。語絕痛，章上，輒留中，不報，侍御遽乞歸養。予心知其忠，而亦疑其不無或激，為文以祖之，乃頗冀其稍須也。侍御逕去不顧。是年秋，武昌事起，侍御言驗矣。又逾年，赴告太淑人喪，且徵銘。

其狀曰：『母姓漆氏，新昌人，翰林院編修諱墉冢女，年十八歸家君，家君名燊雲。時先王父已殉節黔陽，家中落，無寸椽尺土，貧甚，則盡粥簪珥，布裳操作。家君教授，歲得數十緡，或累月不歸，其有不繼，補緝匱乏，皆母力也。凡舉五男三女，殤其四。每晨起入爨室執炊，尚攜抱嬰稺，烹飪、緝紡、豢豕、蒔蔬，僕媼所莫勝其役者，類一身兼之。生事既蹇，門內雍怡。其後家君舉於鄉，思敬成進士，備員朝列，思義服官雲南，母不以貴倨，勤劬如故。嘗就養京邸，檢計薄，月需金六十，駭曰：「此何可繼邪？為官暫耳，家居為民時長。」其昶讀狀至此，曰：嗟乎！侍御出處不稍濡忍，浩然自行其志，有以也哉！曾子固言：士苟於自恕。顧利冒恥而不知反己者，往往以家自累。予不能不愧其言也。然則太淑人賢遠矣！狀又曰：『母性喜任恤，三黨親故緩急來告，縮己豐施未嘗拒，竈突待火者數，家儲藥療疾，求無不備。』贛俗治喪必延僧建醮，遺令禁斷，即移醮費百緡助育嬰善堂，又百緡為親支繼絕，諸子泣受教，遂卒，時癸丑八月十三日也，年七十有幾。明年九月五日，葬縣城外四十里黄花莊，以子貴，封太淑人，子曰思敬、思義、思道，女適漆、適吳。銘曰：

亹然而鬱兮，維賢母之幽城。天動地岌兮陵谷變，永不騫兮令名。

吳辟畺曰：敘狀詞未終，儳入贊語，章法奇妙，神氣亦奮出，前後矜練雅稱。

王晉卿曰：其幽思微旨，寄在絃外，讀之令人悽感。

抱潤軒文集十九

桐城馬其昶通白

墓誌銘

清封光祿大夫奉天巡警道鄧君墓誌銘丙辰

君諱嘉縝，字季垂，江寧鄧氏。先世居吳縣洞庭山，遷鳳陽，再遷壽州，清初有官洮岷兵備道諱旭者卜居江寧萬竹園，故又為江寧人矣。兵備五傳至兩廣總督諱廷楨，於君為王父，考諱爾咸，安徽知縣，未到官，卒，有子四人，君其季也。

總督薨逝，天下亂起，家無嬴貲，君又少孤，世父文慤公諱爾恆，方官雲南，爾頤官山西，叔父爾晉官貴州，君奉母廖太夫人展轉晉、蜀、滇、黔，最後兄履吉官湖南，又迎養至湘，及江南平，奉母歸，園屋經亂皆燬，賃居陋巷，貧苦厲行。曾文正公督江南，一夕過宅外，聞書聲，詢而異之，命往見，歎鄧氏世有人也。同治庚午以優行入貢，用知縣，乙亥舉於鄉。時長兄公武官福建，太夫人春秋高，家居，君與次兄樹人約兩人中必有一人留侍者。又四年，太夫人即世，終喪始出，就官貴州，以才幹權貴築令。時部令嚴核賦額，飭直省造徵信冊，貴築縣綱居首，糧儲道必强君取盈，為列縣倡，君不可，曰：『是貽民無窮累也。』竟坐是。滿歲，改知貞豐州，州簡缺也，又權知正安州，皆有惠愛。君長於斷獄，機神四徹，死囚往往得更生。奏調至臺灣，補嘉義，一以慈仁化悍俗，終三歲，民不械鬭。甲午之役，臺灣割隸日本，鬱鬱內渡。當是時安徽布政使于公蔭霖、按察使趙公爾巽皆負清望，察吏教士，烝烝求治，又銳意清田賦，取朝旨，調君至皖主賦事。君以丈田擾，累戒操切，逾年，兩公同時去，規畫未竟，而當時皖治已號為極盛。于公巡撫湖北，復招君入幕武昌，轂綰天下，民物浩穰。會拳禍作，于公憂勞病甚，事無巨細，一諮君取決，月餼才八十緡，意泊如也。總督張文襄公治鄂久，營搆宏大，于公務綜名實，君調濟其間，遇事尤持大體，迄于公病瘥，兩府無所鉏鋙。擢守襄陽，調武昌、黃州、鄖陽。襄屬之宜城，以徵屯田直激變，民洶聚，且攻城，時君涖鄖甫三日，總督張公知襄民之戴君也，檄赴宜城，屬以兵，君至不輕用武，民帖然輸直，遂以無事。乙巳簡授徽州府知府。趙公為奉天將軍，請於朝，改知錦州，調奉天。强鄰逼處，君謂能自治則人莫予侮，益務養士息民，禽巨盜九枝手。東三省改定官制，署奉天巡警道，未幾裁缺，于是君年六十五矣，遂引疾自免。金陵無田宅，不克歸，所謂萬竹園者寄之夢想。

君家世簪紱，綜物經務，無所不練習，老更世變，時時為小詞以自遣，著暖玉晴花館詞二卷。乙卯十二月二十六日病卒天津，享年七十有一。君娶鄭氏，生子邦述，由翰林改官，任奉天交涉使，吉林民政使； 女適上元張汝珧。繼娶胡氏，生三子： 邦造，臨榆縣知事； 邦道，財政部科員； 邦邃。二女適滿州端錦、桐城舉人方彥忱。孫七人。以明年某月日葬某所，來請銘，予游君父子間，彥忱又吾甥也，不得辭。銘曰：

韜精靡挫，覿榮曷覬，嶽嶽鄧君，不以門庇。有位有績，實自己致。矜獄惟仁，才勇具備。斂是陰德，是承是畀，瑑辭貞珉，九幽罔媿。

王晉卿曰： 通篇如一筆寫成，隨意轉輪，而造語仍自矜慎。

清提督銜貴州威寧鎮總兵方君墓誌銘 丙辰

清中興與平粵寇之亂，在吾縣推程忠烈功最高，最先亡； 其老壽，從容起偏裨，躋專閫，遂與清為終始者，則方君心齋也。君諱致祥，曾祖鯉，舉人，江都縣知縣，祖庚，布政司理問，父林昌，縣學生，三世皆以君貴，贈振威將軍，母氏皆封一品夫人。

君生而沈勇，有大略，十餘歲，天下亂起，與家相失，貴州聶桂榮方領軍，愛之，撫為己子，教以兵謀戰術。繼隸淮軍，從戰江南北，常陷堅，防守廬州扈城，炮丸盡決衣鈕，繼之，卒潰圍，出戰楓涇西塘，被數創，不卻退，從忠烈攻嘉興，炮裂城十餘丈，麾眾登，矛洞君左肘。是役也，城拔而忠烈中槍殞。江南平，又從剿捻德州、柘園，皆有績。

自君離鄉井，音問絕，積軍功至副將，其所受撫聶翁者，嘗為君娶石氏，生子矣，而翁卒。軍事大定，乃乞假旋里尋親，時母趙太夫人猶健在，其小時聘妻劉氏逾三十矣，亦守貞不字，及是君歸，承母命完婚焉。俄奉母至山西，二夫人皆從，後改官山東，數十年不離親側，母年八十六終。初張文襄公撫晉，調君用泰西兵制練新軍，補太原參將，攝大同鎮總兵。山東巡撫李公秉衡又調君統標軍，攝曹州鎮，簡授貴州威寧鎮總兵，奏留攝兖州鎮，前後駐東十餘年，師所至，不為民苦。其在太原，修金剛隄遏水患，晉民亦歌思之。夙受知今大總統袁公，民國成立，以年老自劾，罷居濟南，卒年七十有五，乙卯八月廿日也。

君性任俠，而事母至謹，屏聲色不近，嘗被酒醉罵坐客，母聞而戒之，遂絕酒，終身不飲。窮交故舊，匄貸無節，應之輒過所望，金錢隨手盡，亦竟以是自困。年老罷職，家無田宅，遂客死。其幕客告人曰：『方君之窮，宜也。嘗捕巨盜臨清，臧繦累萬，一不顧，主計者以往來偵捕車馬費所耗納入消冊，君怒，必改冊乃已。其介節如此。』君娶石夫人，生男鏡，保薦知府，出後伯父；劉夫人生男午，山東知縣。女一，適陝西知府丁念敷。君卒後數月，鏡遇予京師，云將歸葬，乞銘。銘曰：

維吾與君，世有姻連。君歸葬母，我拜於埏。義俠之聲，長者之行。吾心許之久矣。嗚呼！君今瘞此，終古無阤，我銘以竢。

姚叔節曰：奇逸之趣，磊落出之，聲光自倍。

清故吏部侍郎張公暨配胡夫人墓誌銘丁巳

公姓張氏，諱仁黼，字劭予，河南固始人也。曾祖馥遠，扶溝縣訓導，祖惇麟，父問行，皆增貢生。母氏吳氏趙。公兄弟五人，次居長，光緒二年進士，授編修，歷官至吏部侍郎，自考以上三世皆贈如其官。公內行修備，年十歲，侍王母疾甚勤，既通籍，平進至卿貳，家無贏財，以母老請告歸，母歿，遂以毀卒。

其在官不事聲張，謹於其職，嘗劾崇厚出使俄羅斯定界喪地之罪，請斬之以謝天下。庚子款成，議稅丁口，公力陳其不可，事乃寢。當是時，國威屢挫，士大夫爭言新政，上意頗嚮之，圖變法日亟，公以大理卿特詔與王大臣會議要政於朗潤園，參中外之制，揆厥宜否，不阿不梗，所陳說能竦眾聽。而刑部改法部，割其聽斷權屬大理院，部院事所當分合，爭議棘棘，其章條多出公手。或以私問曰：『聞朝令將易服翦髮，子若何對？』曰：『唯天子得議禮制度，吾何敢知。』聞者意公可撼說，使隸新黨，無憂貴富，說者踵至，日十數輩，率詼諧應之，雖不能致，亦不恨也。世變大，改制固非得已，任事者非其人，使皆如公無冀於貴富，一以為己之意持之，亦何至病民喪國，有今日之禍乎？故公之生不必赫赫出同列上，及其歿既久，乃尤令人可思者，此也。

公自為編修，直上書房十五年，嘗出視學湖北，還仍入直，遷國子監司業。丁酉以鴻臚卿典試四川，改奉天府丞，丁外艱，庚子督辦河南團練，詔赴行在，授府尹，轉副都御史，癸卯以兵部侍郎典試江西，轉學、工、法三部侍郎，改大理院正卿，又改吏部侍郎，充經筵講官。以光緒三十四年八月卒，年六十一。

配胡夫人，精筆札繪畫，有高識，公官翰林，夫人躬執爨，刃指，血涔涔下，匿不使姑聞，公字之曰景桓，論者謂漢鮑宣妻未必是過。家居衣不帛，非令節無肉食，公清謇稱於時，夫人實有以成之。晚歲子瑋築室芳嘉園，稍宏壯矣，夫人居之，念公歿里第湫隘，丙辰十月疾革，命移別室而卒，年六十五。瑋前葬公縣北丁家埠，未有銘，至是啟其阡祔焉，而請予銘。瑋以譯學，成進士，外交部僉事，次子璉游學英吉利。銘曰：

國患法敝，亦患人偷，偷以矯法，蠹國若讎。公淬其鋩，抑而韜之，匪我之韜，彼則撓之。國既剖矣，公歸阜矣，比德同藏，銘不朽矣。

王晉卿曰：敘事不抗不墜，而欷歔感歎，純是絃外之音。

陳伯嚴曰：潛氣内轉，表為沖夷之度。

袁勵之墓誌銘戊午

袁君諱世勛，字勵之，河南項城人也。家世貴顯，祖端敏公諱甲三，漕運總督，端敏二子：長保恆，刑部侍郎，謚文誠；次保齡，道員，贈内閣學士，是為君考。閣學生七子而歿，君次居三，既孤，值寇亂，家貧甚，諸兄弟宦學於外，獨偕少弟侍親側，且讀且治生事，為諸生，再試不獲舉，遂不復試。事母高太夫人數十年如一日，母病臂，躬調護之，夜必數起，有孝女順婦所難勝者。伯兄五弟相次殞，婦嫠居，君遇之曲盡恩禮。營父兄葬地，培先壠，蒔松柏，不避勞勤。辛亥變起，母就養天津，君慕戀不得從，尋又喪弟，哀瘁彌年，遂以丁巳春三月一日卒，年四十四。

君與前大總統為再從昆弟，當政體革新之初，袁氏熾盛，幾欲化家為國，而君乃沈隱閭巷，從事倫紀之間，人之見之者，若忘其門閥。朝世聿更，君遽奄化，諸兄弟皆哭之痛，鄉黨知舊皆唏曰：『善人亡矣！』人之思之者既久而弗衰，不益覩於前，不虧譽於後，傳曰：『惟孝，友於兄弟』，『是亦為政』，君其庶幾乎！於是搢紳之徒，儒林之彥，上君行誼，請宣史館，眾無異辭。子二曰克廣、克鴻，弟世傳嘗位於朝矣，後棄而商，於君卒之七月，泣請其昶銘君墓天津，嚴侍郎修有節概，不攖世務，顧佐之請益勤，於以見君之德之愜於人也。其葬在某所，銘曰：

不翼而翔，庸行鬱彰，虧盈曷常，我銘不忘，萬世之藏。

王晉卿曰：以君於前大總統為再從昆弟一語為題眼，前後反復贊歎其沈隱閭巷，從事倫紀之事，帷燈匣劍，妙不可言。

章夫人墓誌銘 己未

夫人南昌章氏，候選員外郎煥奎之女，歸同邑舉人內閣中書饒君延年，以己未秋，年六十卒於京寓。有子二人，曰孟任，翰林院編修，前法制局參議，充眾議院議員；孟倬，幣制局僉事。女子子二人，均適熊，孫男十人，即以其年季冬某日卜葬新建縣厭平山之原，來乞銘。

予初聞夫人喪，往弔，見中書，知為篤誠長者，語夫人事，容甚戚，以為代己死也。中書生而善病，自少時術者相其體貌當夭，夫人微聞之，即矢捐糜一身，先殞不恨。其後中書屢遘疾瀕死者數矣，皆幸得全，因字曰再生。去歲病復劇，夫人亦病，猶强自支勵，以衛夫疾，至是遂不起。

夫人之初嬪也，事舅昭通知府諱佩掄公十年，昭通稱其知禮，事姑余太淑人尤久，畀以室政，宂不諉難，易不專成。昭通友於兄弟，五十同居，訢訢如也，夫人推所以事舅姑者，以事伯姑姚節孝暨叔舅叔姑，皆稱曰賢。丁亥夏，昭通以哭弟驟衰，夫人懼，陰為之備，不以告，俄而疾大漸，則事已夙具，時七月八日也。當其疾未甚，呼夫人來前，曰：『汝祖姑姚太君敬上惠下，嗇己豐人，惟汝能肖似。然汝雖容物，自損挹矣，而不能忘物，姚太君固出之自然也。』夫人泣受教。嗣是，每忌日，必潔治膳羞，今年病，不克親其役，中書則晨起誦梵經，冀為夫人徼福於先靈，而是日竟卒。悲夫！夫人病即屏醫藥不御，勅其子曰：『天既息我以死，吾何求哉！爾善事父誨子，葆爾令名，任也孩，倬也餒，斂之振之，毋忘戒慎，庶其免乎。』夫人讀書故不多，而識鑒明達，服勤終世，乃至彌留垂絕之頃，所相與劭勉者，皆士大夫克治之精言，聞諸前典。婦學於舅姑，禮也，夫人有焉，固宜銘。銘曰：

維士厲節，鮮克有終，禮愆俗敝，朝介暮通。愔愔夫人，以訓厥子，匪我之期，先靈是喜。兩世遺誡，一本之儒，勖哉孝嗣，無怠無渝。

姚仲實曰：敘庸德，能使精神奕奕於紙上，非用功深者未易臻斯詣也。

王晉卿曰：文生情邪？情生文邪？愈平澹愈濃至，可謂善於敘事。

四品卿銜張君墓誌銘 己未

君諱士珩，字楚寶，張氏。其先自江西遷合肥，大父純，咸豐元年，舉孝廉方正，父紹棠，以軍功至提督，母李氏，文忠公女弟也，繼母后氏，兄弟八人。

君少簡穆，善讀書，人未之奇。十歲喪母，悲鯁逾節，文忠憐而異之。弱冠寓金陵，受業汪梅村先生，遂通輿地、辭章之學，尤習兵家言，沈審有意略，不為談助。光緒十四年應鄉薦，試禮部不第，留文忠幕府，居久之，歸省。文忠方創海軍，造端宏大，軍械局尤機要，君兄席珍主其事，物故，文忠才君，遂以道員繼領局事，兼武備學堂。時劉壯肅公撫臺灣，亦辟君自助，君曰：『吾義不可負吾舅。』初文忠連平巨寇，督畿輔，尤慎海防，劉君含芳司軍械最久，號精覈，其後劉移旅順築軍港，君兄繼之，未數月也。君既受事，念械器日輸自外非計，故得一新械，必考辨其形質度數，研求寫放，窮幽洞微，名與劉埒。當是時，主計者不習海事，競言北洋購船械糜費，取朝旨限制之，自是文忠經營海疆，本謀絀矣。甲午中東事起，文忠聲言戰計猶可講，而樞輔聽用新進少年計謀，趣戰急國，軍既挫，羣集矢文忠，臺諫務彈糾，為名高，因以及君，遂坐甥舅嫌奪官。君筦北洋軍械五年，始為廷議所撓，繼熸於敵，歸臥冶山下，擴向所營竹居，築韜樓其中，彈琴賦詩，以文史自晦。

建德周尚書撫山東，强起之，君先已敘籌振勞，復原官，至則兼山東學務處、參謀處及武備學堂。建德望益隆，移督江南，而項城袁公以直隸總督兼練兵大臣，乃會建德奏君主辦江南製造局。建德、項城皆文忠故吏，習君也。君筦滬局六年，歲制槍彈數加多，又增設鑛鏹局，能自治鏹水，特旨賞四品卿銜，旋加頭品頂戴。武昌事起，遯居膠州。君學問恢富，遭值世變，泛濫及老釋，嘗著元和篇、易行錄言道術，頗自喜。項城知君無仕進心，使監督造幣廠，其勢不獲已，允之，數月以病辭。項城又趣其入都商大政，謝不赴也。未幾卒，年六十有一。配劉氏，側室孫氏，一子繼垕，女二，其壻曰劉朝望、李國燕。繼垕從予遊。將以某年月日葬君全椒古河鎮黃山之原，來乞銘。

予客合肥久，與君未見而相知，嘗聞其邑士言君平生所尤嗜史、漢、文選諸篇，讀之皆數百過。已將銘君，又從諸李君外兄弟問君猶有軼事可述者乎，則皆動容竦異，稱君孝友人也。予不具書，書其關國故者，而系之銘：

戢翼兮韜精，赤舌兮燒城，天柱兮孰擎。功高則忌兮，意寧屬乎舅甥，膏火雖煎兮，無隕厥聲。銘以俟兮，沒世之旌。

王晉卿曰：扼要鉤元，筆意矜重。

陳伯嚴曰：意括而味雋。

林畏廬曰：提掇停頓之筆，極肖昌黎，收處又似臨川，讀之風韻流於紙上。

鳳陽關監督王君墓誌銘 己未

君諱裕承，字雨人，安徽阜陽人。生有儀檢，不妄言笑。父某令陝西。歷數縣，皆有吏能。君隨侍官所，湛思鶩學，通於治理，納資為兵馬司副指揮。父歿，扶柩歸。值歲饑，殍殣相望，渦陽民劉乞答因煽亂，旬日間眾至萬餘，君悉出父遺資五千金助賑，督鄉兵邀擊賊王市集，破走之。服除，選授雲南浪穹令，未上，會安寧教織局激民怒，合境譁變，大吏檄君往，戒曰：『多與爾衛，毋自餒。』君曰：『洶洶者赤子，非盜也，若盜視之，數十百衛卒何濟？請以單騎往。』至則諭言：『教織所以便民也，今布窳而直昂，强民購，非局布輒奪，令誠舛，然非上官意，以情告，不難更令，奈何妄動，不為身家計乎？』羣泣曰：『公活我！』懲首犯十餘人，事定，旋署大姚。有贅壻創妻父，懼罪，紿其婦，曰：『吾罪當死，吾死，汝何依？若肯誣父奸者，夫存，父亦不死。』婦諾，而訴於官，定讞矣。君慮囚，至歲貢生劉承志，訝其謹篤，詢之則老儒也，以被誣於所生女，慚莫能自白。君堅請平反之。移順寧，檄捕巨猾李恆善，其黨私餽金三千，峻拒不受，捕益急，遂投身耶教。君列其害民狀，申言大府，與法領事往復詰駁，卒致於理。時浪穹以建學，新舊搆怨，屢年訟不決，大吏因檄君赴本任，君乃瀝誠析剖，訟息，教育大昌，桑蠶枲麻，土無曠廢。

初君以京秩改外，不習媕阿便給，大吏雅不喜其舉止，疑非幹濟才，久之，君言輒效，歷三縣皆有聲，又以君誠能治劇，薦擢直隸州知州，引見入京。而武昌事熾，自是競言民治之義，人人專己自私，伏莽紛發，與同光時異矣。皖北寇起，陷潁州太和，君馳歸，從今安徽督軍倪公嗣沖暨其弟前皖北鎮守使毓棻乞師還救，連克二城，敵再攻潁，回戰，捷沙水。倪督既克壽城，盪正陽，抵安慶，君以軍法裁判長駐正陽，固潁防，為安慶後援，簡鳳陽關監督。兵燹，百物盪然，噢咻輯徠，流徙復業。擒鋤劇匪邱四、陳暴安，皆稔惡數十年，徒數千，莫敢攖也。東鄉匪六千圍攻壽，別股犯正陽，逼五里墩，君令戶出一人邏巡，杜內訌，自率精鋭百餘衝擊，賊愕，大軍至，狂走。僧韓紹全，故盜魁，謀襲城，復殲之。狼匪竄皖，挫防營，殘六安，眾議退保沙關，或閉城堅守，君曰：『兵一退，則近盜環起，連結外寇，禍滋大；城閉，民不得汲，且驚疑自擾。』皆不納。於是多張疑兵，傭輸舶，聲汽往來，絡運空車，覆芻若行糧，賊畏沮，官軍乘而破之。其運謀勝敵多類此。

君尤善審水利害，在雲南築瀾滄江大橋，又浚鳳羽河以通舟楫，資灌溉。嘗語其子曰：『吾任事，求心所安而已，遭值世變，以武功顯君，始願豈及此哉！』丁巳正月以勞卒，年若干歲，子四人：世新、濟、普、世祺。將以某月日葬某所，銘曰：

生民孔艱，載寇載饑，禍亂仍薦，寧有孑遺。君之為吏，視民若己，獄察以情，矜哀勿喜。滄海塵霾，異軍特起，若埽秕糠，有進無已。文武隨用，惟時之宜，億載徵實，來鑒于詞。

陳伯巖曰：筆力清勁，能達難顯之情。

三品銜刑部督捕司郎中方君墓誌銘 己未

君諱寶彝，字鞠裳，桐城方氏。五世祖法，明四川都指揮使斷事，死建文之難。斷事十三傳至君大父秬森，以義俠聞，秬森二子：長錫慶，臨江府知府；次傳理，安康令。臨江罷官，寓蘇州，捐義莊，建支祠浮山，安康庶出也，將奉主入祠，爭論適庶，有違言，已而和解，祠落成，不言入主事，而必得君為嗣。臨江愛君穎邁，又少子，意有所難，顧欲全骨肉恩，卒許之。

於是君年十六矣，依安康里居。安康城府深堅，喜愠不可測，督君科舉業甚嚴，日課二蓺，婚娶未三日，課蓺如故。維臨江亦欲君射策甲科以去，毋汶汶久閭里也。君承二父恉，日夜攻苦，凡應制文字、詩賦之屬，為之無不工，又益通知朝章國故，才望傾一時矣。既補府學生，食廩餼，光緒五年中式順天鄉試副榜貢生。

先是臨江為君納貲為郎中，分刑部，加三品銜，久之，當敘補，又適中乙科，明年將廷試御史，君自詭必得當一言天下事也。壬午正月疾作，口謇澀，足痿，不良於行，亡何，補督捕司郎中。王大臣驗放，是日君行步如常時，跪謁，唱姓名、籍貫，成禮而退。有孫君者同謁選，當為令安徽，退就君問皖事，聞君語大窘，謂皖土音何等難曉也。君自是仍謇澀不言，遂謝病歸，歸三十六年，卒於家，年六十六。予維君挾其智能之贏於天者，以自奮於世，其願欲之必酬決也。然而得志於當時，往往動搖其衷，滑於境而有所恣，雖豪傑不免焉；而君竟以病廢！莊周所稱叔山無趾、哀駘它之徒，内保之，而外不蕩，於君見之矣。然則君之贏絀於天者，其廢興倚伏之數，豈人之所能知哉！

君娶馬氏，余姊也，生二子：彥恂，戶部主事；彥忱，舉人，内閣中書。一女適翰林院檢討馬振憲。君卒之明年，葬火爐岡大徐莊之原。銘曰：

騁康衢，驟而馳，不大厥施，孰夷孰顛，奈何乎天。銘不泐，億萬年。

方常季曰：姿味濃鬱，神理極淡，惟情深，故文明。

清故出使義國大臣許公墓誌銘 庚申

外患亟而使職重。有清中葉，海禁大開，迄乎季年，有出使大臣之命，其尤知名者郭公嵩燾最先究通外情，黎公庶昌以搜刻古籍顯，曾公紀澤爭伊犂，薛公福辰善論述，竝號為通才。然皆不獲與聞朝廷革新之政。若夫名亞於諸公，獨後死而其言乃不幸而中，如許公者，其所遭尤足慨也！

公諱玨，字靜山，其先歙人，康熙時始著籍無錫。公少卓犖有志操，丁文誠公撫山東，用薛公弟福保言，辟置幕府，從至蜀，辭不應薦，光緒八年舉於鄉。大學士閻文介公深器之，嘗宴坐，相與喟歎時事敗壞，問：『今正士亦有善外交其人者乎？』文介曰：『焉有正士而屑為此？』曰：『不然，惟無正士，故至此。』文介瞿然謝之。越二年，薦隨張公蔭桓使美、日、秘國，曰：『今副子言，以成子之志。』差滿，薛公使英、日、義、比，調充參贊，聞母憂，即日行，薛公敬其孝，不以喪歸減資敘，由同知保遷知府，加鹽運使銜。甲午更參贊楊公儒使美洲。中日釁起，以論事切直，見疑忌，自引去。

三隨使節，至是凡十年，多所匡益。其在英，聞英議院不直印度種煙為鄰害，則大喜，以謂中國自强之機在此矣。擬禁煙章條甚具，時不能用也。既歸，乃設戒煙局無錫，欲以一縣為海內倡。會拳禍作，兩宮西狩，馳詣行在，鹿文端公在樞府，屬草國書抵俄皇。俄皇得書，為感動，如約退兵。詔以道員發廣東，尋賞四品卿銜，出使義國大臣，加二品頂戴。變法之議興也，諸奉使臣皆上言立憲便，公獨謂中外立國根本異，宜慎所擇。逮還朝，復上疏切論之，大恉主於維綱紀，慎改作，寬民力，繫人心。疏入，議者洶洶，謂撓憲政。公又奏陳學務宜正本原，防末流之失。詆訾盈道，至目為風狂。或謂公：『盍少默乎？』曰：『他人不言，故言之，若心知其非，而漫和之，用貽後患，吾不忍為也。』當是時，攷察憲政大臣于式枚亦頗斷斷致辨西國政俗得失，可從不可從，皆為時論所抑。亡幾何而革命事起，天下大亂，生民塗炭，以迄於今，茲無可控訴。嗟乎！吾國之不振，未可盡咎法制之不善也。古有不自振而亡國者矣，未有圖强而反速其亡若今日者甚矣！國論之不可不審也，公之言，舉世皆能知之，知之而莫肯言者，何也？奪於眾多之口，懼其身之不容於時也。苟以便其身圖，禍乃至於滔天而不救，易曰『小人剝廬』，廬剝矣，其身究安所容乎哉？公既與時忤，使義返，仍以道員發廣東，數月遂告歸。平生服膺高子遺書，忠憲生日，必陳遺書拜之。為輯要若干卷。國變後聞崇陵奉安，率耆老於是日北望行禮，皆感激泣下。丙辰九月，年七十有四卒。逾月葬開原鄉青龍山，未及銘。

配華氏封夫人，後三年卒。子四：同范，副貢生，為外交官；同藺，奉天知縣；同萊；同華。女四，均適士族，孫八人。同范等謹卜某月日啟公兆，奉夫人柩祔焉，來請銘。其辭曰：

絕海觀風，溉瀹新知，訏謨入告，匪異匪奇。雖曰匪奇，揆時則宜，民恫是達，皇極是持。皇之極矣，民豈不夷？群士大駴，駮騃蚩蚩。傾側擾攘，曷有既期。嗚呼！我公其永瘞斯。

陳弢菴曰：清遒深婉，感喟無窮，廬陵學韓，有此風力。

王晉卿曰：誌一人之事，而天下大局、盛衰得失之故，昭然在人目中，感慨低徊，深情如訴。

宜春縣學教諭饒君墓誌銘 辛酉

復菴饒君諱延年，字紫章，南昌人。家故高訾，父銅仁府知府，諱佩揥，悉推財産昆弟，不顧問有無。至君而生事益迫，佩服儒素，言動自飭，從友貸本營商，再致萬金，復以給弟，仍世行讓，閭里歌之。事母孝，母性嚴卞，未嘗有一事之忤厥心也。為家督二十載，五理婚嫁，數舉喪殯，長少内外，未嘗有一言之相責望也。推而至於鄉，鄉之人無有怨惡之者；又推而施之政，則政無不舉。

初君中式光緒十九年鄉試舉人，由内閣中書改宜春縣教諭，嘗推稅濱江，又總餘干官鑛局，會辦江西印花處，其教士宜春也，如教家子弟。亂民起，至相戒避學署，毋犯饒公，饒公長者。人欽君德量乎遐邇矣。前後主稅鑛脂膏地，自潔而不以傷同官，外若簡曠，内行甚修。善言性命之理，旁逮天算、醫藥、卜筮之術，皆通曉，叩之莫能窮。為詩歌澹靜閒遠，稱其襟抱。君始讀宋儒書，好之，晚歲乃精持佛戒，日課寫金剛經三年，不少間，體羸善病，惟聞誦佛聲則稍愈。庚申秋病篤，子孟任方以幣制局副總裁出使比利時，君手書召之歸，又為書徧致戚友告別，已復寫經，淩晨盥洗畢，焚香整襟坐，欻然而逝，八月十三日也，年五十有九。

予惟古今學術不一，其塗皆以自成，九流百家，是非蠭起，儒釋之徒交譏也，儒之中又有譏焉，有漢，有宋，有陸王、程朱之别。雖然，彼特其名耳，不惟其名，而自事其身與心，則吾之心霩然際天地古今而為一也，安有是紛紛者於其間哉！然則觀乎君之行，可無疑於其學也已。

君配章夫人，前一歲卒，有賢行，予既已銘之；今孟任卜某月日奉君及夫人柩合葬某所，又以請予，乃次君行事，誌諸石，其子姓名爵具前銘者，不復書。

姚仲實曰：敘次精能，後幅論學云云，超出塵表，是作者自道其所得也。

馬徵君墓誌銘 辛酉

徵君諱三俊，字命之，桐城人也。咸豐元年以優貢生舉孝廉方正，四年，粵寇既破桐城，陷廬州，君練鄉勇擊賊，至周瑜城死之，事聞，詔優卹，建專祠本邑。又六十四年，其諸孫卜葬君某鄉某原，而族子其昶敢最其學行大節，為之銘。

蓋君王考諱宗璉，考諱瑞辰，兩世皆第進士，為經學大師。而君更從方魯生先生游，傳其性命之學，為經蓺粹然深純，雖宋、元以來儒者說經之文不能過也。前後督學試文必第一。為楷隸絕工，類古碑刻；尤善技擊，强力負氣；酒酣輒讀離騷，聲韻激楚。

粵寇之東下也，桐城縣令聞安慶陷，棄城走，諸生張勳痛哭崇聖祠，誓死守，君起應之，遂議團練。奸民竊發，禽斬數十人，亂稍定，安慶寇旋棄去。君度寇必再至，日夜與張君教練，由是桐城鄉勇名頗遠聞。三年夏，寇果竄安慶，攻江西，再犯太湖，皆不至桐城。巡撫李嘉端駐廬州，前按察使張熙宇屯集賢關。君上書巡撫，曰：『制寇之道，必先能進攻，而後可退守；守禦之策，必先據要害，而後可保城池。曏者全州不守，禍及湖南；岳州不守，禍及武昌；小孤不守，禍及安慶；而安慶又棄不守，然後禍及江寧、鎮江、揚州，此明驗也。今賊據安慶，此其意必在廬州。夫前之移治廬州，已非計矣。今誠以重兵扼桐城，則舒、廬之聲威壯；不然，賊乘勢而北，寧復有廬州哉！即河南北、山東西、畿輔之地，將恐並受其禍。』巡撫得君書，遣總兵恆興會熙宇扼集賢關，規安慶，已而棄關奔桐城。先是桐城更數令，皆無城守志，十月寇大至，熙宇、恆興復遁走，城不可閉，君與張君率勇數百拒戰南門河，師潰，殺數千人。元伯先生辟地唐家灣，被執，不屈，死於是。寇陷廬州，渡河而北，蹂躪數千里，皆如君言。君既嬰巨痛，走湖北、河南，乞師不得，明年夏，乃與前縣令成福、參將慶麟集義勇霍山。時寇麕集廬州，後路留防寇少，會提督秦定三軍至，君喜，因張君說提督攻舒城，而己襲桐城，進兵中梅河以俟，約慶麟攻潛、太為犄角。提督持重，緩其師，君獨軍深入，援絕，以故敗。後七年，縣城復，而君及張君皆前歿於賊，不及見。悲夫！君咎當時治兵者懦怯不前，而卒以銳進隕其生也。

君年三十五，有融齋遺集。配方氏，子三：復震，襲雲騎尉，積軍功至陽江鎮總兵；　復恆，候選道；　復賁，知府。　孫五：　振儀，進士，即用知縣；　振彪，舉人，民政部主事；　振理，交通部僉事；　振憲，翰林院檢討，安徽高等審判廳長；　振中，候選同知。　銘曰：

耽經秉禮，古舒桐鄉，大盜來據，化為豺狼。　奮起除攘，有儒兩生，功緒未展，大義則明。　宏謨四周，施止一隅，維古之常，維今之愚。　寧喪己元，激彼懦夫，我最厥迹，以作士模。

姚叔節曰：　詞雅而氣脈宏大，班、馬之遺。

王晉卿曰：　凜凜有生氣。

抱潤軒文集二十

桐城馬其昶通白

墓誌銘

候補四品京堂蒯君墓誌銘壬戌

君諱光典，字禮卿，合肥蒯氏。當明中葉自襄陽來遷，代有隱德。祖諱廷理，精醫術，考諱德模，終四川夔州知府，曾文正公賞其廉能，事在國史。

君生有奇慧，八歲能詩，夔州初官江南，多接當代鉅人長德，君濡染庭聞，又益從馮林一、劉融齋、汪梅村諸先生問業，於羣經大義及訓詁、目錄、算數、掌故之學無不究覽。天才英特，每抵掌論事，一坐盡屈。以光緒九年進士，授檢討，典貴州鄉試，負氣自喜，與其副不相下，致物論，然榜發，稱得士。充會典館圖繪總纂，精密勝於舊，同館多知名士，議論亦時相抵也。遼東兵事起，發憤上書，不報，遂乞假歸。張文襄公移督江南，辟置幕府，已而劉忠誠公還任，文襄仍督湖廣，二公皆夙知君，先後聘君主講江寧及兩湖書院，二十四年，敘會典館勞，以道員發江蘇，建議創立江寧高等學堂。大學士剛毅按事江南，司道百餘人同詣謁，獨延君密室，縱談國事，語切直，剛毅大憾，即議罷學堂，君力爭之不得，拂衣去。

於是劉公惜君才，兩解之，檄丈鹽城樵地。始君少時，斐然有作述之志，既入官，猶思推儒術以致用當世，再不得意，而遂以吏能顯。樵地者，故鹽場葦蕩也，君受任年餘，得可耕之地七萬五千頃，收入荒價亦巨萬，復領正陽督銷局。會張公再督兩江，奏論兩淮鹽事衰旺，謂北鹽視正陽銷數，南鹽視儀棧出數，蒯某督正陽既有績，請使主儀棧，期三年，成效必可覩。詔允之。君既莅事，以輸艘駐大江三要區，首金、焦，次三江口、沙漫洲，輔以兵艇，私梟斂迹。始儀棧出數引不足四十萬，比三年，增引十餘萬。蓋張公初以江南財匱用不足，議增貨釐，君謂增新則病商，毋寧整齊其舊。貨釐之議由此止。而鹽課歲益銀百五十餘萬，公私頗饒給矣。乃益募緝私兵隊，日夕訓練成勁旅，又於十二圩設學堂，建工廠，遂隱然爲江防重鎮。三十二年，授淮陽海道，加按察使銜。

賓應饑民刦米，令潛逃，適君舟至，凱切諭解之，而揚州亦以饑民刦米告，詗知猾胥陰煽衆，即禽治胥，遂無事。運河盛漲，君先檄河員增修隄，而自泊舟高郵，守視壩。大吏以故事，憑節候測水，檄啟壩，不爲動，歷月餘，啟二壩，七月杪，乃啟三壩，下河六縣獲有秋，民歌誦之。以論賑事，與布政使繼昌議不合，會奉檄入都參議官制，去任，因不復還。三十四年，命赴歐洲監督留學生，諸生不樂受約束，輒相訾謷。君爲人宏達不羈，喜言興學爲國育才，書史博辯在口，至是舉無所用，鬱鬱歲餘，謝職歸，詔以四品京堂候補，充京師督學局長。宣統二年。赴南洋提調勸業會，卒於江寧，年五十四，明年葬合肥北鄉小朱河之原。配朱氏、李氏，側室鄭氏、王氏。子四人：孝先、受先、彥先、秀先，皆肄西學，女一人。

先是君被使命將行矣，始與余見，索贈言，意懇懇也，余諾之，未及爲，今承君從子壽樞之請，次君行事，納諸壙。蓋以君之才，遭逢斯世，嘗通顯矣，顧亦未可謂遇。古今來豪傑志士功名之所建樹，不能如其意之所期者，十蓋八九也。士貴能自立耳，遇不遇曷足道哉！

銘曰：

橫流滔滔，出其毫毛，彼駴而嘷，其大則弢，我銘不撓，日遠日高，萬世永牢。

王晉卿曰：隨敘隨提，神氣鬱動，其遒潔處極似介甫。

王母李太夫人墓誌銘 壬戌

歲壬戌春三月，新城王君樹枬喪其母李太夫人。於是君年七十有二矣，居喪次，百日不出外戶，獨以其閒遣使致狀，屬其祀銘。

按狀：太夫人年十七，歸同邑王氏，爲贈光祿松舫府君諱銓之室。府君考重三先生，以進士第一，養親不仕，教授弟子數千人，府君繼獲鄉舉，亦不仕，兩世皆爲名儒。而家綦貧，親屬同居七十餘口，太夫人爲冢婦，其初來歸，重親在堂，旁無僕媼。姑田太夫人督家嚴整，指付功役，悉有定程。子婦咸惴惴，一事或稽，雖深夜不遑息寢，晨起操作，置兒牀上，兒或墜地驚啼，家人勿敢言也。太夫人生五子，次即樹枬，年少能文章，爲當世重。

家日以裕，田太夫人不稍弛其勞勤，太夫人所以承將之者，一如其昔。嘗語諸子曰：『汝家食指衆，幸能有今日，皆汝大母勤劬所致，以吾來早，侍奉久，如左右手，故責吾獨專，非有所愛憎也。自吾逮事汝曾祖王父母，則見汝大母旦夕佐大父視寢、視膳，至老不衰，汝父性又至孝，意者子孫其將興乎已！』

而樹枏成進士，兄樹枌、弟樹梓均入邑庠，樹棠以優貢得知縣，皆前卒，獨樹枏老壽，遊宦蜀、隴，至新疆布政使，以道遠，太夫人留家不行。國變後，樹枏罷官歸，名益高，侍養十載，太夫人年九十四，告終里第，逾月而畿輔兵事起，新城當戰衝，太夫人已不見。某月日葬於某所。銘曰：

有挈其綱，承之几几，惟家之祉，不熇而嘻。罔尊罔卑，萬事隳虧，家既然矣，國胡弗然！有順無愆，潢池弄兵，先老以終，妥是幽宮。

王晉卿曰：先太夫人一生憂勤艱苦，人所不堪之境，經先生寫出，令人沈痛欲絶。

遯園生壙銘 壬戌

遯園主人於哈爾濱郭外馬家屯購田百餘畝，築草舍數椽，顔其額曰晚稼軒。軒之外，榆楊四周，桑田環繞，則主人生壙在焉。風景絶勝，可眺覽。

主人姓馬氏，名忠駿，字蓋卿，一字旡悶，號曰遯菴，奉天海城人也。祖籍山東，清初遷關外，隸漢軍，累世業農商，至君而儒。弱冠喪父，以家貧，從戎幕，積功至知府。趙公爾巽總督東三省，知君賢，奏留本省補用，有旨特允，俄遷道員，加二品銜，前後委任要職，皆辦治。贍略過人，庚子中外搆釁，我軍既失利，兩宫西狩，君被檄赴旅順，與俄軍將議停戰，不爲强敵慴，留數日，成約而返。權運吉林，值國變，不私一錢，官民利賴。改主黑龍江交涉，當是時，革命軍所在蜂起，東三省僻遠，易長雄，君仕嘗貴顯矣，又以才幹稱，宜可得志於旦暮，乃翛然不顧而去。有子女十人，孫六人，課耕課讀，與農夫爲伍，此豈無得而能然邪！

昔司空表聖隱居王官谷，作亭觀素室，又豫爲冢壙，遇勝日，引客坐壙中，賦詩酌酒裴回，論者嘉其死生一致，與君豈異邪？抑比年戰爭之禍之烈，君目所不接，而耳猶有聞，遂欲一瞑而無所聽睹邪？嗚呼！其曠邪，其憤之所激而然者邪？吾不得而知之矣。爲之銘，曰：

古至人，矚昭曠，生奚欣，死奚喪？誰謂今，於古讓？茲邱樂，委利榮，夐哉逝，風穆清，鎸貞石，世厥聲。

王晉卿曰：遊刃於虛，不著色相，而無限慨憤胥於言外得之，銘詞尤雋潔。

直隸清河道史君墓誌銘 壬戌

史氏，清初自江蘇遷皖，爲六安人。世業農，至松園君顯名咸同之際，其族始大，三代考妣俱得贈階一品。

君諱克寬，松園其自號也。少有偉志，值寇亂，與兄克諧及李公元華倡團練，衛鄉里，所居在邑之東。咸豐四年，賊陷六安城，以守禦嚴，剽掠不及東鄉。李公後至山東巡撫，而君亦於是年會師克郡城。安徽巡撫福濟奏保君國子監典簿，克諧千總。賊酋陳玉成據太湖，以扼皖、鄂之吭，君被檄率鄉兵攻太湖，克之，因留屯。俄而軍食乏，賊大至，城復陷，克諧殉焉，君奪路出，復再馳賊營，求兄屍不得，蓋瀕於危者屢矣，益奮欲殺賊。明年夏，克太湖、宿松，所將卒多傷殞，君傾貲恤其家，士戰死不恨。九年春，會師解六安圍，保知縣。適湘軍克安慶，遂釋兵歸。同治初，劉公銘傳受詔勦捻，捻平，移軍陝西，征叛回，皆挾君與俱，爲司饋運，主營務處，敘功擢知府。陝事大定，劉公以疾去，君臥家，流覽書史，有終焉之志。合肥李公督畿輔，復强起之。君才長於軍旅，既官直隸，董工程局，掌河事，一以兵法捍禦急湍，或障或疏，君所建議，行之無不當。初濬文安中亭河，次鑿靜海揚芬港舊河，旱潦皆賴焉，而治滹沱績尤著。滹沱，故直隸巨浸也，同治閒自藁城北徙入古羊河，下穿獻縣，阻遏不得出，泛濫橫逸爲害。君度地勢，於獻縣朱家口闢減河三十里，循子牙河故道入海。於是李公上其績狀，謂：『獻縣新河加寬深，則餘溜悉歸子牙故道，下游九州縣可永絕滹水之患，而獻縣以上州縣亦暢消，成灌溉之利。臣始念不及此。』因奏君署清河道，旋實授。民感其德，爲立石頌焉。故事，河臣於京朝官有例饋，君初治河，悉取羨餘金數十萬上之大府，不以潤私交。御史某銜之甚。即摭他事劾之，奪職。李公白其誣，君慨然曰：『吾少無仕進之心，不意武功得官，幸獲助微效於清時，於願足矣，更何能爲權貴折要乎？』遜去不顧。

君爲人孝友，以儉勤治家，家益起，捐貲創宗祠義學，時時出遊山水，攜一童荷履笠以從，遇之者不知其曾將兵殺賊立功者也。光緒十八年卒。配宋氏，子錫康，江蘇候補道，孫家湛、家棪、家淦。君葬壽春南鄉，銘未具。越三十年，家淦遇其昶京師，乞銘，將納諸壙趾。銘曰：

績可紀，曠不載，我追銘之永無隊。

姚仲實曰：敘治河之績趁勢入罷官，極有神采。

陳靜菴墓誌銘 壬戌

自昔綴文之士喜稱奇行偉節，非庸德不足尚，人人所共由，若饑餐渴飲矣，無煩稱述，世近古，風教猶存，雖以五代之亂，而倫紀道德猶未盡壞，歐公一行傳序，歎其文字湮滅，非果無其人也。自余年未冠，見鄉鄰風俗之美，已若不逮所聞，其後三十年，而世一變，又二十年至於今，埽地以盡，爲亘古之巨變，當是時，而聞陳君靜菴之行於其子，且乞銘，余安能默。

君諱禮從，字簡書，安徽太湖人也。少值寇亂，家貧，棄儒而賈，以養母。賈大息，則益推以惠其族，及於鄉縣，修家乘，建祠宇，設義學，以教族子弟之孤貧者，又創時節祭先會，以追遠。邑境港汊紛歧，行者病涉，君爲義渡者三，壘石爲橋者六，傾崖絕壑，道崎嶇不可步，則治使夷坦，水陸行者皆稱便，而猶樂道其寄金事。君之友曰某君者富於貲而無子，以族子嗣，痛其侈費無節，則析産畀之，而自留金君所，不以告也。俄而卒，嗣子遺業蕩無存矣，君呼之至，戒勸之，悉斥所受金，以若干付其族，爲供祀事，曰：『聽吾言者，餘金以歸汝。』區畫其生計甚悉，嗣子爲感動。交道之難終也，同財者尤甚焉，君不欺其死友，自今觀之，非甚愚騃，孰肯爲此者乎？

君娶曹氏，始與君同作苦，家日起，諸子蔚興，則益喜爲利濟事，嗇於己，裕於施，無不與君同；其生也與君同歲，後五十日，同以民國九年年七十八卒，後君六日。子五人：鼎，優廩生，江西知縣；晉，歲貢生，江西通判；堃，監生；益，江西巡檢；棠，優附生，普通文官考試及格，交通部任事。女適孝廉方正宋祖謙。以某月日同葬本邑湯家埠。銘曰：

死者復生，生者弗怩，行不世隨，利不己私。人有不怡，爲吾之疷，以奠以持。視之易而難爲，民彝不絕於終古兮，有欲考者徵予辭。

姚仲實曰：紀述庸行，清氣往來，自然生色。

姚叔節墓誌銘癸亥

壬戌夏，余在京師，姚君叔節偕其兄仲實還桐城，逾年六月十九日，以疾卒於家，年五十有八。仲實致赴告，且述其垂絕，以傳狀誌銘乞文於柯君鳳生、王君晉卿、陳君伯嚴並諉諈及余。嗚呼！余忍銘吾友邪？

始余甫逾冠，就婚姚氏，君年十一耳，其長兄曰閑伯，次仲實，每從余商論文史，以君幼，未遽語也，君輒慍見辭色，謂：『奈何輕我？』余等咸悚異之。又十二年，中式光緒戊子科鄉試舉人，考官李文田、王仁堪皆負時望，病科舉文日即靡敝，以江南多才儁，思得老儒宿學居榜首，用振起之。得君文置第一，撤卷頗訝其年少，及觀其先祖父有高名，乃喜相告，慶得士矣。後屢試禮部不第，久之，選授太平縣教諭，不就。當是時，變法之議興，朝旨既罷科舉，各行省皆興學。君充安徽高等學堂教務長，改師範學堂監督。君爲人孝友篤至，其教士必根本道德，以文藝科學爲戶牖。與人交，披瀝肝腑，無不盡。廣坐高談，音響震越。安徽數更大吏，咸欽君才望，有大計輒就決於君，是非得不謬，鄉里往往被其惠，而謗議亦滋起，於是君益浩然無用世之志矣。民國肇建，應北京大學之聘，爲文科學長，蕭縣徐又錚尤國士遇君，創正志學校，君長教務尤久，正志學風出京師諸學校上，天下無異詞。清史館之設也，柯、王二君暨余及君兄弟皆從事焉。君論學於漢、宋無所偏主，詩文有俊逸之氣，吳至父先生稱之不容口，有慎宜軒集若干卷，嘗著辛酉論六篇，皆有關風教，惜乎史未勒成，而仲實以老病歸，君且不幸而遽卒也。館長趙尚書聞而唏曰：『今海內學人，求如二姚者，豈易得乎？』余寡交遊，其同里親故數人皆衰老，君年差減，意氣猶盛，嘗私計異時不朽之託，當以累君，今乃執筆述君之行也，能無愴於懷邪？ 君諱永概，叔節其字也，祖諱瑩，湖南按察使，父諱濬昌，湖北竹山令，有惠愛，工爲詩。 君娶徐氏，副室顧氏，子二人：安國、充國，皆幼，女三人，長女爲余子婦。 君葬未有期，余豫爲之銘以待。 銘曰：

嗟君一別，終古不見。 我銘君藏，隻辭無衍。 君靈鑒兹，敢忘夙眷。

唐天如恩溥曰： 氣體醇古，遒折處尤直逼半山。

王晉卿曰： 無虚辭，無溢美，鑄語質健，神采四溢，叔節得此，可以不朽矣。

言室丁夫人墓誌銘 癸亥

夫人宜興丁氏，諱毓瑛，字韞如，前大名鎮總兵改直隸巡警道署河南布政使言君敦源之室也。 父諱協宣，與言君考贈光禄，諱家駒同官直隸，器言君才美，妻以女。

言氏常熟舊族，贈公又數權大縣，親屬依官所者數十人。 夫人年十九來歸，酬高接卑，不愆於禮，而事姑汪太夫人疾，尤以孝聞。 手揀珍餌藥劑之屬，雖瑣必親，彌久無倦。 已嫁矣，而養不弛於父母，嘗刲股療父疾，不愈，再刲以進，危殆而復即安者匝月，未幾汪太夫人病篤，亦割臂和藥飲之，不起，每自咎積誠未至，神弗鑒也。 性敏慧，斷縑殘核，以意裁之，皆得所用，如化工然。 市童村媼就求法式賈，輒倍讎焉。 尤好文史，工詩詞書翰，以侍疾久，兼通醫方。 兒生未周晬，病瀉利，日夜暴下，體冰矣，醫望之卻走，夫人自檢方書，飲以附子理中湯，兒即蘇，羣醫驚服。 其在大名，言君率師防邊，有巨猾僞刻部院印，賣爵爲奸利，知言君出，坦然入郡城，夫人密諭將校擒獲之，按諭如法。

辛亥之變起，夫人即奉贈公柩渴葬天津。 先後爲兩子納婦，遣嫁一女。 言君在官勤其職能，不以家爲慮，夫人力也，人以此稱其才矣。 當道褒善，以慈孝旌門。 又十二年，以疾卒，得年五十五。 子三人，曰雍時、雍陶、雍梁，女二人，壻曰趙世榕、周明泰，孫四人，曰穆賓、穆觥、穆和、穆忞。 以其年冬十月歸葬於其鄉。 言君悼惻，圖所以昭後世者，遂督銘。銘曰：

女在室，父天俱，夫亦天，推及姑。焯純孝，敢惜軀，寧德茂，才則殊。賁元宅，慰鬱紆。

柯鳳生曰：敘纖碎事，典雅有則，銘尤古峻。

孔母吳太夫人墓誌銘 癸亥

夫人合肥吳氏，清封振威將軍諱鴻春女，而警察總監炳湘君者，其弟也。年十七，歸同縣孔府君諱某。府君倜儻有大志，嘗依振威徐州軍次，家事一委夫人，挈綱謹微。內外秩秩，舅姑嘉其孝，姻黨挹其和。光緒乙未，府君卒，遺孤皆幼，家中落，不得延師讀，乃進二子，戒之曰：『而父抱高才，不幸早世，汝等今爲孤，汶汶處鄉里，終無所就矣。汝舅氏智算絕人，若往依舅氏天津，必能爲汝計久長，圖所以自樹立者。兒其勉哉，無以母爲貧爲卹。』於是二子辭母去，長子繁錦隸武衛左軍入保定將弁學堂，少子繁琴隸前軍入開平武備學堂，蓋辭母外出十餘年，而二子並以材武積功至將佐。當庚子拳匪搆釁，繁錦兄弟各領兵從幸太原，道梗，音問絕，親屬竊疑懼，夫人坦夷自若，曰：『食人祿者忠人事，何暇顧其私！幸不死者，會當還耳。』逾歲果得二子書，皆無恙。又逾十年，而繁琴統領雲南巡防營，禦革命軍，戰死，繁錦以喪歸，不敢言狀。夫人哭曰：『人孰不死？兒以執干戈衛社稷死，不負其志！意雖死，亦雄矣，予又奚悲！』因撫幼婦寬譬之。聆其言者興於義，哀思爲之減，然老婢則嘗見夫人枕閒日隱然有淚痕焉。夫人年六十四，以某月日卒，將以某月日葬某山，祔於府君之墓，來乞銘。予惟夫人處閨闥，豈嘗習事君之節，乃其言引義慷慨若是焉，何也？易曰：『地道也，妻道也，臣道也。』明乎妻道，而以通於君臣，一而已矣。夫人之行，契乎易，固宜銘。詞曰：

於嗟夫人，實邦之媛，順以相夫，誨子而彥。訓識照世，植義不變，乃興孔宗，惟德之絢。巍然慈寵，垂茲詞譔。

柯鳳生曰：經術湛深，故詞無枝葉。

夏詠芝孫桐曰：文章老境，兼廬陵、半山之勝。

雲南知府巡防營統領孔君墓誌銘 癸亥

宣統三年秋九月，雲南駐省新軍叛，陰煽巡防軍與合勢。總督亡走，土匪乘閒起，皆號曰民軍。於時滇南防軍統領孔君駐師普雄，聞變，急領一軍還救，至蒙自雞街，中彈，傷一股，僵臥石上，忽大呼：『男兒以死報國！』匪衆趨視，出不意擊斃之，有識君者脅之降，不可，舉槍擬之，問降否，曰：『不降！』凡十三問，槍十三發，乃絕。普雄民義而斂埋之，

初君少孤，兄弟皆依舅氏天津，習兵法，肄業北洋武備學堂。光緒中聯軍犯京師，兩宮西狩，君與其兄各領君護後車，禦聯軍長城嶺土黃溝，敗之，遂阨龍泉關，聯軍不得進。山西巡撫錫良詣行在，語人曰：『孔氏兄弟乃雙虎也！』岑春煊由陜入川，移督兩廣，皆以君從，而在粤久，戰績尤著，副祖繩武屯防柳城，匪首陸亞發、黄留之等率衆數千降，君言陸、黄不可信，繩武漫應之，已而果襲殺繩武，噪而北，君伏兵隄下，要殺之過半。當是時，馬平、來賓、象州諸匪皆蠭起，會王瑚統武匡軍來援，遂以君爲中隊官，先鋒破匪懷遠，天暑瘴作，士卒枕藉死，匪突出搏戰，他軍不能支，君提疲卒數百拒之。匪竄大蒙山，綿亘四十里，林木翳蔽，相持數旬莫能下，乃分兵夜襲擊之，匪驚潰，渠魁殲焉。嘗追賊入山，遇虎，從者駭散，君獨身擊虎，殺之，人以此服其勇也。移屯惠州，謝亞光者，巨猾也，有黨衆千餘，爲不法，聞君至，願輸誠自效。君知其詐，挾數卒往，餘卒留外，戒之曰：『聞角聲，即趨至。』亞先延君入，語不遜，君遽起斬之，卒鳴角，伏兵四集，無敢有動者。時君即以驍勇積前後功，敘官知府矣。雲南邊防亟，大吏與君多相知，調君往，遂統防軍。及於難，年三十有三。

君諱繁琴，字韻笙，合肥人也。其初至滇，建言滇邊山嶺盤互，道犖确，不利軍行，因率所部沿江内外開通道路各數百里，民尤便之。及其臨危奮節，忠壯果毅，九死不撓，使當時將帥皆如君者，天下即有變，亦何遽至是哉！嗚呼，悲已！君兄曰繁錦，今官甘肅鎮守使，屬予銘君墓。君娶某氏，生子幾人，墓在某所。銘曰：

矯矯虎臣，邁迹觽年，乃心王室，踦躚晉燕，既適南

壘，超褌而專，蹈忠履正，以殞厥身。哀兹勁烈，力絕虞淵，死而不死，視此貞珉。

王晉卿曰：世説言藺相如雖死，千載下猶有生氣，吾讀此文，每敘一事，神采皆焕發紙上，龍門諸傳其不可及者，善寫生故也，孔君不死矣。

抱潤軒文集二十一

桐城馬其昶通白

記　書事

雪夜課經圖記戊寅

姊夫方君鞠裳幼隨侍父麟軒先生臨江任所〔一〕，於是臨江規畫既巽，百爲趨功，庭以無事，則取書史督課之〔二〕，丙夜不止。鞠裳雖始學〔三〕，固已究悉根要。其後先生乞病，寓蘇州，而鞠裳還里，嗣其叔父〔四〕。余見鞠裳多記古事，心嘗愧之。同治壬申遊浮山〔五〕，先生適歸里，因得拜見於山下，明年再見於江寧。時方應省試〔六〕，先生大偉異余文，後再試〔七〕，再黜，先生遇之益厚，命鞠裳與余會文爲課。未幾，鞠裳以部郎供職京師〔八〕，居三年，汶汶無所試，忽心悸，遽乞假省覲，未達而赴音至，遂奉喪歸浮山家祠，痛父之不可復見，命工畫者追繪雪夜課經圖，〔九〕屬余爲之記。

初余之見先生也，先生方歸營此祠，工未畢，及今再至〔十〕，而先生之柩在焉。知己存亡之感，蓋已極人世之悲傷，而況父子凝結於天性者邪〔十一〕！門庭之多故，親養之難留，雖聖人不能無所憾；至於兢兢修己，顯親揚名，則固可以自致〔十二〕。嗟乎！鞠裳棄官，疾走以歸，竟不得少伸其一日之慕〔十三〕，生存而不得養，送死而不得琀，此亦天下之至可悲者矣！

繼自今歲月更易，而嗜欲攻於外，忻戚將變乎中〔十四〕，人情哀則返本，樂則易流〔十五〕，異日者其或有流而不返者與？抑尚思前者教育之艱，懷今者終天無涯之恨，而時有所肅然深念者與？予欽鞠裳哀慕之篤，懼其久而或漓，故陳其往以貞其終，俾鞠裳葆此勿失，而余之無狀，不克有所樹立，一塞先生厚望，又因以抒予之感云。

柯鳳生曰：神味逼肖震川。〔十六〕

【校】

〔一〕宣統本為『吾友方鞠裳幼隨侍其先臨江守麟軒先生於任所』。

〔二〕宣統本為『往往為之評騭書史』。

〔三〕宣統本為『是時鞠裳雖始學』。

〔四〕宣統本為『而鞠裳歸桐城嗣其叔父，連婚余家』。

〔五〕宣統本為『同治壬申，余遊浮山』。

〔六〕宣統本為『余方應省試』。

〔七〕宣統本為『後余再試』。

〔八〕宣統本為『鞠裳供職京師』。

〔九〕『忽心悸……』宣統本為『一旦心悸，乞假省覲，尅時日獨身走三千里以歸，而先生則已前歿矣。余既別鞠裳，有姚仲實者年少而才俊，交厚於余，與鞠裳同，姻戚亦同。余每對之，輒益思鞠裳。及聞鞠裳歸治喪浮山家祠，則往慰之，悼懷前事，相與流涕。鞠裳痛父之不可復見，無以寄其悲思，乃命工畫者追繪雪夜課經圖』。

〔十〕『工未畢，及今再至』，宣統本為『及余再至』。

〔十一〕宣統本為『而況父子之凝結於天性者耶！宜鞠裳痛之之深也』。

〔十二〕宣統本為『則固無間於親之存歿終身焉而已』。

〔十三〕宣統本為『竟不得少伸其一日之志』。

〔十四〕宣統本為『嗜欲攻於外，而忻戚將變乎中』。

〔十五〕宣統本為『而樂則易流』。

〔十六〕宣統本無評語。

記程節婦事 辛巳

節婦秦氏，夫曰程開謨，世居桐城程家埂。開謨攜婦耕天林莊〔一〕，光緒七年夏，開謨歸省親，病死，婦年三十一〔二〕，有子女二，誓不嫁也。

一日翁攜車來迎婦，傭者中夜呼婦起具飯，婦陽臥不起，即聞兄公某厲聲至戶外，排戶且入，戶牢閉。須臾，婦拔關出，馳抵阮大屋，阮大屋者，吾友阮仲勉居也〔三〕。仲勉行誼高鄉里，開謨從兄曰開振慕其風，假阮氏屋以居。〔四〕及是婦欲訴開振，行未達，縛置肩輿中。婦啼號，舁者皆歌，亂其聲，不聞。〔五〕先是開謨死未幾，兄公謀嫁之〔六〕，署券矣，其姑入室見人從後啼，大驚奔出，或曰：『噫！是若子也。』議且罷〔七〕，或曰：『妄也！』是夕開振宿於館，亦若有人推而寤之者，明日日昃知之，則事已不可爲〔八〕。婦既舁至所賣人家，〔九〕數婦人擁之登堂，堂上親朋咸至，婦哭詈，僕其神櫝〔十〕，衆劫持之，退坐室中。良久，强爲之飾容解髮，則髮已於夜倉皇拔關時斷之矣，即更衣，衣裂，〔十一〕意堅甚，且死，罵不絕，一家惶亂，莫知所爲。宿於鄰三日〔十二〕。

開振等聞之大喜，於是謀諸族長暨里耆老，毁券，復以肩輿舁歸程家埂舊宅。其夫柩方殯於寢堂未去也，婦

入門大慟，觀者數百人皆泣下〔十三〕。僉議開振教課其子〔十四〕，亦遂附居阮氏之宅。〔十五〕

陳伯嚴曰：動宕語，神似古人。〔十六〕

【校】

〔一〕宣統本為『開謨耕天林莊，攜婦廬田例』。

〔二〕宣統本為『是時婦年三十一矣』。

〔三〕『傭者中夜呼婦起具飯……』，宣統本為『夜三鼓，傭者呼婦起具飯，婦曰：中夜胡為者？再呼，再不應。即聞夫兄某厲聲至，排戶且入，婦大呼不可，予即著衣起矣。須臾，拔關出，則奔投阮大屋。阮大屋者，吾友阮强仲勉之居也』。

〔四〕『仲勉行誼高鄉里……』，宣統本為『仲勉有友曰程開振，與開謨從兄弟，假阮氏屋以居。仲勉為人端潔自好，開振慕其風』。

〔五〕『及是婦欲訴開振……』宣統本為『及是婦欲往訴開振，相距且一二里，天晻黑，不辨識道路，乃被縛，置肩輿中。婦大號痛，某殿其後，且歌且行，以亂其聲』。

〔六〕宣統本為『兄某謀嫁之』。

〔七〕宣統本無『議且罷』。

〔八〕『則事已不可為』，宣統本為『則婦已行矣。事已不可為，乃與仲勉諸人謀贄田宅贍其孤耳』。

〔九〕宣統本下有『大罵』。

〔十〕『婦哭詈，僕其神櫝』，宣統本為『婦於堂上毀其神櫝』。

〔十一〕『衆劫持之……』，宣統本為『數婦人持之，好語慰之，强為之飾容解髮，則髮已於夜倉皇著衣時引刀斷之矣。為更衣，即手裂衣』。

〔十二〕『宿於鄰三日』，宣統本為『不敢强，乃宿於鄰三日』。

〔十三〕宣統本為『觀者數百人皆唏噓泣下』。

〔十四〕宣統本為『僉命開振迎歸，撫教其子』。

〔十五〕宣統本下有『馬其昶聞而歎曰：嗟乎！此可風也已，乃書其事，請於學官，旌其閭以勵薄俗，且堅其末操云』。

〔十六〕宣統本無評語。

先太僕公逸事 癸未〔一〕

先太僕公，明萬曆中進士，爲分宜令，有清操，民感其惠。以征賦不力，將褫職，民聞令當罷，三日賦悉完。其後行取御史，累遷太僕寺少卿。丁艱歸，分宜民聞公歸貧甚，爭餽遺，得數百金，邑薦紳二人者持謁公，再見，再不能言以退，復攜歸。羣趨問公起居，則曰：『我公無恙。太淑人不幸歿矣，公方營葬地未得，家雖貧，義不受金。』僉曰：『固知公不受金，雖然，必報德。』

始吾家遷桐城，居蕭家店，其西北有山曰掛車，巖壑環聚，幽奧之區也。江西故多術士，因挾習形家言者一人至，遍歷罔阜，弗以告公。久之，擇地得掛車山內三科松，署券曰馬氏，以獻公。公不得辭，乃奉贈公及太淑人合葬茲山，山多松，有古榦三，故名。

吾家先壟惟四世祖父母葬高嶺，五世葬三科松，最據形勝。高嶺之得，其事亦絕異。家有蒼頭嘗冬夜過宿村舍，怪其地煖，潛移席左右，輒凄冷，因得穴而葬。以未聞其審，不敢妄紀。獨三科松爲分宜民所購買也，守墓老人至今能道之。光緒初，余既重刊公奏略成，復述舊聞，補家傳之闕，以告我後人。

姚叔節曰：沖和靜穆，斷續有法。

【校】

〔一〕此文作於癸未年，即一八八三年。宣統本先太僕公逸事亦作於癸未年。兩文改動過大，無法校核，故不出校，而將宣統本之先太僕公逸事附於此書的後部，民國刻本刪稿中。

抱潤軒記丁亥

居宅前潔一室，予讀書其中，故未有名也，吳至父先生取北齊顏黄門詩，名之曰抱潤軒，軒凡再易，皆以是名。自予居此，八九年寒暑昏旦風雨，歡悲喜愕皆於此焉，寄勤惰前卻，可於此驗也。

一日讀易，至乾初九，喟然曰：『此可以觀矣！』易以前用，用莫神於龍，而其取象之初，乃曰『潛龍勿用』，不潛，未有能用者也，蓋天道人事胥由此云。予之幼也，雜於羣童，未嘗有頭角標異，既來居此，則就學數年矣，亦未嘗知學所以云之意也。縱吾心力之所能至，見凡業之足以爲名者而赴之，人之足以輕重吾者而實敬之，人見其如此也，亦遂施一日之譽，士之泯焉無覺斯已耳，自餘心力少異於人者，莫不思有以自見於世。然古固有獨行高蹈，曠一世不見知而無所悶者，何邪？彼誠有得於己，則雖挾一藝之能，且於世有所不屑，況學先王之道，有以待世而無待於世者，其自視何如哉？奔逐衆好之塲，反之己而蕩無足恃，予是以有悔心也。朝剽暮鬻，襮外乾中，喜忌褉鬪，一愠一忻，曩予居此，且不能搏揖心志，自堅其學，浮湛到今，吾齒日盛，米鹽淩褉之事日益紛，予方將有四方之志，又安能長居此乎？吾懼學之終奪於外也。

今夫龍之爲物也，其蟄也，蟠汩於深淵，及其上下雲雨，開闔出沒，御陰乘陽，而人莫能測其迹，其施無方，其斂若亡，其或藏或翔，蓋無所往而非潛焉，而又何用不用之異致邪！ 人之於學，儻亦有然者邪？ 是說也，與吾名軒之義，其有合乎？ 其無合乎？ 將質之吳先生，遂書以爲之記。

吳先生曰：志業閎大，稱心而談，其文外茂密而內堅渾，亦於子固為近，此為集中詣極之文。

陳伯嚴曰：有莊生所稱『御風而行，冷然善也』之妙。〔一〕

【校】

〔一〕宣統本無評語。其他無一字差。

桐城附郭義山記 庚寅

桐城山脈自西北縣治倚西北隅，民俗信風水，無貧富營葬地綦難，賈或至千金。家貴盛，輒禁先壟樵採，雖族姓不得祔。喪數月外殯，貧者覆草槽上，地不即得，則數十年、百年，子姓眇小衰絕，櫝朽敝，骼骴狼藉，暴風日，穴狐鼠，郊野皆滿。於是乃有儲壤收瘞諸無主後及貧不克擇兆者，聽往自阡，號義山。

桐城附郭義山七十餘所，曰蛇山，曰木魚山，曰月山，曰蔭宗菴，在城北； 曰丁家竹園，曰柳林菴，曰下鳥石岡，曰魏家山，曰周家園，曰毛莊，在城東。 咸豐初，忠壯營將士三千人殲於城南水上，曾文正公書碑，爲河沿義冢，連綴大口墩、南茶菴、連魚地。 西則池城，自竇公殉節處越林家窪、古太霞宮、爽來林、隱諸菴、香爐包，上至毛公洞、大小琵琶山、王家大窪、楊家嶺。 邑西山薄城，俯瞰兵戰之所爭也，故死者尤衆，云昭忠祠，在太霞宮側； 其在官莊山，則有茶園，有河南窪、洪家尖、黃家、朱家窪； 在演武亭，有烏石、上岡、中岡，有喬家院； 在冷水澗，有太平菴、官塘梢、駱駝卸寶。 凡所在地，或巔，或趾，或山之腹，或旁近左側，或一區，或數區相屬。 其在境東南及西北去郭遠者、一族私者，寄寓客民，若旌德山所自置者，不列此。 其歲時累土培冢，經費有官莊山、心莊，雙河坂、陳景莊、演武亭、富倍莊、古塘、劉莊，田十八畝有奇，不能給，城内外斗母閣，今圮，乃籍其田，在南掘岡，挂車山者六畝有奇，曰井莊，曰窯灣，歲凡租入百六十餘石。葉君泳濤督其事益勤以慎，徵求山田處所，簿錄之，而鈐印於官。

嗟乎！人孰無不忍其死者之心？乃久視其暴骸中野，非情也，財力單索，或益拘陰陽，畏忌人事遷易，致零替耳，夫生者之居卑溼，固猶愈於露處者也，既死而藏非吉，固猶愈於不藏著也。北邙、蒿里皆古士大夫叢葬處，今即瘞於此，深其碑刻，固其冢，或俟他時之改圖焉，君子所不譏也。至以時譏省，阻畜牧，塞鑿竇，毋俾即壞，則有賴後君子之踵其緒者。予故詳紀之，以徵永久。凡山界糧畝租入有可考者，具列於後云。〔一〕

陳伯嚴曰：瑣屑之處，能以雅辭顯之，似曾子固救災諸記。〔二〕

【校】

〔一〕宣統本下有『光緒十六年冬十月邑人馬其昶謹記』。

〔二〕宣統本無評語。

鬭影圖記 辛卯

閑伯既取平生所歷境，屬馮君筱伯作八圖，題曰鬭影。鬭影者，因范無錯去影圖名也。無錯善病，思所以自娱樂，乃圖去影，而命其詩爲迴風集。閑伯覽而善之，及是圖成，無錯曰：『鬭影圖之詩，則亦可命之爲横風集也。』

予來安福，無錯行矣，閑伯則爲言兩人所相與樂者，出鬭影圖示余，謂歷兹以往，倩善畫者補之，其樂且未有極也。余笑曰：『影去矣，又可執邪？達者樂時而偕逝，過去之影與方來未至之影，何不相與忘之？而必鬭此戔戔者爲，尚得謂之樂者邪？天下惟忘者樂，而不忘者苦，雖然，忘影可也，而其不可忘者，則非影也，乃未始不寓乎影。人必有不忘也，而後可以忘，然則君二人之爲此，其善忘邪？其又得謂非知樂者邪？』

其第二、第三圖，余之影蓋嘗在焉。閑伯既自爲記，又屬予書此，他日無錯見之，亦有相視而笑，莫逆於心者乎？則吾三人者之樂，非圖所能狀，然亦安得而不圖也。

鄭東父曰：辭至纖譎，而思甚正。

陳伯嚴曰：怡趣出自蒙莊，而別成蹊徑。〔一〕

【校】

〔一〕宣統本無評語。其他無一字差。

西山精舍圖記 辛卯

距縣治三十里有山曰挂車，紙棚河南冲北冲，河水出焉。北河之水將與南匯，地忽平衍，吳氏聚族於此。吾邑高明第室多環縣郭，粵寇距縣久，蓋燬矣。同治初，予家歸自上海，賃居吳氏之廬。大父方在堂，内外少長數十人，屋小如斗，倚山臨溪，田歌滿野，每大雨溪漲，則行人待溪外，皆坐室中，望見予從師讀書吳氏祠。時新脱兵亂，家人訢訢聚處，若其屋真我有也。

明年大父卒，又逾年返城居，其後予冠而娶。外舅安福君方移病自免，則買吳氏廬，奉母屏居，而翦茅作舍，三子讀書其中，叔節最少，最秀出，與兩兄齊稱，誦聲琅琅徹路衢，於是又爲姚氏廬也。當是時，叔節族父有沈士翁者，老矣，常依其家，而阮仲勉亦閉關山中。外舅喜歌詩，好酒，翁蕭然而已。予以歲時過從，則折簡招仲勉，村居無禁忌，放意高言，昏旦淹留而不厭，謂吾數人者，天下之至豪也。又數年，姚氏復葺其先宅城中，而西山之廬遂空。承平漸久，故家以次規復舊業，宜可喜矣。

今年冬，叔節將北行，出其西山精舍圖，乞余爲記。觀其題詩，感歎若不勝其思者，予益愴然不可爲懷。念昔之居是宅，今存者無幾人耳。予方以衣食之故，有事於奔走，而叔節亦新遘大母之戚，其兄弟皆當謀養外出，迺者不顧彼己，無絜量之心，何可復有？仲勉尤困餓羈旅至不能自存。求如異時之多暇，而此數人者，乃羣萃乎一堂，無憂樂之關其慮，而深道其所願欲之懷，則已不知踪迹，合并之，更在何年？第相與披圖遠想，而寄其思於無極也。嗚呼！其可慨也已。

吳先生曰：情韻最勝，氣亦完足。

陳伯嚴曰：澹逸奪熙甫之勝。〔一〕

【校】

〔一〕宣統本無評語。其他無一字差。

重修高忠憲公水居記丙申

明高忠憲公當萬曆時謫官歸里，築室漆湖之濱，曰水居樓，其側曰可樓，蓋讀書棲息其中者二十餘年。誦公所自爲記，使人眇然有絕俗離世之思。公清修大節震天壤，其東林會講之盛，學者尤豔道之，風會所趨，遂與明代爲終始。嗟乎！夫孰知其植基寂寞幽隱之中，遯世數十年，而無憾者固若此乎？

其昶嘗客金匱數月，識其邑人廉惠卿，暇與登九龍山，望太湖，飲惠泉之水，訪高、顧二公之遺迹，而慨焉弔其既泯，益相與縱論學術興壞之由，世變之無窮已，太息者久之。當二公之都講東林，聲氣被遐邇。我朝承流矯失，痛刮虛見，淹賅鴻博之儒蔚興，後乃益獵取標末，則根本最初之事稍荒矣！吳中尤得風氣之朔，士習常先天下。然吾曩竊怪雍乾之際，漢學方熾，而先五世祖一齋先生以布衣講授虞山、松陵閒，硜硜守洛、閩之藩，秒黍不軼；而一時從遊之徒，廓然大變其所趨，終不歆彼而倍此，何也？豈所謂豪傑之士徵之己而不餒，固有非衆嗜所能奪者哉？余之來也，念先人之舊遊，欲交其賢士，因以考求當時淵源之所漸，而故老已無可訊者，其後得廉君，因廉君又知有許君靜山、裘君葆良者，雖未之見，信其君子人也。於是三君暨其邦人葺公水居既成，惠卿謁余爲記。

余謂今時事變之亟，亘古剖判以來未嘗有也。自堯舜、三代之所已試，聖哲之所講求，皆若不足爲治，蓋西學興，儒術左矣。於斯時也，區區欲感發來學，躡公之後，納諸寂寞之塗，其毋迺迂大而不急與？抑吾觀前世所行，不爲儒術之迂者多矣，卒何救阽危之萬一也？夫以吳際江海，俗彌侈，遐夷狎處，耳目回駭日益新，而乃有不避迂行如諸君子者，吾又以知儒者之教澤，蓋遠矣哉！

吳先生曰：議主守舊而文特抑揚盡態。

陳伯嚴曰：高邈之思，神似六一。

姚叔節曰：筆埶昌沛極矣，而時覺有所留藏，以從對面著筆，故足貴也。此為微言。〔一〕

【校】

〔一〕宣統本無評語。其他無一字差。

書孫秀才事丁酉

光緒二十二年，余客皖中，貴池王源瀚滌齋爲言其鄉孫秀才磏字選青號蒼鑑者，孝子也。今將乞文於當代能言之徒，以張大其事。余謝不敏，則請之益力。

其言曰：秀才少孤，學未成，傭書養母，久之，補郡學生。其事母蓋天性，宿夜焚香祝，哽噎，二十年如一日。母疾寖，益刺指血書疏，願促己算，病往往愈。其假館必近村，便歸省。會霪雨不歸者十日矣，一夕雨甚急，起索蓋去。主人止之，不可，曰：『吾母其不適乎？余心意怦怦，何也？』拔關出，其從子果在途，告母病，速之歸，主人大駭。其後遭喪，嘔血成塊，三日不食飲，殯母郊外，積潦滿道，引身障槥，竟體塗污。殯訖，伏地大痛：『不忍吾母獨處此！』衆知不可奪，爲結茅蔽之，尋卜葬太婆石，復廬墓側，旦暮上食如生存，匍匐斷藁中，髮蓬蓬垂耳下，苴絰麻屨皆穿敝。家故貧，又讓産其兄，獨貨己田，完宿逋，所餘畝才三分耳。至是益窘，好義者爭持蔬米來餉，一謝不取。有里豪葬地與孫氏先塋錯，貪地形，陰拔孫碣，反譸孫毁冢，訟於官，詞連秀才。官逮繫急，縣人大譁：『官巇吾孝子，願救孫孝子者會學宫。』於是會者四十二人，具列其孝行，白之令，事得解。祥禫既屆，撤廬返，遐邇迎觀，有感歎泣下者。令慚其前事，議設義塾，聘秀才百金，則謹謝曰：『吾豈忍以親市。』秀才母氏程，其遭喪在甲午春，年四十餘。貴池先以廬墓受旌者，有桂復、李傳丰，暨秀才而三，滌齋云。

王晉卿曰：窮形盡相，筆有化工。〔一〕

【校】

〔一〕宣統本無評語。其他無一字差。

遊冶父山記丁酉

廬江縣治東北二十里有山曰冶父，世傳歐冶子鑄劍於此，上有鑄劍池，淵澄清洌，可飲可溉。太平寰宇記以當春秋時楚羣帥囚處。水經注：冶父城在郢都側，樂史誤也。

余以光緒二十三年冬十月己未，要其邑人錢凝和偕遊，至山麓，舍車，錢君老而僂，且憩且登，余步速而憊〔一〕，先之五里陟其巔。暮色自遠而至，唐時建無量殿，今猶存，殿無寸木，磚石嵌空，層轉而上，如城闉，如矼梁，幽复陰肅，非得日，咫尺不辨物。旁祀雷師，廟令言山峻多毒物，神逾歲輒一至，號『洗殿』，至則光氣内撼，山石飛鳴，寺僧皆伏，不敢窺，久之乃去云。余宿其前廂，遲明登望江樓，晨光納牖，目際無垠，前至伏虎巖，箕踞石上，時則白湖、焦湖、黄陂諸湖雲氣坌起，窪隆環壅，皓若積雪，陽景騰薄，摩盪成采，然後徐入山腹，盡勢極態。錢君躍喜，以謂觀雪乃無此奇也。

山有二徑，余來自西道，會錢君他事别去，余獨尋常明上人，循東道下，抵實際寺，傾崎既窮，足舒山展，人意轉紓，竹樹翳薈，澗谷沈沈有聲。寺亦肇於唐，今圮矣。上人精醫術，蓋類有道者，不可知其迹，乃一飯而去。

吴先生曰：　仍子厚體裁，要自峻厲。〔二〕

【校】

〔一〕宣統本為『余陟速而憊』。

〔二〕宣統本無評語。

潘氏墓祠記 戊戌

曩予客安徽布政使署，則聞潘刺史文鐸之賢。時安徽清田賦，刺史告養臥家，大臣奏起之，而奉天將軍亦以關外需才幹吏疏爭，有詔往安徽。刺史奉母李太恭人至，予因緣得見，敦樸樂易，君子人也。又逾年，寄示所爲贈君事略，且曰：『先人死王事，文鐸稺昧，遺骸莫辨，虚祠望祭，使不有述，其奚以敕後昆？敢請。』其昶則謹條其世系及所以死事狀，俾鑱之祠壁。

潘氏故隸瀋陽衛，國初從入關，居京師，後徙廣州駐防，七傳至瑞隆，有隱德，生二子，君其長也。諱正錦，字卿雲，少厲志節，與人交，無不盡。有友將助人殺仇，塗遇君，色沮，君挾之歸，開諭大誼，卒感悔爲善。粤亂起，大府募兵擊賊，君方爲旗吏典書計，以文儒，不在選，奮袂請行，曰：『此吾報國日也！』戰常陷堅，四年七月，師次唐夏鄉，軍覆，死之，年四十二，叢葬蕭岡西得勝山。當是時，刺史十一齡矣，隨兩兄侍母。又十八年，成進士，由工曹乞外，宰奉天安東，權復州、開原、海城，皆有名迹。一日讀李二曲先生傳，見其尋父屍不得，立祠戰場，悲感出涕，曰：『嗟乎！小子獨非人乎哉！』遂投劾，奉母徑歸，起祠棠下埠，繚以牆垣，嘉木蓊楙，鑿前爲池，亭承其翼，儲茶以飲渴者，春秋拜奠，旁皇四望，靈兮歸來，愴惻行路。蓋刺史每述其事，未嘗不嗚噎也。

於是其昶曰：嗟乎！觀於此者，雖我朝開國之初，八旗禁旅所以無敵於天下，其故豈不可知也哉！然則如君父子纏綿忠孝之至情，曷可無述？況其在今！嗚呼，悲夫！

陳伯嚴曰：澹遠。

柯鳳生曰：謹嚴高古。〔一〕

【校】

〔一〕宣統本無評語。其他無一字差。

潛川書院藏書記 戊戌

江油張侯宰廬江，甫到官，自以儒臣膺民社，不當惟簿書期會之知，又俗久敝，『吾其章教邑』，故有潛川書院中興，後縉紳大夫益增置三樂堂，異時惟踵故常，校時蓺，稍未有以饜材傑之望，於是諮謀於衆，合併一校，而分課其所業，闢齋舍以棲士，崇樸學以誘進於古，廓然大革前規，而謬以予專講席。風會肇啟，學不素儲，無以拓其識器，乃廣聚典籍，用餉陋孤，自新購暨所舊藏，通得書若干卷，經史粗備，謂予不可無言。

予惟學者之志奚鵠乎？亦鵠乎？忠孝而已。忠孝之性具於人人之心，不假外益，然而在昔儒者之教，必汲汲焉惟學是務，何也？人人所同具言乎？其朔也，識知鬮進，奪於後起，厥性闇焉，聖賢者葆其朔，不祕其有，吾誦其言，所以明其明以明之我也。經也、史也、子集也，純駁不同，其明我一也。忠孝之不明，而曰經世者，妄也，曰儒雅亦妄也。明乎忠孝之道，斯其所託業於此焉，於彼焉，皆可也。學術之多途，載籍之浩博，孰是衡之，無或爽者，是故讀其書，而能明吾心所當明者，天人之要，古今之所賴也。且吾嘗試觀於天下，橫目之氓汶汶者皆是也，其或後之所就，能以德、以功、以言，如古所稱不朽者，其人乃往往有高世之懷，生今之世，惟古與稽，彼誠有所不屑耳。吾因是而知士之逐於風趨，皆其後之一無可立者也。世果有豪傑之徒出乎志業，雖宏要之，以嗜學爲始。

姚叔節曰：凝固質穆，彌鬱彌清。〔一〕

【校】

〔一〕宣統本無評語。其他無一字差。

三公祠記 庚子

西蜀梁令君濤觀於光緒廿三年來攝縣事，攬圖册諮耆庶，得明季蜀人竇成以死救城狀，邑人祀焉，縣治之西北故有竇祠，燬於亂，謀重建之，未幾受代去，以屬少尉文宏基，少尉亦蜀産也。於是邑人吳芬自請效功，寡斂遴出，役不逾時，凡成殿前後兩楹，用錢五十萬有奇。前殿祀竇，後殿以祀楊、張二公。楊、張二公，異時祀於縣署，署燬，曠不續，今併爲一祠，故號爲三公祠也。

當崇禎初，流賊起陝西，躪燕南、河北，復自澠池渡河而南浸，尋及於鳳、泗、江、淮、楚、蜀之間，所在縻爛，而桐城實綰其衝，張獻忠屢悉衆來犯，死咋不得逞。當是時，史公可法提師捍衛，黄將軍得功馳驟赴警，而楊公、張公又相繼爲令，與縣士大夫喋血守禦，應變不窮，卒至明社可傾，而吾城終不可拔。蓋自崇禎七年以逮十四年秋，城不亡者，賴楊公〔一〕，十五年夏迄十七年冬，賴張公〔二〕。楊公年少，有奇才，張公寬仁長者，其得民心也同，其應機赴便，卒完城也亦同。張公之來也，其年冬城勢尤危，獻忠既破六安、太湖，誓且屠桐城，圍攻數重，城旦夕破，而桐城守將廖應登方率其卒竇成等數騎閒道謁巡撫史公於廬州，至舒城，爲賊得。賊使應登誘降桐，應登許諾，乃陽爲賊辭說，而盡以其虚實輸我。賊怒，殺之，再使成。成辭氣奮厲，大呼：『我，成也！賊脅我降若，若必無降。賊畏黄將軍，黄將軍即至，賊破膽走矣！』賊大怒，遂支解成以死。城上人望見成，感動相與流涕，向成而拜。城守益堅，張公嚙指血，然礮，礮發，中賊渠率，益募死士縋城，請救。於是黄將軍駐鳳陽，用三日夜，踔六百里來援，賊大驚奔潰，獻忠跳而免。是役也，城得不屠，得忍死以待黄將軍救至者，竇成力也。

嗟乎！成在當時微耳，今巋然乃與諸公比德，史、黄各有專享，衡宇相望。侯虜別於生存，義烈炳於殊世，運夷事往，天地傾岌，而其肝蠁於人心者，不以盛衰久暫而替，且使其鄉之人引之爲己重也，此豈有資於外至者哉！夫流賊誠慓悍，能亡明之天下，而不能亡此區區彈丸之一城，然則國家廢興存亡之際，豈不以人乎哉！予是以慨然而書之。楊公諱爾銘，四川筠連人，張公諱利民，福建侯官人。〔三〕

吴先生曰：敘次斂散有法，修辭得古人意趣，結尤妙遠。

蕭敬孚丈曰：敘次磊落，有古意。〔四〕

【校】

〔一〕『賴楊公』，宣統本為『維楊公』。

〔二〕『賴張公』，宣統本為『城之存，維張公』。

〔三〕宣統本下有『光緒二十六年夏四月邑人馬其昶記』。

〔四〕宣統本無評語。

抱潤軒文集二十二

桐城馬其昶通白

記

集虛草堂記 癸卯

李生健父，才敏而好讀書，從予學兩年矣。〔一〕其尊甫侍郎持節滇、黔，家事一倚辦生〔二〕。張君子開曰：『世皆急仕宦，健父弱冠舉於鄉，乃唯學之急，茲其難也。』每日晨興，詣書室，事至決事，即事已，輙就案誦習〔三〕，晝未嘗及内〔四〕。其書室三楹，牆宇峻高隘束，天氣不得下，或曰是於衛生非宜，乃别築草堂於宅後隙圃〔五〕，略仿泰西治室之法，窗櫺四啟以收納空氣。既成，予取莊子語，命其堂曰集虛〔六〕。率分日之半處其中，乃使人有林野曠適之思，不知其爲城市居也。

夫空氣之爲用博矣，民物資之以生長。運而入之，排而出之，是名炭養。炭養者，敗氣也。計屋容積空氣之數幾何，人日噓吸用氣當幾何，二者乘除相抵，而以法斂放之，必使空氣饒羨，則便體蠲疾，反是亦往往生患，蓋泰西居宅衛生之學如此。予謂其說既信美矣，抑猶有進焉。氣盎然於太虛，有屈有騰，有濁有清〔七〕。其騰焉者，其清也，其屈焉者，其濁也。吾之氣生於心，氣與氣相引，視其類，吾騰之而來其濁，吾屈之而來其清者，未之有也。彼呼吸猶是人耳，其天之亡也久矣，則雖置身曠莽之野，即又安望其與太虛之氣之上騰者，訢合無間也哉〔八〕！

易曰：山澤，咸，君子以虛受人。不虛，未有能受者，莊子之所以集道，泰西之所以衛生，於大易之恉胥有合焉。生既從予受易，其所至誠可謂邁俗，然吾願生之無以是遽足，益虛其心，以求造於古之人乎？吾則曰：匪虛也，積微以盈，塞乎天淵，亦且至實焉爾。

陳伯嚴曰：微眇之論，自成一子。〔九〕

【校】

〔一〕宣統本下有『生少長貴盛』。

〔二〕宣統本下有『挈綱持維，宏纖畢具』。

〔三〕宣統本為『就案誦習不廢』。

〔四〕宣統本下有『必至夜分始退』。
〔五〕宣統本為『於其宅後隙圃』。
〔六〕宣統本為『命之曰集虛』。
〔七〕宣統本無『有濁有清』。
〔八〕宣統本為『訢合無則也哉』。
〔九〕宣統本無評語。

慈竹居圖記丙午

吾友劉君訪渠，其爲人，古所稱悃愊無華者也。余嘗從其所，見興化李君審言筆札，辭采蔚然，其用情尤深。至兩君之文質不同尚，其交厚乃有若骨肉。

余於李君雖未見，然能知其爲人也。李君淹雅，知名當世，余時方爲屈原賦注，寄江寧求君是正，君幸教之無隱。君亦寓書，丐題所爲慈竹居圖者，曰：『詳有老母年八十矣。母昔長華腴，自歸先子，斥其嫁訾，卹親振族，數年略盡，中更艱苦，有非人所堪者。今詳庸書四方，稍具甘旨，而母老病臥牀，旬有數警。明年歸家奉母，誓不再出，忍寄此閒，如負芒刺。比屬友人圖母搘杖俛坐，詳由階而上，欲有所請，環蔭慈竹，清景絕勝。子幸爲之言，庶託不朽，亦詳報母之一耑。』訪渠益爲之請。

余推君交友之道，固知君之能事其母也。嘗以謂人子之得用其情於吾親者，獨有少時耳，交遊盛而別離之事起，貧者尤甚焉，或歷歲不歸，或歲一再歸，皆坐席未安輒去，率十年計之，乃不能有一年之日，其餘時徒以貽其親憂，人亦何賴有此子爲也！而其勢又未可得已，此李君之所爲自傷。而余之離吾父母遠逾二十，近且十餘年，思李君，葢羨其猶有今日，然則李君之圖，余雖未見，而能言其圖之意者，宜莫如余也。因爲之記。

姚仲實曰：逸韻深情，聲流簡外。〔一〕

【校】

〔一〕宣統本無評語，其他無一字差。

遊紫蓬山記丁未

余客合肥今六年，時一至逍遙津香花墩謁包孝肅祠，顧未嘗遠出。歲三月上旬，樊稼亭有遊大蜀山之約，健父曰可遂遊紫蓬山也。紫蓬一名李陵山，肥水出焉，最爲邑西勝地。

詰朝偕子開、訪渠、石宜六人同往，出西平門廿里，至大蜀，一峯障郡而峙，旁顧無侶，爾雅所謂『獨者，蜀也』。余與健父先至，憩山之半，以遠鏡窺同遊者〔一〕，聲欵若可接，而聲寂不聞。飯後各題名去。西南行廿餘里，宿楊圩，距紫蓬猶可廿里所，明日主人偕登，有寺踞山之巔，房廊蕭曼，與山爲卑崇。登閣遠矚，天宇開豁，念余一身寄此渺然。時大風塵起，僧言晴霽，則巢湖中帆檣可指見。

水經注：肥水出良餘山，西北入淮。兹山之水皆東南入巢湖，無能西北逾山而過，乃知郡縣治以紫蓬當良餘，而謂肥源久湮者，誤也。肥水實出將軍嶺，在紫蓬北六十里，自嶺以西之水入壽春者，爲注淮之肥，其東流十里，經雞鳴山，繞郭迤南入湖者，今亦曰肥河，酈道元謂之施水也。爾雅：『歸異出同流肥。』合肥得名以此。吾意良餘山即將軍嶺，曹公征孫權，由渦入淮，出肥水至合肥，良餘扼其衝，吳魏戰爭必駐重師於此，將軍嶺之稱由此起也。紫蓬祠李陵，不知所由始，吾又疑魏將李典守合肥有功，廟故祠李將軍，或乃不知將軍爲李典，誤屬陵，因以名山，而並以肥水之出將軍嶺者，亦移被於此，斯誠歧之又歧者耳。古今地志非目驗，則往往乖異。

周中書家謙居山下十里，曰周圩，多藏書，子開邀往過之，周亦以謂肥水不源於此矣。是日觀蘇子瞻遊定惠院二詩手稿及他宋賢遺跡，久之不能去，秉燭至楊圩宿，明日返郡城，書此。〔二〕

姚叔節曰：於柳、歐外別出機杼。

柯鳳生曰：置之歸太僕集中，亦上乘文字。〔三〕

【校】

〔一〕宣統本爲：『以遠鏡窺從來者』。

〔二〕宣統本下有『桐城馬其昶記』。

〔三〕宣統本無評語。

安慶會館記 庚戌

南出宣武門外里許，東迤曰鐵門，有文昌館，蓋桐城館故址也。明季左忠毅公遘璫禍，坐贓鉅，縣人斥賣以急其難。光緒初文昌館移他所，六皖京朝官購得之，將以建府館也，桐人請別擇地以易，僉曰：『忠毅名德在天下，固非一縣所得私，且府館祀忠毅，於禮亦宜。』桐人遂不復言。又廿餘年始構西式樓五楹，署曰安慶會館，凡用錢以緡計者若干萬餘。

惟人情居鄉里，父老子弟朝夕見，此亦常耳；或乃失意相詬誶，若財賄田宅之競，爾我仇視，又甚焉，仕宦退老，至不顧還歸。然而孤遊久客，往往聞鄉音則喜者，何也？其出愈遠，則其思愈甚，而範圍之所届亦彌廣，於是有省館、郡邑館之設，而遊海外者，且有中國會館焉。豈非遠其私暱，則心普而所羣者大與？私小己而忽大羣，其殆未馳域外之觀者與？而吾縣人乃以忠毅故，至捐棄其邑公有之業而不顧，明社既久屋矣，到今數百年，所謂桐城故館者，不必復有，而風義所感動，未嘗不赫然存天壤也，然則人之所以爲鄉人重，與鄉人所以會聚立館之意，可知爾已。余幸生忠毅同里，敢發斯義，以諗邦人君子。

柯鳳生曰：卓識偉論，真不朽之名作。

王晋卿曰：每發一義，皆能見其大知，其所息者深矣。

高念慈先世行實記 辛亥

余論交莫夙於阮仲勉，因仲勉而交高君念慈。時仲勉二親亡矣，致嚴祭禮，不以駭俗自作。念慈母幸無恙，其心思志慮專壹於母，遊近地，離三五日，聞鴉鵲鳴噪，皆疑其爲母祥也。舉天下懿德孅行可師法者，皆莫如吾母、吾先人若也，以是詔於家，亦數數稱述於人。

念慈述其大母王氏曰：『先大父，故合肥人也，嘉慶初來桐城，既歿，貧不克歸，先君年十四，於是大母晝督子操作市廛中，夜課諸女箴繡，各就寢，猶自刺帨巾一幅乃休，久之，家日以起。撫育兩從子，爲娶婦生子矣，一旦竊貲遁，當是時天下大亂，迹得之，則挾寇勢，覬分其平生積苦所購産，大母雖痛其獸心，竟取産均分之。嘗道拾遺金，坐待還其人。大母治家嚴，子婦得一笑語，私相慶，卒年八十。』念慈又曰：『先君諱寶成，事大母，大母稱之曰孝。嘗深夜兩拒奔女，幼從師讀未竟，終身敬事師。大母均産從子，先君實成之，又分産以贍孤甥也。』念慈又述其母曰：『吾母之於親族篤矣。吳氏姑孀居，性忮佷，嘗毆辱母，母懼失大母意，嘿不校。長姑貧，攜子女相依，再從世母亦以孤貧來依，吾母壹厚遇之。大姊、伯兄皆前母出，伯兄病，大姊歸視，見母所以調護狀，爲感泣。有族兒生七月而失母，將粥諸人，吾母攜之歸，兒羸瘠畏風，母暑夜撫兒，不納涼者三年。嘗曰『行擇伴，居擇鄰』，高與阮姻也，剖屋而聚居，吾母誠念慈事仲勉若師，仲勉事吾母亦若母。』其祖曰：『賢哉，母也！有達識矣！』仲勉亦嘗云然。念慈又曰：『曩道光末，大水，議振濟，吾家以客籍，當倍輸，有怡軒馬公爲緩頰，得不困，今知馬公者，君祖也，吾母聞之大喜。』自是交益親。

念慈以附生，官江蘇巡檢，母魏氏封太孺人，光緒庚寅卒，距今廿二年矣。念慈求紀其先德，見必再三言，蓋未嘗不涕。余自孤露以來，出交當世賢士，往往多文儒政事之彥，顧質行無慙，久而可思者，尤在少時交也，老貧阨困零落，乃無幾人，今年處京師，懷舊事，愴然因書以寄之。

方常季曰：敘瑣事極見文法，於質行交誼流溢真味，大是歸、方。

觀復堂記 癸丑

含山張君學寬，字筱春，十餘年前同客皖城，嘗一見人家坐上，未及深言，別去，其後各讀所著書，兩人交相慕。今年復遇皖城，筱春屬余題觀復堂額，而記其事，余拙於書，爲轉乞方槃君書之。

老子曰：『致虛極，守靜篤，萬物並作，吾以觀其復。』蓋聞天道無往不復，往之極者，則其復也，遲或數十年，或百年，以至數百千年，不敢知也。吾與筱春所處，今何時乎？尚有能復之一日，而吾輩猶及觀之乎？淺識者眩於外，而失所守，倍天地之恆經，快意眦睢無所憚，若惟恐其往之不極，彼不知其終之必有復也。悲夫！天地之無窮，其復之數十年，或百年，以至於數百千年，猶旦暮爾，獨人之生於其際，而不及待焉者，可傷也。然則老子之有取於觀者，何也？易曰：『復，其見天地之心。』老、易之恉將無同邪？吾願從筱春問之。

吴辟畺曰： 精理名言，以崇奥之筆出之，意態雄偉，光氣熊熊，掃羣言而躋不朽，端賴此等。

柯鳳生曰： 讀此文，可以見先生之易學。

吴江施氏義莊記丙辰

人莫不欲安全其身，身之所親，則有家，家之所寄，則有鄉，鄉之所統，則有國，國與國分，分則爭，然而圓首方趾横目之民，其欲避危殆、就安全，一也，而疎戚懸焉，而利害至於相反，則私之爲也。 人病人，以私厚其身家，病家鄉，病鄉國，病國，以私厚其家鄉國，嗚呼！ 自私自利之風熾，而相爭相殺之禍起，吾求其安全，而至於爭殺，何其不思之甚與！ 易曰：『莫益之，或擊之，立心勿恆，凶。』恆者可以常行之道也，己益而人危殆，則或擊之矣，擊則兩損也，是故兩益之謂益，聖人不諱言益利也，然必恆焉而後真利出，不然，而挾私以圖小利，暫利、獨利者，非利也，害也，皆不觀於其恆者也。 猝然覩深痛巨悲之事，雖暴夫亦有愴然心者。 孟子曰：『人皆有不忍人之心。』葆是心，而家施之，則家睦，鄉施之，而鄉順，國施之，而國昌，推之至於天覆地載，無窮不可紀極之世宙，皆吾一心之所際也。 天地無窮，吾心所際亦無窮，環而待於我者，未能悉副其所期也，則即耳目之接於前者，而次第施之，有餘裕焉。

吴江施先生景熊嘗有慕於范文正公置義莊贍族，力未逮，歿，以屬之子。 其諸子皆賢也，長子曰善昌，尤以勤義賑名天下，所賑徧各行省，集貲率巨萬計，皆躬其役，而義莊則力仍未逮，又以屬之子。 於是其子及從子曰則敬、曰肇曾、曰肇基，同時蔚起，用錢塘籍入學，獲鄉舉，登仕版，家益大，念先志之未竟，乃於原籍震澤鎮建支祠，購田千七百餘畝爲義莊，其族之孤嫠貧疾皆有贍，而於教督子弟尤兢兢，曰：『吾祖之訓云：爾其猶范氏之遺乎？』文正之歿且八九百年，而今施氏之族得所賴者，謂皆文正一心之所際可也。

余感昔賢意量之宏，而痛世風日兢於私利，禍變相尋，莫知所屆，故於施氏祖子孫三世之行，樂爲之記如此。 蓋人道不明於天下久矣，彼世所驚駭，以謂彊武戰勝之國有榮譽者，卒其爭殺之禍，何如哉？

陳伯嚴曰：盤曲綿邈，雅近習之。

王晉卿曰：手寫一事，而目營八表，是之謂有益之文。

柯鳳生曰：親親仁民愛物之理，發揮精透，直儒者之言也。

姚叔節曰：慨乎其言，而以頓挫出之，故尤深惋，收處本正意，反作餘波，奇變不測。

潮安沈氏祠記壬戌

民國十有一年，余在京師，被聘修清史。時南北戰爭甚烈，士兢新學說，古昔聖賢所以綱紀人倫者，務反之以爲快，而潮安沈氏清守、清龢兄弟服賈南洋，既爲其先考德齋建祠本籍，復具狀自新加坡萬數千里達京師，丐余爲之記。

嗚呼！禮失而求諸野。中原板蕩，遐陬販鬻之區，猶有行義不怠，仍世愷第如君父子者，史不暇詳，然亦安可使其無聞乎哉？君諱潛光，字聲仰，德齋其別號也。始祖宋端宗時由福建之詔安來遷，都曰上蒲，鄉曰華美，十八傳而至君。生有智算，蚤孤，家貧寠，渡海至新加坡，依族父曰以成者。族父察其忠信，授之貲，使爲賈，復耗折，任之不疑，卒能有成功，致貲鉅萬。與族父處數十年，人信其不欺，其營業選任徒友，亦無相欺倍者。至於興事造謀，老於商者皆自謂不及，推主本埠參事局、保良局，事悉辦治。建家廟以祀先，設同濟院以療貧疾，創養源學校於上蒲，禮敬師儒甚至，他若歲祲振災黎，築隄堰，脩衢道，施棺埋胔，凡可以利益人者，不顧慮費多寡，惟期事舉。諸子繼起爲善，行益力，遠近歸德。宣統初，以年老渡海歸，抵家一月，遽卒。始君援例爲候選道，加級封資政大夫，既卒之明年，祠成。

古者別子有蹶起爲大夫者，則爲繼別之宗，祠而祀之，禮也。夫禮莫大於祭，祭莫尚於功德。漢儒許叔重之言曰：『德，升也』，『功，以勞定國也』。是故上達者德也，橫被者功也。貞介絕俗之士，往往憔悴困阨，百倍於恆人，人或疑天道之無知，是不然，蓋命之制於人，而不可易也久矣。知命之不可易，故無欣厭，無欣厭，故無累，無累之心，曠然可與神明交，其德盛者，其氣升也，若夫功之所暨，則視及人之遠近以爲差，及人愈遠，其功愈大，由己推之人，更推之物。天地之大德曰生。彼人與物，或不能自生存，而吾生存之，則吾之所行者，功也。而天地之大德寓焉，祠而祀之，豈不宜哉！況際滄海橫流之日乎！詩云：『風雨如晦，雞鳴不已。』誠珍之也。故余發斯義，貞諸石，俾後覽者，憬然知所慕焉。

柯鳳生曰：氣體遒古，說理尤精粹。

黟縣胡氏重建橫岡宗祠記壬戌

徽州之胡分兩宗，曰安定，曰明經。安定之來也，自青州，明經其先李氏，唐亡更姓胡，避居婺源、績溪，宋有雲峯先生講學婺源，建明經書院，因以明經別其族，然亦通稱安定。其自青州來者，始遷祖爲晉新安太守育，愛黟山水勝，卜宅橫岡居焉，六傳至梁太常卿明星，諫武帝事佛，忤旨告歸，鑿渠引流溉田三千餘畝，鄉人立祠橫岡之上，春秋祀之。明尚書程敏政爲作承澤堂記，即今祠址也。其後散處黟、婺源、太平，共十一派，皆祖太常。當明之初，有曰季發者，始議脩族譜，至信陽令壽安而譜成，信陽以清節著，承澤堂之不圮也，亦賴信陽力。至咸豐初，搆粵寇之亂而毀，今六十餘年矣，其族君子某某等議建統祠橫岡，衆樂趨工，不三載，祠成。

當是時，余友曰元吉敬安者，以學行用大臣薦，爲令山東，國變棄官歸，因得襄族盛舉，於是僉曰：『胡氏在徽郡者，如竹村、樸齋，以經學震海内，然皆明經後；安定之裔聲名文物雖若未逮，顧自晉訖今，子孫數十傳，歷千餘載，承澤不墜，亦世所稀也。其前之廢興，有程記，今幸祠成，聞子之友馬君善爲文，不可以無述。』乃來請。

吾聞敬安之歸也，以易教授鄉里。易曰：『天地閉，賢人隱。』賢人曷爲其隱也？曰善觀天下者，亦觀其勢之聚散而已，聚則全，散則傾。民之生也，各有其地，各本其族，各具其心，有血氣則有爭心，以各地各族各心之人，出而握持政柄，以遂其血氣之所必爭，其潰散四出，不可復收也決矣。先王知其然也，系之、維之、匡之、直之，制爲君臣父子之五倫，以綱紀之，其不能不散者，勢也，而隱然有動於其中者焉。萃、渙之彖，皆曰『王假有廟』。自天子以逮士，等級不同，而皆有廟，所以動其惻怛不容已之誠也。惻怛不容已之誠，始於廟祀，而推之及於家國天下。孔子於萃，爲之傳曰：『君子以除戎器，戒不虞。』而渙則曰：『先王以享于帝，立廟。』夫立廟，與除戎器並舉，此聖人治世之微權也。散而求聚，舍此莫由矣。而今之人乃惟恐其聚之不遽散也。嗚呼！民散矣，如之何其不隱也？

余感胡氏不忘其先而聯宗族，書此以質於敬安，俾刻石祠中，用示來者，亦庶幾知所儆云。

柯鳳生曰：湛深經術之文，足與望溪並駕。

于中丞祠記 癸亥

前河南巡撫于公樾亭既卒二十年，其孤翰篤嬰家國之變，播越不惶，久之，避地雙城，將葺廬舍，先成家廟三楹，用祀公，而以夫人孫氏配禮也。

公諱蔭霖，字次棠，先世籍山東濰縣，曾祖遷吉林，爲伯都訥廳人，今易廳爲縣，曰榆樹也，仍世種德，以孝友著聲。公既通籍，入翰林，從遊倭文端公，因得與聞性命之旨，出爲荊宜施道，勤政愛民，尤盡心災賑及農田水利。其教士也，仿宋湖州學制，設經義、治事兩齋，不時臨涖講習，士風丕變，其後洊擢監司，至開府，風裁益峻，忠公之心與國爲體，諸公貴人咸病其剛直，撫鄂未幾，調中州，再調廣西，未上，遽開缺，貧不能歸，留寓治下，光緒三十年年六十七卒，遂葬南陽李華莊。其田宅授自先人者，推讓親族，翰篤歸，無所資以爲生，至是乃始購地雙城十餘頃，徙居焉，而榆邑士紳懼歲月久遠，後之瞻封公祠者，或且忘公榆樹人也，因合辭爲書，致其祖乞文紀其實。

余謂公道德行誼希蹤前哲，其意量所及，恆在天下，固天下之賢也，豈一郡邑所得私哉！然而自古名臣鉅儒，忠義之彥，蹶起一方，山川郡邑往往爲之增重，彼其杖履之所接，遊讌之所憩，雖曠百世，猶使人興起感奮，莫能自已。詩曰：『維桑與梓，必恭敬止。』以其情之私，成其好善之公，君子不謂爲私也。曩者公嘗布政吾皖矣，不以其祖不肖而居之幕下，朝夕承公教者一載，翰篤實從余遊，而余亦且自幸獲私於公也，故樂爲之記。

柯鳳生曰：詞簡理足，其體裁雅近望溪。

舫齋記 癸亥

清帝遜位之三年，秉軸者議修清史，闢館東華門内，于是前東三省總督尚書趙公實爲館長，異時國史館及實録會典諸館皆在東，而各自爲區，方略館在西，今取而合并之，東西相距遠，過從者憚之，或至累日及旬不相見。珥筆紀載，其中晨入暮出閲十載，存亡聚散之可喟者多矣。而公獨巍然壽臻八十，聰明强固逾少壯人。同館之士謀所以爲公壽，公堅不許，衆乃莫復敢言，顧缺然無以展其敬意，慊慊不自釋也。

公曰：『東館迤南有三楹南向，而北戶適西館者，必徑此。前臨小池，通御河，大槐二株蔭其旁，皆數百年物，舊顔曰舫齋，不知所由始，往往見先輩題詠，今與諸君獲聚此也，幸奮其十駕之力，逮吾身而覩厥成，則舫齋話舊，後之徵藝林故事者必及焉。安可以無述？』由是館士二十有二，人各賦詩，或繪畫以進，而更屬其昶爲文紀其事。

余竊以謂公之不言壽，公之不忘親也，豈以矯俗爲高哉！推不忘親之心，而及於君國，舉三百年人物典章之鉅，所謂磊磊軒天地者繫之身，罔敢有失墜，下至賓僚宴遊一日之雅，猶低回躑躅，莫能忘焉。嗚呼！公之用心何其厚也！或曰：今俗靡敝極矣，生日之侈乃尤甚，以公之名德，抑然自下如此，寧不可以風當世與？曰：奚爲不可？雖然，此其義推而得之，其殆非公本意之所存與？余辱公知愛久，因次其語，爲舫齋記系之。詩曰：

五十慕父母，曩聞有虞氏。而公登八十，念念乃在此。謂父昔殉義，訓育賴仁妣，坤厚復淪謝，百事長已矣。榮路雖獲躋，年華詎足紀，交親沿世尚，强欲寵暮齒。其意摯且堅，婁卻不能止，遂爲圖舫齋，隨例製百紙。煮茗得少聚，話舊良可喜，庶幾與羣賢，愔吾一代史。韙哉公此言，淳竺古無比，述以式邦人，頌詞固無取。

柯鳳生曰：高古似昌黎。

隴南修治道里記 癸亥

甘肅，古雍州地，南界秦、蜀之交，山阜盤互，自來行軍、轉粟、運輸艱阻，目爲畏途，左文襄公當咸同閒，平關隴，復新疆，用兵塞外，而甘、新之車路通，顧猶未及隴南。

民國建立，甘肅獨以僻遠免戰禍，於是陸軍中將孔君鎮守隴南，乃銳意平治道涂，以暢百貨，逸行旅，縱横四闢，而以天水爲之樞。十年冬，始營西路，自天水西南至羅家堡，歷鹽官鎮、長道鎮，過西和南，至洛峪集，又西南踰麒麟山，至王家楞，長三百餘里； 明年春，營東路，自天水北出雲山集，東歷遠門鎮、白駝石，數折以達清水北，至閻家店入陝境，有大關山亘馬鹿鎮、固關鎮之閒，工尤巨，又東南抵隴，長五百餘里； 是年秋，營南路，自天水南出興隆鎮，東迤娘娘垻，逾八盤山，殷家溝江洛垻，東南趨徽，更東經永寧鎮、趙家堡，東抵兩當，長五百餘里； 十二年，營北路，自天水西出三十里鋪，至關子鎮，又西北至伏羌，而東西分，西經盤安鎮、洛門鎮至武山，二百餘里，因故道加修治，東則由金山鎮至秦安，又東北至蓮花鎮，復折而東南，歷隴城、隴山二鎮，逾張家川，以達閻家店，自隴城東，凡所歷鎮各分支，與東路會，其東路自雲山集分，而西北行者，歷秦安郭家鎮、碧玉鎮，度冉家川，抵通渭，以達定西，長四百餘里，亦北路也。其分自西路者，長道分而西行百里，至於禮、西和分而東南行三百餘里，亦南路也，歷頁水河、譚土關、石峽關，乃折而東，至於成北，達江洛垻，東達徽，悉與南路會，閒皆椎幽鑿險以砥。周道凡二千八百餘里，用銀十六萬有幾，君壹以自詭，不顧望。

時當地震菑變後，廬舍熸毁，饑饉流亡，死者無算，君輒募役興工作，雜民與卒，而部勒之，凡所經畫，雖勞不罷，費雖鉅，使甿隸得贍，而又因以成吾之績，蓋道通無阻，非特軍事便也，即人文之蔚起，未嘗不資於此焉。是不可不詳述，以告後之人賡績前勞，以時飭治，毋俾即壞，其亦隴民之幸也與！ 君名繁錦，字華清，合肥人，卒業北洋將弁學堂，至今職，特授銘威將軍。

柯鳳生曰： 文如聚米畫沙，使道里遠近，工程先後，讀者一目瞭然，真有用之文也。

合肥孔氏祠堂記

民國十三年，歲次甲子，銘威將軍勳五位隴南鎮守使孔君繁錦重建先祠合肥，既落成，而屬其昶紀其事。

孔氏當明初有希文公者，洪武十七年授曲阜世尹，後省親江南阻於兵，樂舒城山水，因家焉。其子九人，四子詢遷合肥南學塘，人號之曰學塘孔家。自詢公上溯孔子，五十七世矣。又十七傳而至將軍兄弟，同時畢業北洋將弁武備學堂，積勛伐，將軍至今職，弟繁琴以知府統領雲南巡防軍，殉國難，知府君嘗念身託聖裔，自曲阜來遷七百餘年，子姓蕃碩，具詳於譜，顧祠宇陿陋，又歲久多傾圮，即今不營搆，奚以妥先靈，聯族屬？不幸齎志歿，於是將軍乃毅然以自任，既捐田若干畝供祀事，復即舊祠址擴而新之，曰：『此吾弟之志也。』族祖前蘭山道尹曰獻廷者，亦出貲助其成，規制甚宏壯矣，祀始遷祖詢公，並奉先聖木主於中庭，春秋薦享，亦其族通例也。

惟合肥際洪、楊之亂，旌旗光海寓，當時將帥大臣自李文忠公以下，類皆嫻韜略，崇忠孝，以弼成中興盛烈。其後淮軍替而國勢衰，士大夫乃侈言新學，期全國習兵，起與列强競力，綱紀文章，蕩然埽地，詖邪淫遁之辭盈天下。武昌之變繄始也微耳，清室遜，共和成，北洋軍士力爲多，以故政權常北而不南。然而文忠不作，建威上將軍段公繼之，國有大謀大疑，惟建威是賴，是合肥者，才傑之淵藪也，識者於此覘國命焉。

天道六十年一變，而閼逢困敦，實當運首。將軍本儒家子，遭逢際會，未五十，勳績爛然，乃不曜厥武，而亟亟焉以敦宗睦族爲務，其祠祀之成，又適於是時也。人心厭亂之機，其動於此乎？故不辭，而爲之記。亦願須臾無死而復覩承平如曩時。易曰『壯』，而『進必有所傷』。傷於外者，必反於家。以將軍之事推之，殆將不遠也已。

柯鳳生曰：　根柢深厚，故言中有物，斯為實大聲宏。

下編

抱潤軒遺集

桐城馬其昶通白

書明史宋一鶴傳後

一鶴傳載，崇禎十五年十二月，襄陽、德安、荆州連告陷，一鶴趨承天護獻陵。賊犯獻陵，巡按御史李振聲、總兵官錢中選皆降。振聲，米脂人，崇禎七年進士，與自成同縣同姓，自成呼之爲兄，後復殺之。嗚呼！二人者既降賊矣，胡爲殺之？殺之，則其非降可決矣！此所謂自相抵牾者也，寧待有他證哉！

然而無徵不信，則試徵之王鴻緒明史稿，徵之雍正十三年陝西通志稿，稱振聲被執去，自成以其同邑，善養之，後通書孫傳庭，卒被殺。志稱賊執振聲，贈以金幣甚厚，皆不顧，又數置酒歡燕，振聲醉，即厲辭斥詆，乃移之襄陽，及督師孫傳庭出關討賊，復移之裕州，或傳其通款督師，遂遇害。先是賊入山西，榜列受職者名氏，用誑曜遐邇，列振聲名，朝野共詆之，其實誣也。米脂志亦同。或又疑紀載之辭，事非目覩，則更徵之陳明盛節烈見聞錄。其言曰：闖賊之陷承天也，下令敢傷李御史者斬，因被獲。賊聞公至，狂喜曰：『大兄為我得，天下不足定矣。』公厲聲曰：『汝本一驛卒耳，柰何稱亂，為滅族事？今曉汝以順逆，若能知悔者，吾為汝請命，不然當速殺我！』賊不忍聞其語，故遷之，公言益厲切。一日，兩卒以騎至，公怡然上馬，出南郊，至則北向九拜，復西向拜，自謝無狀，虧忠孝，拜畢，引頷受刃，九月晦前一日也。初，賊得侍御，知不可屈，乃不無萬一冀，伺察雖嚴，同繫者猶得共語，故明盛乘間數與公接，親見其顛末如此。順治七年，米脂令張禹謨將赴官，遇明盛道中，出所為李侍御節烈錄，屬訪其後嗣授之，於是李氏子姓始知其先祖死事之詳也。又二百餘年，其裔孫藴華復重刊是錄，徧徵文當代。

桐城馬其昶讀而歎曰：大哉聖人之論人也！許管仲九匡之功，而不取匹夫溝瀆自經之小諒。侍御不幸與闖賊同宗，見縻之久，不自引決，其意蓋欲有所為也。以彼凶殘嗜殺，猶慕族望，知所敬禮，則因其一瞬之明，導而誘之於善，天下生民之禍或可稍紓，勢不復濟，而從容就死無憾，與氣矜而激發於一朝者，孰為難易乎？古豪傑之士志行，而世得所庇，不行，則求慊其心，斯已耳！人之知不知，無所加損也。雖然事久而論定，知其失實而務白之者，天下是非之公也，豈惟子孫。凡知人論世之君子秉筆之際，安可不慎乎哉！又史稱總兵錢中選與侍御同降，中選實自殺，非降賊，亦見明史稿。

王晉卿曰：篇首言『既降賊矣，胡為殺之？殺之，則其非降可決矣』，此三語已足定其生平，所謂老吏斷獄也，復為之旁引曲證，苦心分明，公之冤可以白矣。

方柏堂先生七十壽序

光緒十有三年十月上旬，柏堂方先生壽登七十，〔一〕於是先生繼配蘇宜人年六十有一。前一歲宗黨姻舊戚趨庭稱觴爲祝，賢士大夫齒朝列者、諸方聞者、後進之晞學者，各爲歌詩綴文，以致頌禱。其門下士馬其昶曰：『壽序於古無有，昔衛武公耄而進德，爲抑戒之詩，使人誦以自敕。若徒侈述其所已能，貢諛詞，長溢志，非君子義所當出。今先生志道不倦，有武公之風，又深達於文律，則吾黨所以致敬先生者，要當在此，不得在彼。』乃獨謝不爲。既踰年，聞先生疾，其昶修候。倫叔、常季兄弟出所爲壽言鈔冊視予，且曰：『子其可無言？』其昶曰：『敬諾。』

蓋先生少時家貧也，非課徒不足以營生，非博謀旁諮，不足以自成其學，初歲束脩所入僅十餘千耳，約其身以至妻子，賓客酬酢之資，無所不從其嗇。虛其中，以從當代鉅人長德，下至一言一行之善，無所不接其誠。烽火達於四郊，飢餓經歲，居民無人色，而先生獨於是時考覽事變，析究理道，發憤著書，成數百十卷；既而出贊幕府，以薦授官，治化大流，名譽益聞，而先生瘉益以其暇著書，又數百十卷；今雖甚病，猶日手一編，神明不亂。少而劬學，至老而彌勤。周公之訓無逸也，推之勤則壽考，逸則夭亡，戶樞不朽，流水不腐，勤之謂也。先生之不自暇逸如此，則其躬壽耇，享遐福，固然無疑。

夫人當年歲衰暮，志移情換，他無所幾幸，則往往有後嗣之虞，自賢達之士皆不免此。今倫叔、常季趾美競譽，諸孫蔚然秀立，見者羣推其門祚之將大，古之膺盛名而能賢子孫者要難，敢以此爲先生壽。

雖然，倫叔兄弟今所處境，視先生少時之遇，蓋不侔矣。歷百艱無資藉，且卒能自奮於學，成名天下，況其進於此乎！學問之無終極，與析薪負荷之匪易，倫叔兄弟其知之也。不以知之而不言，則必稱述艱危，用相劭勉，則朋友之情也。至若先生道德之崇，政事文章之懿美，福祉之繁多，他人競能言者，乃皆不之及。區區致敬之心，恒不渝其初諒，亦先生所深許。故因倫叔之請，而附陳末義如此，世有知道能文之君子，庶幾其無譏焉。

吳先生曰：後幅致戒其嗣人，最得古義。〔二〕

【校】

〔一〕宣統本為：『吾師柏堂方先生壽登七十。』

〔二〕宣統本另有『鄭東父曰：辭義並好。』

劉雲樵封翁七十壽序

曩余家居，劉幼雲京卿方任大學堂總監督，求文科教師，不介而以書幣見招，其衵謝不敏。比入都，申前約至再三，堅不敢承，京卿不以爲忤，遇之益厚。

是年秋，詔開資政院，集諸議員京師。或務騰新說，訾視綱紀禮教，謂前古聖賢所津津講明者，首重家族，家族範圍狹，非所語於國民者也，必剗除之，乃可言大同。其說絕怪誕。議員勞玉初提學犯衆怒爭之，幾不勝，京卿發憤上言天子，請正兩觀之誅。羣議大譁，而識者以爲今三綱九法之不遽淪斁，兩君力也。

未幾京卿聞其封翁雲樵先生臥疾里第，乞假覲省，數月還朝。一日，衣冠見過，曰：『家公今年某月日，壽七十矣，將乞文字，寄歸侑觴，以娛吾親。』其衵夙有壽文之戒，而於京卿之請，又有不能已於言者，則益願聞其詳。京卿曰：『家公幼耆學，粵匪之亂，竄匿窮山，不廢吟誦，先大父困蟄諸生中，所屬望於嗣人者切，大父即世，家公益刻厲攻苦，旁涉輿地、星曆之學，靡不通貫。同治丁卯舉於鄉，五試禮部不第，爲縣令浙江，上官重其文儒，凡分校鄉試者三，歷義烏、金華、嘉興、秀水、鄞縣知縣，遷乍浦同知。所至以休養爲政，而性疾惡，不能忍於顔面，嘗亭決一冤獄，大吏嚴訶，不爲動，曰：「殺人以媚人，吾不爲也。」以佐振功，特旨用道員，旋署兩浙鹽運使，嘗筦釐饟局，爬剔蝨耗，歲贏數十萬金。憤世變日棘，不樂更進，巡撫張公小帆慰留之，張公去，亦遂告歸矣。家公宦浙久，更大吏十數，惟衛公静瀾、趙公展如、張公小帆尤契之，繇其儒術同也。吾母李夫人儉勤恪恭，家公督家嚴，吾母以仁慈濟之。廷琛不肖，倖得通籍，齒朝列，家公手書告誡無虚日，顧惟愚鈍闕焉，無以奉其親，吾子其辱貺之言，幸甚。』余謂封翁之治行賢矣，抑京卿所述，拳拳君親之誼，何其篤也。今之言事親者，輒以顯揚爲鵠。夫顯揚誠是也。若乃官榮祿厚，廣集賓僚，摛辭競藻，矜言世德者，所在多有，而質之吾親，果遂可告無歉焉？否也！人世得意之遭寵光，恩澤被霑於宗族、交遊、姻婭、子姓、親昵，與夫所識窮乏望援干澤者，皆可躊躕而滿意，獨至鞠育之恩，庭幃之教，苟一返躬循省，未有不灑然易慮者，蓋繼述之大，固非名位之虚榮所可稱也。

封翁之爲治爲學，一以儒者之道行之，京卿秉家教，膺簡命，主大學，既爲當代宗師，其立朝大節侃侃不撓，又推之使凡世之爲人子者，皆不敢背其親，由家族以及天下儒者一本之教然也。如彼等者，或乃自其一身、妻若子外，雖父母且歧視焉，而高譚君國，將誰欺乎？其範圍果孰廣，而孰狹乎？詩曰『孝子不匱，永錫爾類』，京卿有焉！今其上壽也，猶退然若無可仰稱者，斯其意量出人遠矣！本京卿之所以事其親，而資之以事君，推之及於天下者，可以爲封翁壽。而余區區不能自堅夙戒，欲持此論質之當世，亦藉以解其嘲焉。

方槃君曰：名論滔滔，鬱於中者深，故其發也肆，往復處尤饒曠逸、深永之致。讀者宜三復焉。

王晉卿曰：每讀先生近歲諸作，矚時抒議，低徊感慨，皆有關人心世道之文，所謂金口而木舌也。〔一〕

【校】

〔一〕文稿鈔本無評語，其他無一字差。

王太淑人壽序

秦君紹觀有賢母王太淑人，其先祖若父以儒術世家，慎所選壻，必得儒者。時紹觀先德贈資政公方以諸生試，經古冠一郡，名聲藉甚，遂聘為繼室。二親在堂，御下肅整，入門而操作承將，惟孝惟謹，能得其懽心。家故貧，歲比不登，重以寇亂，資政公遊客遠方，能無内顧憂，後為儒官，禄入薄，又不幸早世，諸子幼，能不廢學，用科第起家，嶷然有立，蓋自太淑人為婦為妻為母，躬百其艱，而始克臻此。今太淑人年八十矣，安居閭井，含飴弄孫。而紹觀以才望為當途所重，留羈京師，違晨昏之養，不自得於心，則具述少時危苦事，造請諸公長者，使為文以彰其母德，將以冬歸，製錦稱祝於太淑人前。其所得於立言君子之誦美者既宏富矣，復介新城王晉卿先生，徵文於其昶。

余之得交紹觀，自王先生始也。王先生曰：『聞子夙有壽文之戒，然乎？』曰：『然也。』『今能破例，一為秦君之母為之乎？』則謹對曰：『諾。』或疑焉，曰：『子與王先生交，宜不後於秦君，曩者王先生母李太夫人壽登九十，子嘿無一言，今秦君之母則誠賢也，然吾見子頌祝人之親者三矣，或拒，或否，義則云何？』曰：『吾嘗讀史，怪梁主天監之初，猶祀南郊，後持佛戒，宗廟郊社之祭，至不用犧牲，心譏其非禮，及來京師，嘗以暇日出遊，觀昔所謂天壇、社稷壇者，士女媟褻其上，比於溱、洧，蓋祀典之廢不舉也久矣。嗟乎！父母之恩，猶天地也，天地生成之大德，而報以犧牲，亦云微矣。梁主又易而蔬果之，誠為非禮，然猶愈於悍然不顧者之所為也！今天下昌言非孝矣，夫孝始於事親，中於事君，終於立身，不此之務，而惟圖宴飲一日之歡，此梁主之蔬果也，何足云報饗？然由今以觀，父母鞠育之恩至數十年之久，而人子之所為自竭者，猶有奉觴行椵之一日，又安得不推大之，謂人道猶存此幾希也。事有舉世循之以為俗，而君子亦不能外焉者，此類是也，故余讀秦君之所述，悱然動心，而弗能已於言。若夫太淑人之懿德美行，老膺多祉，具於他人之篇者，仍未敢以瀆陳云。』

王晉卿曰：借題發議，誠有功世道之文，文亦跌宕夷猶，有流水行雲之妙。

林母陳夫人壽序

余嘗治易，而得乾坤之義焉。凡天下萬事萬物之成，皆乾始之，坤終之。坤終乾之事，而不有其功，故曰地道無成而代終，臣之所以事君，與婦之所以相夫，其道一而已矣。世運推遷，窮則必變，唯善變者，雖變而不失其常，是故易一名而涵三義，易簡者德也，變易者才也，不易者操也。是三者不備，未有能終之者也。竊持此義質諸太傅閩縣陳公。太傅不余非也。

始太傅立朝以風節著，垂老侍經幄，不以盛衰易慮，間採余所著書，為靖獻萬一之助。在蹇之井曰『王臣蹇蹇，匪躬之故』，太傅有焉。哲弟叔毅庶常尤淵雅有識鑒，能預燭當世之變，高蹈以自潔，在遯之咸曰『蜚遯無不利』，庶常有焉。不幸前殞，太傅悼惜之，逾時越歲，不可弭忘。

今者太傅女弟林夫人年六十矣，夏五月初度之辰，僚友親故將於是日奉觴行嘏。嚴君叔夏，其子壻也，更述夫人之德及其才與操者，以書走京師，乞侑觴之辭於其昶。余維閩擅山海奧區，聲名文物稱天下，而必推陳、林兩姓為之冠。夫人席內外宗之盛，嫻女誡，修婦職，尤致嚴祭先之禮。侍姑楊太夫人疾，夜恒不寢，太夫人疾革，握手泣曰：『願世世為姑婦也。』家本素豐，中更事變，其所處有至艱者，蓋自贈君捐館舍，天下多故矣，顛沛播越無寧歲，由臺內渡，卜宅廈門，會漳州教案起，外兵逼境，居民徙避，猶洶洶，土賊乘間竊發，夫人靜謐若無事，或怪之，夫人曰：『出盧擄掠，居患礮彈，死生命也，未亡人安之素矣，即有不測，不愈於拋頭面，遭强暴邪？』楊太夫人聞其言，亦不肯去。未幾事平，舉室獲安，而倉皇出走者，或被他禍，人始服其明決。厥後清理臺灣遺產，僑居福州，整齊家政，為子女完婚嫁，更遣諸子東渡，學成而歸，凡經營況瘁，數十年如一日。當是時，太傅方家居，倡辦全省師範學，夫人捐金累萬助之成，更捐辦螺江女學，事聞，晉一品封。其平生卹孤寡、憫貧窮，慈祥出天性。今其諸子皆騰騫自立，夫人之心固以大慰，而猶時時戒飭之，懼其滿而或溢也，曰：『汝若不勉，吾何以對若父？』儻所謂『無成而代有終』者，非與？

詩曰：『彼君子女，謂之尹姞。』述女德而必詳其世族，自古然矣，是故觀於太傅，而夫人可知！抑觀夫人之行，而太傅以平格之壽，任啟沃之重，所以弼主德，致成功，以副天下之望，豈有他哉？成而不居，有而不名，處變而不失其常，其於易，殆將有取焉耳？余欽太傅一門盛德，因舉其事證之經誼，為夫人壽，並以陳於太傅，或亦許爲知言云。

王晉卿曰：善言名理，蓋得於經義者深，筆意尤得畫家烘點之法。

光渾齋先生家傳

先生光氏，諱深，字引如，桐城人。九歲而孤，家甚貧，自奮於學，甫冠，即教授鄉里，資菽水以養母，年三十入邑庠，益肆力科舉之學，私冀業成，以謂可進取矣。而粵寇之亂作，邑當孔道，賊猝至，母王太宜人趣先生出避，先生持母衣不舍，母曰：『勢不能兩全，而乃不計祖宗一脈邪？』泣而去。母遂自匿柴室，妻女皆墮井，井深，賊矛所不及，怒取巨石投之，逾七日，賊退，二女死矣，妻馬宜人幸履石得生。已而館邑東鄙復遇賊，脫身走家，則母前卒已數日。大痛不欲生，聞母疾亟思食杏，遂終身惡見杏，見之必泣。每忌日，哀涕若新喪。同治癸酉，年五十六，舉江南鄉試，久之，以教職選亳州學正，在州十餘年。孫雲錦、雲章皆壯，家已裕，一門歡忻。年八十七，以光緒甲辰二月卒於家。

先生為人溫厚，而嚴正有守。始客湖南學使幕，繼主光州書院，評第文卷尤精慎，曰：『吾不忍於倉卒間捐棄他人精力所就，使不能者倖而獲之也。』以故所至多得士。晚歲益淵靜，不為崖岸之行，嘗詔諸生曰：『渾厚不精明，曷足以任事？徒精明，則往往資刻薄，與其刻也，無寧不任事？』因自號渾齋云。娶張氏，繼娶馬氏，一子某，孫二人，雲錦，舉人，廣西藤縣知縣。

馬其昶曰：余家故與光氏有連，嘗親炙先生之教。

丹顏白髮出入里閈，人之見之者莫不加敬。今先生歿逾二十年，雲錦輯譜牒，出其事狀，乞余為之傳。蓋里中風俗偷薄日甚，而先生精神意態猶存吾眉睫間，嗚呼！可謂古君子矣。

王晉卿曰：筆筆寫生，能使千載下如見其人。

方常季曰：渾勁無匹。

甘紹堂傳

大竹甘君紹堂，諱培紀，先世明初有慶三公者，自江南遷蜀，居漭水，七世孫曰文軒，再遷大竹，文軒子曰彬宇，彬宇之孫曰學潤，兩世皆貴顯，有政聲。學潤六傳至家本，君考也，潔身積行，鄉里稱長者。

君生五齡失母，十歲而父卒，零丁孤苦，適胡氏姊取語、孟、四子書口授之讀，悉成誦矣。姊年老乏嗣，自傷悼，君曰：『姊毋然，歲時奠醊，我自任之，我死，以誡子孫，終不使姊百歲後闕祭享也。』其後姊歿，為經紀其殯殮。既葬矣，以時祭掃不替。嘗語諸子：『汝曹慎勿忘爾姑。吾一生受用，以得力於姊教者深也。』其居鄉，喜倡行利濟事，苟力所能為，為之無倦容。歲凶，每減食以飯餓者，與人交，無疏戚，壹為之傾盡，不言人負我，人亦不忍負之。大竹民俗質厚，為蜀東之冠，人謂君有力焉。同邑舉人陳文甫，振奇士也，與君金石交，嘗目君為今之太邱云。君晚而好易，造微詣精。以光緒三十三年卒，年五十二。

越十有七年，子大文遊京師，從予學易，且具狀，匄予為君傳。予方訝大文年少有高志，為舉世不為之學，及讀狀，乃知君所蘊而未發者，庶其在此。故次敘之，俾登諸家乘。

姚仲實曰：敘庸行，能使人感動，此境亦未易到。

虞景璜傳

虞景璜，字澹初，浙江鎮海人。光緒八年舉於鄉，一試禮部不第，歸，遂絕意進取，睪然有望於古之作者，名其居曰澹園，讀書著文以終其身。

其論學以經為歸，經學以禮為本。謂孔子論治天下國家，有九經，極之柔遠人，懷諸侯，而必推本於修身，曰

『非禮不動』。其三千三百載於禮經者，無論矣，若易象、春秋，韓宣謂為周禮，詩為樂歌，禮、樂必相為用，而讀之實足為事父事君之助，則所謂經者，無非言禮之書也。踐之為理學，發之為經濟，藉以明其道，為詞章，一以貫之矣。若學不宗經，則是數者舉無所附。

嫉世之治經者纖悉苛細，競立異同，以名於世，而經學壞，經學壞，而人心風俗胥受其疵，居恒諄諄教戒徒友，弗越此旨，匪惟言之，又必實之於躬，孤行特立，不苟隨俗尚。同里黃以周，禮經大師也，年差長，景璜事之師友之間，後生有傚其行者，人輒目之曰黃虞禮法，卒年三十二，著三古異同錄、傳經興廢攷、石經興廢攷、澹園雜著、詩文集。

方槃君守敦曰：老勁稱題。

書大竹何宜人

何宜人者，大竹甘大文之母也。大文父曰紹堂，敦行績學，不幸早世。宜人年三十有二矣，家綦貧，撫一子一女，嘗訓子曰：『吾聞孔、孟乃兩家無父孤童，積學成聖，汝其勉哉。貧不足恤，立志為先。』大文雖幼，聞其語，氣為之壯，學益奮。未幾，竹城盜起，挈子女逃避山澤，必挾兒所誦書自隨，乘間課之讀，曰：『汝父為儒，雖不究其志，然吾終不以喪亂之故，使爾隳事業，以媿爾父也。』

同邑孝廉陳步武字文甫者，大文父友也，以宋儒之學都講縣中。宜人聞陳至，即命子趨往受學，持所爲讀書札記與謁偕入，孝廉得之，如獲瑰寶。已而曰：『吾誠不足以域子，京師者，天下人文所萃集也，子有美志，盍往求焉？必得大師，能成德達材，以副子所期者，學成而耑歸，豈徒慰母氏之劬勞哉，予亦庶幾可藉手報故人於地下。』大文竦然異之，歸而求命於母，母慨然允其去也。貧莫能具裝，孝廉則資之行。於是大文自蜀走數千里至京師，居五六年，凡老儒宿學知名之士，有弗聞也，聞之，無不致其禮敬，曰：『吾母之教也。』雖以予之荒陋失學，猶不鄙而禮先之弗倦。蓋其求師之意至誠，其日造請諸公，必稱述母德，丐一言以歸為母壽，勤勤不已。

君子謂宜人之能教子也，不溺於私愛也；孝廉之篤故交也，不惜詘己以廣善也；大文之事師也，本母教，其娛母也，惟師說。是三行，皆有足多者。予故樂論次之如此。

姚仲實曰：於莊重之事而運以瀟灑之機局，令人耳目一新。

方槃君曰：横峭入古，生氣迴出。

何君墓表

君諱令名，字漱嶠，何氏，世居懷寧受泉鄉。少嘗就塾受書，貧不能竟讀，徙為商，晝治簿計，夜分輒自力於學，久之，家日以殖。君為人有幹略，善飲，縱談笑，人莫敢慢侮。鄉里義行，力所能為者，罔不為，又達識時務，非佔畢儒生所逮及也。皖河自石牌下湮塞，恆潰隄為患，君倡議集貲濬河，益請帑，儲萬金，事垂成而異議紛起，爭之累歲，乃決。君出所儲金，無毫氂失損，人乃大服。

海內肇行新政，於是君命長子霆佐己勤家，次子雯既獲鄉舉矣，猶遣赴日本習法律，幼子霽，治路礦專科，諸孫以次入高小學校，以至中校，應機赴時，不疑不沮，既教家子弟畢出於學，又益創建模範小學校，女子織布廠，皆躬往督課，如營己私。江鎮商會立，羣推為會長，部立銀行蕪湖，又任為清理處處長。宣統初，皖大府以財匱，課丈洲增賦額，懷寧附郭邑，當為列縣倡，檄候補縣令曹昌浩司丈事。曹尤貪横，洲民忿，聚眾至萬人，將甘心焉。君聞變馳往，開諭禍福，奪曹出，曹匍匐謝曰：『公活我。』君乃命子雯謁巡撫，言其情，已而果泣訴巡撫，巡撫怒，劾罷之，因不復言清丈事。君之領銀行也，值贛寧之役，諸少年蜂起響應，爭欲掠取銀行貲，守以兵，君已先事輸金滬上，而密寄券簿蕪關稅司，既威脅之無所得，則稍寬君為後圖，君因乘間以計免。人謂是役也，微君機智，耗損固不貲，即禍且滋甚。事定遂謝疾歸，以民國六年卒，年六十有四。

君娶某氏，生子三人：霆、雯、霽，女一人，適楊元明，孫五人。雯充眾議院議員，與予識；霽權衡陽令。以某月某日葬君某所，來乞文表墓。始君懋遷而喜興學，叓繼以儒，奮才辯傑出，一日棄而學佛。君子嘉何氏父子之行誼也，其不易測知也，雖然，亦可以觀世變矣，於是乎書。

王晉卿曰：　先生敘事之文多得力於史公，讀之凜凜有生氣。

張綺湖墓表

君張氏，諱宗忍，字蓺孫，號雪樵，又自署曰綺湖。先世居長沙，同治初徙安徽郎溪，再徙南陵，君祖也，諱承裕，精於醫，以樂施伏其鄉。父諱淦，喜任俠，以軍功敘官同知。君性孝友，端靜而劬學，幼時肄業鐘山書院，研窮經史，名在儕輩上，二十入邑庠，輒不復求舉。族兄曰南勳，以道員從左文襄公至秦隴，歷膺要職，欲得君自助，終謝不應，而獨居，顓力於詩，其所為詩，歎時狀物，動洽天趣，於近代詩人喜袁簡齋、張船山，著綺湖集若干卷。

然君雖耽吟詠，內行故甚篤，其律身及教子弟必謹禮法，而又不囿於故常，逾四十，始主其縣高等小學，及郁青儲才學堂。民國初建，迭充縣議會議長、教育會長、財政局長，區繁畫瓅，弛病彍利，士論歸之，遂舉為安徽省議會議員。時當兵亂未定，安徽實長江中紐，舉措繫東南重輕，君在議會慎心扶接，凡所建白，多有匡救，民皆望君有為，而君竟以病歸矣，辛酉十月二十四日卒，年五十七。配李氏，生一女，嫁青陽劉應鈞，繼配秦氏，無子。遺命以弟子嗚周、嗚鳳嗣，嗚周，師範科舉人，嗚鳳，北京將校學堂畢業。其明年春二月，葬君於縣南阮村之阡，前夫人李氏祔。又三年，其從子和聲致君之顧言，來乞文揭墓上。

予嘗與君同事省議會，顧交淺，恒落落，今誦其遺令，意尤愧之。蓋君詩人也，隱然有當世之志焉，而其才之表見可傳於後者，乃止於斯，而予又不及知之於其生時，吁！可悲已。

王晉卿曰：　一結抑揚頓挫，此歐陽公擅長處也。

署湖南岳常澧道錢君墓表

君諱康榮，字晉甫，姓錢氏，推嘉興望族，乾隆時贈太傅，謚文端者，君五世祖也，王父友泗早卒，本生王父泰吉，海寧州訓導，以學行名天下，父炳森，舉人，揀選知縣。君生四歲而孤，十一歲失母，依叔父恭勤公讀書，初若不甚專，師詰之，不遺一字。弱冠後，以諸生兼習申、韓之學，屢充帥府幕僚。沈公秉成督兩江，密保，以道員簡放，特旨發湖南，尋權岳常澧道，署有避水樓，登之，喟然嘆曰：『官避矣，民其柰何？』於是治事畢，輒究心水利害，勇於有為，卒坐是罷職，一蹶不復起矣。

初君以名家子久居幕府，開敏精悍，於學術、政要、軍謀皆諳悉，能言其趣。朝右柄臣多雅故，既出任分巡，益伉直不阿，思欲振起選耎久弊之習，激廉懲墨，不顧望前卻，以謂人不輕爵祿，不足當大事，不置謬悠毀譽於不顧，則不能毅然自立。石門令渠綸閣貪酷無人理，大府以其翰林出為縣，優容之，君按劾不少貸，以去就爭之。自中興將帥多籍三湘，豪宗右族為民患，郡邑守土吏屏息承事，無能發舒，君獨淬厲鋒，屢爭事巡撫前，諸公貴人雖不快，未有以動之也。會南洲廳倅歆民財，縱民築隄官荒地，障水為私利，水遏不流，常泛濫，並河州縣被其害，君親往巡視，即命決堤殺水怒，民獲全濟，而怨家不便其所為者交口訾毀之。

君既與世忤，宦不遂，跌宕自喜，益甚不欲齷齪為小謹。家有藏書數萬卷，他若法書名畫、金石玩好之屬，意所欣賞，無問價貴賤，又時徵歌舞屬賓客，飲酒高會，酣嬉窮日夜不倦，親故或從假貸，傾囊與之，不責券，以此耗其貲，貧甚。君少而穎異，壯而强，老而豪放自若，意量蓋廓如也。張文襄公見所判公牘，招致之，終不出，久之，窮益甚，從兄新甫翰讀知其非常人也，時佐助之，不使乏。年六十二，以壬子十二月日客死京師，翰讀為治棺斂。君娶楊氏，先二年卒，妾顧氏、徐氏、陳氏、季氏；子八人：定爾、定安、定明、定鈞、定通、定斌、定奇、定□；女五人，其壻曰鄭家修、葉玉麟、譚彭壽、丁乃容、沈學愈；孫五人：弼臣、夔臣、枚臣、鄰臣、□臣。君卒之十二年，葬嘉興某里，其次女壻玉麟從予遊，狀君行誼，請表於其阡云。

王晉卿曰：恣肆勁悍，文如其人。

清故直隸州州判金君墓表

君少孤，母倪太夫人居貧勵節，以誨以養，年十二，嘗外出負米，弟墉弱小，樵蘇佐之，作糜奉親，自咽糠覈，子母昆季相推讓，破屋中門無過者。會粵寇李世賢犯金華，縣人流散，君奉母竄山谷，倉卒失弟，窮晝夜奔呼求之，足攢刺血踝。既得免，棲浦江黄沙塘，勤役自給，弟忽殞，君哭之痛，又强自抑止以寬母。賊平歸里，用儒術課學徒，遐邇畢集，鄉邑推為大師。同治五年，補博士弟子，旋食廩餼，光緒初以恩貢候選直隸州州判。

君為學務實踐，訓諸子讀書，窮理，期盡性，以致於命，無治亂，一也。隱居教授二十年，旁通載籍，文辭貞雅，陽湖趙翰林曾向來為郡，奇賞其文，為梓行之，而世尤珍其書翰。君不談禪理，顧晚歲頗喜與方外之士遊。方銓選時，族人當道者屢趣之出，不應，曰：『母老，無兄弟，寧以斗米貿菽水邪？』年六十，丁母憂，又十一年而君卒。平生襟抱開疏，籌筴鉤稽，若不諳悉，及監中學校，董理育嬰，督巡警，條序秩秩，人竊怪之。

君諱城，字志甫，世家金華，祖文樞，兼祧文植，父光炳，兼祧光熙，本生父早卒，母即倪太夫人也。配蔣氏，有儀法，自乳六男，兆豐，二品銜，翰林院編修；兆棪，舉人，參議院議員；兆鑾，副貢生，鄞縣檢察廳廳長；兆鏕，廣東惠來場知事；兆梓，附生，外交部部員；兆鋆，早逝，一女適胡順昌，孫男八，孫女十二。君卒之歲，葬於十里鋪某山之陽。兆豐乞余撰文表墓，余謂君起孤童，窮乏困阨，卒能有立，仕達可期矣。乃邈然高蹈，遯世而無悶，其所蘊蓄未易闚也。系以銘，曰：

有蘊莫施，以昌其支，厥問四馳，永奠幽宮。子孫錫釐。

宋母陳宜人墓表

宜人，紹興陳氏，年二十一，歸懷遠宋君予九，歸十六年，生男女子四人，殤一人，而予九君卒。家貧也，姑段太宜人方在堂，諸孤稺弱，宜人忍死勤家，上奉姑，下育子女，凡三十九年，以民國六年年七十八卒。於是長孫世履承重爲主後，偕其季父恒森，既卜葬宜人於某所，乃述行告哀，介予友張編修燕昌來徵文。

其言曰：『哀宗仍世多故，惸惸孤嫠，卒能相保顛沛之餘，以至有今日者，實惟宜人是賴。不孝等伏念宜人之節行高矣，徒以年逾旌格，不獲具事狀上聞朝右；惟墓隧有石，冀得不朽之辭於先生，感且無極。』予讀其言而悲之。蓋宜人所遭，誠有至艱而足隱者，自其在室未笄，即喪其母，既嫁而壻亡；則一以教子，子成立矣，又不幸死；則撫育孤孫，而教其季子益嚴以切，女嫁矣，避寇來歸，遽以疾殞，遺厥子女，又撫育之。

君子謂宜人鬻子之勤，比於存亡繼絕，方其俯首伏匿帷闥之中，死亡相繼，毅然出其力，以與造物者競，折而不餒，宗祀以存，嗚呼！匹夫匹婦精誠之格於天，其驗此哉！豈其志望非奢，故易為足與？不然，自古忠臣烈士竭其智勇之力，往往肝腦塗地，而百無一幸焉，又何說也？吾聞宜人病篤，季子恒森方榷稅明當，宜人戒其清心定志，勿顧己私。恒森敏練，異日出為世用，佩慈訓無忘，可以寡過矣！予論次畢，因坿著之。

方槊君曰：遒勁淋灕，文有直幹。

戴府君墓誌銘

余始識戴海珊主政於膠州柯先生許，時海珊方纂西夏記。柯先生為言蜀士之在都以史學稱者，莫海珊若也。後同廁清史館，朝夕見。海珊屬銘其先府君墓，誼不得辭。

府君諱啟榮，字堃山，湖北麻城人也。七世祖承龍，官四川知縣，其後嗣隱不仕，君祖若父皆業農，家窶困，於是君痛親養之不贍，以行賈致高貲，徙開縣，遂占籍焉。初君之少，從外祖鄒翁學賈，晝居肆，夜習書算不輟，已而自營販，屢折閱，思賈遠方，未及發而母卒，困益甚，乃之沙市，依於鄒，鄒故僑沙鉅商也，不幸翁前卒，不得留，轉徙至荊州，大水，刈草自給，嘗負薪道上，父執羅君見而歎曰：『道旁野卉猶及時而榮，吾與若豈竟無時乎？』君聞言益自振厲。居久之，弟啟貴來相助，乃得遂遠賈之志，上下巴渝、江漢間，利輒倍蓰。有馮甲者，傾貲附之舟，俄而火，所失以巨萬計，馮大戚，君壹以自詭，不二年，竟償其值。又嘗泛舟三峽中，夜盜推蓬入，出不意，揮盜退丈餘，墮水死。人跡君行事類長者，敦樸退讓諄諄，及遇盜，又頗怪其勇也。性慷慨，好施與，自遷開縣，未嘗忘麻城，越歲逾時，必歸省先墓，攜兩從子辟賊開縣，而築舍置田麻城，奉宗祀，又修建祠堂及齊安館，皆有力焉。

時鄒氏中落矣，欲以千金。君始好音樂，翁止之，終不復顧曲，曰：『吾不敢忘外祖之教也。』貧交假貸無倦色，義聲大著。凡所行，夫人鄒氏實助之。季弟婦思析產，不時詬誶，夫人懼傷君意，默不校，以故終君之世，兄弟無異居。晚歲卜宅南山，蒔花竹治塋冢其旁，以光緒二十三年卒，年八十二，後六年鄒夫人卒，啟其藏祔焉。子錫章，即海珊也，光緒甲午舉人，法部主事；支潤早卒；支灝，龍章增廣生。孫三人，女適鄢開藩。銘曰：

鬱葎兮佳城，翳唯君所自營。以植以榮，傍蘧廬兮幽清。德流子孫，永保兮令名。

姚仲實曰：意境高潔，揮灑自如。

鄭母陳夫人墓誌銘

歲辛酉春，甘肅全省警務處長，歷城鄭君元良以母夫人春秋高，辭職奉母歸，越三年，當甲子冬十二月晦前一日，母年七十六，考終於里舍，其明年某月日藏柩某鄉某山，啓先贈君之兆祔焉，而屬予以銘。

夫人姓陳氏，亦歷城人也，處士諱滋厚女，少喪母，處士以其孝謹，特鍾愛之，年二十二，歸贈君諱相霖爲婦。家世丁單，至贈君父，始有兄弟三人，而伯又早世，遺厥子女，夫人爲營婚配，勤不告勞，以食指衆，析產異居，不十載，死亡相繼，凡五六役，於是贈君兼祧叔父，而元良復嗣伯祖爲主後，迎養鰥孀，則皆得所欲，而生死益絀。贈君多客遊，家有無壹仰倚夫人，勤工緝匱，條理斬斬。贈君嘗遘危疾，夫人不解帶侍湯藥者數閱月，夜則泣禱於神。贈君疾良已，又數年卒，元良才冠耳。

夫人日鬻針黹佐貲用，雖甚勞苦，然教子乃獨專，時其倦讀，則垂涕誡曰：『汝家三世，惟汝一人，又貧不能具束脩，其能具者，皆吾心力所碎也。汝今弗勉學，將何賴邪？」元良謹受教。其後以直隸州知州從煥威張將軍入隴，治軍需，綰要職。先是元良念母老猶豫未決去，夫人曰：『張公待汝厚，今遠行，誼不可背。』遂舉室從。夫人少歷多艱，克有賢子，致隆祿養，而儉約如初，獨喜周姻戚貧乏。已而隨子東歸，視棄榮利若蔽屣，板輿遊燕，精神健聰，鄉里嘉歎。蓋夫人非獨內治脩也，其教子於出處進退之義審之素矣，其賢也若此。固宜銘。銘曰：

士貴有志義罔顧，守道畢世寧論數。夫人百憂信莫訴，黐天駭濤乃得渡。一子長材足騰騖，爵祿寵光延休祚，片石閟辭匪諛墓。

姚仲實曰：簡淨。

劉府君夫人李氏墓誌銘

夫人德化李氏贈資政大夫諱文暉之子，浙江鹽運使、同縣劉府君諱喬祺之妻，而學部副大臣廷琛之母也。以清帝遜位十四年四月某甲子，年八十四卒，逾年某月日祔葬蔡家墩先府君之塋兆。廷琛具狀請銘，述母德甚備，且泣曰：『不肖子行能無似，不知其不可，欲挽沈日於九淵，僑寄海隅，不忠不孝，以上貽親憂。惟先府君前吾母四年卒，陳吏部三立既有述矣，今吾母又不幸，子其無讓。』

謹按：夫人年二十來歸，怡色婉容，不自專斷，內外宗交口誦其賢。姑吳太夫人善治家，夫人率循不怠，雖貧約，而賓祭彌飭，接遇族姻，恩禮曲當，人謂與吳太夫人無以異也。初，府君遊客湘、閩，家事不何問，夫人績紡、濯浣、饎爨，躬其役，無勞慍之色。已而府君獲鄉舉，爲縣令浙江，歷宰劇邑，至監司，凡十餘年。廷琛亦由編修提學陝西，家門日盛，而夫人服食無改於初，恒自縫紉衣履，廷琛請稍休焉，夫人曰：『男業外，女業內，此天職也。若有墮業，是謂驕逸，驕逸者不祥，吾豈惡安樂哉？懼不克終耳。』平居樂道人善，見有過，則戚然爲之喻，改而後已，雖婢媼未嘗重詈也。嘗在官舍聞決囚笞扑聲，往往涕下，蓋其仁慈惻怛出於中，誠多類此。辛亥武昌變起，廷琛罷官匿青島，其後數轉徙，境益困，母壽八十，拜御書之賜，夫人奉之感泣，顧廷琛曰：『何以克報？爾能不辱先者，吾志甚樂儉薄，甘之久矣。』於是廷琛聞誡亦永矢而弗敢忘也。

夫人三子：長即廷琛，前大學堂總監，督學部副大臣；廷琦，補用道；廷瑜，庶出，夫人視之無歧異。孫六人，曾孫三人，詳府君前誌者，不具述。銘曰：

履蹈百艱，飭躬而閒，奚云豐瘁，惟義是攀。更厲忠貞，立世之頑，終受寵褒，偕老以憪。猗歟壽母，德振九寰，擒銘幽室，永世無患。

姚仲實曰：安雅。

錢母浦孺人墓誌銘

歲丙辰夏五月，嘉定錢梯丹母浦孺人卒，年六十三，越十年，葬於其縣某山，既竣事，乞其祔銘焉，而刻石墓上。

孺人性孝友，七歲喪母，父操航海業，終歲客遊，念子女穉，家無足倚者，納婢邱氏，以屬之。邱爲人殘酷，既秉内政，乃横施箠扑，日課孺人糊錁千數，不足輒抶，鄰媪以爲言，則益加抶不止。一日孺人兄以事牾邱，被逐出，匄食無所得，乃匍匐籬落間，鬫邱出，泣語孺人曰：『飢甚，若能餉我邪？』孺人納兄廚下，取所賚粥食之。兄曰：『粥少，若杖斃矣。』亟益水和粥而去。邱歸視粥薄，大怒，掠考誰何，孺人泣言兄飢也，邱輒舉爐上叉扑之，體灼無完膚，退無愠語。嘗侍父疾，晝夜罔懈，父良已，而孺人病幾殆，幸不死，父喜曰：『孝哉，吾女！天相之矣。』年十七，歸錢君諱錫鸞。錢君兄弟數人，皆業賈，設肆市中，食指衆，孺人日就廚爨，夜辟纑，勤順恭儉，得舅姑懽。舅嚴整，鮮下借，即怒，孺人則委宛曲從，終以訴說。妯娌無閒言。家析產，錢君以季子所得獨薄，恒慮不自給，而孺人處之裕然，惟勤内事以相其夫，家漸起。時孺人父若兄久歿，邱寄食清節堂，困阨甚，乃迎之歸，仍肆呵怒，終亦默默聽之。及卒，厚葬焉。

先是孺人數產不育，舅病篤，執其姑手，指孺人曰：『婦事吾兩人久，日望其得男，而今莫待也，吾雖瞑，必將籲諸天。』後數歲，乃舉一男，梯丹也。梯丹年少有才勇，好任俠，辛亥嘗參謀江南軍事，既定，孺人趣召歸，戒曰：『士誘於物久矣，莫能安保，以奉先人邱墓義，與命之謂何？』梯丹謹受教，奉母，遂不仕。嗚呼！不炫於流俗，而能克修其德，利禄交乎前，而莫易其初，若孺人母子所相與敦勉者，皆世士大夫之所難，誠足稱哉！女一人，婿某，孫幾人。銘曰：

德之窈，儀之窕，囍哉少，頤而老。厲厥衷，詒孤邈。迺有造，斯振藻。惟女表，媲王、鮑。鐫兹兆，於永考。

姚仲實曰：事頗繁碎，獨得翦裁之妙，故能曲折盡致。

方槃君曰：敘事華妙處似漢書。

抱潤軒文集民國刻本删稿

雜説二首甲戌

有盜焉，操戈入主人之室而刦其財，主人則知備之矣。備人之盜也，奈何己亦盜之乎？人之生也，資澤有定哉，彼肆其欲而取快一時，與陰覬於人而有之己者，皆己之盜也。吾烏知非盡其百年之所有者，而預捐於一旦耶？今有十金於此，日用其一，可十日而支也，乃一日九其用焉，悲哉！一日誠樂也，將如之何而爲九日之用也！

輪廻施報之説有乎？曰：無有。絶之乎？曰：勿絶也。教子，教以無誑，教者之道也。嬰兒啼，毋恐之曰：噬人者來。啼則立止矣。輪廻施報之説，所以止衆人之啼者也。嗟乎！人之爲不善，無所顧忌也久矣！吾知其不善，不爲焉，可也。衆人者必先懾其心，而後可刦而進之，何則？彼衆人固非知道者也，知道之人，固非佛所能惑也。今學者不務行聖人之行，第曰：能詆佛，聖人之徒也，亦見其爲滇人而已矣。滇人慕京師，意京里多冠蓋，他日見貧賤者，遠避之，以爲吾京師人也。人則竊笑之矣！故凡有慕於京師者，愼自勵其行，毋徒避貧賤爲也。

吴至父先生曰：轉接不測。

陳伯嚴曰：縣邈有神致。

説需己丑

予讀需彖、辭、大象及序卦，與九五主爻義合，而諸爻則多取險象義，若有相反者，嘗疑焉，久之乃始恍然於天下之事未有不徧歷諸艱，而乃有從容自樂之一日也。

聞之剛主進，而柔主退，世有進而獲濟者矣，未有需待退懦而克有成者也。左氏曰：需者事之賊，此需之泛義也。奮發之氣近陽，然能堅忍以自成，則亦陰之用也。需待之氣近陰，然能恆久以自貞，則亦陽之德也。爲學者之困心横慮，爲治者之遺大投艱，一切以躁率迫隘之意行之，而不敗者，未之有也。屯之建侯，動乎險，則曰盤桓居貞；蒙之養正，陰而止，則亦曰利貞者，需之時義大矣！而惟處艱苦困塞之時爲尤切也。需之始，則於郊、於沙、於泥、於血，而後能貞吉以需酒食。學問之事歷之久，則其艱愈甚，艱愈甚，則其自得之也愈深，四之『需血』，非親歷於學者不能知也。『出自穴』，非極困將通者機乎？難而後獲，艱而後吉，自身心家國天下之故，皆如此矣！

雖然，四出穴而上入焉，何也？懼其怠荒倦勤，而勉其需於終也。詩有之曰：『靡不有初，鮮克有終。』彼聖者之或罔念，而朋從憧憧者，皆所謂有『不速之客來』也。然則如之何而可？其在初，曰『利用恆無咎』，在三與上一，則曰『敬慎不敗』，再則曰『敬之終吉』。

吴先生曰：義精鑿，文亦勁悍。

蕭敬孚文曰：樹義精碻，老筆紛披。

讀梓材丙申

先儒之說梓材錯簡不可讀，其信然乎？曰：不然。昔者武王封康叔，作康誥，周公相成王誅武庚，以殷民封建母弟，而康叔遂爲方伯連率，徙於衛，於是作酒誥。梓材、康誥之與酒誥，非同時也。姚氏鼐謂在昔武王所命，成王不敢易焉。史臣庸是屬三書，而次之爲一。雖然，康誥教以明德慎罰，酒誥絕其亂源，所以戒康叔者，詳哉其言至！梓材之作，何爲乎？曰：戒邦君也。『以厥庶民暨厥臣達大家，以厥臣達王惟邦君』。邦君若是其重也，而皆於方伯連率乎？是責『汝若恒，越曰』者，教其戒邦君達民達王之說如此也。其達民，奈何曰『至於敬寡，至於屬婦，合由以容』而已？其達王，奈何曰『用懌先王受命』而已？受命在明德，明德在保民，保民在鰥寡，此天人之機之至捷者也。詩云：『哿矣富人，哀此煢獨。』嗚呼！文王之受命基此矣！然則邦君者，亦期至萬年爲王，子子孫孫永保民爾。闡王言，陳天命，達民隱，敕厲邦君，而懲其殘賊，是方伯連率之責也。其曰梓材奈何？曰：稽田喻民事也，室家喻國基也，梓材者，喻臣職也，梁棟之資也，期之康叔者也，其諸命篇之意也與。

陳伯嚴曰：深湛。

桐城古文集略序丙戌

總集蓋源於尚書、詩三百篇，洎王逸楚詞、摯虞流別後，日興紛出，其義例可得而言，蕭選務取藻繢，真氏文章正宗乃一根於理道，姚寶臣唐文粹、呂東萊宋文鑑則意在備一朝文獻，三者纂述之大凡也。其或錄一郡一邑之文，則皆以備文獻者類也，錄經世之文，則皆宗於理者類也，標格領奇如樓迂齋、謝疊山之所爲，則皆習於文者類也。由前所爲有裨實用，然旁收泛濫，務盈卷帙，或失則蕪，由後所爲塗抹古書，品藻狼藉，或失則陋。

唐宋以來作者衆矣！而世之治古文者獨取韓、柳、歐、曾、王、蘇之作，一二深識之士又謂明歸氏及我朝方侍郎足以繼之，豈故隘其途哉？誠慎之也。侍郎爲吾邑文學之宗，再傳至姚姬傳先生，於是遂本其所聞劉學博及世父編修君之緒論，爲古文辭類纂一書。刊僞砭俗，啓示徑途，然後學者知由唐、宋、秦、漢以上溯六經，蓋蔚乎大雅之林矣！

師友源瀾各有所自，文儒之興瘉乎他邑，昔戴存莊孝廉與方柏堂先生編桐城文錄未就，其昶僭不自揆，有志重輯，懼其復蹈前所陳者之失也，凡所取錄義主於備文獻，又必其理高而辭尤雅者，起國初到今文三十五家，以類區十二卷，其集佚及所未見者不與夫。論文而至限之一邑，固視天下以不廣，然而一邑之文有非一邑所能私者，後之君子或欲考論文章體勢之正變，學派之流別，庶幾有取焉。

書陸清獻公手札後丁亥

陸清獻公手札三通，吾鄉蘇欽齋徵君得之杭州書肆，仁和邵位西先生題其後，稱陽明王氏出，而朱子之學一變，我朝張武承、孫退谷輩稍能論著其失，顧其人德業聞望不足與相抗衡，且劉念臺、孫夏峰同時設教浙東、河北，皆陰祖王氏之旨，學者震其直節義行，無敢復置疑義，公獨大聲疾呼，不肯毫髮阿徇。其爲說既當矣，顧又謂王氏之學，例以楊墨亢儒、老佛畔孔，殆不爲過，浸淫百有餘年，遂以亡明。因發公所爲功於聖道者繇闢王氏，則其詞旨乃不無少激。

蓋聖人之道大矣，易曰：『天下同歸而殊途，一致而百慮。』百川歧流同納於海，雨暘寒暑晦明，或愆其節，終成歲功。自聖人之存，其徒各本其所近以爲學，已不勝其互異，故曰：『夫子之門何其雜也。』然卒不害其同，何也？以其有仁義五常之德也，君臣、父子、兄弟、夫婦、朋友之倫也，詩、書六藝之業也，畔此者謂之異端，揚、墨、佛、老是也，遵此者謂之儒，而其中有差焉，得其粗者，漢、唐諸儒是也，得其偏者，金谿、姚江是也，其精且正者，惟程、朱氏爲得其宗。自是以降，儒者風趨，出此入彼，要不外此數端，而其精有差焉，其正有差焉。差之極則蔽生，至譏窮理爲支離；如心齋、龍谿之放恣，又偏之甚者也；薄義理爲空疏，如毛西河、戴東原之懻忮，又粗之甚者也。且夫仁義之德，君臣、父子、兄弟、夫婦、朋友之倫，詩、書六藝之業，人道之大端也，使其學果出於此，雖有其粗且偏者之弊，君子猶將進之焉，謂其大端同也，使其學不出於此，則彌近理，大亂真，君子愈嚴之焉，謂其大端異也，孟子之拒楊墨、昌黎之闢老佛是已。陽明之節義事功震耀一時，聞其風者且皆興起，可不謂豪傑士哉！特其初所得力之由不能無差，執而不返，遂成其一偏之詣，不謂之蔽不可也。是故程朱爲孔氏不祧之宗，而金谿、姚江亦其支孽也，遽絶之聖人之徒，謂其學足以禍世夷民，毋迺亦少過歟！

清獻之崇正軌，排歧趨，爲功聖道誠大矣！要其所以能命世獨立者，亦其節義事功之可貴也！其行無纖不完，其言乃能立於不朽之域；不然，如陳清瀾、張武承、孫退谷輩之所持固正矣，又豈足以望劉、孫諸公之萬一乎哉？

位西先生諱懿辰，以舉人官刑部員外郎，咸豐末死寇難，蓋庶幾能立言者。徵君之子强甫先生嘗爲其昶授讀，以是冊見貽。其昶既敬受而藏之，又附著其所見於此，冀世有知言君子論定焉。桐城後學馬其昶謹記。

吴先生曰：議論平恕，足以息爭。

鄭東父曰：孟子惟辨異端，用峻詞，其於儒家，一譏高叟之固而已，於七十子明其得於孔子，有大小多寡之數，要之皆稱美也。此文頗與孟子趨合。

和漢譯法新編序甲辰

苟人與人之際將以達情愫，資學益，而語言文字不相通曉，則雖日促膝，其道無由傳。曰今天下車同軌，書同文，誠哉！車同軌，不可不同其書文也。方今海外諸部州乃無不連接航軫於吾國，有交際則必賴語言，賴語言，則必尚文字，尚文字，則必事翻譯，事翻譯，則必求教師。雖然，爲教師者安取乎？取之吾國，固不知彼，取之彼，亦不知吾，兩者扞格，其勢然也。泰西距吾國絕遠，其語文尤乖異。論者謂通泰西，則莫便日本。日本固與吾國同文而小別者也，其國自明治維新，一意法泰西，凡泰西書之美善者皆取而譯之。吾由日本以通泰西，則力省而功倍，故近時志士遊學東瀛者多至數千人，而各行省聘日本教師亦比比皆是焉。

熊本早川東民君教授吾邑兩年矣，意懇而課勤，諸生皆薰其德，近又患世之肄東文譯教科書者大率有五弊，因別著一書以矯正之。君素習經濟、法律、於漢文有深嗜，其所言皆深切時病，以謂文章者，思想所憑依者也，立國於天地，莫不各有其語文，以發明其國古今之思想，是謂國語國文，國語國文之於我，猶波之於水，相抱合而不可離。外國之語文，吾國人不習也，今欲貫輸文明，必使之融化於吾之思想，而聯合對照於吾所熟習之語文，然則國語國文是其本矣。

嗚呼，君之言若此，而吾國之號爲新學者視古昔聖賢留遺之經傳，竟無有也，故吾於君所陳五弊之首，尤慨乎其念之。

姚叔節排印所著文詩五卷序戊申

余年廿一，就婚姚氏。時外舅安福君方謝官寓皖城，有三子，閑伯、仲實、叔節。叔節齒最穉，裁十歲，有成人之度。余居一月歸，其後姚氏旋里，兩家過從益密。吾縣先輩風教，必兼治義理、辭章，姚氏自惜抱先生後，尤人士所歸嚮。外舅喜爲詩，詩精顓且多。其論學戒炫鬻，吾黨砥砥守其軌轍，無或軼。叔節學驟進，詩文並茂，余不能詩，嘗一爲之，不工，遂棄去。已而外舅再出涖安福，通州范肯堂亦就婚官舍，遂大爲詩，父子、兄弟、甥舅、夫婦賡續和唱，裒然成編也。

余與肯堂始晤江寧，再晤天津，及外舅卒官，肯堂會喪桐城，時閑伯已前卒，肯堂亦被病清羸，感觸身世之際，幽燕俶擾，天子蒙塵，淒然苦語窮朝暮。余所著書，平居不欲示人，即肯堂來，亦第取觀余文，未及半而去。今肯堂則既死矣！幸仲實、叔節及余爲時所棄，假館近縣，歲時歸聚，猶得各出所業，從容質問，然誠不意今便爲逾五十人也！叔節當强仕之季，雖不出，乃與仲實竝主皖學，教澤之覃及者遠，其窳薄可愧赧者，唯余獨耳！

今年春叔節見語郡守惲公季申，錄其文詩五卷，將排印之，徵序於余。余諾之，未及爲。先是皖中校印肯堂詩，爲范伯子詩集十九卷，既成，叔節寄我，且評弟其詩爲國朝第一。余復書論肯堂才雄思深，要自能不朽，顧詩家各有性情體貌，正不容軒輊，且吾數人暱好，世所聞也，稱心而道，人疑其黨，因相約刻集，彼此不相爲序，叔節遂亦不余强也。余既盡讀肯堂詩，私念今世寧復有是詩？又寧復有斯人者乎？世曷嘗無人，有之而不與吾接，則等於無矣。幸而並生一域，又託爲骨肉親愛，當其生，不知其難得，及其既逝，而乃與古人同致其慕想，而平生所詣，或頗猶有未相傾寫之慨，長此終古，何爲者耶？所謂戒炫鬻者，又豈此之謂乎？然則叔節之檢存所作，用諗同志，有以哉。余雖欲不言，烏得已也。

肯堂之沒，余未有紀述，敘叔節文詩，感而思焉。若夫叔節才美不後肯堂，同爲吳至父先生所激賞，其名聲已自能顯於世，余故不暇以詳，仍前志也。

上孫琴西先生書乙亥

其昶聞之山林閒放之士往往以傲自高，尚是大不然。公卿大臣果賢耶，是不當傲賢也，不賢耶，夫安所容其傲？且公卿大臣固朝廷所貴重矣，以彼之爵不足抗吾德而傲耶，庸詎知非己無可知，而故匿其短也。慢一夫且大不可，將必傲公卿大臣之賢，傲其賢，固不知有賢，知有公卿大臣而已，夫公卿大臣之賢，又士庶標準也，而顧可傲之哉！見其重，則傲之，與媚之同一，有其貴也，不見其重，則彼與我皆賢也，彼與我皆賢，與其傲之，猶有其貴，不如兩忘於賢，而化其迹。或曰：『事非其人，則失之干進，無寧傲，而猶可自守。』是說也，吾亦無以易之，然非所論其袒之於先生者，敢錄其說，以獻於左右，惟垂鑒焉，不宣。

張廉卿先生曰：盤折瘦勁最近似介甫。

陳伯嚴曰：委復盡意。

鄭東父曰：此文源出戰國策，有志為孔子學者，當亟悔之。

與劉仲魯書乙酉

仲魯足下：去年冬接七月、十月兩書，良以爲慰。其袒求先母葬地，久未得，邑人白皖生頗習形家言，聘之至家，迄今亦未得。自以罪大惡極，無可對知己，且胸中欲言者多，聞足下將出都往金華，寄書不若都中易矣！以吾與足下交契，而經歲不達一書，雖然此一歲中何嘗旬日不念吾故人哉！

頃閱直省題名錄，知足下得舉鄉試第一，此可喜者。方今士人惟騖名利，重科舉，見有得者，則群焉慕之，其得之速且顯者，則慕之益甚，父以詔子，師以詔弟，必步趨之，恐後至，其人之賢不肖，則不問也，有不得者，則又必相與怪駭，引爲大戒，至其人之賢不肖，亦不問也。竊嘗以爲天下之風趨視乎士，士人之習尚視乎科舉，科舉之得人與否，則又有運數存焉。蓋自三代以來，選舉之法一壞而不可復，人主所操以鼓舞天下士者，惟出於文字之一途，而有司又挾一定之繩尺以擬其後。夫取士而第衡其文，已不足以得士，又況嚴其程度，多其忌諱，天下奇偉非常之儔，安能齷齪以就所謂繩尺哉！又其甚者，並無繩尺之可言，苟以便一時嗜利之私，而不足以爲去取之準，於是科舉得失之故，不得不舉而歸之運數，豈非任法之窮，舍本求末，其弊固有所必至也。天下之才，其下焉者，則惟科舉之知；其上焉者，則持高明曠達之說，謂科舉何足輕重，而吾獨以謂一士之黜陟，大乃係乎天下，小亦一鄉一邑，數十年之士習風趨視爲轉移，未可以爲偶然也。得其人，則士之賢者勸矣，不得其人，則士之不肖者勸矣。當斯時也，乃能得一仲魯，庶幾天下之勸而進於賢者多歟！故凡吾之喜，爲科舉得人喜也，此何足爲吾仲魯足道哉！

往者仲魯應試，太夫人之屬望殷矣，今太夫人已不幸，悲夫！ 祿不足以逮親，吾爲仲魯悲也！ 惠書所論學甚切，離群久，頹惰日甚，每一展誦，受益甚大。 足下進德之鋭，無與比者，廼者閱歷所得，不惜見教，幸甚，幸甚。 在浙何時還北？ 眠食何似？ 家人安否？ 生子否？ 此時留都中，抑已歸家耶？ 東父久無書來，其老母當康寧，在都必常晤，其近詣若何？ 自東父外，仍有往還者否？ 凡此皆吾所渴欲問者，復書便一一告我。 相見無由，祇益懷想耳，不具。

吴先生曰： 文字迤邐而入，情趣亦極深。

與劉仲儀書丙戌

今兄見過，述足下館中事，甚可駭怪。 士方居約時，於人世榮顯炫赫之迹一無所取，獨自授經窮巷中，庶乎其免矣，乃獨見妒同儕，詬辱疊至。 聞或勸足下愬學官，則於義似未盡。

廼者其昶買山葬先人，爲邑子所侮，奪山去，當時頗不能平，今思之，正不必耳。 蓋嘗讀易至大壯，見四陽盛長，道通行健，無有間隔，誠哉！ 極天下之至壯矣！ 而彖曰『大壯利貞』，大象曰『君子以非禮弗履』，則是任理而不任氣也。 戰乎己，而不求勝於物也，不然皆非所謂壯也。 乾者，天下之至健也，君子以自强不息，其義亦猶是焉。 蓋天下之壯，有求之內者，有求之外者，杂卦傳『大壯則止』，則壯非求於外明矣。 孟子論大勇，在自反而縮，而以剛大浩然之氣爲集義所生，先儒謂孟子之學深於易，茲非其一徵歟！ 其昶嘗妄謂學易莫切於知時，而其歸則要於戒懼。 足下好學深思，方今盈虛消息之幾，審之素矣，遵養時晦，期爲不食之碩果，至外侮之來，吾益恐懼修省可也，豈必與彼等者絜長短，爭勝負之數哉！

索居久，人事日拂，感足下近事，輒書其誦習所偶獲者，效切磋之誼，惟足下幸辱教之。

吴先生曰： 義意皆本新得，故文特淵懿。

復皖中紳士書乙巳

頃辱損書，承皖中議設師範學堂，冀教育普及，甚盛！甚盛！而顧以監督重任屬之下走，聞命悚愧，罔知所措。吾皖貧瘠特甚，開闢新機後於鄰域，今者得集鉅貲，向非諸公熱心毅力，孚於上下，何易辦此？此吾皖十世之利也。時艱至此，要當人人各盡其智能以效於世。今諸公能苦艱締造，宏兹遠略，其袒獨非皖人乎？敦迫勸駕，猶不肯起，豈自待之不厚邪？其所以逡巡不敢承命者，公私約有數端，則付託重而自知之甚審也。

蓋欲教育後起人材，必先造成師範，師範之在今日，其勢至迫，而其事至爲苟簡，期以速成，故所重尤在普通知識，若其袒所學，蟲魚估畢，累世莫殫，以施之師範，正如莊生所稱，迎西江之水，以蘇涸輒，將難爲符乎，此學術之不相入者，一也。其袒前十餘年聞通人緒論，即知新學之亟宜講求，然此特識解之事，於實詣無當也。學校管理之術，絕未親歷，新譯書籍亦罕探究，今誠令其袒得守其愚陋，或出所知，以誘進時髦，不無萬一之效，若竟責以事任，決不能逮尋常流輩，此閱歷之無素者，二也。今時所需上之爲宏濟艱鉅之才，下之則綜核名實，鄙性疏簡，家事一不何問，賓客到門，十常九謝，其里黨習見之人，往往廣坐相遇，了不憶其姓氏，屏居山野，所營有限，猶不免廢事，時見欺紿，今乃使之追隨薦紳，都試群士，雖强自敲率，如素性何？此才質之不宜者，三也，又季居五十，便已早衰，比歲假館合肥，地僻事簡，猶且不支，明年決意歸休，李生苦相挽留，人情懷舊，遂用因循，今不惟成約難悔，實自揣精神氣力無能爲後，此孱軀之不堪任者，四也。會垣去家才兩日程耳，寒舍親黨多失業無次，皇皇求援，勢必魚鱗杂遝而至，應之則安所湔洗，不應則怨讟叢生，此又私計之不便者，五也。凡此所陳皆本諸肝鬲，不量而受，鮮不敗覆，今諸公將使全皖之士皆得所成就，其袒固皖士之一也，其必有以善全之幸矣。

連日接鄧君繩侯及外弟方子和書，亦以鄉里學務相責難，衆賢期待之厚如此，而朽鈍之不堪策厲者又如前所陳，負慚清議，徒自咎耳。子和頗涉新學，曾任山東高等學堂之聘，後移入幕府，以久客切思南歸，其學識材力皆遠過其袒，諸公物色所及，必多勝選，若猶未也，如子和者，或亦足備甄錄乎？去年有答張楚寶觀察書，謹錄稿呈覽，亦聊以明區區素志之所存，極願承教，不能自克，伏惟諸公曲鑒，而赦原之，幸甚。

贈劉摭園序癸未

君子之所以傑然而出於人人者，豈有他哉？自其一身之耳目百體，推而至於倫物，無一不納於禮焉而已矣。夫禮者，聖人導人心之自然，而節文於其外，劑輕重，酌損益，而定爲中制者也。稍或歉焉，則吾心之所旁皇鬱積，必有不能自遂者也。稍或溢焉，則吾禮之所之，必有達此而塞彼者矣。是故君子之於行也，未嘗斯須敢違於禮，而君子之於禮也，又未嘗斯須敢任於心。夫豈舍内而求外哉？誠知夫心之爲物，固不可使之無所據依也，必諏之聖人之經，而得其意，稽之當世之典，而觀其通，然後吾之[illegible]於中而著於外者，庶幾無過不及焉爾。

吾之志於學有年矣，然而耳目百體之爽其則，倫物之未當其分者，不可勝指也，吾甚自恨。吾之友有阮仲勉者，質甚美，行甚篤，其所以際倫物而範其耳目百體者，過吾遠矣！然未能充其學問，故今尚未有所成，吾又爲仲勉恨之，既而來京師，得其可以爲師友者數人焉，孫君佩南、鄭君東父，尤厚於予，皆賢而能從事於禮者也，最後得交鹽山劉摭園若曾。

余初識摭園，見其衣布衣，冠素冠，躬躬而恭，何其有似仲勉之甚也。佩南又嘗稱摭園之孝行，余益有意其爲人，久之，始知摭園少孤，巳卯秋赴省試，母夫人歿於家，摭園大慟，終喪三年，不食肉飲酒，不内寢，與予相見時，喪除矣，猶不忍釋服，蓋至今不食肉飲酒，不内寢者如故。予與東父皆諫其過禮，輒涕下不可止，人不能終其詞也。嗟乎！風俗之頹薄久矣！如摭園者，其賢於人，豈不遠哉！君子不貴有遠人之行，而貴得乎大中之制，何則？先王制禮，不敢過也。若人子不忍其父母之心，豈直三年乎？百年不能盡也。故曰始於事親，中於事君，終於立身。然則摭園誠能立身以終其孝所暨也，則即抑情以赴先王之禮其可也。

予昔者將歸里，摭園重惜予去，乞言以處之，予謂摭園之得於天者厚矣。厚於天，而求其所以成於人者，舍禮之學，而奚學哉？雖然，有歧焉，而莫與析，有過焉，而莫與匡，吾未見學之能成也。吾友孫佩南、鄭東父，此兩人者，可就而問焉，是必有以益子矣。抑吾今之歸，方將偕二三故人，益勵初志，以讀書事親，稍釋隱微之疚，而又懼其力之未能自克也。撫園有可以益我者乎？

陳伯嚴曰：條晰似朱子説理之文。

孫節母何太恭人墓表 壬辰

今年夏，余族父月樵先生歸自京師，爲言壽州孫君傳奭字少鼎持母何太恭人憂，甚毁，朝夕躬守，次賓客走弔，一不報，竟致其喪數千里歸葬。其昶心獨韙之。逾月，友人阮仲勉以君命來致狀徵文。

按狀太恭人定遠何氏，寧國訓導諱錫璜女，年十九，歸壽州孫氏贈中憲大夫諱家亨，甫三月，贈君卒。當是時，贈君母及繼母皆前歿，獨父在，有弟妹五人，家貧甚。贈君病，度不可起，則謂曰：『吾不幸失母，諸弟弱小，若善遇之，吾長主祀，不可不後，俟弟舉子，撫嗣我也。』言訖而瞑。太恭人誓以身殉，於是其舅及父訓導俱揮涕戒勿死，以卒夫志。太恭人泣受命，遂不復言死，益求所以爲婦且爲子也者，事其舅如事其父，求所以爲嫂且爲兄爲母也者，撫其小姑諸叔如撫其弟妹，十有二年，而其夫弟始生子傳奭，遂告廟，定爲後。咸豐初，東南亂起，太恭人奉栗主，挈幼穉，轉徙溪谷數年，舅歿，茹哀抑痛，始飯含，以訖殯殮，無纖毫廢闕，大禮克終，益督子力學，蓋自繈褓鞠育，歷艱難，劬苦三十年，而其子始以進士通籍，仕於朝，太恭人儉約帥初，好稱述前世懿行，尤兢兢致嚴賓祭，在塞不廢，蹈豐益虔，年六十九卒，始以節孝受旌，累封太恭人。子傳奭刑部奉天司主事，加四級，孫二人，多虞，多甸，其卒之明年，歸附贈君兆於壽州南鄉窰溝集。

編脩馮煦既銘其幽，而桐城馬其昶以太恭人之行衷乎禮，而不爲苟難阸塞，而代有終，足以厚風教，飭無窮，又其子孫君之所以事親者，足尚也。乃述其大凡，揭諸墓道，俾來者知所則焉。

貤封奉直大夫張府君墓碣銘 戊戌

府君張氏諱鵬翩，字梧岡，其上世籍湖北，雍正初有挾藝遊四川江油者，貧不歸，遂爲江油人，再傳而蕃，君其次孫也，有心計，精疇人術，援例爲國子監典籍，以父老不就選，躬劬農殖，家日裕饒，性喜相馬，能一望别其凡駿。

粵亂起，或招致軍幕，慨然曰：『天下擾擾，吾其扞桑梓。』未幾而藍大順難作，乃建議練鄉兵，助城守。邑人某督團政，擁衆屯所居宅，君爭不能得，拂衣去，隱縣北觀霧山。未幾城果陷，及賊平，君既懷奇無所施，務推行仁惠，中江楊某落，招踵門，舉數百金再立其家，其子竟入武庠，儕於冠帶。鄰里屋大，伐木助構，餽穀與財，如己在厄，嘗創立文社，同里輸穀才十石，君慕嚮儒術，一以自詭，勾校贏絀，子母相權，積三十載，百倍其始輸，於是置田八十畝，廓起廊舍，里豪睨其訾不得，則搆之吏，吏與爲助，坐把持公穀，罰二千鍰充振，兼葺郡庠，人咸冤之，君謝曰：『二者微，此訟吾固當輸。』終不以人之齮我，愠見色辭，又瘉益出財增梁桷，蹈義彌堅，不自摧沮。光緒十六年，年七十五卒，葬東山先塋側，娶安宜人，無出，納黄氏，生子恩培，復繼娶夏宜人，生三子：璠、志懿、志遜，女子子六，皆適士族，孫五人：大堃、大章、大輅、大鏞、大時，廿一年，以從子琴選翰林院庶吉士，貤封奉直大夫。

琴宰廬江，璠隨到官一年，歸埽先墓，睇此幽寥，盡焉傷心，既來，以狀授其昶乞銘，乃揭其行於墓道，俾觀者興厲，而綴以辭，曰：

匪彼齮之，吾罪宜之，吾罪宜之，匪荼維飴，嗚呼是誠。鉅人長德之事，今之人不能此，我銘徵其後祉。

姚閑伯墓表丙午

君名永楷，字閑伯，桐城姚氏。當國初，刑部尚書端恪公有名臣之烈，其後薑塢編修暨其從子姬傳先生爲世儒宗，編修曾孫石父先生又有文章政事名，於君爲大父，考諱濬昌，湖北竹山令，姚氏連世有聞，竹山君又詩人也。

君承嬗前休，思欲有立，日夜苦厲於學，體羸多疾，顧往往絀於力之所能覬；於是君弟永樸、永概繼起，才業通敏，姚氏昆弟譽望駸駸聞遠邇矣！永概年少領解首，所至傾其坐人，君願謹，寡笑言，造次莫能自達，遂愛諸弟，有行必諮，爲文必取，正愧謝弗逮，其屈己非獨於其弟然也，凡見儕偶若後生文字，一語一韻之工，退必手錄而牢記之。其自爲詩絕清樸，無世俗氣。吳至父先生以謂讀其詩，懇懇乎性情禮法人也。君恥藉先業，不自食力平居，故不能無望於鄉舉。歲甲午侍竹山君天津差次，將就試京兆，會日本釁起，乃躬挈庶母及穉弟南歸，或曰：『不即今試，當復三年邪，世事則誰其知者？』唯竹山君意亦難之，君逕去不顧。是歲永樸獲舉，而君竟以諸生終。後二年，余授經皖中，君亦客揚州，以疾返，過皖訪余布政使署齋，坐後園亭上，望江潮渺然，相與吟楚騷：『哀人生之長勤』。余謂君幸歸休矣！君歔欷，怯寒灑淅，默不一語，移時而別，逾年遂卒，年卅有八，光緒廿三年某月日也。娶方氏，子二人：佐燧、佐焱，皆有雋才，留海上，肄習西國文字，勤業，不逐世囂，群以爲難。

君卒之幾年，葬龍眠山麓。其子嘗請銘，未具狀，余不時作。今年其兩弟來請益堅。余於君爲姊夫，知君深，固不待狀。噫！使君而無死，且挾其所有以遊斯世，其操術當益窮，然而學固有可與時變易者，其不可變易者，無古今中外一爾。姚氏以儒術質行世其家，今吾邑言新學，亦自姚氏。余述君行一二，鑱之墓上，豈第欲其子姓之無忘，亦使吾邑人知先輩之所被服漸漬而成其門風者，非一日之積。彼徼士趨之橫流，則夫本身以施教於有家者，其可忽乎哉！

先太僕公逸事 癸未

其昶既重校刻先太僕公奏略四卷，是時宗老義津方館城中，多記往事，暇時相與，談公初令分宜，坐逋賦褫職矣，民聞令當罷，三日賦悉完。何德民深也。義津君曰：『子亦知吾家五世祖父母墓地所由來乎？蓋公既歸隱，分宜民聞公貧甚，爭出私錢得若干金，邑薦紳二人者持謁公，欲爲壽，再見，再不能言以退。復携之歸，居民趨問公起居，則曰：「我公無恙，太淑人不幸歿矣。公雖貧，義不受金。」僉曰：「固知公義不受，雖然，必報德。」則又相聚謀曰：「聞公求窀穸未得，吾儕其無意乎？」因復至桐城，不見公，挾習形家言者一人俱，遍歷岡阜，最後得一區，山巒環聚，法當後昌，即以其錢買山，署券曰：　馬氏。　公不得辭，遂奉太淑人合葬兹山，所謂三科松者也。』吾家先隴惟四世祖父母葬高嶺，及三科松，最得形勝。高嶺之扞，其事亦絶異，顧無徵，不敢妄紀，獨三科松爲分宜民所購買也，守墓老人猶能道之。其昶幼從大人埽墓，亦竊聞之數數矣。嗟乎！民也如此，況親爲其子孫者，其可勿念？義津君之殁，今已逾歲，余懼其久而或湮，敢敬述焉。

附錄

桐城馬先生墓誌銘

陳三立

君諱其昶，字通白，晚號抱潤翁，姓馬氏，桐城人也。器幹沈凝，少劬學，習為古文辭，既從同邑方存之、吳摯甫、武昌張廉卿諸先生遊，文益工，及遊京師，交鄭君東甫、柯君鳳孫輩，並進而治經，自兹始。君於學不誤表襮，歸於自得，所治經尤邃易、詩、書。易宗費氏，詩宗毛氏，書宗大傳，旁列衆說，折衷去取，潛思而通其故，往往獲創解，為前儒所未發。於為文亦然，不踰鄉先輩所傳之法，而高潔純懿，醞釀而出，其深造孤詣，亦為諸鄉先輩所互名其家者莫能相掩也。

始以諸生入貲助河工，獎敘中書科中書，數應鄉試不獲舉，乃以其學教授，為榆樹于公次棠、合肥李公仲僊延課子弟，主李公尤長，其子國松文章爾雅，最號為能傳君學者也。前後復迭長廬江潛川書院、桐城中學校師範學堂，訓士輸新學，一歸本彝倫道德。當是時，君譽望日隆，嚮慕者衆，總督建德周公舉經濟特科，巡撫金壇馮公薦人材，寧州朱公薦碩學通儒，皆未應。宣統庚戌，始就學部聘，任編纂，既入都，會中外大臣前所薦人材有續至者，吏部彙列奏聞，知友强君隨衆引見，遂授學部主事，丁國變引去。癸巳主安徽高等學校，甲寅又入都，主法政學校教務，兼備員參政院，已而設籌安會議，更國體，重君名，遣使嬲君，為陳說百端，君堅拒之，曰：『區區非能事二姓者也。』即日治裝歸。丙辰，復入都，應清史館總纂之聘，日疲撰述，績最著。久之，病痺，乃還桐城，越三年，己巳十二月十四日卒，春秋七十有五。所著書已刊行者曰周易費氏學、詩毛氏學、禮記節本、中庸篇義、三經誼詁、老子故、莊子故、屈賦微、金剛經次詁、桐城耆舊傳、左忠毅公年譜定本、抱潤軒集，待刊者曰尚書誼詁、清史儒林傳、文苑傳稿桐城文錄、存養詩鈔、佩言錄、抱潤軒文遺集、筆記、尺牘，都二十種，三百餘卷。

君為人耿介和易，中不可犯，而不立崖岸，或涉偏宕之道，矯激之行，矜己而駴世。以東南用兵未已，故久羈京師，假為辟亂著書之所，柴立中央，與時推移，而孤狎萬古，不幸以病歸，遂不起。自邪詖交熾，陷溺人心，為患烈且鉅，振古未有。大勢之所趨，固坐視無可如何，然猶冀一二魁儒老學究聖哲之蘊，持維防之的，本其醇意，高文漸被，徒友轉相移奪，徐待其定，故於君之没，道術靡所寄，氣類日以孤，瞻四方，眷來者，愈有爚曜垂絕之懼也已。

君曾祖諱邦基，贈朝議大夫，祖諱樹章，太常寺典簿，父諱起升，議敍同知。初父命祧大宗，襲雲騎尉，父卒，遂辭爵與遺產，歸承本生，大宗別立後。配姚恭人，先君四年卒，側室劉氏、韓氏，子男四：根碩，劉出，前卒；根偉、根蟠，韓出；根質，劉出。女七，長適方彥恂，次適張家騮，次適方時簡，次殤，皆姚恭人出；次適方時喬，次適蕭正業，次適姚震，皆劉出。孫四，孫女三，君卒前兩歲，自定兆域，葬姚恭人兆右，以根碩祔，庚午三月，根偉等遂卜日葬君於桐城北鄉阮莊之原。其友陳三立者老矣，讀狀為之銘。曰：

聖哲遺緒，道挾文昌，世儒汩之，或潰厥防。嶽嶽先正，桐城舊鄉，中聲在懸，輩和鏗鏘。君殿末運，翕合逾張，羣經有說，探微挈綱。魂精所闢，上燭穹蒼，揉播粹美，攄為篇章。雲敷飆咽，象緯低昂，控引萬靈，孤庇牆宇。亦游羿彀，迹拘志苦，道從降汙，不改風雨。隱禦披猖，孰窺胇腑，絕績攸繫，踣我教父。紹古掖今，詔式抔土。（錄自抱潤軒遺集）

桐城馬先生墓誌銘

姚永樸

君姓馬氏，諱其昶，字通伯，先世由六安遷桐城，曾祖諱邦基，贈朝議大夫，祖諱樹章，太常寺典簿，考諱起升，議敍同知。先是典簿君兄河南汝寧府通判樹華，有二子，長霍邱訓導，諱起泰，次起益。訓導年四十卒，無子，起益幼，未娶，通判君命君嗣訓導。其後起益生子四，而同知未別有子，及卒，君為狀上安徽巡撫，請達於朝，願還嗣本生，以通判君在籍殉難所給雲騎尉世職歸起益子其昴承襲，並遺產與之，俾奉訓導祀。

時君補諸生已十餘年，數應鄉試不售，嘗捐貲助河工，奏獎中書科中書。光緒三十四年詔舉人材，巡撫馮公煦以君應，獎主事，分學部補總務司主事。君勤其職，筦部諸公甚重之。辛亥以國變去職，逾兩年，會修清史，館長趙公爾巽聘充總纂。君搜討窮昕夕，撰稿最多，褒貶矜慎。丙寅以病歸，己巳十二月十四日卒，年七十有五。娶姚恭人，吾姊也，先君卒，側室劉氏、韓氏，子四，根碩、根皤、根質，根碩先君卒，女七，皆適士族，孫四：茂元、茂炯、茂書、茂穎，孫女三。

君自少才敏且密，僉謂宜有所施於世，顧遭遇屯蹇，晚乃得一官，既不克行其志，則畢致其力於學，博覽載籍，足跡所至，必徧交賢士大夫，以恣採獲，撰述甚勤，于經有易費氏學、詩毛氏學、尚書誼詁、禮記讀本、大學中庸孝經合詁，于史有清史稿、桐城耆舊傳、左忠毅公年譜，於諸子百家有老子故、莊子故、屈賦微、金剛經次詁，其自為之書曰抱潤軒集，都數十卷。嗚呼！何其多也！其詮釋諸書，皆考於古，無臆說，而扶微闡幽，往往有前人所未道者，為文章閎深雅潔，成一家言，又何其精也！

始君葬吾姊於縣北之阮莊，而自留穴墓左以待，庚午某月某日，根偉等遵遺命奉君柩安葬，而請永樸為之銘。永樸與君交六十年，申之以婚姻，義不敢辭。銘曰：

曩問君疾，執手語予，謂檢平生，未與衆殊。願志乎古，冀味道腴，由童迨耄，舍是弗愉。予言君學，具所著書，為之不厭，君其有諸。吾縣之山，蜿蟺扶輿，篤生哲人，訂譌砭愚。百餘年來，老學漸徂，君殿於終，卓為士模。於縣之北，有塚巍如，埋辭詔後，中藏碩儒。（錄自抱潤軒遺集）

戴鈞衡集

點校　江小角

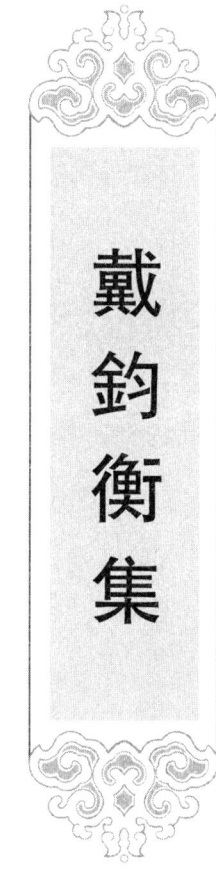

整理説明

戴鈞衡（一八一四——一八五五），字存莊，號蓉洲。安徽桐城人。幼年聰穎嗜學，稍長，泛讀百家，撰文賦詩，頗顯才氣。『予年二十，學古文，愛鄉先生耕南劉氏作，揣摩私效』（味經山館文鈔自序）。年二十三，結交許吾田，攻考證學，務為匯古數典之文。其時，自編蓉洲初稿，刻印傳贈，以致毛岳生、梅曾亮、姚瑩等人，驚為異才。年二十七，從游邑人方東樹先生，『始知所作皆非』（味經山館文鈔自序）。於是以鄉先輩姚鼐所編古文辭類篹為宗，『求之宋五子書，以明其理；求之經，以裕其學；求之史，以廣其識』。道光二十九年（一八四九年），赴南京參加鄉試，中舉。次年及咸豐二年（一八五二年），先後兩次入都，參加會試不第。其間結識了曾國藩、邵懿辰、魯一同、楊彝珍、吳敏樹等名流，並得到他們的賞識和指教，深得作文要領，成為桐城派中後期代表作家之一。太平軍攻克桐城後，避居臨淮，抑鬱得疾，嘔血而卒，時年四十有三。曾國藩念其故舊，『送戴存莊之侄銀五十兩，為存莊葬事之用』（曾國藩全集日記）。並親題墓碑，文曰『大清舉人戴君存莊之墓』。

戴鈞衡英年早逝，但留下的作品很能體現出他的創作思想，顯示其文學價值。他關愛民生，倡捐助學，募賑災民，體現出桐城派作家體察民情，了解民意，憂國憂民的進步思想。他在與友人信中説：『鈞衡自幼讀書，不甘為無用之學。每以人心世道為憂，寂居田野，凡一省一郡一縣利弊，有所見聞，輒作文以言得失。父師恐遭時忌，輒命取稿焚之。及入都，私懷欲言者，更非一事。既念事無難易，得人則成。國無安危，得人則治。』（味經山館文鈔上羅椒生先生書）諍諍之言，令人感動。他對清初禁書院、不得講學的做法頗有微辭：『我朝鑒明儒門户標榜之習，禁書院不得講學，於是士子自幼入學，耳濡目染，皆止知功名富貴四字，……而漢學者流，又復攻詆程朱，以言心言性言理為厲禁。以故人心士習之壞，直不知有禮義廉恥之重。』（草茅一得卷下，鈔本）他還説古代聖帝、明王、賢相都主張以教化為本，『教化興而後人心明，人心明而後風俗厚』。通過興學明教化，『教人以孝悌忠信之事，禮儀廉恥之防』（草茅一得卷下，鈔本），實現正身修行的教育目標。他對當時清朝地方官員不重視教育教化，十分反感。他引用孔子之言，給予嚴厲抨擊：『今之為官者不然，專以持祿保位為心，於民俗之美惡，民心之邪正，漠不關心。既不知有教化之事，又不知有刑罰之用。奸宄邪辟，相習成風，惟利是嗜，惟害是避，世道人心安得不壞？』（草茅一得卷下，鈔本）他對當時官學中的教學內容也提出質疑：『平日學術不求有體有用，父師之所教授，子弟之所學習，止是時文、試帖、館閣字三者，以苟取功名富貴而已。間有稍知自好者，欲博古通今為明體達用之學，則群起而排之。以故為秀才時，人人皆虛浮輕薄，全無所知，全無所能。一旦入官，事事皆聽之幕友、滑吏，牧民禦眾之道，農田水利兵刑鐵穀之法，皆茫無所措，惟知伺候上官，以圖加官遷秩而已。』（草茅一得卷下，鈔本）『其有經濟者，又或以不習時文時字，不得上達；又或以不善伺候上官不得大用。』（草茅一得卷下，鈔本）因此，他提出要變法取士，求有用之才，『皇上先復日講之制，以天下為倡。次令天下書院行講學之法，而講學之法不得空談性命，惟日舉忠孝廉恥之事，開導斯人，其才性各因所長，教以有用實學』（草茅一得卷下，鈔本）。教以有用之學，培養有用之才，這是戴鈞衡興辦教育的崇高理想。他致力於教育，頗有心得，除在桐鄉書院廣為施教外，還向羅椒生進言己見。他告誡友人：『每至一省，預飭各教官詳察諸生平日學行，賢者，加考語；不肖者，條劣迹以聞；臨試時訪聞屬實，分別獎勵、斥革。教官不留心人才與考語劣迹不實者，即行參罷。貢拔貢一以採訪品學為先，不以時文小楷為尚。』（味經山館文鈔上羅椒生先生書）只有做到因材選用，才能讓那些『登仕版者，無不先留心於經世之學矣』（味經山館文鈔上羅椒生先生書）！只有這樣，才能為國家培養有用之才。

戴鈞衡研讀桐城派大家方苞、劉大櫆、姚鼐等人作品，且長時間師事方東樹，繼承並弘揚桐城派文學創作思想，受到時人的讚賞和後人的肯定。方宗誠評說：『於時，戴君存莊才最茂，用力尤銳，詩文經說卓然有可表見於世，海內賢士大夫，多稱道之。』（方宗誠：味經山館文鈔序）曾國藩評價他說：『在桐城者，有戴鈞衡存莊，事植之久，尤精力過絕人。自以為守其邑先正之法，禮之後進，義無所讓也。』（曾國藩全集歐陽文生序）近人劉聲木評價他：『師事方東樹最久，受古文法，鋭志文學，精力絕人，求之宋五子書，以明其理；求之經，以裕其學；求之史，以廣其識。詩文經學，卓然可表見於世，猶自謂其文理不能征諸實，神不能運於空，氣不能渾於內，味不能餘於外，自以生方苞、劉大櫆、姚鼐之鄉，不敢不以古文自任。』（桐城文學淵源撰述考）清史列傳本傳謂其：『所為文，以才氣勝。其始尚才華，繼好倫理及事之有關實用者。後遭喪亂，益喜為感時論事，表彰忠義節烈之文。』張舜徽先生則稱：『鈞衡之才之學，不逮方、姚，又遠甚。其文辭亦氣弱不能自振。雖欲從方東樹之後，以衛道自任，亦何足以肩斯文之重，徒衍為空論而已。』（清人文集別錄味經山館文鈔）由於他在世時間短，創作經歷和生活閱歷不夠豐富，散文創作成就無法與方、姚大家比肩，但他留下了許多作品，且很有史料、文學價值，他在桐城派發展史中的地位和影響不容忽視。

此外，戴鈞衡為保存桐城派大家作品，光大桐城派在文壇上的影響，做了許多艱苦卓絕的工作。如他敢冒天下之大不韙，在戴名世被殺、清廷文網嚴密的情況下，搜集戴名世散佚作品，彙編成潛虛先生文集，為後人研究戴名世及桐城派提供了珍貴的傳世資料。他還會同蘇惇元重訂望溪文集，與桐城派中晚期作家方宗誠共同選編桐城文錄，與邑友文漢光選編古桐鄉詩選。通過努力，他使許多珍貴的先賢作品得以存世，後來刊刻成集，印行天下，爲後世研究桐城派提供了珍貴的文獻資料。

戴鈞衡一生著有味經山館文鈔四卷、味經山館詩鈔六卷、蓉洲初集六卷、味經山館遺詩四卷、味經山館遺文一卷、草茅一得三卷、草茅續得一卷、公車日記二卷、尺牘二卷、書法補商一七卷、書傳纂疑六卷等。本次點校的戴鈞衡集主要收錄味經山館文鈔四卷、味經山館遺文一卷、味經山館詩鈔六卷、味經山館遺詩四卷、味經山館尺牘一卷、草茅一得三卷、草茅續得一卷等。味經山館文鈔、味經山館詩鈔，以清咸豐年間刻本作底本，參校他本；味經山館遺詩、味經山館遺文、味經山館尺牘，以清光緒年間刻本作底本，參校他本；蓉洲初集以清道光年間刻本作底本，參校他本；特別是把草茅一得、草茅續得鈔本收錄其中，為研究太平天國歷史提供珍貴資料。由於本人水平有限，錯誤在所難免，懇請方家指正。

戴鈞衡詩文集整理，曾被列爲『全國高校古籍整理委員會項目』，得到資助，在此表示感謝。

江小角

二〇一一年三月

目録

味經山館詩鈔卷五……五八六

蓉洲初集卷四……六六〇

七言律詩……六六〇

附録

味經山館文鈔

味經山館文鈔序

古之所稱不朽者，曰『立德』、『立功』、『立言』，歐陽子以為『立德』、『立功』矣，雖不見於言，可也。予則以為『立德』、『立功』者，固宜不急急於言。而言之能有立者，要必載德與功，而後其言足以逾遠而不廢。無德，則其言為無本；無功，則其言也不適於用。雖使能幸而久存，亦徒為世道之障而已。

堯、舜、三代之書詩，孔、曾、思、孟之所述作，其言之垂於今者，皆其德之（光）〔充〕於身，其功之布於萬世者也。下至周末諸子、兩漢、唐宋名臣大儒之所為書，八家之為文，德與功雖不足追配古聖賢人，而要皆出之有本，施之有用，故亦可以並天地而無終極。然則言非能不朽者也，讀其言，可以修身而理性，經世而宰物，則雖欲廢之，而不可得也。

雖然，古之立言者，莫不本於德與功。而今之所稱立德、立功者，則又不過資為立言之緣飾，人心之巧偽日開，知空言之不足存也，則往往貌為有本有用之文，觀其平居見於身者，亦可免顯然之悔尤，勢得時夷，亦可著事功於一二。又或遇好善之君，逢建言之時，亦未嘗不能侃侃陳言，以補袞職而取時譽。及至遺大投艱於其躬，則畏懦因循，彌縫粉飾，迥與其向所言者不類甚，至並其平日之著於身，見於功名者，一旦而瓦裂焉。嗟乎，使其不遭世變，豈不居然賢傑之士哉？固斯人之不幸，亦可見作偽之不足恃也。彼其初之修於身見於功名者，果皆出於至誠，發於言者，果皆本於至性，則亦何至若此？

往余既冠，與二三同志砥礪，為有本有用之學。於時，戴君存莊才最茂，用力尤鋭，詩文、經說卓然有可表見於世。海內賢士大夫多稱道之，而戴君不自信也，嘗取予所論作偽之弊，識於其詩，以警諸心。今者，傷遭世之多變，懼舊文之散佚，乃刻以問世。而以書屬予曰：『願有言也！』夫天下事故多矣！有心者，思有以振救之，則立言殊非所急，然使果有如古之立言者出，則天下之變，固不足靖也。存莊姑因其所已能，而勉其所未至，以力挽巧偽之風，則其可以不朽者，將必不止在於言也矣！

咸豐三年五月，同門弟方宗誠撰。

味經山館文鈔自序

予年二十學古文，愛鄉先生耕南劉氏作，揣摩私傚，學不足以充其才，徒滋假像陳言而已。二十三，交許丈吾田，攻考證，學務為彙古數典之文。二十七，從遊植之方先生，始知所作皆非，而後者更不如前此之猶合義法。於是乃以姬傳姚先生古文辭類纂為宗，久之，略見塗轍。先生曰：『文章之本，不在是也。』於是稍稍求之宋五子書，以明其理；求之經，以裕其學；求之史，以廣其識。因循玩愒，厭故喜新，雜以科舉人事作輟，未克實用力以臻精深之詣。每有所作，理不能徵於實，神不能運於空，氣不能渾於內，味不能餘於外，隨手拋擲，不自愛重。間有錄稿，必正之植之先生與同門厚子、鐘甫、存之三人者而後存。

歲庚戌、壬子，予先後兩入都，湘鄉曾侍郎、仁和邵映垣、山陽魯通甫、武陵楊性農、巴陵吳南屏復加審正，選存若干首。春官兩黜，四十無成。方將退隱故山，從容肆力以嗣鄉先生之緒，而粵西多事，蔓延兩楚。大吏擁重兵守險，率望風逃。不三月間，武昌、安慶、江寧、鎮江、揚州皆陷，天下震動。桐衢邑未罹兵火，而居民遷徙流離，鄰匪來逼，家君率鄉人行團練以資保衛，小子勷事其間，目不覩文字者半載於茲矣。回憶討論文事諸賢，植之先生墓草已宿，邵、曾諸君子星散四方，干戈滿途，書問梗塞。同門三子者，數月不一得見，見亦無暇論學。區區無用之文，尚復何心整理哉！

書生結習，戎馬未忘，時會艱難，後事莫決。是區區者，存之無足觀，弃則未忍，姑授剞劂。將俟海宇清平，與同志二三子復理舊業。深之以歲月當必有進乎是，愈以自見今日之陋者。雖然進乎是矣，亦何補於天下？坐誦一室，出康世難，措宗社於磐石之安，慨然思古人也。

咸豐三年癸丑天中節前四日，鈞衡書。

味經山館文鈔卷一　論議

董江都論（上）

真西山曰：董子之學，純乎孔孟，其告君必以堯舜，獨惜其不能不惑於符命。余竊以為不然。夫武帝發策，首曰：『三代受命，其符安在？』董子以新進之士，草莽之臣，直折其非，武帝必不能受，不能受而進言之路絕。梁惠王樂鴻雁麋鹿，孟子曰：『賢者而後樂此。』齊宣王好勇，孟子曰：『王請無好小勇。』宣王曰：『寡人好貨好色。』孟子曰：『貨色同民，於王何有？』夫孟子豈不能直闢二君之言之非哉？而對之若此，可以想其心矣！

武帝為人，不能大遠於齊宣、梁惠，董子惟因其言為推本符瑞所由來，俾知不可倖邀，庶以反其侈心而求之本原之地。其言曰：『天下之人同心，歸之若歸父母，斯天瑞應誠而至。』又曰：『為人君者，正心以正朝廷，正朝廷以正百官，正百官以正萬民，正萬民以正四方。四方正，遠近莫敢不壹於正，而亡有邪氣奸其間者。』是以陰陽調，風雨時，諸福之物，可致之祥，莫不畢至。

夫論天瑞而推本於人心，論人心而歸本於君心之正，是豈惑於符命而漫為是語者歟？武帝之策公孫宏也，亦曰：『天命之符，興廢何如』。宏言符瑞，侈陳和氣之應，絕不一語反求其本。當時太常奏宏第居下，而武帝乃親擢第一。由此推之，則武帝所以策董子者，其用意可知。故於再策之後，遂怪其明於陰陽，所言文采未極，條貫靡竟，統紀未終。嗚呼！武帝所謂文采條貫統紀者，類皆歷代帝王嘉祥瑞應之文。而董子絕不侈陳，一歸本於人事之實，此帝之所不樂聞也。故對既畢，而遂以為江都相矣！夫不置之左右而以相江都，則疏遠之，不用其言也。

然而漢之尊六經，崇孔子，黜百家，與夫郡國歲舉孝廉一人，非董子力歟？向令董子聞符命而直折其非，則數事者，皆不得而行之矣。然則董子之言符命，顧可不思其用心也哉！

董江都論(中)

或曰：史言高廟災，董子上書，以為漢多兄弟、親戚、骨肉之連，驕揚恣睢，諷帝視親戚、貴屬之違正者，忍而誅之，以應天災。夫武帝天性殘刻，導之仁厚，猶懼少恩，而董子顧以誅戮詔之，不亦謬乎？則應之曰：是非董子言也。董子之告武帝也，以為天道先陽而後陰，王政先德而後刑。蓋深知帝非仁厚之君，故三策中，諄諄於任德教、輕刑罰者不一，何於此而忽詔以誅戮骨肉之親？且晁錯之死未遠也，董子亦不愚，且惑若是？是有以知其斷斷不然也。曰：然則是書誰為之？曰：主父偃之為之也。

史載仲舒家居，以遼東高廟、長陵高園殿災，推說其意草稿未上，主父偃往候，私見嫉之，竊其書以奏，上召示諸儒。仲舒弟子呂步舒不知其師書，以為大愚，於是下仲舒吏。夫偃所奏，果仲舒草稿，斷無弟子不識其師手書者。步舒不識，則所奏必非仲舒草稿，非仲舒草稿，則其言為偃之言矣。夫偃固學縱橫之術者也，少不禮於昆弟故舊，為齊相，徧召昆弟賓客，數之曰：『始吾貧時，昆弟不我衣食，賓客不我內門，今吾與諸君絕矣，毋復入偃之門。』嗚呼！偃之於親戚、故舊如此，此所以諷武帝誅骨肉大臣而不惜也。且偃之得相齊也，以發齊王淫行之故。既相齊，不能匡正以義，遽使人以淫事劫王，王恐自殺。嗚呼！偃之所以誣董子者，偃且自行之矣。然則災議非偃為之，而誰為之乎？

仲舒下吏後，偃上書言今諸侯連城數十，地方千里，緩則驕奢淫亂，急則阻彊合從，以逆京師，請天子令諸侯得推恩分子弟為侯，以弱其勢。夫偃之志，固將以誅殺骨肉大臣也。特以鑒於晁錯之前車，知其事必不可行，而因以己之所欲言者，誣之仲舒，而旋以分侯之策進。既自挾其計之必用，又以形己之賢於仲舒。

偃小人也，仲舒為所陷不足怪，獨怪班氏弗察，載其書於五行志中，致令千載後，太息痛恨於董子之失言，而莫有知主父之為之者，是可歎也。

董江都論（下）

高廟災議之不出於董子，既詳著其說矣。而猶有不能釋然於董子者，則凡五行志所載春秋災異之文也。

夫國家災異，固必有所由生，其既生也，亦必有所應。然而衰亂之世，人事乖逆，戾氣充塞，造物者亦不能逐事而應之，特時出災祲以示戒。陰陽寒暑之不時，日月星辰之失度，山川木石之怪，蟲魚鳥獸之妖，感之者非一端，應之者時可測，而不可測春秋無道世也，二百四十二年之間，其災異無歲不有，推究其由，類皆君臣失德，民怨神怒之所致。然必比事論之，以為某國某災，某事某應，則必有穿鑿傅會而不通者矣。

董子之言春秋也：論春王，則以為上承天之所為，以正王道之端。論一元，則以為視大始而欲正本。論大一統，則以為天地之常經，古今之通誼。嗚呼！是董子春秋之學也。彼沾沾推測之言，吾意董子後，治春秋好災異者，托大儒名以為重，班氏弗察而采之耳。然則史載董子治春秋，推陰陽測災變，其盡不可信乎？曰亦是也，董子自言之矣。觀其對武帝曰：天道之大者，在陰陽，陽常居大夏，以生育長養為事。陰常居大冬，積於空虛不用之處。王者承天意，宜任德而不任刑，此董子之言陰陽也。又曰：春秋之所譏，災害所加；春秋之所惡，怪異所施。凡人所為美惡之極與天地流通而往來相應，此董子之言災變也。

夫明陰陽之道，推災變之理，此亦治春秋者之大事也。若班書所載穿鑿傅會之言，甚者事隔數十年，反援以為災應，曾董子而顧差謬若此邪？吾觀西漢名臣好言災異者，莫如劉向。向之上書也，歷引災異之徵。若董子者，武帝諄諄然以災異為詢，而未嘗略舉一事以告焉。嗚呼！是亦可以信其所學矣。

伍員論

伍員以父兄之仇，借吳報楚，掘墓鞭屍，無論亡君臣之義也。伍氏自舉及奢，三世為楚良臣。為員者，不能請楚立後，而乃同後世赤眉、黃巾之虐，快憤一時，斷先人血食，亦不孝甚矣！假而昭王復國，修平王之怨，掘奢與尚之墓，發其屍而鞭之，而焚之，而暴之，又將何以處？此士君子不幸遭君親之變，往往忠孝不能兩全。然苟權其重輕，審其至當，則勢不能兩全者，卒亦全於彼，而無愧於此。趙苞、徐庶之所處，各盡其道，君子未嘗議苞之不孝，而責庶之不忠也。當員得志於吳之時，費無極已伏誅，奢、尚之死，楚人方憐而哀之，員苟以立後請楚，未有不許之者。計不出此而欲以復仇為孝，既使其父兄無君，而已於忠孝又兩無當也。太史公不能正言其罪，且以為弃小義，雪大恥。嗟乎！天下之義，孰有大於此者乎？昭王之奔鄖也，鄖公辛之弟懷以父仇將殺之。辛曰：君討臣，誰敢讎之？君命天也，若死天命，將誰讎？

予讀史，悲員之遭，哀其志，而歎馬遷之不知大義也，作伍員論。

李斯論

嗚呼！持祿固寵之心，古今之豪傑聞人，為所誤者，可勝道哉？彼小人徒知利祿，昧昧於國家之故者，不足責也。若夫身為儒者，讀聖賢之書，明綱常之分，知國家利害之端。其與小人處也，亦知小人之所言所行，悖天理，害人倫，而卒為小人之所刼，隨聲附和，遂自易其初心者。非天良至此忽亡也，其心有戀戀不能舍者，遂不得不苟合小人，以保吾之祿位耳。

李斯之於趙高，杜欽、谷永之於王鳳，孔光、馬宮之於王莽，馬融之於梁冀，皆所謂知其惡而强附和者也。然鳳、莽之權重，非杜欽、孔光等之力所能誰何，獨李斯力可以制趙高，而又有可乘之時勢，而竟以『懷通侯印』一語，遂聽高殺扶蘇，立胡亥，卒亡秦之天下，而已亦族滅，豈不可痛也哉！當高之謀立胡亥也，胡亥曰：『廢兄而立弟，不義也；不奉父詔而畏死，不孝也；能薄而才譾，强因人之功，不能也。三者逆德，天下不服，身殆傾危，社稷不血食。』迨高反復說之，胡亥猶喟然歎曰：『今大行未發，喪禮未終，豈宜以此事干丞相哉？』是胡亥深明大義，全無奪立之心，而其意又甚重丞相也。使丞相於趙高來言之時，立縛而誅之，告二世曰：『公子仁孝恭讓，是泰伯、仲雍、夷、齊之行也。趙高小人，欲廢皇帝遺詔，離間骨肉，倒亂綱常，陷公子不孝、不仁、不義，臣已誅之，請急奉遺詔，迎公子扶蘇即位，以明公子之心也。』吾知二世必且欣然從之，扶蘇即位，亦必德二世與斯，斯之『通侯印』不爲蒙恬奪也。計不及此，遂乃身陷大惡，迨趙高之根基已固，二世之暴惡已極，而欲上書劾高，高其可得劾哉？ 適以自夷其族而已。

朱建論

小人之於君子也，必多方交之。 一與之交，則其勢不能中絕，交之既深，則有事或且為小人用。 此其道在嚴之於先，不可稍有苟且之心，而又能持之艱難困苦之中。 小人之計，乃不得閒而入。

漢平原君朱建，史稱其刻廉剛直，行不苟合，義不取容。 辟陽侯欲知建，建不肯見，其氣節亦可謂卓卓者矣。 及居母喪，貧不能備服具，辟陽侯奉百金裞，受之不辭。 夫受人之德，必有以報。 受不義之恩，其報之也，亦必將出於不義。 以不義為小人謀，則不至於自殺其身不已。 建既受金故，遇辟陽之難，不得不求為之脫。 既為辟陽之客，聞文帝追案，不得不自剄。 嗚呼，以百金之故，喪名失節，遂殺其身，士君子取與之閒宜何如哉？ 不惟是也！

孔子曰：『喪事稱家之有無，有，無過禮； 無，則斂手足，形懸棺而窆。』建果貧也，服具不備，可也。 受金治喪，賢者不為也。 然則建即終不為辟陽之客，而受不義之金以營喪，是污其親以不義也。 不惟不廉，亦不孝實甚。 且辟陽侯之奉裞於建也，誰使之哉？ 建之友，陸生也。 君子之於友也，曲成其美，不陷以惡。 辟陽奉裞，陸生當為辭而卻之，不然於其受也，責而歸之。 而乃教辟陽故陷建於不義，何哉？ 吾意建平日所稱廉直不苟者，皆飾行欺世，賈欲有以嘗之，故藉辟陽以驗其真偽； 否則，知其偽，而故以敗之； 不然，則欲藉以成其名，而不意建之果受之也。

夫人惟無名於世，世亦無所短長。 苟孑孑自好，著聲稱於時，則人所以嘗試之者百端，稍有不誠，未有不敗者也。 建之初不見辟陽也，知其為小人，不可近也。 既裞以金，亦知其不可受，而特困於貧窘，不得已，且以為受之有名，未必遽傷義也。不知天下之貌為君子，著行立節，一旦敗，塗地不可贖者，皆此不得已之情與未必遽傷於義之念誤之。夫苟以義衡之，亦烏在其不得已也。

韋玄成論

韋賢四子：長子方山，早卒。次子宏。次子舜，留魯守墳墓。少子玄成，嗣爵至丞相。當賢之病篤也，宏為太常丞，坐宗廟事繫獄。賢門生博士義倩等，矯賢令，使家丞上書，以大河都尉玄成為後。玄成在官聞喪，知為嗣非父雅意，即陽病狂臥便利不應召。後丞相御史劾奏玄成實不病，乃不得已受爵，論者賢之。

以余觀之，玄成特偽讓沽名耳，彼豈真不欲嗣爵者哉？觀其為丞相，保位容身一無建白。其削爵也，作詩自劾。其復爵也，作詩自幸，示子孫戚戚焉，惟恐或失之者。夫子孫承祖父之賢，亦第恐無令德令名貽羞當世耳。富貴之得失，何足為家聲之隆替哉。而玄成乃患得患失若此，是其心不可一日無富貴也。以不可一日無富貴人，而敢信其誠心讓爵乎？玄成而果不欲嗣爵也，當時宏雖下獄，玄成當上書，痛哭以請。上不可，則請立舜，而己歸魯守墳墓。上不可，則長辭京國，避之寂寥荒廓之區，不然則真為病狂，上亦不能強病狂者而襲爵。而皆不出此，徒欲以陽狂博讓名，是陰奪其兄之爵矣。丞相御史之劾，玄成所樂聞也。且安知非故泄病狂之非實以示丞相御史哉！古人遭倫常之變，一揆諸天理人情之至，而行其心之所安，不容有一毫矯飾於其間。孔子論伯夷、叔齊曰：『求仁得仁，泰伯、仲雍亦猶是也。』四君子者，非逃則其心不安，而無以協乎？天理人情之至。玄成所處，與四子異。其所以全孝義者，不必陽狂而後爵可讓也。不必陽狂而爵可讓，則必陽狂而爵可得。此玄成之心，而當世莫有明之者也。

魯恭之成弟名，丁鴻之讓爵，許武之割產，封觀之稱疾，雖未合於中道，而一出友愛之誠。若玄成者，上既非夷、齊、泰伯、仲雍之所許，下且為魯恭、丁鴻、許武、封觀之所羞。自古君臣、父子、昆弟、朋友之間，未有不本於誠而可以欺天下萬世者也。

魏相論

魏相事宣帝，進納設施多可稱，獨報霍氏舊怨，不能無譏於後世。孔子曰：『以直報怨。』直者，非稱其分量之謂，乃揆諸天理大公，不以纖毫私意與焉者也。其在君父之重，不共戴天，不報不足為人。一身之榮辱、利害，則一當順受於人，而安命於天。孔子之於公伯寮，孟子之於臧倉，程子、朱子之於邢恕、林栗，范忠宣之於章惇，以常情論之，不能無怨也，而所以處之者如此。相於大將軍所謂怨者，固非此比，而竟以族滅報之也哉！

且夫霍氏當大將軍薨後，顯、禹不道，有自取誅滅之罪。當時張敞、蕭望之皆以為言，似不得專以罪相。然而君子之論人也，必誅其心。其心無所為，而言之者公也；其心有所為，而言之者私也。相果無私，則直陳霍氏罪過，求上念大將軍社稷之勳，預貶其權，以全其後。並明言大將軍與臣有隙。將軍所執者，國家之法，非有夙嫌。臣所言者，國家之公，非有舊怨，豈不光明磊落也哉！乃因許伯去副封奏封事，若惟恐已言之不能，必致霍氏之誅，而必假外戚小人以成之者。然則霍氏之滅，即不盡相之力，而相之用心可問邪？

嗚呼！自道義不明於天卜，人情於恩怨輒以報復為快。而小人之乘權得勢者，其報尤烈，私怨在一身，而其害遂貽之家國天下。後世如相者，固不至此。然而以相之賢，不能忘情於光；以光之勳，不能留裔於漢。世之為相者，慎毋以私怨累其生平。而權勢得如光者，亦慎毋輕喜怒，而致人之怨也哉。

桐鄉書院四議

擇山長

山長之名，始於宋，及元時，與學正、教諭並列，為官選於禮部及行省宣慰司。近世則不然：省會書院，大府主之；散府書院，太守主之。以科第相高，以聲氣相結。其所聘為山長者，不必盡賢有德之士類。與主之者為通家故舊，或轉因通家故舊之請託。降而州縣書院，則牧令不能自主，其山長悉由大吏推薦，往往終歲弗得見，以束脩奉之上官而已。

夫為子弟延師，必將使朝夕與居，親承講畫，瞻仰其容止、起居，以資倣法。而顧令遠隔數百里，不相聞問，以是為教，雖孔子不能得之於七十子也。竊謂山長必不可無，而所以舉其人者，尤不可忽。擇一人為童子師，尚必審其學行可宗與否，矧以書院之重士類之繁，將合數百十人，奉為榘範。苟非道德文章，足以冠眾而懾世，則人豈樂從之遊？今天下山長，所以教士者，津津焉於科舉文章，揣摩得失，剽竊影響，而罕有反而求之於實學者。

國家以制藝取士，士子之有奇才異能者，不由此無以自見於天下。於此而曰舍之，勢與理皆有所不能。雖然制藝者，所以發明聖賢之言也。欲言其言，則必通其經，明其道，講求其典章法度，而實體之於身心，而後言之有物，其發之也，為有本。不此之務，而徒從事於揣摩得失剽竊影響之為，則吾未見其出而實有裨於世也。為山長者，必時本此意，為諸生懇懇言之，俾事事求之於實，則雖日取科舉以課士，亦未嘗不可以驗心得而收實效。如其不然，則雖有山長，已無與於風俗人才之故，而況復以之為應給上官之具，則書院何為者哉。新議章程曰：『山長由董事及諸生議，請經明行修、老成碩德之士，不由官長推薦。非輕官長而故拒之也，夫亦以官長主之，終且有不能為官長所主者矣。』

祀鄉賢

世俗多崇祀文昌魁星，建閣居像，歲時敬禮，以謂主文章科第之事。昔之通儒，已辨其謬，昭昭然，不可誣矣。桐鄉書院先儀於朝陽樓，後楣祀鄉賢。既以地弗稱，將有待也，鈞衡乃作議以藏之。

古者始立學，必釋奠於先聖先師，其餘各學，亦四時有釋奠先師之典。是非徒以尊德尚道也，其將使來學者，景仰先型，欽慕夙徽，以砥礪觀摩而成德。而亦使教者，有所矜式，而不敢苟且於其間。今天下郡州縣，莫不有書院，類莫不有崇祀之典。其大者，祀孔子及七十二弟子，如各郡縣學宮故事，其小者，多各祀其地先賢。吾以謂孔子大聖，朝廷既已祀之學宮，無取乎書院之瀆祀。惟各就其地奉一大賢，以為之主，其餘以次從列。山長春秋擇日，率諸生行祭，又於月吉月望，相率冠帶拜謁，登堂瞻仰，慨然想見其為人，是豈文昌魁星之祀所可同日語哉！

吾鄉唐宋以前，儒者罕見。自明正德之世，下逮國朝，講正學敦實行者，凡數十輩。其尤著者數人，曰何省齋先生，桐人知學，自先生始也。曰方明善先生，曰方望溪、姚惜抱二先生。明善講學四方，當時賴以成學者眾。望溪學行篤實純粹。惜抱生當乾、嘉，海內攷證家方盛，出奴入主，漂程焚朱，悖害道義。先生獨卓識，不為所惑，折衷論斷，一歸和平。數先生者，名在當時，功垂奕禩，是急宜奉以崇祀者也。獨其中不能專推一以當主祀之人。因念桐城屬安慶，於朱子故鄉為鄰郡，以天下省會割之，朱子亦在鄉賢之列。而吾所稱數先生者，又皆奉朱子為依歸，則主祀者，莫若朱子宜矣。朱子學孔子者也，書院祀孔子，則疑於僭，專祀一二鄉先生，則不足以重祀典，惟奉朱子主之，則祀朱子即所以祀孔子也，而又有鄉賢之誼，則於吾鄉為親切。而所以尊慕觀法之者必殷，而又祀之於書院之中，則諸生以時致禮也易，而無疏遠闊絕之嫌。以此復三代四時釋奠先師之制，即以正世俗文昌魁星之祀，而杜學者苟且僥倖之心，吾知必為君子之所許也。

課經學

方正學有言：立教有四：一曰道術，二曰政事，三曰治經，四曰文藝。四者各就其才之所能，性之所近以教之，而底於成。余謂道術、政事、文藝，皆必由治經而入。何則？治經者，格物窮理之大端也。蓋自堯舜以來，相傳之道，所以自治與所以治人之法，無不畢具於經。學者苟不能深窮其旨，求得古聖人之心，則凡所以行之於身，措之於世，發之為文章者，皆無其本。治經非徒通其訓詁、章句、名物、典章而已。陸行者，資乎車；水行者，資乎舟。然而水陸之行，必皆有所欲到之處。苟茫無定向，第飄搖轉徙於天地之間，而靡所歸止，則舟車徒為苦人之具。訓詁、章句、名物、典章者，治經之舟車也。治經而不求得聖人之心，亦何異飄搖轉徙於天地哉？雖然，舟車不具，無以行也。治經者，舍訓詁、章句、名物、典章，亦無由以入。

乃自科舉之法行，人期速效，十五而不應試，父兄以為不才。二十而不與膠庠，鄉里得而賤之。讀經未畢，輒孜孜焉於講章時文，迨其能文，則遂舉群經而束之於高閣，師不以是教，弟子不以是學。當是時，不惟無湛深經術明體達用之儒，即求一二明訓詁、章句、名物、典章者，亦不可多得。古者經學重師承，稽之漢代，詩、書、易、禮、春秋各有專家，或屢世為之，其學始顯。今之學者，動言五經。夫五經，數十萬言，雖明敏之儒，不能一二年而遂通其故，而試士者又多視經義為贅疣，以故習科舉者，輕之不求。其求者，又患難輒止也。處今之時，而欲修明經學，非徐而引之，漸而入之，其勢不能以驟轉。

今與諸生約，人各專治一經，以歲時會課書院，山長發問。每經舉數事，各就所能言以對。對一事者，獎若干，數事倍之。通全經者，歲給膏火常金，通二經者，倍之。多者以次倍增。十年之內，天才優者必能舉數經，中才必能通一二。孟子曰：七年之病，求三年之艾，苟為不畜，終身不得。余之約諸生專治一經也，求三年之艾之說也。一經不治，則終身不畜矣，病其可得而起哉？或曰：『今之世，不有博辨群經而歸於無用者乎？』則應之曰：『然，是所謂飄搖轉徙於天地者也。』古之治經者，學與行合，即通一經，而終身用之有餘。今之治經者，學與行分，或通群經，而不可試之以一事，是又在乎治經者之有志於古也。

藏書籍

三代之初無載籍，人以心法治法相傳授，所習者，禮樂政刑之事而已。迨其季也，人不皆知學，學不皆知道，聖人憂之，乃為易、書、詩、禮、樂、春秋，以乘教而後經之名以起。由是而托著書以自見者，則遂有諸子百家。書日以多，而學日以雜。雖然崑崙之山發行中國，萬幹千枝，靡有紀極。善遊山者，但觀之乎泰、華之高，覽之乎崧、恒、霍之大，旁及乎峨嵋、太行、匡廬、天臺之勝，而天下之大觀已盡是矣。不善遊者，登眺乎邱陵，媻躃乎培塿，終其身不知有五嶽、峨嵋、太行、匡廬、天臺之境。夫為學之道，亦若是則已矣。

昔在秦政，燔滅聖文。漢興，諸儒補殘收佚，班書藝文志所載，凡萬三千百餘卷。自時厥後，遞有衍增，沿及於今，浩若煙海。學者於此，欲以一人一家盡得古今之典冊，勢與力必有不能，即令得之，亦必不能盡讀，即令盡讀，而泛而無統。久之，遂汩沒其性靈，而於道義之是非，人事之得失，且懵莫能辨。夫農夫之殖五穀也，將以為食而養生；紅女之務蠶絲也，將以為衣而煖體。今五穀蠶絲之不務，而惟蔬菜刺繡之是急焉，豈所以養生煖體之道哉？故吾以謂人不患不能讀書，患所讀之非其書。蓋嘗計之，大都學者，必不可少之書凡數十種。而此數十種者，購之每不下數百金。有力者吝而弗求，無力者求而弗得。以故鄉曲一二有志之士，多苦貧不能聚書，而世家之有書者，子弟多蓄而不觀，而又弗肯以公於寒士。嗚呼！此天下所以鮮讀書人也！

昔乾隆之初，朝廷詔頒書於各郡縣學宮，俾單寒之士無力購書者，就近觀録。今竊欲取此義，奉行之於書院之中。昔宋太宗、真宗之世，凡建書院，有司必表請賜書。江述之於白鹿洞，李允之於嶽麓，皆是也。然則書院之所以稱名者，蓋實以為藏書之所，而令諸士子就學其中者也。近世第以為課士之地，而罕有謀藏書於其中者。嗚呼！是不惟無以成夫貧而有志之人，亦豈書院所以稱名之意哉！

味經山館文鈔卷二

序　跋後

王殿英遺詩序

產富厚之家，處安樂之境，童稚與僕婢居，呼之則來，叱之則去，其嬉笑怒罵，可以惟吾之所為也。而驕傲之習積而成性，他日遂移於父兄長者之前，比長就傅，不能受先生之約束，微加聲色，則憤焉思逃。草野農圃之家，困苦飢寒，其子弟多醇謹，循循可教。乃往往以非其世業，或世業而迫於衣食，略識字而即棄去。而富貴者之子弟，又桀驁若是。嗚呼！學術之不振，教化之日衰，其不以此也哉！

王子殿英，生而富厚者也。總角時，即恭讓知禮，與人接和藹可親。讀書日數千言，不喜制藝，嗜為詩，始師文君鐘甫，既從江君貽之遊，二君皆詩人也。余先後過鐘甫、貽之，與談論，則殿英必側立屏氣以聽，間出所作示余，請為點定。鐘甫、貽之咸謂王氏有子。余亦喜其產富厚之家，而能醇謹好學，不可及也。

殿英生而羸弱多病，藥餌不去口。今春病甚，氣喘喘，猶不廢學。三月中，余訪貽之，宿殿英家，鐘甫亦適來，相與論學。漏三下，殿英強侍二君，念其憊也，促就席。余三人者，復縱談宋、元詩學得失，雞再鳴，入室就寢，而殿英猶披衣坐聽牀上也。余歸後，竊憂殿英不起。越月，人言其病亟。擬往視之，而貽之書至，殿英死矣。

殿英既死之冬，其兄殿襄思念不置，檢其遺稿將授梓，索序於余。余與王氏有戚誼，且愛殿英之才，而悼其年之不永，又嘉殿襄敦手足之誼，能表揚亡弟也，於是乎書以授之。

房黼平運氣指南序

房君黼平出所纂運氣指南，索序於余，余於醫書未嘗鉤致，而運氣一事，又輓近拙者所不能言，故亦未得於人，其何以應房君之請？既受書，歸讀卒業，乃稍稍窺厥區。

蓋人之生也，悉受天地陰陽五行之氣以成，於是乎陰陽五行，即隨人身而具，而亦遂與天地之氣默相感召而流通。運氣之法，以天地之陰陽五行合人身之陰陽五行，而對勘互證者也。言其大旨，在天，不外風熱濕燥寒；在地，不外木火土金水；在人，不外肝心脾肺腎。言其成法，不過儷干以為運，匹支以為氣，不過誃天之熱為二，裂地之火為兩，以配合乎人身之少陰少陽。運不過有主客之殊，而齊化兼化相演。氣亦不過有主客之判，而正化對化相糅。言其定理，不外乎亢害承制淫勝鬱復之故，而言其變化精微之蘊，後先順逆之數，太過不及之分，則非湛密者不能明，明之而不能神於用也。

且夫運氣之說，昉自內經。昔在有宋劉溫舒著運氣論奧，闡明內經之旨。南宋時，太醫局程文載有運氣九道，自是而外，以醫術著書，名家者鮮。顓揭此為名。夏商以前，弟父、俞跗、岐伯之技，不可稽矣。周禮疾醫以五味、五穀、五藥養其病，以五氣、五聲、五色眡其死生，未聞有運氣之說。史記載：扁鵲之言曰：越人之為方也，不待切脈、望色、聽聲、審形。又言倉公傳黃帝、扁鵲之脈書『五色診病』，亦未聞有運氣之語意者，古之人不明其法與？抑明其法，而以謂不足恃，故畧而弗言與？今世內經非黃帝之舊也。

漢書藝文志載黃帝內經十八卷，外經三十七卷，其書蓋逸於魏晉之間。今之素問靈樞經，則唐王冰所裒輯也，其言運氣，蓋秦漢以後之說。其於陰陽五行窮機極變，不可謂不精，亦不可謂不驗。然而膠固以用之，則未必其黍絫圭撮，毫釐之罔失也，何也？天地之道，陽愆陰忒，災異必生，而不能豫時月，以定愆忒之期，執愆忒以定災之所至。金穰水毀，木饑火旱，六歲穰、六歲旱，十二歲一大饑，理有固然，而不可狃為常數。卜筮之有火珠林，兵家之有孤虛羡門門擊五勝，雜術之有風角星算六壬，類莫不有當於陰陽五行之理，而聖人固未之言也。

運氣者，蓋足以驗五氣、五聲、五色之吉凶，而決其生死，而又實足以為切脈之證。古之良醫，蓋未有不明乎此者。僅明乎此，而遂謂足以盡見五藏之癥結、血脈經絡之纏緣、髓腦荒幕之疢毒也，則所不敢信也。

房君天資穎悟，自言於斯事，浹旬而通，書中辨正李中梓南北政年左尺右尺之誤、初氣二氣節令之謬，極為精確。李書，余未之見也，中梓為有明著聲醫者，不知何以差謬若是。我朝乾隆時，太醫院奉詔纂修醫宗金鑑，其言運氣甚詳且晰，所列南北政年脈不應圖，梟六氣節令圖，與房君今所辨者一一脗合，是中梓之誤，金鑑已明正其謬。而房君又能推發其所以然之故，則其好學深思為不可及也。又金鑑所載與房君書互有詳略，鄙意以為一二未詳者，尚宜採金鑑補之。質之房君，其以為然否也？

戴氏節婦總錄序

天地之氣，陽舒而陰慘。舒者，常散而不凝；慘者，易結而不解。男子勤動乎外，雖有死亡之事，愁慘之思，不逾時而已解釋。女子不然，情之所至，死而不回；心之所傷，久而彌烈。當其平居，纖芥失意，則且悲弗自勝，況以煢然少寡，身無所倚，事無所咨，志無所伸，情無所控。而其窮者，內外族戚無可憑依，其又窮者，迫以饑寒，加以淩侮。且夫天生一孱然女子，亦極常耳，而其挫折之者，若往往不遺餘力，何哉？天之道，不能有春而無秋，有生而無死，有富貴而無貧賤，有安樂而無困阨。人生其下，各惟所遭。彼女子之若此者，亦所遭之不幸，而非天之有意忍之也。

聖人知天心之有所不忍也，於是起而補天之窮，發政施仁，首先矜寡。後世風氣不古，女子失節者多。王者知仁政之不能概施也，於是剏為旌揚之典。然而有力之家，子孫賢盛，則其節得以上聞，否則湮沒，終莫能達。學士文人知朝廷之典，有不能及也，於是務為表章之文。嗚呼！婦人不幸不得於天，身生後世不克親被三代仁政之及，徒以終身之悲憫，邀旌表之虛名，固已不償其節。又況並此而不之得。而徒恃學士文人之表章，而其不幸者，則又並學士文人之不遇，豈不可哀也哉？

吾族自有明來，節婦凡數十，率多以子孫孱弱，莫克上聞。而當時又未得碩士名儒為之傳狀，其為之者，又或弗可以訓，以故佚而不彰。夫天地之大，亦綱常所維繫耳。綱常絕，則天地息。今之時，子之孝、臣之忠、弟之悌、友之信，多不可見矣。獨婦人以節聞者相接續不斷於世，豈天之正氣偏鍾於婦人哉？亦男子梏亡於利欲，而女子猶有以存之也。然而女子之存之者，亦第存之以節。求如古賢婦盡禮合義者，亦不可多得。然則世衰俗弊，賴以扶綱常、勵風化者，獨此一事為多，而顧可聽其沒沒也邪？

鈞衡譔先德，昔曾採節婦之有實行可紀者，次為傳，而遺弗傳者尚夥也。又以邑志節孝傳及鄉先輩章觀察攀桂、謝明府逸所纂貞節錄中載名字多誤，不可以不辨也，乃復統前後別世派、訂譌舛，而為總錄。間有懿行可述，未經前錄者，茲略敘焉，俟他日刊諸譜後。

袁恕堂詩序

袁君恕堂，年七十六矣。一日扶杖過桐鄉書院，告予曰：『世之窮愁潦倒，無所遇於時，為鄉里小兒譏訕怒罵，蓋未有若予之甚者也。予持科舉文雜童子試於郡縣，督學使者前後閱數十人，終無所合。謂吾業之不工歟？昔固有錄余文而售者矣。謂予業之可售歟，而何以困頓若此？今老矣，行將就木，知無所表著於世，獨有詩一冊，欲刊行之。願吾子之訂之也。』言已，輒下拜。予跪而楷拄為不安者久之。

既讀其詩，則時有清思俊句，出人意表。而隨俗酬應之作，多可不存。以君之高年，於予為前輩，義未可以盡言。以君之下問惓惓，則於義又未可以負。乃為削其十之六七，歸之，以為甯君罪我，毋我欺君。既聞君得之甚喜，且告房君掖垣，以為古誼。命其子依所選，別錄為本。

予自弱冠以來，與四方文士遊處，其真能取益於人者，必其深造於古而欲然自見不足者也。餘則矜己自是，出詩文示人，則惟恐人之不道其美，有指摘者，從而銜之。君乃以衰白之年，親屈膝於後生以求進益，惜乎！予之不足以益君，而君又暮年，亦不能復求所以自益者。而君遂於後一年死矣。

今其子椿齡，奉遺命請序於予，予是以感歎欷歔。樂言之，以為天下之矜己者告也。

朱楚卿時文序

歲己酉，予應試金陵，因許叔平得識清河朱君楚卿。楚卿為人溫溫長者，拙諾若無所能。適其行館，几所陳皆先賢格言。予九至金陵，見同輩徵逐秦淮歌管之間。呼盧持掩旅邸者，蓋十人而五六，而楚卿所好在此，予有以知其嗜好之淡也。既訂交，余買舟西歸，楚卿乘小艇來送水西門外，依依欲涕，予又以知楚卿性情之篤。臨行出贈所刊制藝，議論精闢，根柢經史，去世俗揣摩家不可以道里計，其於題之足以見氣節者，尤慷慨言之淩厲無前，予又以知其學殖之深與志行之卓然不苟。楚卿之舊交有范君者，言楚卿重然諾，事當群疑不決，他人所不肯為、不敢為者，君則毅然任之，百折不回。然則楚卿之拙諾若無能者，乃其沈毅，足以有為者邪！

嗚呼！以楚卿之為人，俾得早顯於世，其所表見者，必不僅以文章。即以楚卿之文章，俾得早抉巍科，亦足洗浮靡，激揚士氣。顧乃鬱塞偃蹇，十數赴棘闈不一遇。而歲舉於鄉貢於廷者，求楚卿之人之文，蓋百不一二焉。而楚卿之文，又非高古不諧於世者。嗚呼，其真有命也邪！

辛亥八月，予往揚州，過金陵，又值楚卿鄉試闈後大病。予至其寓，困憊吟呻，支牀榻與語，又為言其妻方病欲死，涕泗橫流。予歎天之困楚卿甚矣，楚卿亦惟修身俟命而已，其能與天爭哉？遂書之，為楚卿文序。

南嶽觀城圖跋

霍山居萬山之中，漢元封五年，武帝巡南郡至江陵，東登禮灊之天柱山，號曰南嶽。說者謂今潛山縣之天柱山也，或曰即此山。明初傍山築城，曰霍山縣。崇禎時，寇起秦中，渡河及鳳、泗，蔓延江淮、豫、楚之間。霍多山，賊往往倚為窟穴。當是時，城毀於賊。今之城，國初所重修也，歲久漸頹壞。道光十七年冬，黃岡謝惕夫先生來權霍令。居數月，政成民樂，謀之都人士捐金萬計。以次年五月起工，先生率民勤事，親巡視而部署之。民亦樂先生之德，踴躍奏公。越二月，先生丁內艱解官，而城工幾成矣。猶留霍數月，既事，先生作南嶽觀城圖，命鈞衡紀其事。竊維昔先王之建國設都邑也，度地相險阻以為之城，高其墉垣，深其壕塹，非特以為是備寇亂也，雖平世亦以閑盗賊，安居民，衛工賈。劉熙曰：城，成也，一成而不可毁。禮月令：孟秋之月，命百官補城郭；孟冬之月，命司徒壞城郭。誠至慮也。

今朝廷令：甲府州縣，城垣坍塌，守土官不及時修理者有罰。其能捐資修固者，予議敘。國家承平二百載，寰區清晏，守土官多不以此為意。以余足跡所經、目所及見者，凡十數州邑，其城垣類皆積圮而莫之省理。彼其意天下無事，何亟亟於是，而不知天下事之敗壞於倉卒，而不可救者，皆由玩愒於無事時，而不加之意也。

先生官霍，多政聲，修城不過令甲之常。獨圖此眎人者，其心蓋欲播告當世，咸留意加察，亦以念霍民之勞悴，不能忘也。鈞衡用敢推微意以書其後云。

海客受經圖跋

道光二十一年，琉球國奏請以大臣子弟來學。皇帝詔可，命大司成考取太學肄業生高才學足為人師者，司琉球教習。而瑞安孫君劭聞是時以拔貢生得膺是選，教琉球弟子凡三年。講論經義之餘，授以古今體詩法。弟子皆通經，尤工詩，梓行京師，人爭傳誦。

後數年，孫君追作圖以紀朝廷之盛。余見而歎曰：孫君固通經工詩者，故琉球弟子成就若此。彼來學者，苟不遇君，則中國群相誇尚之時文，乃彼所不學，其所得於中國者，不過徘律八韻而已。弟子之遇師，固有幸、有不幸哉？

吾聞日本、朝鮮之屬，自唐宋以來，已知購求中國經籍，慕聖人之道，及今日而誦法與華夏無異，而琉球之尊信尤至。甚矣！聖教之大而被之廣也。異哉！身居中土，乃多荒經廢古，悖理干義，自外於聖人之道者，亦可悲也夫！

書劉敬傳後

劉敬勸高祖都關中，議者多謂其開後世務險不務德之漸，其論正矣。然而三代以上，王者以公天下為心。又其時，人心渾樸，天子在上，鮮敢起而窺伺神器者。故夏殷周定鼎，類在中原之地。而其子孫守之也，各數百年。

三代以下，王者既無公天下之心，而人心又妄，則其定鼎也，必擇地之利者，有以扼天下之勢，而後窺伺者，不敢卒然乘之。夫果大有德之君，雖不居險可也。苟大無道之君，雖居險亦不可以守國。惟中才之主，德不足以及天下，而又無大虐失天下之行，則所賴以世守者，半資乎地之利與不利。天生大有德之君，不數也；其生大無道也，亦不數；而中才之主恒多。中才之主，據形勝之便，得攻守之利，但得一二良臣輔贊其間，而國可以無患。且夫國不易主，則天下得以常安。易國改君，雖以賢易不賢，而天下之民，不勝其兵革之苦。三代而下，唐虞之揖讓，不復可行矣。即征誅如湯武，伐其君而民遂安，亦不可復得。是以國家鼎革，其間數十年，戎馬充斥，寇盜縱橫，迨真主出，定太平，而民生塗炭，死亡已不忍言矣！

今夫天下無不亡之國，國祚之長短，不必為有天下者慮也，而獨不能不為生民慮。國祚長，則民可以久處太平；國祚短，則民不時而罹鋒鏑。然則後世議定都者，劉敬之論，亦曷可廢也哉！

書程子論管仲魏徵事後

魏徵之功罪同於管仲。程子以糾弟桓兄為仲解，謂徵不與仲同。徵之罪不可解矣，仲之罪獨可解哉？謂仲為僖公之臣，義可不死歟？則徵於隱太子為洗馬，亦高祖官也，奚異於仲？謂仲於糾，未正君臣之義歟？夫叔牙奉小白奔莒，仲、忽奉子糾奔魯，各從其主，各依其親，各奉其主以復國。君臣之義雖未正，固已明明敵國仇讎。

徵之時，唐天下高祖之天下也。高祖又屢欲廢太子立秦王，則徵於建成，尚不得以仲之於糾相況，而或者為之說，曰：忽之功無足稱，而死不為過，仲之不死未害義而功有足褒。夫綱常之義，無所逃於天地，仲之不死，是也。則忽之死，非忽之死不為過也。則仲之不死，安得不為害義？苟以後功而恕前罪，則徵於太宗，因事納忠，以成貞觀之治者，其功豈讓於仲哉？然則欲伸仲而屈徵，獨有糾弟桓兄之一說耳。而史傳所載，又多以子糾為兄，則其說不可憑也。

今夫君子之辨義也，宜嚴；而論人也，宜恕。辨義不嚴，無以立萬世之防；論人不恕，無以開自新之路。仲之功不可沒也，仲之罪終不可原。徵之罪不可原也，徵之功亦豈可沒？聖人知仲罪之在於天下也，舍其罪而論其功，意使天下後世有罪立於人之朝者，尚得以功名自奮，毋以一行之玷，遽自弃而肆為小人，此聖人之大也。程子求聖人之意未得，乃據薄昭糾弟桓兄之說，以難及魏徵。徵不幸不遇孔子，又不幸而有程子之言，徵不足惜也，獨惜仲之罪不彰於天下。而後世之為徵者，且仍將藉口於仲也。或曰：此齊論之言也。夫子當時亦必有所以論仲罪者，而齊人為之諱云。

程子論管仲之言，朱子雖取以折謝氏之說，然語類中，嘗謂伊川看得不子細，或問中又謂其為記者之失，迨作集注，置之圈外，其不以是為正論可知，第云管仲有功而無罪，故聖人獨稱其功。王魏先有罪而後有功，則不以相掩，功罪不相掩之言，較程子固為平允。竊謂仲亦功罪不相掩者，不得謂有功無罪也。作此文後，復檢朱子文集，見有論管仲之言，曰：『管仲之為人，以義責之，則有不可勝責者，亦不可以復立於名教之中。以功取之，則其功可以及人者，未可以遽貶而絕之也。是以置其所不可勝責者，而獨以其不可貶者稱之，稱之固若與之，而其所置而不論者，又將有時而論之也。聖人之心至公至明，人之功罪得失，固無所逃於其間，而其抑揚取舍之際，亦未嘗有偏勝而相掩也。』

案：此言，當為定論，附錄於此。自記。

吾友方存之曰：『魯論子路、子貢論管仲之不死，與仕為不仁，此千古定論也。夫子稱管仲，但就其功說，所以補二子識所未到，論所未平。二子之言，夫子未嘗辨也。二子就仲前半生說，而遺其後半生之功，則未能平允，故夫子特補出後半生之功，則功過不相掩矣。向使二子當日稱仲之功，而不論其罪，則夫子所答者，又必補出仲前半生之罪，以廣其見矣。』案此說，較朱子文集之言，更明曉。附錄之。再記。

書方其明傳後

予曩為友人方存之道其明之孝，存之既為作傳以風世矣。其後四年，予買山為其明葬母。葬之日，予試皖江未歸，予伯叔兩兄俱往送之。時北風蕭瑟，微雨飄疎，棺上氈欲溼。其明大號曰：『天乎，凍殺母矣。』急解緼袍覆棺上，身戰慄而哭聲不已。觀者皆歎息，有解衣以被之者。其明謝曰：『余未嘗寒也。』予歸，二兄為道其狀如此。予喟然歎曰：天下之愚有如其明者乎？而其事死如生，蓋亦未有如其明之情之真者。夫至傷母棺之寒凍欲死而不自知，古之忠臣義士，蹈白刃湯火若行所無事，蓋皆真性一往而不知其為痛苦之境也。若其明者，其可敬也哉，其可畏也哉。

其明善氣迎人，雖小兒侮之，亦笑顏以對。嘗一人獨劈柴，有小兒戲以他人所劈者，抱之來，其明教送還，小兒擲之地，其明徐取歸之。予叔兄自戶內窺見，出笑曰：『其明何廉也，皆我家柴而必強分之乎？』其明曰：『不敢掩人之勞也。』其不苟如此。古人論孝為百行之本，推之交友事君，極於塞天地，横四海，觀其明之事，不可信乎！咸豐壬子補記。

書許玉峰集後

吾友方存之栞其師許玉峰先生集成，謂鈞衡曰：『先生，子所夙敬者，不可以無言也。』予維先生之學，既具載此書，其行誼又已具存之所作行狀。思之久而無以立其辭。

今年秋，鍾潤溪過我，語及玉峰。潤溪曰：『吾故人也，曩授徒於雙溪鎮某氏。予嘗至其館，每食輒舍肉，或他佳味更不餐。問之，慨然曰：「吾老親在家無此味，予安敢食邪？」主人聞之，饋以食，俾歸奉親，則再拜謝曰：「子意良厚，吾親生平不受人遺也。」既而予授徒某氏，距玉峰家數里，一日玉峰來泣曰：「吾父老，起居不可一日違，將辭主人歸，則無以為養。有田數畝，欲以券質子之主人，得錢數萬，姑為歸養計，願子之成之也。」予感其意，為力言於主人，不允，玉峰流涕而去。』

嗚呼！予與先生生前僅再三見，當其時，但識為鄉里善人，不知其學行如此之至也。後讀存之行狀並其書，始慕之，而先生已前卒，不可見及。聞潤溪之言，又知先生之懿行，且有存之所不及知者矣。予於四方有道能文章之士，莫不願求為師友。顧獨以同鄉三十里之近，又屢接見其人，乃於其歿後數年，始慨然追慕而不能已。予之陋，愧不可言。而先生之闇然自修，不與人以可見者，又豈世所稱有道能文章之士也哉？遂以此意，補書於集後云。

王開成家傳書後

王君開成，既歿之冬，余為作傳。開成年少早卒，行誼罕可述，其學亦未成，余痛故人之死，述瑣事為之。今五年矣，偶一取閱，欲言之意未盡也。

開成與余對宇居，立門外呼，輒相譍。中間以河，河兩岸垂楊數十株。每日暮，兩人讀書畢，則出遊河上，東西對立，相與語，聞河水濺濺以為樂。時值水涸，則必跳而越，共立一地。嗚呼！河水依然，今臨河無復有與我相對立者已。

余八歲從塾師受學於鄰家，每黎明，開成來叩扉，呼與偕往。昏暮送余至門，開成乃別去。後十數年，開成以家貧謀授徒，余亦離師家居，開成時時來與談，輒出所作制義，屬為塗乙，且呼余為師。余譾陋，又年齒遜於開成，童子時，開成嘗教余讀，而今乃殷殷下問如此，此自士君子虛盅樂善之常，然索之近人中，不復可多覯也。

先是開成病，余夢其死也，大哭。他日遇開成，則泫然淚下，開成詰所以，余不答。越四月，而開成死。死之次月，其妻倪育一遺孤，今已能行矣。余過其家，必呼至而撫摩之。余聞人之有志於其事者，苟專心一慮，鬱塞而無成，其子孫必將繼而昌之，其將在是邪！

書王文肅公密奏草稿後

壬子夏，自都門歸里，迂道六安，訪王研雲學博。學博出示其先世文肅公密奏草稿一通。蓋明萬曆二十一年復入相，請建儲四奏之一也。

公於建儲封事，口奏數十爭乃定。雖姜應麟、申時行、王家屏輩，亦先後力諫，而卒反復開悟感帝心，奠邦本者，公之力居多。世或以承並封旨少公。夫公之心，蓋以帝意不可激切回，故聊以並封與皇后撫元子之諭同進，而不謂帝之下前諭也。迨又孟麟等詣第力爭，公遂請追還前詔。迨請之不允，岳允聲等遮爭朝房，公遂自劾三悞，乞賜罷斥，帝乃迫公議追寢前詔。偉哉！公之光明磊落，不自諱其過。而明代諸臣之氣節，亦亙古所未有者也。

余觀明中葉後，朝廷有一失，諸君子環起爭之；一人開其先，隨之者動數十百計。而大臣畏清議，亦往往力爭上前，其事以寢；夫小臣畏清議，而後敢爭於大臣；大臣畏清議，而後敢爭於天子。迨小人不畏清議，而天下事遂不可為，又其甚者，從而仇之。而明之天下亡矣。世之論者，輒謂亡明之天下者，清議也；而不知天下之亡，非亡於清議，亡於小人之不畏清議，而仇清議也。苟得宰相皆如公，則清議日伸，而朝廷愈以無失。雖然清議既起，則終必有與之為仇者。然則人君亦慎其所為，而毋使清議之滋起哉！

致經堂諸記書後

孔舍人敘仲將萃天下古今說經之書於一堂，顏之曰『致經』。諸君之為之記者，其說既各有當矣。予獨慨夫說經之書，破碎支離，穿鑿武斷，未有如乾、嘉間所稱漢學家者也。

其始起於國初一二大儒，鑒明代空疎之習，矯以實事求是，猶能確守聖人之道，遵奉程、朱，有體有用。繼起者，則務為博聞強記，專門名家。又其後乃流為破碎支離，穿鑿武斷，雖其鈎稽推攷，亦時有足補前儒之未備者。然舍其大而求其細，拋其本而尋其末，矻矻焉終其身於故紙堆中，內無以淑其身心，外無以施之家國天下，乃亦享大名，立宗派，僩然與程、朱為難。睥睨元、明以來，一切理學名儒，彼其意以為吾之所知，皆彼所不及知也，而不知斯固彼所不屑知，亦天下後世所不必皆知者也。

今夫大學之道，首在格物致知，窮經者格致之大端也。窮經而不求之理道之原，踐之倫常日用之地，則知先為物累，而大學之徑塞矣。今試取漢學家破碎支離、穿鑿武斷之書，謂足以誠意乎？正心乎？修身而齊家乎？治國而平天下乎？無一而可者也！律以孔子之道，斷當取而焚之，以無蔽惑乎學者之心思耳目。夫前之人，既惑於一時之風氣，殫精力而為之矣。今之風氣稍衰，在上之王公大人，亦無以此提倡天下者，而一二聰明邁眾之士，猶欲吹其餘燄，挹其涓流，以自遠於孔子之道，何其傎也。舍人為孔子七十二世孫，固力求聖人之道，不以破碎支離、穿鑿武斷自蔽，惑其心思耳目者，今名其堂曰『致經』，其猶以多為貴歟？抑將擇而致之歟？

吾願舍人於諸子百家及漢、唐以來著述，一以孔子之道衡之，其有合於聖人之意者，非經亦經也，人之可也。否則說經，實以害經也，去之可也，別弃之他室可也。

書殷子徵會試落卷後

辭父母別弟昦，告貸於姻婭、鄉黨，裹糧就道，遠者萬里數千里，山徑險隘，騾馬顛踣。長江風起，震蕩魂魄。中原以北，沙高接天，蒙面塞口，鼻氣不能出。野店蕭寂，朝饑不得餐。夕臥土牀，蝨蚤滿被。日未出既落，盜賊窺伺於途，駭汗奔走，以來赴京師。提筐操瓢，貯米炭，三出三入矮屋九晝夜，如鳥在笯，蓋亦極天下艱難困苦者矣。究其所作，揣摩影響，相率為虛誕不根之言，策問舉瑣屑，捫舌不及時務一語。取士者，即以當日所受知於人者，權衡天下才俊是非得失，顛倒悖謬。然而司事者，苟盡其心，則其學識之高下，即士子時命之通塞，尚可無尤。若乃學識既未可知，閱數行即擲去。其生而富貴也者，則謂不仁；其貧賤也者，亦嘗歷是境矣。一旦得志，忘之，則不仁更甚。

嗚呼！朝廷設科取士，試以四子書，試以五經，試以策論，所以取之者甚博，而惟恐隘也。董之以考官，先之以同考官，所以分其責，惟恐多而弗能周也。而昧昧者，不念國家立法之意，憑一字之純疵，以為去取，任一心之愛憎，以為毀譽，而又肆其昏惰，隨意抛置。賓客具衣冠求謁主人，怠闒不為通姓名，屏絕使去客則已矣，獨不念其來自萬里數千里哉！

道光三十年，余邑應禮部試者二十三人，揭曉後，得進士者二人。余索試卷，半同考官不肯終卷閱者，而殷君子徵之文，同考官且誤讀其句，謄錄紕繆，目如未覩。士子得失不足言，獨念諸公皆計日將受大任者也，其能實心以為天下國家哉？

曩者，甲午江南鄉試，少穆林公以蘇撫為監臨，命同考官三場十四藝，無論薦否，必加點評。嗚呼！公之盡心於國事者，其一端也。今皇上求賢若渴，負海内重望者，莫如公。潘相國首先舉之，群大臣不能極力推贊速起林下，聞且有陰抑而欲其不出者，然則吾儕見遏於同考官，又何足道邪？

味經山館文鈔卷三

書　送序　記

上羅椒生先生書

在都承誨，僅一面，區區之意，多欲陳而未遂。又其時，聖主方在諒陰百日中，於天下事未有更張，草野愚忱，何敢叩謁而為出位之請！

今聖人大明，黜陟百度維新，血氣之倫，衢歌巷舞。於是有心世道者，以為機大轉，而事有可為。今天下習俗之壞，制度之隳，積重難返。非得賢俊布滿天下，其勢不能以驟回。而欲賢俊之多升於朝，非於取士之法有所變更，亦必不可得。世之論者，或欲廢去時文，或欲易八股為論，或欲於時文外，廣設多科。竊謂事既有所必不行，而其論亦未為盡得。今惟仍遵國家功令，因其流弊而略更張之，則事不難行，而人才即因以出。今鄉、會試，主試與同考官專重時文，二三場經策，視為具數。一二留心經策者，又特取奧博富衍之詞，章句箋疏之瑣，名物象數之微，不知此記問之學，餖飣鈔胥所能，無關心得與經世實用。究其由來，非士子之咎也。二場經義，亦用時文體，雖有才學，不能上下千古，暢所欲言。又一日五文，不能如四書文按脈切理，勢不得不以膚泛寬闊之辭，略加彩藻，以炫有司之目。策題所問，端緒太煩：於經，不問大義微言，而舉字句傳本之異；於史，不問興衰治亂，而舉正史別史之名；於軍政，不問簡練韜略，而舉弓矢戈戟之製；於學術，不問誠正修齊，而舉音讀訓詁之末。推之一切，莫不舍大而詢細，棄有用而詰無用，使天下士子敝精神於糟粕之中。雖有宿學，亦不能不從事兔園冊子。何者？一人之聞見，安能記古今數萬年瑣屑不經之事邪？令全記之，此可以治天下國家哉？今擬二場經文，易為論解義理。政事之題曰論典章制度，攷辨之題曰解務，擇援經證史，實有發明，關係於人心世道、經制學術者，錄之。非是，雖佳不選。三場策問，經則舉要義三四條，史則舉某代君臣賢否，某代政治得失，或某代大事，某君臣始末二三條。餘三策則無定題，要以關於國計民生，典禮風化，人情利弊為問。不許舉猥細不急之務，隱僻拗見之書。問事少，則士子可以據見發抒切時務，則可以洞悉天下利害。三場俱工者，上矣。不克俱工，必一場最工，而兩場皆非雷同剽襲，著為定制。二三場所拔名數與首場等。主試者，凡所取時文經策均必刊刻，風示直省，解存禮部，禮部大臣即可於其中留心人才，以備他日保薦。其同考官，順天由欽命，不敢議矣。外省，則先期督撫、藩臬、道府之在一城者，訂日會選，各舉所知，非素有聞望者，不得調取入闈。揭曉後，同考官得士盛者，監臨奏請，從優議敘。三科之後，人才必有起色。五科之後，而士猶不務讀書、務為有用之學者，必其下愚、自暴自棄者也。鄉、會試之法既行，則廷試之典尤重。鈞衡嘗觀宋元名臣，如宗忠簡、文信國、謝文節、余忠宣諸公，廷對之策，慷慨直言。蓋雖衰世之君，猶聽士子得陳其意。今乃聖聖相承，朝無闕政，而士子顧相沿成習，排偶頌揚，任天題諮詢所及，皆有見成詞藻敷佐，字數長短，格式大小，千手一律。讀卷者，但以楷書工劣，破體有無等為高下，無論所習皆俗書也。即使鍾、王、顏、柳復生，其能以字治天下乎？前者御史戴絅孫、候補京堂張錫庚曾奏及之，而禮部諸臣以為國家成憲，本不限以字數，不許頌揚，請無容議試。一思今日試策，有一無頌揚聯語者乎？有一不計算字數者乎？且一思聖人在上，求言方切，若舉國初馬世俊、繆彤、儲方慶諸策，與今日熟爛習見浮言並進，聖意其將安取乎？

昔宋高宗紹興二年，詔考官直言者置高等，遂得張文忠為首選，理宗親拔文信國第一，考官王應麟奏賀得人。今皇上德配舜、文，何難以高、理二宗之事期之？在朝方多賢者，又何難以王應麟之事責之？劉蕡之下第，宗澤之置末甲，胡銓之移置第五，千秋而下，猶太息痛恨於當時考官之蔽賢，今之君子詎肯效之邪？故鈞衡竊欲當代大人奏請皇上，廷試時勿復限以四策，但垂問時務一二大者，聽貢士各陳讜論。否則依魏叔子所云，分吏、戶、禮、兵、刑、工六職命題，職各舉大事一二，任貢士擇對，專才者對一科，通才者對數職。讀卷大臣，悉心參閱，務取通達治體、綜貫古今者進呈。餘分交各部大臣校閱，等其名次，俟上因材選用。如此，則登仕版者，無不先留心於經世之學矣。

鄉試、會試、廷試之典既更，則各省督學之法，亦宜少變。士習文風恒視學使為遷轉，他省鈞衡不及知，請以安徽言之。曩者，朱竹君為學使，考證之學大興。汪文端為學使，詩古文之士大振。昨者，吾師涖安徽，以朱子之學教人，以小學課士，以史漢文選課論說詩賦，一時，朱子全書、小學、近思錄、史記、兩漢書、文選，家購戶誦。伏望吾師以己所行者，酌取數事，奏為定則。課士命題，毋得割裂聖言及截取褻而不經之語。歲科試經策，一如鄉、會試，月課頒題必並重之，所尤要者，於衡文教士之餘，寓鄉舉里選之法。每至一省，預飭各教官詳察諸生平日學行，賢者加考語，不肖者，條劣跡以聞。臨試時訪聞屬實，分別獎勵斥革。教官不留心人才與考語劣跡不實者，即行參罷。擾貢拔貢，一以採訪品學為先，不以時文、小楷為尚。督撫、藩臬、道府、州縣，有不肖者，概令密章彈劾，則學院不特為文章之官，而吏治人才均基於此矣。

鈞衡自幼讀書，不甘為無用之學。每以人心世道為憂，寂居田野，凡一省一郡一縣利弊，有所見聞，輒作文以言得失。父師恐遭時忌，輒命取稿焚之。及入都，私懷欲言者，更非一事。既念事無難易，得人則成；國無安危，得人則治。雖有嚴令，徒法不行；雖有大賢，勢孤不遂。故乃參閱前言，揣度時勢，因弊救衰，期以廣進群賢，稍有補於聖天子作人之萬一。而竊敢以蒭蕘之意，獻之吾師也，臨書無任瞻望，悚惶之至！

與唐明府言災事書

明府執事：　桐城自道光三年後，六被水災，至去年而極。幸明府實心實政，起溝壑而衽席之。乃去歲水自六月始漲，今才五月，洪潮交侵，較去歲，數百年未有之，水高已尺許，而天未厭禍，日肆傾盆。聞明府旦夜焦勞，食不下咽，此固己溺己饑之心發於不容已者。然而天難民劫，莫可如何。士君子身任斯民，惟有力所可竭，心所可盡，計所可施者，竭之、盡之、施之而已。竭吾之力，盡吾之心，施吾之計，而民猶不免於死亡者，勢所無如何也，吾之道則已盡也。吾力有一毫未竭，心有一絲未盡，計有一事可施，而畏難不施，民之死亡，非天也，不啻吾之推而納之溝中也。

今歲治災，較難於去歲者四：上年民雖被災，先時麥收豐足，早穀半登，至寒冬始憂無生。今則二麥薄收，早禾未實，洪潮交漲之始已甚於去年潮落之時，望賑之急，不能待至寒冬，一也。去歲高阜，秋成豐稔，各戶捐金雖竭力，尚不至斷鶴續鳧。今則陰雨沈霾，禾生未暢，向後收成未決，欲以去歲捐數期之今年，恐難必得，二也。國家帑藏不足，去歲領賑萬金，較昔時災輕賑重，情事迥異。今則欲求去年之數，大府恐更議減，三也。去歲民間未聞刼奪，今則人情洶洶，不肖奸徒煽群強乞，再加時月，雖良民恐亦不能束手待斃，四也。夫以災民嗷嗷待哺之勢，十倍急切於上年，而各種支絀牽掣之情，十倍艱難於前日，雖以明府惠鮮之德，幹濟之才，欲求窮黎一無失所，勢必不能。私心揣度，權其重輕，衡其先後，竊謂明府宜急行於目前者四，預籌於秋後者二。

一曰嚴禁搶奪。此風一開，大亂之漸。早治之，則犯者少而所全多；遲治之，犯者多，而殺人不得不眾。昔乾隆五十年，桐城大旱，奸民為盜，倪侯朝報夕擒，立予杖斃。殺數人，而民忍死不敢為亂，父老至今稱之。倪侯非以慘酷稱能也，非是，則有不可知者也。近者災民強乞，數百成群，強乞不已，必至搶奪，搶奪不已，必生他變。當此之時，禁之，勢有不能；聽之，變將靡測。惟有速頒明示，嚴禁行乞者。無許糾眾在十人以上，勢分則雖強不逞，黨眾則雖殺不行。有搶奪者，令居民自擒送城，盡法懲治。心中無一念，不給以恩；口中無一言，不懼以法。庶可先靖披猖之勢，而後詳圖賑卹之宜。

一曰勸減米價。米價昂貴，強抑使平。或閉糴而米愈貴，惟勸各自減價，毋得閉糴。有居奇者，許人控發，察屬實，罰令賑饑。人情嗜利忘義，積重難返，知不能以告誡之言遽化慳吝，然豈無一二感發興起者？富民即不遵行，貧民聞之，亦必深感慈仁而其心帖然安矣，亦靖亂之一道也。

一曰勸收器物。災民鬻物，不義者每好乘危。聞有持鷄一尾，易米一升； 持布一端，易米一斗； 甚至欲易一升一斗不可得者。 昔人議災，有謂官府此時宜移錢糧，設局收買，秋冬發賣補償。 今則未敢望行，惟望勸諭有力者，隨時收買，毋得乘危。 其鬻賣子女，但憑鄰里立券，豐年不準贖回。 除買賣為娼者有禁，廝養婢妾聽之。 庶收養者多，孤弱可少死矣。

一曰諭令保族。 桐城大族，惟麻溪吴氏，族長遇災年萃族人，議捐錢米以賑戶饑，此立法之最善者。 東南兩鄉，若周潭周氏、坦上錢氏、陳洲劉氏、水圩謝氏、豸嶺吴氏、破岡胡氏、大山腳丁氏、炭埠王氏、青山何氏、連城張氏，皆可以此法行之。 聞周潭周氏，合族公產楓林河，歲出魚利數千金。 明府若以省災之便，親至伊祠，傳其族長及讀書明大義者，告以天災之重，生齒之繁，國賑之，實有不敷； 民捐之，實有不給。 涕泣諭以一本之義，一體之仁，凡有公費，勸移賑饑。 復令聚族議賑，背議者，官以不仁罰之。 又出示曉喻其族饑民，聽候設法周卹，毋得虜掠。 掠本族者，族長治以重典； 掠他姓者，並罪族長。 如此，饑者不至盡亡，奸者不敢搶奪。 富者可破其吝，在官無抑勒之嫌。 貧者得受實恩，向後有保聚之樂。 東鄉大族，周氏為先。 周氏戶賑行，諸族亦可勸令漸舉。 東南兩鄉災民數，大族十居其六。 其六得有安撫，則其四易為力矣。

目前之四事既行，則秋後之預籌宜急。 一曰廣勸捐之路，一曰防吞冒之弊。 勸捐之路四： 其一，請停征。 去歲廷臣奏請： 嗣後災年成災者辦災，不成災者照常征賦。 東南鄉被水，全賴西北有收之地，捐金助賑。 苟殫力以備天庾之供，尚能復責其助賑邪？ 今大府當不復持此議，如其議及所以紓民力而救目前者，惟明府以去就爭之。 其次，重獎勵。 去歲捐戶尚未造冊申報，初謂明府宜及時詳請激勸，既思不然。 捐例二百金，上方邀議敘九品銜，不及者無得。 桐城少巨富，捐金二百上者無多。 苟能詳請大府，准以本年捐數合上年總計議敘，則凡舊捐二百下者，必竭力以逾此數。 而二百以上及數千金者，亦得以兩年合計，而邀稍尊職銜，激以好名之心，庶益勤好義之事。 又次，平民情。 去歲某氏違抗不捐，明府以其守虜不仁等之，不屑教誨。 庸眾俗情，不以彼不好善為羞，而以我獨出金為恥，一二鄙人遂有揚言，今歲必傚某者。明府今歲勸捐，宜自某始。某當去年未捐之後，畏物議，懼災民，今當潮水初來，預以小恩牢籠鄰里，情輸心卻，具見於斯。夫畏禍之心生，即悔過之意動。悔過之意動，即向善之機開。明府迎機而善導之，吾可決其不敢再抗矣。又桐城昔有水旱之災，四鄉捐賑，各保其鄉。道光二十一年，東南災重，蔣侯因北鄉捐金稍多，始議分貼，並諭北鄉，儻有旱虐，東南成熟亦當捐金通撥，此誠調劑通融善法。去歲，明府亦仿舊行之，尚願以此意明白曉告，著為定法。高阜居民不無他年旱災之慮，事有報復，人心自平，不惟化畛域於此時，亦且獲補助於他歲。又次，圖外募。桐城有大興作，邑中諸君子類以書告募在外宦遊之人。乞明府謀於諸君，亟行此舉。宦遊諸君子，既受朝廷爵祿之恩，又有父母桑梓之誼，加以明府及親戚故舊之請，當必有惻然不能忍而慨然不能辭者。防弊之術又二：其一，頒票式。自來論災者，以得人審戶為難。今承去年，災後董事猶是人也，災民猶是戶也，不難於二者而難於革奸。今擬刊饑民票式，注明某保某甲，居某村，佃某田，不田者何業，妻某氏，子弟女婦幾人。其式亦如錢糧收照，二面如一，中刊字記，令各保領去，照式填寫。切開而兩分之，後半給饑戶，前半繳署。明府即依所繳之冊，榜示各保。冒開者，準人訐發，如此，則浮報濫開之弊可免。其次，嚴出榜。災民有無虛實，能欺官吏，不能欺本土之人。榜者，眾人所耳目也。先事榜張，必不敢偽開一戶；既事榜揭，必不敢私吞一錢。放賑不肯出榜者，必其有偽開私吞之弊者也。今既依冊榜示，使民不敢冒開，猶恐散放不實，嚴諭散賑後，即將散數榜列通衢。無榜者，以吞賑論。又密諭董事心腹家丁，潛訪暗聞，懲一戒百。明府於此時梭織四鄉，親詢疾苦。實心任事者，隆以禮貌；侵漁剖刻者，立予威嚴。務使良民感如父母，而奸民畏若雷霆，則四境之內，泰然無事矣。

此六事者，管見所及，未必可行，而不敢不以獻者。明府保民若赤，求計弗遑，自度有補涓埃，甯可陳之無當而見棄，不可預恐見棄而不陳也。若夫荒政，諸書所載，為鈞衡所未及者尚多，則在明府隨事隨時留心而已。惟恐煩瑣不宣。

答徐懿甫書

懿甫尊兄足下：前使來悤悤復去，不知其留桐數日也，知之則已行矣。欲言之意，不能不詳白。於足下來書，謂僕詩中不宜存健兒行。謂合肥民雖武健，皆良赤子，得黃潁川、龔渤海治之，其急公親上之誠，較勝他邑。且戒僕，他日得志，慎勿以盜視民。痛哉言乎！仁愛之心，直諒之誼，僕當百拜而謹佩於心者也！雖然足下之意善矣，而於僕作詩之意，得毋猶未細審乎？僕居嘗謂天下無不可化之民，無不可移之俗，及觀世事，嚴者以操切而失民心，寬者以優柔而釀隱禍，故救時之吏，在因其弊而力矯之。

足下慕黃潁川、龔渤海之治，亦嘗攷其時而推其事乎？方霸之時，朝廷尚文法，俗吏嚴酷為能，潁川又當趙廣漢鉅箠散奸之後，大家仇敵，百姓瘡痍，故霸一以寬和救之。然苟非陰伏參考，俾吏民畏若神明，則姦人恐未能去，入他郡。渤海當宣帝時，左右郡大饑，盜賊並起，故遂曰：『其民困於飢寒而吏不恤，使陛下赤子弄兵潢池，臣將往安之也。』然其移書勅屬縣，則曰：『諸持鉏鉤田器者為良民，持兵者為盜賊。』使遂概以良民視之，則盜賊不可止矣。江北強悍之俗，壽春為先，合肥次之。其奸民半在壽春接壤，聞其渠魁出入，陳兵衛統，所屬挾借富民。遂其欲，則椎牛聚飲；拂其意，則刼掠殺人。此康誥所謂『暋不畏死，罔弗憝者』。而足下概以為良赤子，其初固赤子也，其後則巨猾矣。其黨固多良赤子也，其渠魁則元惡矣。曩者所緝李五庸、耿四標、趙元帥等，皆王法所必不可赦者。惟聖人德盛化神，乃可專言太上變化之道，其次，則法立而後知恩。子產治鄭，武侯治蜀，皆不敢以太上之道自居。足下思之，如窮凶極惡之匪首，令一旦足下治之，其自信能使之革面洗心乎？抑必待誅其渠魁，散其黨與而後能安集之乎？且良民之受其戮者，何辜也？而足下猶將曲宥之乎？今天下吏治廢弛，姑息因循，千官一律，草竊蜂起，莫之痛懲。

近者，粵西逆匪，竄入湖南，兵不用命，將不同心，推其故，皆由於當事者之姑息。故僕私以為救今之弊，嚴一分，則收一分之效；寬一日，則釀一日之憂。畏死偷生，積重難返，以水濟水，其溺愈深。雖以孔子處今之時，亦必不能不戮一兵，不斬一將，而令其効死疆埸也。合肥之事，又其微焉者已。且僕之詩，未嘗有盡取若輩而誅之之意也。不過道途之間，見其猖獗，聞居民指數有司不肖。因追憶昔年過此，民頌有司之賢，若輩皆潛伏不敢為害。又歎承平之世，橫決若此，萬有不測，害可言哉？故感而作詩云云。其譏後令思前令，亦所謂彼善於此者也。不然嚴武莫犯，若輩潛逃亦苟安計耳？豈足以語政化之盛哉？足下盛推龔、黄，僕則謂黄之使盜去他郡，非善政也；龔雖解散之，安土樂業，而亦未聞化以禮樂、澤以詩書。以云救時則可，以云古賢良之所以化民者，猶未也。僕不敢過為高論，故詩之末曰：『全資爾牧為安調。』安調者，即龔、黄治盜之法也。今則求龔、黄而不得，故復有登車嘆息云云。足下細審之，亦可以知僕之用心矣。感足下言，此詩當即削去，竊恐足下未審時變，流於子太叔、嚴詡之為治也，故願進一說以為報焉。

與方海舲書

海舲足下：前書畧責愚忱，不以為罪，反引為韋弦之佩。甚哉！足下從善之勇也！然古人非從善之難，從而能改之難。足下天性肫樸，胸無城府，絕世俗一切聲色貨利之好。求賢者之疵，則惟飲酒稍過，遇事或未能勇決耳。

今以鄙言識諸心，弟能不更望足下之體諸躬哉？來書稱欲事詩古文，促促無暇，稍暇則留心經世之學，不肯讀無用之書。嗚呼，得之矣！詩古文者，古人祗以道其所行與不能已於中之故，後世不得志於時者，乃多藉以自抒所學。其卑鄙者，則以釣聲譽，干謁公卿。足下將欲蘄乎古歟？則惟深之以學問，踐之以躬行，然後發之皆德音，不必以文名也。若效不得志於時者之所為，則足下已受爵於朝矣。若夫要聲譽，干謁公卿，固足下所不屑也。伏望絕意於斯，一致力於經世之學。雖然經世之學有本有末，窮理精義本也。不得其本，終無以善其末。願足下從公之暇，日取性理精義、朱子全書、大學衍義三者，時加玩索，以立經世之本。然後參觀通鑑、通考，以善經世之用。他若歷代名臣奏疏，與夫皇朝經世文編，則亦當隨事隨時而攷驗之。古之名臣未有不自學中出者，其學也，將以為仕；其仕也，未嘗廢學。後之學者，以為利祿也，非將以仕而行道也。故其仕也，盡棄所學，惟恃耳目聰明，以應天下國家之務。無怪才者，多鹵莽決裂；不才者，相與緘默模棱。而吏治紀綱日隳壞而莫救也，豈不痛哉？

足下既以古人自期，故敢因來書而暢其恉以報之，未審於尊意何如也。餘事具別箋，惟照不宣。

送馬猷城先生序

國家三年大計，大吏上有司賢不肖於朝，而黜陟之。其在牧令時，得以事與大吏相見，聆其言論，察其才識，驗其政治，苟無賄賂請託之私，則鮮有不當者。若夫學校之職，終年無一事與大吏接，而大吏亦視為閒曹，無關國家鉅要，弗肯加之意。迨大計之歲，惟取年齒最高者一二人，以充罷黜之數，而伸己意之所欲保薦者。嗚呼！師儒之官，風化之本，人才所由以出。任其職者，既多非其人。幸得一宿儒，儀型多士，日薰月浴，浹洽深綸，而大吏不察，一旦奪之去。如吾猷城馬先生者，可思也。

先生涇縣人，來司訓桐城，前後凡六年。兼主講培文、桐鄉兩書院，士被其德，人樂其教。前學使順德羅公以正學、實學造士，而先生教諸生者，適居下而與之合。羅公按試皖郡，舉先生所以教士者，為六邑校官法。其後二年大計，長官乃以先生年老解任。先生之年則誠老矣，先生之精力，則方與諸生講學論文，娓娓不倦。而是時，主計之大吏，則嘗一歲三過桐城，先生且以屬官三接見，而竟以衰邁褫其職。校官不足以當大吏一盼，事固常，無足怪者。吾鄉人士久於其教，能不依依而有離別之色哉？

先生既解任，困於桐，數月未得歸。桐之士大夫相與議曰：有師如此，何忍負之？乃為謀歸貲，一人呼而衆人應。未數日，爭以贐餽。貧者且或典衣以致。異哉，先生不得於大吏，而得於桐之士大夫也，乃如此乎！於其行也，特為文以張之。

送徐懿甫序

合肥徐懿甫舉於鄉，未嘗往謁座師。同年生刊齒錄，不以名與先後。赴禮部試，六七至京師，不識中朝貴人誰某。蓋其天懷高遠，舉世俗榮利聲氣，不以入其胸次，而獨時以所得者，發之於詩。

余初至京師，仁和邵映垣為譝懿甫之詩。不數日，懿甫至，與之交，讀其詩，果心悅也。然而余之意則深有重乎其人。世才士挾所有奔走貴人，清者為名，濁者乃為利。卒之，二者不可得，僕僕老死舟車旅館之間。生前所自炫者，已如野馬飛埃，消散寂滅。彼其生固未嘗有物也，又安能以留遺於身之後哉！懿甫資近狂狷，故其發於詩者，雄直之氣，疎宕之音，任其心所欲言，不自限量。又往往興至直書，不甚整理字句。余嘗比之李將軍，部伍散亂而自不可敵。吾師植之先生，見之曰：『懿甫詩無一毫塵俗言，意其粗俚字句，特其跡之未檢耳。吾見有修辭務雅，而骨裏俗穢不可除者，視懿甫何如也？』嗚呼，師所言殆即余所謂以詩為名利者歟？

觀懿甫之人之詩，幸其免矣。而余猶恐懿甫挾其狂狷之資，不思深進於道，則其植身應物，出處進退，必不能皆適乎義所當然。幸而發為事功，亦為俠為豪為獨行而已。懿甫之詩之不自收拾，乃適以肖其人，詩之所以真也。而古大家之於詩文，內吐其真，外亦必善所發，則非懿甫所及。然則懿甫之人之詩，蓋皆已得其美於天者也。而天之所以生吾懿甫者，其可不思所以承之哉！會懿甫往江西，道桐城，懽留數日。於其行也，無以別，乃書私所勖於懿甫者，贈之。

遊披雪洞記

披雪洞在龍眠西，距縣治八里，余久欲遊之，未得。十月九日，馬同甫招飲玉屏山莊，山莊去洞四里，酒後約諸子同往焉。

洞口為石岩，岩高可八九丈，廣差半。日光照曜，石色如雪，土人所由呼『披雪』也。飛泉一道，當中落。自對面觀之，如流星，如碎珠，如水銀滾滾，委折蛇行而下。岩上大小石潭各一，小潭當岩口，正圓。大潭依後岩之陰，仰承飛瀑，瀑注滿，則水溢出，折行入小潭，瀠洄落岩下。去潭左右皆石，平廣涓潔，或斑爛如織文。余與諸子且坐且臥，聽上下兩岩泉聲為樂。

既復緣坡登後岩，循溪踏石，行半里，仰見石壁，高數丈，左右皆峭崖圍繞，如甕，壁嵌空。飛瀑落其巔，如驟雨灑空，簷溜爭滴，陰風蕭瑟，竅穴交鳴。人語其中，聲秘不出。復緣崖攀躡而登，觀瀑所由來。行里許，皆兩山夾澗，幽折深峭，而奇幻稍不及石壁以下。遂相與遵來徑而反。

時同遊者：方伯言、江貽之、方存之、馬命之、曉菊暨余六人。道光二十有六年也。

重遊披雪洞記

遊披雪洞之後二日，命之復約重遊，同行者十二人。自前岩抵後壁，澗數十轉，隨地有石，可坐臥。諸子先後分行，呼聲相聞，人影斷隔。既同集前遊石壁下，吳子金圓攜琴坐石上鼓之，以瀑聲，琴響不能發。壁上忽亂石飛墮，擊潭水，轟然雷鳴。遊者皆驚，仰睇之，一童子距立其上。西岩有石洞，大如屋，去地六七丈許，余與魯生、存之、伯良、命之四人者，攀木而上。洞陰黑深杳，不敢入。洞右有石竦立如掌，潛石內呼，岩下諸子皆駭顧不知所在。

既復先後分行，轉至洞口之岩，摩挲石上，觀宋紹聖中王孚輩題名——姬傳先生記中所謂三十六字可識者也。余竊怪先生記文狀遊覽之景，僅洞口兩崖而止，所謂石壁之勝，似皆未及見。以茲地岩壑之美，距城弗十里，而人罕來遊，遊者又得半輒止，天下奇妙之境當前，不知求，求而不能盡其勝者，往往多有。余以二十年思往未得之地，一旦來遊，遊且窮其勝，且連日遊，不可謂非幸事。顧念今日同行，已非盡前日諸子，過斯以往，此十二人者，聚散離合，倏忽無常，則斯遊已為陳跡。人之居此世，而以富貴功名為可據者，何也？

金陵西歸日記

八月二十二日，偕鐘甫出水西門，由下關渡江。路值土人祀都天神，香煙屬天，金鼓震地。見數十人以銀鉤鉤其肘肉，下繫盤香，或三或五，中以一竹撐兩手，令開，徐徐行步。詢之土人，則曰：燒肉香報親恩者。嗚呼，先王之教不修，人子鮮有能孝其親，一二天性厚者，又不知所以孝之道，而徒為是過中失正之行，可歎也。是晚渡江宿浦口。浦口有泉宜染綠，土人業是者，夜半攜布濯泉中，晨曝山上，以投染甕，則色鮮朗可愛，以故江左言布者，推浦口。綠泉性溫，四時噓氣如烟霧。乾隆時，康方伯某濬其下流，溉田數千頃，泉自染池流出，甚肥而利於稻。竊歎天下地利無窮，不得其人，則利不出，民生日繁，地不加廣，是在守土者，加意於斯而已。

是日行八十里，抵界首宿。界首距全椒二十五里，全椒之俗，婦人力農田，服勞任重，倍於男子。蓋江北之俗，余所目見者，江浦、和州、含山、巢縣、合肥，類皆婦人事耕作，不獨全椒然也。全椒城外，市甚長而郭甚狹。其地多小山，星羅碁布。余詩所謂『市深初見郭山小』，不知名者，紀其實也。鄉村市壁多張布縣令催科之示，辭嚴意迫。又歎此漢劉平故治，平以政有恩惠，百姓懷感，增貲就賦，豈古今民情不相若邪。

是日行六十里，宿遠峰集，次曉行十里至大墅街。鐘甫冒風寒，腹疾作，嘔吐不已。既少止，求粥食不得，勉登車，行十五里，過張飛集。日已薄午，土人方開市，牛馬四來，貨物交集，讙呼喧啐之聲，聞數百步外。北風時起，塵揚接天。余從塵中扶鐘甫，導輿夫，呼路而出。自全椒至廬州二百里中，鮮巨市，居民艱貿易，故十里二十里輒有地定期設市，凡遠近售者賈者，率以期爭集於此，呼之曰『集』，昔人所謂『趁虛』者也。是晚宿石塘橋，鐘甫疾愈。二十六日抵廬州，過城外香花墩，謁宋臣孝肅包公，展衣再拜，慨想遺風。鐘甫曰：『以公忠孝之忱，弗可及矣。即其公直廉明，後世居官者，但能分其一節，皆足以安民，而為良吏。求之今，天下其幾人也？』相與欷歔久之，流連不忍去，乃遂於德勝門外宿。

自浦口至廬州，路皆自東而西，自廬州至桐城，路則自北而南。德勝門，廬州南城門也。次日早起，行十里天始曙，甫就道，野人已多叱牛聲，因歎合肥之民勤苦。又路聞居民頌長官栗太守、沈明府之賢，心焉慕之。恨車軌悤悤，未暇察其政，備述之以告當世居官者。日午，過派河，遙見百人持矛戟，負弓弩，衝塵而至。叱輿夫蒼黃避路，心以謂大府閱兵過此，及就視之，則小吏奉制軍巡緝私鹽者也。私念鹽政在今日最為要害，錐刀所在，民死趨之。劉晏之法不復，李雯之議不行，天下不可得而靖也。

是日行九十里，宿桃城。二十八日過舒城治，入高孝子故里，肅然起敬。自渡江行數日，類皆曠野少山，有亦卑小無可觀。過舒城三十里，始見高山，峰巒岩壑，知近故鄉，望之輒喜形於色。薄暮抵北峽關，宿鮑氏。次日抵家，鐘甫別余歸去。

先世墓地記

古者有墓無墳。周之時，始以爵等為邱封之度與其樹數。其在庶人，則仍不封不樹。庶人得封樹者，後世制也。又其時，葬有定所，立冢人墓，大夫守之。葬者，各依其族，地皆出於公家，民無私營。記所謂墓地不請也。近世則不然，人各求地，以葬其祖。直北諸省制猶近古人。民卜一地營窀穸，後世有死者，遂以次葬。南方之俗異是，一山止營一兆，兆止一二棺，多者數棺而已。其在江南，民咸聚族而處，葬雖不一地，猶相違不甚睽遠。江北之人，散居析處，各卜葬於所居之地。以故墓無定，在一邑之中，東西南北相去或數十百里，其惑於禍福之說者，又或謀及他都他邑，子孫蓋有終身不克徧祀其先祖者。一經流亂播蕩，則遂淹滅不復可求。此固土風之敝，習俗之拘，亦由人各異居，遷徙靡常，而莫可如何者也。

戴氏自江右遷桐城，始遷者曰慶二公。明太祖時，以助軍餉受義民帖。太祖定鼎，勑封助國功臣，賜邑西白雲山下田三百畝，復賦租徭役。公卒，葬其地。地平陽，四面皆阡陌，今土人呼『牛皮地』也。吳、方二妣，祔焉。慶二公三子，其季曰固德，葬牛車塥之東西向，與慶二公墓間一水耳。方、王二妣，亦從葬；側室徐氏，別葬錢家山之長塝。固德公二子，次子彥傑，徐氏出也。彥傑公卒，葬董壋西大園北向，距慶二公墓五里所。當白雲山之東有岡，卑衍而盤屈。岡有塘，曰九角塘。塘畔墳纍纍然，皆彥傑公子孫也。其塘北東向者，則公之三子世員。世員公二子，長子朝憲，卒葬錢家山。明季遭兵火，失所在。每祭掃，群子姓望風奠之而已。朝憲公四子，次子達夫，達夫公三子，長子念慈，俱從世員公葬九角塘。

自慶二公至念慈公，凡七世。其墓地俱近白雲山，毋或違十里者。至八世雲所公，葬地稍稍遠，在佘沖，高山峰巒陡峭，墓處山肩東向。謁墓者，必攀木魚貫而上。自雲所公墓北，折行二里，有阜焉，斷而突起，居深山之中，特小而秀，狀類蜒蚰然，九世惟政公之墓在焉。

百年來，習形家術者，稱為佳兆。嘉慶時，裔孫多不肖，群舁私匶葬其上，凡增冢左右以十數，而山形潰裂，無生氣矣。十世維章公，葬西峰菴之南葉莊西向，其配華孺人則亦葬佘沖。自三世逮九世，考妣皆合墓如一二世。其不合者，自紝章公始也。紝章公幼子曰柳溪，鈞衡之高祖也，亦葬佘沖，與再從弟栗溪合墓。佘沖多戴氏先塋，雲所公墓最上，最下而南則華孺人墓。高祖墓，亦當雲所公墓下南偏，其於華孺人墓，則稍上而北也。高祖妣魏孺人，葬峼峵峰下鵝拱凸東向，在城西二十里。每天晴登山，遙見百里外湖光，隱隱可吸；近則項河、掛車河二水，交匯如帶。邑西諸山祖峼峵，玆則峼峵中脈，將落平岡之特起一峰也。自高祖以上，皆居邑之極西。至曾祖繼元公，始遷居東郭。曾祖昆弟八人，七人者，猶西居。曾祖為長子，主喪葬，故得卜葬魏孺人於城西峼峵。及余祖之卜葬曾祖也，則於邑北鄉之皐橋東偏西向，兩曾祖妣祔焉。非所謂散居析處，各卜葬於所居之地邪！厥後余祖，遂買皐橋田，自東郭來居，即今之居宅也。祖素崖公、祖妣殷孺人，俱權厝待葬。

余考三代以前，未有墓祭。聖人之制禮也，以事緣情，設冢槨以藏形，事之以凶；立廟祧以安神，奉之以吉；墓不祭者，蓋明非神之所棲也。漢興承秦制，王者即上陵為園寢，墓祭始興。顧其時，民間未聞墓祭也。迨唐開元時，始勅寒食得上墓，行拜掃禮。故柳子厚與許京兆書云：『每遇寒食，想田野道路，士女徧滿，皂隸傭匄皆得上父母邱墓。』至宋時，又易寒食而清明，沿至於今，遂莫或有改。夫墓藏廟祭，古禮宜然。然而揆之以人情，邱墓之間，為祖宗形骸所依處，以視廟寢設虛位，刻木主，似有重焉。為子孫者，歲時追養之，亦其宜也。事有不載於禮經，而其行之有當於仁人孝子之心，且歷數千百年而著為風俗，雖聖人生今世，不能以違眾而反古也。余因記先塋而發其義如此云。道光二十有二年二月。

末段特本顧氏日知錄，所引墓祭非禮諸說而括言之。其實古自有墓祭，但未著為典禮。閻氏四書釋地東郭墦閒之祭證之，詳矣。宋翔鳳地辨乃強辭耳。附識於此，見言各有當，非一端也。自記。

桐城縣護城石堤記代

桐城郭外，繞東北有河，為龍眠、古塘諸山之水所出，下流百餘里，以達於江。

道光以來，山洪屢發，尤烈於戊申、己酉之歲。衝廬齧墓，河逼城根，朝吞夕蝕，邑士夫憂之，議築護城石堤。乃請於前令句容唐君申之大府，援東南鄉江堤預工於賑例，得帑金若干，不足，佽以民捐。

逾年，西堤成，水射於東。東岸居民數千家復請於令，議築東堤。蓋自唐君移任後，經滿州成君以及於予，凡三易令，計先後四年，籌費多方，而工始訖，邑人來請為之記。

予謂州縣之官，凡事之有利於所治者，皆吾分所不容已。邑士夫之殫心督事，亦居其地者所應為，無可敍述。獨吾攷桐城當乾、嘉之前，罕聞水患。及道光三十年中，水八九，以災告。固天時變遷使然，而以故老所傳聞，昔亦未嘗無苦雨也，而河湖空虛，能受內洪外潮之出入，而不甚為害。推求其原，則以生齒日繁，深山窮谷，居民輻湊，緣坡開殖，沙石疎散，洪流下注，河身日高。嗚呼，此水災之所以易成，而居民之所以日蹙也！為有司者，苟能當歲收豐稔之時，謀費以給山民，止其墾闢，而後從事疏濬之功，月深歲廣，將見田廬息漂沒之患，而溝渠分之，亦足禦旱。

天下事固有視若迂闊難行，而苟得其人，遇其時，則其利遂以貽之數十百世者，豈獨桐城一邑之事哉！惜乎，事有難行，不得已而兢兢於補苴之術。夫事至補苴，則其術已窮，其利害參半。久之，愈補苴而愈罅漏，則其事益不可為。顧乃以時勢所處，有欲不出於補苴而不能者，則亦姑且行之，以權救於目前而已。乃慨然書之，以為記。

味經山館文鈔卷四　傳狀　墓誌銘墓表　哀詞　雜文

周烈女傳

周烈女，桐城東鄉人也。父名先經，幼字陶氏子亢宗，既納吉。先四月，亢宗病死，女年十六，聞之，悲痛弗食，欲死。父母防之，密命嫂吳氏共食寢，跬步必偕，不得間。釋哀強歡笑，如是三日，家人稍稍踈，女兄二階晨讀書，倦伏几臥，見妹麻髻白衣帶來前，泣曰：『與兄別矣。』驚覺，急入内，尋弗得。家人倉皇起共尋。小兒自廄中出，大呼曰：『縊死矣。』往視之，斂髮以麻，衣帶盡白，是日陶氏吉期也。

戴鈞衡曰：女未嫁，而死其夫，殉節之，不當禮者也。昔人論之詳矣，獨念世衰道晦，中庸罕能。獨此一二過正失中之奇節異行，猶足以感勵風化。而其行之，乃多在婦人女子，可歎哉！

德州張節婦傳

德州張節婦，諸生王某女。崇禎末，夫宗禹歿於賊，遺孤，曰『耀』，甫三齡。姑以節婦年少，欲遣嫁之，節婦誓死不從。夫之兄宗堯日使其妻譏節婦於姑，姑復堅謀遣嫁之。媒妁在堂，節婦取剪刀碎腕割面，流血沾衣，猶逼之不已。節婦閉戶自縊，家人自牖入救之，蘇，姑始感悔，戒宗堯勿復議也。

姑死，宗堯欲殺其孤，命其子攜孤戲井上，因推墜之。孤以手堅抱宗堯子頸，鄰人張乾趨救之，得免。乾為訴之鄉里，莫不切齒，欲為節婦鳴冤。宗堯不得已，乃析田四百畝，屋一廛與節婦。節婦作苦儉嗇，家計日裕。宗堯與妻子蕩產至不能生，節婦復分田二百五十畝與之，又盡。節婦給衣食，終其身。嘗謂耀曰：『吾所以事汝伯父如此者，乃汝父所以事兄之道也。』卒不以逼嫁事告其子焉。

戴鈞衡曰：凶惡之夫，未有如宗堯之忍者也。以宗堯之罪，而僅以窮困終其身，此蕩廢應爾非天道也。雖然，不如是，烏足彰節婦之仁至義盡哉！

陳母吳孺人家傳

陳母吳孺人，國學生諱楨之妻也。天性仁孝，年十四，母病，坐牀頭涕泣。聞人有刲股愈親疾者，私試之，卒不能愈。母卒，事繼母如其母。年二十三，歸陳君。陳君少孤，讀書能文章。既長，念母多病，棄儒學攻醫。時調藥餌以獻，孺人則左右助養，孝敬備至。凡起居飲食寒燠之故，無不先意承志。一時里中稱孝婦焉。姑病劇，醫藥罔驗，孺人以幼所試於母者，復試於姑，姑愈。越年乃卒。姑既卒，陳君復得氣喘疾，每發，則日夜不能安。孺人侍疾，凡十有六載，其委曲焦勞悲愁艱苦之狀，晚年追思之，猶慟泣也。

孺人享年八十有四，子三人。今年秋，其仲子咸熙介其甥江石三來請為傳，述其懿行如此。

論曰：余嘗綜史傳刲股療疾之事，自唐宋後，得數十人。其初，男子行之，宋末，乃傳有呂氏仲沫之女，元則女子行之者多於男。洎明迄今，學士文人所紀載，不可枚舉，而男子絕無聞。又女子之行此者，多為其夫，而為父母舅姑者，差少焉。嗚呼！曲禮、內則、孝經所以言孝者，何如至變而毀傷肢體，已非聖賢所許；再變而行之於女子，而男子且不能為；三變而女子之行之者，多為其夫，不為其親，此可以覘人心教化矣。若吳孺人者，始行於母，既行於姑，而於夫之病未有聞焉，則其仁孝通大義，又非世俗兒女子以私情殉其夫者所可及已。又攷唐時刲股療親者，朝廷有給帛旌門之典，近世則不然。然則世之能文章以表潛闡幽為心者，其能無意於孺人之所行也哉！

史山人傳

史山人者，蓋生於明成化之朝，神青烏術，少受傳於里人黃同父先生。同父先生者，習形家言，通天地陰陽之秘，嘗葬其親於韭圃中，人或笑之。先生曰：『到處青山可埋骨也。』其後，黃氏發祥於此，今所稱韭菜園黃氏者也。

山人於同父為甥，得其學而益精之。凡山川形勢之區，聚足所經，遂定其穴，而秘不肯言。人之有陰德者，乃以示之。其所示，又率多奇怪之穴，為眾目所駭異。曰：『吾以此卜，其信我者，必其德之足以稱此者也，顯見之穴以俟後人。』生平不以葬受金，亦不自求吉壤。嘗曰：『天予吾目，以為善人。苟私取焉，是自利也，其為天所譴乎！』後數十年，乃有張大參、方明善先後精形家，而專葬其先祖。迨國初，復有姚羹湖，而吾桐人文科第，遂盛於天下云。

論曰：陰陽之術，為儒者所不道，然而其事實有至精至微之理，朱子、蔡西山、吳草廬蓋嘗論之。若山人者，殆亦隱君子，而託技以鳴者乎？予嘗得山人所簒葬書，曰『乘生一貫』，前有蒼林樵子序文，述山人大略，又從山人之族裔某為述傳聞如此，乃次為之傳。

山人名自成，字仲宏，一字克經，晚復自號行窩。邑志稱山人時造黃冊不成，山人以舊管新收開除實在四例，進當事者奏為定則，後遂永為官府交代之式。然則山人治煩理劇之才，蓋不易得也，而隱於青烏以老，惜哉！

張孝子傳

張孝子，名斌，世居桐城之南鄉，生當康、雍之際。事父母先意承志，父好施予，凡所欲為，孝子無不竭力供之。父母所嗜，家雖貧，求之無不先時具者。父母歿，哀號慘泣，淚盡血出。既葬，廬墓側數年。每他出，跪呼墓前，告所往。人笑其愚，孝子曰：『父母有死生，事父母無死生也。』先是母病疽，醫藥罔效。孝子涕泣禱於神，夢人告之曰：『若無憂，吮盡膿血即愈矣。』孝子覺，遂吮之，噴地上蛆生，日如是者數次，乃瘳。其後母癱瘓，凡眠起飲食盥滌便溲之事，一是待孝子而行，十數年不怠。嗚呼！人生孩提莫不知愛其親，迨長而物欲間之，妻子名利奪之，雖日用尋常極易可能之事，且不能盡於其親。如孝子者，其足令人感愧歔欷而泣下也。

孝子以乾隆某年既得旌於朝，其子孫猶慮傳之不遠也，復介吾友江貽之來乞為之傳。余嘗欲采輯古今孝友之行，為專書，以風世故。聞孝子事，樂為稱之。雖然孝子往矣，執筆傳孝子者，亦人子也，而不能得孝子之萬一，孝子其樂有余文也哉！

方亨衢傳

吾友方君召青，嘗泫然流涕述其亡弟亨衢之事。曰：『吾弟幼慧而瞽，自五六歲，隨予從塾師，以耳受句讀，師為講說經義，亦以耳受之，久之而予之倍誦遺忘及經義茫昧者，弟輒為娓娓言之，予恃以為益友。每天寒夜深，師就寢，童奴散去，弟輒伴予坐塾中。強之歸不肯，或再四援手入反而坐誦，則弟已循壁立窗外矣。嗚呼！弟之愛我，自幼及卒時，蓋未嘗一日異。而予之用情，自忖不及其十之一，徒於其死後，追思悼慟，自悔無可為人，抑已晚矣。弟事親能孝，大父尤愛憐之。自幼從大父寢，授室後，猶以為常。每月入私室者，不二三日。大父嘗告人曰：「吾家有瞽孫，目不識一字而能讀書，固可謂真讀書者也。」』

戴鈞衡曰：以方君之聰穎，而天不予以目；以方君之仁孝，而天不永其年。彼讀書目數行而懵然不知道義，猖狂恣行而幸獲壽考者，何為也哉？

君有五子，伯仲皆善讀書，不幸相繼死。而仲之婦姚氏，且殉夫以烈節聞。蓋仁義之氣不伸，故鬱而為絕特之行，殆天之所以報邪。雖然以門祚言之，則天之於君，酷矣。其必終有所以大之者哉！君名某，字亨衢，卒時年四十有七。

張節婦傳

節婦姓汪氏，懷寧汪箕臣之女，嫁桐城南鄉張氏，夫曰慕思。適張氏，百日歸甯。慕思患斑疹，甚急。節婦聞之，買舟歸，未至，而慕思已卒。比抵岸，撤花鈿，潛身入水，時節婦兄隨來視，疾入水救之，得生。

節婦方有身，及生男也，乃不死。後姑病瘻，節婦侍湯藥，扶持起居，凡三年，無少怠。節婦之初寡也，年二十一，時在乾隆五十九年，閱三十九載而卒。道光某年，其子上其節於有司，得旌於朝。復介吾友江貽之來乞為之傳。

論曰：婦人不幸而夫死，或殉節，或撫孤，其事不同，其求無愧於夫一也。然苟有孤可撫，則不得以殉節為義。嗟乎，使節婦而遽死，則張氏無遺孤，節婦而先有孤，則必不入水以死。節婦生，苟非男，或生男不育，則不死終未可必世之處。君父之難，苟且偷生，忠臣義士，又或慷慨一決，卒無裨於家國，視節婦為何如哉？

馬烈婦傳

烈婦吳氏，涇諸生馬呈材之妻也。年二十七，呈材卒。烈婦泣曰：『吾欲死，柰孤兒何？』先是呈材有悍嫂，常以非禮加烈婦，及是百計諷改嫁，不從。久之，謂烈婦有孕矣，告叔翁必遣嫁之。翁乃議婚於某氏，至夕，嫂知烈婦不可犯，率健婦六人伏戶外，誘出縛之，納肩輿，疾行數里。及溪橋，烈婦好言曰：『事至此，我何能為？誰娶我者，請相見，解我縛也。』其人忻喜，解之。烈婦出不意，批其頰，疾趨，立橋上曰：『有追者，投橋下死。』大泣且號，眾驚散，遁去。還村中，叩鄰婦門，泣告曰：『我某婦也，為語不仁叔翁，三歲兒善撫之。否則我死為厲鬼也。』言畢去。翌日，路人言橋下有婦人溺死。村中婦女往視之，烈婦也。多以手按其腹，咸痛哭曰：『冤哉！冤哉！』烈婦母家微，竟無有能訟其死者。時道光十九年也。明年，呈材之族子覲侯遠客歸，欲雪其冤，不可得，乃以殉節聞有司，得請旌於朝。覲侯，名國賓，今為桐城縣訓導，為言烈婦事如此。

論曰：死固烈婦志也，雖逼嫁不足為烈婦恨，獨其嫂與叔翁逼節殺人，而卒安然傲倖以脫於罪，嗚呼，是豈復有天邪？雖然烈婦罔死不伸，猶得以節聞於朝，傳於當世。世有冤抑屈死，死不如烈婦之成名，而蒙蔽於鄉鄰，顛倒反覆於官吏之手者，又可勝道哉？

先仲兄行略

仲兄之卒也，鈞衡嘗思篹其行略，每執筆，輒流涕沾衣而止。今兩朞矣，哀稍定，不可以無言也，乃濡毫述之。

兄名存芝，字益賢，一字芳城。生性伉爽，敢任事，朋友宗婣間以事干者，非義弗諾，諾則必視為己事，雖艱阻不以悔於心。尤能為吾父任外勞，父性剛直，遇人有不善，輒面苛之。兄則濟以和婉，俾人悅其言而釋恚於吾父。以故其卒也，吾父哭極哀。

鈞衡自十二歲，應童子試。每有行，兄必偕往。飲食寒燠，時諄諄顧問如慈母之憐其赤子。兄性愛馬，善馳騎，每與鈞衡行，則必命余騎，而步行隨後。鈞衡以馬讓，則趨走避之。其或車行，則又命乘車，而己乘馬。曰：『車安馬危。』兄之病也，鈞衡方應試金陵。迨東裝歸，近家十數里，心忽怦怦，若重有戚者，不自解其何故。迨入門見兄病，驚駭不寧。越十八日，而兄死矣。先是兄病，語家人曰：『季弟未歸，吾死不瞑目。』迨余歸，則執手大泣曰：『吾死矣，死無恨，獨為不孝子耳。』余揮淚勉強慰之。既而，日呼余坐牀前，吟呻強與語。余坐久，輒或思出，出則兄必呼。嗚呼，以兄之愛我，至死不忍離。而余於平時弟道毫未有盡，垂死時，猶不肯旦夕依其傍。嗚呼，是尚復有人心邪！

兄以道光二十三年九月十六日卒。其生也，當嘉慶九年，亦以是日，享年四十。兄少時以家貧，讀書未有成。長亦無奇績異行可述，獨其既卒，吾父如失左右手，家人始追悼其賢。而鈞衡以被愛之深，終身不能置也。

兒榮紀慧

女有卒後十五日，兒榮復以女有之病殤。榮之慧十倍於有，余慚德薄，天罰厥罪已矣。何言第念兒之生若有，非偶然者，姑舉其事以告同人，俾共知余之不德也。

兒生方面廣額，目光閃閃射人。甫能行，舉止便異他兒，非隨大人足不出門戶。自離繈褓及死日，未嘗獨身外遊，未嘗與群兒一爭一鬥。余與其母有所教，未嘗不聽，聽之未嘗或忘。其有誤言誤行，告之改，未嘗復蹈也。性誠孝，自三歲已知敬愛其母，母偶疾，坐牀頭涕淚滿頰。夜中起溲溺，自扶牀下地，不肯其母之抱持。或以事啼不已，母則誑稱頭暈，謂榮累我，兒聞言，輒無不休。人與食物，必先以獻母，母不食則啼，其於余亦然。

歲乙巳、丙午，余館城中馬氏。每赴館，兒送大門外，竚立垂淚，是日輒不食，食亦不飽。母澣衣，輒抱杵隨其後。值天微雨，蒼黃奔走，呼家人送蓋於塘。母嘗戲之曰：『兒隨我何為，聽我落水死耳。』兒大泣，曰：

『果然，兒亦赴水死也。』母嘗為辮髮，抱置諸椅，兒則下立地上，曰：『母當坐，兒當立也。』母製履，夜深不寢，患頭痛。兒先好鮮美，非新履不著，及是，每寢強母寢。曰：『願母無疾，兒跣足不言也。』愛二弟極誠，每入房，輒撫摩其首，而舌舐之毛髮盡濕。嗚呼，余事父母諸兄孝弟之誠，毫未有盡。天豈肯以此子終與余哉？

余自去冬十月，始攜兒入學，暨今二月，凡識字二千五百餘，讀三字經一冊，孝經一冊，毛詩數篇。每讀必強余先為講說，聞古人孝友之行，盛德之事，輒手舞足蹈，自謂能為。一日語黄香事，時方冬夜，兒解衣先入衾，呼其母曰：『兒今溫席，迨天暑，兒當為扇枕也。』其他講說君子小人、善惡賢否，兒則一意向上。其與人言語，亦皆置身高等，或戲辱以卑賤苟且之行輒不受。姪孫鎮幼病驚風，醫者啖以硃砂，性憨拙，好持物擊小兒，群兒往往與鬥。兒則望之遠避，人笑其怯。兒乃曰：『彼食硃砂者，奈何等我一例乎。』

家有傭人方其明，吾友方存之為作孝匄傳者也，兒知其孝子也，敬愛之異於他僕。吾父於諸孫中，最愛棨。棨有求，輒無不予。父之客樅陽也，棨思棗栗，求兒松作書以告，松書『栗若干升，棗若干夥』。兒曰：『不言棨索，祖知為誰？不言索於祖，棨將向誰索也？』其志量聰慧大略如此。當卒之前二十日，余始教兒學書。立地上，手不及棹，疊磚於地以立，縱横點畫，告之輒不忘。一日作字，無故淚下，叩其故，兒言不解所以。嗚呼，豈知其為死徵邪？

兒之死也，前一日自知。先是兒病，飲藥無難色，余戒以口食所忌，絕不嘗。諸姊或教以背爺偷食，兒則曰：『爺教我而可背邪？』瀕卒，先一夕，忽箝口不飲，曰：『明日死，何藥為也？』翌晨臥榻上，呼人以湯沃面，展目開，仰顧大母與余與其母及家人之在側者，淚枯不出，口欲語而舌僵。腰間繫紅帶，忽奮起，兩手戰戰意欲勒斷之。家人急為解去，乃臥。臥則以手大指直豎向余，移時氣乃絕。余大兄哭之曰：『兒非常人也，將去矣，豈肯受束縛哉？直豎大指，意謂隨所往第一流也。』嗚呼！兒言然否？不可知。然而以余耳目所見，聞古今幼慧奇童，未有如兒之德器者！嗚呼！兒非子邪，胡為來？兒吾子邪，胡為去？天邪，命邪，余所應得者邪！其安能以不悲也？

兒生於道光二十二年十月十八日，殤於二十八年二月二十一日，葬於女有之塚左。余為題其碣，曰：『孝童戴榮兒之墓。』

友人馬命之曰：『是子若存，充其量為聖賢不難也。雖然，此必由間氣所鍾而生，恒千數百年而不覯，豈易得於人世邪？其殤也，固宜。又昔人言，呂仙思欲戲人間，託生某家，幼穎非常，不數年而逝。其家傷之甚，夜夢呂仙告之曰：「吾特遊戲耳，汝乃以為真汝子邪？」斯言也，雖若不經，然而君亦可以無傷矣！』

王殿襄墓誌銘

君名祜臣，字殿襄，一字子甫，桐城縣北鄉人也。曩歲，予與文鐘甫為古桐鄉詩選成，憂無力刊以行世。君時從鐘甫遊，慨然出百金成其事。予以是重君，與訂交，自後往來甚密。君生富家，服食儉約如寒士，獨出金急人之難，則如渴饑之求飲食。嘗告予曰：『予之初為此也，有吝心，久乃無之，又久而躍躍然，心有不能自已者矣。』

歲己亥，里人議建桐鄉書院，君之尊甫捐錢三十萬，君以為歉，固請加十萬焉。王氏以貲雄鄉邑，君之從父從昆弟，田產相埒。道光中，桐城屢患大水，獨北鄉以高阜得免，租入如常，而米值倍於樂歲。君又嘗告予曰：『天待王氏厚矣。予屢告家人廣行惠以答天心，否則一旦天怒，不可當也。』君之周恤困乏，其瑣事既著在鄉人之口，而隱行尤多。當君之卒，里人來哭王善人者，日到門數人，問其故，或言或否，然後信君之告我者，一出於至誠，而非有市德沽名之念。又追憶君嘗與予共一事，出二十金救數命，而曲掩家人之過，無一知者，於是又歎君之陰行，若此類，蓋不可一二數也。以君之仁厚，苟永其年，得自主其財之出入，則稱其量所欲為，所及必有遠且大者，而年未及壯而遽卒。聞卒之先一日，強起披衣，焚貧家借券數十。感慨欷歔涕出，則君之樂善，至死不休。而其胸中之所懷，蓋千萬分而僅償其一二也，悲哉！

君既卒，予以君所行，陰求當世士，十數年未見一人能似君者，然後愈思君不能置，而君誠古人不可及矣！君工詩，遺稿百餘篇。予為選存六十首。其從弟祜蕃將刊行之。

君以嘉慶十八年二月二十四日生，以道光二十一年八月三日卒，年二十有九。妻朱氏，子三人，殤其二，存者名臻鏴。君之葬，未有期也，預為銘，以待之。

銘曰：舉世不豪而君獨，所蘊未伸算已促。東南大祲歲加酷，餓莩盈途鬼夜哭。斯人不生閭里泣，我銘君幽石在窟，邱隴可磨名不沒。

鍾淑墓誌銘

吾宗有篤行君子，曰西林。先世與予族同祖婺源。迨遷桐，各主其始遷之祖，而昭穆不可以序。以其尊甫嘗弟呼予父，故予即以兄事西林。西林承其父芸軒先生之教，讀書務在淑身。嘗克己省愆於幽獨之地，其治生以躬耕授徒為業。曰：『此外所獲，皆非義也。』

自其族祖潛虛先生，以鴻文高第，發聲海內，天下皆知有桐城之戴。其後，潛虛以罪死，而族中讀書者，雖有英俊邁往之才，率不得一為學官弟子，蓋其冤抑之氣，鬱塞盤結而不得伸者，且百四十餘年。

西林既以窮困老其身，而天乃復奪其賢子鍾淑。鍾淑之讀書也，從其父館予家者七年。資性不甚慧，而沈篤困憤。能讀宋五子書，志在明其理，而允迪之。予嘗窺其閒居，兢兢焉，禮法自守。既而家居，予見其與諸同學書，所論皆倫常日用切實為己之學，心器之，謂西林有子也。乃不逾年而卒，卒時年十七。當是時，西林年六十三矣，其仲子已先殤，幼者才五歲。鍾淑妻來歸數月，旦夕欲死，西林百方護其遺腹。既乃生一女，易以女公之男，半載而男與女復先後以痘死。蓋西林至是慟鍾淑愈不可言。予時有兒銓之悲，亦且釋其悲而為西林悲矣。

西林將以今年月日葬鍾淑於某山之原，予哀之，為之銘曰：

君家之所阨者，科名也；及汝身，而年且夭矣。衰翁之所盼者，遺孤也；易以男，而兩莫保矣。謂汝命之宜然兮，則無為貴有賢祖考矣。以世德而不汝庇兮，吾不知所謂天道矣。

喬頌南權厝誌銘

壬子正月，予偕光緝甫入都，宿茌平，聞人傳頌南卒於景州旅次。與緝甫流涕終宵。後四日，過景州訪之。土人為言：『除夕癲疾發，自縊。』予乃放聲大慟，謂頌南不宜如此終也。

既入都，晤二三識頌南者，詢致疾之由，則言其自去秋入都，形神已恍惚，後復以事受侮於其從祖某官，而疾以成。

蓋頌南性氣高邁，不能受屈抑於人，又多大志，而時會所值不能遂。其為學又刻苦過銳，每得異書，輒窮日夜廢寒暑讀之，故積久動為心疾。加以拂意之遭，遂一發而不可救也，悲哉！

予交頌南在乙巳、丙午之際，初聞其狂放，詆程、朱，諸同志皆不喜。一日遇諸席上，相與環起責之。而頌南與吾輩乃自是益親密，每外遊歸，輒出詩文就正。時值天雨，則諸子戶外，每日必有頌南履跡。其在京師學古文於上元梅伯言先生，而以仁和邵映垣為友。映垣愛其才，時規以誠篤之行。一日與予同車訪映垣，告予曰：『吾畏映垣。三日不見，則又思聞其語也。』其於前輩名人所評識經史文集，有所聞必求而傳寫之，凡數十種篋以自隨。癲疾發，盡取焚之。而自作詩文，亦無一存者矣。

先是頌南將入都，招予與存之、命之飲其宅，約予來春都門共賃居，以補數年之別，予諾之而去。嗚呼，豈知予未行而君已卒！予聞信往哭，而君之柩已歸。迨予南歸，而君柩已厝於郊外，徒與存之過其家弔，尊人撫摩數月孤，欷歔涕泣而已。君名珥保，字頌南，山西徐溝縣籍。其尊甫贅於吾鄉方氏，故頌南生為桐城人，以道光甲辰舉順天鄉試，庚戌考取覺羅官學教習。生於道光三年某月日，卒於咸豐元年十二月除日，享年二十有九。其友人戴鈞衡為作厝誌，而哀之以銘曰：

以君之豪而死於鬱也，以君之遠志而如此訖也。手之丹黃者十數年，而一炬其欻也。生此才而予以文章，而忍聽其沒也？ 誰實使然，而其興乃勃也。 天乎有知，胡為而若斯悖也！

女有壙誌銘

女生四歲，見諸姊紡績，強學焉，一試而能。 大母憐其幼也，命工人製紡車特小。 每天明，諸姊未起，女輒至紡室，軋軋有聲。 自是，大母聞紡聲輒呼諸女起，以為常。 夜則伴母事針黹，母不眠，女紡不輟。 余嘗教之寢，女笑曰：『爺好眠而反教兒懶也。』余愧之，不復以為言。

女性孝友，得食物，必先以奉余與母，頒諸弟而後自食其餘。 遇家人，輒亦分給之。 家人以事遣，能為者應聲輒往。 以故其生也，家人愛之甚； 其死也，爭哭之哀。 諸伯母曰：『天乎，何不喪吾女而獨喪有兒也！』

先是女患咳嗽，余不以為意。 越數日，而氣喘喘，急召醫，醫者至中途，而氣已絕。 嗚呼，死生固命也，余能無悔於心也哉！ 女以道光二十年十二月除夕生，以二十八年二月五日卒，計年週七歲耳。 卒之日，葬於宅北大塘之東山。 余為之銘曰：

塘之水清漣漪，母日來澣，女輒隨，知女之戀母也，瘞於斯。

兒春壙誌

榮之卒也，葬宅北大塘之東。 春既卒，遂啟塚而合葬之，以榮愛春甚。 吾文所謂入房摩其首，舌舐髮盡濕者也。

春生二月，而榮殤。 又十有四月，而春卒。 春生而體羸，予先意其不育，又初解言笑，其卒也，不如榮之多可思者。 以故家人戒勿哀，予亦以此自解。 及啟榮塚，草離離蔽壙，發土如新。 右顧丈許，則女有之塚在焉。 是三兒者，來吾家為子，先後十年，不兩載而盡瘞於此也，予其忍見之哉。

兒銓壙誌

予年二十九，始生一子，曰榮。 其後七年，舉二子，曰銓，曰春。 榮與春，殤於戊申、己酉之間。 存者一銓，星家相士皆推銓當負文名，且大貴。余妻每悼榮與春，家人輒指是兒相慰。

予竊窺其神彩舉動，大異常兒，私謂他日或不負家人之所許也。甫四齡，予教之識字五百餘。每舉十字，教一過，輒不復忘。時初患耳聤，吾母曰：『是兒大，患不識字邪，而汲汲為也？』自後遂止。

今年正月，余將赴禮部試，謂兒七歲矣，宜就傅。吾母猶以耳患遲之。余行後兩月，兒涕泣自求入塾，讀書聲朗朗，徹屋數重。師試以昔所識字，猶記其半。不數日，復盡熟之。讀書二十日，而耳疾大作，作十一日而殤。

先是余出門，兒惘惘意若有失。忽一夕伏枕泣，其母問之，曰：『兒思爺，爺歸恐不得復見兒也。』母惡其言，以為不祥。及疾作，則日夜呼爺不去口。死之前一夕，以兩手挽大父臂曰：『為我呼爺歸。』數十聲舌漸僵，而喉不能語。嗚呼，余遠客二千里外，憔悴困頓求一第不得，方且旦夕思老親與兒，而豈知兒之呼余若是？予之行胡為者也？余歸，至大關旅店，聞兒死，涕終夜不收。既歸，視醫方，則以多服大黄，傷元氣。既又為女醫所誤針刺，遍體血淋灕，汗雨而氣以絕。嗚呼！余之不德，天故遣遠遊，誤兒於死，予復何尤？然而予之抱恨於吾兒者，曷有極邪？

曩予遠客歸，兒欣喜跳躍於前，雜陳戲物以娱我。今入門，無復跳躍於我前者，問其戲物，則吾父命盡焚之矣。兒生於道光二十六年丙午正月二十八日，卒於咸豐二年壬子四月五日。葬於吾曾祖墓後來脈旁小阜，不與榮、春葬一地者，亦吾父之意，不忍見其昆弟塚纍纍也。

方烈婦墓表

方烈婦姚氏，年二十四，仰藥殉夫死。死後八閱月，從其夫宗海葬於下壇沖居宅後，曾大父墓下右偏。其伯舅召青，乞予表其墓。

烈婦之懿行，方存之傳之詳矣，於義不可以再言。予嘗閲古今文家所紀烈婦事最多，大略相同，讀之令人感發。然而其事既往，止以入文人學士之心，而不足以動閭巷兒女子之觀聽。惟親得之耳目之前，則相與咨嗟太息，傳為美談。而婦人之不肖者，亦若有所愧悔，而自斂其跡，而綱常為之一伸。嗚呼，忠孝之士不獲見於天壤，而正氣時發見於孱然女子，其可視為細故也哉？

張小嵩曰：『烈婦，余妻弟之婦也。余親見其仰藥，毒發腸裂有聲，而不為愁苦狀，但以手捫口忍痛而已。』嗚呼，烈哉！是存之傳中所未及者也，書以補其缺云。

舒伯魯哀詞

壬子春仲，予再入都門，舒郎中伯魯不介而趨寓。曰：『予知予之慕子乎？曩，予侍宦皖江，冀吾子一至皖而不得也。其後至金陵，客劉叔毅家，值吾子鄉試畢，甫歸去，叔毅為言子，兩人不相見，予亦恨之。今相遘，喜甚，然恨子之來遲也。』遂出詩文相質。

予始聞人傳伯魯之狂，及是而信，其才實不可及。一日，伯魯約同車出內城，訪曾滌生侍郎暨吳南屏、毛西垣、魯通甫、孫芝房諸友，穿巷環轉，行幾數十里。伯魯曰：『嗟乎，此中皆逐逐富貴者。千百世後，有知予兩人同車訪天下英俊者乎？』又數日，曾侍郎招飲。日夕，不得入內城，侍郎留夜語。漏四下，風雨微作，予與伯魯登車，僕人策馬疾馳。時兩街皆臥靜，但聞屋瓦淋漓與輪蹄蹴踏之聲相應。伯魯曰：『嗟乎，千百世後，有知予兩人深夜冒雨馳燕市者乎？此間轂擊肩摩，喧騰終日，是境不易得也，而我兩人獨知之。』

四月中，予出都，伯魯來送，依依欲涕。旋笑曰：『吾輩丈夫，乃作兒女子態邪？』疾馳去。六月終，予思伯魯，方作書寄之。迨七月，曾侍郎典試江西，道桐城，為言伯魯以六月十日死矣。

予初見伯魯，窺其面色若病然，驚問之。曰：『我無疾也。』予告以保身之說。伯魯曰：『予殆昔有所聞乎？予讀書自重者，今三年矣。』嗚呼，詎料其竟殀邪？伯魯言動興趣飛揚，獨其語悲甚，當其時不覺，今思之，一一可泣也。伯魯之死也，其女先一日，其幼子後二日俱殤，皆予所嘗見而撫摩之者。嗚呼，其奈何至是也？乃哀之以詞曰：

嗟，偉才之蓋世兮，乃竟不得於天。知百禩其終化兮，君乃未幾夫壯年。悲老親之遙違兮，羈監司於海埏。憂故鄉之不靖兮，諸弟方奔走乎烽烟。豈慟極而不顧兮，遂一暝而長捐。汝既死其亦已兮，哀生者之多邅。余思君其若結兮，將尺素之拳拳。鴻雁去而不復兮，淚霰落於風前。秋氣入而北地寒兮，魂無滯於幽燕。聊往止於東海兮，隨白髮以周旋。

張氏妹哀詞

妹年二十一，適張氏，夫曰道明。道明幼孤，其伯兄主家事，甚不友於其弟。妹既歸，多抑鬱憂困之事。越四年，而夫病，妹侍湯藥凡二載，亦憂勞成疾。夫卒，妹泣謂母曰：『兒命苦，夫歿，兒不復生也。』母諭以弱女嗣子宜撫，又戒毋得横死為厲鬼。妹乃強生，而死志未改。會值仲兄喪，妹則曰：『母方慟甚，吾不可重以死傷老親也。』遂強進飲食。然妹之哀日深，而疾亦日甚，乃以次年八月卒。

當妹卒前一月，余往赴金陵，妹牽衣送，大哭。母戒以兄方遠行，毋得為不祥，妹則收聲哽咽。行既遠，妹猶竚立望之。及余歸，妹前卒二十餘日矣。

余上年自金陵歸，哭吾兄。今年歸，又哭吾妹。兄之卒也，余猶得在旁；妹之卒，余不及見。以此思吾妹，慟愈深也。余伯姊季妹，夫家皆豐厚，獨張氏家貧，又所遭多拂意，旋以少寡殞其身。嗚呼，其信有命邪？乃為之詞曰：

生不辰兮，天所使也。慘多荼兮，不如其死也。獨我痛兮，其曷能已也！

書戈照鄰事

戈照鄰者，不知何許人也。白驢皂帽，踵壽州李翁門。告閽者曰：『為我報主人，戈照鄰來見也。』李翁者，故好客重武，四方勇士來無不見者。閽者以告，翁遂出與語，多駭人。叩其技不答，翁知其異人也，延入為上客。夜則獨臥一室，帳中置小笥，光彩照人。翁之從者欲乘其睡，竊視之。每入室，則照鄰叱呼：『何人？』屢試皆然，遂不敢復入。

照鄰善飲，翁叩其量，照鄰曰：『無酒不思，有酒不知醉也。』翁他日約善飲者數人，陪照鄰飲。以次酬酢，自辰薄酉，數人者皆醉，而照鄰如故，乃取壺獨酌，漸至酒酣。謂翁曰：『僕閱人多矣，未有如翁之好客者。翁平生所接客有能飛者乎？』翁曰：『未也。』『有能雙手當百人者乎？』翁曰：『未也。』照鄰曰：『僕無他長，能斯二者而已。』言畢，入翁後園，正立而躍，去地尺許，徐徐騰上，瞥然失所在。久之，自空來，下立於牆。牆下列巨甕，貯水蓄魚。照鄰下立水中，越十數甕乃下，履不濡也。翁贊嘆良久，謂照鄰曰：『君言隻手當百人，能為我小試乎？』照鄰曰：『諾！』次日，翁選勇士五十人，各持所善械，擁立堂上，啟中扉，令照鄰出。諸勇士大呼，擊照鄰。照鄰以兩手左右揮之，士皆倒械自擊。張目大叱，持械者十八九失手墮地，有踣不能起者。

照鄰遂入，即辭翁之何某家。何某者，亦壽州之好客者也。照鄰居之相得，一夕飲酒，淚涔涔下。某詢其故，不言，固詰之。照鄰曰：『僕有友，昔年謀逆，僕固阻不能。將起事，以書招僕。僕走避至此，今夕被擒就戮矣，僕是以悲也！』是夜照鄰跨白驢遁去。姚丈籲門幼隨其尊甫館李翁家，親見照鄰，為余言其事如此。

書張秀才事

張秀才者，壽州人也。性任俠，重義氣，好交結當世奇士。壽州俗尚武，民間多蓄兵器。鄰人有自市造鳥鎗歸者，夜則試之宅旁。向大樹舉火，聞號聲，急往視之，有死者，則秀才子也。鄰人懼曰：『殺他人子且不可，況殺張秀才子乎？』乃率家人環跽秀才門，泣訴其故，且曰：『惟先生之所欲為。』秀才曰：『子豈敢故殺吾子哉，是吾子命當絕也。且安知非我行不德，天降之罰，殺吾子以報吾邪！』命具棺瘞之，無他語。

秀才時已年五十矣，鄰人思有以報其德，求女以進秀才，不可，強，而後受之。生二子，方數歲，秀才病將死，屬友人華某、宋某曰：『吾妻壯子幼，身後遺百金耳，惟二君所以處之。』秀才歿，華與宋許曰：『人生重朋友者，貴能託後事。張君歿，妻子吾攜之歸，其百金君為權子母也。』二子長，宋君教讀書，視之若己子。十數年，二子相繼入州庠。次子某旋舉於鄉，年才弱冠，宋君為授室。華君遂出七百金為買田宅，命二子奉母氏居之，二子泣謝。華曰：『是固爾父金也。』

戴鈞衡曰：友道之衰也，以欺詐虛文相尚，求其足以託身家者，生前不可得，況死後邪？宋、華二君，無愧古君子矣！秀才其亦善於取友者哉！是事也，余聞之姚丈籲門。籲門曰：『北方民俗強悍，少詩書禮樂之風，其血性意氣多有非南方及者。』嗚呼，詩書禮樂，先王所以教民復性者，而南方之士轉以漓其性而失其真，豈先王所及料邪！

味經山館遺文

序

宋劉忠肅公訓其子孫曰：『一號為文，人無足觀矣。』夫古今才士，惟為古文者少，漢賈誼、董仲舒、劉向、揚雄之徒，俱以名儒俊材修學著書，冠絕今古。唐韓文公起八代之衰，學者尊之，仰為泰山北斗。宋歐陽文忠公及蘇氏父子、兄弟，文學政事，並為世人所仰望。明臨海朱右取唐韓柳、宋歐曾王蘇之文，為八先生集，歸安茅氏因之名曰『八大家』，以繼賈、董、劉、揚之後之數人者，文章氣節照耀於上下千數百年之間，文人果無足觀乎哉？

我朝桐城方望溪、劉海峰、姚惜抱三先生，承八家正統。其為文也，根柢經術，發為文章，足以饜飫乎學者之心思而引掖之以入於道，天下之士由是歸嚮桐城，號為桐城宗派。惜抱之門，管異之、梅伯言、方植之、劉孟塗四人最著。同時與伯言往來論文者，有朱伯韓、龍翰臣、吳子序、魯通甫、邵位西諸君子。植之門惟戴存莊著稱焉。曾文正公雖云『雅不欲溷入梅郎中之後塵』，然於惜抱亦亟推許，至列之聖哲畫像記。以為粗解文章，由姚先生啟之，則未嘗不宗桐城也。厥後楊洪倡亂，荼毒東南，生民塗炭。曾文正公以一旅之師，轉戰數千里，屢蹶復振，志氣不撓，卒平大亂。論者謂其剛大之氣，宏毅之識，發之則為文章，施之則見於事業，其理一也。而當時文人伯韓、位西致命於錢唐，子序殉節於豫章，存莊全家殉難，身亦以嘔血死。曾文正公尤樂道之。文人果無足觀乎哉？

存莊味經山館集已梓行於世，尚有遺文、遺詩、尺牘共若干卷，其鄉人謀以聚珍版印行，問序於余。余嘗論之望溪、惜抱之文，載道之文也。文正之文，則用世之大道，因文而著矣。存莊之道，雖未大行於時，然使天假之年，則亦未可量也。余既美其才，悲其遇，又嘉其鄉人守先正之法如是其慎也，因以序之。

光緒三十年甲辰正月廬江劉秉璋序。

編次戴存莊遺集叙

予既為亡友馬命之編訂遺集，其明年戴君存莊復客死懷遠。訃聞，余慟哭寢門之外。先是君以城陷，籌餉請兵，謀收復，屢上書當事，畫滅賊策，賊恨之，搜尋甚急。余匿君柏堂，數日始辭去。其後君妻妾俱罵賊殉節，君以書招余往計事。余復與族孫和甫唁君於舒南山中。是時，君雖遭家禍甚酷，而意氣慷慨激烈，不以妻妾故稍陵夷也。聞其言，讀其詩文，甚壯之。

君少有文名於時，及壯而為經學，講用世之具。亂後積義憤，益以氣節自勵，喜為感時論事表章忠義節烈之文。中年好余文特甚，每有所作，必是正於余而後存。余之於君也亦然。故雖隔千里之遠，在戎馬烽煙之中，值顛躓流離之際，而文字往來相質，無旬月閒也。

君遭難後，舉其生平未刻之書，盡以付余。曰：『吾家不可保，畱子柏堂中或可幸存也。』後君室為賊燬，藏書萬卷無隻字存，遺集竟得至今無恙。今編定遺文三卷，遺詩四卷，草茅一得三卷，續得一卷，尺牘二卷，公車日記二卷，雜記二卷，書傳疑纂六卷，他已刻者不具論。

初，君之學，嗜詞章博雅，命之好心學，兩不相知。余則兼取二君之長。而二君以余言亦遂交合無所間。君長余年四歲，而命之之生也，後余二年，然余體尩弱，家窘窮，無心用世，思垂空文以明古昔聖賢之學。而二君處順境，又皆強壯，果於有為。余方謂吾輩所學，庶於二君可見之施行也，且自計衰孱之身，必先二君以死，一二遺文將待二君以行於世，嘗笑以託二君，不謂二君死而余存，慟哭空山之中，徒為二君討論遺集也。其殆莊生所謂：不才之木，故得獨全其天年者耶！

咸豐八年夏五月方宗誠。

隗囂論

事有是非，義有成敗。明乎義之是非，乃可論事之成敗。昔者王莽篡漢，天下同心以思漢室。當是時，光武起兵舂陵，關東則有赤眉，楚北則有平林、新市，成紀則有隗囂，成都則有公孫述，河西則有竇融。赤眉、平林、新市皆盜賊，不足言也。獨囂、述與融，有可以抗衡光武之勢，而卒之天命所歸，人力莫競。融早知成敗之數，委心歸順。述乃妄自尊大，囂則始歸終叛，論者莫不責囂、述之不知天命，而不知此中有大義焉，固不得僅以成敗論也。

天下者，劉氏之天下也。劉氏之天下亂賊竊據，亂賊死，天下必歸之劉氏之子孫，此萬古不易之理也。劉氏而無其人則已，劉氏而有其人，則天下義不得與之爭。天下與之爭者，即亂臣賊子也。方是時，與劉氏爭天下者，獨囂與述。述之昏暴，不足責矣。囂初起事，即立高祖太宗世宗廟，稱臣執事，傳檄郡國，可謂光明磊落者也。迨其後，奉奏詣闕，遣子入侍，其意蓋亦隱知天命之有歸矣，而終信王元欲專方面，無論不可專也。萬一專之，豈非與高祖之子孫爭天下哉！詰以立廟傳檄之初心，何其謬也。申屠剛輩不知動以此義，但謂委國歸信，不宜負然諾，恐負忠孝而虧當世。他日，竇融遺書亦第責其改節易圖，委成功而造難就。夫囂與光武，未嘗明正君臣之位也，以此責之，不足以戢其專制方面之心，而高祖之天下，外姓不可與爭也。苟有告之，囂必知之，既知其不可爭，又知其不能爭，必且不爭以全乎義。而惜乎剛與融之告囂者，均不及此也。

雖然羣雄並興，豪傑擇主而事，事之成敗不盡與義之是非合也。然而義可並行，是非即生於成敗，義無中立，成敗不得奪是非。留侯、亞父各事其君，義可並行者也。項羽敗而高祖興，論者不得不賢留侯而惜亞父。武侯、文若各事其主，義無中立者也。蜀為漢而魏為賊，論者不得不罪文若而尊武侯。天下大矣，古今遠矣，事之成敗百端，而義之是非一定。若隗囂者，蓋合成敗與是非而兩昧之者也。昧成敗可也，昧是非不可也。隗囂昧之，當時昧之，後之論者亦莫有明之。余故特發其義以見歷代盛衰之際，獨光武有不可以尋常興王例者，而隗囂之罪，乃著於萬世矣。

上福中丞第四書

去冬趨謁大營面陳，壹是尙吾師垂愛之切，導之使言，故敢慷慨直談，無所忌諱。

別後聞僕人述營中傔從馬軍，聞言詫駭，以為何物，小子敢放論於大人。前者道府求謁，未聞如是。鈞衡聞而笑之，以謂是不足異。舉世多諛，聞直則驚；舉世多諛，聞真則駭。是惟大賢君子，實有救民水火之心，集思廣益之意，然後能受盡言。鈞衡用此自幸，身出大賢之門，而又自懼謬妄狂愚，致為輿臺所怒。雖吾師不以為罪，而不能不自以為戒也。歸後復有言事二書，臨發復止，私念道路梗塞，輾轉傳遞，設有竊啟視者，不惟深取忌怨，亦恐漏洩事機，事過時移，不復呈覽。

近有一事，不能不為吾師告者，袁副憲中直立朝，中外著聲者，十數年矣。自癸丑來安徽剿捕北數郡捻匪，殫心竭力，兩年來，淮南北始臻安集。固由吾師與諸帥之挫遏賊鋒，民心鎮定，而副憲斬獲撫綏之功不可沒也。求副憲之短，厥有數端。昨者攻桐，一敗不進，雖事勢支絀非其本心，而發兵之初，不思繼後。既敗之後，因難改圖，有始無終。士民觖望，截留軍餉，近於武斷。擅保屬吏，近於專權。鹽政利弊，或言其得，或言其失。鈞衡不能究知其故，未敢斷其是非。若夫忠勤懇摯為皇上持籌大局，與百姓相見以心，與屬吏相尚以實，勤練兵勇，震攝豪強，旌旗所麾，摧枯拉朽，數百里倚為保障，民心感激，萬口一聲，以天子之威靈，吾師與諸帥之神武，逆賊萬無北竄之理。萬一有之，苟及臨淮，袁副憲振臂一呼，可得十萬。鈞衡萍浮淮水兩月有餘，遍采輿論，揣度人心，知其大可恃也。

月前初旬，忽奉入都之命，淮南北士民惘惘失恃，一時喧傳吾師以副憲擅保郭牧一事，意見相持，小人乘間，遂誣副憲以不潔之名。吾師誤聽人告，人情洶洶，若為不平。鈞衡以門牆之私，口衆我寡，未敢與（辨）[辯]。而素信吾師休休有容之度，及素知副憲之賢，以公事相爭，或有之；以私謗相加，必不爾。久之而衆人始知彈章出自內臣，奉旨著吾師明白查奏，於是吾師之心大明，而鈞衡門牆之私，向之不敢與人爭者，今乃得訟言其故矣。乃者自鳳陽至懷遠，接見各地士夫，風傳有前某地某官，造作飛語，力詆副憲於各大府之前。近有密結某邑某茂才，前往廬州將為佐證。鈞衡細訪其故，二人皆前欲投効軍營，為副憲所斥而不納者也。今聞同入廬州，別有他圖，亦未可料。若欲專肆謗誣，知吾師鑒空衡平，斷不為其所惑。然而萋斐之言，顛倒白黑，賢人君子，往往墮其術而不知。此鈞衡不得不汲汲奉書左右也。

且夫大臣之立朝也，但知有國，不知有私；但知有君，不知有友。是非所在，不以私好而不爭；名節所關，不以私惡而或毀。觀宋賢韓魏公、司馬溫公、范文正公、富鄭公，論事侃侃廷爭，而卒能協力和衷，如白日青天之不著一毫塵翳。今袁副憲之擅專，吾師爭之；袁副憲之被誣，吾師（辨）［辯］之。天下後世必將歎大君子之行事，光明磊落，應物而付，不以一毫私意與乎其間。假如吾師誤聽人言，既知其非，猶將自舉，君子之過也，如日月之食焉。明葛端肅公為方伯時，以老病劾一縣令，後見其人有精力，與論吏治甚善，遂上書自劾，謂臣甘坐誤彈之罪，不肯使國家屈抑人才。國朝方恪敏為直督時，曾保薦一令，驟遷太守，後數年復劾其信用私人，改節易守。大臣之舉動固宜如此，蓋與其自遂其過，於心有所不安，不如自揭其非，天下共仰其大。而況今日之事，發自內臣，吾師據實直陳，絕無所容其迴護哉。

鈞衡受知愛之深，恕其疏狂，憐其困頓，有求必得，有請必從，使耳有所聞，不以先告則為不忠。知吾師之必不受人欺，而過為憂慮，又為不智。今有人焉，將陷吾父兄以不義，子弟聞之，亦知吾父兄之未必為所陷也。則將隱忍不言，以聽若人之嘗試乎？抑必剴切言之，使邪慝無自入乎？孝弟之道必有以審乎此。故鈞衡甘犯不智之譏，不敢蹈不忠之罪。雖然大人先生意指所在，唯諾趨承，舉世之通弊也。好一人，則群下莫敢言其惡；惡一人，則群下莫敢道其賢。非鈞衡無敢為吾師言者，非吾師之能受盡言，鈞衡又豈敢喋喋若是哉！惟鑒弗宣。

與吳竹如方伯書

竹如先生閣下：癸丑秋，奉書河間，未審達否？是冬桐、舒被陷，遂及廬州。江中丞以久瘧困憊之身，（八）［入］毫無準備之城，下車一日，賊已突來，力疾支撐三十餘日，挫賊之鋒，破賊之計，卒以力竭勢窮，來援者遠觀不救，城陷身死。此顏常山之致恨於王承業、張睢陽之致恨於賀蘭進明者也。

中丞殉難，江北淮南，衢哀巷哭，民氣沮喪。既聞曾侍郎勁旅西來，沿江掃蕩千餘里，人心為之復振。而南北兩岸，庸將失機，孤掌難鳴，遂成困頓。袁副憲坐鎮臨淮，數百里捻匪消滅，雖進兵桐城失利，而威望尚為賊懼，忠勤懇摯，日夜以滅賊為心，久而不移，幾苟可乘，必樹奇績。今乃被誣入都，捻匪思動，逆探時來，倘舒廬滁陽諸將稍有疏虞，則淪沒者恐不獨江漢之間已也。

鈞衡家陷賊中，倒懸一載。上年官軍入桐，以預籌糧餉團練，為賊所恨。官軍敗後，全家漂泊，妻妾被執，罵賊捐生。鈞衡奉老親走避深山，偷生人世，家仇國恨，涕泣沾衣。趨謁各營，請兵不得。夫請兵不得，一邑一家之事，不足言也。獨憂大局日非，盪平難望，兵不畏將，將不畏帥，帥不畏皇上，惟相率以畏賊。賊之詭詐，遠過我軍，我兵之伎倆，實遠過於賊。庸庸者謂賊不可滅，而謬為大言者，又謂賊不足平，皆非也。鈞衡目睹賊形，深知賊計，又親見我軍之挫於賊，與我軍之實可滅賊而不能滅者，請舉大略言之。

自古名將用兵，未有不先嚴軍律而可以殺敵制勝者。今之軍令廢弛極矣，一二賢者，稍能整勅，即有功效。其散而無紀，玩而不肅者，望風奔潰而已。鈞衡遍歷各營，每以嚴軍令為言，當事者或以為積習已久，難可挽回；或以為久寬乍嚴，恐激生變。至云餉銀不足，軍令難施，眾口一辭，牢不可破。嗚呼！是將聽兵卒之日驕乎？是將任逆氛之日熾乎？日復一日，年復一年，餉愈難而兵愈不可用，遂將聽天下之敗壞潰決而不可復救乎！竊以為是皆苟且因循，不肯實心實力為皇上任事者也。否則昏庸懦弱，不能振作，專欲以敷衍調停為事者也。謂積習已久，難可挽回，何以鎮定驕玩之兵，韓魏公用之以安邊？王權潰散之兵，虞允文用之以破敵？南贛驕惰之兵，王文成用之以殲寇。謂久寬乍嚴，恐激生變，何以李臨淮斬張用濟而旌旗變彩，李西平斬劉德信而軍莫敢動，狄武襄斬三十二將，而萬餘人莫敢出聲？謂餉銀不足，軍令難施，張睢陽當掘鼠羅雀之時，何以能斬六將？李忠武當間架除陌之日，何以不犯樵蘇？毀忠烈當廩竭吏逃之時，何以能號令嚴？豈目今大計，欲求滅賊，先嚴軍令。欲嚴軍令，不可遽求之兵也，必先求之於將。不可專求之將也，必先求之於帥。帥不畏死，而後能以死責人。帥知畏法，而後肯以法懲下，而又非陷陣而後誅，敗事而後戮也。先之以訓，次之以練。不率教者，立斬以徇。威立法明，而後可驅之以蹈湯火。今各營不聞有訓練之事，出隊則遠施鎗炮，不出隊則任自嬉遊。帥欲攻城而將不應命，將欲出戰而兵不齊心。弱者遇敵而輒奔，強者相約以不戰，求娼營賭，害及閭閻。小有隙仇，執戈互鬪，甚至呼羣尋殺，帥莫誰何！副參大員，叩頭乞息。軍政如此，尚可問乎？夫逆賊非有他長也，其詭詐亦非真有出人意外者也。惟能速能伏，能出奇，能有進無退，能彼此救援，能勝能敗，能敗而復勝。思一計則必行，下一令則必決。我皆反是。非賊智而我愚也，非賊勇而我怯也，非賊巧而我拙也，一能嚴與不能嚴之故而已。夫欲將帥之能嚴，必先求皇上之能嚴，求皇上之能嚴，尤必求皇上之專任。雖有孫、吳，任之不專，不足以收成效。苟得中將，嚴之以法，亦可以責成功。今天下諸帥，求有如漢之淮陰，唐之郭、李，宋之韓、岳者乎，不可得也。不可得而必求其人，則將無其人而遂不可任之以事，天下無是理，古今無是情也。

今之時，眾望所歸、賊心所畏者，自僧王外，率有數臣。勝宮保、曾侍郎、向軍門歷歷著有大功者矣。次則袁副憲之能籌大局，慷慨激昂。又次則張中丞亮基、張中丞芾亦曾著有實績，非如他將帥之一無建立者也。苟皇上用此數人，信任不疑，重其事權，嚴其責成，俾之指請將官，廣求奇才，開言路以收羣策羣力之益，而皇上明頒軍令條佈宣告，如是則生，不如是則死。舉從前逃將逃官，隨地察實正法無赦，主帥久而無功，亦即治以軍法，如是則一年之內而賊可滅。賊不滅而猶如今日之鴟張者，可以決其斷斷不然也。雖然數臣之賢，皇上非不信用也。皇上方嚮用之，而同事之以意見相排，以功能相妒者，往往搜求其短，媒蘖其辭。而數臣中之才識功能，不能以堅聖天子之信者，遂不免時有起伏，雖然此特由輔弼大臣，不肯為我皇上直言天下積弊，與數臣之所以異於他臣者耳。方今積弊，裨將羣趨避以欺大帥，大帥羣粉飾以欺皇上，觀其奏報，人人皆名將也，處處皆血戰也，日日皆交鋒也，而其實防堵者，賊至則走。進剿者，觀望不前。攻城者，不敢近城一步。追賊者，未嘗見賊一人。勝則不敢乘機，敗則一退數百里。各地皆曰賊勢窮蹙矣，而實則日見其猖狂。各營皆曰大獲勝仗矣，而實不過小有斬馘。蓋無一人不欺皇上者！小民無知，見諸臣之欺，而皇上不治以軍法也。相與疑皇上之過寬，而豈知其章疏奏報，固有令我皇上不忍置以軍法者哉！聖天子明照萬里之外，伏讀詔諭，切責諸臣，蓋亦深知其不力，而不知其如此之欺，如此之不足恃也。苟有人焉，據事直陳，皇上有不赫然震怒者乎？皇上知眾臣之不足恃，則必求足恃者任之。今之世舍勝、曾數公外，皇上又將誰恃乎？向軍門、曾侍郎皇上固深信之矣。而勝、袁、二張今皆擯斥，天下雖知其可恃，皇上未必以一二人之言，遂堅信之而不疑也。則請以數言為皇上告曰，賊之以十萬萬渡河也，逼近畿輔，都城惶惶，不有勝保，其事為何如乎？袁甲三之忠直敢言，實心為國，皇上遍察諸僚中能幾人乎？其在臨淮有功無罪，一旦以同官之誣謗，而遂置之無用地乎？張亮基之守湖南，張芾之守江西，視常大淳之於湖北，蔣文慶之於安徽，何如乎？今皆弃而不用，不可惜乎？

為今之計，急請皇上予曾侍郎以經略大權，統領湖北、江西各軍。其江北為一路，揚州、鎮江為一路，請以勝、袁二臣為之經略。金陵及江南諸郡為一路，仍向軍門主之。張亮基、張芾亦即予以督撫之任，以為勷贊。自今以後，皇上賞功罰罪，不專據奏報之虛文，一考戰功之實績，以言防堵，則失地而未戰死者必誅。以言攻城，則擁兵而久無功者必戮。以兵之多少與守地之重輕，城池之大小別等差，以限時日。皇上以此責經略，經略即以此責諸將，如此而將士有不竭死力以圖功者乎？是庸懦畏死者之所不樂聞，而忠勇勤王者之所急欲自效也。倘其不然，將帥恃皇上之仁慈，士卒恃將帥之寬縱，戰則必死，逃則必生，安有甘心赴死而不退縮求生者乎？李衛公曰：『古之善為將者，必能十卒而殺其三，次者十殺其一。』真豈必如此之好殺哉，蓋必有如此能殺之威嚴，而後可以操必勝之左券。明臣方震孺曰：『臣有刺骨一言，必使大小臣工內外將領，人人知有朝廷，知有皇上之可畏，而天下事乃可為也。』痛哉言乎！今之起衰救弊，有外此一語者乎？鈞衡一介窮儒，草野孤忠，不能自已，身遭患難，憂國愈深。竊念救時要事，非止一端，而汲汲不容緩者，則首請皇上大震天威，重用天下人心共向之人，必有成效。夫用舍黜陟之柄，天子操之，非臣下所敢議也。而用舍黜陟之心，皇上必與天下共之，臣下所當言也。

先生學問德行簡在帝心，頃聞以廉訪而代方伯，不日將膺重任，故以芻蕘之見相質。又念連鎮、高唐之餘孽新平，恐我皇上見近地無憂，而東南情狀但據諸帥之奏劄，粉飾彌縫，以為賊不足患也，則天下事更難為矣。先生之權位尚未可言也，先生之忠愛必將有言也。告之他人，不以為妄，必以為不可行，先生當有以知其不謬也。惟照弗宣。

方今先務，首在得人才。必得真才而後用之，則恐有不及。且即有真才，立談之間如漢高之用韓信，今豈有此事耶？惟就見在天下共推數公，求皇上堅信重任，即以求才責之數公，尚能知人者，奇才或即由此出矣。今各地之將帥，忠勇者先後陣亡，烏都統、江中丞其最著已，然都統非同時之將異心，中丞非外來之援不救，何至如此？其他如田家鎮之徐觀察豐玉，張觀察汝瀛，李太守榞，廬州之全鎮軍玉貴，烏江之李叅將成虎，鎮江之劉守備廷鍈，桐城之臧舉人紆青，皆勇敢無前，百戰百勝，皆以同時將官不救而死。若揚州之馮景尼，則亦以琦善不救，勇潰而被殺。天下非無才，有才而不能盡其用。此鈞衡所及知，其不及知者，尚多也。又如江北各州縣，六合令之溫紹原，清河令之吳棠，壽州牧之金光筯，宿州牧之郭世亨，固始令之蒯賀蓀，皆有平亂之才，惜未能大用。江北如此，他省可知。而督撫與統兵大帥罕能破格保用。今之能識人能破格保才者，獨曾侍郎一人。若塔軍門、羅觀察，皇上皆破格超遷。論者皆謂朝廷不能破格用人，予以為大臣未有能破格保之者也。人才不起，患難不平。有心者觀天下之大勢，痛時事之日遷，太息歸之天數，遂欲孑身高隱，苟全性命。竊謂此非天也，皆人事之失也。但欲挽回此失，則非君相不能，君相能造天命者也。唐李泌告德宗曰：『天命，他人皆可以言之，惟君相不可言，蓋君相所以造命也。若言命，則禮、樂、刑、政，皆無所用矣。』嗚呼！今之事汲汲矣，不及時為我皇上痛哭言之，再過一二年，恐有百倍難於今日矣。

書後補記。

望江典史張君傳

粵賊破武昌，將乘勢下江南。兩江總督陸建瀛奉天子命，統兵扼九江會勦，賊至，乘小艇遁。賊隨之襲安慶，破江甯，分突鎮江、揚州。沿江郡縣大小吏率望風逃，逃不得乃死。而其間乃有望江典史張君死節事。

張君名寶華，字子秋，江甯人也。當賊破武昌，君告其夫人曰：『賊若至，我兩人其死。』夫人曰：『諾。』自是日以為常言，胥吏聞而笑之。及賊至，君與夫人朝服北向拜曰：『辭吾君。』復東向拜曰：『辭吾祖宗邱壟。』起飲，夫人鴆酒，坐之內室，君自出見賊曰：『我望江典史張某也，殺我！殺我！』先是華陽鎮巡檢王泗來君署，君請曰：『他日斂吾骨。』王君曰：『君乃以我為偷生耶？』及是，同日罵賊死。咸豐三年正月十四日也。

論曰：國家養士二百年，自廣西軍興以來，可為痛哭而流涕也。賊初起數十人耳。有司養癰貽患，迨其後在事諸臣觀望退走，賊勢乃盛。攻則破，守則堅，竄則莫禦，彼豈有奇策異能哉！能不畏死而已。嗚呼！數千里之地，望賊而奔者皆是也。而荒江之濱，孤陋之邑，乃有二小吏慷慨捐生，豈非巍然兩丈夫哉！雖然，二小吏之死烈矣！而其聞於朝廷，顧亦與逃死不得者無異，千古名實之間，士君子所為慨然三嘆也！

祁門令唐君傳

唐君名治，字魯泉，句容縣人也。以舉人大挑知縣，來安徽。先令桐城，值歲己酉大水，救災恤民，半載內髮鬚盡白，移任祁門，循聲倍起。蓋君德優於才，務躬行實踐之學，能以仁心布惠政，而治煩理劇非所長也。

當賊犯湖北，桐人議守城，求賢令尹不得，群思君回桐，將請於上官，以祁門士民堅留不可得。安慶失守，君以祁門為徽郡六邑門戶，乃倡議合六邑通籌防堵，議不果行，君遂獨任其事。行之一年，聲聞於浙，浙撫某公寄書獎之。

咸豐四年正月二十二日，賊自櫸根嶺犯祁門，守嶺者逃，君聞警作家書付僕，呼同城文武議守城，多以迎擊請者。君曰：『諸公為逃計乎？』乃不敢言。越日，賊大至，君自率勇登西門以當賊衝。發炮斃數賊，賊以大隊南趨。守南門把總李某逃，賊遂登城。君聞之拔佩刀自刎，隨侍力士奪之去，強擁君下城。過文廟投丹池，水淺不死，力士者數人復強扛出城。行數里，望賊至，啟民家厝室納之。君大呼曰：『我祁門知縣唐某也。』眾賊舁入城，強易濕衣，灌以湯，勸降不答，日夜以數人守君。有黃某者，時對君私泣，君訝問故。曰：『吾湖北黃州某官子，被擄，逃不得，對先生思吾父也。』越日，某隨賊入黟縣，去數日，復來視君，君問黟事。曰：『官已逃，陰勸民納貢矣。』君大罵曰：『為國家臣子，乃如此乎？為我告賊首速殺我，毋久困老夫也。』二月五日，賊將去祁門，乃殺君，投屍於河。後數日網得首，又數日乃得其身。

論曰：力士不知大義，欲以不死為愛君，非君死志堅，幾為天下笑矣！桐人知君深，聞祁門陷，決君必死。後聞有出城棲厝室事，心竊疑之，及見君家書，乃知死志早決，且戒墓碣勿書祁門知縣，以示不能保城之罪。嗚呼！君之志，日月爭光矣。桐城有任生者，城破日始自君署出，為言先死不得之由，其被執後事，則賊黃某過桐城與偽職某言者也，乃合書之，以為君傳。

君以力士強扛出城，賊退後，太守某至祁門，疑君未死，而幕友諱言其事。乃以登城被執報聞，太守愈疑之。後於河中網得君首，又君從子出示家書，太守乃知其殉難。而其被執以後事，則莫有知者。黃某之過桐，若天使之以顯君者，人特患無實行耳，實則未有終湮者也。

初，予於桐城陷後，檢各友書信無足存者，悉焚之，至君書則置之。湯雨生將軍、呂鶴田侍郎一例，心竊計曰：『賊若至祁門，此君必死節也。』越數日，而果然又聞何子貞編修自湖北入都，由湖北、江西、安徽諸州縣，歷數所見，僅取三人。一吾鄉徐觀察豐玉，一鄱陽令沈衍慶，一則君。謂此三人患難足恃。厥後三人皆先後殉難，何公可謂知人矣！而益以見君之非倉卒遇害者也。因作君傳，附記之。

鍾巡檢傳

賊陷祁門，知縣唐治被執，不屈死。同時有鍾巡檢者亦被執，賊勸之降，巡檢笑曰：『予年七十矣，爾賊謂我年能再七十耶，則將降汝，否則有死而已。』臨刑罵賊不住口，賊怒，斬首懸橋柱上，剖其心，投尸於河。巡檢名晉塘，字某，浙江紹興人也。

論曰：自賊竄安徽，被陷者二十餘州縣。小吏精忠嘖嘖人口者，望江張典史、王巡檢，舒城金訓導外，更有鍾君。知縣則唐君外，僅一蒙城令宋君而已。而甘心降賊者，則有廬州知府胡元煒、六安知州宋培之、銅陵知縣孫潤。降而復出者，則舒城知縣鈕福疇。其他望風逃者，皆是也。大吏務為姑息，逃者既曲全之。而降賊諸員，皇上方嚴詔詰問，而大吏諱言以不知所在入告。嗚呼，刑罰如此，氣節安得而不隳，人心安得而不喪也？

鍾繼昌傳

當乾隆時，寇起金川，舒城鍾邦期以某郡太守陣亡。奉詔卹其家，子孫承世職勿替。百餘年來，舒城言望族者，必推鍾氏。鍾繼昌者，太守之從玄孫也。年少有俠氣，入貲得州同知銜。粵賊入舒，繼昌慨然曰：『吾忠孝之家，不可辱於賊也。』率族人行團練，賊不敢犯。鄉民有貢賊者，繼昌執而誅之。

咸豐四年五月，繼昌與前任邑訓導金上均謀起義兵，舒城、合肥義民多聞而助之者，月之某日，繼昌率數千人圍攻邑城，四面援梯上，火城門，將燬矣，忽天大雨，賊自六安、合肥兩路來援，眾驚潰。繼昌與金訓導被執，賊說繼昌降，繼昌曰：『祖為忠臣，孫豈降賊。』因大罵不已，賊怒割其勢，削尖木塞，後罵益力。乃斬首刳腸胃而殺之。金訓導亦同日不屈死。先是旌德呂侍郎賢基，奉命督辦安徽團練，住節舒城，賊至，偕幕賓六安徐工部啟山賦詩投水死，舒人咸頌其從容就義。及繼昌死，尤震動一時。二公幾為所掩，而太守之忠節，乃因以益顯云。

論曰：　繼昌起義兵，同時有王大虎者，舒邑無賴子也。助繼昌攻賊，賊執之，問曰：『汝降乎？　死乎？』大虎曰：『吾生平不可為人，今得與鍾先生、金校官同死，尚求生耶？』賊殺之。胡元煒者，廬州太守也。時降賊受偽官，説金訓導降，訓導大罵不絕口。嗚呼！　一無賴子耳，尚知忠義大節，而靦然為賊説降者，乃古所稱二千石也，豈國家養士之所及料哉！

吳徵君傳

徵君姓吳氏，名廷香，字奉璋，一字蘭軒，廬江縣優貢生也。殖學踐行，嘗慨然有用世之志。今上即位之元年，詔舉孝廉方正，邑人以其名應，未入都而賊陷安慶。廬江土匪大作，邑人行團練，請徵君總其事。渠魁某聚黨數百人，肆害鄉里，徵君率練勇會邑令擒斬之，而其黨以散。迨賊至金陵，竄回安慶，廬江告警。徵君復倡行團練，與邑令籌貲，養勇六百人，自率其半堵梅山黄姑閘，以防賊之自江來竄。其後賊陷桐入舒，旋破廬州，分陷巢縣、無為州、廬江。徵君痛哭入山曰：『吾不死於賊，終必殺賊以報國也。』自和、秦二軍門先後敗賊於廬州、舒城，賊不敢大隊北趨，惟死守各州縣以抗我師。又值吳軍門自海濱率紅單船進扼東西梁山，江路斷絕。上游諸州縣，守賊無多。徵君曰：『時不可失也。』乃往舒營乞兵，不可得，遂自募勇千人，偕前任邑外委熊允升，率之入廬。而密約城内居民為内應，遂殺賊復城。時咸豐四年八月三十日也。

城既復，安慶、桐城、無為州、巢縣之賊四路來攻，徵君屢督勇出戰，斬獲甚多。其後賊自江路大隊來趨，徵君已先乞救於廬、舒兩大營，久而不至。及是何觀察命沈令某率勇三百往救。住湯池二日，不進。既入城，即燬城外民房，縱勇掠奪。甫出戰，望賊即逃，賊遂於鄉村大肆焚掠，火光燭天。徵君登城椎胸泣曰：『吾無以報朝廷，而重得罪鄉里。援兵不至，來者非人，天下事真不可為也。』猶與熊允升力支數日，糧餉匱乏。沈令欲逃，城中民婦各出米穀蔬果，以助軍食，乞沈令留數日以待援兵。沈佯諾之，而夜已出走。徵君聞之，拔刀欲自刎，左右奪刀勸行。徵君厲聲曰：『復城守城，吾力已竭，出城一步，非吾死所也。不得已，與諸君巷戰，可乎？』賊入西門，眾勇奔潰，隨身義勇惟三人。遇賊於十字街，二人者隨徽君戰死，一人被擄，後逃歸，述徽君死甚烈。而其屍不可求矣。外委熊允升亦死。

先是沈令奉大吏檄權廬江，徽君募勇時請令同往，令期以城克即至，且訂約至乃報捷，而與徽君同事者，貪功先發，不待令至，遂銜之，故敗其事以洩憤。廬江再陷，賊燄復張。而舒、廬大帥久不克城，東西梁山扼江之船，又以火藥軍餉不繼，退泊下游，江路開通，賊復不時出沒。而太湖、桐城又相繼失事，而江北諸州縣，蓋不可問矣！

論曰：賊無他長，惟一地有急，四路來援，朝征而夕至也。人少而敢戰，戰敗不遽退，退亦不遠，稍增兵輒復來戰。我軍彼此不相援，營壁外數里，居民遭焚戮若罔聞知，以十敵一，猶虞兵少，勝不敢遽進，敗則一潰而不可收。而各地功利之徒，託名忠義，又群然攘臂於其間，不顧事之利害，敗則脫身遠去，殃及生靈，徒使一二志士仁人，殺身禍家，卒無補於君國，而且為旁觀所嗤笑而歎息也。嗚呼，是誰之罪耶？徽君與予為至交，廬江陷，聞徽君死，哭之。既見徽君同事者，誣徽君為未死，心竊恠之。及予避亂來舒城，徽君子長慶始以死事狀寄，讀之涕零三日。徽君死矣，而前之陷徽君於死後之不肯予徽君，彼獨非人心也哉！

牧倓傳

牧倓，字竹田，甯國南陵人也。咸豐三年，粤賊陷金陵。上游諸帥不謀扼東西梁山，賊因得回竄安徽、江西、湖北，蔓延各州縣。濱江之蕪湖、繁昌、銅陵尤為賊出沒之區。南陵接壤三縣，為府西屏藩，君所居牧家亭，最當衝要。

方是時，江南諸州縣，民情畏賊甚，莫敢團練觸賊怒，雖以潘河帥、陶都轉奉命居鄉籌辦防剿，率以虛聲相怖。君獨與兄貢生僑，弟佺、俊四人，慨然召其族人曰：『我牧氏於江南，非顯姓也，誓將殺賊以立功，以顯吾族。萬一不幸遘難，亦足以愧諸大姓之畏賊者。吾族不從此著乎？』眾皆曰：『然！』倓與俊遂率勇往繁昌剿賊，皆以功得六品銜。自是牧氏一族團練，著於江南，而賊銜之甚。四年十一月一日，賊自繁昌分三路進攻南陵，倓督勇助邑令城守。賊至焚西門，令及在事諸人開他門出走，倓率勇於西門殺賊數十，中鎗身死。越五日，賊自赤沙灘率眾攻牧亭，佺與俊方糾族人抵禦，而繁昌偽官某率眾助賊，賊眾大至，族勇潰，牧氏一村二百家俱燬於賊矣。先是僑奉欽使侍郎雷公之召，往揚州，既往廬州，謁撫軍，歷陳江南數郡情形，請兵不可得。將歸，梗於道，留舒城，得家書。泣曰：『吾固知吾弟之必死，而不料予之獨生也。』

論曰：團練以禦賊，法至善也。逆賊窺民情之懦，專以殺團練為名，奸民從而羽翼之，而平民遂亦指為多事。如牧君者，欲不死安可得哉？獨恨患難之際，相率偷生，得一真不畏死者，而天遂授之以死。嗚呼，是又天道之不可測者矣！

懷遠五義士傳

粵賊自（奉）［鳳］陽竄懷遠，士民隨邑令督勇出禦草河口。賊數人自上游鳧水渡，令望之先走，勇潰。賊渡河居縣治二日，西竄蒙城，知縣宋維屏衣冠罵賊死。而懷遠令回署，以賊未至城報上官，一時死節士民莫由上達。後數月，邑士夫公上狀於欽差呂侍郎。未幾，侍郎殉難舒城，未入告。後二年，桐城戴鈞衡來客是邦，訪知其事，念諸君子以可以無死之身，慨然成仁，不可以任其沒沒也，乃言於新令朱侯聳。士夫重列狀以達於中丞，奏聞天子，遂復彙其事而為之傳。

方賊未渡河，河北有歲貢生李棨昉者，當賊陷皖城，聞大小吏爭逃，慨然流涕賦詩，以賊至必死自誓。及是衣冠坐中庭罵賊，賊以戟刺其喉，喉未斷而罵益烈，羣賊環入刺之死。既渡河，監生宋載璜聞之曰：『吾死日也。』冠頂袍靴立門首罵賊，賊破其冠頂落地，載璜俯拾之曰：『朝廷名器也。』手握頂死於門外。魏濂醕者，亦監生也。賊過其家，焚書籍。濂醕大罵，賊出刀將殺之。女奴跪求曰：『是病翁也。』賊怒解。須臾，復大罵曰：『何物狗狼，敢居吾室，燒吾書，當千刀斷汝。』賊大怒殺之。時咸豐三年四月二十六七兩日事也。

後二日，賊往蒙城，過河溜集。監生何應科，年七十三矣。是時欽差呂侍郎檄辦團練，應科為練首，自邑令棄城走，四鄉練勇莫敢抗賊，賊過應科家，索騾馬飲食，不答，賊問：『汝何人？』應科大言曰：『我，大清監生，奉欽差總團練，將以殺汝者，恨眾心不齊，不能與爾輩決一死，然爾輩亦不久當天誅也。』賊以其老，未遽戮。應科罵不絕口，老僕陳二亦從旁助焉，乃并殺之。同日，又有殉父難者，曰沈之盤，之盤隨其父監生汝湛中途遇賊，父被害。之盤抽佩刀砍賊，賊環執之脅使降。之盤哭且罵曰：『狗賊，吾父仇也。死將為厲鬼殺汝，乃欲我降耶？』賊縛諸樹，支解之。自五義士外，復有義勇潘文有被賊執，不降，亦縛而殺之樹上。邑士夫附狀以聞。

論曰：賊之至鳳陽也，某觀察具衣冠將死，麾下僕從擁之，騎馬走。郡守、邑令因以去。如五義士者，人欲其不死，可得哉？聞李先生，前人或譏為偽道學。及死，乃不敢言。魏先生者，老而病癲，或言其癲發罵賊。嗚呼！人能如此，吾恐天下人之不癲也。雖然聖明在上，四海從容以詠太平，一旦小寇起邊隅，遂乃衝突數千里，官軍莫禦，而一二草野書生感憤捐軀。明知死無補於國家，而若有迫以不得不死者，是豈士君子所樂聞哉！

懷遠五烈婦傳

歲乙卯，予避亂赴懷遠，舟過上窑，居民為指香娘墓。香娘者，江氏婦也，夫死欲身殉。老姑泣曰：『吾誰恃？必欲死，待小叔娶可乎？』越數年，新婦來，婦治酒饌款賀賓，賓散之夕，自經死。有某官過其地，忽旅館異香來，嗅而尋之，出婦室，親往祭焉，一時異其事。故土人呼香娘。

次日，抵懷遠，過年烈婦祠。烈婦姓孫氏，字年學博子長孺，嫁有期矣。先一月，夫卒，婦聞之不食，七日死。是日，年氏室烟霧迷離，恍惚鸞鶴飛翔狀，舉家驚異。後二日，聞烈婦死。烈婦死後一年，粵賊竄懷遠，其時死節者有胡烈女、楊烈女。先是數年則有許氏、姚氏、張氏三烈婦。許烈婦姓曹氏，漁家女也。嫁許會潮，為邑刑罰史。婦屢勸改他業，不能。已而曰：『既為之，亦視存心何如耳！』夫卒，烈婦自縊死，鼻中垂玉筯及胸燦爛照目，殮時，人以為涕也，拭之不去。姚烈婦李氏，夫曰廣田，生一子，夫卒，哭甚哀，回視呱呱，則淚止。越兩月，子殤，婦遂縊死。張烈婦者，居近二烈婦各十數里，夫曰鳳台，年十七，隨父賈潁川，舟傾墮水死，家人不以告烈婦。竊聞伯姑議曰：『姪既死，婦不宜留。』是夕即自縊。婦姓門氏，幼家貧，歸張為童婦。及是年十九，未完婚也。許、姚二烈婦，予得之友人田子駿詩文。張烈婦事則俞茂才為言，香娘事而及之者也。茂才曰：『張烈婦死當盛暑，里人具殽饌往祭，蠅營營回飛，不一集饌上。』

論曰：予過懷遠，登塗山，俯淮水，慨然想常開平花將軍，略以為其地異，人當不絕於世。既乃先後聞諸烈婦事，香娘稍遠，餘四婦者皆在粵賊來竄前數年。吾邑未陷，先數月，有方、何二烈婦并出，一時居同巷，論者謂陽氣微而冰霜出，世運衰而忠烈生，天地正氣壅塞不流，乃偏鍾於一二人之身而發為奇節。而所見之地多不祥。嗚呼，其不然哉！其不然哉！

鳳陽四烈婦傳

予既為懷遠五烈婦傳，鳳陽柳實甫為言其邑羅氏婦，年六十矣，賊至自縊於房。西鄰任氏女銀姐，年十九，聞之，投水死。其東鄰張貞婦，色美，賊入室屢目之，貞婦告其姑曰：『遠來者渴，姑速煮白水，我入房取茶葉來。』久不出，姑入內，見婦以裙帶縊於床。大哭，賊驚嘆而去。

先是一年，貞婦聞夫死，泣請於父母往夫家治喪。入門拜其姑，飲茶畢，往哭夫墓，左右鄰婦往視者數十人，聞婦哭聲哀，多掩淚。及是，諸鄰婦皆曰：『貞婦必死矣。』賊退，姑述其死以告人，啟夫塚而合葬之。又有孟烈婦者，賊至，家人均先逃，獨婦與伯舅在室。伯舅欲走，顧烈婦未忍，婦乃抱女投井死，而伯舅行。實甫曰：『賊至臨淮，距鳳陽二十里，鳳陽令黄元吉欲率勇夜往襲之，而某觀察不允。曰：「毋速其來也。」越數日，賊大至，自觀察以下皆生，死者有四烈婦。』

論曰：自粵賊犯順以來，所至之地，忠臣義士不多得，而婦人以烈死者，隨地皆是也。婦人無必死賊，義而自重其身，不得不輕其死。士大夫之望賊奔者，無論國家，其自視居何等也。夫士大夫以死報國，非朝廷之所望，乃謂死為無益，遂相率以偷生為智也。彼烈婦者，何以死哉！

記壽州刺史金君擒陸遐齡事

陸遐齡，定遠巨猾也，以罪幽安慶獄中，待決。粵賊破安慶，出之獄，使歸結黨，為北路諸郡應。是時，東阿周公奉命為欽差大臣，檄定遠令葛某擒之。令辭曰：『遐齡建逆號，黨數千人，某庸懦書生，公雖斬某，某不能擒也。必欲（摛）［擒］者，其壽州金刺史乎？』公遂飛檄召君，君將行，壽州士民來請曰：『使君日去，則壽州夕以亂。』君曰：『欽差檄不可違，當親往謝之，數日即歸，無慮也。』至則訪遐齡所在，周公命壽州遊擊守備率兵隨往，莫敢前，君乃偕一人至其地，詐言與遐齡有舊，請見，直入臥內，出其不意擒之。遐齡左右起持刀，君曰：『我壽州知州金某也，奉周公命來赦汝，使殺賊立功。左右若擊我，汝必死矣。』君先為定遠令，以武勇著聲。偕往者某又久以雙刀號千人敵，故左右相顧莫敢發，遂擒以見周公，斬之，而其黨散。時遐齡將以後數日率眾往金陵與粵賊合也。予友孫海岑客壽州，為言其略如此。

戴鈞衡曰：『刺史之功偉矣！聞周公奏請以知府用加道銜，賞戴花翎，宜也。乃其後以部議奪去。嗚呼，不世出之才，當危難之際，破格超遷，猶恐不足以勸能者，而部臣必欲奪之，何心耶！』

是年冬，賊破廬州，分隊入壽春，刺史殺之盡。自後賊不敢犯。海岑曰：『刺史忠勇由天性，不以功名得失為念。刺史則誠賢矣。』予獨悲逆賊所至，諸大臣勢如瓦解，而才如刺史者，僅得以一州抗賊也，惜哉！刺史名光（助）［筯］，直隸大興人。

記六安曹翁被賊執不屈事

秦軍門之進攻舒城也，六安有率義勇隨營助戰者曰曹翁遠戎，字向榮，以大殺賊於鍋底山，蒙恩授藍翎五品戴頂。時咸豐四年七月事也。

九月二日，秦軍門率諸將分攻舒城各門，賊出不意，擒翁去。入城見賊首不跪，眾賊童挽髮拉鬚，髮盡脫不屈，賊怒以鉅鐵索縶其項，裸體遊市，以辱之。賊有憐之者，著以麻布短褌，繼予以婦人小兒中衣送之獄。是夕賊某來勸降，翁不答。某曰：『若知降則生，否則死乎？』翁曰：『予年七十矣，尚懼死耶？』某曰：『不遽斬首也！必先剖心。』翁曰：『剖心已死，何問斬首？』某曰：『且淩遲也。』翁曰：『斬首死也，剖心死也，淩遲亦死也，何懼我為？』某忿罵而去。

當是時，翁名著甚，秦軍門倚如左右手，賊欲留翁以探我虛實。翁語支吾不可得，乃故困折之，期以解散六安之勇也。越日，賊復好語告翁曰：『汝諸子皆在營，呼一來，可免汝死。』翁曰：『吾子不來也。』賊曰：『呼而不來，非不孝乎？』翁曰：『吾子孝，故不來也。』初六日，官軍圍城，賊驅翁上城，令呼告六勇使散。翁自計城外不知我生死，藉是上城呼告之，以首下觸，官軍必前奪我屍也。週巡城上至西門，仲子督勇在焉，翁大聲曰：『汝弟兄立志，勿復念我，為告語父老，曹遠戍死得明耳。』遂乘勢墜城，賊數人挽之不得下。後數日，賊復逼翁登城，翁坐獄不出，曰：『待命而已。』獄為板屋，上板有隙七寸許，翁仰視，計曰：『吾聞偷兒巧者，凡牆壁得隙可七寸，解衣，分兩手使上貼耳，下附體，首過則身可穿茲隙也。天其使我逸乎。』十一日夜月落後，翁解賊衣自隙出。守獄者環臥弗覺，由曲巷陟東城，城上更棚人坐語，翁出其間，弗知也。轉自南城下越濠二，深者水及項，緣岸復落，仰臥水中，如是者三，始得上。濠外環積薪，翁蹩躃薪上，城上聞聲，擲火罐火箭不絕，翁自火光中戰慄前行半里許，手足皆僵，跌於地。氣不絕者一縷，坐稍定，星光中見橫土當前，以手探得草，民間厝棺也。因取草自覆眠棺側，天微明，捲草束身，匍匐行二里許，呼居民送歸營。

戴鈞衡曰：予家居慕翁名，及來舒，親見其樸誠忠勇，愈益敬之。既與翁交久，知翁生平以患難瀕於死者五六，皆毫不動於心，於是嘆翁之視死如歸，非一日也。然翁又自言昔年以一事決死，家人涕泣，勸弗信，老友某以楊椒山集贈之，讀至『死有泰山鴻毛』之語，慨然曰：

『吾不死矣。』嗚呼！有昔日之不死，所以有今日之必死也。今日必死，而終得不死，天也，非翁意也。翁讀書略識字，通大義耳。世之文人學士談論風流，一旦臨利害，苟且偷生，不知有君父者，其學問豈翁所可及哉！

宿遷臧公救桐殉難紀實

桐城以咸豐三年十月陷於賊。其次年，邑士民先後乞救於舒城、廬州兩營，不可得。都察院左副都御史袁公時奉命駐兵臨淮，念桐人請救之殷也，又欲取安慶以掃賊上游巢穴，慨然奏請進攻。天子以臨淮南北扼要之區，不允，公於是籌兵選將，久之，乃得宿遷臧公。

十一月四日，公率兵至桐，入小關，賊以數百人來禦，公匹馬當先，分兵三路進，斬賊數人，賊遂走，追過白沙嶺，回宿大關。次日，軍裝至，又次日，公告同行二將曰：『聞賊大隊住呂亭，今前往決戰，勝則移營，敗則回宿。』比至，而呂亭之賊奔回城，公於馬上計曰：『今不乘勝追之，城外民房明日盡焦土，我軍無住足地矣。』遂率兵直進，住二將於東關，自率兵住南門。桐城凡六門，當是時，賊封築其四，僅留東、南門出入。而南門通安慶，賊之來援必先犯。公念舒、廬諸帥率離城數里立營，不斷賊出入，久而無功。故直逼城根以困賊，而衝險之地己當之，不以諉人也。十二日，出戰天甯莊，殺賊百餘人，輜重奪回數十輛。十四日，出戰陶沖驛，殺賊偽丞相某，斃賊數百人。翌日，公回營告同人曰：『昨來戰者，老賊也，敗而不亂，予自掛車河轉戰三十里，凡七交鋒，幾挫者屢矣，而卒以倖勝五戰。及陶沖，隨行諸君有逃歸者，有涕泣請收隊者，在事將某亦以請，予正色曰：「公乃懼乎，寇未窮也，我軍稍卻，賊反撲，無噍類矣，不得已，公請堵此，我奮馬前也。」』如是者再，戰而退。向謂賊不足畏，今而知不易敵也。先是公至桐，戴生鈞衡即勸公擇地安營，公以兵少為辭。又勸速破城以清內患，同事者激之甚，反不肯行。十七日侵晨，賊自西南數路來攻，城中賊突出，火民房，兵勇驚潰。公倉卒上馬，麾下有請公緩出者，公曰：『我不先，誰敢先者。』馳馬過竹林，遙見賊旗自遠來，而竹林內伏賊出，公遂力戰死。當道光中年，英夷煽亂海濱，公家居團練鄉勇凡萬人，日以殺賊為志，及隨靖逆將軍往浙，公主戰，而將軍主和，和議成，將軍奏公名議敘四品。公曰：『無功而冒賞，予不受也。』自是海内知公名。

上年春，東阿周公奉命來安徽，招公入營，先後殺捻匪數千。袁公繼周公為欽使，亦雅重公。及是率兵進剿，時曾侍郎方統兵西下九江，期與公會。公亦欣然以滅賊為己任，乃一敗不救，而袁、曾二公嗟悼如失左右手矣。豈非天哉！公名紆青，字牧庵，道光年舉人。陣亡後，奉旨以三品銜議卹。

論曰：臧公之敗也，東關二將退走百餘里而後止。次日且二百里矣。賊探桐境無官軍，於是四出焚掠，而居民受害不可言。桐人感公忠勇，莫之或怨，獨其執性之偏，發機之緩，不能為諱。而同事諸將乃欲以桐民受害委罪於公，舒、廬營中且有聞公死以為幸者，罪無可避，遂欲加之不言之人；己則無能，惟恐人之功蓋乎己，自古庸臣鄙夫，謝罪妒功，以一念之私而壞天下國家大事者，可勝嘆哉！

先叔兄行略

兄名存芬，字位賢，長鈞衡三歲。幼隨兄就塾，出入必俱，夜則臥一床，以日所讀書互相背誦，未讀者，兄口授之，次晨立師前不誦而熟，師每異之。共學五年，兄以病吐血廢去，轉伯兄支家，務農田稼穡之事，皆躬督庸僕為之。性剛直，不能俯仰於人，氣之所發，不顧利害。鈞衡常力勸之。兄笑曰：『弟何怯也？』當賊陷安慶，人皆洶懼，兄每言及，輒怒髮上指，曰：『賊若至，我必殺數人而後死。我殺賊快也，賊殺我亦快也，而何懼哉？』伸兩手作持刀狀，目眦裂，兩頤盡赤。鄰人或笑其大言，兄嫂罵曰：『汝不死，終知我者。天下畏懦皆若輩，賊安得不猖狂也？』兄自吐血廢讀後，數歲中，疾猶一發。年既壯，健飲啖，疾不復生，體充而氣愈壯。伯兄以積勞年衰。予年三十歲，體肥而氣弱，自仲兄謝世，予三人嘗言他日壽者惟兄。而兄乃一病十三日而遽不起，年僅四十三也。悲夫，兄之卒也，當咸豐三年九月二十五日。

後二十日，而粤賊陷桐，在桐大小官將與兵勇逃走。

次日，賊下令屠城，數千人延首就戮，無一敢抗賊者。豈天方降亂，不欲生殺賊之人，而如兄之慷慨激昂空言殺賊者，亦且為所忌而早促其生耶？ 當先仲兄在時，吾父外勞悉以委之。仲兄死，兄亦兼任外勞，而家事之艱鉅者，伯兄悉以任兄。迨兄死而亂作，民心變遷，家庭多侮，予與老父為賊所耳目，匿處深山。伯兄以一人應門，畏懼焦勞，疑無與諮，悶無與遣，惟日夜痛哭以思兄。愈思愈慟，愈慟愈思，至欲與同死。常人平時不知有兄弟，外侮來則思之深，矧以平生友愛，折於半途，一旦遘茲數百年未有之奇禍，宜伯兄之痛不欲生，而予更何如也？

兄三子，長心蘭，讀未有成。次心毅，以目疾廢讀。幼心杰，中才可教。兄自以幼疾廢書為恨，期望其子者甚，至臨死執予手曰：『無他，屬我成杰兒讀書也。』

亡室李孺人死節狀

咸豐四年十一月十七日，官軍敗於桐城。鈞衡以先籌軍餉萬數，又入營獻書殺賊，知不免於禍，奉老親走避舒城，舉家男婦數十人，各謀避於無名小戶。而孺人攜妾女往依夜插坂姚氏。

方是時，大吏習為慈仁，各郡邑偽職奸民，悉從寬典，以故廬江、太湖復陷，若輩益敢助賊為虐，而桐尤甚。是月二十四夜，奸民某導賊數十人突至姚宅，孺人聞之，急攜小剪藏身。賊已入，仲女年十六，倡先罵賊，賊砍之，昏死趺地，未就揜。而孺人及妾劉氏、三歲幼女，均被執入城，鎖閉一室。五更時，孺人密告劉氏曰：『汝身輕，賊亦無污，婦人事姑，緩死，以待小姑可也。』言畢，出小剪自抉其喉，血自口中噴出死。

先是亂作，予將行，顧孺人，遲未忍走。孺人曰：『君速行，留身以奉老親，以待將來，我婦人易處耳。得避則避。萬一賊至，斷不辱君，亦斷不屈於賊也。』及是被執，一路罵賊不住聲。既死，賊有欲剝其外衣者，一賊叱曰：『烈婦也，我輩亦宜敬之。若剝衣者，當斬汝。』嗚呼！ 孺人之死，足為合邑光。而使之至此者，非予也耶？ 當孺人初婚之夕，夜半後，燭無故自炮其一，孺人嘗言不祥，願他日己身當之。予不以為意，迨三子先後殤盡，孺人悲不自任，欲自死以應燭讖。既而曰：『何以為老姑與吾夫地耶？』予自都門歸，孺人以此意告，予聞而悲之。嗚呼！燭炮之應，乃在今日。予以流離失所之身，孺人死，予不能歸。孺人殮，予不能視，徒於斷壑窮巖，聞凶捫涕，其何以為心，而何以自處也？

亡室李孺人行略

孺人之死也，予既為狀紀之，念其生前之賢，有私證之三黨，婦人不可得者，不僅以烈稱也。孺人姓李氏，從九品雪舫先生之女。自幼為其父母所鍾愛，年二十二來歸，時中夜枕上涕泣，予恠問之，曰：『吾思吾父母也。』其事舅姑，亦不能如古賢婦之盡禮，然未嘗一事失堂上歡。吾母嘗告人曰：『婦人性氣各有偏，獨吾家季婦無可議也。』諸姒間以非禮加，孺人受不校，或教辨曲直，孺人曰：『是不可忍乎？而必使吾姑與吾夫聞惡聲也。』合家數十婦，或有爭，見孺人一言而釋。久之，諸婦相戒，勿令孺人知。歸予十年，先產女，年三十後，始舉三子，皆以聰慧幼殤。孺人勸予買婢，予不肯。聞人家嫁婢，輒親往視之，迨婢劉氏歸，孺人指劉笑謂予曰：『昨視婢入城，某家婦恠予壯年而汲汲為夫謀此，隔窗諸婦人坐語，指目為愚。倘君妻如某家婦，安得有若人侍側乎？』言畢，復笑，謂此何足異，而世之婦人不可解也。

孺人性寬和而予剛褊，孺人性緩重而予輕躁。先是一月中以辭色加者凡屢，孺人委曲順之。事過乃徐言曰：『使妾如君，能無反目？』予自後愧以為戒，而意氣稍平。計二十年來，身心性命，受孺人之益，有己獨知而不能為人言者，又不獨辭色意氣間也。

孺人生於嘉慶辛未五月五日，死難於咸豐四年十一月二十五日，得年四十有四。

論曰：予年三十前，見諸友言他事，輒謝不及，獨言及倫常之際、遭遇之豐，則快然自足。乃不數年而仲兄死，叔妹繼之。又數年，予三子先後繼之，叔兄昨歲又繼之，今吾妻又以烈死。十年中，家庭之變，如駭浪驚濤，而老親衰年，靡所安處，舉家數十口，漂泊無生。予之罪尚忍言哉？吞聲而已！

亡姬劉氏事略

姬本姓王氏，自幼鬻為劉氏女，年二十一來歸予為側室。歸一月，即隨李孺人避亂入山。又一月，賊陷桐，訛言四起，予走山莊，奉老親徙避舒邑。姬亦隨孺人偕山鄰婦女，夜棲洞壑，霜露沾衣，野獸悲鳴，心悸股慄。予返山莊，姬述之涕泣。又數月，賊鋒稍定，姬隨李孺人歸處。予間以月夜步歸，歸不久輒復入山。李孺人常笑予寡情於姬，姬聞之，心感大婦言而於予未嘗有怨意。

當官軍入桐之三日，予約以雞鳴赴營，夜未半，姬遽起敲石火作食，食熟，請李孺人親起製羹。雞既鳴，相送出門，舉欣欣然有喜色。嗚呼，十日之間，變生不測，予以老親故，奔走偷生，而禍遂移之孺人與姬也。傷哉！聞被執入城時，孺人罵不住聲，姬惟飲泣。既入城，奉孺人命忍死伴幼女，幽囚涕泣者兩月。迨族弟某設方為求幼女出，姬告同囚婦曰：『小姑若出，我無事矣。』遂厲聲罵賊，徹一夜不休。賊大怒，黎明殺之東城外。時咸豐五年正月二十日也。先是李孺人被執，宗姻中知孺人者，咸決其不生，而謂姬之未必能死，及予聞孺人死，知姬之必不能生。而不料其能如是以死也。方姬在日，予見其性緩，行步縮縮，坐閨中常終日不發一言，命以事，自炊爨湔洗灑掃外，別無所長，予時以為愚。而孺人獨愛其厚重，曰：『有姬如此，何過求為？』及是，乃益嘆孺人之賢，而姬亦真能不負孺人者，而予之於姬，顧何如也？

予避亂舒城，族弟某來言姬死難事，為文紀之。越日，陳僕復來，言各州縣守城賊官新奉偽東王令，聽其自選妻妾。當姬死前一日，賊官某欲娶之，使偽職婦通意，姬大罵，賊復訊之，逼令供夫君及家人所在，姬答以不知，但云『汝賊殺我』而已。次晨，遂斬之。則姬當幼女未出，已決死志。又因賊之將逼嫁，乃憤罵而死。出城時，賊剝其外衣，身僅中衣，曳之行，一足有履，一足跣，首且梟一日也。痛哉！東城外居人憐而敬之，為木匣貯屍，族子某取殯焉。補記。

祭亡室文

惟咸豐乙卯七月日，戴鈞衡濳寄書侄煦具冥屋、冥器、冥衣，備酒食，虔致祭於大清旌表烈節亡妻李孺人之靈，并示烈亡妾劉氏。曰：

嗚呼！卿之死兮，我貽之累也。我生而卿死兮，固卿之志也。卿死而我生兮，悲曷有既也。姬能從以成烈兮，亦卿之誨也。予昔謂其愚兮，不料乃若是也。人頌卿之烈不可及兮，又敬卿之識為不易也。天地反覆兮，日月其昏蔽也。虎豺猙獰兮，麟鳳其憔悴也。我遠遊兮，何日其歸轡也。自淮壖而寄詞兮，腸九迴而出涕也。汝三子已殤兮，今可招而萃也。遺三女其煢煢兮，予終必使卿慰也。老親命杰姪為汝子兮，聊春秋以尸祭也。後來者能有出兮，莫非卿之嗣也。道逢友而贈姬兮，緣奇而事亦異也。收哀淚而姑允兮，設篚室則未忍遂也。苟似續而能主中兮，將遂虛此位也。如不得已而再妻兮，知亦卿之意也。卿今陟而為神兮，非凶折之厲也。駕白雲而遠征兮，知否予之異地也。思卿慟卿而無以解兮，顧結盟於再世也。我之心卿當知兮，指天日以為誓也。焚冥廬以安居兮，從時俗之所製也。姬相得於生前兮，今即命其侍也。亂稍定而我歸兮，當撫棺而雪淚也。聚六州鐵莫鑄此錯兮，然百折而不改其忠義也。卿與姬能為我死兮，我心當益礪也。非白髮之在堂兮，將從軍以自殪也。顧元戎其誰足倚兮，徒捐生而何謂也。天厭亂而機可乘兮，自顧才非棄也。夜昏昏旦何時兮，看將星而如彗也。痛飄零之日非兮，不如卿之逝也。目灑血而欲枯兮，魂其自空莅也。尚饗！

田灌園六十壽序

古無祝壽之文也，自明人始以贈序之法為之，而歸氏熙甫最盛。自後子弟之欲致愛敬於其父兄者，輒以是為重事。世俗之見，每好求當代貴人以為榮寵。其不以是為榮寵者，則必求之學士文人，而學士文人苟非心契其人，與其人之實有可述，則亦祇循世俗泛泛之辭以應之，而不足以為重也。

歲乙卯，予客懷遠，依友人田子駿家。初至之數日，子駿即為言今年八月日，為其三兄灌園先生六十壽辰，預請為文以介壽。是時，先生方病痬在床，子駿引余至臥内，與接談數語，辭出。後數日，先生出玩古圖索題，讀其詩與自跋，始知先生之襟懷高遠，超然於名利之外。獨好搜求古鐘鼎圖書。而其好之也，又特以寄其瀟灑不羈俯仰今古之概，非如世之溺於古而玩物喪志者也。又數日，先生病稍愈，力疾來書齋與談。聆其議論，皆通明於義理，而切中乎事情。既而病益痊，來益頻，談益相得。暇則徘徊後園，摩挲花草木石，蓋園中一草一木，一花一石，皆先生所經營而部署之者。昔賢有云：近於道者，必遠於俗；遠於俗者，乃可與言道。鐘鼎圖書，花草木石，非道也，而人之性情真有嗜乎者，此則必舉聲色貨利與夫世俗一切卑鄙拘迂見之悉掃而空之，而乃能以自適其性如此。然則先生殆有道者歟？先生兄弟凡八人，皆能敦孝友，伯兄惺庵先生尤善持倫理，使諸弟雍睦數十年合爨，罔有異念。伯兄逝後，先生承伯兄之意，能使諸昆弟友愛，至老不衰。予以流離失所之身來依先生，昆季皆不以尋常俗客視予。而先生尤好予詩文，每見必索觀。外客來，則舉以相告。又嘗作私飲食招予共饌。夜則漏三四下，猶或來與談，聞予道室家之難，往往為欷歔涕下，何其情之真而意之摯也。

吾鄉方百川先生言人於五倫，苟於其一而有獨至焉，則其四必皆有可觀。先生之於兄弟與朋友如此，不可以知其他乎？先生早歲入邑庠試優等，補增廣生，屢困於秋闈，遂棄去，不復以科名為念。所居臨淮水，當荆、塗二山之側。曩者春秋佳日，偕同好登臨，賦詩為樂。今當兵火之後，景物全非，而東南戎馬未平，回思前者之樂，恍若隔世，而先生至是年已六十矣。先一月某日，為先生之德配徐孺人六十壽期。孺人之賢，先生之七弟鶴汀曾為道之。其瑣事難盡述，獨其舅姑暮年，孺人治饌殽進，則是日飲食倍常，易他手輒不能飽。自後舅姑珍饈，家人悉以推之孺人，孺人亦孝敬，十數年如一日。今先生之招予共饌者，盛暑非常，聞猶是孺人親手治也。賢哉，遂書之以為壽序，而不為世俗泛泛之辭也。

送崔學博序

仙源崔君昭亭，司教懷遠，因吾友董嘯庵司訓與締交甚歡。一日偕遊大乘寺，道旁有醉夫眠石上，見君至起立，熟視曰：『君非我崔公乎？三年前微公，吾儕小人俱死矣！』予驚問故，始知歲癸丑，粵賊過境，縣令遠逃。賊去而令不返，土寇四起，鋒刃交衢，男奔於途，女哭於室。君乃乘肩輿，呼良民為擁導鳴金揚旗，大呼於眾曰：『崔公奉欽使劄，權縣令矣，搶奪者殺無赦。』亂民驚散。越日，欽使周公果率兵入境，眾乃定。嗚呼，君恂恂儒者，非有馳驅戰陣之才，一旦變起蒼黄，令方咋舌縮頸不敢返，君乃慨然挺身，假權術以入不可知之地，可不謂智勇全而利害不以動其心者與？自來論者謂安徽廬、鳳、潁諸郡民悍難治，以予所聞，守令但能公明嚴斷者，莫不赫然有頌聲。

當茲大寇突過，民心搖動，人人挾白刃，負火鎗，欲以殺人為事，得一文弱書生傳播聲威，遂足以懾其不逞之心，而定其囂凌之氣。二三年後，道旁醉夫猶感激鼓舞，然則民情果不可治乎？而世之司牧不知自責，相率諉諸民情之惡，觀於君而益可慨然而太息也。

君冷官無權，值亂後，人皆廢學，宮牆之内，荒草離離，嘯庵與君念學廢不講，人心益放蕩而不可收，寒暑蕭然，妻子不能育，僮僕不能備，獨日召諸生與講文而論道。曰：『吾二人之職止此而已。』天下大患在於任職者，苟且因循，敗法壞紀，久遂至於不可救。苟人人如君與嘯庵，天下之患詎至若今日之甚哉？

因書之為贈君序，并示嘯庵何如也！

味經山館尺牘

與曾宗伯壬子六月

滌生先生宗伯閣下： 鈞衡出都數百里，麥田枯槁，坐車中惻然傷之。入河南境，始見男婦刈麥。安徽廬、鳳、潁三郡，則麥收大豐。此地民俗強悍，奸宄潛伏。一遇饑饉，狡焉思逞。又接壤豐、沛河決之地，此可告慰於目前者也。

廣西兵不畏法，將不同心，故其事決裂如此。姚石翁家書寄回，上年勸辦事宜及論事各狀，錄數則寄位西，明公向取閱之，當為太息也。天下事雖若不可為，然持危扶顛，尚賴二三賢者。中明人望不過明公，與崔田、克齋、頌南、杏江、椒生數先生言之，雖未必皆效，設無數公，則宇宙如長夜也。國家大患，始由在事之朦朧，既由朝廷之姑息，蓋殺之一字，皇上不肯行，亦大臣所不敢言，而實則起死回生要藥，如附子之攻寒，黃蓮之攻熱，大黃之攻積滯，不可常用，實不能不一用者也。前年陳侍御奏參湖南巡撫馮德聲，皇上於其時立賜之死，後來粵西諸臣，或不致釀禍如此。昨勝閣學參劾賽相、河臣，亦皆切要之言。而皇上仁慈，姑予薄懲，則後事更難為功矣。鈞衡昔嘗私嘆英夷之寇江南，深入隘地，犯兵家大忌。當時在事諸臣，苟先帝嚴詔切責，如睿皇帝責那彥成不肯赴滑故事，吾知諸臣畏罪必謀所以殲之。惟其不然，是以苟且偷生，甘為和議。今粵匪固非英夷比矣。然皇上苟大振乾威，則上相執法不敢不嚴，而向榮、李瑞等敢傲戾疎忽，以致僨事若此乎？

河工與軍事有異，然法令不嚴，亦未有能成功者。乾隆時，河決儀封，上命大學士那桂視事。那公至河，告河臣曰： 某於河事不諳，諸公習知河事者，各宜協心殫力，博採周諮，以期刻日合龍。如不然，某惟知奏請殺人而已。一時河臣股慄。不久而決口以合。此大臣畏法之效也。吾鄉汪尚書志伊總督湖南時，修天門等縣大堤，春水將至，役夫日少，而工不成，心甚憂之。乃單身私出，貌為賈人，察其故，始知有司胥吏尅削工食。公回署，立奪在事委員數人職，斬胥吏奸黠者二人。於是實惠及民，眾爭趨事，不一月而工竣矣。此小吏畏法之效也。人心不古，怠玩成風，天下紀綱法度廢壞已極。欲求振興修復，未有不嚴而能收其效者。豈獨軍工河工然哉！

勝閣學慷慨直言，當代之朝陽鳴鳳也。降三級調用之例，揆席諸公不肯出一言相救，誠可歎息。不知後來有言之者否？此於閣學一人，無損益也。於言路舉錯，所關大矣。陰氣方盛，陽不足以敵之，而勢足以扶陽抑陰者，又唯諾不肯任事，此天下所以不得不仰望於明公同志二三人也。

辱愛之深，故言之切，謬妄之罪，伏惟諒恕。出都途中，作留別一詩，錄呈大教。方暑為國家保重。不宣。

再與曾宗伯

前書已成，尚未發，會出都時，明公密諭以南中有可言者必以聞。鈞衡見識短淺，安有所知？又私懷所欲言者，多已見當代諸公之奏劄，不能行矣。茲復有細事數端，敢密陳之，非明公所宜言，科道中有同志者，告之。

一北方城郭急宜修也。鈞衡途中所經直隸、山東、河南州縣，城垣坍塌，不一而足。中原之地，平衍千里，無險可守。一旦有事，所向皆破，此可憂之大者。所以然者，南方城中，半紳士大夫聚居。城有崩圮，則相與謀於官而修之。北方士大夫多處於鄉，地方官又絕不留意於此。故聽其敗壞，日甚一日。今欲修復，非督撫嚴諭，有司並為，設法聯絡地方紳富，不易行也。

一新舉孝廉方正，宜選用也。孝廉方正一科，為古鄉舉里選遺法。今雖人心不古，然眾譽所歸，較以虛浮無實之文，暗中摸索者，為得其實，躬行本也，文藝末也，奈何以文章進者，得任宰輔封疆，而以躬行進者，反不得效職於朝廷乎？今宜奏請皇上，於朝考時，一切詩文皆免，但垂問切實時事數端。應科者，據見直對，並請嚴諭讀卷大臣，不問小楷工劣，字體譌誤，但取直言慷慨，實有發明者，列上等進呈，雖有忌諱，不必遜隱。如此，則其人之學問、經濟、氣節俱見矣。上者，重用之；次者，用以教職。今日士風不古，寡廉鮮恥，皆由教官之不得其人。誠選若輩布之學宮，當必有異於世俗之所謂教官者。下者，放歸田里而已。此事亦知言之未必行，萬一行之，於人才不無小補，而殿試之積習，或亦因而有變機也。

一學使考試，宜雜取才藝也。國家試士之法，習為具文，舉世人才敗於舉業中矣。今欲稍為變更，固結而不可動。張錫庚、王茂蔭之奏，其前事也。王御史請廣保舉一條，其事甚美。然責之州縣教官訪察，今日州縣教官有肯留心於此者乎？即有之，而書吏之需索，其可問乎？鄙意欲取祁制軍所奏策問五條内之博通史鑑、精熟韜略二事，責之學使，於按臨各府時，無論生童由學送名請考，或由學頒題。聽各紳士大夫發揮議論，仍由學呈送甄別。此種人才不多，或一府數人，或一省數人，或通省無人，不必勉強。果得真才，由學院咨送朝考，重加選用。其教官申送得人者，立加保薦，庶教官各地留心也。武試近日惟取馬步、[弓]箭、刀石用之戰陣〔一〕，未見所長。今宜奏請凡地方平民，膂力過人，精於一切武藝者，俱準於學使按臨時，自尋廩保赴學，填名送考，各自具明所長。試之果有絕人之技，移送撫督，給予頂戴。其實有非常武勇者，即由學使咨部送京引見，如此而文武有用之才，皆可稍稍出矣。是無當於國家取士政體，亦時事孔亟，望才維殷，姑欲獻補苴之術而已。

一嚴拿匪黨，宜即於其地正法也。安徽廬、鳳、潁三府，最多匪黨。俗言所謂光棍也。任斯土者，他務未遑，以嚴拿光棍為急。周公天爵所以著名於安徽者，以自州縣至備兵廬、鳳、潁，人地相宜故也。迨司臬陳藩以後，則聲名減矣。道光末年，著名光棍李庸五子、耿四標子、趙大元帥之類，先後緝獲。然自縣解省，護送人夫往來工食所耗甚鉅。既至省，上憲不即鞫問，奏請正法，任其監禁，有遲至一二年而決者，餘黨既毫無畏懼。一旦有事，犯監而出，助賊為大害者，皆此類也。此種著名大惡，非尋常愚民誤蹈法網，恐有冤累者比。但一緝獲，州縣飛報，督撫即委員奉王命就其地正法、梟示，則奸宄懼矣。此就鈞衡所知本省言之，他省想同然也。昔人論安徽省治，宜改廬州，其實不然。安慶扼長江之險，亦為重地。廬州但宜設臬司，坐鎮其地，凡北數郡光棍案，專歸臬司主決，一訊即斷，不必解往安慶。不惟省無限葛藤，亦今日救時要策也。

【校】

〔一〕草茅一得內引文為『弓箭』，據此補。

寄邵位西 壬子六月

六七月兩書，先後想均達矣。南豐過桐，得悉都門故人一切，伯魯美才可悼，惟其先輕薄，不以禮義自閑，不能不為作龔生之泣也。

湖南兵將，不可言矣。昨見敝邑過兵僅三百人，騷擾已甚。辦差者，非海味佳殽不食，稍薄則掀席擲碗。甚且道遇婦人，握手為戲。宿城外，私脫兵衣，沿街生事。地方官不敢深問，督兵者莫可如何。似此驕兵，安期死戰？方今救時要訣，只有殺之一字，此天下人心所共知，而實無一人敢出諸口。見諸事者，皆姑息因循，畏首畏尾。一二稍振作者，又坐好仁不好學之弊，析義不精，貽誤非淺。國家厚澤仁深，崇儒重將，不料至此極也。此時，大帥苟能嚴明軍律，入陣則退步者，斬；所過則犯秋毫者，殺。各省督撫調遣之兵，痛責督兵官軍法治罪，官卑不能彈壓者，則責之地方官以軍法論，先殺後報，則民可安堵，而兵亦知法，庶幾可用。不然日縱日驕，將不可問。言路中有至契者，望以此情告之。

懿甫以和某公詩內『閒公』等二字，大被狂生之目。伊云：『吾兄尚為寄書。』伊得湯池小館，得隴不望蜀矣。惟眠食自重。不宣。

寄位西

前讀邸抄，知袁侍御甲三奏參載詮、恆春，書元訥爾經額一摺，可謂不避權貴者矣。迨奉旨詰問，言所從來，袁乃以曾、吳諸君子入對。苟非皇上仁明，又有息肩圖實事，則諸君子危矣。朋黨之分，亦恐由此搆釁。

弟以為袁公忠直有餘，而學識不足。此疏既上，皇上追究同見之人，情所必然，何不預為之地？迨既已傳問，則止宜覆奏云：『諸臣行止，久在聖明洞鑒之中，臣所奏者，猶其小節。御史向有可以採風聞入告之例，故臣為國家起見，有所聞，不敢不言。若必窮問所言之人，則眾說紛紛，莫知所起。諸臣職位皆尊，即親見其事之人，亦誰敢挺身證事，以觸其忌怨乎！皇上如以臣為不當言，則請將臣治罪，以為妄參大臣者戒。若必欲臣舉所聞，雖受鼎鑊，不敢株連也。如此，則不致興大獄矣。宋吳文肅公奎為諫官，自言事非其實者，詔詰問從誰受，公奏言：『御史擇於風聞以言事，朝廷用之。採過失，其擇之不詳，朝廷能容，容之；不能，罪之可也。若求主名，則後莫有以告御史者矣，是以蔽塞其耳目也。』上立罷不問。惜袁公之未知此也。

與宋明府

前過書院，論代擬防盜示稿，具見愛民緝匪深心殷勤愷切。惟設立柵欄一事，通驛道市鎮似不便行。則只以稽查過客及近鄰護救密路隨蹤為緊要事。不通驛道各鎮。其大者，向來均已設有柵欄，小者僅一二十家，措辦費無所出，再四思維，惟仍通行保甲之法。老父臺慮及挾隙栽誣，誠為仁心周密，第矜保雖有不肖，然既有總董為之稽察，則其敢於栽誣者，十不居一。人心不古，雖聖人生此時，立法救之，亦不能禁其弊之不出。惟所利者大，所害者小，則不妨舉而行之。然必矢以實心，慎擇其人，明其賞罰，乃其實效。今將擬稿呈閱，或通行保甲，或專責鄉鎮護盜。伏望明公裁定，發刻頒布，書手謄寫，不能多也。

再者老父台前云：『未雨綢繆之事』，此方今第一要務。然費無所出，不得不於民捐軍需項下扣存。惟敝邑向來積習，城鄉意見參差。今若專扣城捐，則其貲無幾，若扣存鄉捐而為城備，則鄉民不知大義，嘖有煩言。惟老父臺以大公無私之心，行因地制宜之事，縣城所在，居北鄉之中，一旦有事，則北鄉受害必重，而欲保縣城不能不先保北鄉。今北鄉捐數較多，老父台宜扣城捐十之五，北鄉捐十之四，籌備火藥兵器，分為二庫，一城中武備庫，一北鄉武備庫。北鄉武庫即於城北豐備倉內收貯。於現在，則為俯協輿情；於將來，則為彼此救護。至東西南三鄉，捐數無多，恐難扣辦，須以他法行之。然此時辦備武器，將來全在固結人心。而欲固合邑之人心，則全在老父台一心之先固。不然則恐為借盜之資也。明季兵火，東南鄉安堵，北鄉受害最烈，西鄉次之，以通衢與縣城所在，亦地勢使之然耳。保甲內學習武藝一條，亦最為善法。富民所費無幾，貧民亦莫不願各保身家。敝邑東鄉所以歷朝未遭兵火者，一則地處邊遠，一則其民尚武技也。愚昧之見，伏求裁酌，為桐城造無限之福。惟照弗宣。

與呂司空第一札 癸丑三月

鶴田先生司空閣下：都門侍教，又一年矣。時事變遷，乃至於此！耳聞目見，真有不忍言、不能盡言者。

二月初，聞明公奉命來皖。會辦防剿團練事宜。福星來遲，皖城失守，而地方土匪蠢然思動。廬、鳳、潁三郡，尤稱強悍之區，惟恃明公威德兼施，使良善者，感奮圖功；不肖者，懷慚畏罪。其向來巨猾，則非勦殺不行。稍事姑容，必貽後患。近聞台從已抵鳳陽，知必將北路各州縣妥為安撫，俾有成局，始克來皖。敝邑人懦地貧，自去秋逆匪竄陷岳州，鈞衡即率鄉人議行團練，乃有司視為迂緩，又恐搖惑民心，未肯即行。及逆信漸逼，有司始將鈞衡所獻團練堡寨章程發刻，亦第刻之而已。書生無柄，呼喚不靈。富者吝財，貧者惜力，乃知天下事，言之非難，行之維艱。非其人不行，非其時不行，非有其權勢終不能行也。近者，恭奉上諭飭行團練，並刊刻德參贊筑保禦賊疏，及龔景瀚堅壁清野議，禦賊之策，莫善於此。蓋小民素無膽識，必置之於必不可死之地，而後有不肯輕去之心，民有不肯輕去之心，而後賊無可竄入之勢。我省北數郡，民力剛強，膽氣壯勇，但能結實團練，堡寨猶可以不設。若自舒城以南各州縣，民情恇怯，苟無堡寨，則團練亦屬虛文，況民間所謂團練者，不過有團之名，無練之實，以之防土匪，則有餘，以之禦賊匪，則全無足恃。目今農務方興，操練之事，既有所不行，而商賈歇手，錢穀不通，經費真無所出。鈞衡在鄉里，雖日籌此事，左支右絀，百計艱難。所以然者，由不得賢有司為主持耳。此時，有司第一要有真心，其次要有真識。有真心而後遇事認真，不存敷衍之見。有真識而後遇事勇決，不存畏葸之心。明公奉上方劍出都，操生殺之權，不獨黜陟之柄也。爭先一着，在甄別牧令。通省五十四州縣，豈必一一躬親而勸諭之哉？訪其不肖者，立劾數員。擇其真能者，立保數吏。則能者感激，不肖者畏威，中才亦皆思奮。保劾之後，隨即明布告示，妥立章程，嚴飭各州縣遵辦。一月之後，察其實力奉行者，再保數員。疲玩不力者，再劾數吏，則莫敢不盡力矣。地方州縣疲玩已極，始至而不加保劾，則雖有明示，視為具文。一月後，不加保劾，則雖有嚴令，終同兒戲。天下大局，敗於姑息，壞於敷衍。欲去敷衍，必先除姑息。大吏提綱挈領，綱領得，而天下無難事矣。

敝邑宋明府，現今告病，稟請前任成明府回任。此君才幹素優，敝邑得之，當有起色。為卜大憲能俯允否？合邑士夫知鈞衡辱叨知愛，囑密求向周中丞、奎方伯言之。鈞衡私見，欲獻於左右者尚多。未敢瀆陳。姑以目今急務一二事，為明公告。伏惟惠教弗宣。

一目今賊竄南京，分突鎮江、揚州，東西梁山以上，實無一賊。皖城雖經殘破，不可不急圖收復。請重兵以扼梁山。一則令其有襲後之憂，一則防其有轉竄之志也。

一金陵之陷，聞逆匪早伏奸細於城中。臨時城中火起，城外登城。該逆處處有奸。前月間閩人自湖北歸者，云大道所見會試公車，多有不似讀書人面目。即各旅店亦云形跡可疑，難保非逆人詭計，冒充會試者入都以覘虛實。可否請密摺奏聞。

一現奉旨頒發宿遷團練章程，固極周密。然各州縣因地制宜，勢難一律。即如敝邑辦法，四鄉不能皆同。則頒之自上者，但挈大綱而議之。自下者，乃詳其目，可否請飭各州縣，會同公正明白紳士，因時因地妥議章程。一面詳報，一面舉行。遲玩不詳報，立予參劾。詳報而行之不力者，更予嚴參。先須收拾渙散之人心，然後可圖振興之事業。至各地暗訪，則必幕中預選一二心腹之友，貌為行客，周歷咨詢。雖所採不盡可憑，而大致必無差謬。

一附皖各州縣自省垣失守後，商賈歇手，稻米不行。敝邑及懷甯、廬江、潛山、太湖、宿松，以及湖北皆產米之區，地方富戶家少銀錢，春來惟餘稻米而已。目今省垣雖無賊踞，而各地錢穀不通，居民皆窘團練費無所出，可否請會商中丞、方伯出示勸民照舊生意，言明現在江西、湖北、湖南各地太平，并移文湖南北、江西中丞，一律出示。并嚴飭濱江各州縣，設卡緝拿賊盜，隨地正法，一切不拘以文法。庶使商賈漸通，地方乃有起色。

一各地團練真能明大義，以保全鄉里為心者，不可多得。惟於按臨各縣時，先向該州縣及本地大紳士，問明該處團練某某結實可恃，某某公正無私，或於城中傳諭，或便過其地傳諭，加以辭色，給以功牌，自必愈加踴躍。并諭地方官，假之以權，則呼應皆靈，而地方小爭訟曲直，可以不須到官而已息，且較到官受胥吏之累，為益多矣。

與呂司空第二札 六月

前頒團練告示章程及勸諭書信，法良意美。乃各地奉行未實，半皆敷衍。良由有司難得其人，而紳董亦少真心任事者也。近聞明公將與袁、趙二公，分途勸諭，星軺所至，當必有渙然改觀者。但未至之區，有要事，仍宜先頒明示。至一縣，即以其奉行與否，課牧令之賢不肖。方今積弊，大吏嚴令風行，下官視為兒戲。而所以敢於兒戲者，由大吏令嚴而法不嚴也。鈞衡目覩時艱，補救無術，私懷所蓄有數則欲為明公陳者，未必芻蕘之可採，有所見不敢不以聞也。謹獻管見於左。

一請申軍律，以懲鄉勇也。敝邑昨遇六安鄉勇，橫暴異常，刼錢物車轎，不一而足。并見刀傷兩人，入城需索役夫，邑令避而不面。即將籤筒印架，拋擲池中，堂鼓擊碎，聞駐扎之地，民間婦女，逃散一空。此景此情，如何是好？況此時鄉勇萬無足恃，何也？先前各地招募，雖遊手不肯遽應。以為一經入冊，則生死不可知。自皖城失守以來，親見兵勇之逃。一聞招募，爭先恐後，以為無事則安享食用，有事則任我奔逃，藉行搶刼，以預存奔逃搶刼之心，而望其有保護固結之念，豈可得耶？竊謂鄉勇雖非官兵，而既經養以口糧，即與官兵何異？若不處以軍律，奚以斂其凶燄，而得其死力？出戰之軍律，明公不得掾其權，應奏請特降明旨，諭督兵大帥，鄉勇與官兵一律嚴申軍法。招募之始，即先與三令五申，如此乃可收實用。若沿途騷擾，則三月間陳金綬奏遣散廣東鄉勇，沿途騷擾，已奉旨飭地方官及團練紳民，如過此等凶徒，隨手拿獲，格殺勿論云云。可否請明公頒示予地方官及團練紳民以權，或可令其知畏。并請嚴飭州縣，有坐視鄉勇滋擾，不行懲辦者，立即提參。蓋州縣多柔懦因循，非嚴以責成，不肯與若輩較量。涓涓不塞，流為江河，鄉勇不能禦賊，即將為賊也。州縣遇鄉勇滋害，尚不敢問，尚望其能殺賊耶？

一請重賞罰，以殺長髮也。長髮賊大股所至，州縣兵力不足及團練紳民不敢格殺，情當可原。若僅七八人及二三十人，殺之何難之有？而近日長髮所至，往往一二人孤行，莫敢與較。小民以為長髮賊不害我等，殺之，即恐其統眾報仇。不知一二長髮，非奸細即逃賊，殺一奸細，則賊之信息斷一路矣。殺一逃賊，則伊等乃烏合之眾，非有父兄骨肉之親，誰肯為復仇者？且令其聞之喪膽，不敢入境矣。可否請明公出示：凡長髮竄入之地，有能殺死者，一首級賞銀若干，由地方官給發，後來作正款開銷。其非大股逃竄，力可殺而不殺者，一經訪聞，先將該地方官嚴加處分，而團練紳民亦予懲罰。如此，或有能殺賊者。不然賊膽愈大，民情愈怯，日甚一日，其奈之何？

一請勤勸諭，以收民心也。近日州縣實心任事者，百不得數人。其通弊大約粉飾因循，安居城署，不肯梭織四鄉，但憑一二張告示，人孰肯道？甚者，告示均無，於四鄉紳士既不隆以禮貌，又不嚴以責成，有所稟聞，置之勿論。夫一荒年辦災，尚非梭織四鄉，慎選董事，不能悉民情而收實效，況茲事重大，而可坐治之乎？又或偶一往鄉，僕從胥役，隨地苛索，紳民既苦於團練之無資，復苦於應酬之乏費，如此而民心何以能固乎？可否請明公頒示州縣，務宜巡勸四鄉，隆禮紳士，輕車減從，自備夫馬，不得絲毫取給。團練紳民一聞長髮入境，或土匪竊發者，即宜挺身先往，遲延悞事者，概以軍法處之。

一請懲頑梗，以齊民志也。愚民何知大義？利之所在，不教而趨；害之所在，不約而遯。團練本大利之所在，而愚民或以為大害之所存。蓋富民多以出資而生嗟怨之心，貧者或以團練而阻刦掠之路，又有不法之徒，專以蠱惑人心為事。一言僨已成之局，一人壞合鄉之事。可否請明公頒示地方官，遇有此種遊民，即以違旨重辦，紳董遇有此種阻撓，即宜稟官提究，不得瞻徇隱忍，致悞事機。

一請明法令，以防土匪也。各地土匪，前於皖城失守後，紛紛四起。後經各地方官拿讞正法，始行斂跡。其時，敬修周公坐鎮江北，未至之地，土匪聞而喪膽，足見刑亂國用重典火烈之功，甚大也。夫天地之道，有生不能無殺，有殺乃始有生。天地當肅殺之時，其心猶好生之心也，勢不得不如此耳。仁非義不行，事非斷不決。子太叔、嚴詡之為政非不善也，而國以不靖。今之時，天地肅殺時也。此輩奸民，大半在刼，不去之，天心終未肯治平耳。今雖各地土匪潛伏，一有賊至，蠢然動矣。可否請明公頒示：嗣後各地紳民，訪察各地土匪，如有一聞賊信，即思乘機搶掠者，準該地紳民立即格殺，一一送官治罪，則地廣者，常有不及之勢矣。

一請禁抗租，以遏亂機也。逆匪所至，往往欺誑愚民，謂爾等租稞不必完田主，俟我王定鼎之日，爾等再完。悖逆無道之言，實堪痛恨，而愚民半信為真，一二奸民遂從中煽惑，以為賊言原不足信，但皇上未收錢糧，我等亦可不完田稞。此言一出，百犬吠聲，懷、桐之間，現在收早穀者，羣思罷租，此大亂之漸也。可否請明公頒示，諭以皇上軫念民艱，故上忙遲至下忙開征，有田業者，不日即要完糧，兼各地籌辦團練，亦資出於租。乃訪聞有等奸民，藉賊匪尚未盪平，結黨罷租，此風斷不可長。嚴諭各州縣剴切開導，如有倡言罷租者，即係亂民，定即重辦。又上年錢糧，純良百姓盡已全完，而遊滑富民，半多未納，下年開征之時，應請奏明，上年未被賊州縣，有錢糧未完者，照冊帶征催收。如此，民心方平。然朝廷德意甯濫毋苛，是非草野小儒，所敢亂道者矣！

右所陳各條，多大憲曾經遇事出示者，惟所頒無多，又州縣多玩忽因循，未肯徧布，且一事一示，閱者多不留心。可否請出總示，分款列開。嚴飭地方官照刊頒布，務使鄉村皆徧，婦孺咸聞。又明言著團練紳董，隨時講說，與愚民共聽，庶可振聵警聾。總之，州縣無良有司，未能宣布上意，收拾人心。故欽差大臣，惟以擇吏為先。能者，立請獎勵；不肖者，立即嚴參。雖曰人才難得，然上憲果能風厲，則中材皆可勉力，能者益加鼓舞矣。

夫團練非特禦賊，即所以滅賊也。賊隨往而皆窮欺，官兵不難殲滅。一縣團練不結實，則賊有一縣之隙可乘。一府團練不結實，則賊有一府之罅可入。苟不足以禦賊，則團練何為？苟州縣不得其人，則團練安能禦賊？苟大憲不嚴甄別，則州縣安能得人？今以人才之難，必欲縣縣得人，亦必不可得之事。而通省大局，何者為一省之保障，何者為一府之要隘，但於保障要隘之地，着意擇人，專心於此，俾賊無可竄入之路。其餘州縣，雖不能處處結實，而州縣畏威懼法，亦必有大局可觀，則賊亦無從知其不可恃也。國家賊患，起於姑息。用兵三年，而賊勢愈甚者，非姑息二字釀之禍耶？今起死回生，別無他藥，惟力去姑息二字，天下乃有轉機。伏處草茅，狂言無地可發，辱明公知愛，故敢陳之。

金陵、揚州、鎮江消息未得其詳，大約與賊相持，一時斷難克復。而潯陽以下，江甯以上，長江賊船，三五成群，任意來往，莫或過而問焉。用兵者，當於是乎？東西梁山之隘，棄而不守，兩岸葦蘆之中，又不能隨地藏人，安設大炮，相機而擊之。皖省之憂，恐終不止於此也。惟恕謬妄，不宣。

與呂司空第三札七月十八

十三日接奉賜書，過承獎譽。敝邑聞太湖之警，城局養有鄉勇，諸友即率之前赴陶沖驛堵禦。鈞衡即諄勸鄉民，執械竪旗，壯其聲勢。十六日廬州卒回復奉惠緘，所獻六事，自知皆越分之言，不以為罪，反蒙採用。自後有所見，當益竭微忱以報大君子之知愛矣。

敝邑團練，雖有虛聲，而實用未敢自信。蓋民情懦怯，又加逆賊狡獪，處處布欺誑之言，以致人心懈弛，而虛聲所以出者，鈞衡承辦十六保，地當南北衝途。五月間，曾派令各保居民齊集大道，分地駐扎。自小關至城，五十里處處皆人，是以來往傳聞，名過於實。是時廬、舒二邑，土匪紛紛，故假此虛聲震懾之，亦竟不敢入境。其實恐未必足恃。而西、南、東三鄉，更為敷衍。前令劉禀大憲云桐城團練共有十四萬人，而東、西鄉有鄉勇數千，足供調遣，皆虛詞也。此本不當言，恐大憲信為足恃，後來悞地方，故敢陳之。

竄太湖之賊，聞止四百七十二人，至石牌搶掠姜、汪二典銀數萬兩，盤踞三橋頭，在事諸公，果能統兵徑往，真如取物囊中。而張臬司熙宇，擁兵集賢關，坐視不動。張臬司映塘帶兵三百住桐城，中丞屢催不往，此種情形，真草茅所不忍言，亦所不當言也。如何如何？夫賊匪出沒無常，但係命官手有兵勇，隨地聞警，即當出不意而破之。事事必俟稟明督府而後行，則必有不及之勢。乃奉督撫嚴檄，而猶復遲延，養癰貽患，以所聞見推之天下，恐大抵相同。賊勢安得而不狂耶？兵貴神速，此二字在今日幾不知矣。

鈞衡與二三同志，誓以為此賊若至，定與決殺，以洩草茅書生之憤。然即能殲此數百，於天下大局何補耶？念及此，又不禁為涕下矣。恃承德愛，發此狂言，惟恕不宣。

與呂司空第四札 七月二十四

十八日奉去一緘，想邀台覽。二十二日趙觀察過局，詢知籌謀大事，昕夕弗遑。天生大賢以為艱難之天下，不獨大江南北仰庇蔭於無窮也。

前竄石牌之賊，於三橋頭東十里，插一偽旗，遠近傳聞，民情震動。敝邑局中探子石占魁、錢裕萬至該處拔回，其本地人有叩首求勿拔者。石、錢二人拔刀恐之，始聽攜回。賊亦不敢北至，足見民自畏賊，賊非不畏民也。偶與觀察言及，觀察以為此種探勇，今所罕有，必須加以獎勵。鈞衡以事小，不足誇張。而觀察堅屬必將情節稟聞，並留片作字數行，今以呈電原旂於封械中，不便寄。特書其逆語，以見狡獪之一端耳。

石牌賊有分股至洪家舖者，被官兵大創，差強人意。昨聞賊船有至運漕，焚燒搶掠，李少荃太史曾與接戰，太史之兵勇無多，中丞已自增兵前往接應，一路以設伏為妙，兵家之法，貴速、貴奇、貴重賞、貴嚴刑，此外無他道也。

敝邑先前年歲頗豐，十月十七大雨，洪水非常，沿河低圩均受害。而舒城之蛟水尤烈，天怒其尚未平耶。恭請勛安不一。

與呂司空第五札 八月

前月杪差至，奉到台諭，未即修復，承詢敝邑周氏子弟劫奪賊艘一事，子細查明，實僅三十餘人，坐小漁艇兩隻，突過賊艘，賊出艙抵禦，被殺去七人，賊環跪乞命，貨物聽其自便。漁艇小，不能多載，不過分大船之一艙耳。賊艘亦僅三隻，彼時伊等識短，使盡殺賊黨，將三船運回，豈非快事？而其族長聞之，恐其從此滋事，遂加約束，以後不敢行矣。

敝邑東鄉精拳勇刀棍者，不獨周族。使有大人先生，勸諭各族長，予以議敘，俾以事權，為之籌費，廣募沿江漁艘，招選勇士，出沒港浦蘆葦之中，何難滅賊？若僅恃草茅人之勸導，及笑以為愚而妄也。廿四酉刻，賊船六七百號至皖城，戌刻又到三百餘號，將皖城五門封其四，而僅開向江一面，揚言將由桐城入廬州。揣賊之意，既不得手於江西，欲得廬以為金陵、揚州之犄角，情所必有。而舟中輜重難捨，故暫以皖城為巢穴，窺探北來光景，相勢而行。目今張廉訪駐扎集賢關兵太少，不足恃。苟非中丞公速調大兵前往集賢關接應，設張公一退，則賊勢愈狂，人心愈怯。聞敬修周公已抵廬州，設能得此老前來，則士卒氣壯，若不及早圖之，俟其竄入桐、舒，而後為廬州計，則各地土匪勾結，其事有十倍難於此時者矣。更有要者，江岷樵廉訪現在江西，江西既已解圍，而追襲之計，不可緩。敝邑許觀察子逢，擁兵扼黃州下游之田家鎮。其人才幹非常，亦可為西來會剿之師。敝邑城中，義勇六七百名，訓練已久，似可應敵。而督勇之馬徵君三俊，忠義氣節，百折不回。倘四路大兵雲集，各鄉團練再振聲威，賊雖百萬，不敢北竄，況不過殘敗之餘孽哉！然不能早圖，則未可知也。泥塗未見，敬獻左右，伏望即與中丞公商之，宜速宜斷。

六安事如可脫手，即求明公移節桐城，並求檄調現署霍山之成大令來桐為官，令勷辦地方公事，一切有所諮商，明公主持大計。鈞衡雖恂謹書生，亦將披膽瀝肝從事其際，或使此賊滅於桐、懷之間，則大快事也。裕溪運漕泥汊江面，雖時有賊船，而各路防兵約六七千，彼邊當可無患。而皖城此股，必其魁之所在，謀士精兵，諒在此股，不可不加意防之也。

近來大患，各地愚民受賊牢籠，不知敵愾同仇之義。而官兵又半無紀律，望賊即逃，兵愈逃，而賊愈狂，賊愈狂，而民愈畏，民愈畏，而賊愈狡獪，以虛言僞惠，渙其親上死長之心，此所以大局至此。文潞公處大事以膽，韓魏公處大事以嚴，范文正公處之則曲盡人情。此時當事大人，雖兼此三者，乃能康亂。是不能不仰望於明公與中丞也。謬妄之言，伏候採納，惟鑒不宣。

呂公得是書，即日自六安起程赴桐城。並以此書轉致中丞李公。

與呂司空第六札九月初八

在城侍教，別後復以事羈留二日，始得回局。傳諭十六保矜耆訂期團練。各保現今添製器械，尚未齊備，伊等既有踴躍之心，不得不稍遲數日。而愚民聞巢縣東關之敗，又集賢關未見捷音，心多畏怯。現議局友分途剴切勸導，一俟回局即行會團，而十六保之中，亦有一二梗頑殷富，以不肯捐資，時時暗中阻撓團練，值此賊氛逼近，謠言一出，衆志皆搖。董事百般掣肘，偶欲稟縣懲創，而宮明府仁慈之聲，四鄉傳播，民不知畏官，但積怨於董事而已。成明府既至，久之當必有大不同者。要之民氣不強，聞土匪則奮，聞賊匪則怯。聞逃竄小股，則猶有格殺之心，聞蜂擁大股，則全無敵愾之意。所以然者，由官兵官勇未能大殺賊，以壯士民之氣。將兵帶勇之不足恃者，則望聲先逃。其足恃如江西之沈令衍慶、安徽之黄令元吉，又如此結局，民安得而不畏賊耶？

今日各路用兵及團練一事，若據官文書所言，無一處非長城之恃，若覈其實事，則多有不堪問者矣。鈞衡才小勢微，自問此心，亦可謂認真辦事。乃認真，而僅得敷衍，其不認真者，又當何如耶？言至此，愧極恨極。江西江廉訪既不克前來，湖北許觀察亦斷難會勦，安慶情形恐又成金陵、揚州、鎮江局面矣。奈何奈何？集賢關在事諸公，向求明公時加書信勸其作速破賊。萬一廬州有警，南邊牽制，土匪叢生，則舒、桐一帶無安土矣。

與呂司空第七札九月十二

頃聞賊之自東關入者，張大旗八面，上書『定奪廬州』大字。萬一廬州有失，則集賢關之兵餉必絕。明公宜預籌接濟之法。桐、舒別無可籌，惟典舖帑本尚可提用。但未知仍存若干，宜告二令審察之。能保住南方一面，亦好事也。賊若入廬州，不北犯許州，必西犯六安。以二地皆水陸交通之地，賊性愛水，不愛陸也。

周欽使未知何往，可否請其移節六安，以為舒、桐接應，許州固早有重兵也。賊踞安慶，下通金陵、揚州、鎮江，長江數千里，任其往來，如入無人之境。竊以為江防不能辦，賊一時未得平也。

與呂司空第八札十月初九

前月初十，合肥義勇許懷義，因張臬司不肯出戰，率帶鄉勇突入皖城，賊已窮蹙，大半登舟欲走，乃張臬司以令箭招回，不肯發一兵往繼，以致小有挫折，此有心之士所聞而扼腕者也。二十三之戰，我邊炮傷賊二千餘人，因而潰散者不少，其後賊伏兵四起，實無多人，廣東兵及廬勇猶欲與之接戰，而張臬司、恆鎮軍、嵩副將，均已望風逃矣。退住桐城，置練潭以南於不問，成何事體？是引賊來也。明公似宜嚴飭在事諸公，速即收輯殘兵，前赴練潭一帶，不然立即叅辦能仗令箭，一面以一人正法，一面奏聞，則事猶可救。否則，賊知我怯，發兵直到桐城，則在事諸公，又將何往？軍令之不申，士氣之不振，蓋莫有過於今日者也。敝邑自宮令接篆以來，仁慈過甚，幾成不可救之邦。賴明公蒞桐，斬監犯十四人，近復連斬賊之奸細，民心稍壯。然人情疲玩已極，將來足恃與否，終未可知。成明府才幹素優，但少血性，即接印，亦未必足恃。然較之宮令，奄奄無氣息者為佳。其不接印，即其偷巧之心也。伏求嚴諭，回任不準推辭。非特為桐城數十萬生靈計，亦廬州南來保障。此時有權勢大人，全在能嚴能斷，上念國家高厚之恩，下顧子民億萬之命，一毫敷衍寬縱不得，乃於事大有益也。

鈞衡一介書生，好發議論，手無尺柄，均作空談，加以慘值兄喪，老親悲慟，未敢遠離。局中不能常到，一俟老親哀定，即當整頓地方。北鄉團練，從前為合邑所無，近為二三小人以私見破敗公事，愚民何知大患，惟知苟且偷安，故事情中變，令人憂憤。總之官兵如此，團練氣安能壯？故目今在事諸公，以前練潭以南為爭先一着，然使其畏而不進，望而即逃，亦毫無足恃。朝廷賞罰，明公身為欽使，固可主持之也。書生但談義理，罔識人情，憤激之談，不能不吐。惟照不宣。

與呂司空第九札十月二十五

十二日叩送後，人有自皖來者，尚云賊已無多。十四午後，忽傳賊至。在桐諸將，不肯出戰。僅馬徵士、張秀才率兵勇於南門外迎剿。彼邊先至者，不過百餘人，我邊開鎗，伊仍有進無退。其後至者，分兩股，一由三里岡繞入西門，一由東皋繞入東門。諸將先時皆走，馬徵士義勇亦奔，僅以身先，而賊遂入城矣。十五日，城中大殺，附郭一帶，焚殺亦多。十六日，復出城焚殺，揚言居民進貢，即可免死。於是各地居民爭致雞豚進之不可。鈞衡於是痛哭入山，使目不見，耳不聞，斯已耳！入山後，訛言四起，云賊中要搜馬徵士及鈞衡父子，皆由本地土匪投降其中，鼓弄生波，於是足之所至，居民知者，不肯容留，其奸民頗有思執而獻之之意。不得已，間道奉老親出桐境，而依舒之深山匿迹銷聲，家人離散，莫可如何？馬徵士之兄已於城中被害，其老親家人遯入西鄉深山。二十一日夜半，土匪誘賊入山，焚其所依之宅，或云全家被害，或云尚有逃出者。真心辦事之人，無益地方，反罹大害，能不為痛哭而流涕乎？自十六，居民有鷄豚之貢，賊遂下令止殺。但於附郭擄人，辰出申入。連日來，遍貼偽示。有令居民限日造冊舉官，有令居民限日聽講道理，有令各保居民派夫為送貨物入皖，派夫不從，即行焚戮。小民竟有不敢不遵之勢。遭兹惡盜，不得不隱忍苟全，以日望大兵之來。再緩時日，各地土匪愈結愈眾，桐邑良民無生理矣。

人之自城出者，云賊不過二千人，近賊日擄日多，日日運貲財入皖，風聞大兵已至大小關扎營，未知信否。防而不剿，賊勢日狂。且大小關是正道，此地扎營，彼必由老鶴嶺、中梅河間道入舒。賊之狡獪，往往如此。若以末見，此時用兵大小關，正面聲言重兵屯扎，實則一路設伏，但用兵千餘，足以制其死命。別以精兵，分繞湯池，出廬鎮關，間道直逼城之西北高山。而一路亦隨地設伏，即不能盡剿，彼必望皖而奔，而桐城可以收復矣。從前集賢關之退，設在事諸公知軍律，進屯練潭、冷水舖一帶，何至如此？

桐城之受害，不得不委咎於諸公也。李中丞現已罷黜，江中丞又未遽來安徽，大局全仗明公救民水火。此時事急，即以團練而主攻剿之事，一面奏聞，一面斷而行之。我皇上必且倚如柱石，斷不致有越俎之議，為功既大，造福無窮。賊以擄掠烏合之眾，從令如流，我以素行操練之兵，望風而潰，其故何哉？賊能用殺，我則寬仁。夫將知畏法而後有敢死之心；兵知畏將，而後無輕逃之念。賊之伎倆尋常，其所以勝人者，但有進無退耳。我兵若有進無退，則百倍於賊。而欲得我兵之有進無退，豈可專責之兵耶？前勸明公治張、恆諸人之罪，聞鏡溪先生述明公之意，僨軍之將，不難懲之以法，惟去一將，不得一更代之人，此真憂世之苦衷，無可奈何之事。然斬一將，則諸將有畏法之心，雖庸懦亦生勇敢。以其庸懦，而姑息置之，則玩法日甚，畏賊日深，天下無復太平之理矣。賊今盤踞桐城之內，房屋未焚，似有留為巢穴之意。而運物入皖，又似預防大兵至即潛逃也。首鼠兩端，狡兔三窟，大兵若僅駐扎大、小關，不敢進剿，則終必為賊所襲。不分兵由間道入桐，則賊必由此入舒也。

鈞衡一介書生，遭茲世難，流離失所，未知家室若何？若非老親在堂，惟當以一死，上報國家養士之恩，下謝不能保護桑梓之罪，窮巖斷壑，尚何心言事，乃深夜涕流有不能已於中者。沈溺九淵，呼號望救，不自覺其言之出位，而辭之覼縷也。賊又遍告居民云，從前我所到地，未嘗焚戮，惟桐城殺我探信多人，是以如此。小民無知，信以為實。此言一傳，將來各州縣更無膽殺長髮矣。奈何！奈何！韓魏公斬十卒，而一軍股慄，狄武襄斬三十二將〔二〕，而萬人死戰。自古用兵之道，舍嚴之一字，別無他法。至懷之以德，則是平日本根。然非法立，亦不能知恩。明公奉命來皖督辦團練，夫團練與攻剿，非兩事也。不能大申軍律，使攻剿有成效，則團練居民望而先畏，賊安得不猖獗耶？大君子虛己納言，素承摯愛，敢獻瞽談。然而亦罪大莫贖矣。

【校】

〔一〕據草茅一得，應該是「裨將三十二」。「二將」即裨將。

與呂司空第十札 十月二十七

二十七日戌刻，奉到手書，知明公愛國忠君，救民水火，真此時江左夷吾。又知江中丞將到六安，商辦有人，賊此無難剿滅，惟兵將疲玩日久，逆賊當得意之時，非我邊十分嚴肅，依然畏賊而逃。故此時明公與江中丞爭先一着，以嚴軍律為第一。兩大人不妨移節步諸將之後，以隨帶之勇，為殺逃兵逃將之人，積弱之餘，非極嚴不能轉步。江中丞先聲奪人。此時尤不可稍鬆一着也。小關為大要口，岐路與葛家廟、槲樹嶺雖分三道，若大兵直進三十里，呂亭一帶，則諸道皆截奪，不必分兵三路矣。目今最要一道係由桐城北門外，十里至陳州舖，又十里至五嶺，又十五里老鸛嶺，又十五里盧鎮關，由中梅河入舒城。桐民被脅入城逃出者，傳聞安慶來令，直破舒城，以入廬州。兵分三路，以一路直撲大小關，以一路由老鸛嶺入舒，以一路由岐嶺繞出大小關之後，信否？雖不可知，似頗得用兵出奇之法，不可不防。今大兵若俱萃大小關，即請傳令分撥守岐嶺，又分撥繞西湯池達盧鎮關，截老鸛嶺，此地亦要口也。惟其地艱於軍餐，總宜直入陳州舖，進攻城邊為要策。小關、岐嶺、老鸛嶺三路皆設伏妙地，不可疎忽。鯫生不能遠見，惟揆地度勢，或宜如此耳。

馬徵士因賊中傳言紛紛，其太翁勒令帶子他往。後一日，賊遂入唐家灣，中夜焚殺太翁，元伯先生被害，一家死者十數口，慘不可言，聞之為痛哭連日，而徵士消息尚未探得，擬即專人函唁，勸其即赴行轅。此人忠勇性生，前日城南一戰，張、恆諸公逃後，伊猶奮勇前進，從者僅四十人，見賊分數股，四十人爭欲奔逃，乃痛哭下馬而去。遭茲大難，不共戴天，得此人效力行間，自高出尋常萬萬，惟其孝友甚至，恐此時已自盡矣。

籌餉一層，最為先着，王氏捐款雖難，果大兵臨桐一戰而捷，不特王氏極力報効，即諸富戶亦莫不輸將。然而人之常情，賊來則但求性命，不惜家貲。賊退，則性命得全，家貲又惜。非明公與中丞惕以嚴威，又難指準。此時辦事，固不能拘常格也。小民爭獻雞豚，固出無可(如)[奈]何之事，然聞賊語，則不敢不遵。聞大人團練捐輸之諭，視同泛泛，其故何哉？一殺人，一仁厚耳。今以仁厚之心，外面布殺人之令，民又誰敢不從？此皆權宜之術，非經常之道，惟切中時勢利弊，敢私佈之！

大中丞以求才為先，此洵大臣高見。小子才學疏慵，奉老父於異地，刻不敢離，老母仍在家居。又星夜兩地省視，一時未克前來。友人中，尚有一二有用才，擬密信勸其出山，未知何如也？

此信送去，賊已逼舒城矣。司空與幕友徐工部，皆盡節於舒城。

與宮明府癸丑七月

昨承教敬悉，老父台樸實無華，壹是開誠相示，故敢盡所欲言，團練示稿，遵諭擬呈，或增或刪，老父台自主之。地方人心疲玩已極，今值蒞任之始，某等傳播聲威，并述實心實政。稍知大義者，感激圖功。即愚民亦聞而知懼，故一切以嚴為主，能嚴乃能有成。子產之惠人，武侯之德愛，皆法立而後知恩也。國家聖聖相承，未嘗有一苛政虐民，亦未嘗有一大奸亂國。而時事敗壞至此者，止一姑息二字。君相非嚴，不能使天下有振作。督撫非嚴，不能使屬吏有實政。州縣非嚴，不能使地方有起色。

敝邑本柔懦之邦，民心渙散，又值前令尹均尚寬仁，故團練一無足恃。老父台昨言北路傳言桐城團練甚好者，乃某等北鄉當衝道前，此故壯聲威也，其實何恃耶？老父台果能以實心行之，以嚴法威之，某等勷事其間，三月後，或有可觀耳。即請升安。

附代作示稿

正堂示：為結寔團練，以保地方事，照得團練一事，係恭奉諭旨籌辦，務期結實可靠，方能保全地方。本縣新蒞斯邑，聞各地紳民，均已遵辦，實屬可嘉。惟尚有敷衍之地，未能一律結實。本縣身為民牧，爾民之身家性命，即本縣之身家性命，誼如骨肉，豈比泛常？本縣現傳集城鄉紳士，妥議章程，認真辦理，務使城鄉一體，貧富一心。富者不肯出貲，以違旨論。貧者不肯盡力，以亂民論。本縣上為國家，下為爾民身家性命。言之所至，法即隨之。除另諭各鄉各保衿耆遵辦外，合將緊要各款列後。

一各保團練，無事則各安田業，有事則共執干戈，誠為良法。但各保必須籌費，另養鄉勇，日加訓練，以為團勇先鋒。茲本縣酌定：各保僱養鄉勇百名，或三保五保公立一局，每日訓練統歸各鄉，大局查察。本縣即將梭織四鄉，隨地操練。有玩悞者，立即重辦。

一練團捐貲，全賴殷實，而殷實捐費，出自田租。又前奉諭旨，本年上忙錢糧，統俟下忙開征。現在下忙期近，各業戶即要趕辦錢糧，乃訪聞有等奸民意欲結黨罷租，或私立議字，此即亂民，定當重辦。惟本縣蒞任伊始，不忍不教而誅。除另行訪聞外，先行諭告爾佃戶等，照常納租。如有抗罷者，該業戶即投鳴各鄉局董處，令照數清交。如有不遵局董，即着局勇送縣，立即杖斃。

一本縣到各地查辦團練，自備火食夫馬，各局及地保不許供給絲毫。但恐胥役人等背地需索，各局及地保以為小事，不肯向本縣回明，是本縣所至，即累小民，此風斷不可開。如有此弊，局董務即回明，萬勿隱瞞。

一各鄉局董，本縣現選舉公明正直者各數人，總司其事。各保分董總要能辦事可靠之人，雖無功名，日後詳請議敘。其局董内另舉一二人，逐日到各小局查看練勇，各小局辦事不認真者，務即稟究。倘有隱忍，經本縣自行查看出者，即將局董議罰，局董查看到鄉，本縣另派差役二人跟隨同往，有不遵者，着即鎖帶送懲。

一各保團練，局設路邊者，務派局勇盤查往來形迹可疑之人，即行送縣審辦。獲一名者，賞錢二十千。其東、西、南鄉，路遠拿獲者，即送公局，着局董審明，具文到縣，本縣即行文至該地正法，并發賞銀到局，給予拿獲之人。倘有見而不拏，拏而復釋者，一經訪聞，即行提究。

一各保倘遇有逃兵散勇，過境騷擾地方者，該團練居民即行鳴鑼格殺。前三月間，陳提督奏廣東鄉勇沿途騷擾，奉上諭飭地方官及團練紳民，如遇此等凶徒，隨手拿獲，格殺勿論。天語煌煌，爾居民切勿任其橫行。

一各保鄉勇及團練壯丁，只準保護本地，斷不調遣外縣。倘有警報，本縣即督率城中義勇衝先格殺。各地鄉勇及團練壯丁立即隨從堵禦。有能奮先出力殺賊者，團長即行詳請議敘，丁勇即頒重賞。

一城鄉情事不同，各鄉情事亦不無大同小異，而各鄉養勇，各行團練，務期一力一心。

本縣為朝廷命官，為紳民表率，一保一甲有團練不結實者，皆本縣之責也。常人可與樂成，難與圖始。在本縣實心開導，不惜勸之諄諄。在愚民，苟且自安，或且聽之藐藐。惟望各紳董念國家之深仁厚澤，及父祖以來食毛踐土之恩，先破除自私自便之心，以化導夫無識無知之輩，如有玩愒，本縣不得不執法以從事也。凜之慎之。

再與宮明府七月二十九

昨聞金神墩居民拿獲賊匪三人，訊有偽太平王旗號及黃補子，並搶掠婦女首飾等物，此罪不容於死者，萬無開釋之理。此着若失，不惟於老父台所頒嚴示若近食言，而於大局所關，人心所係，非同小可。所謂以不忍殺人之心，行不得不殺之事者也。伏望大震雷霆，以伸敵愾同仇之義，即日申詳大憲，必將通飭各州縣遵行，則賊必喪膽不敢窺伺矣。

前趙觀察過局存留呂欽使示稿，一時發刻未成，故至今尚未頒到。正惟未經頒到，而老父台結實先行，則上憲必愈加隆重。以後稟請各事，必仰邀允可矣。弟年四十，無子，未嘗不知陰騭之說，以救人為先，然此等時勢，非殺人不能生人，故敢為老父台陳之。昨又聞六州鄉勇過境滋事，為我勇挫折，大快人心。老父台似宜將其情形密稟，以儆將來。愚昧之見未必當也。惟照不宣。

明府得書，終將賊匪三人釋去，於是四鄉團練愈成散局矣。吾友方存之作書，勸明府斬此三人，甚為剴切。予復繼之以此，而不能用也。

草茅一得

草茅一得卷上

國家大患，始必有所由開，繼必有所由盛，終必有所由息。不知其所由開、所由盛之故，不可以期其息也。粵西用兵以來，四年矣！ 禍延兩楚，播及三江，論者歸之天劫，予則以為人事之失也。伏居荒野，見聞咫尺。傳言者，又未可盡信； 就可信者筆之。東隅莫追，桑榆未昧，惟當事者鑒之而已。

周中丞天爵與（鄒）〔周〕二南書曰：『廣西土廣，民惰而愚，客民皆寄食其地，良少莠多。莠者結土匪，而土匪資其兇焰，以害土著之良。土著之良不堪其虐，且欲大逐客民之莠； 而客民且利良者之室家，於是仇隙日甚，結黨互殺； 而黠桀出於其間，嘯聚成群，以千數、以萬數者，多矣。沿劫於左右江數千里之間，其始激於州縣不為理其曲直，而下民怨嗟，邪教見民冤抑之狀，倡為蠱惑之詞。因好鬼之俗，專為鬼神之語，而風俗披靡矣。巡撫鄭祖琛篤於佛教，酷似梁武，欲不殺一人以為功德，於是一省鼎沸，魚爛肉餒。蓋自丁未至今，無日不損兵折將，一切俱諱之，於是一省文武亦無不魚爛肉餒。至今年學院無處可考，欲入告，而祖琛乃發之，內廷爰命少穆平之，孰意天喪元老。而李石梧繼之，其為人力仿鄭祖琛，而一切查問失事之人皆出其手，於一省之貪劣皆喜，一省之士民皆懼，而我成一贅疣，空冒巡撫之名而已。』

姚廉訪瑩至廣西，上賽相國書有曰：『廣西土著民人皆苗、瑤、侗、僮，不過十分之三，其七皆外省之客民，湖南最多，廣東次之，貴州又次之。地瘠土泛，產米之外，不殖百貨，男子嬉遊，仰食於婦； 婦人操作，健於男子。嬉游者多，故習為盜賊，而外盜亦因之而入，有土馬、外馬之稱。故治粵者，首重捕盜。近十年來，大吏疏於緝捕，盜賊益多。復有奸民結盟，拜會聚集，匪黨千百為群，盜匪、會匪，幾於遍地。大吏憚於大舉，苟且粉飾，於是匪徒日熾。始猶不過截河抽稅，劫掠村墟，及結黨既眾，又見官兵懦弱，遂抗官拒捕，入城戕官，會匪乘機乃敢公然為逆矣！』

賊之初起也，以紫（金）[荆]山為大巢穴，我兵四面圍之，不敢入山搜尋一步。賊舍隘口，越高山峻嶺而出，凡三四日，我兵不知也。姚廉訪上賽相國狀有『八面環攻』一事，其略曰：今官兵堵截紫（金）[荆]山，滇兵在其東北界嶺，楚兵在其正北馬鞍山，黔兵在其西北象州，大營兵勇在其正西。四面路者，彼已知之，有以備我矣。東路、東南、正南、西南四路，我兵力不足，未之堵截，彼亦未之備也。宜及大兵齊集之時，探明路徑，尅期八面攻之。彼猝不及防，破之必矣！姚公此計甚善，相國遲疑而不能用。久之，而賊遂竄出矣。

葉上舍棠客廣西，為予言曰：『賊之竄出紫（金）[荆]山也，四日後，我兵始知之，大軍乃移營思旺。賊乘我營未成，突至，我軍逃散，糧餉、軍裝、火藥數十萬，全以資賊，賊自此始有勢破永安州矣！』

賊之據永安州也，其黨半住城中，半住城外。姚廉訪上相國狀有曰：『永安一處，有土匪、會匪之不同：土匪無大智慮，據城可以自固，其志已滿；會匪頗知計慮，不願據城自困。此次永安在城之賊，皆土匪也。其會匪則除賊首外，皆在城外水竇、莫村等處，時謀退竄之路。此時，須先大破水竇、莫村之賊，而後攻城，則賊易盡。若賊未破而急攻城，則城一破後，賊仍走開，勢更蔓延，無可制賊之勝算。是此一城乃聚賊之牢也。』時烏都統蘭泰扎營文墟，距州城二十里，亦持論先破水竇之賊，次破莫村，然後攻城。烏公忠勇非常，日與水竇賊戰，無不克捷，惟兵僅二千餘人，不能分攻莫村。兩地之賊互相救援，故水竇賊雖屢挫，卒不能滅。姚公力勸向提軍榮自黄村進兵，與烏公夾攻水竇，向不肯從，意欲放水竇一路，縱賊他竄。姚公言於大經略，賽公嚴飭溫諭，向皆不聽。故迂道自仙廻嶺進，且不肯親自前行，遣李鎮軍瑞率兵緩進，及古蘇沖，為賊所敗。賽公仁懦，不肯以軍法治之。而賊自永安出竄，官軍更莫能抵禦矣。

葉上舍棠曰：『予在姚廉訪幕中，一日聞巴都統清德率兵攻永安城，予偕幕中數人往視。未至永安十餘里，見我兵數千，施放槍炮，距永安城蓋三四里也，賊佯為不知。日既晡，知我兵飢，又火藥將盡，自城上竪紅旗，令數十人出城發炮，我兵驚退，群相踐踏，而巴都統已早退矣！ 其時，諸將惟烏公與賊血戰，其餘大抵皆烏公兵耳。 姚公聞予言，急修書與賽相國，請治巴都統罪，不能用也。』

其後，賊竄出永安州，入大洞山，我兵追之，為賊所襲，兵亡無數，文武大小吏，死者九十餘人。 賽公入奏二十餘人而已。 後數日，賊撲桂林，時省城無兵，僅鄉勇四百名。 自中丞以下，莫不惶懼。 賴向提軍由間道先賊半日至，登城固守，大兵陸續至，省城得全。 幾月餘，賊解圍去。 將入永州，有大河洪水陡發，賊不能渡，乃竄入全州。 全州牧曹燮培字理(卿)[村]，浙江仁和人。 與都司伍某死守。 城中有火藥而少鉛彈，賊知之，日夜攻城，城上桐油煮粥澆賊，死者數百人。 賊怒，攻之益力，全州破，賊屠之，男女死者六千四百餘人，死難官三十二人。 自是，賊所至莫敢禦矣！ 自出全州入道州，徑險非常，有土匪導之入。 賊行數十里，曰：『此死地也，奈何導我至此？』匪以其子為質，導之行，道州無一人知者。 既入境，提督余萬清托言出守蛇皮渡，知州王揆一阻之，不聽。 遊擊翟我(濂)[謙]亦逃。 故賊至，遂入城，擄城外民婦數萬人入城。 鎮軍和春帶重兵扎營北門，既不進剿，又不圍城。 賊忽一日呼城內民婦，告曰：『此地糧不足，欲全養爾等，力不能也，今啟東門，縱爾等出，自尋生路。』於是，我兵望之，以為賊竄也，開炮擊死者數千人，而賊已由西門潛遁矣。 自是而江華、而嘉禾、而桂陽州、而郴州、而永明，入湖南矣。 此自庚戌秋及壬子六月以前之大略也。

賊起廣西，兩湖總督程矞采奉命於衡州防堵。 衡州為廣西入湖南要隘，矞采苟能駐兵其地，四時偵探賊之消息，隨所向而迎剿之，賊豈能至長沙！ 夫所謂防堵者，擇要地而守之，非謂專駐此一地，而他地不過(門)[問]也。 凡要地，左右二三百里內，賊可以出沒之道，必隨時防範。 賊在此，則分兵進攻於此； 賊在彼，則分兵進攻於彼，使其不敢犯我之鋒，而後可以保我之疆宇。 今之奉命防堵者，不知有迎剿之事，但求賊不由我所防堵之路而入，則我為無罪矣。 試問： 天下之大，道路之多，國家安得無限之兵、無窮之餉，處處布置，處處征調乎？若裔采者，賊衝突於衡州左右一二百里之間，不敢攻剿，聽其繞衡州而入長沙，罪可辭耶？故論者謂：賊之初起，罪在鄭祖琛；大局之壞，罪在賽尚阿；賊之竄出永安、全州，罪在向榮、余萬清；賊之竄入湖南，罪在程裔采。皆定論也。裔采眷屬居湖北，後為賊所殺，平生囊橐一空。張中丞亮基代為奏乞回籍。奉旨嚴飭，敬錄之，以為萬世庸臣鄙夫戒。咸豐三年正月十八日，上諭：程裔采身居湖廣總督，辦理地方防堵，毫無布置，任賊四竄，斥革，仍留辦糧臺效力贖罪。該革員受朕格外施恩，宜如何力圖報效，乃以武昌失守，眷屬存亡未卜，驚憂成疾為辭，懇回本籍調理，張亮基即代為具奏乞恩。夫人臣為國忘家，豈宜行便圖私，置公事於不顧？況當軍務萬分吃緊之際，引疾規避，冀得脫身事外，是誠何心？前者朕閱其向該署督告病呈詞，居心鄙陋，業已照見肺肝。特以糧臺責任重大，該革員既已喪盡天良，留之亦屬無益，姑允代奏，飭令回籍。而張亮基前次奏片，代陳患病情形，反復覼縷，惟恐不邀允准，且稱該革員除隨身行李外，一切均在武昌，均已蕩然，當此垂暮之年，未免益增心累等語。張亮基但欲見好同官，並以代為計及瑣屑之語，直達朕前，如果心地純淨無私，此等鄙言，何至流露筆端！朕不必過事吹求，而諸臣之設心行己，誠偽公私，殆亦難逃朕鑒。偶因張亮基此奏，特加訓誡，俾咸知儆省，將此通諭知之。

七月二十八日，賊自郴州繞越衡南，由醴陵，猝至湖南省城，逼近南門，占住妙高峰、鼇山廟一帶，連日攻城。八月初五日，賊以火藥轟城，倒陷數丈，賊率眾乘勢撲城。正危急間，賴雲南楚雄副將鄧紹良、儘先遊擊朱占鼇率兵來援，殺賊數十名，賊始退還民房。

九月初二，賊由妙高峰繞至瀏陽門外教場，分三路進撲各營，賴陝西候補知府江忠源、鳳凰廳同知賈亨晉、提軍向榮、秦定三等，各帶兵勇，四路迎擊，賊大敗，於是始有下湖北之意矣。奉上諭：逆匪竄據郴州後，膽敢繞越衡郡，直撲省垣，該大臣等若能迎頭截擊，何至令其肆行(衡)[衝]突！即使賊匪冒險深入，亦應迅速救援，將現在攻剿情形詳悉奏聞，何以半月以來，並無奏章報到，殊出情理之外。賽尚阿、程裔采均着摘去頂戴，拔去花翎，欽此！案：是時，賽自永州移營衡州，賊已深入長沙，而賽、程二公方以賊分踞永興、安仁、攸縣等處入告也。

方賊解湖南之圍也，莫知所之。吾鄉徐觀察豐玉時在湖南省，請於張中丞亮基曰：『賊必犯岳州，入湖北，急請以重兵，從間道據岳州，以防下竄。賊竄岳州，則湖北不可保，而中原多患矣。』張公發兵二千往，未至，復撤回常德。常德非要地，時中丞眷屬居於此也。方賊圍湖南時，湖北議防堵，有勸巡撫常公大淳率兵進駐岳州者，常公不以為然，但於省城籌備。夫岳州為湖北咽喉之路，背湖面江，三面臨水，一面倚山。康熙時，逆藩吳三桂勢焰熏天，我兵扼之岳州，三桂坐困。當是時，賊圍湖南，常中丞苟能請重兵前往岳州，賊既解圍，張中丞苟能發精兵馳救岳州，則岳州必不至有失，而湖北以下可保無虞矣。惜哉！

十一月初三日，賊竄岳州，提督博勒恭武、參將（阿克東）〔阿克東阿〕、知府（阿廉昌）〔廉昌〕、知縣胡方穀俱先棄城而走。奉旨：博勒恭武革職拿問，（阿克東）〔阿克東阿〕、（阿廉昌）〔廉昌〕、胡方穀立置重典。聖恩仁厚，前此失事之文武，僅予革職而已，至此始大振天威也。

賊踞岳州，窺伺武昌。是時，賽尚阿奉旨拿問，兩江總督徐廣縉接受關防。上諭：着徐廣縉飛飭向榮統領重兵，星夜由通城、崇陽繞出武昌，截賊前路；徐廣縉亦即親督鎮將，直赴武昌，於水、陸要隘，分布兜剿。乃廣縉藉詞土匪牽制，耽延不進。不數日，賊遂東下破漢陽，圍湖北矣！

十二月初七日，賊陷湖北省。巡撫以下大小官，多殉節者。聞布政使梁（源灝）〔星源〕、按察使瑞元，朝服罵賊，最為忠烈。梁公屍，賊投之江。學使馮培元被虜，偕居民為賊任役二日，賊知而殺之。其他不可得而詳也。

當賊之竄湖北也，御史陳慶鏞奏曰：『賊匪起自粵西，不過跳梁小丑，乃數月之内，穿過湖南，擾入湖北，未受官兵懲創，有輕視天下之心。今既據上遊行勝之地，志不在小，遥揣賊勢，約有三路，而三路皆宜防堵。其由武昌而趨襄陽為一路：襄陽正道，北犯河洛，西折則直指潼關。其間道自襄陽至鄖陽，即入陝西之商州，過藍田，直抵西安省城，使賊以疑陣犯河洛而指潼關，以大股由商州而趨省城，陝西全省之兵，業多陸續調遣，賊如猝至，則關中之事不可問。其若賊匪直入關中，據天下之脊，塞其險阻，因其財富，休養士馬，乘時而動，此秦人虎視天下之資也。其下江南為一路：長江東下，順流揚帆，而兩岸雖云設防，而沿江一帶，不見兵革已二百餘年，金鼓未聞，先驚風鶴。假如匪船直下，竟抵江寧，則江北之漕運不通，淮陽之鹽綱亦廢，在南省為切膚之患，在北省為扼吭之憂。加以吳越之間，自有明迄今，賦稅重於他省，兌漕折色，積困難蘇，使賊人布張偽示，輕減錢糧，小民何知，未有不聞然響應。然而欲由淮陽之間，再行北犯，形格勢禁，有所不能矣！其北犯河北為一路：賊匪起自萬山，登高履險是其長技。一入河南，平原曠野，四戰用武之地。賊初至，必無騎兵，我師但以步兵守險，以所調各省馬兵及索輪勁旅，排整馬隊，直衝橫截，電掣風行，賊匪萬不能當此衝突。今者河南調有重兵，庶幾賊不敢犯。然非入關中，即下江南，應請一面飭陝甘總督舒興阿、陝西巡撫張祥河派員防堵商州南山各地方，則其入關中之路不足虞矣！再飭兩江總督陸建瀛，暫將河上要務交河督辦理，星夜督率水師進屯安徽之小孤山。該督親帶弁兵駐扎宿松縣，水陸兩路皆可兼顧。小孤山之上游為江西九江府，既奉諭旨兼署江西巡撫張芾帶兵防堵。而九江府之對岸為湖北之黃梅縣，湖北此時兵力斷斷顧不及此，應飭徐廣縉速派兵勇前往，與九江夾岸固守，扼其東下之路。是九江、黃梅為一重，小孤山為一重，其下江南之路，不足虞矣！既扼其西入關中，復堵其東下江南，而況有湖北重兵以為之禦，賊必坐困武昌，萬不能突出。然後聚而殲旃，其撲滅可計日待也。」

御史此奏直切，定著明之論，皇上即依奏飭行，命琦善率重兵由河南信陽進剿；命徐廣縉、向榮自岳州上流下攻；命陸建瀛、蔣文慶、張芾自下流上攻。乃琦善一路逗留，托故不進，直至賊破湖北，竄下江南，始肯抵楚；徐廣縉托言土匪宜剿，又以防賊回竄岳州為詞，不肯前進；張芾但住瑞昌；蔣文慶但居省城，命兩臬司張熙宇、張印塘守小孤山，以前所招鄉勇為害省城者付之。陸建瀛自十一月奉命，至十二月杪始過安慶。癸丑正月初三四日，賊竄出湖北老鼠峽，守將文芳、遊擊曹振鳳，對岸下巢湖守將游擊薛升堂，先後逃散。恩鎮軍長於武穴地方小敗，落水死。建瀛甫抵九江，聞信，遂將攔河開放，乘小艇夜遁。而九江鎮總兵清（林）[保]、前營游擊李崇勳、知府陳景曾、德化縣知縣李輔及福建建甯鎮總兵音德布等均逃去矣！十六日，建瀛過安徽，不登岸，命馬軍入城，告巡撫蔣文慶、布政使李本仁曰：『賊已至矣，諸公善為計，某已奏明回守金陵矣。』十（六）［七］日，賊遂陷安慶。

安徽自壬子八月即議防堵，蔣中丞首先招募壽州鄉勇五百人，以為自衛之計。其時陸建瀛奏參蔣撫，以為逆賊相去二千里，不應先事驚惶，搖惑人心。迨賊破岳州，入湖北，大吏驚惶愈甚，中丞以下文武大小吏，相率送眷屬他所，而居民富者遂謀遷徙。及賊破武昌，官員家屬無一居城者，而居民已徙去十之七八矣。癸丑正月十六日，賊船數千，隨陸建瀛而下至皖江，時總兵王鵬飛督五營兵，駐扎城外馬山大觀亭一帶，賊畏之，不敢徑迫北岸，而十七日賊船大至，棄營而走，五營兵勇棄甲投戈，賊於是移船北泊。知府傅繼勛先時托言解餉出城，布政使李本仁易衣混居民逃出，巡撫蔣文慶乘小轎出轅門，賊已至矣，殺之。其餘大小吏百餘人，罕有殉節者。死者數人，亦皆逃而不得出者，獨典史平源衣冠坐獄門遇害。蓋自湖北以下至江寧，沿江官吏真能忠義死節者，望江典史張寶華及華陽鎮巡檢王泗、懷寧典史平源而已。二月初六日，布政使李本仁過桐城，敝衣小帽，私向宋令貸金，宋不能給，忿然而去。後數日，公然回省辦事，並因在桐向宋令借銀未允之隙，委州判劉瀛階接署桐城。瀛階於皖城，賊至，逃匿冷水鋪民家，後本仁自皖逃出，無所依歸，瀛階迎歸其借棲之所，及是以此報之。而其時已奉上諭，安徽布政使着廬鳳道奎綬護理矣。身為封疆重臣，城陷不能死，又復不候諭旨，自回本任，作福作威，誠千古未有之奇事也！

陸建瀛退回江寧，並不派兵堵扼東西梁山，將軍祥厚勸令游擊上游，三日不答一語。巡撫楊文定因陸回省，即奏請移守鎮江，布政使祁宿藻涕泣挽留，不為止。二月初十日，賊由水西門水陸並進，攻城未克。十一日，儀鳳門用地道火藥轟開，逆人先伏奸細數百於城内，是日，數處火起，逆望火起之處，即用蜈蚣梯上城。大城既破，駐防城將卒請將軍出城迎敵，將軍不許。駐防城破，將軍父子俱殉節。合城兵勇奮力巷戰，殺死賊匪千餘人。而賊兵方眾，易人以戰，兵勇皆力盡氣竭而死，男女無一人生者。嗚呼，烈哉！獨惜將軍先時不能開大城迎戰，又不能督城内兵民死守。大城已破，則駐防城勢無可為，設於此時，乘兵勇奮死之志，激勵鼓舞，開城決戰，則殺賊必無數，亦可減其凶焰。乃坐守彈丸，聽其攻撲，同歸於死，不亦愚乎！吾鄉黄某，自其父在駐防城種菜為業，賊至，投水中不死，復為賊擄，派令守炮十數日，乘間逃歸，為述目見其事如此。

金陵既破，將軍以下大小官殉難者甚多。陸建瀛亦為賊殺。金陵人恨入骨髓，謂其縋城而逃，且謂其有通賊之意，此固恨者之誣言。然其形跡可疑，雖死不足以塞責也。後奉旨，照總督例，賜恤建祠。御史方俊（中）[申]明其罪，請奪恤典，天下稱快。吾友江北病夫曰：『自欺與自慊，止分幾微。自欺者，亦知善當好，惡當惡，亦能好善而惡惡，止是專於人前做修飾美；自慊，則止求此心安帖，無所虧歉。此事原與人無與，多一分修飾之心，即減一分真實之性。處平世，未嘗不可立功名；處下位，未嘗不可存著述。然不在此心地上用功，以求還固有之天理，則著述之美，皆巧言也；事迹之多，皆令色也；名譽之施，皆純盜虚聲也，直到利害切身之時，必敗露矣。如牛鏡堂之巡撫河南，徐仲紳之總督兩粵，陸立夫之總督兩江，李藹如之為安徽方伯，亦頗有政績聲名。乃夷匪之亂，牛則辱國殃民；粵匪之亂，徐則逗留不進，陸則望風而逃，李則棄城而走。前後若兩截人，何也？平日之政（蹟）[績]，皆為人耳，設有真實之心，何至如此？嗚呼，此可以為鑒也矣已！』

賊破金陵，隨即分兵前往揚州、鎮江，皆望風而潰，兵家所謂『大捷乘勢』，賊得之矣。其入揚州也，賊未入瓜州，揚州人江壽民以二千金買物來餉，欲與議和，仿昔年款英夷故事。壽民乃昔年與英夷議和者也。賊約言不入，後數日，即乘不意而至，壽民自城頭躍入河死。時漕督楊殿邦奉命督同前任兩淮鹽運使但明倫、劉良（餉）[駒]防堵，聞賊至，殿邦退至清江浦，但、劉及知府張廷瑞等逃去，不知所往。其入鎮江也，常州營游擊熙昌帶印而逃，出不由戶。泰州營游擊奎喜，聞賊將至，先數夜匹馬潛行出城。常鎮通海道胡調元管理鎮江籌防局，賊至，退避常州，復繞至通州，任意遷徙。江蘇布政使聯英，聞賊至鎮江，恐犯蘇州，以猝患風痰，懇請開缺，不俟諭旨，即行便服起程。吁！文武大員局面如此，賊安得不猖獗乎？自廣西多事以來，城陷之速，而文武吏之不知羞恥者，莫過於岳州、安慶、揚州、鎮江四地矣。

賊踞金陵，向提軍扎營城外東南高山平原一帶，而水面未能截奪，故賊得遂其出入，下與揚州、鎮江通消息，上則自湖北而下，千里無人。識者知其必將反竄。三月末，曾見東阿、周公與江西陳公孚恩書云：『向軍門為鐵中錚錚，在金陵消息頗好，然長江下流及南北岸均有重兵防堵，惟上流無之。竊恐賊若不勝，勢將反竄上流。弟意望兄勸小浦中丞將江西木牌放入長江，督兵勇堵住梁山，吾兄即可專任其事，俾職賊無反竄之慮，而下流諸公得以一意圖賊矣。弟俟此地土匪稍定，即行前往裕溪防守。』此言誠為有見，惜尚書與張中丞之不能用也。

五月初三日，賊果回竄安慶。臬司張印塘、知府牛鎮、懷寧[知]縣馮元霆，聞風逃避於城北之十七里之集賢關。集賢關地勢南高北下，乃皖城防賊之鎖鑰也，今托言退此禦賊，已為失算。迨賊於初六日開船，盡往江西，張臬稟中丞云：逆船至時，登城開炮，見其勢眾不敵，乃謀退集賢關堵禦。賊犯集賢關，鄉勇格殺十餘人，賊乃退回舟中，揚帆上往云云。吁！國家大臣，欺君誤國，多此類也。

賊之分股至江西也，又一股竄浦口。浦口官兵望風而逃。賊遂焚東葛驛，破滁州，直趨紅心驛，舍定遠，而直竄臨淮關。其前隊圍鳳陽。二十一日辰刻，賊陷鳳陽，奎方伯逃入定遠，餘官不知去向。先是安徽李本仁棄城而逃，奉旨交周天爵、李嘉端訊明治罪。奎時為廬鳳道護理藩司，本仁以書干之，為乞憐於新撫李公。奎復書曰：『已將苦衷婉達上憲，頗為垂憐，足下來此，可無憂矣。』予見此書，以為一旦鳳陽若有事，奎亦必逃無疑者，及是而果驗矣！國家大小文武官，以朦朧粉飾為是，習慣見常，不以為羞，伐異黨同，是非顛倒。安徽之開防堵局也，蔣中丞無所短長，李方伯為局中總理，二公所信任者，一周刺史葆元，江寧人，主持大計。迨賊至，各自奔逃。賊去後兩月，復先後入皖城辦事，奏稱收復。賊再至，復又逃入集賢關。刺史為李中丞參劾革職，來棲於桐。予嘗與論蔣中丞之死，不足為忠，李方伯、傅太守之棄城而逃，兩臬司張熙宇、張印塘之棄小孤山而走，皆罪不容於死。刺史為極力斡旋之。予曰：『諸公靦顏人世，而（居）［君］復為造語以為粉飾，此豈臣子分內事耶？』刺史默然。

竄鳳陽之賊，隨竄蒙城，知縣宋維屏公服罵賊死，全家被害。自是入河南，破歸德，犯開（城）［封］。巡撫陸應穀先時送眷屬出城，帶兵守歸德，大敗，間道逃許州。按察使林揚祖誓以死守，請送其太夫人出城。太夫人罵曰：『爾為大臣，余為命婦，此時不為皇上守城池，乃欲作逃官耶？』揚祖遂竭力守城，自守令以下莫敢避徙者，故河南省城得無恙。自廣西多事以來，各郡縣大小吏類先時送眷屬出，歸里或謀依他所。以為臣子事君，無全家殉節之理，將眷屬送往他所，則此心無所係累，得以專意守城。不知一經送眷出城，則其守之之心已不堅，而其繫戀家室愈甚，臨時未有不逃者也。漢陳珠不肯寄眷他所，乃真忠耳！竊以國家宜申明法令：凡守土官，聞賊將至，或者親在署，親無隨子殉節之理，准送回籍。如林太夫人者，又當以從命為忠。又其子孫全在署者，亦准遣一二人出城，為宗嗣計。其妻妾概不准出城，臣子食君之祿，義當死不避難，其妻妾獨不可同死乎？留妻妾以固其死守之心，庶不至望風而竄也。其先時送妻妾出城，及臨時棄城而走者，加等治罪。妻妾同殉難者，加等優恤。固不可永為律令，於此時行之，亦固結人心之一術也。

竄河南之賊，先後為官軍剿殺，存者無多，不日可以殄滅。其竄江西者，圍攻省城，凡四五千人，分三股而進。湖北按察使江忠源，時奉命往金陵，過江西，張中丞奏留剿賊。賊突至，江公以千七百人禦之，殺賊數百人，賊退數十里安營。江西告養陳孚恩有數過呂亭驛，予見之，云：『江西城內紳士，聞賊來逃盡，查造人丁簿冊，僅存貧寒老弱之家，男女不上二千人，秀才、舉人、進士均皆先走，惟撫藩臬同孚恩、江忠源等晝夜畫策，陳守得勝門，撫守東門。六月初四日，賊以地道火藥陷城七丈有餘，賊數千蜂擁而至，槍炮齊施，子藥如雨。幸有楚勇頭目唐興邦，手執號旗，大呼曰：「舍我一人性命，而救滿城生靈。」直趨破處，不顧生死，與賊對敵。衆兵見伊奮勇，隨同助戰，殺賊數百人，賊始退，興邦並未受傷。其後賊圍數月，不得利，乃去。保江西省城，江臬司之力為多，唐興邦聞亦其所帶勇也。』

賊竄江西，皖城無賊，而江面間有數船往來，集賢關諸將不敢入城一步。巡撫李嘉端堅住廬州，置江防於不顧。苟其時，李撫請重兵前據安慶，使賊之在江西者，不敢下竄，賊之在金陵者，不敢上援，然後徐圖會剿，廬、舒、桐一帶，何至賊害若此？而沿江各州縣何至為賊所有乎？蓋賊先時數千里所過不留，未嘗行立官安民之事。迨八月，復踞安慶，始行此舉。則江南北十餘州縣之失，李撫之罪也。

集賢關辦防堵者，始為張臬司印塘，（既）〔繼〕為革職賞加五品頂戴之前臬司張熙宇。七月十三日，湖北敗賊有自英山竄入太湖境者，知縣張寶鎔逃，城中士民具酒勸賊，賊遂前往懷寧縣之石牌地方。長髮者，實止七十餘人，其餘裹脅不足四百人。李中丞聞報，即飭熙宇帶兵至石牌進剿，印塘帶兵駐集賢關，前副將嵩安帶兵前往潛山，副將賡音泰由潛山會營至太湖進剿。乃熙宇於集賢關按兵不動，印塘時帶兵駐桐城，若罔聞知。其後集賢關兵勇聞賊無多，奮欲出戰，始於洪家鋪地方，殲賊數十人。其在水路者，均已入江去矣。而熙宇自以為功，稟中丞云：『自廣西以來，無此捷也。』

賊攻江西不克，八月二十四日，復回竄皖城，將五門封築，僅留小南門出入，意在暫為巢穴，北圖廬州也。於北門城外一帶，取民間門扇窗格，運往馬山修築土城，將城垣增高數尺，要路搭蓋瞭棚。張熙宇倉皇失措，屢稟中丞云：請調大兵前來。中丞亦不肯前往，命鎮軍恒興帶兵至集賢關，合肥義勇徐懷義率兵隨之。而熙宇不圖攻剿，坐視其修城（握）〔掘〕濠，四路增兵。徐懷義屢請出戰，不許。九月十日，懷義憤極，不請於張，徑率勇出戰，賊不意，直入北門。城中諸賊驚惶，紛紛上船，已去其半。乃張臬司不肯發兵繼後，復以令箭招回，致賊回襲，徐勇小有挫傷。二十三日，賊復率衆撲關，我炮傷賊甚多，因而逃散者不少。其後賊以奇兵由兩面小道夾至，實每路不過百人，廣兵廬勇猶欲於戰，而熙宇、恒興、嵩安諸將，遂逃至桐城矣。呂侍郎賢基，時奉命為欽差大臣，督辦安徽團練防剿事宜，(住)[駐]桐城。予進請急參張、恒諸人之罪，令其收復殘兵，前往練(團)[潭]以南，再調重兵陸續前去，以圖進攻。呂公不能用。十月十四日，賊遂入桐城矣。

賊入桐城時，張熙宇、恒興、嵩安、牛鎮均(住)[駐]桐城，兵勇約千餘人。聞賊至，馬徵士三俊、張秀才勳率勇出城迎戰，而屢請張、恒出兵，不聽，率兵勇先逃。馬、張之勇聞官兵逃，遂自潰散，馬、張見事不可為，乃痛哭上馬而去，賊遂分三道由東門、西、南門入城矣。

賊竄桐城，呂侍郎先二日移節舒城。先是，人之自皖來者，皆云賊已無多，必不入桐，故呂公北去。孰知賊情狡獪，窺呂公去，知團練難齊，官兵必不足恃，即日發兵，出不意而至也。時李中丞革職往京，湖北臬司江忠源奉命為安徽巡撫，尚未至。呂公聞桐陷，即飛檄調兵勇五千，陸續進剿。先命刑部主事朱麟琪帶兵(住)[駐]扎大關。乃我兵迂緩，十數日而兵不集。賊於二十八日五鼓直竄大關，防堵兵潰，朱公死。後一日，賊遂突至舒城，知縣鈕福疇先時逃去，呂公身旁無一兵，有勸呂公退守廬州或六安者，公曰：『吾奉命為欽差大臣，督辦團練防剿事宜，自桐移節來舒，甫二日而桐陷，不知者謂我預逃賊也。吾若再退，上何以對皇上，下何以謝桐人哉！有死而已。』賊近城十數里，公鄉人汪某強拉公行，公齧其手，汪痛哭而去。友人張勳亦在公幕中，向公而泣。公曰：『事至此，復何泣哉！子速去六[安]州，向江中丞求救可也。』時江中丞自湖北繞道，甫至六安耳。十一月初一日，呂公偕幕友徐工部啟山盡節於舒城之三官塘。啟山，字鏡溪，六安人也，道光己丑進士，以工部主事致仕家居，呂公至安徽，聘入幕中。及是，呂公促之去，工部曰：『某雖致仕，亦皇上舊臣也。』乃作詩曰：『笑指璇源館，清流付此身。完忠今日事，逃賊爾何人。幸有名卿節，同為殉國臣。一亭標止水，千載步芳塵。』二公才短，辦團練實不能倡大義、嚴賞罰、振人心，然與畏死逃生者，固不可同日語也。

賊既破舒城，即聲言入廬州。時李中丞已入都，布政使劉裕鉁護理巡撫印，聞賊破舒城，寢食俱廢，星夜遣官賫印，送六安與江中丞。江公以十一月十日馳入廬州，先是，李、劉皆預為逃計，守城事一無准備。江公時又病瘧，至則力疾經理守城事，甫二日，賊已至廬州矣。賊百計攻城，江公力疾支柱，賊計輒敗。其詳不可知。但聞吾鄉孫某被擄逃回云：『江公用兵如神，城頭更棚忽增忽減，一時金鼓忽作，一時寂然無聲。賊之欲偷城者，城上輒以鈎挽之，或斷其手足；掘地道者，我兵或自城内掘出迎灌以水，或熏以烟，或由地道斬賊。一日，賊攻破德勝門甕城，守將皆驚惶，公持劍登城指揮殺賊，賊退，而甕城復築。廬民有數百向賊乞降者，皆以善火槍進，賊喜收之，命其先陣，及交戰，數百人皆倒槍擊賊，賊斃無數，乃知數百人公所使往賊乞降者也。自是廬民降者，賊不敢受。一夕，城頭驚言賊自某門至，公曰：「火光燭天，此疑兵也，賊必將攻某門。」急以重兵趨之。賊至，則果欲由此入，見重兵滿城，遂逃去。』有合肥縣幕友某告予友孫海（縣）[岑]：『自逆匪滋事以來，效力行間，屢著勳績，天下爭稱第一人。其他事多不及知，獨其在湖南北勦滅崇陽、嘉魚土匪陳甲子等賊，距城四十五里，公傳令丑初備食，丑正分六隊捲甲疾趨，天明馳抵桂口。賊猝不及防，倉卒分三面迎敵，公分兩翼以待，槍炮齊施，賊乃大敗，潰散四走，陳甲子等悉就擒，即此一事，知其有將才矣！』此外，諸將未聞有一人用兵神速能如公者。其任湖北臬司也，向軍門奏請隨營，湖北巡撫奏留之；賊竄鳳陽，安撫李嘉端奏請來廬鳳會勦；適賊犯江西，巡撫張芾復於中路截留之。奏云：『鳳陽賊已北竄，廬州現無警狀，不可以有用之才，置之無用之地。』故留守江西兩月餘，保江西者，公之力為多。江西賊退，公回湖北任，奉旨授安徽巡撫。安徽士民聞之，無不欣喜。孰意公未至而賊已乘間陷桐、舒。公既至，而天又困之以疾，奇謀異略，終不能救一廬州，豈非天哉！然賊鋒方銳，使其時無江公，則席捲長驅，乘勝而進河，江北一帶，將不可問。故廬州雖破，而相持兩月，賊傷無數，則公之力疾支撑。今雖死，功不少矣。嗚呼，惜哉！

廬州既破，賊勢大熾。甲寅正月，賊遂分股陷六安州。知州宋培之降賊。其大股渡河，揚言掃北。而湖北之賊盡行調入廬州，過桐者，虛言六萬，蓋萬有餘人也。賴天之靈，皇上之福，渡河之賊先後挫於官軍。其溺河而死，及河北堅壁清野不得食而死，因以逃散者，凡數萬人。其逃回者，數千人而已。而廬州大兵先後雲集，賊戰輒不利，於是逆人北上之心，不敢復萌矣。蓋自辛亥、壬子、癸丑三年，賊無歲不破城陷縣，而癸丑尤甚。迨甲寅，則惟見挫折，所陷州縣漸為大兵克復，而未嘗復得一地。此蓋聖主如天之仁，感格穹蒼所致。又兵勇與賊習久，知其伎倆，不復畏懼，故戰則必勝。而諸將過於持重，往往失機，曠日持久，兵餉難繼，是不得不望諸公之速展膚功也。

草茅一得卷中

用兵以來，師無紀律，故賊勢若此。今則兵勇與賊持久，稔知賊之伎倆，不若從前恇怯，而大帥之紀律，猶未嚴也。予昔在都門，與諸先達論救時之弊，起死回生，無過於『嚴』之一字，或以為切中，或以為切論。夫寬以濟猛，猛以濟寬，今天下之寬，極矣，非極猛何以救之！賊以擄掠烏合之民，效死而莫敢不前，我以操練素熟之兵對敵，而群然思潰，其故何哉？一能殺，一不能殺而已。賊之初起廣西也，軍令死一隊長，則一隊全斬；一令下，食在口則吐之；物在手則棄之；便溲欲出，不敢淹留；水火當前，莫之退卻。衝鋒犯敵，將先於兵，戮罪論功，罰重於賞。以故衝突五千里，猖獗三四年，以攻則破，以守則堅，近則令不（知）〔如〕前，是以戰而多敗。夫以一殘暴貪虐之賊，僅一『嚴』而收戰勝攻取之效如此，非我軍之太不嚴，伊亦何能如此哉！孫子論將以『嚴』居五事之終，在今日則當以『嚴』為首矣。

孫子論將曰：『智、信、仁、勇、嚴五者，固缺一不可矣。』予自論之：智、勇由於天授，歷練於人事而增者，十之二三。然智不足，可求賢哲以輔之；勇不足，可求壯士以佐之；但能虛心信任，合群策群力以成功者，古今多有。若信與仁，賢人君子類皆能之。惟『嚴』之一字，則主之於己，不假外求，往往為賢人君子之所短。宋之劉光世，明之史可法，皆所不免。夫軍令以威為主，以殺為生，兵無紀律，百戰百敗。雖有智勇，非『嚴』不行，雖有仁信，莫『嚴』莫效。方今承平日久，朝廷務為寬大，臣子習尚慈仁，士卒疲玩，非一日矣。『嚴』之一字，乃起死回生要劑也。朝廷執法嚴，而後將帥有死志；將帥執法嚴，而後士卒無退心。歷觀古名將，未有不嚴而能成功者，況當軍威疲玩之秋，執法尤當倍於平日。宋狄青拜宣撫使時，國家當定川敗後，賞罰不明，卒多棄將，不肯死戰。公曰：『今當立軍制，明賞罰而已。』至潭州，軍行止皆成行列，有奪途旅菜一把者，斬之以徇。於是一軍肅然，萬餘人行，無敢出聲氣。至賓州，召裨將不用命者三十二人，數其罪而斬之。於是軍中人人奮勵有死戰心，以故猝奪崑崙關，平儂智高之亂。岳忠武行師，秋毫不犯，有取民一縷以束芻者，立命斬之。李綱守城，兵有盜衲襖一領，強取婦人絹一匹者，皆斬以徇。馬知節知定遠，虜眾犯塞，民相攜入城，知節與盜一錢者斬，有竊兒童錢二百者即斬之，自是無敢犯。李文忠入杭州，下令曰：『擅入民居者斬。』一卒借民斧，斬以徇。黃靖南追賊，夜宿民間，有卒折梅花一枝，立斬以徇。夫菜一把，縷一條，衲襖一領，絹一匹，錢二百，斧一柄，梅花一枝，何至於死？而軍令不得不如是者，其所全大也。

韓魏公知鎮定日，定州久用戎將，治兵無法度，驕不可使。公至，即用兵律裁之，察其橫而不教者，捽首斬軍門外。定卒領米，惡陳下，執籌不請，公聞，馳入倉，命盡戮十卒於前，凝然不動，一軍股慄。公鎮北門時，朝臣令杖一守把兵士，方二下，悖罵不已，令以解府，公使問云：『汝罵官長，信否？』對曰：『當時乘忿，實有之。』公即於解狀判處斬，從容和平，略不變色。韓公大賢，不以將才名，其生平他事寬厚仁慈，而處軍士如此，此可以知為將之道矣。

韓蘄王出戰，持矛突前，令將士曰：『今日各以死報國，面不帶箭者，斬之。』岳忠武每出戰，命其子雲曰：『若退，先斬汝以徇。』趙立團鄉民為兵，歃血相誓：『退者，必斬。』其叔父後至，立曰：『叔以我故亂法，何以臨眾？』促命斬之，威鎮諸軍，一鼓破賊。吳玠知鳳翔，前將牙兵皆潰。公至，諸潰卒復出就招，問訊再三，斬於遠亭下，自是無潰散者。吳璘拒金兀朮於殺金坪，以刀畫地，令諸將曰：『死則死此，敢退者，斬。』諸將股慄，遂獲大勝。李顯忠軍令嚴肅，諸子有從軍者，臨敵輒戒之曰：『軍有常刑，必不汝私。』諸子皆立奇功。古今名將如此類者，不可枚數，今特舉宋南渡後數人，以概其餘。

李衛公曰：『古之善為將者，必能十卒而殺其三，次者十殺其一。十殺其三，威鎮於敵國；十殺其一，令行於三軍。畏我者不畏敵，畏敵者不畏我。善無細而不賞，惡無微而不貶。馬謖軍敗，諸葛亮對泣而行誅；鄉人盜笠，呂蒙垂涕而後斬；馬逸犯禾，曹公割發而自刑；兩掾辭出，黃蓋請間而俱斬。故能威克其愛，雖少必濟；愛加其威，雖多必敗。』痛哉言乎！自來論軍法之宜嚴者，莫切於此矣。

雖然，『嚴』之一字不易也。秉性柔懦、賦質慈祥者，日告以嚴而不能用，心知宜殺而不忍殺；遇事苟安、居心退縮者，已先畏死，安肯以死責人，我欲行誅，惟恐誅之及我；又或素為姑息，養成驕傲，驟加峻法，反激變端。慈父之子多不孝，嚴師之門多成材，其勢然也。近日士大夫，行仁無術，析義不精，以姑息為忠厚，以苟且為寬大，以刑人殺人為作孽，以生人救人為陰騭。養奸畜惡，年復一年，禍亂既萌，生民塗炭。試問：此足為忠厚乎？為寬大乎？為陰騭乎？此獨非大孽乎？善哉！韓文公之言曰：『馭軍有道，嚴固不可，愛尤不可，若當其罪，雖日誅百人，何害也？』

朝廷仁厚，自用兵以來，僨軍之將多未伸法，所誅者，武臣數人而已。夫武臣聽文臣之節制，武逃則死，文逃則生，亦何以服武臣之心而作武臣之氣哉？文武之僨軍，大約輕者革職，重者軍台。夫鄙夫畏死貪生，當賊之來，革職其所望也，即軍台，亦其所甘，但求不當賊鋒，則云『吾可免於死矣』。故他過可恕，僨軍之過不可恕也；他罪可原，逃賊之罪不可原也。

吾友江北病夫曰：『戴罪立功，軍營效力，此聖主寬仁之政，即孔子所謂「赦小過」之意也。然施之逃官、逃將，則大非宜。蓋彼見賊而逃，殃民辱國，或逗留不進，致失機宜，其罪甚大，與戰敗而退者不同。不嚴行正法，已不足勵人臣之節，悚人臣之心。若再使之統兵，則伎倆已熟，焉有不再誤國之理。而況人人效尤，何能滅賊也？』

又曰：『孟明之敗，秦穆公悔過自責，復用孟明，不忍加戮，左氏稱之。余謂此惟處秦穆之事，可也。穆之伐鄭，本屬無名，又違蹇叔之諫，其敗也，久在意料之中，非孟明不盡力也。又如泌之戰，晉師敗績而不殺荀林父者，以林父有進思盡忠、退思補過之美德也。即其始之不欲戰，亦為社稷計，非為一身畏死罪也，故軍雖敗而猶可以不誅，其後果能有功於晉。若夫天討有罪，而臣子不肯盡力，畏死偷生，望風退避，以致敗國殄民。若此，其罪萬死不足以塞責矣。若寬恕之，何以謝被殘之百姓？何以謝被殺之士卒？何以悚懼他府之將兵守土者？書曰「辟以止辟」，詩曰「荼蓼朽止，黍稷茂止」，從古未有不殺逃官、逃將而能殲滅寇賊者也。』

國家自岳州失守以前，逃官、逃將多從寬典。蓋列聖深仁厚澤，我皇上奉而行之，以為諸臣各有天良，自當感激圖報。孰知證多慰同不以為羞，溫諭嚴詔不以為畏。皇上洞知其弊，故於岳州失守後，明降諭旨云：『該郡官員進不能戰，退不能守，平日毫無准備，遇變即棄城而逃。似此昧良喪心，實出情理之外，此等貽誤員弁，若不擇其尤者正法數人，何以挽回積習？』又云：『近來地方惡習，一聞警報，輒藉詞擇險防堵，先行出城規避。取巧文武員弁仍蹈此等惡習，即一面奏聞，一面正法，以昭炯戒，而肅軍律。』天語煌煌，諸臣宜知自畏矣。而皇上憂勤罪己，猶時與諸臣提醒天良，伏讀癸丑正月十四日硃諭，有曰：『我皇上宣宗成皇帝，深仁厚澤，浹於寰宇，予小子受付託之重，凜大業之艱，兢兢業業，已三年矣。追思皇考彌留之際，諄諄以國計民生為重，顧命諸臣所共知者。試思今日國計未豐，民遭塗炭，朕惟自恨自責，竭力籌維，亦總無成效，豈不自負高深，為天下一罪人乎？內外文武諸臣，抒忠宣力，視國如家者，固不乏人。然泄泄沓沓，因循不振，祿位之念重，置國事於不聞者，正復不少。朕雖非賢主，斷不忍委咎於諸臣。試問諸臣，五夜捫心，何忍何安？若不痛加改悔，將來有不堪設想者，是用誕告爾大小臣工，自今日始，仍有不改積習，置此諭於不聞者，朕必執法從嚴懲辨，斷不姑容。猛以濟寬，正今日之要務也。朕為諸臣計，國計民生，無關於汝之身家，獨不惜一身之名節，甘為大清國不忠之臣，不亦愚乎？總之，以言感人，其感甚淺。爾大小臣工，若以認真為多事，以朕為可欺，一人在上，欺之固易。翹首上蒼，昭昭明鑒，吁！可畏也。』又伏讀四月初七日硃諭曰：『朕以薄德，敬承考命，撫育萬方，兢兢業業，已三年矣。深慚治理乖張，愆尤叢集。溯自道光三十年秋，逆丑跳梁，徵調頻仍，迄無成效，將士疲於甲冑，黔黎苦於差徭。自越而楚，自楚而江，妖氛狂悖，可謂極矣。君人者，代天司牧斯民。當今之時，司牧者何事？而吾民塗炭未復，予一人辜深咎重，夫復何辭？因思空言無補，時值多艱，朕惟有虔籲昊天，速消民劫。願與軍營諸將士，共奮安民之志，群興鼓舞之懷，掃蕩此賊，以蘇民困，此朕之初志報天恩，即符考願也。憶自庚戌冬至，親承大祀，已經九次。每逢詣壇齋宿，無不思逆賊未平，倍覺愧悚。茲於本月初七日又值雩祭，前期因志吾之過，以儆焉，宣布中外，咸使聞之。』敬讀之下，涕泗橫流。仰見聖天子仁厚英明，於臣子肺肝，無微不照；於國家大體，不肯稍傷。而悉以罪過歸之於己，諸臣稍有天良，當何如感激愧奮，而乃柔懦昏庸，因循退縮。實心任事，盡忠效力者，百不得數人，誠可嘆也。當賊破金陵後，伏讀上諭曰：『向榮奏參湖南龍溪營游擊鄭魁士云云。嗣後軍營將弁，倘有仍蹈疲玩，畏葸逗遛，不遵調度，（遺）［貽］誤軍機者，該大臣即奏明請旨正法。其副將以下各官，即着一面正法，一面奏聞，無庸先行請旨，以肅軍律。統兵大臣賞罰必信，總以功罪為衡。小過微疵，尚可論功相抵，若至貽誤軍機，則是自干憲典，縱從前著有微勞，亦不能稍從未減。朕於統兵大臣議功、議罪，亦即准此為斷。該大臣所統者，朕之將士；所執者，即朕之法律。當此因循日甚，豈肯再存市恩遠怨之心！着將此旨宣諭在營大小員弁，以期同心戮力，迅掃妖氛，欽此。』自此以後，文武官員貽誤軍機者，一經奏明，無不立置重典。惟在事諸臣粉飾彌縫，互相保護，不肯以直言入告，小民見諸人之漏網，以為朝廷刑罰太寬，不知此皆諸大臣之出脫舞文，非我皇上天威之不振。此弊苟不能（澈）［徹］底消除，賊滅恐難指准也。

今日大臣威嚴最重者，莫過於東阿周公，其在平時，殺戮不無過當，在此時，則為救命良醫。去春，皖城失守，各地土匪蜂屯蟻聚，掠奪為雄。周公奉命為欽差大臣，駐節宿州，日殺數十人。而合肥、舒城、桐城、懷寧等縣土匪初起，聞公將至，即行解散。定遠逆黨陸遐齡聚眾數千，建逆號曰『順德王』，剋日赴金陵與粵賊合，非周公擒而斬之，江北諸郡不可問矣。同時諸公多議公殺不當罪。予嘗謂同郡一貴人曰：『周公之殺，未必人人皆當，但所全者大，過在一人，功在天下。吾輩但當頂祝而像祀之，尚忍議其非耶？』

湖督張公亮基，去年奏疏有曰：『刑賞者，馭世之大權；威斷者，用兵之要道。人無倖生之望，膽氣縱怯而能強，將有決死之心，士卒雖疲而亦奮。自古英主之馭將，名將之用兵，未有不使其畏法之念勝於畏賊，而能戰勝攻取、戡定禍亂者也。』又曰：『法行自貴，天下無不用命之人，罰不逾時，軍中乃有震動之意。』皆切中時弊之言也。

軍令之宜嚴既反復詳言之矣，而兵家之取勝則大要有三：曰神速，曰設伏，曰出奇，知此三法，一可當十，敗可轉勝。今賊之用兵略能知此，而我軍罕有聞焉。但擁重兵聚於一地，賊至則與之接戰，小有殺傷，便稱大捷。夫賊之黨與不藉召募，賊之糧餉不藉籌辦，賊一日不滅，我軍一日不支，速以圖之，猶懼其緩，今乃遲延若此，諸公其何心耶？良由不講於用兵之三要也，略記古事檢書之，為諸公陳焉。

秦師伐韓，圍閼與，趙遣將趙奢救之。去邯鄲三十里，堅壁二十八日不行，秦將喜曰：『閼與非趙地也。』奢乃捲甲而趨，二日一夜至，令善射者，去閼與五十里而軍，秦人聞之，悉甲而至。軍士許歷曰：『先據北山者勝。』趙奢即發萬人趨之，秦人後至，爭山者不得上，奢縱兵擊之，大破秦軍。

漢馬異攻行巡，聞巡將攻栒邑，馳兵先據之。諸將以虜方盛，不可與爭。異曰：『攻者不足，守者有餘，吾先據城，以逸待勞，非所以爭也。』潛往，閉城偃旗鼓。巡不知，馳赴之。異卒建旗而出，巡軍驚走，追擊，大破之。

更始將攻湓，寇恂聞之，即勒兵馳出。軍吏諫曰：『宜待眾兵畢集乃出。』恂曰：『湓，郡之藩蔽，失湓則郡不可守。』遂馳赴，擊破之。

光武與謝躬合軍圍鉅鹿，太守王饒城守月餘，不下。耿純曰：『久守，王饒士眾疲憊。不如及大兵精鋭進攻邯鄲，若王郎已誅，鉅鹿不戰自服矣。』光武從之，果破王郎。

岑彭伐蜀，時蜀將延岑等悉兵拒廣漢資中。彭使臧宫從涪水上平曲拒延岑，自分兵浮江而下，還江州，擊侯丹，破之。因晨夜倍道兼行二千餘里，徑拔武陽。使精騎馳入廣都，勢若風雨，所至奔散。初，公孫述聞漢兵在平曲，故遣兵逆之。及彭至武陽，繞出延岑軍後，述大驚，曰：『何神也！』

魏曹爽伐蜀至長安，發兵十餘萬至漢中，漢中守兵不滿三萬，諸將皆恐，欲守城不出，以待涪兵。王平曰：『此去涪，垂千里，賊若得關便深禍。』遂遣護軍劉敏馳據興執，多張旗幟，彌亘百餘里，魏兵不得進。

蜀將孟達降魏，領新城太守。達復連兵固蜀，潛圖中原，謀泄。司馬宣王秉政，潛軍進討，諸將皆言宜審察而後動。宣王曰：『當及其未定往討之。』乃倍道兼行八日，至其城下。上庸城三面阻水，達於城下，為木柵自固。宣王渡水，破其柵，直造城下，八面攻之，旬有六日。達甥鄧賢等開門出降。遂斬孟達。

孫權攻皖城，諸將欲作土山，添攻具。呂蒙曰：『治攻具及土山，必歷日乃成，城備既修，外援亦至，不可圖也。今觀此城，不能甚固，以三軍鋭氣，四面並攻，不移時可拔，全勝之道也。』蒙遂薦甘寧為升城督。寧持練緣城，蒙以精鋭繼之，手執桴鼓，士卒皆騰踴，侵晨攻城，食時克之。

曹操征烏桓，郭嘉曰：『胡恃其遠，必不設備。因其無備，卒然擊之，可破滅也。』行至易水，嘉曰：『兵貴神速，今千里襲人，輜重多，難以趨利。不如輕兵兼道以出，掩其不意。』乃密出盧龍塞，直詣單於庭，合戰，大破之。

石勒將襲王浚，而畏劉琨及鮮(界)[卑]、烏桓為後患。張賓曰：『彼三方，智勇無及將軍者，將軍雖遠出，彼必不敢動。且彼未謂將軍便能縣軍千里取幽州也，輕軍往返，不出二旬。藉使彼有心，比其謀議出師，吾已還矣。」後果然。

趙主曜攻石生於金鏞，襄國大震。石勒欲自將救洛陽，程遐等固諫，勒大怒，按劍叱遐等出，謂臣下曰：「庸人之情，皆謂曜鋒不可當。曜帶甲十萬攻一城，而百日不克。帥老卒怠，以我初鋒擊之，可以一戰擒也。」乃捲甲銜枚，昏旦兼行，出於鞏訾之間。曜聞之色變，便釋金鏞之圍，陳於洛西，軍十餘萬，南北千餘里。勒帥步騎四萬，入洛陽城。石虎攻趙中軍，石堪擊其前鋒，勒自出閶闔門，夾擊之，趙兵大潰。

符登伐後秦，軍馬頭原，苟曜約為內應。姚萇率眾逆戰，登擊破之，萇收兵復戰，姚碩德問之，萇曰：「登用兵遲緩，不識虛實，今輕兵直進，此必苟曜與有謀也。緩之，則其謀得成，故及其未合，擊之耳。」遂進戰，大敗之。

桓溫將伐蜀，將佐皆以為不可。江夏相袁喬曰：「李氏無道，臣民不附。且恃其險遠，不修戰備。宜以精兵萬人輕賫疾趨，比其覺之，我已出其險要，可一戰擒也。」溫軍至青衣，蜀發兵趨合水以拒之。漢諸將從江北向犍為，溫軍自江南出彭模，軍中議者欲分為兩軍，以分蜀兵之勢。袁喬曰：「今懸軍深入，當合勢力以取一戰之捷，萬一偏敗，大事去矣。不如全軍而進，賫二日糧，以示無還心，勝可必也。」遂破蜀。蜀主勢降。

朱齡石受劉裕密計伐蜀，由外水入成都，至平模，去成都二百里。譙縱遣侯暉夾岸築城以拒之。齡石欲養銳以伺其隙，劉鍾曰：「前聲言大眾向內水，譙道福不敢舍涪城。今眾兵猝至，侯暉之徒已喪膽矣。所以阻兵守險，是其懼不敢戰也。因而攻之，其勢必克。若援兵相守，彼將知人虛實，涪眾忽來，並力拒我，求戰不獲，軍食無資，大事去矣。」齡石從之。七月攻北城，克之，斬侯暉，南城亦潰。於是舍船步進，賊營望風相次奔潰，譙縱棄城走，死。遂入成都。

劉毅在江陵，請從弟兗州刺史藩以自副，劉裕偽許之。藩自廣陵入朝，裕以詔書賜藩死。遂帥諸軍發建康，王鎮惡請給百舸為前驅，晝夜兼行，揚言劉兗州西上。十月，至豫章，去江陵城二十里，舍船步上。未至五六里，毅乃覺之行，令閉城。未及下關，鎮惡已馳入，與城内兵鬥，兵散，毅率左右突出，夜投佛寺，縊。

魏爾朱兆至秀容，分守險隘。高歡揚言討之，師出，復止者數四，兆意怠。歡揣其歲首當宴會，遣竇泰以精鋭兵馳之，一日夜行三百里，歡以大軍繼之。泰奄至兆庭，軍人因夜休惰，忽見泰軍，驚走，兆自縊死。

唐太宗伐薛仁杲，至高墌，仁杲使羅睺將兵拒戰。太宗引大軍自原北，出其不意，破之。遂率二千餘騎追之，曰『破竹之勢，不可失也』。進至城下，圍之。夜半守城者爭自投下，仁杲出降。諸將曰：『大王一戰而勝，輕騎直造城下，衆皆以為不克，而卒取之，何也？』太宗曰：『羅睺所將皆隴外之人，將驍卒悍，吾特出不意破之，斬獲不多。若緩之，則皆入城，未易克也；急之，則散歸隴外。仁杲破膽，不暇為謀，此吾所以克也。』

唐太宗與劉武周將宋金剛相持，屢敗其兵。金剛食盡北走，太宗乘勝逐北。一晝夜行二百餘里，戰數十合。追及金剛於雀鼠谷，一日八戰，皆破之，太宗不食二日，不解甲三日矣。劉武周聞金剛敗，大懼，棄并州，走突厥，并州悉平。

李靖征蕭銑，兵集夔州。銑以時屬秋潦，江水泛漲，三峽路危，謂靖必不能進，遂不設備。九月，靖率兵而進，曰：『兵貴神速，機不可失。今兵始集，銑尚未知，乘水漲之勢，倏忽至城下，所謂疾雷不及掩耳。縱使知我，倉卒無以應敵，此必成擒也。』進兵至夷陵，銑始懼，召江南兵，果不能至。勒兵圍城，銑始降。

後五代唐莊宗之敗王彦章也，段凝悉將梁兵屯河上，諸將多言乘勝取青齊。李嗣源曰：『彦章之敗，凝猶未知。使其知之，遲疑定計，亦須三日。縱使料吾所嚮，亟發救兵，必渡黎陽，數萬之衆，舟楫非一日具也。此去汴州，不數百里，前無險阻，方陣而前，信宿可至，汴州已破，凝豈足顧哉？』遂以千騎先至汴，果降之。

金人敗王彦，劉子羽聞之，亟命田晟守饒風關，遣人召吳玠。玠自河池日夜行三百里，引兵援之。至饒風，以黄柑遺敵，曰：『大軍遠來，聊用止渴。』撒離喝大驚，以杖擊地，曰：『爾來何速耶？』遂悉力仰攻關。玠軍弓弩亂發，大石摧壓，如是者六晝夜，死者山積。敵乃更募死士，由間道繞出玠後，乘高以瞰饒風，諸軍不支，遂潰。金人入興元。其後，金以饋餉不繼，率衆去。子羽與玠出師掩其後，擊敗之，金人盡棄輜重而走，遂復興元。金人始謀，本謂玠在西邊，故涉險東來。不虞玠馳至，雖入三州而得不償失。

明成祖破楊松於雄縣。渡白溝河，謂諸將曰：『今夕中秋，彼必不備。』亟行，夜半至雄縣，黎明破其城而入，松與麾下九千人戰死。以上神速。

北戎侵鄭，公子突曰：『使勇而無剛者，嘗寇而速去之，君為三覆以待之。』戎人之前遇覆者奔，祝聃逐之，衷戎師前後擊之，戎盡殪。

楚人伐絞。莫敖曰：『絞，小而輕，請無扞采樵者以誘之。』於是絞人獲楚三十人。明日，絞人爭出驅楚役徒於山中。楚人設伏兵於山下，大敗之。

吳侵楚。養由基謂子庚曰：『吳乘我喪，謂我不能師也。必易我而不戒，子為三覆以待我，我請誘之。』戰於庸浦，大敗吳師。

魏龐涓逐齊孫臏，臏令軍中減灶示弱。涓急追之，至馬陵道狹。臏乃斫木書之，曰：『龐涓死於樹下。』伏弩於側，令曰：『見火始發。』涓至，鑽燧讀之，萬弩齊發，龐涓死。

馮異與赤眉約會戰，預使壯士變服，與赤眉同伏於道側。迨賊衆攻異，異乃縱兵大戰。日昃，賊氣衰，伏兵卒起，衣服相亂，遂驚潰，大破之。

班超使西域，到鄯善，會吏士三十六人曰：『不入虎穴，焉得虎子！當今之計，獨有因夜以火攻虜，使彼不知我多少，必大震怖，可盡殄也。』初夜，吏士奔營，會天大風，超令十人持鼓藏虜舍後，約曰：『見火(然)[燃]，皆當鳴鼓大呼。』餘人悉持弓弩夾門而伏。超順風縱火，虜衆驚亂，悉燒死。

呂布與陳宮約萬餘人攻曹操，操兵皆出收麥，在者不能千人，屯營不固。屯西有大堤，其南樹木豐深，操引兵堤裏，出半兵堤外。布進，先令輕騎挑戰，既合，伏兵乃悉乘堤，步騎並進，大破之。

劉表遣劉備北侵，與曹將夏侯惇、于禁等相拒於博望。久之，備設伏兵。一旦，自燒屯，偽遁。惇與禁追之，為伏兵所破。

桓溫伐燕，燕將李邽帥兵斷溫糧道。慕容宙帥騎一千為前鋒，與晉兵遇。宙使二百騎挑戰，分餘騎為三伏。挑戰者，兵未交而走，晉兵追之，宙帥伏擊之，晉兵死者甚眾。

桓溫敗於慕容宙，焚舟，自陸奔還。燕將欲追之，慕容垂曰：『溫初退，必嚴設警備，簡精鋭為後拒，不如緩之。』帥八千騎躡其後。溫果兼道而進，數日，垂曰：『可矣。』急追之，及襄邑，慕容德先帥精勁騎伏於東澗中，與垂夾擊，大破之。

後魏廣陽王元伐北狄，使于謹招降乜列河等三萬餘戶，相率南遷。廣陽欲與謹至折敷嶺迎之，謹曰：『破六汗拔陵兵眾不少，聞乜列河等歸附，必來邀擊，設伏而待，必指掌破之。』廣陽然其計。拔陵果來邀擊，破乜列河於嶺上，部眾皆沒，謹伏兵發，遂大敗，悉收得乜列河之眾。

安祿山反。郭子儀圍衛州。安慶緒率兵來援，分為三軍。子儀陳以待之，預選射者三千人伏於壁內，誡之曰：『候吾小卻，賊必爭進，則登城鼓噪，弓弩齊發以逼之。』如其言，賊徒震駭，整眾追之，遂虜慶緒。

韓世忠討劉忠，與賊對壘相望，奕旗張飲，堅壁不動，眾莫能測。一夕，與蘇格聯騎穿賊營，候者訶問，世忠先得賊軍號，隨聲應之，周覽以出。喜曰：『此天賜也。』夜伏精兵，與諸將拔營以進。賊方進戰，伏兵已馳入中軍，賊四路驚潰，世忠麾將士夾擊，大破之。

韓世忠拒金人於大儀，伐木為柵，自斷歸路。復為五陣，設伏二十餘所，約鳴鼓，伏兵四起奮擊，金兵大亂，遂擒達不野等三百餘人。

金兀朮由秀川趨平江，韓世忠移師鎮江以待之。兀朮欲濟江，世忠謂諸將曰：『是間形勢，無如金山龍王廟者，敵必登之以覘我虛實。』乃遣蘇德將百人伏廟中，百人伏廟下岸側。戒之曰：『聞江中鼓聲，則岸兵先入，廟中兵繼出，以合擊之。』及敵至，果有五騎趨龍王廟，廟中伏兵先鼓而出，獲其兩騎，其三騎則振策以馳，一人紅袍玉帶，既墜，復跳而免者，則兀朮也。

金人圍劉錡於順昌，錡用破敵弓翼以神臂弩射卻之，復以步兵迎擊，溺河死者不可勝計。金兵移營於李村，錡遣閻充募壯士五百，夜斫其營。是夕，天欲雨，電光四起，見辮髮者輒殲之，電止則匿不動。敵眾大亂，於是終夜自戰，積屍盈野。以上設伏。

吳伐楚，公子光問計於伍子胥，子胥曰：『可為三師以肄焉。我一師至，彼必盡眾而出，彼出而歸亟，肄以疲之，多方以誘之，然後三師以繼之，必大克。』從之，楚於是始病。

趙信秦反間，使趙括代廉頗為將，至則出兵擊秦。秦將白起佯敗而走，張二奇兵以卻之，趙軍乘勝追，造秦壁，壁堅，拒不得入。而秦奇兵二萬五千絕趙軍後，又五千騎絕趙壁間，趙兵分為二，糧道絕，括大敗。

韓信擊趙，未至井陘口，三十里止舍。夜半傳發，選輕騎二千人，人持一赤幟，從間道(草)[萆]山而觀趙軍。誡曰：『趙見我走，必空壁追我，汝疾入趙壁，拔趙幟，立漢幟。』使萬人先出，背水陣。趙軍遙見，大笑。平旦，信建大將旗，鼓行出井陘口，趙開壁擊之，大戰良久，信走水上軍。趙空壁逐信，水上軍殊死戰，不可敗。信所出奇兵二千騎馳入趙壁，拔趙幟，立漢赤幟。趙軍還壁，大驚，遂亂，遁走。於是漢兵夾擊，大破趙軍。

岑彭擊田豐，豐與大將蔡宏拒彭，兵不得進。彭乃聲言西擊山都，緩所得虜，令得亡歸告豐，豐悉其眾西邀彭，彭乃潛軍渡沔，擊破豐將張楊，從川谷間伐木開道，直襲黎邱，擊破諸屯兵。

馬武、王霸圍劉紆、周建於垂惠，蘇茂救建，武為所敗，奔過王霸營，大呼求救。霸閉營堅壁，示不相援。茂乘勝前進，與武合戰。良久，霸乃開營，後出精騎襲其背，茂、建前後受敵，遂敗走。

劉伯升為王莽將甄阜、梁邱賜所敗，還保棘陽。阜、賜乘勝留輜重於藍鄉，引精兵南渡。伯升大饗軍士，設盟約休卒三日。為六部，潛師夜起，襲取藍鄉，盡獲其輜重。明晨，自南攻甄阜，自東南攻梁邱賜，乏食陳潰，遂斬阜、賜。

虞詡為武都太守，未之郡，羌眾數千遮詡於陳倉谷。詡即停車不進，宣言上書請兵，須至當發。羌聞之，分鈔旁縣。詡因其兵散，日夜兼行百餘里，令吏士各作兩竈，日增倍之。羌謂郡兵來迎，又眾多行速，不敢進。既到郡，兵不滿三千。羌眾萬餘，攻圍赤亭。詡令軍中強弩勿發，而潛發小弩。羌以為矢力弱不能至，並兵急攻。詡於是使二千強弩共射，發無不中，羌大震，退。詡因出城奮擊，多所殺傷。明日，悉陳其兵眾，令從東郭門出，北郭門入，貿易衣服，回轉數周，羌不知其數，更相恐動。詡計賊將退，乃潛遣五百餘人於淺水設伏，候其走路，虜果大奔，連破之。

曹操擊張繡，聞田豐勸袁紹襲許昌，奉迎天子，遂解圍而還。繡率眾追之，賈詡曰：『不可追也。』繡不聽，敗還。詡曰：『促更追之，必勝。』繡從之，果以勝歸。繡問其故，詡曰：『曹公善用兵，軍新退必自繼後，故云必敗。曹公力未盡，一朝引退，必國內有故也。已敗將軍，必輕軍還進，故雖用敗兵而必勝也。』

曹操征張繡於穰，劉表遣兵救繡，以絕軍後。操軍前後受敵，乃復鑿險為（道地）〔地道〕，悉過輜重，設奇兵。會明，繡以操為遁也，悉軍來追。縱奇兵，〔步〕騎夾攻，大破之。

曹操、袁紹相持官渡，紹遣將顏良等，攻東郡太守劉延於白馬。紹引兵至黎陽，將渡河，曹公北救延津。荀攸曰：『今兵少不敵，分兵，勢乃可。公致兵延津，將欲渡河向其後，紹必西應之，然後輕兵襲白馬，掩其不備，顏良可擒也。』操從之。紹聞兵渡，即留，分兵西應之。操乃引趨白馬，未至十餘里，良大驚，來戰，使張遼、關羽前進擊破，斬顏良，解白馬圍。

魏主丕伐吳，至廣陵。吳將軍徐盛列舟艦於江，植木衣葦，為疑城假樓，自石頭至於江東，聯綿數百里，一夕而就。丕臨望，嘆曰：『不可圖也。』於是旋歸。

司馬懿伐公孫淵，淵使將畢衍等將步騎數萬，屯遼西，圍塹二十餘里。諸將欲擊之，懿曰：『此欲以老吾兵也，攻之，正墮其計，且賊大眾在此，巢窟空虛，直詣襄平，破之必矣。』乃多張旗幟，欲出其南。衍等盡鋭趨之。懿潛濟水出其北，直取襄平。衍等恐，引兵夜走，諸軍進至首山，淵使衍等逆戰，懿擊，大破之，遂進圍襄平，拔之，斬公孫淵。

蜀姜維列營守險，鍾會攻之，不能克。糧道險遠，軍食又乏，欲引還。鄧艾遂自陰平行無人之路七百餘里，鑿山通道，山谷高深，至為艱險，又糧運將匱，瀕於危殆。艾以氈自裹，推轉而下，將士皆攀木緣崖，魚貫而進，先登至江油。蜀守將馬邈降。

秦將軍魏揭飛、雷惡地攻後秦，有眾數萬。氐胡赴之者，首尾不絕。後秦主萇自引精兵一千六百擊之，固壘不戰，示之以弱。潛遣精騎出其後，揭飛兵擾亂，萇縱兵擊之，斬揭飛及將士萬餘級，惡地降。

燕主慕容垂擊翟釗，軍至黎陽，臨河欲濟。釗列兵南岸以拒之。垂徙營就西津，為牛皮船百餘艘，偽列兵仗，（沂）[泝]流而上。釗急引兵趨之。垂潛遣慕容鎮等自黎陽津夜渡，營於河南，比明，營成。釗急還攻，垂命堅壁勿戰，釗兵往來疲（喝）[竭]，將引去，鎮等出戰，慕容農自西津濟夾擊，大破之。

慕容垂擊西燕部，分諸將出壺關、滏口、沙庭，標榜所趣，軍各就頓。西燕王永聞之，分道拒守，聚糧台壁。既而，垂頓兵不進。永疑垂由詭道由太行入，悉斂諸軍杜太行口，惟留台壁一軍，於是垂引大兵出滏口，入天井關至台壁，破之。永召太行軍還，垂陳於台壁南，遣千騎伏澗下。及戰，偽退，永眾追之，澗下伏發斷其後，諸軍並進，大破之。

劉裕在海鹽，孫恩攻之。城中兵少，裕夜偃旗匿眾，明晨開門，使（嬴）[羸]疾數人登城，賊遙問裕所在，曰：『夜已走矣。』賊爭入城。裕奮擊，大破之。

劉裕伐南燕，南燕主超遣公孫五樓、段暉等將步騎五萬屯臨朐，裕以車乘四千為左右翼，方軌徐進，與燕出戰於臨朐南，日向昃，勝負未決。參軍胡藩言於裕曰：『燕悉兵出戰，臨朐城中留守必寡，願以奇兵從間道取其城，此韓信所以破趙也。』裕遣藩等潛師出燕兵後，攻臨朐，遂克之。超大驚，單騎就暉於城南。裕因縱兵奮擊，大敗之。

劉裕謀伐蜀，與齡石定密計：以大眾自外水入成都，疑兵自內水，慮此聲先馳，賊審虛實，別有函書付齡石，署函邊曰：『至白帝乃開。』諸軍雖進，而未知處分所由。至白帝發函，書曰：『眾軍悉自外水取成都，臧僖從中水取廣漢，老弱乘高艦從内水向黄虎。』譙縱果使重兵守涪城，而齡石果由成都而滅之。

隋突厥犯塞，煬帝命唐高祖與馬邑太守王仁恭率衆備邊。會虜寇馬邑，仁恭以寡不敵衆，有懼色。高祖曰：『今主上遐遠，孤城絶援，若不死戰，難以圖全。』於是親選精騎四千，出為游軍，居處飲食，隨處水草，一同於突厥，見虜候騎，但馳騁遊獵耳，若輕之。及與虜相遇，則犄角置陣，選善射者為别隊，持滿以待之。虜莫能測，不敢決戰。因縱奇兵，擊走之。

隋煬帝於雁門為突厥始畢可汗所圍，太宗應募救援，隸將軍云定興營。將行，謂定興曰：『必多賫旗鼓，以設疑兵，且始畢可汗敢圍天子，必以我倉卒無援。我張吾軍容，令數十里，晝則旌旗相續，夜則鉦鼓相應，必以為救兵雲集，睹城而遁。不然，彼衆我寡，不能久矣！』定興從之，師次崞縣，始畢遁去。

唐太宗出戰，每選精鋭千餘騎為奇兵，皆黑衣玄甲，分為左右隊，建大旗，令騎將秦叔寶、程咬金等分統之。每臨寇，太宗躬被（元）［玄］甲，先鋒率之，候機而動，所向摧殄，常以少擊多，賊徒氣懾。

唐輔公（佑）［祏］遣僞將屯博望山。河間王孝恭堅壁不與戰，使奇兵斷其糧道。賊漸餒，夜薄我營，孝恭安臥不動。明日，從（嬴）［羸］兵以攻賊壘，使盧祖尚率精騎列陣以待之。俄而，攻壘者敗走，賊出追之，奔數里，與祖尚軍合，大敗之。

五代史：建瑭攻梁軍，分麾下五百騎為五隊：一之衡水，一之南宫，一之信都，一之阜城，而自將其一，約各取梁芻牧者十人會下博。至暮，擒梁兵數十，皆殺之，各留其一人，縱使逸去，告之曰：『晉王軍且大。』至明日，建瑭率百騎為梁旗幟，雜以其芻牧者，暮叩梁營，殺其守門卒，縱火大呼，擊斬數十百人。而梁芻牧者所出，各遇晉兵，有所亡失其縱而不殺者，皆言晉軍且至。梁太祖夜拔營去。

南（塘）［唐］皇甫暉提兵十萬控扼滁陽，以援壽州。宋太祖與暉遇於清流關，大為暉所敗。是夜，暉整全師入憩滁陽，太祖兵聚清流，慮暉再至，聞諸村人云有趙學究在村中教學，多智計，太祖乃微服往訪之。學究曰：

『我有一計，可以因敗為勝。今關背有徑路，人無行者，雖牌軍亦不知也，可以直抵城下。方西澗水大漲之時，彼必謂：既敗之，餘無敢躡其後者。誠能由山背小路，率兵浮西澗徑至城下，彼方解甲休，衆不為備，斬關而入，可以得志矣。』太祖大喜，即令下誓師，夜出跨馬，浮西澗以迫城。暉果不為備，奪門以入，擒之，遂下滁州。

政和中，晏州夷酋卜漏反，據輪囤。其山崛起數百仞，林箐深密，壘石為城，外樹木柵，當道穿阬阱，布渠答，夾以守障，官軍不得進。時趙遹為招討使，環按其旁，有崖壁峭絕處，賊恃險不設備。又山多生猱，乃遣壯士捕猱數十頭，束麻作炬，傅以膏蠟，縛之猱背。於是身率正兵攻其前，旦夕戰羈縻之，而陰遣奇兵從險絕處負梯銜枚引猱上。既及賊柵，出火(然)[燃]炬，猱熱狂跳，賊廬舍皆茅竹，猱竄其上輒發火，賊號呼奔撲，猱益驚，火益熾，官軍鼓噪破柵。遹望見火，直前迫之，前後夾攻，賊赴火墮崖死者，無算。卜漏突圍走，追獲之，晏州平。

明王守仁之破橫水賊也，乘夜進兵，未至賊巢三十里止舍，使人伐木立柵，開塹設堠，示以久屯。夜使雷濟、蕭庾分率鄉兵及樵豎善登山者四百人，各與一旗，賫銃炮鈎鐮，由間道攀懸壁而上，分遠近極高山頂以覘賊。張立旗幟，爇茅為數千竈，度我兵至險，舉炮(然)[燃]火相應，賊驚潰，遂破之。其破桶岡賊也，移屯近地，使人招降，賊方遲疑聚議，即使諸將分兵五道並進，乘夜兼行，冒雨疾登，賊驚愕散亂，遂破之。其破浰頭賊也，先賜銀、布，以招其降，繼撫全巢賊以解其黨，繼陽怒盧珂、鄭志高等，以弛其備，賊首池仲容偽降，即伏甲擒之。是夜即趨發各路兵進攻，破之。賊之精悍者，趨聚九連大山，山極高，橫亘數百里，四面斬絕，止有賊所屯據崖壁下一道可通。乃選精銳七百人，皆衣所得賊衣，佯若奔潰者，乘暮直衝崖下間道。賊以為各巢敗潰之黨，從崖下招呼，我兵佯與呼應，賊疑，不敢擊。已渡險，遂扼斷其路，據險，從上下擊，賊退敗，先已四路伏兵，盡擒之。以上出奇。

神速、設伏、出奇三事，既略舉古今將略言之矣。而『神速』二字，尤當今要藥。國家每有軍事，調將遣兵，迂緩因循，日復一日。故一方寇起，始本毫末，迨大兵先後雲集，而寇勢已倡，不可復制，及兵勢已集，擁重坐觀，不肯出戰。其出戰也，又排挨陣、打死仗，不知兵家妙用。小有殺傷，便稱大捷，國家動費數百萬之餉，而於賊未嘗有毫末之損。今向軍門之在金陵一年半矣，和提軍之在廬州八閱月矣，秦提軍之在舒城亦六閱月矣，則賊數無多，又非精鋭所在，既不克悉力破城，又不克分兵四剿，坐失機宜，縻餉老師，直令人不解。左氏引軍志曰：『先人有奪人之心。』孫叔曰：『寧我薄人，毋人薄我。』孫子曰：『其用戰也，久則頓兵挫鋭，久攻城則力屈，久暴師則國用不足。』又曰：『兵久而國利者，未之有也。善用兵者，役不再籍，糧不三載。』又曰：『兵貴勝，不貴久。』又曰：『兵之情，主速。乘人之不及，由不虞之道，攻其所不戒也。』又曰：『善守者，敵不知其所攻。』又曰：『善攻者，敵不知其所守。』又曰：『疾雷不及掩耳，迅雷不及瞑目。』又曰：『執如彍弩，節如發機。』皆神速之謂也，知此始可與言兵矣。

今之官兵調遣遲鈍，雖百里之地，必三四日而後至。蓋守古人師行三十里之制，不知古人所以日行三十里者，非遲鈍也，其行也必為戰備。雖道路之中，亦寓嚴飭行伍之意。故凡三軍起行，自中軍及四正、四隅、八陣，先後各有倫次，不許稍紊。即遇暴來之寇，其陣立腳便成。李光弼治兵嚴整，兵行石橋，史思明遊兵大至，不敢輕犯。狄青軍十萬，行止皆成行列，野宿皆成營柵。兵法曰：『行則成行，止則成陣。』此所以日行三十里也。今則軍行就途，或先或後，或行或止，不認隊伍，不分次序，將士相離遠者數里，猝逢暴寇，鳥獸駭散。而但守古人日行三十里之制，養成驕傲，徒以遲鈍誤事而已。國家定制宜著明：軍行無寇之鄉，冬日限六十里，夏日限八十里，不為疲勞。其寇賊出沒之鄉，則或守三十里之制，或捲甲疾趨，惟將官之相機而行耳。

或曰：古多有持重勝敵者，兵未可概以『神速』言也。予曰：凡古人之持重不肯輕戰者，必以寇鋒方盛，不可遽攻，故持重以挫其精鋭，待懈而擊，乘隙而攻。其持重也，乃以為神速地也，以為出奇地也，未有擁重養寇、畏死貪生而可謂之持重者。兵法曰：『其徐如林，其疾如風，侵掠如火，不動如山，難知如陰，動如雷霆。』又曰：『始如處女，敵人開戶後如脫兔，敵不及拒。』今之大帥，吾見其如林、如山、如陰矣，而未見其如風、如火、如雷霆也；吾見其如處女矣，未見其如脫兔也。在彼之意，以為從前諸將望風而逃，吾謂若此，可謂不負責任矣。嗚呼！亦曾見古名將之滅賊者何如，而僅以不逃自足也乎？

或又曰：兵固貴神速矣，然兵法不云乎？倍道兼行，百里而爭利，則擒三將軍，勁者先，罷者後，其法十一而至；五十里而爭利，則蹶上將軍，其法半至；三十里而爭利，則三分之二至。是捲甲而趨，日夜不處，又兵家之所忌也。曰：此言疾趨而赴戰，人馬疲乏，恐為敵所乘也。所謂『神速』者，非必用之於出戰之日。趙奢捲甲而趨，去閼與五十里而軍，可以知神速之妙用矣。趨百里而赴戰，士卒力竭，必覆全軍，故曰『擒三將軍』。若不得已而必須百里趨赴，則必於十人中，選勁者一人當先，其九人稍緩接續而至，勁者足以耐勞，罷者不至大困，尚足以戰也。五十里、三十里以此類推。雖然，此謂敵人智勇眾寡與我均者也，若敵人智勇眾寡不及，則我軍所至，彼即逃潰，雖捲甲百里，何傷乎？

設伏之事，古人最多，亦最易，在隨地隨時而用之。出奇一事，則百變不窮。所舉古人數事，特見端倪，不能盡舉，亦不能盡言也。兵法曰：凡戰者，以正合，以奇勝。善出奇者，無窮如天地，不竭如山河，終而復始，日月是也，死而復生，四時是也。聲不過五，五聲之變，不可勝聽也；色不過五，五色之變，不可勝觀也；味不過五，五味之變，不可勝嘗也；戰勢不過奇、正也，奇、正之變，不可勝窮也。奇、正相生，如循環之無端，孰能窮其善哉！孫子之論奇、正也，為將而不知，出奇，未有能百戰百勝者也。雖然，出奇之妙存乎心，而所以能出奇者，則又在乎平日撫士以恩，馭卒以威，臨時而後指揮左右，無不如意。孫子曰：『卒未親附而罰之，則不服，不服，則難用也。卒已親附而罰不行，則不可用也。』又曰：『視卒如嬰兒，故可與之赴深谿；視卒如愛子，故可與之俱死。厚而不能使，愛而不能令，亂而不能治，譬如驕子不可用也。』平時知馭士卒之道，臨時神明於出奇之妙用，故君子有不戰，戰必克矣。

東麓酒民曰：古之善攻者，不盡兵以攻堅城；善守者，不盡兵以守敵衝。盡兵以攻堅城，則頓兵費糧，而緩於成功；盡兵以守敵衝，則兵不分，而彼間行，襲我無備。故善攻者，攻敵所不守；善守者，守敵所不攻。攻者有三道焉：一曰正，二曰奇，三曰伏。坦坦之路，車轂擊，人肩摩，出亦此，入亦此，我所必攻，彼所必守者，曰正道。大兵攻其南，銳兵攻其北，大兵攻其東，銳兵攻其西者，曰奇道。大山峻谷，中盤絕徑，潛師其間，不鳴金，不撾鼓，突出乎平川，以衝敵人腹心者，曰伏道。故兵出於正道，勝敗未可知也；出於奇道，十出而五勝矣；出於伏道，十出而十勝矣。攻正道而不知奇道、伏道焉者，其將木偶人也。所謂正道者，若秦之函谷，吳之長江，蜀之劍閣是也。昔者六國嘗攻函谷矣，而秦將敗之；曹操嘗攻長江矣，而周瑜敗之；鍾會嘗攻劍閣矣，而姜維拒之。何則？其為之守備，素也。劉濞反攻大梁，田祿伯請以五萬人別循江淮，收淮南、長沙，以與濞會武關。岑彭攻公孫述，自江州、沂都、江徑拔武陽，繞出延岑軍後，疾以精騎赴廣都，距成都不數十里。李愬攻蔡，蔡奮精兵以拒李光顔，而不備愬，愬自文成破張柴，疾趨二百里，夜半到蔡，黎明擒元濟，此用奇道也。漢武攻南越，唐蒙請發夜郎兵，浮舡牂牁道番禺城下，以出越人不意。鄧艾攻蜀，自陰平由景谷，攀木緣磴，魚貫而進，遂降後主。田令孜守潼關，關之左有谷曰禁，而不知備，林言、尚讓入之，夾攻關而關潰，此用伏道也。古之善用兵者，一陳之間尚有正兵、奇[兵]、伏兵三者以取勝，況守一國，攻一國，社稷之安危係焉，其可不知此三道耶？

昔唐太令甄論兵有五形，最為魏叔子所愛。予嘗讀之，大抵言神速、出奇、設伏之妙，今錄之。其言曰：雞之鬥者，兩距相拒，不知其他；狗之鬥者，兩齒相齧，不知其他。吾笑拙兵之智，類雞狗也。正道之上，我之所往，敵之所來；我之所爭，敵之所禦，不可以就功。善用兵者，不出所當出，出所不當出，無屯之谷、無候之徑、無城之城，可以利趨，能趨之者勝。必攻之地常固，必攻之城常堅，必攻之時常警，不可以就功。善用兵者，不攻所當攻，攻所不當攻； 欲取其東，必擊其西，彼必不舍西而備東； 欲取其後，必擊其前，彼必不舍前而備後。此人情所不虞也，能虞之者勝。 萬人為軍，不過萬人，五萬人為軍，不過五萬人； 十萬人為軍，不過十萬人。我有此眾，敵亦有此眾，不可以就功。 善用兵者，不專主乎一軍，正兵之外有兵，無兵之處皆兵，有游兵以擾之，有綴兵以牽之，有形兵以疑其目，有聲兵以疑其耳，所以撓其勢也，能撓之者勝。 此三奇者，必勝之兵也。

少可勝眾，弱可勝強。 昔者唐子試於蜀，同舍生九人，有饋筒酒者，五人者據之，四人者弱，爭之不得也。乃擇奴之捷者，教之曰：『我噪而入，彼必舍甕禦我，汝疾入取之。』於是聲噪而攻堂之左，彼果悉眾禦我於左，五人者勝而返飲，已亡其酒矣。 善用兵者，如唐子之取筒酒，可謂智矣！ 鼠之出也，左顧者三，右顧者再。 進寸而反者三，進尺而反者再。 吾笑拙兵之智，類出穴之鼠也。 人之情，始則驚，久則定。 驚者可撓，定者不可犯。 善用兵者，乘驚為（克）［先］，敵之方驚，千里非遠，重關非阻，百萬非眾，人懷乾餱，馬囊蒸菽，倍道而進，兼夜而趨，如飄風，如疾雷，當是之時，敵之主臣失措，人民逃散，將士無固志，乘其一而九自潰，乘其東而西自潰，乘其南而北自潰，兵刃未加，已壞裂而不可收矣。 凡用兵之道，莫神於得機。 離朱之未燭，孟（明）［賁］之甘（慨）［枕］，此機之時也。 伺射（鶩）［驚］隼，伺射突兔，先後不容瞬，遠近不容分，此用機之形也。 機者，一日不再，一月不再，一年不再，十年不再，百年不再也，是故智者惜之。 古之能者，陰謀十年不十年也，轉戰千里不千里也。 時當食時，（披）［投］箸而起，食畢則失； 時當臥時，披衣而起，結襪則失； 時當進時，棄家而進，反顧則失。 時不得機者，雖有智主良將，如利劍之擊空； 雖有累世之勳，百萬之眾，如（臣）［巨］人之痿處； 雖有屢戰屢勝之勢，如刺虎而傷其皮毛。 機者，天人之會，成敗之決也。 唐子之少也，從舅父飲酒，座有壯士秦斯，力舉千斤，戰必陷陣，常獨行山澤間，手格執杖者數十人。 舅指一客，戲之曰：『客雖（嬴）［羸］也，然好拳技，嘗欲勝君，君其較之。』斯笑曰：『來！』遂舍卮離席。 方顧左右，語而未立定也，客向前擊之，觸手而倒，座客皆大笑。

以客當斯，雖百不敵也，然其能勝之者，乘其未定也。善用兵者，如客之擊秦斯，可謂智矣！取鷹者，設機繫雞，鷹見雞而不見機，以繫其爪，吾笑拙兵之智，類飢鷹也。諜者，軍之耳也，有以諜勝，亦有以諜敗。敵有愚將可專任諜，敵有智將不可專任諜。我有巧諜，彼乃故巧其形，故聲其令，故泄其隱，以誘我聞之。善用諜者，用敵人之諜，不可不察也。

古之兵法曰『置之死地而後生』，彼設為死形以堅衆心，非死地也。若夫糧食不繼，後軍無援，進不可戰，退不可歸，彼壯我怯，彼明我迷，此真死地也。雖太公、穰苴不能出，兵之大忌也。知敵之情者，重險如門庭；不知敵之情者，曰前如萬里。管渡之國，索登之山，我能取之，不困其險，不中其譎者，非有他巧，知敵之情也。昔者秦王好獵而擾民，下令獵於北郊，前日民皆徙避之。有韓生者止之，曰：『王之愛子病三日矣，王心憂之，必不出。』已而果然，或問之曰：『吾宿衛王宮，且不知王之愛子病矣，子何以知之？』韓生曰：『吾聞王之愛子好紙鳶，吾登邱而望，王宮之上三日不見紙鳶矣，是以知之。』天下之物，見形可以測微，智者決之，拙者疑焉，料敵者如韓生之料秦王，可謂智矣。江上之嫗鬻績而得錢，虛則開篋，實則謹鑰，善竊者因以為候。吾笑拙兵之智，類江上之嫗也。昔者唐子之大父郎中，好奇謀而善用兵者。當是之時，張獻忠數十萬之衆，三道趨成都，屠梁萬將，道達而西，達之守，號稱萬人，實不甲之卒，不滿千人，其守將欲棄城而走。郎中曰：『父殯將焚，城郭滿血，吾不可以獨免，吾請先死之。』父兄子弟皆哭，有少者曰：『敢問死之何道也？』郎中曰：『寇心爭利大都，其行甚急，奚用以小邑緩其行？是可以疑之，使之他道去也。寇去，吾即暇而修備，禦之易矣！』乃率其私卒之敢死者數百人，踰土磴而上，伏於翳隘。賊之前軍，笑歌徐過，大呼突擊之，斬首數十。賊驚，敗退，生縱一人，使告曰：『吾之大軍盡出南門陣矣，我守隘者也，賊能戰，我能退而待賊，與之決死平沙之上。』於是，賊果疑之，從他道去矣。郎中乃發其內藏有穀萬斛，（大）〔火〕穀五千，麥如之，桐膏千罋，蠟千斤，繭絲千兩，招士修具，三旬而備。寇反，城不可附矣。其後三攻三卻之，城無墮堞焉。當是之時，非專攻之兵，道過之兵也，弱則拔之而行，強則舍之而去，是故輕敵示銳，趣進示強。犯勁敵以爭小邑，而後大都之利，彼必不為，此郎中之成其算者也。山能顯而不能隱，淵能隱而不能顯，龍能變而不能常，虎能威而不能變。善用兵者，兼山、淵、龍、虎之用，即顯、即隱、即常、即變，使敵莫知所從，莫知所避，斯為(貴)[神]矣！貴人之處，衛生可謹。古諺云：家累千金者，坐不垂堂，恐其傷肢體也。吾笑拙兵之智，類貴人之處也。夫兵者，死門也，不可以生心處之。有自完之心者，必亡；為退休之計者，必破；欲保妻子，妻子必虜；欲保家室，家室必滅。善用兵者，有進無退，雖退，所以成進；有先無後，雖後，所以成先；有速無遲，雖遲，所以成速；有戰無守，雖守，所以成戰；有全無半，雖半，所以成全。邳兵圍三盜，立弰如林，幾櫝充衎。盜斬圍而出。以彼千百之眾，其智、其力豈不三盜若也？而不能擒者，趨生者怯、趨死者勇也。人之常情，棘迫膚則失色，砭觸趾則失聲。一旦臨死莫逃，忿發氣生，心無家室，目無鋒刃，鬼神避之，金石開之，何戰不克？何攻不取？故夫以能死之將，驅能死之眾，如錐錐氈，鮮不破矣！

兩敵交鋒，將勇者勝，兵不在多，自古然也。尋邑昆陽恃眾而敗，吳起以五百乘，攻破秦五十萬重兵；謝玄以八千卒，敗符堅一百萬；曹操以六百人，破文丑五六千騎；韓世忠之敗金人於金山也，戰士僅八千，而虜眾且十餘萬；劉錡之敗金人於順昌也，所部不滿二萬，可出戰者僅五千，而虜眾亦十餘萬兵。忠武則更能以少敗多，其破王善也，以八百人破十萬；其破曹成也，以八千人破十餘萬；其破金兀朮也，於潁昌則以背嵬八百，於朱仙鎮則以背嵬五百，皆破其十餘萬眾。南宋之金兀朮，蓋古今最強之寇，鐵浮屠，拐子馬，所向無敵，而韓、劉、忠武以寡敵眾，如振落摧枯。今之逆寇，視金虜殆十倍遜之，而官兵之眾，又往往倍加於賊，遷延歲月，未能剿滅，豈真兵之不如古耶？

將之有才干者，出兵之日，令其相勢而行，不必過為箝制。捷則破格加恩，敗則加重治罪。伊非有實實制勝之策，必不敢輕於擅專也。溫嶠討蘇峻，以南兵習水，峻兵便步，令將士有上岸者，死。會峻送米萬斛饋祖約，毛寶為嶠前鋒，告其衆曰：『兵法：軍令有所不從。今視可擊，乃不上岸擊之耶？』率衆襲取之，約由是饑乏，嶠表寶為廬江太守。夫嶠之令勿上岸，不以我之所短，犯敵之所長也。寶之見賊即擊，不以令而失機宜也，皆得用兵之法。嶠不忌其犯令，且表為太守，亦可謂善用人矣！

將在外，君命有所不受，非不受君之節制也。用兵之事，隨機應變，必事事奉詔而行，則失機多矣！晉伐吳，揚州別駕何惲謂刺史周峻，宜速渡江，直指建業。峻使白王渾，渾曰：『受詔，但屯江北，且詔令龍驤受我節制，但當具君舟楫，一時俱濟耳。』峻曰：『龍驤克萬里之寇，以既成之功來受節度，未之聞也。且明公為上將，見可而進，豈一一須詔命乎？』其後王濬果自武昌，直指建業以滅吳。向使王濬受渾節度，有所掣肘，則傷濬之計得行，吳之滅否，未可知也。

明王文成之破宸濠也，不待奉命，先行起兵命，二旬之間，遂平巨逆。其平浰頭寇，亦便宜行事，觀其請賜令旗、令牌，令加提督銜，得專賞罰，以為朝廷但貴成功，是何如慷慨自任，故能平大寇，定大亂。今之大人先生，不敢一毫自主，雖皇上畀以重任，而遇事惟知請旨，往返多日，時變事移，故失機者十之八九。良有才識，既不足以主持，又不肯稍自任過，故為此迂緩畏葸，以失機也。

顧亭林曰：『古之為將者，必有素豫之卒。』春秋傳：冉求以武城人三百為己徒卒。後漢書朱儁傳：交趾賊反，拜儁刺史，令過本郡簡募家兵。張燕寇河南，逼近京師，出儁為河內太守，將家兵擊卻之。三國志呂虔傳：領泰山太守，將家兵到郡，郭祖、公孫犢等皆降。晉書王渾傳：為司徒，楚王瑋將害汝南王亮。渾辭病歸第，以家兵千餘人閉門拒瑋，瑋不敢逼。趙甌北曰：『兩軍相接，全恃將勇，將勇則兵亦作氣隨之。』然將亦非恃一人之勇也，必有左右心膂之驍悍者，協心並力，始氣壯而敢進。將既進則兵亦鼓勇爭先，此將帥所貴有家丁親兵也。按：此論為將者不可不知。苟左右無可倚之士，一旦臨戎，必縮胸而不敢前。兵無統率向前之將，自畏怯而不敢進，何以立功？何以滅賊？雖然，今之將帥，往往歲更月易，倉卒赴敵，安得遽有腹心之兵，是惟所至之地，即嚴加選拔，精其操練，結以恩信，示以威嚴，然後緩急可恃也。

名將在外，欲成大功，於中必先有腹心之人，堅信於朝廷之上。狄襄武苟無龐籍，安能成崑崙關之功？王陽明苟無王瓊，安能平宸濠之亂？杜預用兵制勝，諸將莫及，在鎮數餉遺洛中貴要。或問其故，預曰：『吾但恐為禍，不求益也。』今天子明聖，將帥苟足恃者，用之不疑，萬無權貴讒沮之事，然而不可不知此道也。

金陵大軍攻城，只於東南鐘山一帶扎營，而水西門入江一路不能截奪，使賊出入無忌，內可發兵四竄，外可四路來援，此賊所以居城中，安然無恙也。若悉力攻其水路，使之不敢夾河立營，則賊之糧餉不通，救援不至，而城內之賊及沿江四竄之賊，皆喪膽驚心，破之之勢十倍易於今日矣。雖然，欲扼水西門江路，下游既有重兵，則上游必先扼東西梁山。逆賊自陷金陵以來，江南北諸帥均未有一謀及東西梁山者，亦怪事也！

廬州大營兵，實數三萬。春夏之間，賊勢甚盛，未可以分攻他郡縣也。近則賊勢披靡，城內賊不滿二千人。苟必克復此城，而後分兵他進，則宜急謀破之。今攻之三四月，不能克矣，則以此數萬兵，守一孤城，甚非計也。兵法曰『城有所不攻』，蓋謂城小而堅，或內糧方足，攻之不拔，（老）〔勞〕師挫銳，失可乘之大勢也。光武棄鉅鹿而直攻邯鄲，斬王郎而鉅鹿自服；曹操舍華費而深入徐州，得十四縣；沈攸之不聽功曹臧寅順流長驅之計，而專攻郢城，不克而潰走自縊。周武帝不聽宇文弼戍小山平之言，而專攻河陽，師以無功。杜牧之曰：『國家自元和三年至於今，三十年間，凡四攻寇。魏薄攻寇之南宮縣，上黨攻寇之臨城縣，太原攻寇之河星鎮，是寇三城，池浚壁堅，芻粟米石，金炭麻膏，凡城守之資，常為不可勝之計，以備官軍。攻既不拔，兵頓力疲。寇以勁兵來援，故百戰百敗。三十年間，困天下之力，攻數萬之寇，四圍其境，通計十歲，竟無尺寸之功者，蓋常墮寇計中，不能知變也。』凡此皆以重兵攻一城，無功而失事者也。今廬州之賊，未可舍之而不攻，但留萬兵守廬，相機而剿，足以制其死命。以五千兵進取舒城，即暫住之，為廬州救應，以防他賊之來。以七千兵由舒城正道取桐城，直攻安慶。以三千兵由六安入英、霍，分道收復太湖、宿松、望江、潛山，以同會於安慶。以五千兵下巢縣，合巢縣之兵，分道取廬江、無為州以前，會於和州之梁山，扼長江逆賊之路。夫舒城、巢縣之賊，皆不過千人，桐城僅二百人，廬江、無為州各數十人，潛山、太湖、宿松、望江，則直無一賊。惟安慶為賊巢穴，常住者每數千人。今取之以萬兵，足以攻、足以守矣。今乃坐守廬州，絕不分道四出，使被陷州縣，望眼欲穿。而逆賊知其伎倆，但各地留千人、百人、數十人守之，足以牽制官軍，使不敢動，而彼得縱其所之。吁，可歎也！

近聞秦提軍自六安攻舒城，戰無不勝，賊勢窮蹶，故守城中不敢出。則舒城之賊，有秦軍門足以制之。前言五千取舒城者，又可用其兵於他矣。又聞東西梁山有水師扼截，傷毀賊船無數，而金陵水陸兩軍齊集，則前言扼梁山、扼水西門江路者，此兵又可不用矣。則廬州大兵恢恢有餘，專意克復安慶，是此時也。其收復巢縣、廬江、無為州，桐城、潛山、太湖、宿松、望江諸州縣，但得分兵而進，所向無不得手，反掌燎毛，易無與比。失此機會，賊窮於江，勢必四竄於陸，莫謂其眾將盡也。春初，廬江告急，賊自湖北來，一路擄掠幾萬人。前月，金陵告急，賊又自湖北入霍山，擄人萬餘以往，此時而不急圖克復安慶，以期滅賊，後來之錯，恐六安鐵不能鑄也。在事諸公，盍亦深慮乎？

賊之初，不畏官軍也，以官兵望之則逃也。今大軍不逃，賊知望而畏之矣，然猶藐視大軍。凡去大軍數十里之外，輒優游自得，僅以數十人守一城池。而苛索良民，事外生事，毫無忌憚者，則深知大軍之過於持重，每立一營，非數月不敢前移一步；每圍一城，雖數萬不敢入城一步。故賊倡狂如此。使大軍分道出奇，賊方奔走之不暇，敢如此優游自得乎？

賊之長技：勝則長驅直進，敗則四竄掠奪。官軍一味遲緩，即能殺，賊去大軍稍遠，不知畏矣！一味擁聚，賊即不敢犯，而四竄劫奪，官軍不得知也。惟時時示以神速，處處示以出奇，使賊常有意外之虞，則大軍所在二三百里間，賊必畏懼，不敢輕入其境矣！

滅賊之計，必先審其大勢，知其輕重緩急。又必諸將彼此一心，人人抱滅賊之志，不以小勝敗為喜憂，不以小齟齬生嫌隙。賊勢大合，必設計誘之使分，分則其勢衰，易於攻擊。賊勢若分，必四面驅之使合，合則其眾聚，易於殲除。今賊之大股在金陵，謀臣策士，精將強卒，必在其地。城大地廣，遽欲一鼓擒之，恐難得手。而金陵不破，逆首不死，賊不可得而滅也。今惟以金陵為珠，四面之兵如龍，眼光同注於金陵，而各竭各力，以剿各城之賊，剪其羽翼，殳其枝葉，然後八面各攻金陵，設法破城以期盡絕根株。萬一城不能破，久久圍之，糧儘自斃，彼時或可用持重之法。此時各路攻剿，惟在神速。賊之渠魁穩住金陵，其餘黨東奔西突，一方失事，牽制各方。以全力攻其不關緊要之區，我兵日疲，我餉日竭，一月難於一月，一年難於一年，上顧聖明，下視蒼赤，諸公其何以安耶？

賊之攻城，出死力以期於必破，未有數月而無功者。湖北之陷一月，金陵之陷二旬，廬州之陷四十日，湖廣、湖南、江西知不可陷，則一兩月輒舍之而去，此賊之善用兵也。今逆賊所據之城，萬無舍而不攻之理，既攻則必期於能破。苟能如賊之出死力，未有不可破者。今既不肯如賊之出死力，則當以計破之，以術誘之。或圖之於黑夜，或謀之於風雨。或陽以大兵進前，誘之出城，陰設伏以殲之。或盡以重兵密圍，使其危急之至，然後故縱一面令逃，設伏以待之。或真知其糧餉不足，圍使自困，作木板作書射入城內，諭令投降。或諭令其黨與有殺賊首來降者，破格錄用，以疑之、間之。其或城小又不甚堅，可以大炮轟洗者，則不妨以鉅炮洗之。洗去一城，則凡賊之據城者，聞之必不敢守矣。辦此大事，不能不出此辣手。若名為攻城而不敢進攻，名為圍城而不敢全圍，名為接戰而不敢血戰，但以重兵進城扎營，日日向城邊施放槍炮，賊出則小有殺傷，賊不出則徒然觀望。而大兵所不(住)[駐]扎之門，賊仍自出城，掠取糧倉，走通消息。試問：城其能不攻自破乎？賊其能不殺自死乎？一日不破，我兵日需餉銀若干乎？一月不破，此城之賊無恙也！而四路之賊其狼奔豕突，又當何如乎？願當路君子一一思之。

賊勢之所以蔓延者，向來各省督撫自衛疆宇，不肯合力攻擒。而各衛疆宇，又但專重省垣，不肯遠出攻撲。其奏稱迎擊，半為退步，而奉旨會剿，悉是虛名，以故賊勢蔓延，東沒西出。夫四海之土地，皆皇上之土地也；四海之人民，皆皇上之人民也。在平時，職有專司，不可為越俎代庖之事；在爾時，同仇敵愾，何竟存此疆彼界之心？此時在事大人宜奏請皇上，嚴飭南數省督撫，共圖滅賊，不得自守一方。凡大小文武員督兵勇者，遇賊即剿，不以擅專為罪；聞賊即追，不以越境為嫌。但能殺賊，一切處分悉予開除；但能立功，不問出身，立即超擢。敗者必罰，逃者必誅。合眾人之功以為功，不必功之自我成也；合眾人之謀以為謀，不必謀之自我出也。尤有要者，自賽相國、徐廣縉失事以後，皇上未嘗特命大經略一人，但於提督大臣各授以欽差大臣關防。揣聖明之意，以為文臣不足恃，加武臣以分外恩寵，或冀其感激奮發以滅賊也。竊以為武臣性多鹵莽，又多未習詩書，好存意見，天生名將，古今幾人？令其受節制於文臣，猶懼其傲不用命。今一旦加以重權，任其進退，不相統屬，意見參差，或坐視重圍而不救，或互相觀望而不前，雖有智謀大臣，呼應不靈，反多掣肘。各自奏報，粉飾誇張。聞有三四月按兵不動，而奏報內云：日日接仗，日日殺賊。夫心不合則力不齊，權不專則事不一。己得自由，則欺罔顢頇，無所不至。天下之大，眾望所歸，豈遂無一二人足膺經略之選者？是惟輔弼諸公，為皇上密陳大計，急宜選大經略出為主持。其武臣真能盡力、威望素重者，勿去其銜，其餘坐擁重兵，久無大功，概以軍法從事。如此，則未有不竭力以圖滅賊者也。草茅曾以此意上書今大中丞，請其奏明，未知以為然否耶？

賊此時勢焰稍衰，以金陵信息四路隔絕。四路之賊，不皆能用兵，故多敗於官軍。彼前此之攻城陷池，一皆稟偽東主意指，所向輒利。偽東主遠住金陵，而四方號令遵奉唯謹，既能使各地大勢了若指掌，又能使脅從諸人效死用命。此其伎倆，豈尋常小寇所及哉！東阿周公在廣西與友人書曰：『賊之飄忽不及闖、獻，而深沉過之。締觀所有大帥，無與比倫。』都統烏公上賽相國狀亦曰：『賊之凶悍詭詐，久歷戎行，不獨未見，並所未聞。昔日川楚金川之兵未能似此。』然則趁此金陵危急之秋，四路賊匪倉皇之日，不汲汲圖之，合力以注金陵，一旦賊首統眾竄出，恐諸公為力十倍，難於今日矣！以皇上之德，國家之福，斷無此慮，然而不可不防也。

國家居民，除一二素行無賴，未有甘心降賊者。迨受賊之苛索，則莫不從而恨之，人人有殺賊之心，人人無殺賊之膽，但得大兵一至，則莫不願執戈以從之。雖然，大兵必實有可恃，而後民敢放膽為之。若傳聞其來，久而不至，或移軍一至，小敗復退，則本地良民，必更受賊之大害矣。

官軍所至，不能不藉地方團練以助聲威。但民情強悍之區，舉行甚易，第為之嚴其紀律，定其章程，可以助官軍殺賊，即可以自行禦賊也。若民氣懦弱之鄉，又非聚族而居，則人心渙散疲玩，欲求其同心合力，勢屬萬難。然不能聽其渙散疲玩而遂已也。是有一法，於政體似不合，於時事則有濟。各地受賊偽職者，半屬地方好事之人，賊之官制仿周禮，其事決不可行於三代以後，而於地方統制若綱在綱。今惟嚴諭偽職諸人，力行團練以贖死罪。所到之地，先訪受偽職而最不肖者，立誅一二人，然後明諭所頒，莫不震慴。又選擇地方公正剛直之人，巡查團練，偽職不盡力者，立予治罪。居民有疲玩不聽令者，准練首重責，並焚毀其屋。再若素行不法，從中阻梗者，立即送官正法。如此，則團練可成矣。縱不能殺賊，而各地風聲嚴密，賊自不敢犯矣，是亦官軍之一助也。不能從嚴，則各地視為兒戲。上年各地辦團練，終歸於不足恃者，由大府及州縣一味從寬，故至於土崩而瓦解也。今若如此，則官軍不能長住各州縣，賊若再犯，居民無遺類矣。殺人以安人，是有望於當事者。

大軍所到之地，須選擇精兵二三百，游兵分為數隊，各令能悍裨將率之，隨地殺賊。或令地方練勇，分為數隊，各以官兵數十人為之率，於各鄉村市鎮賊所盤居之地，盡數殲之。今日在此，明日在彼，令賊聞之，疑皆是官兵，不敢駐足，此亦出奇中之一事也。不然，大軍但在城池，而四鄉必受賊之大害，鄉民且畏賊，而不敢舉行團練矣。

草茅一得 卷下

今日，江南北各州縣漸次收復矣。而收復各地，情事不一。然大抵襲常蹈故，未聞有一振作人心、整頓風化之事。幸而賊勢披靡，收復各地斷不至有再蹈之事。萬一再失，則人以為賊可從矣，偽職可受也，廉恥不必顧也，財賄可任我取也，良善可任我害也，官兵不足恃也，王法不足畏也。則人心愈詭，風俗愈壞，大義愈以不明，是非愈以顛倒。再來收復，恐各地民心未能如今日矣！草茅妄論，以為自今收復，有急宜施行之端，滅賊之後，有大宜更張之事。國家承平日久，法令紀綱，無一不暗壞於冥昧之中。《易》曰：『窮則變，變則通；不窮不變，不變不通。』此千古聖人維持天下之略也。董子曰：『琴瑟不調，甚則改弦而更張之。』今琴瑟不調甚矣，苟非有改弦更張，難望有調之之日矣！

一嚴法令。國家以寬厚為治，其流弊至於姑息為仁。舉世人心又溺於陰騭果報之說，故雖罪有當治，法有難容者，往往為之解脱。此在太平之日猶可也。當此亂世，人心變動已極，非嚴刑極法，斷不能挽回敗壞之人心。賊所至之地，居民被虜者，多不久逃歸，其久而不歸者，皆意有所貪，不肯真心思逃者也。更有素不安分游民，自行投降，為賊效力，凡本地稍有衣食及有宿怨者，必引賊害之。此種大兵收復之後，斷不可聽其無事。一則懲其既往，一則警其將來。宜出示嚴諭：各姓戶尊長及各地查明從前隨賊之人，被虜逃歸者概釋不問；其自行投降者，戶尊長以家法處治，於公所責懲，報案存查。其曾經勾賊、訛索、嚇詐者，無論被虜、投降，戶尊長及紳士矜保捆送正法。如有庇隱，經人告發，先將戶尊長及該地(衿)[矜]保治罪。其各地受賊、偽賊者，半由於不得已，半由於藉賊圖財。但從賊，罪有難容，非殺賊莫能贖罪。如果大兵到日，力行團練以助軍威，姑予免死。倘能割賊首級，奪賊資財，報驗屬實，更與議敘。其或助賊為虐，苛害良民，一經告發，立即斬首。又或喪心病狂，曲意媚賊者，或身入賊中，為賊畫策，更當從重究治。其或身列膠庠，甘受偽職，及甘應偽試者，雖無助賊為虐情事，亦不得不加斥革，以儆儒林。倘再藉賊圖財，或告發，或訪聞，定行從重究治。倘有不肖貢舉，甘受偽職者，正法無赦。各地土匪往往於大兵將到、賊匪逃竄之時，乘機搶奪逆賊所據之地，民受蹂躪，不待言矣，獨嚴殺土匪一事，尚當民心。今大軍將至，必先頒嚴示，令居民互相保護，拿獲土匪，各地正法，不必報官。其或有大股土匪，即行呈報，發兵剿洗。凡窩藏土匪者，除拿獲正法外，立即焚其居屋。不嚴辦窩藏之人，土匪不可勝誅也。自古王者之師，以不戮居民為首務。今聖人在上，事事務從仁厚。而草茅獨以殺人之說進者，蓋國家當大亂後，辛苦凋殘，天心厭亂，人心思治。王者起而承天，惟恐撫綏之不暇。今則同為太平之百姓，同為朝廷之赤子，一旦因亂，頓易初心。禮義廉恥之不知，鄉黨鄰里之弗惜，睚眦小怨，害及身家，擄掠為雄，富從天降，此聖世之奸民，王法在所不赦者也。又況賊雖蹂躪，不過地方富戶及向來良善正直之人遭其淩虐，而若輩且揚揚得意，惟恐賊不久住其地。朝廷於若輩不加刑典，人心尚可問乎？至若誦詩讀書，不知名節，已屬罪無可辭，又況靦顏媚賊，藉勢圖財。此輩得志將為何等人物，即在鄉里，亦風俗儒林之蠹也！若不明正其罪，何以輔教化而肅綱常耶！夫世運之劫，由人心釀成，人心知悔，天怒可回。今逆賊所過之地，人心愈變愈壞，將來大劫恐不能免。所賴當事大人以斧鉞代天討，以雷霆舒天怒，以除殘去暴順天心，亦可為斯民救劫、免劫也。論及此見者，不以為迂，必以為刻，而其實乃至理所存也。江北病夫曰：『大逆不道之人，荼毒生靈，皆天地間戾氣所鍾。蓋學術衰，人心壞，機械變詐，奸盜邪淫，不忠不孝，不仁不義，寡廉鮮恥，積為風俗，固結而不可解。於是宇宙間怨氣、惡氣、昏氣、濁氣叢雜，鬱積糾結而成為戾氣不散，而大惡之人出矣。是故大逆不道之人，非一人所能生也，乃數千萬人之戾氣所積而生也。戾氣積於一二人，而生靈始受其禍，受其禍而知儆懼焉，然後戾氣漸散，而禍亂可平。受其禍而心術愈壞，人人愈存殺機，則戾氣日重，必至於殄滅而後已。』按：病夫所論，乃一定必然之理。今賊雖猖獗，然以皇上明聖，萬無足慮。所可慮者，地方人心不知悔，禍從而甚焉，恐病夫之言不幸而中也。故竊望當事大人，亟圖整頓人心，凝陰沍寒，非雷霆一擊，斷不足以回轉春陽。釋其陰寒，然後施以雨露，蕩以春風。其事若倒行而逆施，病者積滯在胸，不得不先以大黃、芒硝，而後調之參术也。

一明教化。目下之嚴法令，急則治其標也。賊滅之後，則事事當從根本講究。根本之地，莫重於教化。今國家所以教士者，法良意美。而草茅顧以明教化為言者，以今日有教化之名而無教化之實也。江北病夫曰：『古之聖帝、明王、賢相，惟以教化為本。教化興而後人心明，人心明而後風俗厚。故夏、商、周之末，世運雖衰，君德雖薄，而在下之人心風俗、禮義廉恥，猶可相維繫於千百年之久。春秋而後，教化既微，孔、孟汲汲皇皇，日以行道傳道為事。漢、唐以來，雖賢君代作，而聖王之教化則渺然矣。宋之程、朱，明之陽明，闡道立教，雖學者賢愚不一，而多知有性命之事、忠孝廉恥之學。即其時小人倡言禁錮，而學術既明，漸漬於人心風俗者，已固結而不可解矣。是以南宋末世之君，以及明季之主，大都昏庸，不足以存國，而小人又居中用事。然而歷久不亡，既亡而復存者，皆諸君子講學之功也。是以忠臣義士歷久不渝，即草野士民，亦知忠義為重，以致改革之後，守節不仕者，猶數千百人，流風遺俗，更百餘年而不變。然則講學何負於世乎？後人不究宋、明之亡，由小人在位，諸君子原未得大行其道，乃歸咎於講學，標榜空談性命，因禁講學之事。嗟乎！孔子曰「學之不講，是吾憂也」，標榜宜禁，而講學豈可禁乎？性命不可空談，而豈可不講明乎？有心世道者，宜力行宋儒之學而倡明其教。庶無禮無義、寡廉鮮恥之人心風俗可復起也。』又曰：『世道人心之壞，一由於師道之不立，一由於官箴之漸弛。蓋師者，所以傳道也。即不能如古聖賢闡明大道，亦當正身修行，教人以孝弟忠信之事、禮義廉恥之防。如此，雖弟子未必盡賢，而聞之既熟，習之既久，異日自不失為君子。今為師者不然。童蒙但教以句讀而已，成人但教以詩文而已。甚且教以苟且功名，逢迎世路，幸而得位，則肥身保家，苟貪富貴而已；不得位，則又不過以其向之所受於師者，傳於其徒，日復一日，愈趨愈下，世道人心，安得而不壞？官者，所以上事君而下治民者也，即不能化民成俗，亦當以風教民心為事。導之以禮義，使之日向於善；禁之以法令，使之不敢為非。如此，則百姓有所感發，有所愧畏，庶幾風化日底於純。今之為官者不然，專以持祿保位為心，於民俗之美惡，民心之邪正，漠不關心。既不知有教化之事，又不知有刑罰之用。奸究邪辟，相習成風，惟利是嗜，惟害是避，世道人心，安得而不壞？』又曰：『堯、舜、禹、湯、文、武之倡道於上，孔、孟、程、朱、陸、王之倡道於下，皆實實於明物察倫之事，身體力行，建立人極，而講明誘掖鼓舞作新之法，又足以動人之至性，啟人之本心，非徒以利誘之也。學之不講，久矣。取人之法，惟以詩賦、時文、館閣字三者。以故學術日壞，士習氣臣節皆不能振。憂之者，遂欲以小學論性理論取士，不知利祿汩人性靈久矣！但以此試士，而習之者亦惟知以此為作用之具、科第之階而已，與作四字題文何異？故今日欲倡明此學，須於根本上實實倡起，須是自己身體力行以為之法。』又曰：『氣節經濟，須有培養作成之道。上好直言，寡忌諱，誅讒佞，進忠貞，如此，始可以培養氣節。去時文、詩賦之習，專試實用。詩書禮樂，兵法刑名，天文地輿，農田水利，凡天下需用之才，聽天下士子各因才性所長而習之。習之既熟，即以善其事者，分門考校，各因所能而付之以其職，稱之則進之以爵，升降調遷不離其職。其或才大而能多者，乃可別調。如此，則才易成而職易稱，天下無廢事矣。』又曰：『經濟之衰，無如今日。其病根由平日學術不求有體有用，父師之所教授，子弟之所學習，止是時文、試帖、館閣字三者，以苟取功名富貴而已。間有稍知自好者，欲博古通今為明體達用之學，則群起而排之。以故為秀才時，人人皆虛浮輕薄，全無所知，全無所能。一旦入官，事事皆聽之幕友、滑吏，牧民禦眾之道，農田水利兵刑錢穀之法，皆茫無所措。惟知伺候上官，以圖加官遷秩而已。遭遇兵亂，則惟有惜身保己者一法，毫無主張，以致望風而逃，辱國殃民而不知恤。其有經濟者，又或以不習時文時字，不得上達；又或以不善伺候上官，不得大用。私居太息痛哭而已。積習相沿，非變取士之法，難求有用之才也。』

按：病夫所論，字字痛切，今欲明教化，莫如皇上先復日講之制，以為天下倡。次令天下書院行講學之法，而講學之法不得空談性命，惟日舉忠孝廉恥之事，開導斯人，其才性各因所長，教以有用實學，如胡安定經義治事齋故事。而欲天下之鼓舞振興，向慕而不能自已，則又在取士之法，務實務正，以驅率之而已。

一勵氣節。宋臣陳公輔疏曰：『臣聞天下國家所賴以維持者，在公卿士大夫。公卿士大夫所以能維持天下國家者，在氣節忠義。本朝承平幾二百年，海内安富。一旦金虜長驅中原，板蕩淩虐，至今未能興復，奚以然耶？皆公卿士大夫無氣節以維持也。崇、觀、宣和間，人才最多，大抵皆畏懦軟弱，熟卑污苟賤，其間稍有耿介之士，能自激昂，往往憎如怨仇，摧敗挫辱。而寡廉鮮恥、貪冒富貴之徒，自謂得計，習俗日淪於委靡而不振也。京黼當國，恣為奸欺，公卿士大夫莫有出一言敢議其非。平時既無忠言直道之臣，遇急豈有仗節死義之士？故末年禍難方作，而大臣解體，使者辱命。省官有棄天子而去，卿監至竊官物而逃。幸而賊兵退，京師復安。人各有心，公道不行。及至金寇再至，將相無主，卒至大禍。張邦昌身為重臣，僭即偽位，廷臣勸進稱賀，甘心北面，殊不知愧。以是而觀當時之公卿士大夫，氣節忠義，果安在哉？』予讀此，不禁喟然嘆也。竊以近來當事之人，苟志在殺賊，奮不顧身，則藐焉小丑，何至釀成滔天之禍！蓋各州縣官吏，始猶不過望風而逃，近則有甘心降賊者矣；始猶不過被虜屈辱，近則有為之效力者矣。方賊未至，則婦子家人早送他所，帑金庫項任意開銷。賊將至，則預為之所，或托言迎戰，他往求援；或赴鄉招勇，督率團練等事，以掩其逃竄之跡。賊既至，則易衣改帶，謬為庶民，逃之不得，甘心被虜。不幸而衣冠未易，見殺於賊，皆逃死不得之人，罕有精忠報國者也。賊方遠擾數千里外，而京師之内憂惶悚懼，以病乞歸，以養乞退者，不知其幾矣！以祖宗之澤、宗社之靈，賊萬無犯京師之理。萬一有此，若輩其可恃耶？江北病夫曰：『天生聖人不數，其生惡人也亦不數，最是一種無識無骨、隨流揚波、與世浮沉者，最害事。故孔子疾鄙夫，惡鄉原。孟子疾泄泄沓沓。為其以患得患失之心，行同流合污之事，致學術世道人心如江河之日下。』又曰：『事君致身，見危授命，此其根柢，全在平時講學立志，即知綱常為重，克己窒欲，常使身家念輕，道義念重。得到事君見危時，始能致身而授命。今人自下地以來，以及從師入學，但知謀身家之顯榮、妻子之安樂。平日小小利害，尚趨避不遑，安望其事君能致身，見危能授命耶？』又曰：『「明哲保身」四字，今之偷生害義者，皆以此藉口。不知詩曰：「既明且哲，以保其身。」下即繼之曰：「夙夜匪懈，以事一人。不侮矜寡，不畏強禦。袞衣有缺，仲山甫補之。」此明哲保身之實事也。「知幾見幾」四字，今之趨利避害者，皆以此藉口。不知易曰：「知幾，其神乎！」下即繼之曰：「君子上交不諂，下交不瀆，其知幾乎！」非惜身保己之謂也。「全受全歸」四字，今之苟且偷安者，皆以此藉口。不知記曰：「父母全而生之，子全而歸之。」下即繼之曰：「不虧其體，不辱其身，可謂全矣。」非徒保其血肉之軀已也。』又曰：『明人氣節，由於講學。我朝鑒明儒門戶標榜之習，禁書院，不得講學，於是士子自幼入學，耳濡目染，皆止知「功名富貴」四字，性分、職分上事，全不講習體貼。而漢學者流，又復攻詆程、朱，以言心、言性、言理為厲禁。以故人心士習之壞，直不知有禮義廉恥之重。平時但工於粉飾彌縫，趨避夤緣，念念計身家，刻刻貪利祿，事事避處分而已。國計民生，全然不顧，釀成大禍，則惟以遇賊即逃為上策。良心喪，廉恥衰，其病根由未嘗講學之故也。彼自幼惟聞讀書者，科名之資也。科名者，富貴之路也。原不知讀書要守忠孝，要顧廉恥。大家皆如此昏昏讀書，安得而不奄奄無氣節。』又曰：『人於貧賤富貴、榮辱安危、禍福死生，須看得達。至於綱常名教所在，則宜守得固，毫不可圓通。老子和光同塵之說，以之處毀譽禍福外來之境可也，以之處綱常名教則不可。』又曰：『武侯曰：「先帝知臣謹慎，故臨終寄臣以大事。」所謂謹慎者，乃孔子「臨事而懼」之意。義理所當為者，不敢有一毫之未盡；義理所不當為者，不敢有一毫之妄干。至為此事，時必熟思審察，深謀遠慮，不敢冒昧而輕率以誤軍國，是謂謹慎也。今人所謂謹慎者，但念念患得患失，惟恐於身家有毫髮之不利而已。至國事，則雖萬分當為亦不敢做，萬分當說亦不敢言。推諉苟安，養癰貽患。噫！孟子所謂「泄泄沓沓」也。而豈可謂謹慎哉！』又曰：『志士仁人，支撐宇宙，雖鞠躬盡瘁，亦不能必國之不亡、家之不敗、身之不死。惟此仁義忠孝一念，必纏綿糾結而不可解，雖不幸國亡家敗身死，而此念已足維綱常而樹名教，所謂「碩果不食」者，此也。』按：病夫目睹氣節之衰，反復詳言，大聲疾乎，論氣節者，無以加於此矣！夫國家無氣節，如虛（羸）［羸］困弱之人，安居飲食，勉強偷生，偶感微疾，遂成不起。故太平天下無氣節，不見其為大患。一旦有事，則土崩瓦解，而不可支矣。雖然，今天下猶極盛之時也，氣節雖衰，而列聖之深仁、天子之神武、民心之固結，萬不至有大患。自茲以往，則必汲汲於氣節，以圖振作。苟如唯諾因循，不求變局，則天下恐終有不可問者矣。宋李忠定上高宗疏曰：『陛下觀近年以來所用之臣，慨然以天下之重自任者，幾人乎？居無事，小廉曲謹，似可無過。忽有擾攘，則錯愕無所措手足，不過奉身以退，天下安危之事，委之陛下而已。有臣如此，不知何補於國，而陛下亦安取此？夫用人如用醫，必先知其術業可以已病，乃可使之進藥而責成功。今不詳究其術業，而姑試之，則雖日易一醫，無補於病，徒加疾而已。』按：國家全盛，萬非南宋可比，而人才氣節則略與相同。今天下大患，在少真心任事之人。人必有真心而後有真力，有真心真力而後事事不肯放過，時時不肯苟且。視皇上之事如家事也，一切主持擔荷，不過稟命而行；視百姓之事如己事也，一切疾痛痌瘝，常若切膚之患，然後可以圖治安，然後可以成勳業。今國家大臣，一切不肯自任事，稍重大則先行請旨，事之成敗，一歸之皇上，而己不與焉。名為效忠，實則取巧，此忠定所謂『安危委之陛下』者也。至用人如用醫，先知術業，則非大變取士之法，不能先知也。

一改科舉。教化之必嚴，氣節之必勵，固矣。而欲正教化，興氣節，則必於取士之法，大為更張。夫時文取士，原欲以聖賢之言，令士子心體而身踐也。乃行之既久，士子第視為取科第之物，苟且雷同，鈔胥剽襲，兔園冊子，刻者滿肆，鈔者盈箱。搜檢之例嚴，則誅不勝誅。寬，則偽之又偽。積重難返，證多慰同。苟不變易時文，雖百計杜弊，禁一弊復一弊生，舉世罷精疲神，逐逐於無用之學而已。雖然，今日忽言改取士之法，貴人鮮有不以為妄者。何也？習尚既久，人之所以取科第、躋顯貴者，皆時文、試帖、小楷之力也。人之所以衡量天下士者，亦惟知有時文、試帖、小楷也。以此得富貴而忽言棄之，則心有不忍；以此為操柄而忽爾奪之，則別無所持；以此為不足以見學問，則將謂彼已科甲者，皆無學問者也。彼豈甘心以此為不足以見真才？則明自有時文取士以來，其間人才多矣，則又豈足以折其口？今惟平心定氣，一一請之，曰：諸公之時文誠工矣，苟見有通經博史、上下古今者，諸公能以時文傲之乎？則必曰：不能。諸公之試帖、小楷誠工矣，此第以博悅人之耳目而已，其能以此治天下國家乎？則必曰：不能。諸公之工於時文、試帖、小楷，非一朝一夕之功也，使移其功於有本有用之學，諸公之所見長者，僅此而已乎？則必曰：不僅於此。諸公之工於時文、試帖、小楷，固膺科第、躋顯貴矣，而科第顯貴中卓然偉人，其以政事、勳業、學問著乎？抑以時文、試帖、小楷著乎？則必曰：不以時文、試帖、小楷著也。時文之登峰造極者，明莫過於震川，國朝莫過於百川。今以震川、百川之文取科第，其可必得乎？則必曰：不可必得。詩之有試帖，詩家所不屑道也；小楷之有館閣，書家所不屑觀也；以詩家書家之所不屑而爭誇以為絕業，其可為絕業乎？則必曰：是不得為絕業也。知時文之不足以傲，博通經史之士，則何如舍時文而使之專攻於經史？知試帖小楷之不足以治天下國家，則何如舍試帖小楷而專力於治天下國家之實事？知移時文、試帖、小楷之功，亦可以為有本有用之學，則何如舍此而圖彼？知卓然為偉人之不在於時文、試帖、小楷，則何如舍此而務為政事、勳業、學問之事？知震川、百川之時文終歸於無用，則何事尚汲汲於時文？知試帖、小楷為詩家、書家所不道，則何事更汲汲於試帖、小楷？以此論之，取士之法宜更乎？不宜更乎？雖然，今欲舉時文而驟棄之，則取士者，既別無所操持；應試者，亦別無所表見將。考官既難其人，而士子亦若其少，此必不行之勢。邵子湘文集載康熙三年詔：廢八股，用策論。天縱聖明，曠世高識。惜廷臣起八股者多矣，耳目習染，旋議復故，使良法中沮，其明證也。今惟仍國家成憲，略為變通，漸使人務為有用之學，三五年後，人才漸多，考官乃可備選，士子亦皆務求實用。十年之後，人才乃有起色，然後時文或廢或留，再行籌議。予昔嘗上羅通政書，有曰：『今鄉、會試，主試與同考官專重時文，二三場經策視為具數。一二留心經策者，又特取奧博富衍之辭、章句箋疏之瑣、名物象數之微，不知此記問之學，餖飣鈔胥所能，無關心得與經世實用。究其由來，非士子之咎也。二場經義亦用時文體，雖有才學，不能上下千古，暢所欲言。又一日五文，不能如四書文，按理切脉，勢不得不以膚泛寬闊之詞，略加采藻，以炫有司之目。三場策題所問端緒太煩：於經，不問大義微言，而舉字句傳本之異；於史，不問興衰治亂，而舉正史別史之名；於軍政，不問簡練韜略，而舉弓矢戈戟之制；於學術，不問誠正修齊，而舉音讀訓詁之末。推之一切，莫不舍大而詢細，棄有用而詰無用，使天下士子敝精疲神於糟粕之中，雖有宿學，亦不能不從事於兔園冊子。何者？一人之見聞，安能記古今數萬年瑣屑不經之事耶？今全記之，此可以治天下國家哉？今擬二場經文，易為論解義理。政事之題曰「論典章制度」，考辨之題曰「解務擇援經證史」，實有發明關係於人心世道經制學術者，錄之。非是，雖佳不選。三場策問，「經」則舉要義三四條，「史」則舉某代君臣賢否、某代政事得失，或某代大事、某君臣始末二三條。餘三策則無定題，要以關於國計民生、典禮風化、人情利弊為問，不許舉猥細不急之務，隱僻尠見之書。問事少，則士子可以據見發抒切時務，則可以洞悉天下利害。三場俱工者上矣，不克俱工，必一場最工，而兩場皆非。雷同剽襲，著為定制。二三場所拔，名數與首場等。主試者，凡所取時文經策，均必刊刻。風示直省，解存禮部，禮部大臣即可於其中留心人才，以備他日保薦。鄉、會試之法既行，則廷試之典尤重。嘗觀宋、元名臣，如宗忠簡、文信國、謝文節、余忠宣諸公廷對之策，慷慨直言，蓋雖衰世之君，猶聽士子得陳其意。今乃聖聖相承，朝無闕政，而士子顧相沿成習，排偶頌揚，任天題諮詢，所及皆有現成詞藻敷佐，字數長短，格式大小，千手一律。讀卷者，但以楷書工劣、破體有無等為高下，無論所習皆俗書也。即使鍾、王、顏、柳復生，其能以字治天下乎？前者御史戴絅孫候補京堂，張錫庚曾奏及之，而禮部諸臣以為：國家成憲，本不限以字數，不許頌揚，請無容議。試一思今日試策，有一無頌揚聯語者乎？有一不計算字數者乎？且一思聖人在上，求言方切，若舉國初馬世俊、繆彤、儲方慶諸策與今日熟爛浮言並進，聖意其將安取乎？某竊欲當代大人奏請皇上廷試時，勿復限以四策，但垂問時務一二，大者，聽貢士各陳讜論。否則，依魏叔子所云，分吏、戶、禮、兵、刑、工六職命題，職各舉大事一二，任貢士擇對。專才者對一科，通才者對數職。讀卷大臣悉心參閱，務取通達治體、綜貫古今者進呈，餘分授各部大臣校閱，等其名次，候上因材選用。如此，則登仕版者，無不先留心於經世之學矣。鄉試、會試、廷試之典既更，則各省督學之法亦宜稍變。士習文風，恒視學使為遷轉。課士命題，毋得割裂聖言及截取襲而不經之語，歲科試經策，一如鄉、會試之法，月課頒題亦並重之。所尤要者，於衡文校士之餘，寓鄉舉里選之法。每至一省，預飭各教官詳察諸生平日學行，賢者加考語，不肖者，條劣跡以聞。試臨時，訪聞屬實，分別獎勵斥革。教官不留心人才與考語劣迹不實者，即行參罷。優貢拔貢，一以采訪品學為先，不以時文、小楷為尚。督撫、藩臬、道府、州縣有不肖者，概令密章彈劾。則學院不特為文章之官，而吏治人才均基於此矣。』

又與曾宗伯書有『論學使考試宜雜取才藝』一事，曰：『國家試士之法，習為具文，舉世人才，敗於舉業中矣。今欲稍為變更，固結而不可動。張京堂錫庚、王御史茂蔭之奏其前事也。王御史請廣保舉一條，其事甚善。然責之州縣教官，詳察今日州縣教官，有肯留心於此者乎？即有之，而書吏之需索其可問乎？鄙意欲取祁制軍所奏，策問五門內之博通經史、精熟韜略二事，責之學使於按臨各府時，頒題先試。無論科甲布衣，由學申送真優者，學使分別復試，隆以禮貌，此種人才不多得。或一府數人，或通省數人，或通省無人，不必勉強。既得真才，即由學院咨送朝考，重加選用。武試近日惟取馬步、弓箭、刀石，用之戰陣，未見所長。今宜奏請，凡地方平民，膂力過人、精於一切武藝者，俱准於學使按臨時自尋廩保，赴學填名送考，各自具明所長。試之，果有絕人之技，移送督撫標給予頂戴，其有非常武勇者，即由學使咨部送京引見。如此，而文武有用之才，皆可稍稍出矣。是無當於取才政體，亦時事孔亟，姑獻補苴之術而已。蒙者所見如是，此外高才碩學私論取士者，大同小異。要欲廢時文、試帖、小楷，大抵皆然。蒙竊以為積重難返，未可全更。又恐廢去時文，四子書將無人讀，而聖賢義理轉即茫昧。故徒廢時文，非計之得也。專取時文，萬不可以得真才也。泥塗末見，不敢望朝廷之采用，但有簡要數言為大人先生告。曰：國家良法，無行之百年、數十年而無弊者，弊之未甚，但整頓之足以防其未流。弊之既甚，非更張之不足以轉其積習。今取士之法，急宜更張者也。大約取虛文不如取實事；取無用不如取有用；取全才不如取專門；取一途不如取雜家。不通經史不足為學識，而博聞強記非真通也。不問時事不能知得失，而舉細遺大非善問也。先必得試官而後真才出，先必得真才而後士子奮，先必除忌諱而後士子得盡言，先必訪實行而後所言非虛妄。試之之法，取之之則，惟大人先生實心為國者斟酌奏聞，蒙者特為芻蕘之獻云爾。』

古之名將未有不讀書者。關壯繆好左氏春秋，諷誦不住口。呂蒙為將，孫權勸之學，曰：『吾軍中未嘗一日廢書。』宋太祖欲令武臣讀書，狄武襄見范文正，文正曰：『良將才也。授以左氏春秋，曰「將不知古今，匹夫勇耳。」』狄由是折節讀書，悉通秦漢以來將帥兵法。岳忠武亦好春秋。吳玠善讀史，凡往事可誦者，錄置座右，用兵本孫、吳，務遠略，不求近小利。今之科舉有外場、內場之例，內場特為具文，此將弁所以多不知古，竊謂武試，固以外場為重。而內場亦不可輕，輕而忽之，則何取乎？有此內場也，宜奏請定制，凡武藝精能而未能學問者，亦准入選，直不必試其內場。其真能對策答問，通知史鑒兵法者，准於入選，後自行呈明。考試果能知古知今，武生武舉則易行，咨部加以名色進士，則兵部特行奏請殿試，以拔將才，隆以殊禮。其不能者，直不必殿試。若人人責以內場，則往往雇倩搶冒，互相傳寫，有名無實，教人作偽而已。

一破資格。國家用人必循資格，所以杜躁進也。但在太平無事之時，吏循故事，人守成憲，無所事於奇材異能，循資格以用人，可也。若國家多事之秋，資格不破，斷不能以收奇材異能之士。今皇上用人，力破資格矣。而奇材異能之士，往往不多得，豈真無奇材異能哉？由在位大人不肯時時以求人才為心，草茅伏處，末由自見。而士之真有奇材異能者，又必矜重自持，不肯苟於倖進。其投營效力者，大抵希翼功名，而中無所有者也。此時皇上既破格以用人，大臣必破格以求士，求之屬吏，求之裨將，求之草茅。隨地留心，隨時事留心，人才未有不出者也。江北病夫曰：『今天下大患，為大吏者皆不知留心人才故。』一遇大事，茫無所措。如某相國之承命滅賊也，途間聞一稍知算學者，馳驛召之往，為天子近臣數十年，仕於朝者，某也賢，某也才，某也可大用，某也可小受，胸中全然不知。至此乃欲召一術士與辨大事，豈不謬哉！陸制軍之往九江防剿也，以萬金交一詭詐失職之同年，為募鄉勇。其人即以數百金買少妾，稍以餘金招無賴之徒、孱弱之夫以往。身為封疆大吏數十年，屬員之中豈竟無才？營弁之中豈竟無勇？平日胸中全不留意，至此乃欲猝招鄉勇以殺賊，而所托者又非其人，能有濟乎？

一久任使。漢宣帝曰：『太守吏，民之本。數變易，則下不安。民知其任久，不敢欺罔，乃服從其教化。』故二千石有治理效，輒以璽書勉勵，增秩賜金，或爵至關内侯，公卿缺則選用之。黃霸曰：『數易長吏，送故迎新之費及奸吏因緣絕簿書盜財物，公私耗費甚多，皆當出於民，所易新吏又未必賢，或不如其故，徒相益為亂。』朱浮上書曰：『間者守宰數見換易迎新，相代疲勞道路，尋其視事日淺，未足昭見其職。既加嚴切，人不自保……迫於舉劾，懼其刺譏，故爭飾詐偽，以希虛譽。……願陛下游意於經年之外，望治於一世之後。』司馬溫公曰：唐虞之官，居位久而受任專，立法寬而責成遠。按：諸言皆千古官人法也。近世牧令，朝更夕易，其賢者欲以化民成俗，而苦於事之無成；其不肖者，視為傳舍郵亭，而相率安於苟且，其在無事之時，不關緊要之州縣，不過如黃霸所云『送故迎新，奸吏因緣』云云。

若在有事之秋，吃緊之地，無論所易未必皆賢也，即幸而皆賢，而其難易功效，較然不同。所易不賢而安危利害，判若天淵矣！予嘗論安徽廬、鳳、潁諸州縣牧令，必慎其選。苟得人地相宜，則增秩加銜，不易其地。積勞日久，則為是郡屬令者，即遷為是郡太守。迨州縣復得，數人足鎮服其郡者，而後遷其他去。苟不得其人，則直如宣帝之增秩，公卿缺而後選用之，可也。安徽有此等州縣，他省想皆有之，亦宜用此法。今之牧令大府，不使久於其任者，一則恐其人地既然，不免情賄請托之私；一則使其遍歷民情，可備錯節盤根之用。不知人苟正直，雖鄉里，亦絕請托之私；人苟貪邪，雖易地，皆有蟻膻之附。況乎量材授地，遷其地未必咸宜。即事考能，能其職事，何須更易。故察吏之道，惟在慎選其人。苟得其人，不必屢更其地。且人之生性各殊，州縣民情各異，宜寬宜猛，須量所長。有任此則循聲滿道，而易彼則碌碌無稱者。既已人地相宜，萬勿輕為調易。至若六部諸職，更宜專司，河漕諸員，非久不熟。此等人才，宜於鄉會試、廷試時，因長拔取，授以專任。不能者斥職，能者即於本衙門遷轉。雖未必人人皆賢，而百工居肆，必有精且能於所業者矣。江北病夫曰：『用人之法，當論其才之所宜，位之所稱。今吏部銓選升遷，止是循資格，各省調署，止是調濟法，人地宜與不宜，才略稱與不稱，皆不論。何怪其僨國家事耶！又況銓選升遷調署，非以利交即以情托，賄賂書吏，以上下其手。無論大小官吏，皆以此進身大庭廣眾之中，惟談美缺、嘆苦缺而已，恬然不以為羞恥。遇一職分當為之事，事未即成，即舞文援例，欺上以邀功。事已大敗，猶舞文弄法，蒙弊以脫處分。心術經濟作用止是如此。所謂才臣能吏者，亦多是如此。安危之際，何怪不可恃也。』

一肅軍政。國家歲費巨萬以養兵，所以備患難之用也。平時不加訓練，臨事安期得力？承平日久，各省督撫、提鎮奉行故事，視為虛文。每當寇警之餘，朝廷必申明法令，嚴加整頓。而在事大臣，干戈甫輯，高枕依然。今則大寇頻年，損兵糜餉，不可計算。經此懲創後，再不能痛改積習，則軍政無復有可恃之日矣。訓練之法，莫善於明戚將軍紀效新書、練兵實紀二書，何良臣陣紀亦有可取，近則楊忠武練兵陣法疏亦簡練該括。但不得知兵識略之提鎮，雖有善法，兵不能生而知也。不得實心任事之督撫，雖有嚴詔，提鎮不以為意也。自今以後，憂國大臣應奏請皇上，特降明諭：各省提鎮以下武員，一以訓練之優劣為黜陟，各省督撫於提鎮、協、參、游各營，每歲親自巡閱，保舉參劾，悉以訓練為衡。其都守、千總以下，亦各有兵可練，則飭該地方府州縣官，就近考校，每歲定以名次，歲終上優劣於督撫。督撫每歲必有保舉，必有參劾，指明實事，不得以四字八字含混塞責。屢經督撫保舉者，皇上記名，以為有事大用。其參劾者，立予重罰。參劾愈多，則軍政愈肅。近來積弊，督撫遇事多不認真，以故吏治軍政，無一不因循疏忽，此其故非一日也。嘗讀順治時兵部員外郎葉舟疏陳時弊，有曰：賞罰善惡，二者不可偏廢。若賞重罰輕，武夫悍（兵）［卒］益驕橫而不可制。臣近見軍政一典，本朝十年以來，督撫開報各冊，八法處分大小武職，幾三百四十餘員。內止總兵二員，副將二員，參將、游擊亦不過三十員，其他皆都守、千總而已。即此三十餘員鎮將，又大半係解任裁缺、緣事升任之人。其現任謫處者，寥寥數員，點綴了事。不盡皆大貪大惡也，豈其餘鎮、將、參、游等官，類皆兢兢守法，賢良素著者乎？此無他，現任則彌縫之術工，官大則應援之途廣也。臣以為宜通飭各督撫，以後每歲嚴加甄別，舉則（定）［寧］刻毋濫，劾則（宜）［寧］嚴毋寬。其有惡跡顯著者，不時據實糾參，更當法行自貴，無僅以官卑職小塞責。倘或容情徇庇，聽科道官查訪糾舉，該督撫即以溺職論。庶舉劾嚴，而武臣知所畏憚矣。按：今日之弊猶是也。各省不得賢督撫，則一省之事無可為。今日督撫，以公正嚴明為第一，不嚴不明，不足以為公正也。而於軍政，則尤不可一毫假借。為今之計，欲武臣之盡職，非恃督撫之參劾不能；欲督撫之無姑息，非恃科道之糾舉不能。而科道之耳目，或不能盡知也；又或畏督撫之權重；或為其年誼世誼，不免情面之私也。則有一法，各省學院定例：每至一府文試既畢，其游、參以上營弁，必親自校閱，隨即奏明其訓練之優劣。所奏不實，亦准科道彈劾，如是而軍政之疲玩或有轉機矣。

兵不訓練，有兵亦如無兵也。兵不簡汰，多兵不如少兵也。陳氏黄中養兵論曰：今日治軍之法，在汰之使少，治之極嚴，厚其糧餉，重其賞罰。則養一兵，將收一兵之用。夫召募之兵，自二十以上至於衰老，不過四十餘年，其足以披堅甲冒白刃者，不過二十年耳。而應募以後，即皆廩之終身，是一卒凡二十年無用，而皆仰食於官。以此推之，養兵百萬，則是五十萬可去；屯兵十年，則是五年為無益也。府兵之制，猝不可復矣。則養兵之法亦當為[之]斟酌，其善者而行之。如定募兵之制：二十以上則收，年過四十五即復為民而除其籍，使其入伍之日，先知除籍之限，則除之無有怨心，且其精力尚可，别為謀生之計。此法行，而行伍無老弱之兵，軍中收簡練之實。又曰：今各省督撫、提鎮之閲兵，務為姑息，都試之日，賞輕罰少，不足以為懲勸。將懦卒驕，緩急難恃。閲兵之法當列為差等，凡一隊之中，勇怯能否，必有區别，故選鋒為治兵要務。全才難得，貴舍短取長，斯人各自效力。當令督撫、提鎮通飭偏裨，於本隊中人為試驗，選其弓馬出類、膂力過人、有膽氣、有智略，四事皆備或三事兼善者，定為第一等；四者之中，二事可取者，為第二等；一事可取，或二事粗可觀者，為第三等；四事俱不足取，而年方強壯，勤於練習者，為第四等。其演習器械，苟有專長勝人，皆可備二等三等之選。並令開報，仍親加閲試，律以教習條約。其賞一人重而必信；其罰一人嚴而必果。使偏裨士卒凜凜焉懼吾不測之恩威。然後三軍之士，赴湯蹈火，惟上所命，斯乃為節制之兵，而可收貔虎之用也夫。按：此論本東坡，而推廣之，最為有見。宋名臣言行録載：文潞公為相，龐莊敏公為樞密使，以當時養兵之弊，在於多而不精，故國用竭。因大加簡閲，揀放於民者，六萬餘人，減其衣糧之半者，二萬餘人。衆議紛然，以為不可，施昌言、李昭亮尤甚，皆言衣食於官久不願歸。又習弓弩，放之必為盜賊，上亦疑之。二公奏曰：今公私困竭，上下皇皇，正由養冗兵太多故也。今不省去，無由蘇息，萬一果有聚為盜者，二臣請以死當之。上意乃決，邊儲由是稍蘇。又韓魏公宣撫陝西，以關陝兵數雖多，雜以疲弱耗用，因選禁軍不堪征戰者，停放一萬二千餘人。又孫甫諫官以元昊契丹之亂，任事者於西北方各益禁兵二十萬，及群盜張海等劫京西，江淮皆警，又令天下益禁兵。甫上言曰：天下所以大困，在浮費；而浮費之廣者，兵為甚。今不能損，又可益之耶？且兵已百萬矣，不能止盜，而但欲多兵，豈可（為）〔謂〕知所先後哉！於是極論古今養兵多少之利害以聞。又田況亦有請選諸路軍不堪戰者，為廂軍之議。觀諸公之所言所行如此，可以知軍政矣。又讀雍正年間廣西巡撫金鉷請整飭營務疏，有曰：今相沿積弊，將弁以扣繳為名，每多取巧。提鎮之操持不慎，易墮局中。於定額名糧之外，或仍有坐糧數十分至一二百〔分〕不等，因而將裨遞有私留，抑且開除馬兵及頂補各日期，造（册）〔報〕多不以實。支消公費名糧，亦有浮揑分肥，即總督稽查嚴明，雖稍兢凛而一時，難免沿襲如故。或遇新舊交代，暫為募補，以示無私，並有焚毁底册以泯其迹者。至於同城各員監放糧餉，臨時亦只得遵例出結，究無從察虛實，此營伍之弊，實難徹底清查者也。如提鎮之操持不能自勵，則有欲不剛，恐失眾心，（内）〔因〕博寬厚之名。姑容輕縱以邀譽於弁兵，即操練整頓，亦屬具文。總由原本不清，互相掩（飭）〔飾〕，此又大概營伍之通弊也。臣仰體聖明整飭至意，伏思各標俱有中軍，凡兵馬錢糧出入數目，中軍無不悉知。中軍剛正，則上下皆有顧忌；中軍庸劣，則惟事迎合取容。是中軍一官，實關緊要。以臣愚見，請令督臣將統轄省分，撫標、提標、鎮標之中軍等官，許不時揀擇調換稽查。如有虛冒等弊，令其督密稟督臣，若所調之中軍有不能覺察，或涉蒙弊之嫌，督臣即調回改委。如查訪確實，一并參究。如此，則中軍皆畏法紀，將弁無不懍遵。凡營中之陋弊，督臣無不周知。而各標之良法，彼此互相則效。督臣寄耳目於各標之中軍，中軍盡心力於所管之營伍，稽查既易，虛冒自清，訓練必力矣！按：營伍之弊，不一而足。草茅不能全知，以所聞見，不惟金公所云云也。中軍固屬緊要之官，而督撫不得其人，中軍安有足恃？故國家欲求吏治之振作、軍政之嚴肅，全在督撫之得人。苟得其人，無不可清之積弊；苟非其人，無一可恃之良法。兹特採金公此疏，以備規軸云爾。

國家大患，有事調兵，每迂緩不能刻期。兵之既行，則沿途騷擾，失機釀禍，莫此為甚。聞之先輩阿文成為大帥，飛檄調兵，限日起行，某日過某縣，某日宿某地，某日到營，風雨無阻，違限者立申軍法。又先期飭知一路州縣，預備夫馬若干名，飲食若干席，蔬菜魚肉殽有定數，弁兵有額外訛索一夫，求增一殽者，准州縣立即飛報，治以軍法。州縣有奉檄疲玩，不先辦備，致誤軍期者，亦軍法治罪。兵所至州縣，州縣按日飛禀。兵有取民間一草一木者，准該州縣治以軍法，一面禀聞，並將督兵官議罪。以故檄文所至，兵不敢延，兵弁所過，民不知害。又聞吾鄉汪尚書志伊亦用此法。今閱二公行狀，均不載此事。竊謂此調兵之良法也，特紀之，以備當代大人之效法焉。

各省督撫閱兵久成具文，所至之地，騶從如雲，州縣供給及門丁路費，動以數千。所住之地，惟恐其不速行，而督撫亦遂匆匆了事。名為閱兵，而將弁之勤惰不知也；兵丁之勇怯與夫訓練之有無不知也。不惟督撫，往者[英]夷犯順之後，皇上特命前相國某公至各省閱兵，其蒞安徽也，方以盛暑，偶因雨後，次晨涼爽之時，一下教場，日將午而遽回，如此尚得為盡心乎？宜軍政之懈弛而不可救也。今欲各武員盡心軍政，舍督撫親自閱兵，別無考校之法。而督撫欲盡心軍政，非於閱兵之時，輕騎減從，其勢亦必不能久住而詳察之。夫督撫之輕騎簡從，不獨閱兵之時宜然也，凡一切過往州縣，皆當如此。州縣之所以虧空者，半由於供給上官。今之督撫，往往一出門，騶從以百千計，習常見慣，以為督撫之體當如是也。昔于清端為江南總督，單車出京，一路莫有知其為大府者。而一路州縣吏治，早已訪察而熟知之，到任保舉參劾，一時畏若神明。賢者之舉動不當如是乎？吾鄉汪稼門制軍，所過州縣，食物毋得過六簋，六簋之中，又必蔬菜居其半。隨從官員有取州縣銀兩者，隨時廉察，與出銀之州縣併參劾之。清廉儉約，剛直嚴明，大吏中不可多見之人也。近來州縣困苦甚矣。督撫於吏治必須認真甄別，其所能體恤州縣者惟此。三節兩壽之儀，概行屏絕；往來騶從之費，力予減除。夫督撫之出身，半由寒士，或曾任州縣，而深知供給之艱；或曾任京職，而歷受拮据之苦。一旦身為大府，仍以前數十年之寒素自處，則清風高節，卓為名臣。此亦極易而能行之事也。督撫諸公其肯稍留意於斯乎？雖然州縣之逢迎邀結，習慣成風，牢不可破。督撫即自誓以清風高節，而彼之饋餉供給依然也。是必嚴申誥諭，痛加斥責，而隨從家人又時時戒禁嚴諭。倘有賄賂察出，並饋送之州縣，一律治罪，庶可挽回積習也。夫因論軍政而牽連，書之如此。

一復巡按。明有巡按一官，國初因之，最為天下貪官污吏所畏。吾鄉姚端恪公有請復巡按一疏，其略曰：『皇上親政，明詔殷殷。於民間利弊，必使上聞，朝廷恩意，期於下究。臣謂皇上欲使上下有不隔之情，當使內外有相通之勢。臣愚，以為巡行察舉，其首務矣。朝廷設官，內外分理，部院大臣，不能外出，督撫重臣，不能內入。惟巡按一官，出奉王命，有弊必糾，入侍台班，有聞必告，所以疏通內外，察吏安民，為任甚重。前此諸大臣會議暫停，貪官衙蠹，誰人糾參？刑名勘件，誰人實詰？臣竊憂之。若皇上慮行巡不得其人，總因都察院大臣之溺也。巡按出有差規，入有考核，請問憲臣職掌何事？』按：公之所論，是也。今天下各省積弊，督撫不能振作，則吏治民風不可救藥，在京科道雖有直臣，不能周知天下之事也。故必專設巡按一官，以司四方糾察之任，上自督撫，下至州縣校官，均准密章彈劾。此官得人，則吏治民風悉基於此。惟在皇上慎選其人。但於翰、詹、科道之中，能直言時事，責難聖躬，不避權貴者，遴而用之，必收實效。其向無敷陳，及以不關緊要之事，敷衍塞責之言官，概不可用。國初有行取州縣入為御史一法，最善。今上登極時，大臣有奏請復此制者，格於部議，良為可惜。苟設巡按一官，則州縣政迹風節，均由巡按密章保舉，必須臚陳實事，不得空言推薦。巡按推薦有不實者，準會試士子呈訴都察院衙門，以防私恩私怨。如此兩例並復，則皇上收明目達聰之益不少矣。雖然，欲得人才於下吏，必先得忠直於上台；欲得忠直於上台，必先勵名節於學校。今日之名節敗壞極矣！舉世皆奄奄無氣之人。非皇上極力鼓舞而振作之，何以得忠直之效乎？

一省例案。今上初登極，通政司副使王慶雲上事有

『省例案』一條，其言曰：古者之治，任人；後世之治，任法。任法既久，則法所不及而奸生。夫古之周禮，今之禮部之例也；古之呂刑，今之刑部之例也。無如今日之例，愈修愈多，愈析愈歧，而愈不足於用。於是有例者用例，無例者用案。夫案者，何也？偶辦一事而與例不合，非斟酌盡善而奏明立案者也。故不特堂官不能周知，即司官亦難記憶，獨吏胥得以窟穴其中，高下其手。夫外省吏胥舞弊，猶有部臣駁正，各省吏胥舞弊，更誰復駁正者？此所謂『城狐社鼠』者也。臣竊計六部之案，散在各司，若由各堂官通飭司員，將案卷盡數查明，凡為例之所無，而將來可以比照援引之案，悉行檢出，去其重複歧誤者，別為數條，諒亦無多。每件蓋用堂印，編冊摘要，臨用之時驗對，不許吏胥以冊外稿件，率行援引。由是一司之員，習一司之例，即管一司之案。庶幾堂官易於責成，而吏胥無從鬻法。至吏、兵二部例案，動涉處分，尤宜平恕以協人情，（簡明蠹穴）[簡明以除蠹穴]。夫國家法令所垂，處分雖嚴，人誰敢怨？無如例案多岐，奸巧之吏，消息潛通，雖有處分，夤緣避就。其莫逃吏議者，非悃愊而不善彌縫迎，即清廉而無可打（懸）[點]耳。臣為人才惜，而兼為國家惜，應請旨飭下吏兵及各部，力行厘剔。於案之歧誤者，不追已往，立即毀除。即例之苛細者，毋泥成規，速為更正。雖一時視為多事，而奉行畫一，所以省事者，無窮矣！按：此誠救時切實之論，惜當時格於部議不行。竊謂欲求人才於吏治，非省除例案不可得也。其在京都吏胥，上下其手，不待言矣。其在外省，督撫欲保薦一賢能州縣，往往格於處分之例而不行。州縣欲舉行一破格之善政，往往憚於處分之例而不敢。甚至命盜重案，抹殺真情，以曲合例案。而毫不關緊要之事，拘牽例案，輾轉歲月，使吏胥得以上蔽官長，下索錢財，皆例案為之資也。蘇子瞻曰：今天下有不幸而訴其冤，如訴之於天；有不得已而竭其所欲，如竭之於鬼神。公卿大臣不能究其詳悉，而付之於吏胥。賄賂先至者，朝請而夕得；徒手而來者，終年而不獲。於平常之事，人之所當得而無疑者，莫不留滯，以待請屬。舉天下毫末之事，非金錢無以行之。所欲（挑）[排]者，有小不如法而可指以為瑕；所欲與者，雖有所乖戾而可借法以為解。今天下所為多事者，豈事之誠多耶！吏欲有所鬻而不得，則新故相仍，紛然而不決，此王化之所以壅遏而不行也。子瞻之論，深切著明，在今日尤不可不力除此弊。欲除此弊，非於例案減之又減，捷之又捷，則天下終為吏胥之天下，治天下而專任吏胥，未有不至於敗壞流失而不可救者也。漢龔遂為渤海太守，請曰：『臣聞治亂民，猶治亂繩，不可急也；唯緩之，然後可治。臣願丞相、(制)[御]史，[且]無拘臣以文法，得一切便宜從事。』嗚呼！此不獨治亂民也，凡事皆然。為政利民，因時救弊，非有印板一定之事也。國家設官，全在得人，但得其人，則一切勿拘以文法。文法者，所以待不肖也。中才以上，類不肯作奸犯科，況賢者乎？近則例文煩多，賢能者不敢自展其才；怠惰者不復講求吏治；昏聵者一切任之吏胥；而不肖者反得倚之趨避。嗚呼！吏治安得而不壞？世事安得而不變耶？甚至皇上欲舉行一善政良法，而諸臣執例以正之，皇上遂(若)[苦]為例所拘束，嘗歎明之末季，朝廷有汲汲不容緩之政，賢臣有懸懸不容己之爭，一經立斷於宸衷，則其事可以立變。而必交之部議，輾轉遲疑，部臣專以省事為能，又不能通知其故，遂授權於吏胥之手，而天下事遂以不救。有心天下者，可不急圖所以救此弊乎？

一宣上德。江北病夫曰：『漢宣帝垂意於治，數下恩澤詔書，吏不奉宣。黃霸選擇良吏，分布詔令，令民咸知上意，此第一要務也。天下之患，莫大於小民不知君上之恩威。今為官者，每於皇上罪己恤民之詔，常不頒發謄黃，致小民不知皇上天高地厚之德。至於庸臣誤國之罪，小民恨入骨髓，而大吏互相蒙隱，不嚴加參劾，使天罰不行，致小民不知皇上之有天威。吾儕小民，雖諄諄與愚民言之，而皆不信。吁！可恨也。』病夫此論，在不識事者以為尋常，曾一思古人一紙詔書，何以賢於十萬師？又詔書所頒，士民何以奉泣？蓋民變亂，皆由不知君父之恩，苟有以感激其心，斯叛亂無自而起。上年，我皇上正月十四及四月初七，罪己、訓臣二詔，讀者無不涕零。而安徽督撫於七月間始行謄黃，頒發州縣，又所發州縣不過數張，人亦未曾聞見，想他省亦然。彼其意以為此不過奉行故事，知其讀此詔而漠然不關於心也。

一節財用。天地生物，只有此數。國家經費不足，謀國者百計籌維。賴皇上聖明，稍傷國體與稍累民生者，概不准行。蒙昔在都與諸公論國用不足，以為當此時，除節用一法，別無他策。開捐加課，均非善政。惟不知國家歲用之實數，若者當減，若者不當減，故未敢暢明言之，是惟大臣知度支出入之數者，其言之。宋王堯臣為三司使，當元昊用兵之後，軍興而用益廣。前為三司使者，皆加厚賦暴斂，甚者借內藏，率富人出錢，下至菜果皆加稅，而用不足。公始受命，則曰：『今國與民皆敝矣，在陛下任臣者，何如天子一聽公所為。』乃推見財利出入盈縮，曰：此本也，彼末也，計其緩急先後而去其蠹弊之有根穴者，斥其妄計小利之害大體者。然後一為條目，使就法度，罷副使判官不可用者十五人，更薦用才且賢者。期年，民不加賦而用足。明年，以其餘償內藏所借百萬。又明年，以其餘而積於有司者若千萬。所在流庸，稍復其業。又傅堯俞為御史時，國用乏。言利者，爭獻計富國。公奏曰：今度支歲用不足，欲救其弊，陛下宜躬自儉刻，身先天下。無奪農時，勿害商旅，如是可矣。不然，徒欲紛更，為之無益。聚斂[者用]，則天下殆矣！又張忠定壽一以其時風俗侈靡，財用匱乏，勸上止北貨之貿易，省非時之賜予，罷木工，減冗吏。又言甲庫萃工巧以蕩上心，酤良醞以奪官課，教坊樂工員數百，增俸給賜賚，耗蠹不貲。上曰：『卿可謂責難於君。』明日，罷甲庫諸局，以酒庫歸有司，減樂工數百人。明崇禎十四年，江南大旱，宜興首捐米三百石，為諸臣急功者倡，於是撫按不敢言旱，各縣苛征漕糧如額，民不堪命。秉文曰：爾時當國者，不必請蠲請賑，取厭帝聽，但就內外積弊，力為清查，便可寬民命於萬一。如光祿寺歲派無錫縣上供米一千三百三十石零，歲用七百餘石，則每年多存六百餘石。浙直各府歲派分給部堂、翰林、尚書、科道等衙門白米一萬二千一百餘石，歲用共八千餘石，則每歲多存四千餘石。每年衛所運解漕糧入祿米倉者，五百餘萬石，除文武百官支過俸米外，蠶食其中者，則有營兵、衛(營)[軍]、衛役三蠹：營兵則有冒名之弊，如司苑局四驥軍勇神木黑窑等廠，以中涓為三窟，歲（縻）［糜］餉三十萬石矣。衛軍則有造冊之弊，今溢額者將及二萬人，一軍應支餉十二石，是歲耗米二十四萬石矣。衛役則有賣票之弊，凡官錦衣者，虛領十餘票，皆託名吏役，每票支米六七石不等，是歲耗米二三十萬石矣。漕撫標兵五千，皆食江南糧，衛軍領解，止給八百里行糧，不應與解京者同給三千七百里行糧，此項厘剔，亦可省米三萬石。更由此而推之，内府收貯香蠟、燈草、絲棉等項，額征銀五萬餘兩，年年委積無用，此項不可裁乎？薊遼犒賞公費，重複支用，多至二十三萬兩，舉一邊而各邊可知，此項不可節省乎？又如上供磁器及料價藥料，一切不急之需，暫停一二年，可省金錢數十萬。若能逐項清查，以佐國用，將朝廷不苦於虧額，蒼黎咸樂於更生，相臣造福，豈不普哉！不此之圖，而沾沾於首輸為天下倡，將以是盡臣職乎？甚矣，其不講於大道也！予讀此，而知我朝度支必多可清查節省之處。漢文帝惜中人之產，宋太祖為天下惜財，自古賢主躬節儉為天下先，布衣蔬食、茅茨土階，不以為陋。後世帝王不必其如此也！但於一切用度，力為撙節，十裁三四，於深宮不過絲毫之刻減，於國家可增數十萬之費用。又況恩米匠米，昔人已有議其宜減宜裁者。是在謀國大臣奏請酌定，迨四海無兵荒之耗，天庾有邱山之積，然後復遵舊制，豈非國家之善政，救時之急務哉？

一禁奢侈。承平日久，踵事增華。各郡縣鄉村，男耕女織，勤儉樸實，猶有古風。而各地城市，驕奢淫佚，已非一朝。姑以桐城言之，乾隆以前，布衣蔬食，富貴習以為常。一青緞履，非達尊不肯著也；一名刺紙，非貴人不敢用也。嘉慶以來，日趨華麗。迨及道光間，侈不可言！一宴客也，有費錢及二三萬者矣；一嫁娶也，有費金及數千兩者矣；婦人安居，侍婢充閭。男子博奕，專事浮夸。奢侈招災，淫靡賈禍，天道必然。今逆賊所竄之地，專肆害於城郭，雕楹畫几，斧之為薪；骨董玩物，碎之成屑。私嘗竊論國家高恩渥澤，聖聖相承，加以今上仁厚英明，德政之施，有加無已。雖逆賊狡獪，偽作檄文，不能指數本朝纖毫之失，但妄稱奉天誅妖而已。以朝廷之盛德，萬不宜有此逆寇，所以然，皆由地方民心澆薄，詭詐貪殘，上干天怒，釀成此劫。又本朝百政務為寬大，其弊流為姑息，士子道義不明，氣節不立，庸臣鄙夫泄泄沓沓，誤國欺君，亦上天之所怒也，特降此寇以創百爾，以儆聖人。而淫佚驕奢，尤天心之所惡也，是以美好之物，悉遭毀裂，華飾半成灰燼，向之極享用、極繁華者，及是受禍最烈。而鄉村僻壤樸陋荒涼，依然無恙。其向日極刻薄、極慳吝者，賊每因眾怨所歸，倍加朘削，此皆天道也。賴國家之福、祖宗之靈、皇上之德，一旦滅此妖孽，凡有血氣之倫，苟不痛改前非，力變積習，何以釋天怒而享太平？朝廷之上，汲汲要勵氣節，要求有用之才；鄉黨之間，刻刻要去貪心、忮心、刻心、害心，而崇節去奢。則朝廷與鄉黨，同一要務。天地之生財，止此數也，生齒之日繁，不能已也。力行節儉，猶懼不足，稍事奢侈，能無匱乎？朝廷之儉，草茅不敢議矣，而鄉黨之儉，請得言之：衣服不以錦繡也；飲食不以饈也；喪祭但求盡禮而儀文可悉去也；嫁娶但用樸素而華美可悉屏也；宮室但庇風雨而雕刻可弗用也；此非難而不能行之事也。富者惜此物力，留其有餘，以周宗族鄉里之不足。如此，則宇內可長治而久安矣！

草茅續得

七月中，曾撰草茅一得，舉滅賊大計，略言之矣。官兵遲緩，心所久知，然傳聞之言，尚有差強人意者。九月杪，私往舒城、廬州請兵，不得謁大帥。睹局勢，所見不逮所聞，浩然太息而已。頃聞袁副憲甲三將自臨淮關，分兵遣將，進取桐、懷，不勝欣喜。袁公奉命（辨）［辦］理安徽防剿事宜，繼周公天爵防剿潁、鳳捻匪，時捻匪稍靜，公因桐、懷士民有乞救者，遂奉請收復桐、懷。皇上以是時湖北賊方下竄，金陵又屢報捷音，諭袁公扼要臨淮關，防賊北竄。公不得已，乃分兵遣將前來。聞於九月十八日自臨淮水路至六安，今尚未至，不知何故。而湖北賊竄回皖城，下游江路開通，袁公兵來若少又未可輕進也。故於廬州作書上之，歸處深山，涕零不已，乃復就耳目所聞見，心所欲言者，一一書之，河濱之言，欲捧土以塞孟津之決，亦自知愚而妄也。

今賊與官兵接戰，戰則必敗。官兵伎倆十倍於賊，逆賊烏合之眾，但不恇怯，往則有功。故賊今日專意守城，不肯出戰，賊不出戰，兵何所施其伎倆？是必大帥日用攻城之計、誘戰之法，始可殺賊。夫城不攻不破，賊不殺不死。圍之不周，不能斷其糧餉、救援之路；攻之不力，不能生其恐懼、逃散之心。如此舉動，賊稔知之，安處城中，靜以待動。得一大城，以千人守之，可以牽制數萬官兵；得一小城，以數百人守之，可以牽制數千官兵。賊之取城也，如拾芥；我之克城也，如登天。日增一日，未復之州縣，師老餉窮，愈難為力；未失之州縣，東陷西沒，逆焰復張；已復之州縣，民困財艱，恐難為守。後來之局勢，求如今日，懼不可得也！

攻城之策，製造器具，非金不行；招募敢死，登城殺賊，非賞不行。在事者多曰：兵食尚且不敷，勢難籌此。試問：數萬兵勇，坐食無功，一日之虛費幾何？一月之虛費又幾何？與其(縻)[糜]日月之虛費，迄無成功，何如提兵餉之若干，以圖克復。通籌先後，孰得孰失？在事者又曰：兵餉每至，前欠兵者已數月矣，發此補給，常虞不足，何暇謀此？則請對之曰：餉至一萬，退步設想如到八千，既已欠之，姑少償之，權留若干，以為攻城殺賊之賞。兵之強者，有賞則不憂其乏糧；兵之懦者，無賞則必愧而思奮。在事者謂金不足於用也。試觀添修壁壘，加浚城濠溝，增置草房，所費非兵餉乎？不思攻城，專意為持久之計，賊必不能無故而死也，從賊者不能無畏而散也。又見廬州大營之兵，有河標、撫標二種，一種面如菜色，力不縛雞，日夜以吃食鴉片煙，為此事等，留之何益？一旦有事，先逃後潰，搖惑眾心者，必此人也，曷若汰之以省(縻)[糜]費。廬營如是，他營想亦有之，在大帥之意，以為可以備數誇賊以眾多也，不知兵在精不在多也。

或曰：招勇登城，大帥亦曾以重賞許之矣。臨時彼此推諉，卒至無成，有賞安足恃乎？予則曰：是軍律之不嚴也。敢死之士見賞而奮不顧身，臨死則不無轉念。古之名將，軍令如山，驅之所往，進則生，不進則死，無賞亦死也，有賞而後更樂於效死。畏死不生也，拼死而後可以得生。既有賞以誘之於前，又有法以迫之於後。驅之以必死，示之以必生。百戰百勝，無攻不破，由此道也。今各地兵勇，不知畏將；各營裨將，不知畏帥。一旦有事，但欲以賞引之就死。人有貴賤，死生一也。在事諸公自(友)[有]此心，肯以金銀易性命乎？代為設想，命不保而賞誰得乎？故苟非迫之以必死，雖有賞不死也。蓋賞能得其死力，賞不能得其死心也。夫兵必有敢死之心，而後膽氣壯；膽氣壯而後能勝敵。今兵之戰必勝者，膽氣壯也，其所嘗試屢效者也。攻城之事則未之嘗試，未之嘗試則膽怯，膽怯則不敢進，不敢進則偶之行之，或致小失，一有小失，則兵愈怯，而大帥遂以為無可如何。王文成討宸濠，攻南昌，令諸將各攻一門，下令曰：『一鼓附城，再鼓登，三鼓不登誅，四鼓不登斬其隊將。』遂克南昌，非大將嚴令之效乎？不知畏死而不敢進者，兵將之恒情也；雖死而不敢不進者，大帥之嚴令也。迫以嚴令，予以重賞，一次得手，二次攻城，兵皆踴躍矣！逆賊陷城，其始固由軍令之嚴，其後則由一處得手，二處膽壯。賊膽愈壯，我守愈怯。如破竹然，數節之後，迎刃而解矣。今欲滅賊，使我之攻城處處得手，使我兵之攻城如駕輕就熟，未易易也。

或曰：軍令之宜嚴，夫人而知之矣。但在今日，積習已久，驟加嚴厲，勢必不行，且恐激變，故不得已為此敷衍也。曰：惡，是何言也！天下無不變之俗，無不可改之弊。狄武襄所將之兵，皆定川敗後之兵也；韓魏公所將之兵，皆鎮定驕玩之兵也；虞允文大破完顏亮之兵，即王權潰散之兵也；王陽明大破橫水桶岡之兵，即南贛望賊即逃之兵也。一經整飭，煥然改規，帥能用將，無不可用之將；將能用兵，無不可用之兵。不自責軍令之不修，而但諉將卒之不用命，是自誣也，是誣將卒也？

或曰：軍令之不以積習而不可改，既聞命矣。今天下皆成一局，證多慰同，一人獨嚴，恐將卒愈不樂於用命，其將奈何？曰：此更不通之論也。漢之李、程，皆名將也，李寬易而程嚴整，未聞程之軍士不用命也；唐之郭、李，皆名將也，郭仁厚而李峻肅，未聞李之將卒不用命也。後之將帥，智略才猷，遠不逮古，恪守程不識、李光弼家法，猶恐多失，概欲以毫無把握之人，侈言李廣、郭子儀之事。李、郭當年，已不無失事，況不可與李、郭同年而語者乎？

或曰：軍令之不可以人衆而不肅，既聞命矣。今勝宫保擁重兵圍高唐州，七月間，曾以地道火藥陷城，而兵不肯進。宫保怒斬二人，進者百人，後復不繼，先進者為賊所殺。宫保之令嚴矣，而何以不效？其將盡人而殺之與？則曰：非也。古所謂名將者，十卒而殺其三。非殺之於攻城破敵時也，殺之於是時，則已晚矣！大將至營，必先訓練兵士。所謂訓者，導之以忠義，發之以天良，申之以號令，示之以賞罰。所謂練者，試之以弓矢槍炮，率之以金鼓旗幟。練其心(去)[志]，使齊一；練其膽氣，使壯勇；練其耳目，使聰明；練其手足，使嫻熟。有不率者，輒行誅之。戮一將而諸將懼，殺一兵而衆兵肅。有不懼不肅者，再殺之，則無不懼不肅矣。乘三軍畏罪之心，下百折不回之令，行出没不測之計，不戰則已，戰則克也，不攻則已，攻則破也。今之用兵者，初到營，未聞整頓積習；久居營，未聞訓練將士。出隊，則虚耗火藥；不出隊，則任其嬉遊，擾害閭閻，營謀娼賭。營盤之外，街市成列，買賣商賈，半皆兵勇，茶館酒肆，雜以弦歌，兵如此，安肯樂死戰乎？不肖之心，且有惟恐賊之遽滅者矣。勝宫保，今之偉人，然恐其平日訓練之方、先時整肅之道，猶未盡也。責備賢者，方欲以是為宫保告，而乃援之以為軍令，雖嚴亦無實效，不亦誣哉！

或曰：軍令之嚴，必收實效，無可議矣。今軍餉不繼，往往欠兵口糧，欠其糧餉，驅其死戰，殺可行乎？曰：是何不可也！軍餉之不繼，乃朝廷無可如何之事，非大帥扣刻侵蝕，令其有怨心也。為大帥者，每餉一至，無論多寡，發之必公，給之必遍，傳各營之將，涕泣諭以事之艱難，諭各營之將涕泣轉述大帥之意。大帥又時至各營，呼兵勇來前，上述皇上之恩，下述百姓之困，明告之曰：糧餉一至，隨到隨發，斷不扣減絲毫，糧餉即不應手，本帥有食，斷不令爾等饑，本帥有衣，斷不令爾等寒，本帥以性命委之皇上，爾等亦當以性命委之本帥。不用命者，立施軍法，不得以糧餉短少為辭。兵雖至賤，各有天良；兵雖至愚，亦知大義。如此，兵何不可用？法何不可伸？張睢陽糧盡，食紙茶；紙茶盡，食馬；

馬盡，食鼠雀；鼠雀盡，食愛妾，此獨非人乎？今之糧餉雖不足源源而來，未嘗若是困也，而欲以是藉口乎？雖然僅施威於兵，兵懼而將不懼也。每一訓練，擇裨校中最不用命者，斬一二人。每一出戰，擇行伍中最先退縮者，斬一二人，則以後人人用命，人人爭先矣。斬此數人以後，亦可無事用殺矣，捐此數人之命，可以保全無限生命矣。荀罃不投機，斷不能取偪陽；魏舒不斬荀吳之僕，斷不能敗群狄；穰苴斬莊賈；孫武斬二姬；張巡斬大將二人；狄青斬裨將三十二人。明盧忠烈誓師曰：『刀必見血，人必帶傷，馬必喘汗，違者斬。』具此手段，而後可以稱名將也。

承平日久，將玩兵驕，在事大帥習於仁慈，未嘗深究兵家律令，一時轉關，良非易易。且初至營，不振作疲玩之兵，忽爾申明，兵將亦皆不知畏。惟有一法，將兵將實在情形，密陳皇上，請由中特降諭旨，將古人軍令條列頒布各大帥，有不遵行，先將大帥治罪。大帥奉諭旨涕泣宣布，使兵將皆知皇上用意，並非好殺，即從此整頓，一月之後必改積習。奉此諭而猶泄泄沓沓，則是聽國家大局敗壞而不之顧也，安賴此臣子為耶？

古人諭將令曰：聞鼓不進，聞金不止，旗舉不起，旗低不伏，此謂悖軍，如是者斬。呼之不應，點之不到，往復愆期，動違師律，此謂慢軍，如是者斬。多出怒言，怨其不賞，主將所用，倔強難治，此謂(橫)[構]軍，如是者斬。揚言歎語，若無其上，禁約不止，此謂輕軍，如是者斬。弓弩絕弦，箭無羽鏃，劍戟澀鏽，旗纛凋敝，此謂欺軍，如是者斬。妖言詭詞，撰造鬼神，詭憑夢寐，以流邪說，恐惑吏士，此謂妖軍，如是者斬。竊人財貨，以為(利己)[己利]，奪人首級，以為己功，此謂盜軍，如是者斬。將軍聚謀，逼帳屬耳，此謂探軍，如是者斬。軍中號令，揚聲於外，使敵聞知，此謂背軍，如是者斬。使用之時，結舌不應，低眉俯首，似有難色，此謂(很)[狠]軍，如是者斬。出越行伍，爭先亂後，行列喧嘩，不馴號令，此謂亂軍，如是者斬。托傷詭病，以避艱難，甚或佯死，因而逃遁，此謂詐軍，如是者斬。主掌財帛，給賞之際，阿私所親，吏士結怨，此謂(黨)[弊]軍，如是者斬。觀寇不審，探寇不詳，到而言不到，不到而言到，多而言少，少而言多，此謂誤軍，如是者斬。營壁之間，既非犒勞，無故飲酒，此謂狂軍，如是者斬。

此令既正吏士，有犯者，大帥以問諸將，諸將曰『罪當斬』，遂令吏士挾於外斬之。斬斷之後，使傳令告吏士曰：『某人犯某罪，與諸將議當斬，已處斷訖，公等宜觀此自戒。』是大帥以禮行罰，使卒無冤死，眾有畏心矣。

按：古人將令之嚴如此，今欲一一行之，聞者見者，莫不以為太過，不知古名將未有不如此者。明王文成，軍令最簡最捷，載在陽明集內，於今日事勢尤切。遠事不必言，嘉、道以來，稱名將者楊公遇春一人而已。吾鄉昔有人供事其營者，為言鎮協以下，見公股慄。軍行道路，肅無人聲，犯軍令者馬上揚鞭，即為斬首。營盤之内，不敢亂行一步。每夜五更，號令五易，應答稍誤，軍法無赦。屬官有要務稟見，雖夜必興，審視明白，方准放入。會談之地，厮僕不敢立於階下。再有機事，語下聞聲，有探測者，立即梟首。軍令如是，此所以能成大功也。今大帥不能自振，應奏請皇上，依古軍法，著為明令，飭令必行。而實力奉行，究在大帥之自主，皇上不能遍歷諸營而申諭也。苟大帥蒙蔽粉飾，則有一法，請皇上明降諭旨，各省士民心懷忠義，真知軍情，目見其事，准其進京叩閽，或投訴御史，揭發事真情實，計策結實可行者，即由兵部帶領引見，問以滅賊大計與各地賊情，不必錫爵錫官，以開虚浮無實、妄言邀功之路。蓋有真學問經濟之士，真有忠義報國之心，其志必不在功名也。其言之不當者，亦請優容，勿加以罪。至或與大帥有隙，誣告泄忿者，察得真情，必加以罪。如此，庶下情上達，各大帥不敢不實力奉，而亦不致有憑空詆詰之風矣！

王文成軍令：失誤軍機者，斬。臨陣退縮者，斬。違犯號令者，斬。經過歇宿去處，敢有攪擾居民及取人一草一木者，斬。扎營起隊，取火作食，後時遲緩者，照軍法治罪，因而誤事者，斬。安營住隊，當如對敵，不許私相往來，及輒去衣甲器仗，違者照軍法治，因而誤事者，斬。凡安營訖，非給有各隊信牌及非營門而輒出入者，皆斬。守門人不舉告者，同罪。其出營樵牧汲水方便而擅過營門外者，杖一百。軍中呼號奔走驚眾者，斬。雖遇賊乘暗攻營，將士輒呼動者，斬。軍中猝遇火起，除奉軍令救火人外，敢有喧呼及擅離本隊者，斬。軍中巡夜、守夜之人，每夜各有號色，號色不應者，即便收縛。軍中不許私議軍機及妄言禍福休咎，惑亂眾心，違者皆斬。凡入賊境哨探，可往而畏難不往，托言推辭，及回報不實者，斬。軍行遇敵人來衝，及有埋伏在旁者，不許輒動，即便整隊向賊牢把，相機殺剿，違者，斬。軍行遇賊眾乞降，恐有奸謀，即要駐軍嚴備，一面飛報中軍，令其遠退，自縛來投，不許輒與相近；遇有自稱官吏及地方里老來迎接者，亦不許輒與相近；即便駐軍嚴備，一面飛稟中軍，審實發落，違者，皆斬。賊使入營及來降之人，將士敢與私語，及聞賊中事宜，凡漏泄軍情者，斬。凡臨陣對敵，一隊失，全隊皆斬。鄰隊不救，鄰隊皆斬。賊敗奔追，不得太速，一聽號令：聞鼓方進，聞金即止，違者，斬。賊巢財物並聽殺賊已畢，差官勘驗給賞，敢有臨陣擅取者，斬。乘勝追賊，不許爭取首級；路有遺下金銀寶物，不許低頭拾取，違者，皆斬。

軍令能嚴則兵可用矣。今賊之意，處處以守為攻，則我之兵必處處以攻為守。攻破一城，則賊之在他城者，悉懼。殺盡一城之賊，則賊之在他城者思逃。衝要州縣克復之後，不能不以兵守；不當衝之州縣克復之後，即行以兵他往。賊不爭此，我亦不爭此也。我苟爭所不爭，則牽制我兵，可爭者反不能爭。或曰：州縣既復，雖不當衝，棄而不守，賊復至不害吾民乎？曰：今之賊情與張、李異，假仁假義，煽惑民心。收復之地但令居民各自嚴辦土匪，則本地之亂不生，不必急令居民薙髮，則賊即復至，可以無害。惟密授紳士大計，再來賊少，本地殲之，告急必救。再來賊多，始佯從之，以為內應。我朝深仁厚澤，各地士民思念皇仁，深仇寇賊，未有不受命樂從者，其一二不肖奸民，為賊羽翼，非真為賊，藉以圖財耳。官兵經過，則此輩逃者遠去，居者改心，如此辦法，則兵不憂其不足，賊不患其不潰。采果者枝枝捋之，個個掇之，所得無多，扣本一撼，累累滿地。用兵之道亦如是，則已矣；不如是，賊勢東出西沒，但得數十人，即據一地，我安能以獅子全力搏兔乎？夫收而不守，於國家之政體似不合也，然而國家有事之秋，不破格行事，不可以成事。亦猶之不破格用人，不可以得人也。

但此等州縣即收復，不必入告，俟大局定，然後全奏收復，可耳。

賊所不爭之州縣，其住城者，往往不過二三十人，但得官兵二三百，隨地掃之，過而不留，仍歸大營。賊再至，則復出不意掃之，如此，則賊不敢住其地矣。俟將要地克復，此等州縣可以無虞矣。然後以官前往，令其薙髮，整頓地方。一切權宜救世，莫善於此，剿賊之法，亦莫快於此。然而以此計獻之大帥，必曰：『安有二三百官兵敢入賊鄉者？設賊乘不意而至，則殲之矣！』嗚呼，此神速出奇之計也！今日在此，明日在彼，賊亦莫知我之所在也，而如何乘之乎？若以今之官兵，到一地即思住一地，則事未可知也。然則，大帥亦先嚴軍律而後用之，乃萬全耳！

廬江，亦賊所不甚爭之地也。本地紳民克復，則賊恨之。又官勇住城，賊不能不往爭也，故旋得旋陷。若用掃之之法，則廬民不致遭茲劫矣！雖然，廬江之復陷，非賊能陷之也，官軍掠奪民財，放火出城，而賊乃乘之而入，而紳士之忠義實可嘉也！予在舒營，聞諸公多歸咎紳士貪功，予則正言曰：『官軍不能迅速克復州縣，小民日在水火，紳士自籌殺賊，此等忠義，何可多得？況廬江吳徵士廷香親自到營請兵，不允，自招勇。請督兵大員，又不允，既克復，告急請救，又不允。不幸事敗，官勇皆逃，徵士獨不肯出城，甘心殉節，而復加以貪功之罪。如此，則忠義灰心，天下無復有任事之人，而官軍更難為力矣！為大帥者，於紳士請兵時，苟深知其事之未可輕舉，即當延見開導，示以利害。紳士即可輕舉，既已克復，則必發兵急救，以全大局。萬一失事，必當反躬自責。於殉節者，獎其忠義，於生存者，延見慰勞，以冀將來。而乃如此云云，恐未足以服人也！』嗚呼！皇上詔責諸臣，無一事不引過歸己，而大帥趨功避過，無一事不推罪於人，可慨也！

古之名將，遇賊即擊，請救必至，賊逃必追，有及於一二百里、三四百里者，有一日夜馳至者，有數日後出其不意而至者，如此而後賊畏懼之，逃散奔竄之不暇。今之大帥，營盤之外，賊即不懼，豈古人之事真不能行歟？由畏死貪生之念重，瞻徇情面之意多，證多慰同之心久，相與苟且，因循粉飾欺罔，恃皇上之仁慈，作處堂之燕雀，語及軍事，輒曰『不行』，語及國事，輒曰『無法』。夫身居高位，受此厚恩，事不行必籌所以行之，未有肯矢真心真力而不行者也。事雖無法，必思為之設法，未有能采群策群力而無法者也。危而不持，顛而不扶，則將焉用彼相哉！迨其久而無功，局勢更變，朝廷始謀易，則其事已百倍難於今日矣。宋臣王庶告上曰：『負陛下恩德，（懷）〔壞〕陛下天下者，彼則去矣。陛下為宗廟社稷主，何（取）〔所〕之乎？』此言甚可痛也！

今賊據各地，用兵之要，全在攻城。賊之守城，固較昔年我各地之守城善矣，然未必城城有名將，處處皆死士也。我能設法攻之，一計不成，再施二計；二計不遂，再施三計；施之七八而計窮焉，則賊為真善守，不可破矣！然後可告無罪於君民，然猶未敢以計窮而遂已也，必思所以困之誘之，以圖滅之。今則各地未聞實力攻城之事，其奏報章疏，所云攻城，半是虛語。其所謂圍，距城四五里立營，或處於一偏，或擇賊所閉門不出之地，而賊所出入之門，不敢問也。既不能攻，又不能圍，賊之糧餉器用，一無所缺。如此，雖住兵十年，賊不困也。

今大帥圍城，輒憂兵少。廬州之賊，聞不滿二千，而兵有三萬。舒城之賊，不足千人，而兵與勇亦有萬餘。孫子云：『十則圍之。』兵不得謂之少也。而大帥以為少者，蓋謂不得於城外節節立營、處處置兵也。夫圍城立營，但於城外要隘之地，各立一二營，斷賊出入之路以困之，即賊突出，各門之兵足以相敵，四面從而攻之，賊豈有生理乎？或更於門所不在擇要地立一二營，以為救援夾攻之勢，更萬全矣！今則大帥所在之地，各營環衛，是衛大帥也，非圍賊也。如此，雖百萬兵不足用矣！

賊之攻城陷縣，各地將帥不能守者，輒曰：城內死地也，城外生路也。故我常挫於賊，及易賊為守，則又無可如何。此何故耶？論者謂賊有詭謀，我不能及。夫用兵之道，舍左氏春秋、孫吳兵法及歷代名將之著述與其行事外，此非有天生不測之謀也。賊之所用，亦無絕人特出之計，惟軍令嚴，賞罰重，有計輒行。我軍非無計也，有計而不能行也。非不能也，是不為也，此可為知者，道也。論者又謂賊之攻城，其器具勒取於民，我則必須自製。賊驅擄掠之民，死之不惜，我不能不愛我兵，此所以難易懸殊歟！曰此則是也，然亦嘗深思民情乎？被陷州縣，望大兵真若大旱之望雲霓，以為大兵果能殺賊，令我安平，所求無有不與。迨大兵至，久而無功，賊又肆害，兵又害之，於是怨心生，上有所求，下弗之應矣！製造器具，自應取之軍餉，萬有不給，諭令地方出製造費，大帥苟實力攻城，未有不欣然應者。所取於民者小，所利於民者大，不必顧此小廉而失大計也。若云愛兵，此心自不可少，而攻城殺敵，不能不損一兵，折一將也。但能設奇計，出死力，雖有損傷，必無大害。若乃畏首畏尾，不肯真心任事，多為解免之辭。試問：古今賊寇，其糧餉兵卒何一不取於民？滅賊者，何一不艱難竭蹶，而卒能平蕩之者，何歟？若如此言，則古今大寇一起，遂皆亡國破家，而無復有能滅之者矣。

攻城之具，則有雲梯、飛梯、鵝車、撞車、雲車、呂公車、木牛車、轒轀車、行天橋、降魔杵、尖頭木驢、半截船、厚竹篷之類。攻城之法，則有土山磴道、填壕地道、暗炮、灌水、放火之事，今亦不能於此法外，別求他策，惟因地因時用之，實力行之，出其不意，必無不效。兵法曰：善攻者，敵不知其所守；善守者，敵不知其所攻。運用之妙，存乎一心，不能離法以立功，亦未可泥法以用法也。雖然此等攻法，皆不免迂緩時是日，惟賊勢眾多，守之嚴密，不得不如此。若廬州、舒城兩地，賊本無多，但能軍令森嚴，以重賞募敢死之士，登城而入，外設伏兵，無不得手者，何也？賊之伎倆，兩人不能敵我兵一人，賊之人數，亦兩人不能抵我兵一人也，如此而不攻，以為持重，其持重耶？

地道攻城，古人特用以為伏兵之計，其時未有火藥也。自明張、李二賊，創為火藥攻城之法，遂為後來守城者第一大患。今賊之攻城，悉用此計。然賊既轟開，亦必敢死深入，而後能得手。賊令嚴，故所謀皆遂。今我軍疲玩，地道火藥之法，既不肯行，即使行之，兵勇亦必不肯奪身直進。高唐州之事，可見也。果能奪身直進，則登城之舉，不較易於地道火藥耶？是故軍令不嚴，無一而可行也。

甕聽以防地道，只可用之於小城，若城之大者，周圍數十里，安能環城布甕子？細思之，惟有城内城外預鑿深濠一法。城外有濠，則地道無所施，城内有濠，則地道即能崩城，而賊亦未能遽入。中原之地，城外向皆有濠，必宜預加挑浚，聞警再鑿内濠。東南山邑，多不能開濠，即當以山為保障，或預於城外立營，使賊不能奪踞。或預於要隘設伏，使賊一至而殲，則不必專守城中，而城自無不可守。雖然千方百計，全在得人，使其得人，則賊雖狡獪，莫可如何。廣西、湖南、江西之城，何以克保，賊何嘗不用地道火藥耶？使不得人，深濠高城，委而去之。故攻城安徽、岳州、揚州、鎮江，賊何嘗用地道火藥耶？故攻城守城之法，昔人論之已詳，不得其人，其法不效。軍令不肅，雖有其人，有其法，猶不效也。雖然有其人而不效，此必其人權小勢微，不足以主持一切。若大帥，真有其人，安有不效者？何也？大帥者，軍令韜（各）［略］之所自出也。

古人守城，如耿恭之守疏勒，毛德祖之守虎牢，陳憲之守懸瓠，臧質之守盱眙，韋孝寬之守玉璧，昌義之守鍾離，賊雖善攻，不能得手。又如張遼之以八百人擊孫權十萬衆，張巡之以千人衝令狐湖四萬衆，渾瑊之以二百騎衝吐番十萬衆，王文郁之以七百人潰夏人數十萬衆，此又以戰為守，尤善於守者也。廣西用兵以來，其棄城不守，與守而輒失者，不足言矣。即其守而不失者，亦尚未能追步古人。今賊雖竊據金陵，偽即尊位，得一城即守一城，而其實乃流寇也。守一城而我軍不能克，則以若干人牽制我軍，又圖他取。我軍苟能克捷，則勢必轉而之他故。自今日在事諸公，圍賊者，必日夜以攻克為念；防賊者，必日夜以籌守為心；剿賊者，必處處以追殺為事。迂緩遲留，畏葸退縮，終無益也。

大帥在營，須不時與裨伍之將接見，開誠相叩，令其各陳意見，各吐心肝。再於臨陣之時，窺其進退，則裨伍之將才悉出。真可恃者，雖千百把總，立奏保以參副；不可恃者，雖提鎮副參，立即加以彈劾。犯軍令者，依法處治，小者專之，大者奏之，人人畏懼，人人奮勉，事安有不遂，功安有不成？即各營兵勇，亦須日日諭令，將官傳布大帥意旨，勉以奮勇，申以禁令，賞一卒必使衆共知，殺一人必使眾共曉。大帥間數日至各營，傳諭將官各率所領兵勇，依次序立，聽候教令。數日一行，人人鼓舞。譬如父兄在家，每日晨起呼子弟，教訓幾句，子弟雖不肖，必不敢大背所教。況軍令嚴肅，如是則生，不如是則死，又非家庭教訓之可比者乎！不獨此也，凡六部堂官之於屬吏，各省督撫之於州縣，欲求人才，非時時接見，事事留心不可得。接見時，必先刪除一切官話儀文，隨事諮詢，令其直吐胸臆，以觀其內之所藏，因事委試，以驗其才之大小。賢能者，必奏請破格超遷；不肖者，必奏請從重懲治。天下真賢，不可多得。中才之吏，全在大吏之以甄別為陶成。屬吏之所以畏大吏者，法也。大吏而不能執法，則群相欺罔，泄泄沓沓而已，天下安得有起色乎？

漢之韓信，淮陰餓兒也。蕭何一見，立舉以為大將，非築壇隆禮，不足以壓服眾心。衛青、霍嫖姚皆出身微賤。狄青特涅面之卒耳。從古名將，十八九起自行伍及市井之中。天地生才，不絕於世。今亦未必無其人也，有之而不知，知之而不舉，舉之而不能破格用之，雖有如無矣！即曰：此等奇才，不能常有，而忠勇敢死之士，何營無之？大帥苟時時留心，事事留心，凡兵之有忠心、有真勇，異乎常人者，立即予之以官；官之有忠心、有真勇，異乎常人者，立即破格遷用，視其偏裨之才，則使之為偏裨；苟其遇大將之才，則不妨極力保舉，推賢讓能，後來之勳業，即我之勳業也！

『攻其無備，出其不意』八字，軍家取勝第一妙訣也。人人知之，人人不能實心體之。苟於營盤之中，但求目前之賊，深思其所謂無備者何地？所謂不意者何事？即由此攻之伐之。設不得手，明日再思其無備不意之處，必不與今日同也。再不得手，則賊之防備密矣，是必故示以詐誘之，使其自然無備不意也，而後攻之伐之。將此八字着實思去，未有不破賊者也。

『大捷乘勝，持久出奇』八字，亦兵家取勝妙訣也。今官兵屢大捷矣，而未知乘勝。七月中，秦軍門大敗賊於三角井。賊方惶懼，欲棄舒城而走也。有謂軍門宜乘勝急取城者，軍門以為未可輕進。失此一時，至今未克。舒城之事，然想他地，亦有然者。持久之事，古人以為出奇地也。不出奇而專持久，非持久也，乃畏葸也，乃為賊所羈而無可如何也。夫奉命討賊，不思以奇兵破之，但欲以持久聽賊之自逃，無論賊不逃也，即逃，而又將以鄰國為壑矣，賊其可得滅乎？

自七月間，艇船亦曰紅單船扼住東西梁山之兔兒磯，上下不通，賊勢大困，安徽江南北諸賊皆有思逃之意。各地大帥不能神速，坐失機宜，已莫追矣！近聞艇船退處金陵下游，不知何故？或曰：向軍門不送火藥炮子到船，伊船專恃此取勝，不得已而退。賊自艇船退，下江路開通，安徽各地之賊又復揚揚志滿。為今之計，在事大人急宜奏請，命艇船扼住金陵上游東西梁山一帶，飭江南北諸帥解送火藥炮子，不得違誤，以扼其上下咽喉。湖北大帥尅復省城，近聞率兵至九江一帶，應奏請命湖北大帥尅日順流下攻，廬舒大帥約期分兵進剿，以成夾攻之勢，不得遲延，不及此圖之後將難為力矣！

偵探一事，軍中最要事也。今賊之探信，收養各地奸民，令其薙髮，予以資本，佯為貿易，到處探信，有探必真。我軍收復各地，下令居民薙髮，絕不思及偵探一事，非蓄髮者不敢入賊鄉。且收復此縣，宜求此縣(伸)[紳]士與前去未收州縣(伸)[紳]士通消息，不可驟得。因人及人，必有起而應者。既得其人，即暗囑雇養其縣居民確可信者數人，到營以為偵探。所到之縣即用其縣之人，信既的確，賊亦不疑。且賊獲我之偵探，立即誅戮，我獲賊之偵探，每從寬釋。故賊探得近我營，我探不敢深入。諸公何愛惜奸民而不顧國事也？又聞江中丞用兵，有隨帶蓄髮之勇數百人，以為冒裝詐賊之計。此妙策也，今之大帥尚其留此意乎！

大約今日之事，最要四端：一嚴軍令，一求將才，一明賞罰，一籌大局。軍令不嚴，高官厚賞不能得其死力也。將才不求，大帥一人不能衝鋒肆應也。賞罰不明，雖有軍令將才，人心不可得而固也。大局不籌，雖有目前克捷，賊勢不可而滅也。一二年內賊不能滅，設再有不軌之徒，乘間竊發，或兵火之後，繼以凶荒，則天下之事，將真有不可問者矣！此杞人之憂，萬不至此。然草茅愛國，惴惴惓惓，不能不涕泣哀號，仰望於海內一二明公之以天下為己任者矣！

味經山館詩鈔

自題

弱齡耽詠，不諳醜美。少長，從朱、張兩先生游，得窺正迪，幸未染袁、趙、蔣、張餘習，刻意孤尋，輟廢餐寢。每好橅漢魏、陶公、摩詰、襄陽、太白、明七子之言。歲己亥夏，都所作，梓為初集。出示同人，多加詫賞，馬蒙皋比，驚其群匹，自以為真虎也。

庚子春，游植之方先生門，得讀昭昧詹言一書，始知曩作，客氣陳言，浮淺輕易，於古人意緒歸宿，神脈氣味，千萬分而未有一焉！銳意改轍，為之一年。先生見，謂平頓蹇塞，反不及前刻之精采華妙。迷所適從者，又一年。日反復昭昧詹言，證求古大家精深之詣。久之有獲，試筆為之。先生曰『可』，然後胸有準的，望古人而力追之。才薄氣弱，間以人事，未克專精。十年來，所得僅此而已。自諦其間可存者不能百首，而師友刪汰頗寬，聊依諸家選存二百有九篇，彙為味經山館詩鈔，以就正海內精能之士。云同志評閱，意見各殊，得失深淺亦異。然指疵摘纇，皆益我也。鐘甫文君知我最深，愛予詩最甚，所論亦最合。由結契早，又守一師，見聞同也。他友所論，切中予弊與深得余心者，各錄數言於左。

植之先生曰：『二集詩增進甚至，邇來名家希此境界，惟尚未能博大沈雄，充足於中，自然流出。用功久，當自知之。』

又曰：『詩令人一見便驚嘆，稱快稱奇，詩之佳者，而非詩之至也。平心吟詠，意遠韻深，味長氣厚，乃為可貴。杜公詩，不熟讀精思，其命意制局遣詞鍊字之妙，不易窺也。生詩佳者，已有此境界。然奇快之作尚多，今姑存之，不必刪也。』

光栗園方伯曰：『二集果大進，前此未免有見好於時之意，今則消融殆盡矣。噫，非消磨此意淨盡，又烏能見好於千百世哉？』

文鐘甫文學曰：『詩，小道也，然必下切實功夫，神明於古人操縱即離起伏迎距，推陳出新，化腐為奇之法，又深知古人艱難、迷悶、奧折、幽峭、沉鬱、飛動之致，然後能隨其才力大小以成學，不流為俗詩、偽詩、空詩。大抵精深華妙之境，五古則謝、杜、韓為大宗，七古則杜、韓、黄、蘇為大宗，律則專推杜公，黄、陸佳者，亦多自杜出。學者由此用功，步步著實，務求古人精神意脈，得其歸宿。然後縱其才力所至，以成一家之言。漢魏、陶公、太白，亦卓然大宗，不朽天壤。第學之似易能而實難得，故不免失之客氣假象。庚子以前，余與存莊均未窺及此恉，近乃知之。鄙才譾薄，奔走飢寒，望之而弗能至，存莊已鋭入之矣。然亦惟壬寅以後，詩乃大變。集中所載己亥秋後，庚子、辛丑諸作，半由近改，原本可存者，蓋寥寥矣。』

孫芝房編修曰：『求古人之意於屈折空曲之中，百節疏通，生氣遠出。』

喬鶴儕工部曰：『七律沈鬱頓挫，仍復一氣旋轉，真得少陵神髓，餘作亦清高深遠。』

江貽之文學曰：『集中七律，有似黄、陸之作，非學黄、陸也，乃學杜公，而所造適止此耳。取法乎上，僅得乎中。淺人不知有杜公，又安能真似黄、陸哉。』

方存之文學告予曰：『兄近詩言中有物，意味亦深曲纏綿，足令讀者感發。第必根心而生，將來發之事業者，能實其言，乃為言立，不然猶偽詩也。存之不為詩，所論得詩之本。斯言也，終身佩之矣。』

馬命之文學告予曰：『兄性剛直，遇事發之太過，少含蓄渾厚氣象，惟律詩則已能柔其氣而漸幾於含蓄渾厚，蓋由揣摩杜公久，用力者深，變化氣息故也。學問之事，無用力而不變。願兄以學詩者，更移而養氣，務使真氣充滿，客氣淨除。將來發之事業，傳之文章者無窮。文藝，末也； 德器，本也。兄於其末既求所以變化之矣，於其本而可不思所以變化之哉！』

存之、命之，皆予輔仁友也，即詩以勵我者如此，述之以當書紳。

興觀群怨，詩之教也。聖人刪詩存鄭、衛，乃以垂戒萬世，非謂詩之中，宜有此一類也。屈子美人皆寓言，漢魏詩人類同此意。迨六朝而後，有專為男女之詞者。自唐迄今，騷客詞人，多不以此為嫌。輕薄狂生，行身無檢，且有謂不如此不足為詩人者。嗚呼！詩教之流毒天下，乃如是邪！少不知道，初學作詩，見時輩負詩名者，集中類有冶詞豔曲，以為詩之體必宜有此。揣摩傚法，不一而足。擔麻弃金，認賊為子，吁，可悲也！詩教之壞，此特其末耳，而舉世已迷溺而不知，況其大邪！歷觀古今詩話，論詩之恉，備矣。求其得詩教之本，深合聖人興觀群怨之恉；又於古大家精深微妙之境，發揮透闢，宣暢無遺，則莫過於吾師所著昭昧詹言一書。近見山陽潘君四農養一齋詩話，與吾師大恉相同。明道義，培風化，正人心，卓然有裨於名教。雖其貶斥阮籍、謝靈運、陳子昂諸人，至欲廢弃其詩，不免矯枉過正，要此論不可不存於天壤間也。因編詩，特表出之，以告海內有志風雅正道者。

道光三十年庚戌嘉平十日，鈞衡漫識。

右味經山館詩鈔六卷，計二百有九首，吾師戴蓉洲先生自編，其初刻後十年作也。先生十年所作，凡四百餘篇，師友商訂去其半。先生尚以為多。曰：此時功力淺，未能深造，俟他年嚴汰之可也。聊依師友所選如此。

祜蕃近年初學詩，讀古人詩之暇，輒好諷誦先生之作，手寫成冊，朝夕翫味。既思先生初集，久為世所詫賞。而先生雅不欲存，則是集宜刊行，以公諸世。又先生虛懷好學，所作詩文，遇能者輒求是正。嘗欲多鈔副本，以為就正之資，則刊以代鈔尤便。

今先生客都門，原本攜之行篋。祜蕃乃以自寫本授之梓人，並取向錄諸家評論之精者，附刊於後，俾讀者不惟由此可以見先生心力之深，而淺者亦可因以得學詩之法。其空言讚美，無裨於詩教者，概不敢錄，恐見者以為阿也。諸家字號，一依先生所自稱云。

咸豐二年壬子三月，門人王祜蕃謹跋。

王祜蕃輯諸家評語

卷一

題陳照所畫江景

文鐘甫曰：一起蒼蒼莽莽颯然而來，初讀謂寫畫景也。及至『我昨登樓』二句，乃知其為兵家襲法、畫家襯法、文家借法。全詩精神關節變幻靈通，起數行愈覺分外出色矣。

旅館

文曰：收句，用孫子語意極深。借從軍者諷主帥也。

橫海　孤臣　輓詩

徐懿甫曰：三詩抑塞用壯。今日之瘦詞，他年之信史也。

所思

馬元伯丈曰：山谷。

張小石曰：此深似半山、山谷，尤有奇氣。宋人以奇兀成詩者，山谷而外，半山、后山皆師山谷。而山谷獨登極境耳。後人學黃者，多類此二君。

卷二

壬寅年

文曰：此後諸詩，無一直筆，無一率語，無一泛言，處處有真實歸宿。舉前十年客氣假象，一掃空之，於此中甘苦深矣。

元旦作

張曰：讀少陵久，至此而自然流露，非有意摩寫之而能似者。

徐曰：　第二首直率胸臆，仁人之言，願足下終身矢之。

得毛生甫凶問

自記曰：　氣韻略似東坡，而音調近澀，由欲變從前馳騁空滑之習，而未能深穩故也。存此以識詩學轉步。

偶書

張曰：　得彭澤詩田家面目矣。昔賢云：　世人但學蘭亭面，欲換凡骨無仙丹。山谷謂：　苟得其面，便已換骨。余謂：　陶詩亦然，面目豈易得邪！

送人還鎮江

植之先生曰：　真氣，往復白道語，耐人諷誦，由境曲也。

文曰：　筆筆銜遞，離合迴環，章法極妙！

得張亨父開封書

植之先生曰：　盛唐人七律，多曲折頓挫、開合動盪之致，不使一平直筆，此詩庶其近之。

文曰：　杜詩變化，無兩句一意者，餘子不解此矣。此及前送人還鎮江作，俱是大家妙境。

又曰：　起句因得書而知張已至開封，便有神。二句兜轉前送別時，是逆挽法。三句由二句生，四句又兜轉得書，句法流動有遠韻。五句從四句生，『翻垂淚』三字又開下句，六句『愧不才』，又開七句，七句已詠足矣，復以時事作收。詩境如萬水千山，花明柳暗，讀之不忍釋手。

夢遊九華山

文曰：　神來之筆，妙在不說破『夢』字。

寄張勖園先生

江貽之曰：　收句即杜公『敢料安危體，猶多老大臣』與『安危大臣在，何必淚長流』之意，言外感何如之?

病中讀杜詩

文曰：『艱難初見古人心』，看似淺語，非深知工部甘苦者，不能道也。

張曰：永叔謂太白詩，回視蜀道如平川。凡詩文臻深至之境，未有不自艱難來者，豈獨少陵然邪。

渡江宿浦口

文曰：詩境離合斷續，鍊字鍊句鍊格俱佳，其妙在倒點『夢』字。

月下謁包孝肅祠

文曰：涪翁樊侯廟摹杜公武侯祠，得之字句氣象之外，此摹樊侯廟，又妙得之神味氣脈之中。

江曰：妙處只是『浮世悠悠誰氣節』一句，無此，則通身亦只涪翁空腔，不見章法之妙，收語亦不耐人尋味矣。此所謂歸宿也，亦感慨時事而言，非泛設空語，故可貴。

過小關

文曰：『潼關』四語拓開，作收局不平直，論亦正大，是從工部得來者。

雪夜書感

文曰：首二句『下』字，湊密凝重，無輕佻滑易之病。『銅龍』二句，故作踈宕，以舒其氣，亦杜公法。後四句沉痛真摯，固杜公人共知也。

贈劉騎尉

文曰：後四語，即杜公『時危未授鉞，勢屈難為功』之意。說得沉痛悲壯，亦切事得體。

卷三

送姚丈石甫之四川

植之先生曰：顏延之。

自記曰：予自庚子讀植之先生昭昧詹言，力洗從前客氣假象，為之一年，平頓滯晦，先生謂與俗人唱和，覺其易勝，不復追步古人。其實日求古人而見之未確，悵悵靡從，脱去陳言，轉若無可措手。壬寅、癸卯兩年作，遂秘不敢呈。甲辰春，始以此作進，先生閱之三四過，笑曰：『汝於昭昧詹言有得矣。』乃復呈前兩年作，先生甚喜，以為非復初刻之輕浮空偽。蓋自後乃敢放筆為詩也。書數語以識予之拙。

挽張亨父旅櫬

文曰：『落日』、『悲風』篇法，變换不可少。

送人之甘肅依其族人幕中

文曰：以諷為贈，杜公每有此種。

讀褒忠録感賦

文曰：余讀褒忠録詩數百首，淺陋者，無論佳者，亦大抵弔挽悲傷而已。此獨從陳公死後，感喟而出，意境迥別，是杜公法也。收，勉後來諸將，意更深。

卷四

乙巳年

自記曰：詩中七律最難。昔人有云：『世之文士，無人不作詩，無詩不七律，而終身為之，有不知其故者。』誠哉，是言也！吾師昭昧詹言論七律，精深微妙。向來論者，罕窺其境。年來尋味，略窺古大家精神氣脈，終未從力為之。今年授徒城中，朝夕得與師見，乃專意七律，似有進步，刪存十七首。他體間有作焉，依次編之。

讌集張太守宜園

文曰：以離別起，以離別收，中間逐句變換，開合頓挫，往復情深，是精心杜、黃二公而得者。

江曰：『風雨欲來城外村』，接法生動搏換。

大寧禪院看鶴

文曰：起，雄直得勢，中四容與，收，掉轉境界一新。

二鶴一忽飛去

文曰：起不測，三四五六分賦，二鶴一去一留，纏綿盡致。收，出場生氣遠出。

次日雨中游雙溪

文曰：四句由清平二字生出，非泛語也。有此句，意味乃佳。五六變換，收更出場不測。

與硐泉期皖江歸舟過樅陽

文曰：後四委曲飛舞，勁氣直達，此種亦真杜公。若訪介生石農及送晴疊歸里等律，猶杜公之淺者也。

我欲

文曰：大似放翁，五六殆有所指歟？收不測。

卷五

題湯雨生孤笠圖

文曰：末路感慨，忽以雄直作收，意味無窮。閱者，或謂收未美，不知詩者也。

琴隱圖

文曰：題便著意如此，方切時切事切人，詩境往復空遠，沈鬱頓宕，七律此界不易到矣。

喜蘇厚子歸里

文曰：五層四折筆，境曲局寬，飛動沈著，越鳥代馬，接尤不測。

答馬生起升

文曰：意真至，則詩自佳。一夕不相親，十字讀之汗下。

得劉叔毅哭子詩賦答第二首

文曰：收四語變局，出場何等闊大。

蠶詞

文曰：第一首有『拯溺救焚，不容稍緩』之意。二首所謂功夫欠不得一分也。三首所謂功被天下而無言。三詩何等寄託。

牛屯河大風渡江

文曰：奇幻豪放，是能移太白歌行於律者。

將入都過別光丈栗園

自記曰：此律落韻稍穩。戊申、己酉兩年作，惟答劉叔毅第二章、牛屯河渡江二律，意境稍別，餘皆常境矣。蓋自丁未，專力治經，終年無一作，而詩遂退。古人用功，所以戒作輟也。

卷六

庚戌年

文曰：庚戌作，凡六十首。妄以鄙見刪存四十七首。其中用意最深者，略為標出，大抵清深真切，無一空滑浮浪語。然七律較乙巳、丙午二年作，尚有未及者。

拜別兩大人

文曰：起四語固佳，後四尤深情曲至。非善體親心者，不能言也。

孟廟

文曰：此詩用意從唐玄宗祭夫子廟得來。孔孟道德從何處詠起，故玄宗避寬就窄。此則句句寫廟，又卻句句寫孟子。前六語詠足一結，便點睛矣。

自遣

文曰：前路敘事樸實，後半則正大沈痛。朱子謂聖人樂天知命之心，與憂天憫人之心，並行不悖。存莊其亦略有此意乎？

訪周達夫同年

文曰：五六感慨，不免陳言。忽以別意作收，出場不測。

送鐘甫之祁門

文曰：『危徑千巖石，秋心一路蟬。』即地即時以寓規戒，僕當奉為座右銘。此種用意，他人或忽之矣。

江曰：『生死同肝膽』五字，寫得鐘甫熱腸出，著一『翻』字，則鐘甫之孤寒可知。著一『亦』字，則鐘甫之於大事可知。此杜公字法也，淺人不解此矣。

浮雲

文曰：杜公詠物詩，多有絕大寄託，此類是也。

呈姚丈石甫

文曰：語語精切，言在一人，心憂天下，杜公每多此種。

味經山館詩鈔卷一

己亥秋後五首

應試金陵舟中寄鍾甫

一水明殘照，千帆下秣陵。秋聲盤野闊，天影入江澄。挾策人爭上，懷痾汝未能。匣中看劍氣，深夜定飛騰。

舟泊牛屯河大風雨

朔風鳴大江，驟雨滾飛浪。有如千丈坡，萬馬突奔放。到岸山欲崩，觸磯勢益壯。既疑地翻轉，復駭天簸颺。幸哉纜早維，履險得無恙。蒲帆倘不收，一葉知安向。老親念遊子，悵然魂欲喪。

答友人見寄

天末遙山一髮青，小窗孤對雨冥冥。人非中酒心偏醉，我獨沈憂衆覺醒。俯仰古今唯涕泣，艱難時命任飄零。推琴嘆惜鍾期死，流水高山世莫聽。

紀災二首

彌天風雪路漫漫，滿眼瘡痍未忍看。黄口命輕拋擲易，紅顔恩重別離難。覆巢雛燕身無主，覓食啼烏夢不安。痛欲捐生艱一死，可憐哀病向飢寒。

思歸無處覓田廬，忍棄頭顱蔓草餘。殘歲可能春易轉，此生難卜命何如。窮途不盡傷心事，大府頻頒議賑書。升斗西江宜早計，莫從荒市索枯魚。

庚子十首

呈方植之先生四十四韻

聖人歿東魯，二氏誕恣放。子輿閑先王，朱翟不敢抗。方策遭秦火，聖文痛凋喪。炎劉膺天祿，百家勤搜訪。肆令曲突中，死灰風復煬。晉唐代英哲，說經多簡諒。所惜吾道精，循牆走依傍。有宋文運開，昭然天地曠。江漢滌埃坌，日月消煙瘴。至理久瘞薶，一朝發幽壙。往彥闢康衢，來賢獲正匠。那知六百年，群兒肆誹謗。折鼎棄膏粱，倒甕飲醯醬。牧童拾斷鏃，挽弓射飛將。騰踔藩籬外，自矜工鹵掠。豈乏一管窺，足符千載上。入主出則奴，幽怪多冗長。韓句。夫子當代賢，慨焉期掃盪。不惜孤掌鳴，力為百川障。鉤玄鹽其腦，窮源破厥臟。好辯非得已，聊欲示懲創。遙遙百世心，上與子輿況。餘事力文章，萬卷紛來貺。義湛思迺潭，中弸外則盎。遠蹈韓曾軌，近作方姚伉。謂望溪、惜抱兩先生。下視庸鉅子，呱呱小兒咣。詩律何精嚴，絕徑乃孤向。鞎奧謝韓并，沉雄坡谷讓。出新徵舊蓄，食古化今刱。鼇夫昧塵躅，謦欬毋乃妄。嗟哉大雅希，乾坤闃無望。風塵迫衰老，萍梗縱播漾。星星兩鬢霜，汎汎萬里浪。昨者客海南，來歸月已暢。春風蘇百昌，嬌羽弄群吭。偶登元禮車，遂測叔度量。坐對驚汗浹，私顧覺身妨。鴻儒倘弗覿，此生幾虛蕩。餧腹來官庖，羞囊八寶藏。既承鄉哲許，先生謂鈞衡詩文似海峰先生。復毖俗華尚。務實缶有孚，逐虛管無當。弱齡嗜狂吠，陰喝弗敢唱。歌詩仰見高，占易往用壯。吁嗟大道邃，徘徊我心悵。

雨過

雨過爐香手自焚，槐陰竹色一牕分。呼童掃榻鈞簾起，坐看青山吐白雲。

宿山家早起

向曉群雞鳴，樵歌滿山路。朝陽散微明，遠水吐輕霧。草根寒逗泉，松杪清滴露。麀鹿時復來，飛鴻閒自去。坐久林樹昏，雲生不知處。

母大人六十壽辰

膝下瞻依慣，渾忘白髮垂。早衰緣境累，多病畏兒知。冀得天心佑，常驚日影移。殷勤將壽酒，願及百年時。

萬事皆身外，親年無再來。古人勤負米，今我愧循陔。捧檄艱時命，嘗羹但野萊。負恩無限感，懷抱向誰開。

內子三十初夜

伊汝曰來歸，八載旋於茲。房帷乏侍婢，箕箒親操攜。潎跬母少休，作苦良已疲。侍養櫛縱勤，承歡影響隨。我少耽翫愒，帛長嗟已遲。落實慚西疇，虛名誚南箕。平生父母恩，欽恨難陳詞。借汝婦道修，償我子職虧。來辰鳥相逐，逝景驄莫追。前朝黑髮親，今見白絲垂。勖爾班昭篇，誦我南陔詩。

金陵送別毛丈生甫

萬木動秋聲，嗟與君子別。相見遽相送，離情那可說。憶昔詠輖飢，遙遙望空觖。今歌不我棄，眽眽心相悅。山風灑寒雨，江濤滾飛雪。白門舟共鼎，旅館尊同設。來醉日無虛，過存禮有缺。吾師植之翁，與君傷闊絕。昨傳尺素來，萬語情未竭。復書誶我將，殷勤道哽噎。茫茫四海內，落落幾人傑。師門快昔遊，耆碩復今謁。後造盼遠程，前非迪改轍。充實乃光美，芬華易消歇。真傳遞薪火，高懷證江月。江月忽無情，照君征帆揭。後會知何時，徘徊對城闕。

舟上敭山磯

危磯若張弓，江流如使箭。風停眾卸篷，岸遠爭負牽。懸崖類斧削，巉蹊莽荆罥。千臂魚貫引，萬足雁行薦。峭壁伊誰鑿，長茭傍水穿。既賴百丈挽，復此千尺援。攙揭繭生掌，邪許汗浹面。昔我揚帆過，頻年得風便。今來覺惶恐，色然為駭變。萬事悟進難，百年那有羨。瞻彼刺舟郎，足起我心惓。

秋晚懷都門諸友

日落前峰陰，林昏歸鳥劇。莫靄散深朱，寒塘漾淺碧。晚雞下檐樹，落葉響階石。長風送別意，明月共今夕。燕冀多悲風，天低沙氣積。相去邈萬里，相思若咫尺。思之終不見，何如不相憶！

九日約小石遊龍眠以雨不果

紅樹蕭蕭萬壑秋，萸囊菊酒擬同游。青山咫尺不能到，坐看溼雲飛滿樓。

辛丑十七首

題陳照所畫江景為許丈吾田賦

江風忽起雲飛揚，雲飛直與江流長。遙空萬頃日無色，但見遠水浮蒼茫。蒼茫水氣昏如墨，上與雲連為一色。天低在水水涵天，上下乾坤分不得。是時兩岸青山無，萬樹欲倒雲爭扶。賈船商舶不敢動，千帆盡落依菰蒲。我昨登樓望江水，此景依依在眼裏。先生示我江天圖，尺幅烟雲吞萬里。六安陳照舊有名，酒酣潑墨何縱橫。寫山亂石欲飛起，繪水江流如有聲。此圖神妙尤莫及，毫端風雨來胡急。想其握管坐臨池，真氣蟠空鬼神泣。祇今作畫二十年，墨氣淋漓紙猶溼。江天莽莽樓臺昏，江水滔滔波浪立。請君慎勿藏匣中，恐有蛟龍時出入。

旅館

旅館聞鄰哭，從軍向海疆。幾年食帝德，萬里促戎裝。死國尋常事，生離漫自傷。將軍能破釜，甘為作群羊。

聞警

仁皇英武縱由天，尺檄綏疆萬里傳。四海冠裳周禮樂，八方風雨漢山川。梯航効順連諸島，絲帛通洋已百年。蛇豕近傳侵上國，安危爭賴將臣賢。

道中書所見

雨止驅征途，行行苦泥轍。驚見眾肩輿，辟易屢蹉跌。借問輿中誰，太守婢與妾。太守來鳳陽，遷官未盈月。前旦夫人過，昨晨郎君發。遙念黄堂中，粉黛成行列。方今大海南，兵船環雉堞。將軍甫遠征，羽書未獻捷。黎苗各奔竄，骨肉生斷絕。太守海南人，室家自歡悅。傷哉故鄉里，流離那可說。

屬車

屬車雲合起飛埃，節鉞森嚴壁壘開。玉帳擁尊歸壑谷，珠牀挾瑟縱輿臺。千村望歲呼庚至，萬卒趨風棄甲來。靴挾短刀唐代將，感時深冀出群才。

鍾甫書來報王殿襄死矣

得書一慟轉疑猜，前日禪房共舉杯。從此山陰風雪裏，更誰乘興泛舟來。

寄李幼甫

大江從西來，洪濤蕩朝夕。揚帆我東下，千里快一息。是時秋已深，寒雨洗空碧。踏泥訪故友，毛公先在席。謂寶山毛丈生甫。飛觥迭酬酢，相對情脈脈。但覺春生座，焉知日下壁。別來忽一霜，日月嗟易擲。雲樹五百里，此心猶咫尺。奮袂欲東從，唏無雙飛翮。毛公今何方，魚書不可覓。煩君為問訊，鬢邊幾絲白。

書感

連朝風雪滿江城，忍聽哀鴻四野鳴。大府有權籌國用，中丞不發帑金，諭各州縣勸捐接濟。小儒無術濟民生。況聞中土河流決，更說南邦海寇横。盛世兵荒原不免，撫綏安堵賴諸卿。

横海

横海鯨鯢跋浪來，黄金賺價釁誰開。豈無新息平蠻策，竟使相如受賂回。帥節屢更鋒鏑敝，軍威不振鼓鼙哀。金貂十輩何須問，太息人間宰相才。

孤臣

黄塵白草莫雲愁，華髮孤臣萬里遊。底事呼天哀九死，但期安漢有諸劉。雄心消盡寒邊角，老骨難禁絶塞秋。天意不教生馬角，桑榆西望更誰收。

輓詩

憂天憔悴願難攄，屍諫爭傳衛史魚。一死千秋存亮節，孤忠萬語托遺書。馬卿有札人誰奏，李嶠無兒事已虚。太息琅琊堂構瘁，老臣原下恨何如。

所思

空山十月雲欲霜，木葉飛盡枝條長。病卧寒林月來去，夢回孤榻天蒼凉。微飆蕭蕭響枯竹，野鼠歷歷奔高牆。所思不遠未能見，出戶群鴉啼夕陽。

味經山館詩鈔卷二

壬寅十七首

元旦作

邊地愁烽火，中原幸太平。至尊憂百粵，諸將尚南征。黄屋誰扶軫，清流漫議兵。匡居感新歲，搔首亦心驚。

白髮高堂上，欣然坐舉杯。諸昆隨侍飲，群從亦歡陪。以我庭幃樂，而生道路哀。流民滿中澤，歲盡不歸來。

得毛丈生甫凶問

昨秋致書李叔子，問訊寶山生甫翁。答云客遊若浮梗，經年未得天涯鴻。憶我別君瞬一載，意氣耿耿遥相通。雲山迢遞不可隔，心隨江水流朝東。空山翦燭誦君句，夜寒月落霜飛空。思尋消息寄尺鯉，重逢氣吐垂天虹。忽聞凶問坐驚起，雙淚落影飄春風。嗚呼海内幾儒碩，如君遭值何孤窮。一身俯仰魏晉上，四時奔走饑寒中。天之生才有必靳，充其學者勞其躬。文章身後但可久，生前何惜如飄蓬。先生有書儗球璧，精氣上可摩蒼穹。黄土一朝葬骸骨，青山萬古開心胸。獨我一謁不再見，私懷鬱鬱安有終。秦淮客館嘯風雨，豈知遂訣千秋蹤。臨風作歌當痛哭，白雲隱隱迷前峰。

書植之先生病榻罪言後

英夷跳樑東南，大帥議撫。先生時卧病，切齒痛心，作書言制夷之策，名曰病榻罪言。遣人上之浙江軍門，不能用。

陳東一疏淚潺湲，正則千辭心亂煩。破敵幾人如李愬，横戈何日斬孫恩。敢從草野籌軍事，專望朝廷采罪言。近説群公主和議，空勞萬馬出中原。

偶書

春風散舊寒，微雲吐新旭。宿雨一宵霽，芳草萬里綠。魚泳識川溫，烏呼快林燠。萬物有生意，陶然吾心足。

過亡友王殿襄宅

春來山水足可樂，忽忽風飄雙淚分。去年來過南岡道，故人與話東村云。泉臺杳杳豈再面，浮世悠悠誰似君。蒼茫久立不忍去，孤鶴一聲空外聞。

登大觀亭

傑閣臨江四望開，虛廊蕭颯走風雷。坐看山雨入城去，無數烟帆繞樹來。弔古蒼茫元季事，憂時零落巨川才。近聞夷舶乘虛至，新自金陵載寶回。

焦山望海圖為董思陶題

江水西來一萬里，奔流直下海門裏。金焦水底兩卷石，突出波心遏江水。江流東去不復還，兩山亘古波濤間。江光天影欲合處，乃有大海萬頃之迴環。方壺圓嶠不可見，混茫一氣吞赤縣。兩九日月生波間，萬里魚龍出酣戰。昨聞夷舶兵戈横，揚帆徑抵丹陽城。焦山烽火照空赤，長江千里無人行。江南地勢蟠龍虎，天設南徐作門戶。如何狼山與靖江，險要不聞鳴戰鼓。悲哉居民徙村落，骨肉生摧委溝壑。大府移營退石頭，不尚兵戎尚盟約。嗚呼時事安可論，遙瞻滄海聲潛吞。君之作圖有深感，昔所快意今消魂。海潮江水自朝夕，為想焦先之遺跡。撫時懷古恨蒼茫，共汝長歌仰空碧。

小孤山

太華萬仞何雄哉，三峰削出青雲隈。六鰲忽轉地軸動，一峰飛落江心來。坐看帆影與空遠，傳說海潮於此回。潮水至小孤山止。東望建康七百里，風濤直射天門開。

秋感寄蘇厚子文鐘甫江貽之方存之

不敢關時事，吾儕乃布衣。九重封事少，諸將昔人非。赤壁輸奇策，黃金解戰圍。昨聞江上吏，新唱凱歌歸。

霜重雁南來，秋聲亦可哀。遥揮東海淚，虛憶北山萊。歲月催蓬鬢，乾坤待相才。隆中誰管樂，懷古意悠哉。

命薄逢時難，書生感憤同。百年驚世變，四海惜途窮。飄泊風中絮，生涯塞上鴻。近來多別淚，豈獨為飛蓬。

馬通守玉屏山莊落成招遊賦贈

出郭俯郊野，緣溪入幽僻。踵門不見廬，入尋始可得。開霤嗡天明，引泉洞地脈。西亭圓覆蓋，北篁密如簀。遥嵐撲眉宇，近翠生肘腋。萬景匯遠近，數楹抵千百。太僕敞楣楝，哲嗣供彌勒。山莊為明馬太僕公歸老別業，其子爾恭痛母早亡，追懺寫經，供佛於此。瞬今二百年，松楸護兆宅。堂堂歲月遷，莽莽人事革。華屋多荒坵，名園半草澤。獨此巋然存，新宇復今闢。耳目倏昭煥，山川恍更易。苟非忠孝遺，盛替那可測。眾賓悅勝覽，吾意重先悳。守此貽孫曾，永之年萬億。

送人還鎮江

丹陽兵火驚初定，城郭猶存市井非。千里飄零仍遠客，一身歸去恐無依。已知死別成長憶，縱有生全亦苦饑。嗚咽江聲下京口，潸然東望為沾衣。

城東客舍重陽日追悼王殿襄

城頭草樹與天長，城下烟光接水光。對酒看花忽下淚，故人曾此醉重陽。

得張亨父開封書

張衡已入陳留道，尚想河梁祖帳開。漠漠白雲人北去，蕭蕭紅樹雁南來。發書驚喜翻垂淚，冀我飛騰愧不才。三十飄搖無一事，況逢時難甲兵催。

冬日得劉悌堂手書卻寄

西山雪色照幽燕，萬里鄉心白髮前。念我病中猶數字，懷君江上忽三年。東南兵甲新櫜戢，老大風塵縱醉眠。近說文名動卿相，悲歌彈鋏漫淒然。

癸卯三十首

夢遊九華山

依然繞屋柳毿毿，孤館春燈酒半酣。忽憶九華山色好，輕帆一翦到江南。

讀史

楊璇何事檻車收，嚴詔驚聞涕劇流。南海萬民思借寇，中原多士失依劉。欃槍未應旌旄落，日月方深犬馬憂。但得鬼方從此靜，歸田出塞總優遊。

障海動高轉罪臨，蛾眉遭妒古猶今。漢廷胡廣誣滕撫，魯國臧孫蔽展禽。未敢嘵嘵傷國體，惟將蹇蹇勵臣心。天王明聖終憐過，草野能無望闕吟。

江村

萬柳綠成海，花飛雪滿汀。雨過江氣白，山小日邊青。鷗鷺依人熟，魚蝦出水腥。何當謝車馬，簑笠共揚舲。

偕信吾斗垣看花憶吾田悌堂都下

今年花似去年春，一見花開一歲新。莫向故園嘆花落，天涯愁殺看花人。

寄張勖園先生

海內詩人盡，江干獨老翁。衰遲逢世難，荒歉逼途窮。感舊交遊少，憂時義憤同。草茅休涕淚，謀國有群公。

得方海舲延慶州書

驪駒一曲別江頭，我困家園汝冀州。薄海新交誰似舊，朔方春氣半如秋。黃塵慘淡邊風緊，白草荒寒塞月愁。萬里居庸關外雁，為傳消息到山樓。

送別劉孝廉

春江初見柳絲縈，才解歸裝又北征。萬里長驅雙鬢短，十年多難寸心驚。新消粵海兵戈氣，永絕淮山草木聲。一事臨岐尚惆悵，南天遙望失長城。

送江貽之赴河南

故國無容地，飢驅入大梁。艱難初遠客，窮病易思鄉。月照心千里，雲迷樹幾行。鹽車多涕淚，何處是孫陽。

幕府才原拙，文章命不如。尚存吾道重，恐與世情疎。萍水恒憂汝，雲山倘憶余。南來有飛雁，莫忘數行書。

病中讀杜詩

弱齡弄翰嗜蟲吟，絕學微茫苦未尋。此日病中強推測，艱難初見古人心。

柬黃安張學博

我家桐國汝黃安，明月青天兩地看。千里音書傳每隔，十年時事變無端。艱難歲月消吟鬢，漂泊乾坤有釣竿。他日相逢應老大，莫教白首悔儒冠。

寄殷子徵潁州

入春苦稀雨，陂塘盡已竭。麥熟黃未飽，秧齊綠欲歇。南風昨夜來，吹雨出林樾。檐響一時猛，泉聲萬壑發。晨起顧田野，汪汪千頃雪。即今稚苗分，豫想秋穎結。吾鄉屢災歉，殍亡那可說。知子廛田園，望歲心如咽。試買雙鯉魚，寄詩慰離別。

金陵月夜登江樓有感

四圍烟樹影迷離，高閣良宵對酒宜。雲散忽看天似鏡，江清初見月如規。山河六代消雄氣，砧杵千家動客思。別有傷心無限感，去年烽火正今時。

訪包慎伯明府賦贈

遊倦風塵賦遂初，罷官聊僦白門廬。高談俯仰千秋事，下筆縱横萬卷書。海内共傳劉四罵，江南今有鄭公居。秋風黄葉臺城路，許我來停問字車。

金陵送涇川友人歸里

秋雨洗空天蔚藍，送君歸隱桃花潭。他日相思不相見，我從江北望江南。

留別劉叔毅

江上西風一雁鳴，更吹寒雨度孤城。與君別後愁多少，試聽長干落葉聲。

渡江宿浦口

渡江日已昏，投市燈盡發。蒼黄赴逆旅，車顛人亦蹶。即次斯已安，得廬敢云闊。解襆藉黄茅，入門見白髮。心知征路遥，如何歸期忽。晨風起天半，蕭蕭響林樾。荒雞續殘漏，酒醒夢亦歇。呼僕戒征裝，驅車趁斜月。

過廬州雜詠

驅車曉日又斜曛，捲地城頭入暮雲。萬頃田疇半禾菽，幾家男婦雜耕耘。官閒雉堞看新築，野闊鴻聲靜不聞。傳說使君如父母，我非桑梓亦欣欣。時廬州城垣新修，耕父為殃民皆安堵，令合肥者，沈君祥煦也。

平沙莽莽鬱樓臺，城郭蒼茫氣壯哉。地近潁淮民好武，天生忠孝古多才。宋包孝肅、馬忠肅，元余忠宣，皆廬州人。虛傳浦有箏聲出，不信山從海上來。往事消沉君莫問，尚書遺宅且蒿萊。謂龔司馬。

孫曹伯氣久消磨，此地曾經屢用戈。黯黯莫烟殘壘廢，離離秋草戰場多。巢湖水闊疑天盡，金斗城空有雁過。欲訪荒墳吊小吏，千秋哀怨近如何。

中原北望盡黄沙，匹馬南行未見家。客路秋風驚落葉，城頭衰柳聚寒鴉。病兄消息今何似，時仲兄臥病。遊子鄉心近轉加。翻恨龍眠山色遠，白頭猶自夢天涯。

月下謁包孝肅祠

淺水菰蒲別一村，野人導我香花墩。數行疎柳上新月，一片清光來廟門。浮世悠悠誰氣節，虛堂寂寂自精魂。漁翁把釣日來往，空問年年春漲痕。

宿廬陽口號

海月如鉤掛女牆，照人今夜宿廬陽。不須更作還家夢，明日青山是故鄉。

過小關三國時夾石也

萬山中斷狹如門，尚有前朝瓦礫存。三國戰兵曾屢伏，群舒地勢欲全吞。潼關扼險軍猶入，劍閣横雲馬亦奔。自古安危仗人力，區區奇隘復何論。

過胡先生故宅

茅屋青山隱數椽，登堂無復絳紗懸。尚餘手植門前柳，零落秋風十二年。

連得許丈吾田都門書兼聞鄉捷

故人一去三千里，兩月重來雙鯉魚。直北雲山勞望我，江南風雨渺愁予。問奇每悵楊雄隔，解字今誰許慎如。老大科名非異數，最難開篋有傳書。

哀仲兄

獨坐哀君君不知，空庭煙雨雁來時。平生友愛中途訣，未了因緣再世期。強咽悲聲寬病母，頻揮淚眼慰孤兒。卅年弟職慚多缺，到此傷心悔已遲。

雪夜書感

雪積空庭夜色明，天寒風勁樹爭鳴。銅龍細響不成寐，鐵馬沈吟無限情。拊枕哭兄燈黯黯，感時傷事淚盈盈。老親久客滄江上，白髮蕭條日夜生。

東孫竹庲

秣陵明月憶同遊，徑脱吴鉤上酒樓。四海論交初識汝，六朝如夢又逢秋。曾經烽火飄摇日，共抱江湖拓落憂。小别滄江驚歲晚，朔風吹雪打城頭。

贈劉騎尉

彎弓射虎氣猶横，誰遣頭顱白雪盈。慷慨功名悲驥老，凄涼風雨聽刀鳴。吴王早日求孫武，晉室先鞭詎祖生。淪落可憐終下職，强除奸宄答昇平。

味經山館詩鈔卷三

甲辰二十三首

送前臺灣道姚丈石甫之四川同知新任

宦遊昔海外，瞻近苦無以。來歸慰朝饑，去別驚莫晷。君恩篤再造，國事輕萬里。芳草動新綠，征蹄發伊始。名州協濬夢，巇坂想尊軌。峩峩蜀山高，湛湛錦江沘。炎精昔隤光，葛亮煽殘焜。三分割地絡，孤忠彌天紀。聖明鼎昌運，遭際殊泰否。同襄蹇蹇忱，復孕休休美。即今丞倅微，預卜公相偉。舟停士堵牆，車過民附蟻。勳名滿華夏，此別足可喜。平生二三親，依依獨難已。微才辱矜寵，歧途重徙倚。心懷萬國憂，願為一人矢。祝公黃閣進，見我蒼生敉。嗟哉四海闊，巋然一柱砥。顧往虎尾亨，惕來春冰履。泥塗盼霄漢，道遠心孔邇。嚮往不能至，載歌詩仰止。

隨植之先生城東僧舍挽建甯張亨甫旅櫬

淒涼一寺莽蕭萊，東海詩人櫬北回。生死相依惟石友，謂姚石甫觀察。亨甫卒於觀察都門寓所，觀察以其櫬回桐，書告其子來桐迎櫬。乾坤多難失君才。綏江萬里歸魂遠，中路孤兒泣血來。昔別病翁今撫木，為吟蒿里不勝哀。前歲亨甫過桐，植之先生方病。

凶問初傳慟轉疑，如君雙鬢未成絲。黃河書到猶思復，壬寅秋得亨甫開封書，尚未報也。白馬人來已不知。落日杜鵑聲慘慘，悲風楊柳影垂垂。即今灑淚城東道，尚想前年送別時。

哭李春臺

豈知山市重逢日，竟作泉臺永訣人。凶問昔傳曾是幻，去秋人傳春臺病死，旋過訪於孔城，聚談兩日別去。癡心今望尚非真。絕無儲粟遺孤子，定有殘魂傍老親。好友如君亦昆弟，鶺鴒傷罷又沾巾。余仲兄亡，甫四閱月耳。

宿舊棲旅館追悼仲兄

寒燈孤館對牀眠，江上重來憶昔年。一樹芭蕉如舊綠，小牕聽雨獨淒然。

皖城懷湖北張廣文

楚雲隨漢水，流入皖江來。愛爾不能見，起登江上臺。莫天寒雨集，畫角野風哀。欲寫相思句，南飛雁未回。

得家書

大布長飄泊，乾坤一劍存。暗抛遊子淚，深負老親恩。命薄文章賤，書來語意溫。夜深頻起舞，吾憶晉劉琨。

哭劉岱青即柬尊甫悌堂進士

欲乞靈巫訴帝閽，彭顏修短事難論。少年如子豈多得，斯道幾人相與存。兩載嗚嗚恒泣母，岱青母憂未除。一身踽踽更無昆。二千里外驚聞訃，腸斷家園骨肉恩。

題許叔平天風海水圖

虛堂一夕横煙瘴，怪哉滿壁生波浪。蛟龍騰躍起戶牖，鯨蜃低昂出紙上。枯槎兀坐者誰子，置身去天不盈咫。笑呼海若作前導，更遣冰夷供後使。我聞海客尋斗牛，無心乃作銀河遊。又聞成連工奏曲，孤帆一葉横滄洲。圖中之人疑其儔，不然宗慤乘風萬里浪，左思濯足滄江流。人生懷抱各自許，今人何必追前古。濠梁魚樂達士嘆，沂水春風聖人與。男兒寄生天地中，那能齷齪依蒿蓬。登高須覽日觀日，涉水當乘瀛海風。瀛海一氣連鴻濛，星辰在水波浮空。塵飛烏翥不得到，乃可開拓萬古之心胸。吁嗟乎！江淮河泲稱四瀆，牽舟往往駭心目。庸兒日事溪沼遊，那識尾閭容百谷。如君意氣横乾坤，尺幅照耀扶桑暾。誰與潑墨為寫此，慘淡白日驚黄昏。前年海上妖氛横，聖德懷柔新底定。為汝題圖頌家國，碧海青天萬里淨。

過牛渚感魏朗事

赤九際衰運，黨禍開周房。君俊顧及廚，死徒道相望。少英負盛名，亮直中官妨。一朝被逮急，仰天自絕吭。人生皆有死，男兒氣獨揚。大江流悲聲，千載猶湯湯。太真梟彦伯，遺事安足詳。云何過牛渚，不數漢議郎。作詩表幽微，淚實如斟漿。

贈馬雲

通衢冠蓋日紛紜，誰向城南問馬雲。我亦江東憔悴客，秋風淮水獨逢君。

十年賣畫隱江關，拓落風塵鬢欲班，但使得錢供一醉，閉門閒對六朝山。

七月六日孫竹庲招集江南北詩人飲集五松園席上作歌用杜公蘇端薛復筵簡薛華醉歌韻

風塵幾載白門道，吾儕會合胡不早。西風送雨涼意足，鶗鴂倏已鳴秋草。詩人大江隔南北，有若浮雲散晴昊。園林一旦萃群賓，江河萬古開遠抱。縱談所及忽不樂，未敢狂言但心擣。諸君努力事遠大，毋使朱顔坐凋槁。雕蟲篆刻小兒事，兀兀窮簷嗟易老。孫公罷官昔歸來，海内共識園亭好。花木豈因時代革，公子才華太潦倒。謂竹庲。當筵且盡新知歡，向後升沈那自保。酒酣擊劍歌聲來，狂鯨吸海無餘杯。良辰勝會不快意，天生我輩何為哉。秋心萬里正清發，鷗鷺定不棲蒼苔，且共痛飲休銜哀。

秦淮曲

垂柳垂楊拂畫楹，幾家亭閣夜吹笙。行人莫聽秦淮曲，送盡南朝是此聲。

旅病

旅次戚無悰，復此兼辰病。腹張氣欲絕，藏虛熱乃凝。庸醫誤攻伐，元氣剝欲罄。三日絕漿入，一念耿灰燼。心知匪暮期，亦恐斷朝命。同里二三友，歸帆先後迸。嗟余困江郭，殘生僅若賸。老親得消息，魂夢那能定。人世固如寄，奄忽造物聽。我生非棄材，二豎豈遽横。稱藥來真長，量水得荀令。望色僕暗祝，聞痊友私慶。起視江月明，落葉填行徑。

臥病連朝程信吾夜起為求醫藥江甯秦雪舫陽湖孫竹庲寶山蔣劍人滁州馬晴齋涇川翟柳村全椒吳次山泉同里諸子先後來問疾者數十人小愈作此謝之

江上支離病骨輕，故人情重為心驚。蒼黄中夜求醫藥，生死他鄉仗友生。曉夢暫歸家尚遠，鄉書欲寄雁無聲。諸君愛我晨昏至，始信天涯有弟兄。

江邊觀漁舟遇風作歌

一舟忽墮波心裏，後波復湧前波起。舟從波底忽飛出，勢欲拍天天在水。人立舟中隨播蕩，孤蓬焉敢與風抗。烟中一葉兩葉帆，天邊萬里千里浪。中流老子坐自得，觀者兩岸色沮喪。人生忠信雖可持，輕身涉險非所宜。我呼漁翁笑不答，長江那畏風蕭颯。君不見前日濤頭百丈高，我駕小艇如輕毛。垂鉤釣得尺半鯉，月明煮酒歌陶陶。

八月二十七夜舟中夢先仲兄

去年此日初歸里，問病牀頭淚滿腮。今歲孤舟仍客裏，大江殘月夢君來。談深尚覺生存樂，寤後方知死別哀。坐起推篷一揮淚，可能消息到蓬萊。

哭張氏妹

中年寡歡事，哀痛生骨肉。仲兄偕叔妹，相繼登鬼錄。傷哉未亡人，晨昏祝死速。夜雨血淚枯，朝霜年命促。我征赴白門，相送依依哭。謂兄歸苟遲，恐妹逝已倏。豈知握手言，頓成絕命曲。悠悠泉臺路，長夜無朝旭。汝去乘烟霧，汝來倚修竹。仲兄柩殡野，傷心秋草綠。老親涕甫閣，為汝復漣漉。泉下倘相遘，為畛魂來復。

書感

慷慨中宵一劍鳴，蹉跎壯歲百無成。恥為摩詰援公主，那得於陵訟李程。萬里未消心遠大，百年難鬱氣縱橫。亦知得失尋常事，其柰高堂白髮盈。

寄姚丈石甫四川

我倚龍眠百尺峯，離情遙寄錦城松。別來南國懷司馬，此去西川起臥龍。帝悳再生非貶黜，臣心九死尚從容。朱昂莫鄙咸安令，時聞初補順慶府之蓬州。益策忠勤報九重。

送人之甘肅依其族人幕中

飢寒歷盡此身輕，幕府邀憐事遠征。痛訣妻兒成永死，拌從萍水匄餘生。長途萬里風塵色，絕塞中宵鼓角聲。他日倘歸能健否，只愁霜鬢苦縱橫。

淞江諸生書陳忠愍殉節事徵詩海内刊而行之曰褒忠錄讀之感賦

江左金貂未忍論，將軍泉下亦聲吞。不因死後和戎易，那識生前將令尊。萬里妖氛潛海寓，諸生義憤表忠魂。中興全賴群臣力，豈獨陳公拜主恩。

味經山館詩鈔卷四

乙巳二十六首

雪後馬氏園中看梅花賦寄曉嵋丈皖城

故人江上去，憶否梅花開。獨我此清賞，山城雪後來。暗香浮竹樹，寒影動樓臺。不敢折相寄，恐令歸思催。

輓張勖園先生

天遺一老滄江上，破屋荒村臥綠苔。涕泣悲歌天下事，縱橫驅遣古人才。青尊風雨三年隔，白髮飢寒百事哀。正乞北鴻傳信去，不堪南望訃音來。

為客

為客在鄉里，而亦多離愁。念我華髮親，復此同氣儔。初睽夢屢勞，逾時寢即休。離別豈異情，習慣不解憂。黃塵困征馬，白浪催行舟。誰非呱呱兒，長大辭林邱。歸來拜新壟，泣血空椎牛。大哉宣聖言，親在不遠遊。

聞厚子臥病杭州卻寄

杭城是昔曾遊地，亂後重經事異前。念遠為尋南去雁，思鄉應夢北來船。窮途欲死偏多病，孤館無親且自憐。留取此身重吾黨，古來陳蔡有諸賢。

柬中甫為報姚刺史消息

楊柳易春色，山城二月稀。石泉經雨活，海燕掠雲歸。不惜別情苦，所傷吾道非。西川聞遺讁，長望淚沾衣。

暮春

和風扇高宇，淑氣蒸平田。巖壑發清媚，雲日相輝鮮。萋萋舊草榮，灼灼新花妍。園柳罥萬綠，梁羽棲雙元。遠覽烟際山，近聆風中泉。莊樂不在魚，孔嘆寧為川。風浴懷魯狂，觴詠思晉賢。為補舞雩吟，載諷蘭亭篇。

病中書感

萬里滄溟一葉舟，我思乘興泛中流。風雲會合原難問，煙水浮沈且自由。敢易初心營世習，惟將多病體親憂。春光又滿江南綠，長恐悠悠到白頭。

偕貽之同甫登翠竹碧梧山館復同步西城偶話黃竇二公明季全桐事

久羈深宇中，忽立高亭上。人煙吐萬竈，城郭小一盎。孤雲來復已，飛花去轉向。竹陰動人影，天風答鳥唱。殘紅飽近甑，新綠媚遠望。移步入闉闍，拾級出空曠。群山青送黛，細麥碧交浪。觀高飛羽礙，徑仄遊女讓。海疆兵已消，山國患猶防。頹垣萬堞新，孱氣一朝旺。昔在秦寇烈，中原郛郭喪。獨此保無毀，豈伊固足抗。晚風送鐘鼓，慨然思昔將。

寄劉悌堂明府廣西

十月落黃葉，孤舟餞故人。相思廣西道，已及江南春。

慟子猶含淚，思親更愴神。莫徒傷骨肉，在職有斯民。

江石三出其先大參公所書迎鑾頌索題作此書之

先人曩盍簪，先高祖柳溪先生與大參公為舊好。今汝復我交。出示迎鑾篇，展冊騰螭蛟。仁皇昔南巡，翠羽彌慶霄。懷柔靖川嶽，玉帛賡虞姚。澤下澍滋尺，吹萬風來條。江公致政歸，乃趨行在朝。頌唐儀康衢，規穆殊祈招。清思若湧泉，萬里來滔滔。忽今二百霜，手墨光猶饒。感子清芬頌，傷我先澤遙。舊序篋猶儲，殘帙烟已消。先高祖蟬吟集，江公曾為作序。今序存，而詩不可得矣。余生復苦晚，初盛不可遭。念先既潛潛，感世亦搖搖。所幸意氣同，新漆續舊膠。勖哉明德崇，毋貽隊緒嘲。

四月一日歸家三姪煦出文請校作此示之

萬里春殘昨夜風，四山吹散雨濛濛。暫歸愈覺田園好，薄飲歡呼骨肉同。窮賤半生吾未免，文章一事汝初通。無端執筆生狂喜，轉覺傷心痛若翁。

左耆孫都門歸里過訪次日即歸皖城

二千里外初歸客，好友驚逢喜欲呼。對酒莫傷青鬢短，還鄉聊遣白頭娛。漫愁離別明朝意，善保風塵病後軀。與子更為江上約，黄花紫蟹就提壺。

人有誤言耆孫死者喧傳十數日得手書知病小愈矣痛定賦此

亦知傳死人言幻，未免驚傷淚滿襟。江上尺書旋報我，市兒飛語竟何心。病軀護惜從加意，塵劫消殘喜自今。他日相逢疑隔世，夢魂猶為苦低吟。

喜董思陶都門歸里因悼亡友劉芾之

滿眼風沙出帝關，三年離恨此開顏。共談往事傷時改，且出新詩對酒刪。苔草綠侵城上樹，槐花黄落雨中山。今朝歡聚悲前別，獨有劉郎去不還。

偕方魯生孫磵泉文鐘甫江貽之方存之何眉岡馬命之讌集城西張太守宜園即送磵泉之湖北

斷蓬飛絮渾難定，此日同過太守園。吾輩飄零仍故國，古人談笑靖中原。諠譁且盡雲邊日，風雨欲來城外村。秋水掛帆君獨去，漢陽煙樹黯消魂。

秋夜

風雨催黄葉，秋聲滿客心。思歸偏夜永，多恨況蟲吟。灑淚傷兄妹，閒愁更古今。重陽佳節近，不忍賦登臨。

偕金陵馬歿齋過訪金介生黄石農時介生臥病石農亦苦臂痛感其窮老情見乎詞

年來聚散風中絮，老友驚看雪滿顛。為感豪華傷往事，苦遭窮病迫衰年。平生肝膽向人盡，垂死飢寒冐世憐。且喜江南佳客在，强教歡會莫凄然。

大寧禪院看鶴贈命之

客有自潼關攜雙鶴來者，命之畜之於大寧禪院。

來從萬里潼關道，雙宿雙鳴慰寂寥。顧影禪房時自許，雄心滄海未能消。

終當勁翮摶風露，暫與孤僧閲暮朝。尚識主人恩誼篤，翩然莫遽向晴霄。

二鶴一忽飛去命之屬再作詩

朝朝看鶴來僧院，忽起蒼茫萬里情。遼海白雲傷遠別，竹陰斜日照孤鳴。

空階閒寂原非計，隻影凄涼也自驚。徑欲登樓為招返，碧天無際暮煙横。

月夜偕歿亝磵泉貽之眉岡命之入龍眠宿別峯菴夜雨

笑呼明月出東海，導我前行山路長。峯回樹密不知寺，夜静風寒時有霜。

佛燈老屋耿無燄，僧茗活泉清共嘗。瀟瀟忽聽竹松響，朝起看雲飛滿堂。

次日雨中遊雙溪張太傅歸老別業也

清平宰相林泉福，二百年來舊草堂。帶雨來穿烟漠漠，感時難禁淚浪浪。

坐看紅葉逐風去，起折黄花插鬢傍。戴笠披蓑更峯頂，白雲萬壑與天長。

小酌作此示歿亝

馬生漂泊走天涯，風雨秋深苦憶家。兩鬢漸愁生白髮，一尊聊與醉黃花。

浮生勝聚那常得，往蹟回思多可嗟。欲起公麟問圖畫，滿山楓樹宿寒鴉。

與硐泉期皖江歸舟過樅陽後以陸旋書來述魯生諸友賞雪白鶴峯之樂索詩以補其缺

歸帆竟失樅陽約，勞汝江頭日具餐。但得友朋即肝膽，不知兒女正飢寒。

鴻泥聚散終何定，風雪登臨且盡歡。我已聞之興飛動，書來還索句同看。

送殅亝歸即柬秦遠亭孫竹庥吳次山

昨夜草堂風雪深，清朝送別愁雲陰。長江萬里流不盡，孤客一帆時獨吟。歸去為摩伯時畫，殅亝許歸後為作龍眠山莊圖。再來許聽黃鸝音。約明歲二月重來。故人白下苦憶我，為道相思同此心。

殅亝留采菊小像索題雪夜偶賦

掛帆東別射蛟臺，連日思君未許回。今夕山城風雪裏，青衫黃菊故人來。

我欲

我欲西行殺馬關，北燕東魯更南蠻。卅年壯志虛空闊，萬里浮雲自往還。

野鶴孤飛常近日，寒鴉何事不歸山。一竿徑入秋江去，短楫長歌天地間。

味經山館詩鈔卷五

丙午九首

黃沙

黃沙忽萬里，天地失陰晴。花柳蒼茫合，風雲慘澹驚。

誰將掃空闊，坐使復清明。滿眼止如此，狂歌涕泗橫。

偕諸子夜飲西山貽之醉後取酒澆枯塚痛哭陳詞依意賦之

江郎酹酒向孤墳，痛哭悲歌不忍聞。浮世百年終有盡，夜臺長臥孰如君。

況逢時難同仇少，更值途窮萬緒紛。地下倘生能共飲，定依衰草泣寒雲。

題湯雨生將軍孤笠圖將軍與金谿周保緒作雙笠圖訂交保緒死將軍作孤笠圖以致慟

男兒翻手作雲雨，交滿天下何足數。要令肝膽露白日，毋使意氣消黃土。將軍颯爽英姿殊，談兵說劍今孫吳。同時奇才有周子，聲華傾倒東南隅。茯苓在地菟絲出，精氣貫通閒不得。相逢一笑成白首，慷慨悲歌夜深黑。鍾期忽死牙碎琴，寥寥四海誰知音。江風不醒泉臺夢，江月常懸後死心。吁嗟乎！浮生壽考稀百年，古來萬事皆雲烟。交遊存歿等閑事，將軍之友非偶然。十年同志傷懷抱，況復憂時感衰老。報國常思濟世才，淚痕溼盡孤墳草。墳頭宿草今全枯，周郎才略當時無。我從風雨瀟瀟夜，來展將軍孤笠圖。

雨生將軍復出琴隱圖索題自言官浙江時思隱所作四十年矣盛衰之感念之慨然

將軍忠孝之孫子，祖某官臺灣鳳山縣令，沒於賊，父某殉父難。儒雅風流曠代稀。白髮談兵人事改，暮年憂國壯心非。回思虎帳逢清晏，便脫貂冠乞賜歸。更欲出山今老大，孤琴重撫淚沾衣。

漁翁

漁翁曬網長江岸，坐近蘆花白滿頭。一艇縱横臥清淺，百年烟雨恣遨遊。

得魚沽酒此生足，痛飲狂歌到死休。昨夜東風潮信長，五更乘月向中流。

喜厚子歸里又將有河上之行

萬里盡秋意，北風生寒色。聞君遠來歸，忻喜不能食。杭城昨臥病，欲死延一息。何期今夕酒，共此燈前席。昔去鬢初霜，今來無一黑。三載不相見，萬事多反側。豈獨一身異，感喟淚沾臆。嗟君征轡停，又欲辭鄉國。詎不戀兒女，飢驅那可得。越鳥生蠻方，代馬宜邊域。云何共鄉井，終歲動南北。吾儕交有神，睽合止形迹。一心通寤寐，萬里生羽翼。且盡杯中歡，毋為別後憶。

偕厚子召青魯生貽之存之眉岡命之話城中近事有感

天寒風急莫雲屯，城郭蒼茫白日昏。滿眼青山思故老，百年喬木慟朱門。

文章歌泣知何益，詩酒飄零強共論。徑約移家向樵牧，深巖幽谷自成村。

答馬生起升

商飆動城樹，萬葉紛辭柯。與爾依晨昏，欲別將如何。辭歸非汝遺，念我高堂痾。一夕不相親，所懼良已多。而翁亦衰老，鬢發初霜皤。軀羸親所憂，善保毋焚和。吾道日陵替，大海奔隤波。業抗希古懷，休為俗所訛。囊獻足可師，戀我意則那。相違矧匪遙，問字時來過。悠哉後序長，去矣毋蹉跎。『去矣』用後漢書列女傳。

夢先仲兄驚起

推枕不成寐，起看燈影昏。驚風時亂竹，寒月夜當門。尚欲尋蹤影，無端溢淚痕。遼天孤鶴去，煩汝為招魂。

戊申六首

得劉叔毅哭子詩賦答

久別聞書喜亟開，數行纔讀淚盈腮。如何東野亡兒後，兒鎌以二月殤。又報延陵瘞子回。難遣最當初化去，達觀聊作未曾來。此情相訴終無極，各撫愁膺止自哀。

莫漫情痴苦斷腸，強將齊物味蒙莊。死生萬古只如夢，修短百年安有常。兵火東南才議息，風波江漢又流亡。本年江漢水災，為數百年所未有。天心世難今如此，兒女私衷尚足傷。

蠶詞

桑柘陰濃匝地垂，小牕風暖日長時。江村採葉歸來晚，飢殺春蠶知不知？

三月三日雲滿山，不晴不雨開心顏。五行志：三月三日天陰，無日不雨，蠶大熟。人間蠶熟知多少，不到絲成不肯閒。

三起三眠朝復昏，千絲萬縷待繰盆。可憐一片纏綿意，覆遍寒兒不解恩。

泊舟白鶴峯下

一峰江上立，如鶴欲西翔。歲歲峯前過，江流如此長。風流前輩盡，謂海峰、晴園、歌堂、勖園諸先生。來去此身忙。無限蒼茫意，銜杯對夕陽。

己酉十九首

雨中小石過宿

十日苦陰雨，階前半綠苔。坐傷春事盡，欣見故人來。久別詩情澀，雄談意氣開。莫孤今夜酒，拌醉對銜杯。

鍾甫謂近詩真似杜公作此謝之

乞向桃源早寄身，近從漁父識前津。陳言自掃差能立，客氣猶存漫許真。萬里蒼茫雲氣象，百年騰躍劍精神。浣花一水聞猶昔，草閣孤吟獨此人。

重游谷林寺訪晴嵐上人

徑從谷口深深入，泉落峯腰曲曲環。聞磬只疑聲在水，到門才覺寺依山。松濤鶴唳共成響，明月白雲相與閒。十載重來僧老大，蕭然華髮坐禪關。

孤舟

孤舟宿烟渚，楓荻盡秋聲。一夜自風雨，不知江月生。宵長增客思，夢短數殘更。自笑如陽鳥，天寒尚遠征。

魯港萬壽宮

刻桷雕楹物象新，巍然宮殿凝星辰。沿江餓殍無人恤，十萬黄金祀水神。

蕪湖關晚泊

江闊天光淨，城欹塔影扶。漁燈臨水大，海月照船孤。近岸無完室，沿途有餓夫。獨聞關上吏，尊酒日讙呼。

天門山阻風

已愁魯港連宵雨，又泊天門兩日船。雲氣壓山昏似墨，濤聲滾岸白如綿。潮歸漁戶新營宅，歲歉荒村半斷煙。父老含愁相對語，餘生猶望太平年。

牛屯河大風渡江至采石

一帆側入江心裏，白浪如山怒壓船。帆挾風聲能跋浪，船乘濤勢欲依天。蒼茫四顧不知向，出沒一舟時獨前。回首更無人共濟，拂衣來揖李青蓮。

闈中馬命之三十初度

東南一萬士，意氣各縱橫。所向若無敵，古人今再生。風塵初壯歲，霄漢待長征。莫遣駒光逝，相看白髮盈。

呈梅伯言郎中

昔居朝市原成隱，今入林泉豈自豪。黃鶴白雲非有意，青天明月為誰高。風塵萬馬各馳放，江海一舟聊獨操。許我湘皋問蘭芷，十年前已讀離騷。

夢親

客久不歸去，老親心奈何。青燈連夜夢，白髮逐年多。世事豈能料，浮雲空復過。祇應秋樹裏，負米日吟哦。

歸舟風阻作示同行諸友

西風吹雨浪生花，無數歸帆滯水涯。為語鄉心休太急，飢鴻兩岸盡無家。

車行赴太平風雪改舟作此寄内

寒飆蕩雪上征裘，知汝深閨念遠遊。為說今宵茅店冷，卻從風浪宿扁舟。

風逆自銅陵復舍舟陸行

孤櫂不能進，北風江上鳴。曉寒收夜雪，疲馬出荒城。潮落痕猶在，堤長路不平。昔年禾黍地，重過淚縱橫。

荻港復呼舟早發

旅館雞鳴漏未終，譙樓猶閃一燈紅。傍山亭閣疑天上，浸水星辰轉地中。策馬為艱前去路，聞一路河堤衝潰，不可行。呼舟快趁曉來風。平居厭說江波險，兩月偏教五掛篷。

登太平郡城

虹橋鏡水古宣城，雪後登高望遠明。采石地宜供奉住，青山天為謝公生。田廬漂沒民多散，城郭傾頹市亦更。一事不隨人世改，夜來寒月照江清。

雪中白紵山尋梅

客中無事易思家，步出城東一徑斜。忽見前山動詩興，不辭風雪看梅花。

將入都過別光丈栗園歸後賦呈

白髮殷勤向後生，到門扶病起相迎。坐談感慨若為思，欲別蒼茫無限情。萬里馳驅從此始，百年艱大慎前行。謬承先達交推許，深恐悠悠處士聲。鄉薦後，石甫先生來書云：『科第不足以重人，吾子高捷此榜為不虛矣。』伯言先生來書云：『得其人，乃為科第重也。』及是光丈復以江南得人為慶，聞言之下，愧懼交并。

別方存之

昔我遘君初，兩意不相降。譬之四瀆流，北河南有江。閱歲中漸得，相對轉增悚。鄒滕自小封，安敢抗大邦。少年聞道早，專一無紛龐。我如涉大海，萬頃浮孤艘。賴見彼岸立，中島迴煙艭。益我曩惟文，謂鐘甫。獲子今乃雙。規督髮不讓，扣惑鐘互撞。三日面弗親，夢想足音跫。今當有遠行，風雪寒孤釭。對飲不成酣，慘憺依春缸。君居日進業，我往追征駹。所覬頻惠音，在客猶同窗。京華覓新交，誰當百斛扛。歸來質所疑，就子砭騃惷。

味經山館詩鈔卷六

庚戌四十七首

將入都拜別兩大人

一第尋常事，差堪慰白頭。卻因京國遠，轉動別離愁。老病春妨劇，長驅淚暗流。為憐遊子意，翻戒不須憂。

別兩兄

昆弟昔四人，仲氏乃無祿。今我復遠遊，家居惟伯叔。老親日衰疲，年命懼風燭。縱令獲期頤，為日亦已速。在家不知歡，出門哀誰告。此行亦親心，未敢遂裹足。再拜兩兄前，承歡恃交勖。善解倚閭憂，毋為念塵躅。

人生同氣親，少小相瞻依。長大各分散，不得常來歸。或為利祿牽，或則驅以飢。予生幸兩免，三十欣無違。今當有遠行，兩兄意歔欷。背予相顧語，弟去我心悲。側聞涕暗零，兄愛乃如斯。誓不久羈旅，數月以為期。

出小關

三日苦泥滑，新晴趁出關。漸消前路雪，初別故鄉山。鳥語若相送，溪流殊自閒。勞勞車上客，從此換征顏。

合肥健兒行

合肥健兒腰帶刀，白光閃鑠寒生濤。三三五五逐隊走，逢人側目猶鴟鴞。狂歌闖入酒肆去，横刀膝上呼葡萄。主人緩諾不稱意，提刀亂斫聲號呶。不肯使鋒權使背，愛惜人命如牛毛。大醉自稱爺去也，明當爲我留嘉肴。主人致言君莫駭，此非渠魁乃其曹。肩輿擁從數十輩，長鎗巨炮白日驕。所至號令傲即斬，飛鳥不敢鳴聲高。昔年驅車我過此，傳聞若輩皆潛逃。縣令嚴武莫敢犯，今乃藐法同秋毫。國家設吏為氓庶，稂莠不拔安能苗。時清橫惡令若此，萬有不測誰能料。淮南自昔多強梗，全資爾牧為安調。登車日暮三嘆息，風沙莽莽心搖搖。

渡河

黃河一曲一千里，東入徐州勢漸平。到海更難尋故道，遷流初得向彭城。國家歲費終何極，今古通才遞擅名。共說文襄繼潘賈，可知依幕有陳生。

過高皇廟

漢高遺廟剩荒臺，山起中原四面迴。豐沛有天成帝業，蕭曹無主亦凡才。荒荒日影沈煙樹，檻檻車聲動地雷。興廢古今同一瞬，昨朝曾謁鳳陵來。

過滕縣謁文公祠

野闊田無畔，春寒樹不花。馬牛爭道路，城郭入風沙。井地心原切，衰微事可嗟。只餘遺廟在，藤蔓影橫斜。

夜半發車寄內

漏鼓纔聞了四更，輿夫呼僕誤稱明。燈餘破屋昏昏影，馬齕殘槽細細聲。冰雪凍餘前路白，星河低照客裝輕。老親共汝牀頭夢，見否征人此際行。

孟廟

老柏陰濃三百株，宮庭清肅一塵無。峯巒繞郭特高峻，車馬到門爭下趨。雲影東來連海岱，山形北望接龜鳧。二千一百餘年後，尚覺岩岩氣未殊。

漫賦

南愁雨雪北風沙，始信長征不似家。夢好怕聞殘夜柝，春深時憶故園花。黃河曾渡識濤險，泰岱欲登觀日華。墮地桑弧男子事，莫因行路苦咨嗟。

途中所經城郭半皆坍塌

地闊全無險，城頹半復隍。清時原緩計，遠患亦先防。壅塞濠何有，蕭條市欲荒。國家嚴令甲，終仗有司良。

自遣

長路晨驅風凜冽，短轅夜宿店荒涼。苦思園韭消春雨，強索村醪禦曉霜。粗糲百年吾分足，艱難一飯古人傷。故鄉況復多饑殍，回首江干淚滿裳。

盧溝橋即事

桑乾一水尚依然，古說盧龍絕塞邊。今日我來河上立，此身纔近帝城前。

扶桑曉日上城臺，駐馬盧溝四望開。風雨不生沙氣定，太行山色向人來。

葉潤臣中翰過訪追悼亡友許吾田

莽莽風沙裏，君馳匹馬來。相逢同恨晚，道舊轉生哀。吾輩此相聚，斯人去不回。飄零憐稚子，無計慰泉臺。

奉懷植之先生即寄厚子鍾甫存之

八十猶強健，乾坤一老儒。萬源通造化，百慮返虛無。

大海波誰涉，寒岩逕本孤。先生近畫寒岩獨往圖。斯文天未喪，後死待吾徒。

奉懷梅伯言先生

飄然一葉向江東，京國論文失鉅公。四海更誰清望並，千秋將與古人同。近聞講席依邗水，共說儒宗紹惜翁。吾鄉姚惜抱先生主講梅花書院十數年，晚年自號惜翁。安得假廛精舍側，從容晨夕坐春風。

贈潘偉卿

舉世尚唯諾，而君慷慨言。聞義赴必勇，若決江河源。騏驥志萬里，鴻鵠思高騫。一事不當意，感激心煩冤。男兒墮地哭，生死非所論。生苟混人間，何如臥草根。我少盛意氣，三十羈塵樊。觀時有所觸，雙淚動傾翻。一言鬱不吐，萬骨鯁喉間。知己鑒愚直，否者目為眅。來都遘吾子，薑桂同一山。虛言不濟時，實蹈乃彌艱。但恐古人鄙，毋憂俗兒訕。

洞庭泛舟圖為朱孝廉賦

積水浮空未有涯，九江風浪雜雲霞。得攜妻子便成隱，直與煙波為一家。坐閱百靈時出沒，醉眠孤艇任橫斜。何當買酒巴陵市，共倚君山翫月華。

都門將歸過別溫丈依初即送其還長樂

滾滾飛塵欲到天，北來初聚又南旋。為悲白髮艱時遇，亦顧青衫黯自憐。何地更為重會日，傷心偏值中興年。嵩螺萬里歸程遠，留與新詩記別筵。

留別孫芝房編修

萬里風雲護帝京，九衢車馬萃群英。幾人慷慨憂君國，孤客飄零恥聖明。親老敢言歸路遠，交深難遣別時情。不須灑泣同兒女，直欲相思比弟兄。

贈魯通甫即送其歸里

記訪毛生甫，相從入座來。快談天下事，驚見古人才。十載貧如昔，重逢喜更哀。寶山孤塚在，生甫，寶山人，歿已十年矣。何地覓蒿萊。

四海求同調，山陽得魯君。交情出肝膽，詩思入風雲。牢落京華地，歸依鸞鶴群。中朝方側席，莫便老耕耘。

別殷子徵時子徵將往邳州以疾暫止

絮舞萍飄那自由，強將杯酒慰離憂。即看身世腸堪斷，更發家書淚重流。子徵時得家書，報大母病危。客路風塵何日了，病軀車馬暫今留。我歸憐汝仍為客，別夢相依到武州。

出都作示同行諸子

西山雨氣濕樓臺，曉別都門霽色開。萬里蔚藍天浩蕩，四圍新綠我歸來。艱難遠道逢初暑，潦倒長亭只舊醅。但使聖朝新政美，未妨吾黨臥蒿萊。

又和嘯莽作

攬轡新從冀北回，黃金市駿已無臺。自憐鴻羽遲霄漢，暫擁牛衣臥草萊。聖主有心求稷契，書生無計報涓埃。歸遲更覺親恩負，此日高堂憶舉杯。是日母大人七十壽辰。

過任邱懷邊袖石編修

雄關朝發軔，向夕到任邱。殘雨馬前歇，濕雲鴉背流。望鄉艱遠道，念舊想皇州。落日城西路，征驂為孰留。

薄暮

野闊風來勁，天高日下遲。沙塵迷北顧，車馬倦南馳。旅館尋棲處，衰親倚望時。未能邀祿養，敢復滯京師。

宿州道中

微雨隔殘照，北風驚斷雲。亂鴉爭趁樹，歸馬各隨群。莽莽平原闊，勞勞客緒紛。無人知舊事，空問傅將軍。明傅友德，宿州人。

定遠阻雨訪周達夫同年

風雨瀟瀟滯曲陽，踏泥穿巷一登堂。儒宗眾共推堅伯，難弟今兼識季方。萬里壯心同伏驥，十年時事悔亡羊。相逢且盡杯中物，明日思君已異鄉。

早行即事

馬上看殘月，隨人一路行。水光浮曉日，山氣潑新晴。雜樹青如此，平疇綠已盈。還鄉無別念，所祝是西成。

車中曉臥夢得遠山青揖馬之句覺而續之

積雨收平野，前村見曉曛。遠山青揖馬，高樹白棲雲。石徑黏泥滑，河流到澗分。龍眠山色好，歸臥學參軍。

寄楊性農庶常

楊侯性曠佚，天馬不受韁。意象若孤寂，對客無一言。下筆乃深造，直抉星宿源。真氣自曲達，險逕誰鉤援。寒泉洗腥臊，快雨絕塵喧。一科二十載，孤艇浮湘沅。今者上春官，承復登詞垣。平生鬱鬱懷，向後抒愁怨。此身既許國，初志不可諼。小試康一方，大用調坤元。嗟哉衛公鶴，出入虛高軒。

寄邵映垣員外

南歸二千里，黃塵白日高。入門多所歡，念舊轉云勞。昨者人海中，簪盍皆英髦。揮手各萬里，散若晨星寥。升沈付川流，離恨不可淘。子尤吾所師，經義窮牛毛。兩疑出互析，一語破千牢。歸來臥空山，魂夢猶燕郊。未知京華夜，曾否時相遭。

天閶言路敞，諸達交封章。沉痾祝起坐，幽晦歡春陽。私望獨未酬，俯仰何傍徨。知非草野憂，而乃心偏長。仰睇浮雲飛，欲翳晨曦光。安得吹散滅，萬里來飆狂。炎陽方炳燿，崖穴終難藏。無憂龍戰野，流血紛玄黃。

生性薄榮祿，意復重鄉井。老親況衰病，遠留余豈肯。昨來逢舊侶，訝我歸車猛。功名在朝市，孑然胡退屏。此意難語君，欲言還自哽。田家新釀熟，隨至呼酩酊。相從野人居，消茲清晝永。

寄孫琴西庶常

買得江頭鯉，思君一寄書。此心余共往，別意爾何如。清切神仙地，凄涼處士廬。百年同遠志，窮達莫教虛。

送鍾甫之祁門

萬嶺切霄漢，君行欲到天。艱難辭老母，衰病惜中年。危逕千崖石，秋心一路蟬。漫嫌山縣僻，相倚主人賢。

生死同肝膽，常將熱向人。孤寒翻倚賴，微細亦精神。四十猶無子，高曾獨此身。尚崇黃老意，留慰白頭親。

浮雲

白日昭寰海，浮雲獨暫隨。衆心期快掃，爾意欲何為。地霧思通氣，天風已及時。會看消散盡，應悔入山遲。

呈姚丈石甫時以鹺務差遣

道大隨窮達，名高滿夏夷。所懷終未展，斯世已驚奇。再起參鹽鹵，群情望傅師。由來憂社稷，不為一人私。

聖德光天壤，諸賢起中興。蒼生憂待洗，黃閣任誰勝。莫假魚鹽隱，姚丈詩有「便乞魚鹽老此身」之句。終當稷契登。老臣還幾輩，早晚祝飛騰。

答徐懿甫

下筆驚吾黨，千鈞一葉操。閒情雲在谷，野性鶴鳴皋。歸里生無計，來書意倍豪。倘能乘興訪，猶可備村醪。

題許叔平攜尊讀史圖

古人萬事倏已往，變滅風雲隨浩蕩。苟無史冊留人間，萬古乾坤皆草莽。儒生手無尺寸權，出門虛作澄清想。但覩時事一鬱憤，輒與古人為俯仰。忠魂已散猶日星，奸骨未枯先糞壤。興衰未可委時運，成敗從人猶反掌。嗟余賦性太昂激，開卷無端淚落兩。每思快意向當前，那識斯人已疇曩。少年如子亦豪邁，開帙銜杯歌慨慷。要起賢豪把臂行，將令來者同心賞。百年如寄死即休，一意窮追力可彊。毋徒柱下侈鴻富，坐以虛名鎮吾黨。

寄畬芝房

孫侯雲中鶴，卓立羽毛整。意態不自矜，風格乃獨迴。甫覩心已降，告別聲欲哽。南歸意長悕，北望時延頸。書來歡若面，一讀一呼酩。款款君子懷，萬里向人盡。憂樂不為軀，談笑寄悲憫。近聞聖人詔，百爾發深省。新詩當歌舞，走筆風雨猛。快哉寰海內，沉醉一朝醒。賢俊期公輔，無才安箕潁。從知萬方悅，何憂一隅警。時粵西土賊未靖。再拜復故人，披忱事臺省。

雪夜寄懷葉潤臣

野風號空怒作雪，呼酒強酣耳不熱。坐對孤釭憶萬里，飛雁不來書斷滅。昨者都門甫締交，車馬往來日紛迭。君與邵懿辰孫鼎臣為東道，一堂招飲天下傑。粵東老翁溫訓最豪邁，華髮蕭蕭談不輟。魯侯一同一面十載前，京國重逢倍親切。舊交更得陽湖洪齡孫，七載離悰一朝竭。武陵楊子彝珍合肥徐子陵，野鶴閒雲共清潔。廣西佳士數彭昱堯唐啟華，隘巷同棲不容轍。滿洲伊湄與瑞安孫衣言，介董瀓鏡言交各心悅。左君宗植席半翩翩來，未與酢酬誼有缺。論才諸公盡芊嬴，我處其間藐滕薛。白日西馳不肯留，歡會歸來忽慘別。升沉有命各殊異，聚散無端總嗚咽。他年鴻爪任東西，此恨綿綿那可絕。矧君於我意獨豐，短句送行腸百折。南歸盛暑秋復冬，年光去若江河決。俯仰乾坤無限懷，往往悲謌眼流血。思君不獨為交遊，安得呼來快一洩。

味經山館遺詩卷一

辛亥年二十首

送董嘯菴司鐸東流

新歲餘殘冬，臘風釀春雪。苦凍轉朝晴，城東走送別。君去菊江亭，東流，漢彭澤地，有菊江亭祀陶公。清修步前轍。官異時亦殊，地同心共潔。嗟哉五斗米，世兒腰盡折。勞勞車馬間，雙跟如火熱。翻嗤廣文冷，為惜盤餐缺。詎知高士懷，甘養吾生拙。風教賴扶持，微官豈虛設。萬事務自盡，出處皆可悅。作詩勖令望，離悰何足說。

合肥有一士畣徐懿甫即步原韻

合肥有一士，自許為蒙莊。腹中貯泰華，腕底垂琳瑯。使筆筆如刀，寸寸皆光芒。投高斷兕虎，擲深切鯨魴。同里不解珍，眾喙嗤弗良。北轅抵燕趙，南舸趨潯陽。惜哉終歲飢，不得飽芬芳。人生苦羇旅，玄髮易為蒼。一身不自立，兩淚虛成行。惟君負大志，百折氣益昂。何圖叔季世，獲覩古狷狂。我身如培塿，低首事廬匡。未甘蒿艾叢，願倚椒蘭香。獨悲古人遙，並世稀頡頏。嗟如一梯米，置彼千石航。乾坤莽無涯，滄海波濤長。悠悠抱此心，誰能明我腸？何當負青天，共爾摶風翔。

偕諸子餞植之師石甫丈於遂園時植之師往祁門主講東山書院石翁奉命赴粵西軍

東風吹山雨不休，道中瀌瀌鳴清流。肩輿入城餞遠別，春心萬里隨征騶。征騶欲發未忍發，名園且盡杯中物。少年遠行易惆悵，況乃蕭蕭兩華髮。姚公意氣何其豪，當筵詩湧春江濤。懸知粵難不足靖，蕩平小醜如秋毫。吾師八十神猶王，登嶼陟險心怡曠。臨行不知老大身，他日歸來卜無恙。乾坤滿眼多耆耋，吁嗟二叟今惟潔。名高中外志未酬，學究天人晚彌澈。共從絕海障狂瀾，赤心灑盡一腔血。升沉出處各殊途，濟世興文原一轍。方今聖人大舉錯，詔起老臣靖邊孽。費禕對奕何從容，馬援據鞍猶勇決。可憐宇宙有申公，未得蒲輪朝帝闕。邵顧老友為國幸，身縱飢驅亦心悅。微雨欲歇天雲開，城西城南一朝別。吾儕不作兒女悲，此意悠悠那可說。

許叔平出王研雲學博扁豆詩索和作五言一章答之

甲第厭粱肉，廣文官獨冷。種豆向荒齋，牆根列畦畛。佳種來婁東，群蔬一朝窘。當筵眾口甘，歸後各分請。鄉味遍皋城，在客亦閭井。富貴苦陳椽，清貧乃介耿。歲歲屋角花，離離綴秋影。新詩出競賡，微物將與永。我才如弱兵，對敵安敢逞？高陽指名索，未許藏鈍鋌。寄聲傳種來，荒園伴蔬筍。

甘玉亭失偶携子往依唐明府詩以送之

聽慣陽關淚不傾，臨岐為汝一縱橫。渡江竟作無家別，泣路真同抱子行。痛絕轉欣蠲內顧，飢來初得事長征。可憐俯仰乾坤大，獨有荊州識姓名。

贈鐘甫再往祁門

才高氣不揚，志出身乃處。當夷百細讓，入險一笑許。倉皇眾鋒挫，短劍血濡縷。言來不知端，功成眾起舞。嗟予望魯同，莫假龜山斧。兩軀共一心，對面倒六腑。由來耿耿懷，相要在終古。昔萃不解歡，今睽意恆苦。暫來復遠征，臨行黯無語。無兒挈婢行，親命非自主。終當買山歸，毋為淹幕府。

寄邵映垣刑部孫芝房編修

南雁飛來影易沉，北魚封去轉長吟。期將明慎承秋典，喜說詞華動翰林。闕下望星朝趁滿，山中呼月夜眠琴。仙鵷野鶴原殊迹，獨有相思共此心。

植之師客死祁門長嗣伯言歸述唐明府恩誼之厚感而作詩示伯言

八十飢驅豈自強，相依為得使君良。三年決計歸吾黨，一病長辭竟異鄉。屬纊為煩終夜立，買棺還累典衣償。聞言令我猶增泣，感德如君未可忘。

過由關

揚帆入瓜州，關吏催帆落。舟子泊稍遲，瞋目叱何惡。三五入舟視，啟艙如虎攫。無物舟亦稅，錢輸乃解索。所欲苟不償，終朝任棲泊。古關以禦暴，後世乃征榷。農田有正供，斂商豈為虐。云何一物無，空舟受束縛。是豈朝廷意，毋乃吏假託。吁嗟官常斁，欲數髮難擢。窮簷多餓莩，胥役飽邱壑。太息解舟去，淚下如風擇。

燕子磯

昔聞燕子磯，今見張兩翼。吁嗟乾坤大，欲飛不可得。純廟昔南狩，翠華想登陟。行宮何呀庨，梵宇環整飭。自遭逆夷火，重經地不識。畫棟餘斷紅，高垣倒地黑。老僧出見客，未語淚沾臆。傷哉陳公死，陳忠諱化愍成。大帥爭竄匿。夷來不見人，城閉無一出。怪哉三泥炮，奪盡萬人魄。蹂躪何足云，國體足可惜。聞言拜汝僧，虛淚復何益。此恨付江水，蒼茫萬里碧。

管小異招遊城北偕江貽之過約劉叔毅以風雨不果遂飲叔毅宅

故人招我城北山，秋色遠尋岩壑間。苦遭陰雨不能赴，且喜清樽相對閒。快論欲翻銀漢落，沉吟直使鬢毛斑。年來別緒今朝罄，漏鼓頻催未忍還。

江淹才思夙翩翩，潦倒山林四十年。天與窮途饑欲死，世無知己我猶憐。今當痛飲忘身事，共掃閒愁任醉眠。獨惜江干明日別，荻花如雪滿歸船。

舟過龍江關南風起反棹北河口偕貽之入城遊四松莽至隨園訪湯將軍獅子窟別墅留詩呈將軍

風逆舟不前，迴篗艤河腹。選驢共入城，僧樓姿遐矚。前行極幽窅，石徑轉松竹。那知城市囂，但覺林泉續。殘陽趁去蹄，清氣壑來目。太史有名園，金陵昔推獨。將軍搆新壘，踈曠更高躅。從來邱壑勝，天然謝塵俗。妙手偶施錯，遊人萃昏夙。山川亦何嘗，今古幾變局。未知千載下，此地復誰屬。留詩詔主人，一壺須秉燭。再來我何時，就公傾百斛。

先是小異約同人遊獅子窟阻於雨及是來遊欲招小異未果詩以寄之

淫雨敗勝約，遊悰鬱未遂。歸帆苦石尤，疲驢乃忽至。徑曲轉愈幽，園深到匪易。編竹作迴欄，曲折各盡意。能令咫尺間，含蓄萬里趣。斯壤昔荒畦，寥落野人寄。一朝改舊觀，草木發曚昧。邱壑成若天，亭閣妥因地。袁公倘再生，覽勝亦退避。地與袁太史隨園甚近。故人居在望，欲招謀一醉。舟子報風轉，夕陽促歸轡。悠悠我心長，何當復來萃。

山家雨後

柴門深閉水聲中，竹裏初開一徑通。新雨忽收殘照出，四山楓樹一時紅。

偕方存之宿谷林寺次早登後山絕頂

秋聲不出山，巖壑萬象瀉。不知風在葉，但疑雨集瓦。晨興眾籟平，天清露滿野。登高縱遠眸，平原極萬馬。飛鳥不敢齊，白雲亦在下。予生具山癖，百勝不一捨。拔危氣喘息，入險汗揮灑。吾子嗜亦同，山椒屢杯把。剏此招提幽，深曠世所寡。斯與謝塵囂，來為採樵者。

風雨

風雨禍秋稼，中田半凋索。新晴趁銍刈，所歛嗟已薄。夙逋待新穀，急售那遑糴。可憐一石強，不償五斗弱。歲歲飢在春，年年命委壑。余生託隴畝，未解操錢鎛。安居事啖飲，毋乃造物惡。楚詞好蔽美，而稱惡與固寤葉。漢、魏以前，好惡、美惡字同用，分烏路、烏葛二切，始於葛洪、徐邈。得飽豈非分，敢云厭藜藿。慨彼朱門中，盤罦日交錯。男嬉女不事，僮婢塞房閣。詎知溝塍間，一粟一汗落。大哉元公訓，無逸所其作。

房丈掖垣約同人九月十九為展重陽之會以事未果次日復促成之曰展小重陽飲酒賦詩分體得七古

西風吹雨雨不已，枯河漸長平堤水。醉呼紅日匿不生，坐看黃花瘦欲死。房侯髮白情彌豪，時呼小友傾葡萄。重陽不飲負佳節，展以十日還登高。偶緣塵事負勝約，尺束來催雜嘲謔。晨興不敢避風雨，一蓋在手泥滿腳。故人紛紛入座中，酒酣射覆燈光紅。隱語入深海亦涸，鈎心出險山為空。人生快會那常有，聚散如風絮在柳。一年一見一回老，縱得百年幾重九。明年我客黃金臺，吳郎與我同銜杯。謂座中梅崖孝廉。諸君更作今朝讌，萬里相思一紙來。

貽之歲暮歸樅陽出空山夜坐圖索題郎預送其之粵東

臘鼓迎春歲又殘，出城冰雪到江干。半生已作飛蓬轉，萬里將為行路難。去日未遑歸後計，空山那便此身安。強持畫冊隨征篋，旅館青燈忍淚看。

約過訪六安王學博以北上未果詩以寄之

苦憶皋城冷氊席，一樽風雪共誰開。向人白髮不知醉，盼我青春時一來。邂逅有心虛北望，馳驅他日待南回。就看行篋書千卷，莫便婁江歸櫂催。學博，太倉州人，時將有告歸之意。

味經山館遺詩卷二

壬子年四十一首

殘兵

殘兵萬里歸，說賊氣猶忿。大帥不殺人，將卒誰思奮。望風舉炮火，到來各遠遁。區區慷慨心，誓以一身殉。轉思亦何裨，穴螘誰過問？昔去千夫確，今來已半殣。在事盡斯人，萌芽久灰燼。自古生力軍，先明必死分。寰寓清晏久，偷安啟窺釁。微妖值聖武，終當礫以寸。獨憂日萬鏹，天府毋乃困。何當洗甲兵，四海破孤悶。

過廬州訪王五他出夜歸

風雪滿城天欲昏，踏泥循砌到君門。衰翁扶病強迎客，令弟呼童已具樽。向夕始歸逢恨晚，詰朝臨別贈何言。真須共作通宵話，送我登車城外村。

王五招同徐懿甫沈石屏夜話達旦次晨送別雨大作回就懿甫家飲

孺子淒涼臥綠苔，休文零落為多才。春風痛飲不辭醉，時事多艱相與哀。正欲放談天已曙，相將送別雨偏來。迴車更下南州榻，直待前途霽色開。

徐州道中作示緝甫同年

漸入風沙道，相看面目非。此行重北上，昨夜夢南歸。河決千村徙，田荒萬井饑。漫嗟行役苦，漂泊更誰依。

贈江右萬太史良

太史名良，新建人，道光丁未授翰林院庶吉士。乞假歸里四年矣。以新天子登極覃恩，將入都，為先人乞封典，攜一子同行。余遇之宿州道中，自言十四赴禮部試，始遇。往返斯途八萬四千餘里，自顧老衰，不能為國家効力，故乞假南歸。今以先人之故，入都一行，從此長歸，不復出山矣。高其行，作詩贈之。

往來八萬四千里，雨雪風沙到白頭。晚入仙班轉歸去，近聞新政復來遊。但求錫命光先壟，仍捲征裝出帝州。更得佳兒侍晨夕，此行忠孝愧名流。

故人河上來

故人河上來，未言輒先喟。人無一心盡，國有億鏹費。惜哉萬牛挽，不敵一蟻潰。嚴詔責償修，誰實以金俻。俻，古賠字。楊慎曰：『昔高歡立法：盜私家十備五，官物十俻三。』後周詔：『盜官物雖經赦免徵，俻如法。』俻即賠也。古無賠字，後人俗書作賠耳。吁嗟報國資，彌縫在會計。工材兩剋削，患復遺後事。神禹不再生，代患斯為最。運開河益難，一安必兩利。補苴已苟全，矧復共兒戲。糧艘礙飛輓，流民更何罪。皇仁惜瘡痍，民賑飽胥吏。世事夫何言，臨風坐隕涕。

店主人贈梨曰秋白

赤日困風沙，鼻塞吻尤燥。主人若解意，一梨出袖表。到手渴已償，未啖神先飽。持較市兒售，滿筐色枯槁。傳舍至更居，所棲輒煩擾。感兹主人賢，庭宇狹亦好。從知心地舒，耳目無隘湫。

茌平道中聞喬誦南卒於景州旅次

凶問驚傳大道旁，風沙白日慘昏黃。佯狂竟作真癲死，已返翻嫌故路長。纔有孤兒生隔歲，更無群季侍高堂。為憂旅櫬還家日，白髮朱顏一慟亡。

晨嚏

晨起嚏不休，家人日念我。計程當燕薊，馳車仍山左。淮南苦雨泥，河北滯渡舸。中原復風沙，白日行未果。鷄鳴趁月星，覓次望燈火。□鼻夜焦燥，蓬髩日包裹。我年方壯盛，萬里無不可。獨念白頭親，思兒夢難安。

過景州訪誦南死狀始知癲疾大發以除夕自縊於南關外旅館其柩已南歸矣復成一律

百歲終將大暮歸，如君凶變古來稀。喪車已發途相左，旅館來詢淚重揮。莫漫寃魂苦留滯，可知家事已全非。瀕行記取同居約，此日蕭然向帝畿。

吾友有戾僕

吾友有戾僕，剛傲摧弗柔。主人惠且和，曲恕無苛求。昨來我詈僕，相牽以為仇。主人恚欲遣，為語宜姑留。此去倘飢寒，不德實我由。燃鬚不易侍，爛手翻為憂。大哉德有容，俯仰慚前修。

涿州

涿州天下之都會，萬騎同歸一路來。闤闠爭華比京市，風沙終古在樓臺。

地鄰北闕瞻天近，河出西山繞郭迴。勒馬桓侯祠下立，出師深望古人才。

甫抵都門偕方海舲汪桐坡夜飲追悼左少沖因懷介一子良子澂瀛川諸子

江皖夙蓋簪，八人予最少。豪談踞酒樓，舌鋒鬥奇妙。別來各西東，風塵易狀貌。遠言託鴻雁，十發不一到。先後試春官，方君甫高蹈。微員侍黃閣，平清砥堅操。有車不得乘，趨朝日步造。汪子中州來，隔垣驚大笑。我甫稅車馬，兩足尚泥淖。急呼坐團飲，快若懸解倒。忽憶宿草長，相傾淚如瀑。回頭盼故鄉，老蒼獨坐釣。介一。南獄念遊屨，子良時客灊山。東海有孤櫂。子澂時客太倉。悠悠萬里心，一燈耿寒照。世途日變遷，吾儕易頹髦。離悰雜百憂，擾擾風中纛。短轅正北來，風塵苦奔焦。瀛川時亦北上在途矣。姑謀貯百醑，重來共一釂。

謁湯相國賦呈

束髮處邱壑，側聞我公名。抗節進身初，凜若寒崖冰。立朝五十載，名德中外傾。今老長安居，杜戶謝趨承。何來草野儒，扶杖當堦迎。蕭然廣文宅，那知公相榮。就座出書法，顧許生疑驚。真儒世罕作，萬喙科第矜。程墨日在掌，往籍荒生荊。異者乃章句，門戶相枝撐。爬搜煬秦灰，披剔張漢燈。勃谿宋代賢，顛倒聖人經。孔孟若可訶，亦將攘臂爭。老死作蠹魚，施用無一成。盤誥苦聱牙，故訓搜零星。非敢蹈穿鑿，將以求開明。黃塵千丈高，車馬無休停。眾競奔要衢，我獨趨閒庭。白日照中天，爝火難為熒。仰高不能至，躑躅依軒楹。

偕舒伯魯同車過訪曾侍郎吳南屏毛西垣魯通甫孫芝房諸子歸寓柬伯魯約為次日遊

一春不雨風怒號，薊門沙氣如天高。白日照地慘無色，墨塵著面氄生毫。舒郎驅車適我館，招邀出郭尋故交。千街萬巷辨不得，兩輪馳轉如風濤。到門投刺一止轂，坐談告別徐登軺。下如雙鼠竄出穴，升若兩鳥棲同巢。東奔南走忽西轉，過存一一皆人豪。旋轅入城已曛黑，將別未忍心搖搖。嗟我慕君昔不見，金陵皖水難尋遭。朅來京國居咫尺，笑談不間昏與朝。明朝買酒宴婁尾，更騎瘦馬遊東郊。人生同志足可樂，功名富貴皆鴻毛。

一燈課讀圖為林薌谿作

宵深風露撲疎櫺，慈母殷勤為授經。此日遊蹤遍天下，不堪回首夜燈青。

閩中卓孝廉聞母疾馳歸時春官榜將放矣林薌谿為言其孝送之以詩

孝廉不待春官榜，萬里思親策馬歸。天外鴈聲來故國，日邊沙氣滿征衣。見愁關戍行難到，深恐參苓效已稀。我正望雲懷白髮，送君無語立斜暉。

巴陵有二士贈吳南屏毛西垣

巴陵有二士，門逐九江開。赤日魚龍氣，青天鴻鴈來。盪胸吞夢澤，携劍走燕臺。相顧生華髮，憂時淚滿腮。

書芝房近詩後

找友抱沉痛，向人不能語。低頭事哀吟，白日照心苦。慘澹入風雲，纏綿出肺腑。深崖啼夜猿，寒階咽秋雨。與君兩載別，恍惚成今古。新詩不忍哦，涕淚滿窗戶。明朝我又歸，青山事農圃。茫茫九州大，何處問巢許。

留別楊性農庶常

眾轂爭萃燕，君車獨未見。相逢各道思，望極轉成怨。塵中一刺來，驚喜走告遍。閒雲愛邱壑，出山態猶倦。群英屈館試，低眉事墨硯。杜門託逃隱，十訪弗一面。君乃策羸馬，朋輩日趨譙。萬事隨天與，所得本非願。疾風捲黃塵，車馬各奔電。來送慘不歡，世途日遷變。我去仍隴畝，子畱侍金殿。臨岐兩吞聲，落日淚如霰。

述歸

孟夏予將旋，執友爭挽騎。借問良朋歡，何如膝下戲。老親送兒時，亦許畱燕薊。長途五千里，往返太憔悴。親心憚兒艱，兒劬敢自避。蕭蕭兩鬢霜，別來又恐易。康樂不敢違，矧復微疴累。家居亦多暇，兩心聊用慰。白雲滿故鄉，黃塵起邊地。歸與吾計決，晨興發南轡。

題潘太常草堂養閒圖

萬轂爭塵市，勞勞古薊門。有人依日月，薄宦為晨昏。巖壑思高隱，乾坤只淚痕。故園歸未得，夜夜夢江村。

題呂壽棠懷硯圖

先人遺物皆可寶，況復鏗然片石好。著書萬卷日在旁，飲墨千升未為飽。無田以爾為性命，不耕使我嘗枯槁。窗前烏兎苦無情，屋裏摩挲令人老。嗟君總角侍祖庭，親見周官日參考。君祖雲里先生著有周禮補註。邇來隨宦侍京華，耿耿寒燈照遺稿。尊公當代更名臣，此硯曾經書諫草。君今受之置書室，疑有精光透城表。獨憂滄海日橫流，誰挽狂瀾迴既倒。舉世功名出此中，幾人報國披肝腦。似聞此硯中宵鳴，嗚嗚飲泣如有聲。人間何限三災石，獨汝相隨翊聖明。

題孫芝房蒼莨谷圖即以誌別

萬竹蒼蒼天一色，嗟汝有山居不得。今予跨馬出都門，執手臨岐兩悽惻。洞庭波高舟楫稀，南來羽檄縱橫飛。君言有谷宜歸去，但恐思歸未得歸。

留別葉潤臣

兩度牽車向薊門，歸鞭今又指中原。與君等是前年別，別有傷心未忍言。

潘公子惠參

老母苦上氣，病發輒連朝。醫云惟地精，廣雅云：地精，人葠也。飲之當可調。貧家但菽水，雞彘難充庖。矧茲珍異材，市井復為淆。公子古誼氣，視友如同胞。聞余侍疾歸，投贈情何豪。此物出天家，恩寵到衡茅。愧哉小人母，君羹未嘗邀。今分相公餘，宿痾當已消。南歸望北斗，厚誼雲天高。圖報傒何時，感激心煩勞。

余將南歸潘偉卿亦返山西省親臨別書此

左安門外柳毿毿，各為思親趁發驂。憐汝到家仍是客，鄉心隨我向江南。

留別曾侍郎

盈廷議大禮，一疏發精義。上動九重咨，下洽百代意。再疏請日講，啟沃本根計。致君堯舜心，旦奭不能異。明盛預憂危，欣喜轉驚悸。讜言陳密邇，字字出肝肺。遂令中外心，傾公一人最。邊氣近益驕，橫流未收潰。司農坐仰屋，漕艘阻平地。殷憂更百端，群公且高寐。吁嗟愛日沈，容顏獨憔悴。峩峩宮闕深，安得日召對。小人再戾燕，前歌後歔欷。今當辭君歸，慘澹意不遂。風沙滿城郭，啼痕涇征轡。干將不良折，折亦吐光氣。反復未可知，安危更誰繫？草野余何言，翹首盼雲際。

黄村偕通甫作

不斷風塵蔽日來，黄村立馬望燕臺。故人強半留京國，獨共山陽魯五回。

車覆

衆轅競康衢，我輪獨宵險。僕夫貪假寐，百呼首一轉。車傾怒鞭馬，血流生瘡癬。執鞭爾何事，昏聵不自檢。弗顧乘者危，汝身亦豈免。既往復何追，前途正艱蹇。

偕通甫出都至茌平贈别

古人不得已，乃以文章鳴。文章非不貴，道足藝乃精。魯侯下筆時，春水百川生。真氣彌六合，揮灑任縱横。惜哉時會艱，四海徒虚聲。虚聲良可哀，與子各心驚。

燕邸戚無歡，良友破孤悶。群好日招飲，無汝輒成恨。英流競文藻，車馬就高論。細意剪荒蕪，大刀起困頓。我學視子殖，萌蘖僅盈寸。何當萬山深，猛勇一心進。紛紜衆念囂，安得假利刃。

十載若思君，奉手輒意厚。締交未敢遽，今及三載後。竭來出都帝，晨昏共奔走。黄沙塞口耳，白飯雜塵垢。眠餐未肯離，依依絮在柳。青燈忽無色，來朝欲分手。所傷未忍言，茫茫對杯酒。荒雞報林登，曙車各回首。

齊女抱琵琶，來歌及夜半。四座各心娱，爾我獨悲歎。豈伊聲調殊，哀樂自中換。風塵迫人老，星星蓬鬢斷。常衆且不歡，況乃一朝散。邊氛方未殄，中原亦多難。不遇斯已矣，歸耘聊隴畔。悠悠别後心，長天望星漢。

蘭儀縣渡河二首

頻年此地慶安瀾，東望淮徐淚不乾。五百萬金虚一擲，重臣無罪主恩寛。

伏秋汎至事堪憂，豐北工仍待暮秋。煙火生靈十萬戶，不堪連歲在中流。

雨後晨發

蕭疎蓬鬢逐征驂，滿眼風塵困弗堪。一雨曉來沙氣定，渡河風景似江南。

哭銓兒

縈兒殤去春兒繼，膝下聰明賴汝存。噩夢又驚來帝里，凶音未及到鄉村。二月中於都下夢兒死，歸抵北峽聞凶問。已愁阿毋無乾淚，更慘衰顏失愛孫。久客歸情原箭急，傷心未忍入柴門。

飛騰英氣使人驚，暗喜斯兒器可成。送我自言偷兩淚，予出門，兒欲哭，恐傷予心，背地偷灑淚。予歸後，妻為述兒言如此。讀書群許跨諸兄。再來似汝知難得，瀕死呼爺不住聲。自悔此行兼自責，可憐雙鬢白初生。

贈別符南樵

山陽魯五東歸去，獨汝南來共一樽。疲馬日高朝問市，扁舟風起夜驚魂。逢人豪邁皆春氣，對客哀吟忽淚痕。我已故鄉君尚客，江干前路雨昏昏。

寄吳南屏

當代數人文，楚南天下讓。眼中六七輩，雄奇莫與抗。眾喙尤噪君，聞聲夙心向。蕭條巴陵館，單車屢趨訪。古貌世所驚，高文境獨刱。並栖有毛公，西垣。兩心共直諒。杯酒日對把，風雨互歌唱。當其興趣發，蛟龍躍奔浪。悲來意忽沮，乾坤色凋喪。嗟予出都門，知君苦南望。故人先後別，謂西垣、性農、滌生諸君子，皆先後出都。凄涼想羈況。近傳伯魯死，遠膺痛若創。矧君旦夕過，掩淚視屬纊。秋風起林柯，寒氣未空曠。灑涕寄新詩，臨封一悽愴。

孔城四家菊詩 有敘

吾友程信吾，昔年愛菊，蓄之嘗百種。予至孔城，畱賞輒數日，近不蓄者，十年矣。去歲金薌溪姑蓄之凡二十種，今歲程小春、劉星府遂爭植焉。譚西屏復廣購之，桐、廬之野，遂出三家之上，合四家所有，其常者，不足言。奇美者，計七十餘種，摩狀審色，稽名於菊譜，有缺而未備者，有俚而不雅，泛而不切者，予與信吾諸子為命以名。色如荔子，翩翩下垂者，曰荔子春衫。色如黃柑，望之若煙雨空濛者，曰烟寒橘柚。豔若芙蕖，光焰照目者，初日芙蓉。麗若桃花，上浮水氣者，曰武陵春泛。嬌若文杏，潤澤濡涵者，曰杏花春雨。狀如紅藥，（歌）［欹］斜轉側者，曰芍藥風翻。形如海棠，露光隱約者，曰海棠春曉。蕊如木樨，外瓣披黃者，曰蓮臺金粟。蕋如金粟，外瓣舒白者，曰月窟天香。白質丹文，繽紛歷亂者，曰飛花滾雪。四圍舒放，中凸起如佛頭者，曰佛頂光圓。淺黃如涇，白光上涵者，曰焟光浮月。其他龍爪、蟹爪、虎鬚、鶴翎、寶石、樓臺、鐵網、珊瑚之類，仍菊譜舊名者，概不復詳。諸君以次招賞飲酒賦詩。而四家之菊，予各有意所欲言者，乃各為詩一章，題曰孔城四家菊。因附記其名之尤雅者，將傳之為韻事焉。

程家園亭久寥落，山市十載無秋光。海陽金君乃好事，瘦影起傲東籬霜。叩門來觀日未出，夜深燈火猶低昂。喧騰眾口動花興，各搜異種思爭長。萬物盛衰各有漸，踵事十倍開先強。是時天地正蕭瑟，萬里落葉堆深黃。寒烟細雨不稱意，提壺一笑登君堂。古來極盛難為繼，君第保此毋張皇。但願年年有秋色，花開呼我來傾觴。譚子秋來不適意，欲令春色回天地。買遍桐廬二邑花，金錢日向擔頭棄。朝得一種壓群芳，暮復數枝誇絕世。回欄曲折作屏風，一一向人發姿媚。芍藥風來勢欲翻，海棠春深不肯睡。美人翩翩荔子衫，醉眼相逢欲垂淚。不信秋花有此奇，只訝東皇太兒戲。園丁栽植亦艱難，君今得之毋乃易。善培宿本待來秋，莫使花魂怨憔悴。

曉春惜花何太勞，晨起不待紅輪高。兒童滿室弗假手，一枝一葉親摩搔。君言花開人共賞，人賞與我終殊曹。艱辛閱盡見甘美，坐對倍覺心陶陶。精神所到意味足，白日不動烟塵消。市花雖美鬥芳艷，就中元氣多磨銷。此意市兒那得識，微茫剖晰爭秋毫。人生萬事貴自得，耳剽目竊皆浮囂。君於惜花得至理，細開銀甕傾香醪。

破樓百尺横秋煙，東南無壁惟青天。偷兒夜過不入視，寒花數種當階前。高低歷亂各有態，長枝欲倒横窗眠。劉郎招客醉花裏，花意向客如慘慘。柴桑死去一千載，世無知己誰其憐。朱門華屋強供奉，何如偃蹇頽垣邊。二更東海吐華月，清光萬里來娟娟。縱横滿地見花影，此景莫與君爭先。夜深還擬就君飲，莫辭沽酒無青錢。眼中諸子盡黑髮，清霜冉冉生華顛。

味經山館遺詩卷三

癸丑年十首

皖陷

承平二百年，談兵輒色變。忽驚皖城破，百里隔一線。居民盡褫魄，少婦無顏面。潰卒滿通衢，兒女哭聲遍。予心強鎮攝，能無駭聞見。異哉邑宰官，半月不歸縣。

江水到潯陽，波濤為一束。制軍扼天險，望風去何速。過皖不登城，萬艘已尾逐。辛苦半年防，守具非不足。縣尉具衣冠，精忠讓汝獨。謂典史平源。傷哉中丞公，欲走不得出。

孟春月既望，天色慘昏黃。無雨盡冥冥，白日不敢光。殺氣昏江水，百里連帆檣。南風十日喧，天意助其狂。九江既失險，天門毋相忘。逆熖煽群醜，遠近動草竊。居氓無安廬，道路鮮通轍。星軺到符籬，所駐日流血。遂令千里間，狐狸半消滅。天欲萬物生，安可無霜雪。舉世務姑息，釀禍那可說。大哉東阿公，周侍郎天爵。卓為今人傑。

感事

西來粵海三千里，東下江南十萬艘。天險由來隨地有，將軍無那望風逃。司農籌餉錙銖盡，恩詔捐租撫字勞。終是金湯歸至德，未妨戎馬日蕭騷。

烽烟白下又揚州，風鶴驚心滿地愁。一將久懸天下望，九重未解聖人憂。東南故友知誰在？西北音書亦斷郵。強與鄉鄰日防守，可能兵甲一同仇。

桐陷

萬心各異趨，堅城付一擲。書生奮出戰，謂馬徵士、三俊，張茂才勳。官兵去無跡。揚聲久不來，一至忽乘隙。衝先三百人，腹(饑)[飢]足亦躄。遊散不交鋒，此機足中惜。可宵萬馬騰，環城列戈戟。黎明酷令下，童叟不一釋。城頭血飛灑，城根屍枕籍。焚戮更郊坰，萬姓無魂魄。鷄豚交路隅，囟死非從逆。大軍旦夕[至]，蒼黎望斬馘。江東久淪陷，楚北再飛檄。廬州古重地，南防慎咫尺。安得飛將軍，晴空下霹靂。

老父先入山，不知變將作。鬼神陰遣扶，善人固無虐。予侍老母輿，宵行路屢錯。所至主人驚，訛言日風鶴。老母神氣定，眠食坦自若。大兄隔夕來，相見但淚落。得死老母傍，泉下亦至樂。三日同來歸，群言賊韜鍔。愚氓已無恙，嚴君被搜索。三更雨如注，蒼黃走巖壑。衣溼冷透膚，淖深污滿腳。考父意閒暇，聞言淡遭漠。予亦外死生，依親復何愕？

予妻前致詞，未吐淚如雨。訛言倘即真，後悔將奚補？妾心但有君，君心但有父。兩人但長存，余死不足數。是時夜已半，殘月東林吐。昏黃照崎嶇，衰白竄荆楚。失足墮懸崖，牽衣強支拄。父恐兒心驚，為言無所苦。朔風吹枯草，仿佛動豺虎。天明路逢人，姓名不敢舉。浩浩乾坤大，吾親獨失所。相依為性命，得地聊共處。

逆氛蔽朝陽，非沙亦非霧。人面自然慘，物態盡非故。吾鄉本堅城，江北侈最固。昔在勝朝末，獻賊屢來顧。百攻不能陷，死骸填溝路。當時想人心，後世猶驚怖。何如今瓦解，一朝失依據。聖君代相承，庶政無一誤。腥穢在群寮，泄沓亦天惡。民險日就深，滔滔挽不住。吾儕生失辰，會與刼相遇。憂來讀陶詩，大化縱浪去。應盡便須盡，奚復獨多慮。

甲寅年十五首

追挽三章

林文忠

殺氣緾西粵，中原起老臣。天心張巨寇，哀詔惜斯人。養惡由來久，投戈恐未真。人言公至粵東，賊有解散之意。但留耆宿在，應已靖邊塵。

烏都統

文武全資盡，精忠百戰存。無謀憂上相，失計恨軍門。星落千營暗，氛狂萬馬屯。後來諸將在，誰更與同論。

江忠烈

轉戰三千里，公有石印，鎸「一身轉戰三千里，賊砍不死神扶持」十四字。真稱濟世才。九重惟汝弼，四海望公來。死去無江左，悲聲遍草萊。祇今遺牘在，傳誦不勝哀。公有寄呂文節一書，為世傳誦。

官軍入桐

兒童盡喜色，官軍新入疆。豺虎斂牙爪，魑魅謀栖藏。十日遂三捷，歡聲沸若湯。將軍偶失計，骸骨拋戰場。未能制侵淩，轉令多殺傷。書生躡芒屩，追軍去莫望。骨肉生斷割，慘死無閨房。全家水上萍，風浪相低昂。家破亦何惜，威挫不復揚。能敗乃真勝，所失得不償。眾軍不出營，獨奮固當亡。逃者復不誅，安望士馬強。

悼亡

時事傷心淚，臨風日幾回。異鄉方痛絕，凶問又傳來。罵賊能甘死，懷刀早自裁。九泉知有恨，不為一人哀。

汝死猶吾死，吾生愧汝生。一心虛報國，數語記臨行。但勗君親義，休為兒女情。清宵時飲泣，易地恐慚卿。

破鏡逢中歲，由來百感生。況余家遘難，累汝死成名。憶往情無限，悲來夢屢驚。牀頭餘錦瑟，夜夜譜聲悲。

不為閨房愛，相思淚重流。汝賢難再得，子意尚同仇。有子悲先折，無家痛遠遊。時擬北上。何當洗兵甲，歸為卜松楸。

仲女罵賊被砍死而復蘇詩以憫之

生小嬌癡慣，流離亦可憐。此身甘白刃，阿母已黃泉。奇禍緣予及，聲名賴汝贒。悼亡兼恤病，回首淚潛然。

江天

江天四望慘沉陰，雙眼頻開淚不禁。伏枕淒涼空有夢，思家漂泊苦無音。餘生已作重泉想，九死難灰一寸心。戎馬盪平知有日，只愁霜雪鬢華侵。

將軍

一戰由天幸，將軍浪得名。九重時奏捷，半載不攻城。陣馬閒臨水，封狐夜踏營。昨聞齊出壘，環堞有歌聲。我兵出隊，賊於城上鼓樂為戲。

寄呈曾侍郎

先達誰知己，如公第一人。交情忘勢分，動念即君民。灑淚京門送，招談旅館親。壬子出都，侍郎走送，依依欲涕。是秋，典試江右，道出桐城，招談旅館，夜分始散。別來無恙在，前路已氛塵。兵甲滿天地，衰麻起重臣。氣吞江漢水，心急楚吳民。所向聞無敵，相隨更有人。菲材猶在念，曾與告前津。侍郎曾以予告江忠烈，勸其招(人)[入]幕府。忠烈殉難後，始聞人言之。妖氣纏南斗，星光自北辰。聖躬頻罪己，諸將欲因人。待挽滄桑刼，終須社稷臣。往從前路梗，西望一沾巾。骨肉成新鬼，流離及老親。尚餘心未死，深愧我猶人。涕泣悲鄉里，安危仰大臣。尚期群力合，一戰解邅迍。

味經山館遺詩卷四

乙卯年五十首

書事

杼柚東南事可傷，貔貅紛沓不成行。理財那得王參政，斬將深思狄武襄。風鶴傳聞艱道路，草茅歌泣止文章。西來一帥威名甚，誰撤藩籬縱虎狼？

悼劉姬

忍死遵遺命，終能罵賊亡。九原隨大婦，一表動君王。獨我無歸計，依人且異鄉。請兵圖再進，前路事茫茫。

慟極翻無淚，情深轉自寬。汝身如未了，余意更何安？死後偏增愛，生前太寡歡。相思從此訣，長夜淚漫漫。

將為北行留別牧友山拔貢

友山名僑，甯國府南陵縣人也。與諸弟團練族人，以殺賊。一村二百家遂為賊燬，令弟陣亡，全家失所。時避亂依舒城令楊明府幕，與予相遇，訂患難交。聞予北行，賦詩來送。以雨阻款洽數日，書此誌別情見乎辭。

患難餘生止自憐，逢君相對倍淒然。全家骨肉同分散，滿眼兵戈盡倒懸。夜雨瀟瀟遲北路，愁雲黯黯障南天。臨岐莫灑英雄淚，但祝清平我早還。

別斗垣

死別生離恨莫伸，故鄉無地可容身。未聞孟視重圍晉，空有包胥為哭秦。海內烽煙何日了，天涯風雨更誰親？平生恥作牽衣泣，到此能無淚滿巾。

昔者四章

亡室之賢與生平情愛，思之不已。作昔者四章以抒慟。亦補死難狀與行略所未及也。

昔者予遠征，卿心萬里送。予亦苦情長，兼旬輒屢夢。如何今百宵，幽明路遂壅。汝魂應遠來，恐擾予滋慟。故山多惡氛，鄰邑日交閧。知汝念梗萍，夜臺亦悲痛。汝痛吾不聞，吾悲復誰控？家奴故鄉來，親丁散伯仲。冷月照幽房，枕席搜已空。我身不能歸，歸亦與誰共。昔者讀古人，為卿說義烈。深恐兒女情，臨行尚嗚咽。誰知我偷生，慷慨卿一決。想其握剪刀，淋漓滿口血。氣猶縷縷噴，腸先寸寸裂。我死兮所甘，卿命詎宜絕。蒼皇立數言，傷哉遂死別。死別何足悲，此恨難獨滅。

昔者卿處山，賊至我未歸。十日不相見，既見涕沾衣。謂君苟不生，妾存亦何為。訛言日四起，我往鄰邑棲。卿乃告妾女，遇賊死無疑。洞穴尚可逃，坐待亦非宜。悲風動草木，野獸鳴慘淒。當時不自傷，事後煎肝脾。偕隱伏巖壑，忽忽歲已朞。將星落城根，烈婦出深闈。罵聲動天地，不作沿路啼。一決斯已矣，非我累卿誰。卿當不怨予，我悔將奚追。

昔者我抱痾，卿亦苦頭疾。扶牀問湯藥，支離不自恤。僮僕自可代，予心以為闕。男兒命千鈞，婦人命一髮。但求君速康，身勞死亦悅。聞言我淚垂，用意何深□。嗚呼承平言，亂乃蹈此轍。

朔風吹寒雨，一夜千山雪。毅魄出荒郊，慘慘天無日。回首平生愛，纏綿不可絕。恐傷泉下心，未肯日嗚咽。百年我歸時，誓與卿同穴。

正陽關清明日作

墓祭重清明，斯禮刼已遠。亂後死亡多，哭聲震荒堰。獨予念邱壟，思歸不得返。未遂區區心，遘禍悔已晚。由來君父事，未可辭屯蹇。我祖當鑒予，俯念涕泣□。有孫等若敖，斯戾復誰遣。

贈田畹香即題其都梁攬勝圖

田君濁世之豪傑，韜略胸藏不肯說。偶逢寇至一小試，兩岸樓船忽成列。指揮不動屹如山，奮出健兒皆勇決。頭顱落地不聞聲，腥風亂灑三河血。寇退呼酒勞群儕，自謝無功眾心悅。君客三河尖，適捻匪大至，率君船丁千餘人與戰大捷，一時傳道。方今諸將擁貔貅，刁斗無聲望城闕。賊來賊去已經年，江北江南同一轍。書生落拓恨無家，斷梗飄蓬自嗚咽。淮南春水一宵生，國恨鄉愁滿吳越。逢君一笑遂傾心，夜半高歌唾壺缺。誰知舟檝有雄才，叱咤風雲掃妖孽。雪泥鴻爪各天涯，三日歡留慘將別。臨行示我攬勝圖，山色湖光兩清絕。自云去歲客都梁，甘隱魚鹽恥趨謁。是時烽火滿揚州，淮水兵戈未休歇。舒廬南望□淒涼，骸骨邱山屋多爇。此邦獨幸尚安然，綠柳紅桃自紛結。兩詩瀟灑出群姿，客地相隨倍親切。手無尺柄憂何為，權與山川共麴蘖。我來展讀欽高風，君自翛然我悽惻。龍眠花柳未全非，慘澹何心說春色。老親白髮苦流離，有子飄搖侍不得。如君客游尚完聚，坐對無言情脉脉。明朝挂席過君鄉，更訪佳兒吐胸膈。

舟過淮水贈壽州金刺史

刺史名光筯，字濂石，天津人也。任壽州，威名甚著，遠近頌之。土人謂亂後，勝於平世。蓋州縣平日不能操生殺之權，至此得行其志，而刺史之賢聲所由播也。逆賊破廬州，陷六安，畏刺史，不敢犯壽州，但由西界竄潁、亳而已。予夙慕其名，今過淮水，投詩贈之。惜雄才之尚未大用，亦以告世之姑息為仁，而不知其釀亂者。

壽春自古豪強地，奸宄由來白晝行。不謂逆氛翻遠郤，轉從亂世得清平。名高霄漢官如故，威攝萑苻盜不生。舟楫安然下淮水，望城遙為祝神明。

過(淮)〔懷〕遠晤董嘯菴學博

避亂君就官，我時伏巖壑。相知不相送，音信兩寂寞。去後旬月間，家園驚風鶴。官軍久不來，一敗如兔脫。鳥鳶飛不高，尸骸滿城郭。樓臺慘一炬，鷄狗盡鼎鑊。傷哉我妻妾，鮮血濺鋒鍔。萬口喧烈聲，一心痛如割。義憤鬱未伸，親戚亦遘虐。苟非老親存，此身已干鏌。生死復何云，妖氛待誰廓？茫茫四海遙，一身去何著。姑從風雨後，維舟就君酌。

前歲冬十月，逆賊突來奔。官軍棄城走，殺氣白日昏。毀堞出骷髏，白骨堆城根。遠郊減焚戮，朘削那可論？令下莫敢違，萬首無一髡。我輩匿深山，朝夕惟淚痕。變服易名姓，君一叩我門。君家已罄懸，我家猶鷄豚。誰知數月後，惡燄充鄉村。忠義遘烈禍，奸宄苟慈恩。大吏習仁厚，罔知國法尊。舊鬼既嗚咽，新鬼亦煩寃。何當具此辭，涕泣陳天閽。

吾里二三友，忠憤惟馬張。謂命之、小嵩。出戰城南隅，慷慨氣飛揚。官旅倡先逃，眾卒不成行。痛哭各上馬，(兮)[分]道兩蒼黃。留身期復仇，先後為國殤。生前凛冽氣，雖死猶光芒。吾子事嘉遯，我乃不自量。生死尚有媿，出處互相妨。區區許國心，何由達廟廊。欲覓武陵源，聖明未忍忘。倘得挽飛弧，終當殲天狼。

臨淮書感

兵戈三載又逢春，梗斷萍飄此一身。桂樹有山悲故國，桃花無路覓前津。已聞楚北危諸將，更遣淮南易重臣。戎馬未平餘孽在，可能無意戀斯人。謂袁副憲。

呈袁午橋副憲

彈章凛冽抉風霜，四海傳歌氣激揚。北闕清流爭領袖，南天白日照肝腸。豪強漸次歸農業，威望還能震鄰鄉。忽報星昭旋帝里，江淮環顧淚浪浪。

贈袁小午太史

公子翩翩著作才，趨庭辛苦向南來。晨排刀劍先身出，夜點貔貅獨馬回。萬里雄心時勃發，百年世路且低徊。滿腔熱血憑誰灑，我更飄零止自哀。

偶感

淮水連宵長，愁心逐日生。朔方艱挽粟，南路乞增兵。善用何須眾，無奇枉說精。誰能奪天險，一為斬長鯨。

前江西中丞張公芾奉詔入廬州營相見於臨淮詩以呈之

昔年烽火逼潯陽，轉突洪都燄莫當。三月孤城危似卵，七門軍令肅如霜。丹心耿耿懸秋漢，白骨纍纍慘戰場。一事偶膺明主譴，尚留威望鎮南昌。

近聞匹馬向廬州，上帥將勞借箸籌。西北槍欃猶未掃，東南城郭待全收。元勳帝已思張浚，奇遇人誰似馬周。活國無權空涕泣，與公同抱百年憂。

送袁副憲入都

戎馬滿江介，戈矛日充列。東南萬騎屯，三年尚妖孽。峩峩兩鉅公，南豐與臥雪。慷慨萬里心，揮灑一腔血。西來捲翳霾，快若風電掣。忽驚孤掌困，淮防亦中撤。黃塵蔽天地，慘澹露白日。征人憂道梗，居民怖寇突。青蠅爾何意，白璧詎污涅。所虞天柱傾，遂恐地維裂。再起勢已移，艱難非故轍。浮生逐征蓬，出位慣嗚咽。身微未敢奮，心死恨不滅。方欲佐馳驅，取次廓寥泬。鯨鯢作鱠鯖，未啖已先噎。昔來萬口誰，今去千心結。呼天隔浮雲，征轡不可埒。再見夫何如，蒼茫望京闕。

寄清河吴明府

清河令吴君棠，吏治能聲著在衆口，慕之久矣。因作書與魯通甫，詩以寄之。近日州縣中錚錚有聲者，以所聞見吴君外，則六合溫君紹原，宿州郭君世亨，壽州金君光筠，皆救世才也。將帥多人轉令，有心者求才於牧令，亦可慨也。

海內方多事，奇才仗宰官。漫憂羣寇烈，先使萬民歡。

中外交推舉，江淮讓獨安。何由抱瑤瑟，來共使君彈。

呈張丈司馬

餓死不受憐，所遇況非主。醴樽不到筵，穆生詎肯處。知己苟可酧，束縛吾亦許。所慮空蹉跎，小忠莫能補。杜公呈嚴武詩云：『束縛酧知己，蹉跎效小忠。』深感丈人意，垂憐出肺腑。兵甲滿乾坤，何地得安土？為借一枝栖，聊息翛翛羽。予心甘牧羊，未能受相鼠。淮水波濤惡，三日苦風雨。白髮入蓼萊，心中搗如杵。行將買棹別，悲歌入煙渚。

及時

寒雨滴仍歇，愁雲慘不飛。萬方天一氣，四海我無歸。猰貐猶張怒，雷霆待震威。及時籌變局，已較去年非。

客懷遠朱明府招飲席間感賦呈同飲諸子

亂後盡瘡痍，居民已非舊。我來當樂土，此身遠凶寇。使君能好賢，招飲眾賓輳。半從賊中來，驚魂出介胄。得共杯酒歡，疎遠亦親厚。新月出東牆，移席向東霤。今宵且痛飲，安問分手後。時艱無全策，萬事且補救。同為皇家民，我獨淚盈袖。回(手)[首]望鄉井，慘淡無昏晝。昨得營中書，困獸猶死鬥。誰當策貔貅，一戰清世宙。

署中枯樹

李香谷明府為言周文忠昔令懷遠，得巨匪，嘗以鉅釘椿其喉於樹上，感而賦此。

署中有老樹，枯死猶植立。風雲氣未消，蟲蟻不敢入。嚴哉東阿公，窮凶法必極。至今槎枒下，夜深鬼猶泣。承平尚橫行，時危事更急。苟無雷電威，雨露嗟何及？方今天下亂，釀之在姑息。舉世盡仁柔，公刑毋乃刻。由來救世心，慈祥滿州邑。人亡世共悲，樹翳復誰恤？使君栽薜蘿，聊以誌追憶。香谷明府客署內，憐樹之禿，於四圍種薜蘿。我來宴樹下，對酒氣梗塞。安得天威伸，六軍盡起色。

贈田四畹香田九子駿

與爾為兄弟，論心到白頭。世情須盡脫，真性乃相投。愛我宜思德，依人喜自由。苟非松植立，孤鶴肯優游。

去歲逢田九，從戎識判官。獻籌心太熱，隨陣雪初寒。漫灑英雄淚，真成骨肉歡。壯心同未已，把劍倚雲看。

僕歸

汝歸予未能，相送淚如霰。平安報老親，相思不相見。全家痛顛連，生命僅一線。先後聞歸廬，潛伏不敢面。報亡禍未已，嚴君尚異縣。賊搜予急，土人詐言已亡，猶搜索家君不已。蚩氓各依然，一家慘獨變。官軍去不來，來亦恐不戰。舒廬萬虎貔，兩載功未建。聖恩且寬仁，草野安敢怨？望雲祝哽咽，汝歸為視膳。但云客地安，休言苦依戀。依人終豈長，歸心日如箭。落日望去帆，平淮淨如練。相期更早來，毋令望眼穿。

遇朱明府於何孝廉座上三飲其署即席送李明府之福中丞營內

何郎宅裏重相見，曲徑追隨入署來。山雨兼旬新放霽，庭花三過始全開。未須遠慮愁兵甲，且共豪談縱酒杯。見説李侯趨幕府，隴西從古出雄才。

李朱二明府連日招飲再送李侯

痛飲消煩憂，兩侯互主客。招邀屢易賓，獨我日到席。交淺意已深，縱橫吐胸膈。庭花開未休，向人猶媚色。仰首見蒼鷹，盤空虛振翮。狡兔滿群山，逡巡不一擊。毋乃時未秋，失機良可惜。吾儕晏匪歡，杯傾氣屢塞。明朝鄰侯去，相思更朝夕。直道固世憎，俯仰非所適。萬事任天命，趨時復何益？

五日觀龍舟

烽燧滿南天，江漢汩群盜。淮流幸安瀾，居民鬥奇妙。趁標眾艇喧，奪皂兩岸笑。縱橫雨點飛，千手各一櫂。蒼生正望霖，有尾不能掉。神物伏深潭，世兒葉公好。弔屈更何人？惟聞金鼓鬧。我心負深悲，強排應明召。歸來伴燈□，淚落紛如瀑。

偕崔昭亭董嘯菴兩學博遊荆山用東坡遊荆塗詩韻

荆山未云高，到來已天半。俯視萬家煙，覽勝轉悲歎。地經兵火餘，佛宮無一粲。居民感舊靈，香火日來祼。老樹閟庭陰，坐久昧昏旦。尋洞弔卞和，深巖想圭瓚。遭逢自古難，飄零況世亂。西南積雨深，淮流增浩漫。我身如斷帆，風濤日駭汗。何時脫險艱，欣然登彼岸。

過大乘寺吸乳泉烹茗偕崔董二學博作

龜泉夙有名，牛乳甘且冽。呼僧烹新茗，滿腸灌香雪。立之氣瀟灑，邵南性高潔。兵火驅我來，後先若合轍。亂離聚異鄉，悲傷雜歡悅。滄海正横流，斯泉獨淨澈。得伏幽隱區，氛垢不能涅。行將就誅茅，與爾共高節。

田鶴汀贈扇

纖蒲細意編，美錦周遭緣。倭絨緝彩霞，璀璨光照面。自憐淪落身，華美非所願。君得何處來，到手冷然善。相遺不在珍，得時斯為便。和颸生掌握，眠食資清晏。古人御六軍，揮灑一羽扇。氛祲滿世宙，東南未息戰。何當視聽問，五明插宮殿。

聞官軍先後撲滅連鎮高唐餘逆感賦

妖氛昨歲遍神京，餘孽今聞始蕩平。北去貔貅宜偃息，南征車馬尚縱横。藩王自合酬庸重，上將如何出塞行？謂勝宮保。終是聖明嚴賞罰，諸君急早報功成。

六月九日懷遠署中觀劇

檀板金箏細細吟，開觴環對若情深。座中獨有無家客，滿耳笙歌淚不禁。

兵火經過地暫安，霓裳頌壽萬民歡。是日恭萬壽節。可憐江漢多戎馬，何日君王一例看。

飄泊何心向舞筵，使君深意太纏綿。蒼生愁苦聊抒洩，莫使朝朝醉管絃。

秋扇吟

炎風扇酷暑，蚊蚋苦相逼。宵旦互紛擾，一扇供揮斥。乾坤爾輩多，小創復何益？暫使耳目清，煩襟一消滌。趨炎能時幾，秋風在朝夕。所嗟氣（侯）［候］移，斯扇亦拋擲。微勳豈自鳴，主人胡不惜。

田灌園招登塗山

灌園居士瘦如鶴，老病登山興未闌。招我夕陽同坐嘯，未秋風色已高寒。渦淮俯見雙流合，玉帛猶思萬國歡。戎馬東南重回首，衰親飄泊未能安。

懷遠送王學博移任壽州

秋風吹葉下梧桐，短櫂淮南惜去篷。相識昔從歌舞地，重逢今在亂離中。冷官久鬱英雄氣，博士曾參戰伐功。此別士民猶戀戀，壽春前路疑花驄。

晤合肥李亦韓別駕 汝琦

客地惟朋友，相逢意倍親。況經曾陷賊，同是遠依人。戰馬猶南路，妖狐又北鄰。時廬州以南皆陷賊，蒙、亳巨匪張樂行稱逆。豈無諸將在，何日靖氛塵？涕泣談時事，新詩各數行。飢寒君有室，飄落我無鄉。後會知何地，窮途得老蒼。寶刀思出鋏，風雨正淒涼。

楊明經戴笠圖

東坡死去七百載，一笠蕭然今尚在。先生得之冠諸首，蹤跡飄零隱淮海。我因避亂來相逢，如萍逐水蓬隨風。何時一笠容歸隱，與子狂歌天地中。

田子駿昔年於金陵屬繪者寫費宮刺賊圖亂後索題長歌答之

嗚呼！勝朝節義古無敵，烈皇親身殉社稷。周后自絞妃嬪從，六宮慘死無顏色。有宮人費年十六，眢井無泉死未得。花容乃賜部校羅，強作歡顏事酒食。天崩地裂山海枯，膽碎肝摧不敢哭。到此求死死已遲，強死翻愁身易辱。古來忠義多苦辛，荊軻匕首徒殺身。豫讓擊衣恨未雪，景清衷縞寃誰伸？英雄獨有孫綝婦，設計賺取群凶首。奇女間出二千年，利刃一枝同在手。自稱天潢禮難缺，擇吉成歡妝乃設。爾賊日斷千人頭，此頸留教美人割。是時月冷星無光，帝后屍骨抛宮牆。頭顱滿城血濺地，死忠死孝皆蒼黃。宮人獨能暇以整，賊將已戕徐自刎。逃官降將不足言，烈士無謀亦可哂。淮南田九人中豪，慷慨論古雲天高。雄心時倚屠龍劍，壯氣常橫斬馬刀。作圖恥寫衣冠侶，巾幗傳神欲起舞。吐來眉宇氣若霜，忍却心頭淚如雨。粤氛慘澹今三年，南天城郭多烽煙。將軍不戰戰者死，累累白骨堆江邊。金陵此禍尤慘酷，四百萬人同鬼籙。君昔呼觴問六朝，回首滄桑痛沉陸。昨聞秦淮馬愛香，紿賊殺賊趨河亡。秦淮妓者馬愛香，賊陷城後，有偽官二人私入其家，欲就宿，愛香紿以分二夕獨身來。若挾眾至，雖死不從，賊許之。是夕一人至，愛香勸飲極醉，奪刀殺之。其一人次晨來探視，愛香伏門側，刺之。急趨闌干外，投河死。金陵陳刺史芬為予言其事，四題圖而表出之。乾坤正氣多兒女，我更來觀一斷腸。

楊小波惠硯墨感賦即以誌別

脫身辭故鄉，隨征無一物。走書詔親知，沿途貸紙筆。荒山盡樵叟，百求弗一出。哀憐亦有人，忍者乃譏咄。回首先人廬，一炬幸雨遏。再炬父老求，房壞已發掘。予避亂入舒，敝廬為賊兩次來焚，一滅於雨，一鄰父老為乞哀，幸存。他物無一存，詩書抛滿室。逆寇拂天經，聖宮且燬爇。典冊臥戰馬，圖書委溲勃。闖獻尚尊孔，斯勃古莫匹。痛哉天地閉，斯文亦將絕。斯文詎可廢，此寇行就滅。不罹水火殘，那知皇仁溢。偷生走異鄉，新知半心熱。授餐隨地留，衣屨換綻裂。繞膝四十年，晨昏未忍別。無端豺虎驅，不得相依悅。臨辭忍酸淚，背親轉嗚咽。朅來望井閭，吞聲繼以血。楊生不羈才，天馬困泥轍。世人誚顛狂，風雅未消歇。高歌釋沉憂，痛飲送日月。相逢欲有遺，宴家乏珍設。硜硜端溪石，佐以紫光潔。到手一揮灑，愁腸抒百結。君方去潁川，孤帆挂秋雪。我行入燕薊，風沙困羈紲。後會期清平，臨岐一切怛。康屯仗重樞，泥塗焉敢說。亦知毛錐陋，深恐長劍折。飄零仍墨硯，本枝安可奪。從此携故人，天涯伴寥濶。

贈李亦韓

淮上秋風送早寒，傷心不獨為衣單。窮愁自古詩人事，誰似廬州李亦韓。

張篠圃贊府率兵往蒙亳剿賊詩以送之

末吏銜軍令，曾經斬將來。兵戎增壯氣，短小亦雄才。巨逆憂方大，群狐禍又胎。此行多勁旅，應見掃氛埃。

蓉洲初集

自序

衡生二十六年矣，學為詩者十二年，幼作尟可存，自壬辰至乙未，經朱先生選者十之七；自丙申至己亥，經張先生選者十之八；將授梓，復以己意汰去者十之一，兹存三百十二首。求珠於魚目之中，採玉於碔砆之市，未必其為珤也。且夫物投於所好，業精於能專，陟崑崙而後知眾山之卑，涉渤澥而後知眾水之小。

衡束髮受書，讀古人詩，即喜之。十歲謁同里劉先生孟塗，欲以詩問，心未敢也。明年孟塗歿，衡私哭之。既長，得交芥生、勗園兩先生，執弟子禮，先生亦弟子視之。每有叩，必盡言無隱，以故得識其指，歸學始稍進，然而口吃之。夫重舌之子，教以執錦瑟瑤絃歌，來謀來梨承雲大淵之樂，非不有志也，而舌結喉僵，終壅梗而不能出諸口者，天為之也。雖然，火之燎也，由於熒熒；川之湧也，由於涓涓；千尋之木，干霄拂雲，其下可蔽百牛者，其始由於萌蘖也。泰山之雲，紛紛鬱鬱，不崇朝而雨遍六合者，其始由於膚寸也。道不行不至，馬不策不前，士苟有志，天下無不可躋之域，又何患崑崙之高，渤澥之大哉？衡雖不敏，固思求乎高且大者，今所歷十丈之陵，九仞之溪耳，而遽持以問世，非敢自多也，將告同人，以陟崑崙、涉渤澥之自今始也。

獨念劉先生宿草已枯，無由起其靈而止之。其得正者朱先生，又長逝矣。存者如張先生，亦復頭童齒豁，衰老於窮病之中。而衡也，學未有得成，又日困舉子業，未獲肆力於此，此則衡所不能無憾者也。

道光十有九年秋月日。

諸家評語

朱芥生學博

氣盛詞雄，時發古豔。心思筆力，直欲上達青蓮。

近世詩人率有數病：或則專尚性情，巷議里談，播之篇什；或則專矜詞藻，穠妝冶飾，失其本真；或則卉犬篠驂，務為僻澁；或則蛇神牛鬼，故作詭奇。皆有乖於雅音，舉無當於正軌。戴子才由天授，學亦足以運之。寓凝鍊於豪放之中，標風骨於彩藻之內，超而不輕，雄而不粗，一掃凡庸，力追先哲，洵足扶輪大雅，拔幟詞壇。

評與客夜話感賦云：『豪宕，有奇氣。』

評古怨云：『哀感頑豔。』

評對月懷友云：『高逸。』

評燃犀亭懷古云：『逼近太白。』

評太白樓云：『以古為律，氣壯格高，開、天後鮮彈此調。』

評大堤曲云：『唐音。』

評送石幢之粵東云：『調高韻遠，明人中似李于鱗。』

劉艾堂廣文

氣體沉雄，音節宏亮。學漢、魏、六朝、唐、明諸大家，得其精英，而不襲其形貌，吾家海峯先生一脈，又有傳人矣。世之專以宋、元為宗者，那能及此？

吴理菴文學

乙未夏，客皖江，蓉洲出詩一卷見示。啟讀之，五古追踪魏晉，七古具體李、韓，五七律，上入盛唐，下及茂秦元美，五絕思新語麗，七絕韻遠情長。諸體竝妙，不名一家。乃其年方廿二也，努力為之，又烏能測所至哉。

張勖園明府

五古上追正始，下逮三唐。七古原本青蓮，雄駿超邁，自足俯視一切。五律格高氣逸，如出開、天名手。七律沉雄瑰麗，與梅村、臥子抗行。長律動盪開合，得少陵遺法。五絕清新，似齊、梁人口吻，其幽微淡遠處，克兼王、韋之長。七絕情韻深婉，在劉賓客、李庶子之際，吾鄉多作者，孟塗而後，僅見此才。」

評俠士行云：「意態雄傑，逼近高、岑。」

評代善哉行云：「曹公莽莽，古直悲涼，應推此種。」

評金石岩晚至祖師岩二詩云：「神似元暉。」

評書斗垣詩後云：「鋪敘中時出奇語，直而有味，不厭冗長，學昌黎而得其精彩者。」

評遊子吟云：「語語悲痛，出以自然，可與東野作媲美。」

評黃沙歌云：「飛沙走石之筆，排山倒海之聲，妙在一歸簡練，固非有意矜奇。」

評登雞籠山云：「感慨欷歔，淋灕盡致。」

評寄張小顛云：「氣如鮫宮之水，豪放似太白，奇崛學退之。」

評登報恩寺塔云：「突兀離奇。」

評登大觀亭云：「前作軒然而來，所向無敵。後作縱横跌宕，獨往獨來。」

評讀李詩韓詩云：「讀李似李，讀韓似韓，作者得力於二公，故言之能盡其妙。」

評秋望云：「眇目山人有此警鍊，無此超逸。」

評寄懷湘槎云：「一氣旋轉，有神無迹，唐賢絕唱。」

評贈山人云：「置之輞川集中，幾不能辨。」

評寄朱二云：「流麗自然，青蓮遺響。」

評天門山云：「一氣鼓蕩，開合變化，氣象萬千，有此作方稱此題。」

評太白樓云：「雄放。」

評詠史云：「諸什議論新警，音調高亮。」

評落花云：「自然入妙。」

評偶望云：「天籟。」

評吳姬云：「似供奉。」

評從軍行云：「似龍標。」

馬元伯水部

『氣盛，則言之短長與聲之高下皆宜』，韓昌黎論文語也，即詩亦何莫不然。蓉洲英才卓犖，得力於古人者頗深，而又能以盛氣行之，故諸體不名一家，各極其妙。芥生、理菴、勗園諸君，所評極當，吾無閒然。

光栗園方伯

憑情以會通，負氣以適變，各體俱有精到不磨之處。英年績學，進境靡垠，相期奕禩，蜚聲詎止當時流藻。

評俠士行云：『慷當以慨，擊碎唾壺。』

評代善哉行云：『音節殊妙，盡明遠之長。』

評代東門行云：『如此擬古，虞山何能生異議耶？』

評會勝岩寺云：『作者欲摹大謝，成就乃是唐賢，正自佳勝。』

評寄張小顛云：『一起嶔奇磊落，入後酣嬉淋灕，極才人之能事。』

評別詞云：『別詩得此，大為翻新。』

評哭黃祘生云：『似翁山。』

評金陵詠古云：『此等題貴不為隸事所拘，而饒有手揮目送之致。在國初允推元孝，近時則孟塗獨擅其長，作者志意不群，故應推為後勁。』

評讀曲歌云：『雙闕關自然，絕似空同，倣齊梁人作。』

評邊詞云：『四詩頡頏君虞。』

評望遠曲云：『曲傳癡怨。』

劉悌堂孝廉

雄奇倜儻之中，寓溫厚和平之旨，抗心希古，語必驚人。蓋由芥生導於前，勗園掖於後，而又縱之以天資，恢之以學力，故所造如此。兩先生亟稱許之不誣矣。鍾記室謂陳思王詞采華茂，骨氣奇高，吾於斯集亦云。

文斗垣文學

奎交蓉洲十年矣，見其詩凡三變：始清奇，既莊雅，近則幾於無美弗臻。五古以漢魏為宗，而漫興、讀陶詩諸什步武淵明，春季出遊、華岩寺等篇，出入二謝。納涼、夜步則又窺摩詰之堂。題鄙人拙吟，則又坐昌黎之廡。七古汪洋恣肆，光怪陸離，行乎其所不得不行，止乎其所不得不止。五律高逸者希蹤供奉，雄鍊者接軌嘉州。七律由嘉、隆而上溯開、天，長律自燕、許而下逮子美。五絕攄齊梁之豔，淡永者則近蘇州。七絕張、劉、李之軍，高雅者直躋太白。古今祇此數枝筆，怪哉，君以一手持。

蓉洲作詩，苦心孤詣，精益求精，一稿出，每經數易而成。既成或逾時而復加塗乙，不斟酌盡善不止。近著有詩蠡二卷，陳古人之得失，示詩學之津梁，語語精當。其得力者深矣，讀者勿徒咤其才也。

補刊評言數則

方植之夫子

才思旁溢，墨瀋橫飛，氣息悉與古人相會，此種真似海峯復出。俯視餘子，俱不免徑營地上，牛負深泥。孟塗似之矣，然懿雅猶遜之。目中洵未見其偶。

姚庚甫大令

孟塗雄紹海峯才，又見南山畏後來。把卷渾忘天欲莫，龍眠蒼翠正悠哉。

毛生甫文學

才調壯逸，氣骨高騫，蓉洲與斗垣同也。蓉洲之超曠，斗垣之沉著，則又兩家得力不同焉。竊意詩文須求古人獨到處，海內此道闃深杳眇，無過植之先生，想植之定心印是言，而成吾蓉洲、斗垣為著作才也。三復兩家詩集，因識。

李博叄孝廉

客從桐國來，持贈明珠璣。緩報意非貳，陽春和者希。亮裏水中央，初日垂蕤葳。詩人幼公往，懿此嗣清徽。

徐楞亭明府

驚才風逸，壯志煙高。不名一長，兼有眾美。

程蘅衫文學書

惠題篆隱園四律，清空超邁，楹帖亦極雅韻。異時定當榜諸山齋，以壯林壑。大集自足千秋，求之時賢，殆無有兩。每當風雪中，酌酒快讀，令人神爽。諉書封面籤條，呈上酌用為荷。

張亨甫孝廉書

前於植之先生扇頭得讀五古一章，嘆為奇才。臨行惠贈大集，沿途讀之，真一代作手也。僕衰賤不能頌少陵於朝右，然逢人說項尚其所能，況亦公道宜爾邪。足下勉之，來歲當相見於燕市悲謌慷慨之區耳。

鈞衡自記三則

諸作類多客氣，假象少真實，歸宿所謂亭閣輝麗，几牖明淨，不知主人翁誰也。古大家作詩，章法句法斷續離合，變幻莫測，而意緒歸宿確有據著，又處處有作詩之人在。而初非牽強貼切，粘皮帶骨之謂，要神味氣脈有獨得耳，此境急切求之不得。蒙近稍窺精微之域，學力譾薄，望古人追之弗遽及也。是區區者直當割棄，以友人索觀既眾，且存之，自識學詩淺深境候也。

性不嗜飲，動言百壺千觴；厭談風月，亦作冶詞豔曲。所用樂府諸題，皆所謂借人口吻，於我無關。詩家原不以此為忌，然亦修辭不立誠之病也。

年少栞詩，已淩躁妄，復加圍點，更為鄙陋。當日因芥生、勗園兩先生前後點定，付剞劂氏時，遂以授之。又見望溪、海峯、晴園諸前輩詩文集，皆加圍點，弗知為大雅譏也。屢欲刓削，以詩無可觀，聊復爾爾。

道光甲辰三月識。

蓉洲初集卷一

五言古詩

雜詩

揚帆涉大海，艤棹依扶桑。紅日出波底，六合生清光。須臾蜃氣結，樓閣當空張。萬怪紛猖獗，與之相低昂。天風忽震盪，玉宇迴青蒼。但見波濤白，一氣連混茫。聞之崑崙尻，其初祇濫觴。我欲尋其源，吁嗟道阻長。

東南有大樹，枝葉何萎蕤。厥名為桃都，其上鳴天雞。一鳴海門紫，再鳴山月低。三鳴天下白，萬物生光輝。宇宙開闢初，茫茫吾不知。此木生何代，爾雞來何時。真贋不可測，惟見白日馳。百年瞬息過，誰能留朝曦。賢否雖殊致，終必冢纍纍。化鶴到人間，惟聞丁令威。一十二萬年，令威復為誰？所以漆園吏，目中無軒羲。

駕車出西郭，黃雲莽蕭蕭。悲風西南來，眾木驚早凋。計當春夏時，扶疎蔭遠郊。如何霜露零，空餘百尺條。秋風非無情，負質實不牢。不見松柏樹，依舊枝柯交。

陟彼天臺山，峭崿復巃嵸。琪樹搖璀璨，瑤草披蒙茸。仰攀碧落天，俯視青芙蓉。凌空一長嘯，萬壑驚潛龍。時有清風來，沆瀣飛溟濛。放眼塵寰間，茫茫天地空。哂彼庸愚輩，偃蹇依蒿蓬。振衣邱陵上，自謂摩蒼穹。安知霄漢表，山色青重重。

柳絮白如雪，入水幻為萍。因風復吹散，泛泛東西汀。豈不相聚會，漂泊終零星。嗟爾無根蒂，所以易飄零。茫茫大塊中，人為萬物靈。亦如水上泡，奄忽無定形。但能守真宰，窮達俱可聽。悵然悲世事，起誦南華經。

幽蘭鬱空谷，春風揚其芳。美人摘盈把，升之白玉堂。馥郁襲羅幃，椒芷難為香。願取青霞錦，縫纈以為囊。貯此芳馨姿，佩之毋相忘。

客從遠方來，遺我太古琴。飾以藍田玉，綴以雙南金。一彈再三鼓，怡然愜素心。窗外鳴禽來，知我發清吟。古調但自賞，何必求知音。高山風蒼蒼，流水響沉沉。撫琴一長嘯，落花簾外深。

東鄰白玉樓，上有美如英。夜夜理趙瑟，淒切不成聲。借問此何為，蕩子久遠征。蕩子去天涯，賤妾守孤縈。此意無人知，借瑟以自鳴。昨有羽林郎，投我紫瓊瑛。棄之瓦石間，亦不明其情。

俠士行

俠士方少年，自言生劍閣。意氣干雲宵，聲華動寥廓。十三學控弦，十五學持矟。十七走燕幷，十九行河洛。拔劍狐狼號，揚刀貔虎躍。常欲操尺箠，為國靖沙漠。惜哉時不遇，徒抱孫吳畧。日暮登孤城，悲風鳴鼓角。遙望太行山，黄雲盤蕭索。駿馬發悲鳴，乾坤無伯樂。感此愴中懷，淚痕灑林薄。仰首見雙鷳，一矢墮前壑。顧影忽自矜，此才寧瓠落。

代善哉行

金烏逐兔，毋有已時。少壯不樂，青鬢易絲。一解。遙遙蓬島，中有仙芝。王喬西來，貽我千枝。二解。堂上張燭，羅綺光輝。車馬在門，日出露晞。三解。涉水苦寒，登山苦飢。荆棘滿地，出門何為。四解。烹我鮮鯉，炙我肥牛。酒酣挾瑟，登君子堂。五解。曲終驂龍，游彼天池。若士盧敖，雲中徘徊。六解。

代東門行

閒雲依孤岫，野鳥戀叢柯。遊子思故鄉，其如飢驅何。晨起策駑馬，言涉淺水波。水寒馬不前，白露沾衣多。迢迢前路遠，日暮始得飯。道傍有高樓，黄昏起簫管。歌人自娱樂，聞者已腸斷。食蓼未為辛，餐荼未為苦。行役悲關山，終夜涕如雨。痞兒吞青梅，心酸那得語。

古別離

送君去江北，思君隔江水。江水流不休，妾心何日已。思君隔江水，送君去江北。君看江北花，應憶妾顏色。妾心若明月，君身若浮雲。雲出不歸岫，月明常為君。

夜步

夜靜步瑤池，明月落水底。仰見銀漢高，閒雲流復止。涼露散成珠，秋光凝作水。風色動空林，流螢飛不起。

納涼

緩步上高原，獨坐發遐想。微風西南來，閒雲東北往。樹杪月漸低，草根露微上。何處石上泉，泠然動清響。

漫興

射獵思得鹿，垂釣思得魚。機心一以動，其後將何如。春草綠窗前，呼童戒勿鋤。微物非所惜，生意不可除。布我田中禾，灌我園中蔬。園蔬日以長，田禾日以疏。農圃事有暇，時讀古人書。問世雖不足，處身當有餘。役役名利間，徒為賢者吁。息心觀群化，庶幾全厥初。

雞鳴知天曉，起見山日黃。微風吹草木，搖落珠露光。故人林前至，呼我同傾觴。各言別後意，意緒悠且長。萬語若難盡，相逢忽已忘。種菊南山下，花開滿地芳。折之貽故人，珍此晚節香。

讀陶詩

巢許乃絕物，沮溺非人情。千載著高風，厥惟陶淵明。五斗祿豈薄，折腰非所能。彭澤賦歸來，悠然萬慮清。春雨滋百草，繁鳥喧新聲。所樂在田間，何惜親躬耕。衣食苟已具，不求倉庾盈。昔為朝廷吏，今為隴畝氓。隴畝自無辱，不慕朝廷榮。

陶公不可作，今已千餘秋。賴有數卷詩，得以窺潛修。晨起坐東牖，倚檻揚清謳。趣來偕物適，神往與天遊。大化有元氣，息息相周流。尋之若有在，即之杳莫求。此中具真機，非可人力謀。王孟與韋儲，終難為匹儔。

人生斯世間，何者為我有。萬世千秋名，何如一杯酒。商賈競錐刀，其心為物誘。莊老外形骸，非能以理守。神龍潛深淵，豈其嗟困久。遊魚息波間，不樂居林藪。分外苟無營，化機時與偶。欣然如有得，不在真有取。此意當語誰，吾思柴桑叟。

攜瓶汲井水，俯見團團天。井水澄不流，天體湛以圓。一汲動波影，蕩漾天為旋。人心苟無求，觸物皆自然。一念有所累，虛靈為之遷。娟娟松際月，泠泠石上泉。會心豈在遠，意靜神自恬。所以晉處士，飲酒以終年。

別詞

簾鉤當門繫，不挽行人騎。柳絲繞戶斜，不絆行人車。惟妾一寸心，隨郎到天涯。郎去歸應早，妾心似秋草。莫待嚴霜飛，空悲顏色槁。

所思

所思天一方，有美如玉潔。思之不可見，愛此團圞月。月影本團圞，如何照離別。

所思天一隅，有美如玉良。思之不可見，愛此清露光。露光雖云好，所惜不成霜。

春季出遊

久雨苦昏墊，新晴氣候移。依依遠山出，離離芳草滋。暮景散朱彩，野花媚幽姿。風暖襲衣軟，雲閒歸岫遲。密林隱鳥語，淺沼窺魚鰭。楊柳吐新翠，萍藻交清漪。曠然孤懷愜，安知軒與羲。

華嚴寺

散髮步空林，隨山入幽谷。鶴唳墮高松，鐘聲出修竹。白日麗陽崖，丹霞媚陰麓。仰瞰石屏蒼，俯窺湖水綠。帆向牖中過，雲依堦下宿。心遠浮慮空，地幽吟興獨。安得牽薜蘿，依崖結茅屋。

金谷嚴寺

峭壁立千尋，初疑不可上。振衣出層雲，天日俱清敞。密樹交生煙，寒泉飛細響。目送野鴻歸，神隨孤雲往。石穴閟晨光，金蓮棲佛像。時有老僧來，芒鞋共探賞。

會勝嚴寺

幽巖昧昏旦，竹樹紛參天。僧樓一以眺，萬壑浮朝煙。叢柯鳥語樂，石壁松根穿。颯颯天風吹，翩翩老鶴旋。既愛雲閒坐，復此石上眠。愜心曷有極，會當捐俗緣。

晚至祖師巖

西山明夕照，歸鳥投深林。足疲倦登陟，策杖猶孤尋。前瞻駭奇幻，回矚驚嶇嶔。澄霞澹遠壑，閒雲斂清陰。入寺已昏暮，探幽聊行吟。呼僧秉蘭燭，開篋張瑤琴。細流響綠篠，圓月生青岑。此意在太古，悠悠誰知音。

雜感

涼秋八九月，白露欲為霜。天高河漢明，北風吹白楊。策馬上高嶺，嗷嗷征鴻翔。嗟爾征鴻飛，北燕南瀟湘。豈不憚艱苦，亦祇為稻粱。稻粱足累人，念此心彷徨。

文豹焚其身，為其體有皮。春蠶隕其命，為其腹有絲。曠野無長林，鷦鷯安所棲。君子處塵世，不與流俗隨。立志為飛雄，吶吶甘守雌。才華貴自斂，毋為淺者嗤。

食物無定味，適口便為珍。嗜好鮮定情，各得性所親。劉邕有痂癖，豈其味甘芬。人當甚飢餓，薑桂不知辛。及其醉飽時，羹膾厭紛陳。孰能安所遇，曠然得天真。飲水飯疏食，吾思古聖人。

芳蘭無惡臭，清泉無濁泥。昏鏡無明光，樛木無直枝。鸞鳳集梧竹，不共燕雀棲。豺虎行郊藪，不願麒麟隨。伯夷鄙商受，桓魋惡仲尼。聖賢與宵小，臭味何差池。霄壤不相及，其始爭幾希。所以古揚子，泫然泣路歧。

別文斗垣

思君一寸心，逢君一樽酒。逢君忽別君，痴立難分手。潺潺大壑波，依依長堤柳。寒煙一路深，落日幾回首。

同黃石農夜坐憶許丈吾田

日落群鳥散，亂蟬嘶未已。新月吐青林，孤星墮白水。鶴語深松中，泉喧幽竹裏。我有同心人，歡呼持綠蟻。

相對忽無言，悵然憶之子。

三山阻風即事

晨起別三山，山欲留我住。舟子促行人，揚帆就江路。山遺石尤風，迫之使回顧。繫纜依綠楊，持杯向紅樹。嗟我龍眠人，於山非有故。客緒紛如絲，歸心趨若騖。山意苦相留，毋乃情不恕。忽報東風生，長揖別山去。

泛舟夜作

月影落清溪，溪水流不去。人泛清溪船，月影隨相遇。擊水月翻波，波平月亦住。低頭月在溪，仰頭月在樹。乃知宇宙間，明月無私處。

過廢宅

悲風振林木，落日生黃埃。昔年歌舞地，今日多蒿萊。借問道旁子，梁棟胡為摧。為言大吏沒，三子如虎羆。談笑能殺人，勢若風驅雷。粉黛填畫閣，羅綺張瓊臺。簫管夜方息，祝融天上來。明珠雜翡翠，一炬成燼灰。三子想繼徂，白骨生青苔。聞此三太息，四野秋聲哀。鴟鴞終折翼，蛇蝮無完胎。其人不足悼，此事良可悲。

雜詩

東風扇平野，百鳥爭先鳴。鳴聲各自異，聞者為怡情。南山有威鳳，其音和且清。一鳴宮商葉，再鳴世宙平。聞者不解賞，側耳生疑驚。嗟哉九苞鳥，空自調竽笙。鳥言不足惜，俗耳非所爭。所惜六合內，寥寥稀正聲。

獨坐意不懌，出戶登高岡。天風振古木，落葉飄遐荒。遙望大河流，白日波飛揚。我欲策長劍，東海觀扶桑。惜哉波浪闊，天遠無飛航。

古人不可作，來者知為誰。匹夫處蓬廬，常懷萬古悲。我有忘年友，乃在江之眉。魚釣自適意，日以一尊隨。招我同此樂，毋為久塵緇。我心非異趣，時哉猶可期。

書斗垣詩後

山川有精氣，鬱鬱發奇光。間世挺英哲，巨筆磨天揚。吾桐盛詩學，海峰為之倡。腹貯萬卷書，衝突走四方。

碧簡揮霜毫，劍戟森鋒鋩。譬如獅子吼，曠野無貔狼。虎豹且斂迹，何論群吠尨。再傳為夢穀，大鳥當空翔。百鍊挺昆吾，九派朝潯陽。同時晴園翁，庶幾相頡頏。閶闔開日月，百怪消狓猖。厥後方來子，才力青蓮當。洪爐鑄今古，光焰淩斗筐。化為沆瀣氣，飛灑千仞岡。二劉海峰、方來。忽以歿，衰草悲茫茫。姚夢穀王晴園亦謝世，墓門生白楊。存者有石甫，樅川朱芥生與張勗園。或則宦天涯，不得栖故鄉。芥生、石甫兩先生。或則歸田里，窮老病且盲。勗園先生。天之待詩人，通塞固無常。吾子正英年，抗志追乘黃。上者師漢魏，其次宗三唐。餘論亦紛披，不為草根螿。所惜命途舛，屋破嗟無梁。出入戶顰眉，或與頭擊撞。盤中具紫葵，清酒溲枯腸。橐筆事奔走，菽水供高堂。妻子耐清貧，葑菲以為糧。君心雖覼縷，君氣殊凱康。奮舌飛霹靂，淵嶽為低昂。置身百尺樓，當風簸秕糠。但有花骨裁，何求侏儒囊。是以邇年來，倒篋青琳瑯。肝脾抽深淺，耿耿悲歌長。若以百斤瓢，登岱酌天漿。行見騁六飛，唾落空中霜。努力抗前哲，所造曷可量。我來讀君詩，快癢搔疥瘡。又如啖乾薾，其味醇且芳。掩卷三嘆息，兩耳鳴宮商。起視河漢高，白露沾襟裳。

同文斗垣江湘槎劉心甫何海秋王子甫晚步

暮靄散青松，夕陽依翠篠。挈伴步空林，行行來古道。柳外數歸帆，煙中聞啼鳥。細水入潭深，新月出林小。春風何處來，綠遍江南草。

採桑曲

桑葉青，桑枝長，儂來桑下，君去遼陽。一解。遼陽去不返，儂腸車輪轉。含淚採桑歸，飼蠶使作繭。二解。劈繭抽絲，千縷參差。繭絲有時竭，儂愁無斷絕。三解。織為錦，寄遼陽。來春宜早歸，莫待桑枝長。四解。

遊子吟

遊子拜庭幃，策馬就長路。馬行不肯留，遊子屢回顧。回顧淚沾衣，但見白雲飛。白雲飛滿樹，是親望兒處。

蓉洲初集卷二

七言古詩

與客夜話感賦

君不見烏兔東奔復西走，浮雲過眼成烏有。又不見蘭亭梓澤成荒蕪，榛荆蕭莽啼鷓鴣。男兒委身在天地，風神磊落貌坵墟。上擷泰岱之瑤草，下羅大海之珊瑚。壯心豈肯老邱壑，聳身當入淩煙閣。前追伊呂後蕭曹，坐使威名震沙漠。不能奮翮出風塵，便當退尋孔顔樂。圖書之府翰墨筵，上下古今歸橐籥。有時開口汲西江，隨風唾咳珠璣落。珠璣亂落驚王侯，筆花燦爛超韓歐。近超韓歐遠班馬，含英咀華擅風雅。案頭著書堆三尺，藏之名山待來者。不然躬耕半畝田，茹芝啜菽烹清泉，花間酌酒雲間眠。抑或吴山楚水停吟鞭，俯仰飛躍之魚鳶，遨遊汗漫年復年。胡為奔逐不稍已，紛紛簇簇如蜂蠆。面上塵封一寸深，精神疲憊搜糠粃。百年歲月能幾何？請君細認東流水。

黄沙歌

噫吁嘻異哉！蒼蒼莽莽何方來？長空昏黑天不開，山林舉目失花鳥，城郭對面無樓臺。風聲一夜寒如水，吹起黄沙三萬里。白日欲出黯無光，青天忽倒山扶起。茫茫大海杳無垠，紛紜雜遝皆煙雲。恍如乾坤未開闢，混沌一氣相氤氳。又如深夜晦無月，星河不出蘭膏歇。亦如驟雨出山來，大荒澒洞群峰沒。我欲卓立崑崙巔，手持玉帚摩蒼天。一拂東西盡開廓，坐看紅日空中懸。

登雞籠山

秦淮日落西風冷，白雲扶我來山頂。我向山頂發高歌，天風吹落銀河影。南望鍾山千仞高，孝陵草滿煙蕭蕭。銅駝石馬臥不起，建康宫殿今蓬蒿。憶昔太祖興兵起，單身飛出草茅裏。鐵馬金戈十四年，一朝萬國皆臣子。再傳變難生蕭牆，連天兵火來蒼黄。燕王一去北斗傍，楸梧禾黍俱蒼涼。星移物換江山改，南朝不復鶯花海。三百年前已渺茫，何況六朝千餘載。吁嗟乎！前人已死，後人未來，茫茫天與地，草木終塵灰。我有白玉之盞，黄金之罍，周郎不作王謝杳，誰能與我同舉杯？我醉長唾動風雷，石城四面生氛埃。須臾拂袖一起舞，長劍欲劈天門開。高呼梁武不復廻，斜陽空對雨花臺。桃葉渡，莫愁湖，當年脂粉今在無？君看白下城邊柳，空有寒煙叫夜烏。

登江樓偶題

長風生太虛，明月出海表。青天影入大江流，俯視東南輿地小。楚吳雲樹何蕭蕭，深夜蛟龍靜不驕。濤頭一線落復起，如奔白馬驅銀鰲。河漢星斗俱無色，青山欲動樓臺搖。漁燈隱約留江渚，彩霞片片隨人舞。我思乘月下瓊霄，踏遍三千之島嶼。島嶼羅列如蓬萊，天風玉露相徘徊。仙之人兮不可見，蒼鸞玄鶴焉在哉！安期一去成千載，浮雲變滅滄桑改。丈夫吐氣作虹霓，毋管窺天蠡測海。蘆花風起秋聲多，有酒今宵須放歌。一飲百杯朱顏酡，起視東方問如何？朝陽皎皎扶桑柯。

孝子泉 孝子檀鬱也

孝子泉，清且潔。春不溢，冬不竭。孝子思親淚如血。孝子悲，清泉冽。泉流歇，孝子之淚乃可絕。

楊白花

楊白花，飛何處，隨風飄度江南去。安得江南石尤風，吹轉楊花傍楊樹。

宿琢玉軒夜聞風雨作

疾雷一聲天上落，黑龍挾雨驅風作。忽如萬馬破空來，踏墮東南天半角。嫦娥不敢出滄海，山鬼驚呼竄林薄。牀頭屋漏鼠潛奔，堦下濤牛蛙對攫。是時孤燈黯無焰，猶與電光爭閃爍。東鄰西舍悄無人，我起作歌心膽愕。歌聲未竟雨聲稀，開戶滿天雲氣惡。

流民歎

道旁老弱呑聲哭，延戶哀哀索饘粥。人家閉戶如不聞，飢腸鳴轉如輪軸。呼號慘淡淚如雨，或與之食或不與。攜妻挈子傷流離，舉首呼天天不語。悲風捲草雪花揚，地皮裂破山骨僵。嗟嗟飢民無衣褐，鵠面鳩形焉能活。啼烏聲起陰雲霾，南北山頭多腐骸。夜雨啾啾泣山鬼，樵人不敢拾枯稭。生者黧黑亦如鬼，飢寒交迫臥不起。匍匐強傍富人門，求食不得惟求水。室家漂泊江湖中，骨肉摧殘風雨裏。大臣奏之天子聞，詔發帑銀濟民死。豈知帑發百萬金，民間疲癃猶如此。噫吁嘻！天高日遠障雲多，民兮民兮可奈何。

寄張小顛

小顛先生遇我於鍾山之北，秦淮之東，橫街走馬氣如虹。生小同鄉不相識，一朝見之千里外。姓名不問心相通，共入吳姬酒肆中。大盤細切牛肚菘，玉花之鱸水晶蔥。呼來甘醴真珠紅，拂衣起舞天地空。是時八月秋風吼，遊子歸心大如斗。驪駒唱罷各歸來，黯黯離愁同結紐。

我家南山陽，君家樅江口。我家門前水，流入君門首。君家山後月，照我門前柳。明月流水兩相同，美人不見愁孤衷。天寒日落一登嶺，遙見射蛟臺畔之水氣，接天一色白濛濛。冬十一月天欲雪，大風北來萬木折。我向城中問梅花，故人忽來肝膽熱。蕭蕭班馬太無情，一嘶直踏層冰裂。莫從河畔挽行鞭，空向屋梁看落月。

今春同客皖江水，皖水泠泠清見底。我栖城北君城東，旦夕相從採蘭芷。春風十日天翻河，大雨打屋白如鵝。街頭亂石污泥多，過訪不惜身跌蹉。相邀拔劍剸蛟鼉，江樓共醉金叵螺。欹欄側臥頭偏頗，以足拍案高聲歌，見者屈腰笑欲駝。忽忽別來春已暮，相思遠隔千重樹。君應有夢來，予亦有夢去，胡為中途不相遇？起步庭前，閒雲在天，願借閒雲駕作馬，乘風訪子九曲溪邊青松下。

古怨

紅豆生草間，相思人不識。桃李當春深，花老無顏色。人不識，空自憐。花將老，難再妍。山有連理木，水有並蒂蓮，郎去天涯年復年。

嬰兒啼

嬰兒啼，啼何為？嬰兒之意慈母知。慈母知，嬰兒喜，嬰兒有母無凍餒。母在側，兒笑嬉。母去旁，兒傷悲。兒與母兮常相隨，安得兒大無別離，終身常似嬰兒時？

孤兒苦

友人王海航既卒之，次月，其妻舉一子，余聞之，悲喜交集，為作孤兒苦。

孤兒苦，孤兒苦，孤兒生不見父，孤兒無父將何怙？人謂孤兒有母，孤兒無父母無主。蘭生幽谷，不逢膏雨。雛鳳出林，牧豎思侮。孤兒何辜天困汝？孤兒孤兒，不願汝能生翼飛摩天，願汝成立慰黃泉。

答程信吾

君不見大澤潛龍學屈蠖，波濤不起天清廓。忽伸鱗爪撐青空，頓使八荒風雨作。又不見北海鯤魚蟠巨濤，奮身不得淩天高。一朝化作大鵬起，飛飛直上干雲霄。男兒手握如椽筆，際會風雲終有日。毋為擊築空悲歌，坐使蒿藜生斗室。班超志大期封侯，疆場百戰馳華騮。功名只在一擲筆，豈關燕頷與虎頭。程君少小負奇氣，與我交深同臭味。三年共擊紫金甌，一醉不知卿相貴。新詩俊逸追前賢，紅箋走筆驅風煙。惜哉世無韓刺吏，時人誰識李青蓮。我亦上書空兩度，風塵憔悴白門路。楚國同悲宋玉秋，梁園莫買相如賦。念此不覺心彷徨，與君酌酒聊慨慷。蹉跎失志君莫惜，人生窮達安可量。巨魚終須縱大壑，驥出太行逢伯樂。海上如來貫月槎，乘風直至斗牛腳。君聞我語起褰裳，歌聲浪浪出短牆。仰天大笑搖斗筐，寶刀耿耿生精光。我和君歌歌未已，疎星西沒日東起。開門獨立悄無言，一片殘霞輕貼水。

題金介生行樂圖

天風吹落白雲冷，山人大醉呼不醒。醒來猶似醉時狂，芒鞋踏亂梅花影。梅花萬樹生清芳，折來十指凝冰霜。偶然青眼欲翻白，耿耿夜月寒無光。人間春色皆桃李，千門萬戶鬪紅紫。山人夢不到繁華，腹貯冰壺一片水。大庾嶺，羅浮山，古來仙境非人間。我思往借林逋鶴，與子乘風快一攀。

西風逐雨大如拳，千點萬點落平田。長溪忽添三尺水，喧豗觸石波回旋。是時郊外無蓑笠，但見野樹千林溼。一老持蓋田中來，風吹欲倒強自立。科頭跣足形翩翩，泥中盤辟行不前。恍如老鶴脫毛羽，勢欲起舞身迍邅。神龍忽斂空中爪，黑雲低壓茅廬小。長歌歸去叩柴關，清酒一樽依翠篠。

崖空木落風怒號，大石出土如蟠鼇。仰天偃臥者誰子？伸足踏破山雲高。雲中一雁忽飛出，夢婆驚落青山北。一鴻未去一鴻來，銜散煙痕千點黑。吁嗟爾鴻苦翱翔，天地闊遠隨棲藏。胡為萬里愁風霜，嗷嗷若言不得已。稻粱未足供枵腸，先生大笑山欲倒。予亦腹枵同枯槁，甯甘採蕨死空谷。不肯出山同小草，鴻雁飛飛去南天。若聞呼吸聲翽翽，驚起山猱走且顛。

風鼓浪，浪拍天，長江千里無人煙。雪花紛紛大如馬，萬騎奔突從空下。是何老翁顛且狂，瘦骨若豺鬚眉長。手持一竿僵似鐵，大魚欲出波飛揚。吾聞大澤羊裘叟，輕視軒冕如塵垢。天子呼之不肯來，名垂竹素懸星斗。此翁不計身後名，但欲得魚可沽酒。

吁嗟乎，前有千載，後有萬年。後人之視今，亦猶我視千載前，茫茫萬事皆灰然。何如日隨一葉之輕船，得魚即沽酒，有酒醉即眠。

登報恩寺塔

晚煙漠漠生微寒，西來秋色滿長干。落日在山影墮地，天風吹我登雲端。雲煙十里連江樹，江水東流不肯住。木末亭高秋草多，青入雨花臺上去。飛霞遙逐征鴻來，一聲長欬天為開。我聞此塔稱第一高，壓四百八十古寺之樓臺。上有黃金風磨之銅鎮其頂，下有禪關梵宇相周迴。風鐸高懸百有五十二，四方風起聲喧豗。五色琉璃光炫目，照耀八極窮九垓。神工鬼斧有真妙，婁明班巧無所施其才。南朝人物成泥土，此塔嵯峨峙終古。我循磴道盤虛空，聳身卓立天當中。高歌促起東山月，一片明霞萬疊紅。

紀夢有序

有山焉，曲折千盤，引人入勝。予與文子斗垣登之，見古寺棟宇連天。扣扉入，有老僧來迓之。歷佛殿，循廻欄，綠竹翠杉，交映左右。俄至一處，徑狹僅容身。其明一線，屈曲如螘旋行。有頃，豁然中開。見院落，廣數十丈，花木蟲魚，景觀勝狀。院西樓一座，四面皆曲檻周遮，望不可登。有童子來導之行，恍入石洞中，風寒襲衣，雲間貼壁，徑凡十餘轉，得雲梯，步而上之，則樓也。敞前軒，奇峰羅列，如龜如虎，如龍蛇，如牛馬，形不一。回首顧其西，忽見長江洶洶，一碧萬頃，樓若從水中浮者。心竊訝之，以為此山中，長江何來？欲呼童子問之，而樓已失所在矣。晨雞一聲，乃自知為夢也。樓中彝鼎、圖書，凡數百種，醒不可記，猶憶前軒一聯云：『楊柳自甘露，梅花皆妙香。』登樓，與文子共賦五言詩一章，亦杳不可記。瞑目思之，得『回首見長江，樓從波際出』十字，晨起作歌紀之。時戊戌閏四月十三日也。

我聞太白昔日夢遊天姥之高峰〔一〕，千巖萬壑盤虛空，天雞一唱日出海，照曜三十六洞之芙蓉。予生好山水，往往夢入名山中。昨宵踏月歸來晚，飄然身欲摩蒼穹。故人攜手摘瑤草，林巒猿鶴吟天風。山廻路折，雲煙不開。紺壁千尺，老僧徐來。導我入室去，白石點點生青苔。羌螘旋兮盤曲，倏顧影兮徘徊。若天清而地迥，見空際之樓臺。此時老僧不可見，傍有童子笑持腮。挈我上高閣，飲我黃金杯。開軒忽見月東上，松梢露滴飛清響。虎嘯谷而風來，龍出山而雲往。深林遠與江湖隔，胡來萬丈波濤翻日白？蛟螭出沒，鯨鯢吞吐，不可以端倪。蒼茫四顧乾坤窄，獨立長吟，裂魄驚心。啼鳥在樹，朝陽滿林。梅花楊柳歸何處？起向空庭步綠陰。

【校】

〔一〕天姥，山名，在紹興新昌縣東，道家稱為第十六福地，高不可識。

寄劉悌堂

白門一夕風聲吼，夜雨瀟瀟同對酒。君狂痛飲三百杯，我亦怒傾十餘斗。人生聚散無常期，石城折柳傷別離。寒雲黯黯樹無色，此後相逢知幾時。我買扁舟還故里，江干三日石尤起。白波翻雪撲天高，一舟牢繫蘆花裏。風停始得牽舟還，十日乃抵浮渡山。浮山七十有二峰，峰峰欲吐青芙蓉。松巖桂嶠看不足，丹霞亂護屏風綠。登臨恨少同心人，茫茫不見劉伯倫。舍舟意欲賦歸去，夕陽已滿西山樹。何期前度別離人，猶得舟中重一晤。相見高呼喜欲狂，脫衣沽酒同傾觴。三更露重不知冷，星河耿耿懸清光。扣舫高歌情未已，荒村四處雞聲起。一輪紅日上扶桑，兩下離情付流水。欲別未別心愴傷，寒煙迷空孤鴻翔。驪駒大叫忽分手，行行回首猶相望。別來又覺秋光老，落葉滿庭紅不掃。方期騏驥入天閑，那堪蕭艾成芳草。雖然男兒七尺身堂堂，生平立志宜激昂。上叩天關下地闕，氣搖五嶽吞三湘。拔劍四舞天空闊，焉能老死填溝壑？君不見山林古今偃蹇多英雄，一朝奮起登麟閣。

登大觀亭

黃葉聲高秋瑟瑟，萬家煙火空中出。西風忽復動地生，城郭蒼茫迷落日。落日西下雁南來，長橋秋水畫圖開。丹楓葉照千條巷，黃荻花飛百尺臺。登臺勢欲凌雲表，欄干曲折礙飛鳥。祠前酹酒弔忠宣，英魂千載傷懷抱。不見當年血戰場，但見墓門森勁草。蕭蕭勁草映豐碑，伊人不作心神悽。大江時有雪漲湧，喧闐彷彿聞鼓鼙。鼓鼙聲歇四百載，江山如故人代改。我來眺望皖江邊，明月深宵散華彩。吁嗟乎！功名富貴總浮漚，精靈炳煥垂千秋。人間樓閣終頹廢，惟有斯亭萬古留。

重登大觀亭

悲哉，秋之為氣也。霜風蕭瑟鳴，大鳴野黃雲，萬樹叫啼烏。白日一江奔怒馬，江聲萬里岷峨來，秋風亭上重徘徊。三年石壁題詩處，祗今一一生蒼苔。大杯痛飲三百斛，醉眠高枕寒煙綠。若有人兮江之干，披甲執戈時痛哭。哭聲直欲搖天地，一夢驚醒心猶悸。起尋江上杳無人，疑是余公騎鶴至。余公余公去何方，應在白雲漂渺虛無鄉。我欲揖公來亭旁，細話當年報國之衷腸。和淚濡墨書縑緗，傳之萬古扶綱常。寄言江上往來客，休向墳前空奠觴。

書程人天津紀遊詩後

程子曉春年二十，昂昂孤鶴雲中立。家貧四壁生蒿藜，哦詩深夜鬼神泣。不肯低頭伏草茅，一帆高掛江雲溼。江雲黯黯江流深，山色沉沉無古今。柳絲不綰別離恨，海月難為去住心。一從判袂江天隔，扁舟獨掉滄江雪。東走京口暨揚州，遂跨廣陵極東越。海門浪起撲長天，蛟龍戰罷流鮮血。北逾大澤凌津門，獨向海天看明月。黃河倒落三萬丈，天陰晝黑鯨鯢掣。黃金之盞白玉觴，醉歌亂斫珊瑚裂。三千里外船為家，濛濛大野飛黃沙。寒煙寒月江頭雁，秋雨秋風客邸花。春光忽渡江南北，遊子歸來憔悴色。相逢一笑喜無言，滿臉風塵認不得。袖出新詩一百篇，披函大叫頭風痊。山川盡作囊中錦，珠玉隨風落九天。昔有龍門司馬氏，車輪馬迹窮人煙。為文磊落有奇氣，今觀君詩其信然。乃知男子生鄉里，窮簷齷齪非奇士。不能挾策登雲霄，亦當振翮辭荆杞。腰橫七尺紫金鞭，看盡天下奇山水。我欲駕蒼螭，飛出塵埃裏。劍光閃月霜花青，芒鞋踏露煙痕紫。東窮泰岱西崑崙，叱起龍蛇奔腕底。

讀李詩

仙人來自閬風東，手握千朵朱芙蓉。灑向人間作紅雨，飛飛不落隨長風。長風萬里吹滄海，六龍扶日生光彩。笑持玉醴依扶桑，風前一醉三千載。酒酣踏上金鰲背，遙呼海若雲間戲。蒼鸞玄鶴翩然來，上拂重霄下九地。忽聞仙樂鳴蟾宮，元音縹緲歌玲瓏。繁弦急管俱消歇，笛聲散滿朝霞紅。有時亦奏斷腸曲，疑聞神女當空哭。哀感不言神自傷，淚痕欲化珠千斛。我讀青蓮詩，彷彿亦如此。黃河盪胸天為開，大江無風波自起。此才萬古爭相推，當時欲殺胡為哉？如公意氣終淪落，何況雕蟲篆刻才。

讀韓詩

謫仙不作少陵歿，山川草木精華歇。文房賓客非長才，誰抉天心探月窟。韓公一笑起南陽，天地日月回清光。巨斧朝開五丁道，寶刀夜吐千丈芒。奇彩陸離神典重，勢躍蛟龍騰虎鳳。陽施陰閉奪朝昏，突驥奔驄神縱鞚。天吳卓立滄江東，張牙哆口噓長風。翡翠折翎碎深碧，鯨魚剝血流鮮紅。披函光焰照人目，恍入瓊宮張玉燭。又如風雨來洞庭，水怪紛騰神鬼哭。硬語盤空力排奡，此言實自宣秘奧。鴻鐘雷鼓鳴天閽，驚散蜂喧與蟬噪。雖云近體非所長，淮南木落亦超妙。雲龍上下何情深，東野之才豈同調。

過介生嵐波新居同黃石農文斗垣程信吾兄弟賦

崑山之玉瑤池雪，天生傲骨寒如鐵。論交當世半英雄，肝膽相披瀝心血。昔居晴嵐古渡頭，盎有餘糧笥有裘。日向人間搜款識，千金一笑輕相投。家貲以此去八九，屋露青天襟見肘。逢人猶自氣凱康，客來賒盡街頭酒。酒酣耳熱歌聲高，春雲黯黯星寥寥。時或拔劍一起舞，東方日出天雞號。一從買屋青山裏，超超不著塵中履。故交三載別離情，門前冷落長河水。深林雲樹鬱蒼蒼，思君望君空彷徨。開歲不得同稱觴，夜深皎月懸屋梁，百端交感鳴中腸。近聞復買河東室，驚喜無端為抃膝。山神若解故人情，一夜東風驅使出。人生聚散安有常？飄如雲影隨風狂。東西南北驚鳧翔，那能旦夕羅瓊漿。今我來君新草堂，當門楊柳栽成行。故人一呼都咫尺，披襟倒屣來蒼黃。黃文疆才莫敵文，同瀟灑，氣昂激。程皈手可分天章，諸季亦能馳霹靂。我如羸馬跛且顛，只解長鳴悲伏櫪。相逢跣足更科頭，灑酒鬚眉皆滴瀝。請君為我作畫圖，懸掛高堂之東壁。

蓉洲初集卷三

五言律詩

送別

我意如流水，隨君直向東。君心似明月，照我碧山中。千里未云遠，孤懷相與通。何須怨離別，吹笛悵秋風。

宿山家

東風吹草綠，春色滿空山。一逕入深翠，白雲相與閒。野人林外值，邀我至松關。落日對樽酒，蕭然萬慮刪。

秋望

白雁一行去，黄沙萬里來。天空雲氣合，山斷夕陽開。有客動秋思，悲歌登古臺。漢廷多長吏，誰惜洛陽才。

憶毓蘭

明月出東海，隨人上小樓。白雲千里晚，黄葉四山秋。欲訪江干侶，言尋竹葉舟。茫茫前路遠，風露滿汀洲。

憶悌堂

梅影忽在地，前山山月生。有人脩竹裏，共此一輪明。披褐過幽澗，時來孤鶴鳴。好憑今夜夢，聊慰別離情。

送人之楚中

萬樹飛枯葉，嗟君獨遠遊。風霜凋客鬢，天地有孤舟。世味半黄蘗，高堂況白頭。歸期宜早卜，莫重倚閭憂。

遊木末亭謁方正學先生墓

悲風吹斷碣，斜日上荒亭。來謁先生墓，萋萋秋草青。摧殘悲骨肉，生死屬朝廷。千載常山舌，疑聞血氣腥。

一夕周公至，成王失帝畿。傷心宮殿上，風雨泣麻衣。壯氣自終古，南朝忽已非。不堪憑弔處，空有鷓鴣飛。

春詞

桃花紅作雨，楊柳碧成煙。紫燕忽依水，白雲長在天。高樓坐朱粉，曲巷醉青年。門外黄鸝語，聲聲助管絃。

桃葉渡

晚風吹落日，一水起微波。人説晉桃葉，曾於此渡河。風流千古在，楊柳六朝多。珍重秦淮女，憑欄漫作歌。

登鎮皖樓

雲釀日邊雨，江飛樹外濤。東南雙眼盡，吴楚一樓高。人語喧朝市，風聲送釣艘。夜來有霜信，楓葉下寒皋。

哭方淑吾夫子

意想不到處，訃音江上來。時鈞衡應試皖江。文星前夜落，秋雁一時哀。野水流嗚咽，孤雲鬱不開。招魂雖有賦，無計達泉臺。

精力老猶健，如何去不還。夫子卒白下。奇才歸上界，大筆在人間。吾黨二三子，從今失泰山。西風同一哭，腸斷秣陵關。

豪家

筵開翡翠堂，華月照中央。玉醴三千斛，金釵十二行。瓊瑤生古色，蘭麝鬱奇香。海燕忽西去，啼烏叫夜霜。

寄懷湘槎

微蟲不解恨，而亦發哀吟。況我悲秋者，能無離别心。故人抱瑤瑟，獨處清江潯。感此不成寐，遥聽空外音。

登月輪峰追憶錢石幢

萬樹倚雲邊，人來欲到天。崖崩欹怪石，峽斷出飛泉。吾友昔居此，同登百尺巔。如何今日至，黄葉總淒然。

過山寺

雲起不知處，數峯相向青。泉清山氣冷，虎過谷風腥。明月鴉歸樹，空堂鶴聽經。老僧休謝客，予亦少微星。

山行

紅葉染池水，寒煙下石關。天風吹海月，一鏡出東山。秋色已如此，孤鴻猶未還。我來蕭寺宿，夢與白雲間。

金陵曲

高閣對新月，朱樓飛晚霞。雲鬟輕墮馬，畫鬢翠盤鴉。錦瑟侑清酒，胡牀依絳紗。舊愁渾不管，偏唱後庭花。

訪石農信吾

門外一春雨，苔痕上釣磯。偶於今日霽，來叩故人扉。野草碧連水，溪雲白滿衣。渡頭好風景，相約步斜暉。

哭黃祘生

別我才三日，悲君忽九泉。傷心惟有淚，見面已無緣。從此汝南地，無如叔度賢。戴良來一哭，風雨正蕭然。

對月懷友

明月淡無語，空林揚素輝。借君銀漢影，照我白雲扉。之子不相見，前村春又歸。離愁千萬點，化作柳花飛。

湘槎以詩寄成此答之

空山閒閉戶，三逕只蒼苔。晨起踏黃葉，故人書忽來。離情江北雁，詩思嶺南梅。我亦思君久，何當共把杯。

晚泊梁山

日落大江昏，濤聲萬馬奔。魚龍吞水氣，星月漾潮痕。帆利失歸鳥，山青連遠村。孤舟何處泊，今夜宿天門。

晚春即事寄張小石

春水綠平岸，楊花白滿川。鳩啼一村雨，人釣半溪煙。雲影失高樹，草根流暗泉。所思愁不見，獨坐拂清絃。

湘州夜泊訪友

一片湘州月，清輝來故關。風聲常在水，雲影不離山。有美帶琴劍，客居於此間。相逢無別語，只道夢刀環。

燃犀亭懷古

溫嶠燃犀處，清江萬里流。悲風吹落日，愁煞旅人舟。秋色滿牛渚，蒼然橫遠洲。斯人竟長往，終古一亭留。

別悌堂

欲別難為別，行行首重回。曉風吹短草，涼露濕蒼苔。霧散千山出，秋高一雁來。知君雲際立，為我久低徊。

秋夕懷吳陳渚

風急萬山秋，天寒一雁愁。斷雲依北斗，殘月下西樓。繞檻飛黃葉，談詩憶白頭。離情似江水，日夜送行舟。

夢蔭堂醒而賦此

一夢忽驚醒，城頭鼓角殘。露催楓葉下，秋釀菊花寒。風雨人千里，關山路百盤。遙憐張子野，心繫楚雲端。

哭王海航

人生若大夢，百歲亦徒然。不惜君長逝，所嗟方少年。孤孀身後慮，琴劍故人憐。每憶聞雞舞，中宵涕泗連。

得陳心農訃音

才傷王粲死，謂王海航。旋又哭蘇韶。謂蘇以莊。雙眼無餘淚，孤懷鬱不消。交遊感零落，天地正蕭條。又報陳蕃逝，悲風咽洞簫。

贈山人

之子處幽谷，白雲飛滿櫺。晚風忽吹散，山色到門青。岩下松千尺，其根有茯苓。呼童採貽我，云此可延齡。

舟夜

殘日忽西下，碧天秋氣澄。江潮低樹影，海月小漁燈。
水濶寒山遠，鼉鳴斷岸崩。扣舷歌一曲，白露滿魚罾。

巢縣早發

野店一雞唱，征人上古堤。斷煙疎樹外，殘月大湖西。
露重寒鴉背，橋空怯馬蹄。故鄉行漸遠，回首白雲低。

寄小亭

樹樹白雲深，君居不可尋。綠楊一夜雨，紅豆兩人心。
流水自朝暮，青山無古今。曉來撥焦尾，半是別離音。

過白沙嶺

山斷暮雲欹，懸崖路險巇。嶺彎斜抱日，樹古臥生枝。
亂石埋荒草，枯藤葬短碑。前途煙漠漠，遥指趙公祠。

山中

一徑入幽谷，落花飛滿衣。雲深春樹暗，路曲夕陽稀。
古寺不聞磬，山僧應未歸。坐聽泉水咽，天籟發清機。

寄朱二

長嘯獨登臺，遥天一雁廻。江南芳草綠，春色為誰來。
我有梅千樹，東風吹又開。感兹懷故侶，把酒重徘徊。

晚步山中喜文一至

偶然入山去，山外已斜曛。一樹落紅葉，千峰生白雲。
掃苔坐孤石，老鶴與為群。忽見疲驢至，談詩到夜分。

訪隱者不遇

我駕五雲車，來尋處士家。松風醒鶴夢，山雪冷梅花。
隔竹吠寒犬，到門驚晚鴉。相思不相見，何處問煙霞。

深山

山雄蹲似虎，石瘦立如人。落葉疑風雨，陰崖伏鬼神。瀑飛千澗雪，松臥百年春。倘值陵陽子，相邀騎白麟。

秋夜得童問琴書

泉聲兼鶴語，一夜響空岩。月出乍疑水，松高如掛帆。故人自江上，遺我以書函。但道嗜狂飲，朝朝典敝衫。

寄呈王廉普夫子

不見王夫子，春風又隔年。心隨江上月，飛度朗陵前。時夫子任南陵。地遠鴻遲到，官閒鶴共眠。至今桐子國，人道魯恭賢。

擬古塞上曲

沙氣迷紅日，風聲捲黑雲。揚旗標帥令，拔劍掃妖氛。宛馬霜中嘯，胡笳夜半聞。匈奴三十萬，齊拜李將軍。

浮山會勝岩同方磊岑訪姚翊卿

遠公昔說法，拄杖依名山。聞與歐陽子，手談於此間。夫君愛幽趣，披讀向禪關。挈伴來相訪，天風吹鶴還。

送別張廣文

野雲雜高樹，斜日冷滄波。君掛一帆去，余情當奈何。城空秋氣早，鴉散夕陽多。別後倘相憶，長天有雁過。

得家書

黃花十日雨，白髮五更心。書至別無語，但言寒氣侵。秣陵秋更早，病骨惜難禁。時病後。一片思兒意，直隨江水深。

寄內

江水自東去，西風木葉枯。殘煙迷古寺，秋色上高梧。旅館愁深淺，香閨夢有無。今宵望明月，應念客身孤。

過李氏莊

門前一溪水，流出小桃花。花逐水流去，空山生暮霞。主人能好客，白酒為予賒。對飲不知醉，前林月已斜。

浮山夜步黃鵠峰偶懷左丈枳卿許丈儂生何耕樂許子良牧卿左少沖諸友皖城

白雲常在樹，老鶴忽依松。一片天東月，飛來黃鵠峰。遙憐江上客，攜手採芙蓉。安得凌風翼，西過山萬重。

過山人居邀同游白雲菴訪上人不值

青松三百樹，樹下坐銜杯。一鶴忽驚起，鐘聲山外來。因之尋古寺，相約步蒼苔。開士適他往，閒雲空復回。

代人答塞上友

離恨如芳草，春來綠滿山。念君萬里外，別我十年間。聞在居延海，長歌憶故關。沙塵邊塞重，應見鬢毛斑。

登和州鎮淮樓

驚風衝斷雁，朝日出寒雲。吳楚一江劃，乾坤千里分。何蕃無故宅，張籍有奇文。偶誦看花句，兼思劉使君。

歸家

歷盡風波險，真知客路難。恐驚慈母意，故向說平安。弱女欣依膝，山妻解具餐。故園今夜月，不似異鄉看。

蓉洲初集卷四

七言律詩

天門山

岷山直下八千里，江水遙從天上來。到此兩峰排石壁，中流一線走風雷。魚龍出沒晴疑晦，吳楚蒼茫闔更開。醉後題詩擲波底，狂吟我亦謫仙才。

春興

閒倚高樓俯大荒，東風吹送麴車香。山因向日消寒早，春為懷人覺夜長。花氣漫空連北斗，雁聲和月過南岡。官亭楊柳垂垂綠，多少驪駒悵夕陽。

奉懷朱芥生先生金壇

憶自征帆去故鄉，海門煙樹恨茫茫。江濤滾雪連天白，沙氣乘雲壓地黃。別後夢寒千里月，秋深風散一庭霜。青龍山下多瑤草，應採殊芳入佩囊。

邊詞

朔風吹落邊城角，一夜征人淚滿衣。萬死猶巡青海外，百年難望白頭歸。寒雲接地天無影，冷月橫空雁不飛。射虎將軍今在否，捷書何日報京畿。

早秋

露氣飛空濕黛螺，秋聲昨夜落銀河。短牆過雨封苔蘚，老樹當窗抱薜蘿。把酒又看新月上，懷人翻恨故交多。登樓俯瞰清溪水，十里香風起芰荷。

野望

亂煙團住野人家，松檜龍蟠勢攫拏。日落萬山凝紫氣，風平千里定黃沙。空天雲散盤孤雁，老樹秋高噪暮鴉。十載壯心何處托，腰橫長劍怒生花。

詠史

項羽軍威走電雷，八千子弟渡江來。雌雄決戰輸奇策，書劍無成僅伯才。白璧一雙空受獻，黃金四萬起疑猜。可憐養虎終遺患，巴蜀封王是禍胎。

彭城鏖戰鼓鼙催，睢水奔流去弗回。不是東南天子在，如何西北大風來。得時隆準兵常困，失算重瞳事可哀。呼起美人相對酒，紛紛清淚落殘杯。

斬蛇亭長起荆榛，寶劍横腰雪色新。俎上一杯無父子，途中三老識君臣。生前虎翼資梟將，死後蛾眉痛彘人。草草朝儀憑博士，規模大半襲亡秦。

太白樓

白也當年一葉舟，飄然捉月大江頭。一從水底騎鯨去，江上空餘太白樓。開寶青山横落日，東南紅樹隔神州。我來憑弔舒長嘯，驚起魚龍海國秋。

登呂祖閣懷黃石農

懷人獨上楚江樓，萬里奔濤去不留。大野陰濃雲氣合，高天風急海潮秋。寒煙白草迷南國，落日青山憶舊遊。曠覽那堪頻太息，暮鴻無數起汀州。

寄斗垣

十載飄零對酒筒，憐君孤劍走西東。枯桐入爨誰能識，大樹無鞭可救窮。痛哭卞和三獻玉，愁來殷浩一書空。悲秋我亦多離恨，落月相思聽暮鴻。

秋夕懷吳吉士即柬令弟思衡

金飈吹雁度河梁，落木天寒漏正長。萬里月明秋似水，一樓風定露成霜。清宵對酒思中夏，故國論才識季方。知汝塤篪情更切，草堂大被憶同牀。

金陵詠古

秣陵高起石頭城，紫蓋黃旗霸業成。地劃長江南北限，山連鐵鎖古今橫。二喬脂粉終泥土，三國天人厭甲兵。漢賊未除公瑾死，九原遺恨尚吞聲。

宴罷新亭泣楚囚，司徒旋已復神州。金湯形勢誇龍虎，父子江山易馬牛。破敵對棋思北府，清談誤國笑南樓。桓溫早死皆天意，大業仍教屬漢劉。

寄奴英勇本從天，再世干戈釁起邊。白面籌兵無上策，黑衣參政只談玄。楝樑一木悲袁粲，生死千秋愧褚淵。大抵興亡關主德，鱗文龍額恐虛傳。

攀駕王琨欲斷腸，汝陰璽綬上齊王。人傳玉導堦前擲，國向金蓮步底亡。江左勢微空有主，竟陵客散已無堂。同朝六貴今何在，朱雀門前剩夕陽。

蕭郎明達冠群英，宗廟如何費惜牲。百丈浮圖供古佛，一時淮海起長鯨。捨身不救臺城餓，開講難迴石梵兵。翻道詩書了無益，竟將炬火學秦嬴。

結綺臨春又望仙，當年高閣入雲煙。上書傅宰心如面，抗疏章華淚似泉。老將宿臣多伏莽，黃塵皂莢總由天。如何狎客同歌舞，赴難無人到井邊。

齊梁往事已塵滅，七百年來王氣回。天遺布衣開殿闕，人從鍾阜憶樓臺。患平草野功臣死，變起蕭牆戰馬來。君看金川門外柳，到今風雨夜烏哀。

一千四百年前事，今日都從弔古來。陵谷銷沉餘夜月，鶯花零落有荒萊。泥埋石馬苔生背，雨濕銅駝淚滿腮。不管南朝興廢恨，秦淮一水自瀠洄。

舟發白下

煙消霧散碧天開，我駕扁舟白下迴。雲吐青山城上出，雁扶明月海邊來。秋深露氣寒吳楚，夜靜潮聲挾電雷。願借長風一千里，掛帆直抵射蛟臺。

呈張勖園先生

先生高臥滄江上，日日扁舟釣碧波。四海論交天下士，百年如夢醉中過。青燈聽雨朋儕少，白髮談詩感慨多。我昔登堂曾問字，別來猶憶口懸河。

龍眠山中作

千尋飛瀑落雲隈，獨倚孤峰四望開。絕頂煙霞仙佛座，參天松柏棟梁材。李公莊杳青山在，相國墳空自鶴來。覽勝不堪還弔古，蕭蕭紅樹雁聲哀。

過劉孟塗先生故宅

天涯奔走遍關河，拔劍逢人斫地歌。四海文名卿相重，一生詩思道途多。祇今白屋空高岸，終古黄雲覆大河。憑弔不勝山斗慕，九原可作待如何。

寄劉艾堂先生

記別宜城萬樹秋，歸來斜日幾登樓。一樽風雨吟黄葉，百里關山憶白頭。臥聽江聲喧大野，老餘詩思在孤舟。相思不見空搔首，獨向南天看斗牛。

白鶴峰

芒鞋曾踏九芙蓉，又上樅陽白鶴峰。古洞雲深藏怪石，寒林木落見孤松。鐘聲隱隱來前刹，山色青青接大龍。漢武射蛟今不作，長江東去水溶溶。

斷霞孤鶩一天秋，落日荒寒宿雨收。煙火萬家盤古渡，雲梯百折到危樓。嵐光低壓金牛宕，江勢中分鐵板洲。為問蓮花池上月，千年曾照幾人遊。

春夜

滿地春風春可憐，江南芳草綠芊綿。吹殘畫角更初轉，夢到梅花月正圓。

竹裏蒼苔和露長，松間白鶴抱雲眠。明朝策馬芳郊外，便買黄封醉綺筵。

和州道中

曉風吹雨散岩阿，殘月西沉雁度河。疎柳斷橋嘶匹馬，野田秋草立群鵝。東來山到和陽少，南望雲迷故國多。病體未痊偏遠客，高堂清夜夢如何。

中秋望月寄程懷之

去年此夕同為客，明月江天酒一杯。今歲又逢佳節到，清光不共故人來。千家秋色平分夜，萬樹風聲獨上臺。知爾離懷更難遣，晴嵐渡口幾徘徊。

送殷子徵孝廉北上

長亭官柳綠婆娑，渺渺離懷可奈何。斜日一車驅白道，西風千里渡黃河。故園山色難為別，前路春光此去多。為語京華名勝地，莫教行樂慣笙歌。

登秣陵城寄鐘甫

野風蕭瑟上城樓，極目東南萬里收。帆影夕陽紅樹外，雁聲殘月白門秋。山川王氣消龍虎，萍水遊蹤狎鷺鷗。安得故人同握手，解衣磅礴大江頭。

春詞

金箏玉板雜銀簧，一曲清歌滿畫堂。香散作雲迷蛺蝶，珠明如火照鴛鴦。當窗彩袖雙鸞影，入夜華燈九鯉光。十二繡簾深似海，春風門外斷人腸。

雕鞍寶馬拂雲來，一笑相逢綺閣開。紅日飛霞花綴鏡，朱筵勸酒水晶杯。樓頭粉氣隨風落，笛裡鶯聲隔幔猜。列坐可憐人似玉，當場誰是牧之才。

春日晚成

樹影沉沉暮色昏，睡餘清夢落遙村。煙扶嵐氣青連屋，雨長溪痕綠到門。天闊征鴻來日腳，山高孤鶴臥雲根。封侯未遂男兒志，放眼乾坤酒一樽。

訪悌堂

曾上江樓覆碧醅，澄江如鏡畫圖開。秋風別我輕帆去，春雨思君匹馬來。翦燭窗前人對語，敲棋簾外鶴飛回。明朝又折河邊柳，怕聽銅壺曉箭催。

呈光栗園方伯

虎氣騰輝燭九垠，懷中三策抱天人。江東詞賦推前輩，直北屏藩仗重臣。臥病偶歸桐子國，濯衣深愛帝京塵。神龍休向空潭老，四海蒼生望雨頻。

春日曾曉滄孝廉自都門來持子徵書見寄成此卻柬子徵

雙鯉迢迢達故鄉，知君回首客心長。人來冀北三千里，書到江南十七行。野屋荒苔飛燕雀，孤燈春草夢池塘。戴逵近日無奇策，猶抱瑤琴對夕陽。

客館書懷

客邸新愁間舊愁，大江東去火西流。野雲出岫不成雨，明月窺人徑上樓。趙有平原能相士，楚無宋玉孰悲秋？男兒萬里期飛食，何日纔封定遠侯。

落木蕭蕭下古城，平蕪白日皂鵰鳴。偶因對酒思中散，不願逃名學步兵。大野風聲高不落，楚天沙氣晚來橫。如何一片西山月，偏為離人增夜明。

山行

身穿一徑將千折，人踏諸峰瞰九垓。飛瀑疑從天上落，亂雲爭向馬頭來。老松風起蒼龍舞，陰谷春深杜宇哀。到此已無塵世想，不須方外覓蓬萊。

征婦

獨坐傷春祇自憐，藁砧西去已三年。鄉心月滿量牛谷，客路冰寒飲馬泉。去後芙蓉空有色，別來楊柳又生煙。怪他侍女池邊立，故說鴛鴦對對眠。

過泉虛先生墓

千秋西漢龍門筆，天與斯人一瓣香。如此俊才誰伯仲，可憐奇禍起文章。傷心名士今黃土，落日悲風滿白楊。曾讀故人憑弔語，斗垣有過先生墓作。我來難禁淚成行。

遊浮山

一邱一壑皆仙境，三十六岩如洞天。踏去碧雲都似水，飛來青鳥不知年。松花拂袖疑飄雨，嵐氣乘風欲化煙。獨有石龍呼不起，何人為借始皇鞭。

書感

又聽孤雁叫寒空，坐倚清陰百尺桐。明月到門渾似水，斷雲歸樹欲生風。畫牛誰見池中影，失馬君看塞上翁。世事升沉難豫定，且將杯酒菊籬東。

百年歲月苦怱怱，鷁退鵬飛事不同。魯望里中惟杞菊，韓維門外有梧桐。蛟龍得水終行雨，犬馬依人亦効忠。幾輩封侯能報國，模稜從古說三公。

清明前一日登皖城樓

皖伯城高落日懸，春來平楚鬱蒼然。長江隱隱千帆逝，野塚纍纍獨鶴眠。山背女牆收宿雨，雁從遠渚下寒煙。故鄉明日清明節，遥想家人上墓田。

讀海峰詩文集寄悌堂

哲人萎去斯文在，奇豔驚才絕古今。吏部起衰空八代，杜陵垂死尚孤吟。一生幽谷寒蟬怨，萬里長途老驥心。不是夜臺無狗監，生來傲骨重如金。聞先生居京師，當時有權貴欲其趨謁，先生抱道不屈。

侍郎壁壘開前路，謂望溪先生。比部詞華繼後塵。謂姬傳先生。馬帳薪傳三足鼎，龍眠花發一時春。此才不出天無色，斯道能留世幾人。寄語伯倫家學在，堂堂珍重百年身。

秋興

西風一葉下庭柯，渺渺横塘冷欲波。似我閒愁宜酒遣，懷人詩思到秋多。燕知戀主辭巢緩，雁為尋粱結陣過。良友不來書信杳，心隨明月照岩阿。

寄董思陶孝廉

春風匹馬到燕臺，旋見驅車直北回。萬里黄塵曾倚劍，一林紅葉憶銜杯。雁蟠雲氣天邊落，山送秋聲雨後來。白草茫茫城下路，相思斜日幾低徊。

柬汪因之白下並問方寳珊消息

我寄離情落日邊，隨雲飛度白門前。數行征雁江頭月，六代青山夢裏天。汪藻思鄉應有淚，方干作客已多年。不知萍梗風波上，何處高歌夜泊船。

泊采石

大風吹雨過芳洲，斜日魚龍出水遊。吳楚雲山開萬里，東南天地入孤舟。丹楓對酒燃犀渚，明月題詩太白樓。溫嶠不來供奉杳，荻花如雪滿江秋。

三元洞

崎嶇一徑穿江底，石洞天開類海門。鑿穴蒼崖棲佛鬼，推窗白日走蛟鼉。三千世界壺中小，十萬軍聲足底奔。水氣蒼茫晴亦晦，探奇到此轉驚魂。

詠史

關中王業幸天成，當世虛傳長者名。失計沐猴無子弟，得時屠狗亦公卿。儒冠解溺誠何意，國士傷心竟就烹。一事乃公尤器小，頡羹銜嫂豈人情。

長陵宿草未曾枯，產祿公然握要樞。白馬有盟臣竟背，紅顏何罪彘相呼。冠裳易位無天子，巾幗雖才豈丈夫。本紀終當標孝惠，馬遷胡只重娥姁。

文景仁風化百蠻，武皇何事擾陰山。烽煙萬里連城闕，兵馬千群出漢關。土木更教窮內府，神仙未必到人間。暮年縱有輪臺詔，已覺瘡痍遍九寰。

詔下黃門輔幼沖，築臺遺恨滿東宮。旋驚英主歸陵寢，竟見新王出獄中。悔過更無商太甲，安邦賴有漢周公。如何背上生芒刺，卒使功臣祀不終。

纍纍印綬欲危劉，況復椒房寵太優。自古宦臣多病國，從來外戚易封侯。江湖風月招梅福，岩穴煙霞讓許由。獨惜草玄才百代，到今人為子雲羞。

謙恭下士博虛聲，號採伊周錫宰衡。豈有黃龍遊亂世，斷無白雉貢神京。陳咸那識新朝臘，龔勝難忘舊主情。一種生兒同不肖，子房之後又更生。

王氣爭傳白水鄉，攀龍附鳳盡侯良。列侯進爵歸公府，天子投戈設講堂。馬上功名如乃祖，域中文物勝高皇。伏波只解談兵畧，優劣焉能品帝王。

談經虎觀際隆平，繪像雲臺列姓名。將相盡承新雨露，君臣猶是舊師生。山呈寶鼎原祥瑞，詔禁浮詞亦聖明。何故求書天竺國，白紈偏愛楚王英。

無端宦戚遞持權，竟使青蛇入座前。北寺黨人甯有罪，東都天子半無年。可憐宗社遭焚燬，痛哭宮車被劫遷。一自董承傳密詔，千秋正統屬西川。

東吳北魏總讎仇，帝業偏安仗武侯。萬古快心惟赤壁，一生失計在荆州。不堪生子猶豚犬，空見輸糧有馬牛。忽報大星天上落，成都宮殿委荒邱。

題書齋壁

愛從林下搆荆扉，玉軸牙籤列四圍。此志不孤當有待，古人可作未全非。閒臨活水思垂釣，貪看梅花冷不歸。更檢紅夷留約客，庭前新種紫薔薇。

送勖園先生之湖北

黄塵歷遍關中路，白首仍牽漢上舟。知己應憐王粲賦，世人誰識馬卿愁。櫓聲帆影趨江夏，剩水殘山問鄂州。莫向楚天重懷古，騷才零落已難求。

夏日雨中

小窗鎮日雨風聲，坐看門前溪水平。老鶴一鳴歸大樹，斷雲千尺下孤城。山圍綠野渾如洗，天到黄梅不放晴。聞説江流今泛濫，蛟龍何意苦蒼生。

和人登岱作

短衣匹馬走青州，君踏天門最上頭。碧海東窺朝日出，黄塵西隔大河流。雲開梁父千峰列，天入中原一掌收。七十二君何處往，蒼茫獨立思悠悠。

奎躔分野三千里，鳥道凌空五十盤。雲挾風霆驚地出，天低星斗逼人寒。眼中嵩華俱臣僕，足底龜蒙衹彈丸。到此始知塵世小，煙痕九點鏡中看。

風飄長袖拂蒼雯，日射晴嵐化紫雲。紅樹青崖秋萬壑，齊南魯北此中分。松高枝掛秦時月，碑斷苔封漢代文。為問煙霞深處路，幾人曾遇稷邱君。

登射蛟臺

漢武潯陽江上來，琱弓長箭此登臺。旌旗一去山可改，風雨千秋草木哀。尚有魚龍腥水氣，更無舟楫繼雄才。斷雲殘日煙波闊，懷古蒼茫獨舉杯。

蓉洲初集卷五

五言長律詩

登迎江寺塔

標出雲霞外，人來日月旁。大江三百里，飛浪落潯陽。煙樹低沙岸，蛟螭走大荒。萬帆爭上下，一氣滚蒼茫。風急霞光斷，天空雨意藏。樓臺卑俯地，城郭小如筐。潛岳雄西峙，龍山距北長。東窺蛟渚白，南倚楚雲黃。落木思元將，哀鴻弔戰場。不堪懷古處，重此望家鄉。

寄懷李博齋先生

一笑無江左，飄然李謫仙。青山吾道在，白日此心懸。講易超王弼，談經祖鄭玄。斧斤空舊壘，罅隙補前賢。字拾嬴秦火，書藏米芾船。九州分畛域，一掌定山川。觀海難為水，探源欲到天。星辰歸燭照，勾股證薪傳。先生精漢學，著有惠氏易、漢學詳解、四書典林補鈔、七國地輿考、春秋土地吳名考、天文算學諸書。皖國城千尺，熙州屋數椽。尋春花氣釀，看劍月光圓。情性猶鄒魯，悲歌鄙趙燕。本來千里馬，何必九方歅。文豹終藏霧，驪龍不出淵。乾坤容我老，風雨抱琴眠。得句盤珠走，研思磨蟻旋。諸生皆大雅，賤子亦前緣。絳氏逢元禮，河東謁茂先。別從春社後，夢入楚雲邊。秋色三江路，西風萬樹蟬。登樓人不見，獨雁下寒煙。

舟過天門山

東去千艘利，西來一水渾。魚龍掀地軸，神鬼護天門。白雪中流噴，蒼煙夾岸屯。兩峰撐霧窟，雙壁削雲根。吳楚雄關峙，齊梁保障尊。百靈疑出沒，萬馬蹴晨昏。日月波心浴，風雷峽口吞。鳩茲迷遠樹，牛渚隔朝暾。舵轉山旋走，帆懸浪倒奔。推篷聞鶴唳，拔劍斷潮痕。黑蜃空中立，元螭腕底捫。建康何處是，遙指謝公墩。

秋杪訪錢石幢邀同游谷林寺贈晴嵐上人 二十四韻

不見故人久，提壺問楚狂。野煙低壓水，秋草半經霜。扣戶逢高士，披襟達上方。翠苔封石磴，清磬咽雲房。入座金獅吼，摩空鐵鳳翔。蔓藤扶臥柳，曲檻抱新篁。佛面寒山紫，鐘聲暮靄蒼。有僧持錫杖，說法傍禪牀。瑤草生千壑，天花散八荒。虎曾傾耳慣，石亦點頭忙。色相空今古，神仙傲帝王。君誠蓬島吏，予愧薜蘿裳。夜月朱樓笛，春風綠野堂。芙蓉三尺劍，瑪瑙九霞觴。足已紅塵誤，心猶碧海長。十年思貝葉，一笑坐慈航。喚起青鸚鵡，呼來白鳳凰。騰身銀漢闊，脫口玉蓮香。爪甲消塵垢，胸腸滌秕糠。此間隨去住，世外見羲皇。挑率傳燈火，牟尼燦日光。清談原灑落，作別太蒼黃。東嶺息群鳥，西村下夕陽。魯亭歸路晚，雲樹渺茫茫。

寄汪桐坡

一劍走塵世，雄才萬馬騰。斯人猶皓月，傲骨比寒冰。磊落黃山谷，悲歌杜少陵。裁詩煎竹葉，擲筆掃枯藤。翠鵲三千里，朱樓十二層。深崖蹲巨虎，迴野振飛鵬。浙水曾開眼，桐坡曾客錢塘。桐山久折肱。霜蹄君暫蹶，驥尾我何能。把袂逢汪藻，談經愧戴憑。升沉同草澤，慷慨見觚稜。高唾天花墮，狂呼海日昇。雞聞偕祖逖，鸞嘯識孫登。白髮堅車笠，青氈共友朋。壯懷依北斗，春夢落孤燈。歲月堂堂去，闌干曲曲憑。相思芳草綠，離恨楚江澄。霄漢期先路，文章勉上乘。龍紋雕碧簡，蛟雨灑紅綾。珠璧輝終見，珊瑚種未曾。太阿橫七尺，夜夜寶光凝。

客有話邊地狀者作詩紀之

自出安西道，晨昏總混茫。路從沙際白，天到塞邊黃。入夏猶飛雪，先秋已散霜。冰稜三尺結，地骨四時僵。馬渴求城窟，鷹飢睨隴羊。橐駝惟負水，征雁不成行。草冷無春色，風腥認戰場。千年遺鏃在，萬里暮雲長。力役悲秦帝，窮兵痛漢皇。蒼頭麋大野，白骨黯斜陽。自昔稱雄主，由來重遠疆。豈知懷古者，風雨為心傷。

哭朱芥生先生

詞苑忽無主，乾坤失此人。百年抛白社，雙淚灑黄塵。
昔掛征帆去，曾來尺素頻。冷官閒歲月，老鶴健精神。
吟興紅螺箋，鄉心紫線蒓。如何歸大暮，從此謝長貧。
聞信翻疑夢，癡情冀匪真。魂招京口樹，風冷楚江蘋。
鐵笛悲中散，銅牌待沈彬。只餘詩帙在，常共月華新。

晚渡巢湖

淮西千派匯，江北萬流趨。水氣濛鴻合，濤聲陣馬驅。
黑雲波影墮，紅日浪花扶。鷗鷺飛如雪，蛟龍出噴珠。
遠山開翠障，新月濯冰壺。客緒三秋亂，輕帆一葉俱。
蒼茫煙樹濶，寥寂楚天孤。星斗摇疑落，乾坤望欲無。
宅將尋亞父，墓擬謁周瑜。獨立扁舟上，悠悠感世殊。

蓉洲初集卷六

五言絕句

落花

落花隨水來，復隨水流去。流水尚依然，落花不知處。

塞下曲

沙草暗燕關，蒼茫遼海間，長風三萬里，吹夢落家山。

擬古

妾住鸚鵡洲，歡住鴛鴦浦。歡不作鴛鴦，妾空學鸚鵡。折蓮欲寄歡，奈歡隔江渚。歡不見蓮花，安知蓮心苦。

晨起

晨起步東林，朝陽已在水。一逕入寒雲，山風落松子。

龍眠晚行

萬壑送斜陽，一鴻點秋水。雲向石中生，月從松外起。

征婦曲

前月送郎行，郎往陰山戍。昨夜得郎書，郎在金山住。兔絲不可纍，燕麥不可食。儂亦是鴛鴦，恨無雙飛翼。

前溪歌

望歡道阻長，思歡渺無語。濛濛溪上雲，晴深何日雨。

偶望

但見山上雲，不見山中樹。樵斧一聲來，雲飛不知處。

雨後

急雨度斜陽，溼雲飛滿屋。出戶聽泉聲，寒潭響深綠。

秦淮曲

郎自蓮花橋，乘舟來尋妾。妾貌似桃花，郎休說桃葉。丁字簾前柳，飛花上客船。妾心亦搖盪，隨落到郎邊。人說秦淮水，曾經六代流。妾無亡國恨，只有別離愁。縱有石尤風，郎行不肯住。安得河無舟，使郎不得去。

送春曲

好夢憎鶯喚，離情逐草新。楊花飄似雪，愁煞送春人。

讀曲歌

歡為簷上蛛，儂作蜻蜓尾。但得絲相牽，不惜為君死。問君來何遲，道逢巫山女。儂不信歡言，衣上無雲雨。

鴛鴦詞和斗垣作

畫舫入蓮房，芙蓉拂水香。飛飛不肯去，花下兩鴛鴦。為有相思恨，腰肢瘦覺長。青年苦離別，況復對鴛鴦。征馬出門去，茫茫天一方。不知江漢上，曾否見鴛鴦。紅豆情深淺，青春夢短長。他生如化鳥，儂願作鴛鴦。小妹年三五，雲鬟初解妝。也從蓮葉底，偷眼看鴛鴦。歸艇帶斜陽，含愁欲斷腸。侍兒不解事，故向說鴛鴦。忽訝征人返，依然是夢鄉。曉來開戶立，生怕有鴛鴦。最是鄰家婦，朝朝出畫廊。不知離別苦，含笑指鴛鴦。

山人

山人採蕨萁，歸來騎白鹿。日午一雞鳴，炊煙出茅屋。

閨怨

桃萼燦紅霞，芙蓉映碧紗。一從郎出塞，都是斷腸花。

舟發樅陽

江風吹行舟，漸入雲深處。回首故鄉山，已隔千重樹。

山中看雲

雲氣觸石生，綿綿細如縷。一線上晴空，因風吹作雨。

小豔詞

最不如人意，春宵苦未長。紅牀纔夢穩，窗外已朝陽。
避暑芳池畔，荷花映臉開。鴛鴦貪好夢，不識有人來。
一片中秋月，輝騰萬里天。那能捲珠箔，夜夜此團圓。
銀燭自輝煌，熏籠煖洞房。儂家更漏短，人說夜偏長。

長干曲

郎騎白馬來，笑折長干柳。柳絮飛儂懷，柳枝在郎手。
欲採横塘蓮，對面不知處。生小未出門，那識長干路。

浮山雜詠

紫霞關

峩峩石作關，苔蘚積蒼翠。雨過夕陽來，紫霞飛滿地。

首楞岩

鑿石為棋枰，坐來風生腋。何當掃落花，閒與仙人弈。

雷公洞

我聞雷半窗，讀書於此地。祇今芳草深，春來發新翠。

仙人牀

仙人去何方，牀上白雲冷。我來抱雲眠，天風呼不醒。

朝陽洞

洞口向朝陽，四時舒煙霧。一笑入雲窩，青鳥忽飛去。時於此見青鳥。

仙人橋

橋下多瘦石，橋上生莓苔。借問橋邊月，仙人來不來。

藏龍洞

呼起洞中龍，去作天邊雨。龍去不復回，閒雲自今古。

滴珠岩

巨石忽中闢，空嵌如覆釜。泠然百尺泉，晴天灑飛雨。

擬漢人古歌

陸地種蓮花，何如傍溪水。男兒游四方，不如歸故里。

擬謝朓金谷聚

琴拂朱絲絃，酒泛黃柑色。今宵須冬歡，來日苦相憶。

宮詞

碧月寒金屋，無人自綠苔。君恩猶未斷，昨夜夢中來。

詠古

辟穀入深山，見幾而即走。必曰為報韓，沛公豈韓後。子房逃名與釣名，俱非先生意。雲臺人已多，吾出復何事。子陵臥龍起南陽，英謀扶漢室。倘使孫曹來，十顧亦不出。武侯

睡起

睡起步前軒，空山收宿雨。門外綠陰濃，一鳩啼晝午。

江上曲

別酒醉江頭，楊柳白滿舟。琵琶三十曲，曲曲是離愁。

山中早行

秋氣滿空山，行行天欲曉。霜墮馬蹄寒，月高人影小。

樵子

樵子出深林，擔頭雲氣白。石徑綠苔深，一路芒鞋迹。

商婦曲

郎作洛陽賈，年年去鄉國。借問金錯刀，何如妾顏色。縱令金錯刀，比儂顏色好。錯刀有時空，儂顏容易老。

客館中秋

雲斂碧天淨，清輝萬里懸。如何今夜月，不似故鄉圓。

雜詠

曉日散晴暉，依依見茅屋。花影上紅牆，柳陰臥黃犢。澗水入方塘，坐愛清流久。時有水禽來，啄魚上枯柳。青松間綠槐，掩映溪邊路。春水沒紅橋，夕陽人喚渡。

七言絶句

擬古

朱樓翠閣倚青霞，十二闌干九曲斜。天上春風吹不到，有人和露折桃花。

大堤曲

驄馬銀鞍紫玉鞭，大堤楊柳綠成煙。朱樓簫管春如海，何處歌聲不可憐。

邊詞

白豹城高海月低，烏蘭山下草萋萋。吐蕃夜渡臨洮水，直遣追兵過隴西。

落日驚風吹大旗，軍行零落不勝悲。縱然生縛渾邪去，已失雲中十萬師。

積雪初消黑水頭，涼州行盡見瓜州。邊城不是無春色，鎮日風沙祇似秋。

烽火連天接地陰，一聲羌笛淚沾襟。征人莫涉相思水，知有相思較水深。

偶興

一夜東風上柳條，羅浮春遠夢迢迢。朝來偶見梅花樹，自策疲驢過短橋。

吳姬

吳姬十五競新妝，日日歌聲繞畫梁。但得綵雲飛不散，何妨行樂是他鄉。

擬遊仙詞

一曲霓裳舞袖斜，雲璈錦瑟玉琵琶。忽傳王母乘鸞至，三十六天飛彩霞。

絳雲紫霧護瀛洲，遙見仙人一葉舟。銀漢碧波三萬里，荷花開盡不知秋。

寄友

兩地心情共白蘋，雨絲風片總傷神。摘來紅豆和書寄，傳得相思到故人。

江頭送別李大

君趁東風放畫橈，我愁春水碧迢迢。送行莫折江頭柳，折盡千條復萬條。

羽林郎

車從翩翩大道旁，路人爭羨羽林郎。朝來射虎南山下，霹靂一聲山日黃。

送張蔭堂學博回里

龍山未許久羈留，送別難堪古渡頭。長路漫漫雲萬疊，看君驅馬入黃州。

舟中與斗垣偶憶曉春

黃昏風雨怨啼鴉，雲水茫茫共放槎。莫歎離家三百里，故人還有客天涯。

寶劍行

寶劍光寒燭斗牛，風胡云此是純鉤。匈奴十萬頭堪斷，李牧廉頗今在不？

塞上曲

朔風千里動悲笳，宛馬驕嘶入漢家。一自北平飛將歿，年年鼙鼓怨黃沙。

過曾長汀先生墓

生前萬事恨途窮，死後孤墳草一叢。日暮驅車聞鶴唳，錯疑山鬼哭悲風。

得左少沖書

故人書至悵離群，予亦依依苦憶君。斜日登樓風正急，滿天黃葉下秋雲。

秦淮竹枝詞

雞舌香殘鴨尚溫，曲欄斜日照金樽。簾前一碧秦淮水，直送阿郎舟到門。

桃葉渡頭人放船，蓮花橋畔柳飛煙。夜深遊罷自歸去，明月上樓清可憐。

感賦

依然飛絮與飛花，綠柳陰中舊駐車。門外碧雲深似海，東風吹去落誰家。

赴金陵

垂楊垂柳影毵毵，解纜芳洲酒正酣。兩岸蘆花飛似雪，輕帆一葉下江南。

別皖城諸友

一夜鄉心落釣磯，故人江上送予歸。離情亦似江花落，欲別枝頭不忍飛。

絕句

世事浮雲何足論，興來茅屋一開樽。古槐高柳三千樹，斜日依山不到門。

四遠曲

送遠曲

秋月春花半是愁，年年餞別楚山頭。大江不斷西來水，直送行人萬里舟。

寄遠曲

夜雨梧桐咽洞房，寒衣七月寄江鄉。藁砧莫訝衣來早，一夕風淒便有霜。

望遠曲

楊柳千絲不綰愁，朝朝望遠上高樓。萬帆都是西歸客，不似儂家竹葉舟。

憶遠曲

木葉飛空夜氣涼，簾前步月妾心傷。嫦娥若解傳離恨，不向南天望雁行。

懷姚丈浙江

記別山城二月初，西風離緒近何如。秋來買盡江頭鯉，猶有錢塘未寄書。

從軍行

萬里從軍此戰場，賀蘭山上草驚霜。風沙遮住愁人眼，不許登高望故鄉。

閨怨

夫壻頻年事遠遊，簾前芳草綠雲愁。東風那管紅顔老，又送楊花上小樓。

過仁齋師柩側

春風五載拓心胸，馬帳依依記笑容。今日空山有孤柩，悲風吹淚灑青松。

别詞

别酒纔酣醉未醒，江頭有客正揚舲。無情一片芳洲草，送盡行人不改青。

送石幢之粤東

桃花春水欲浮天，君泛清江萬里船。此去百蠻親故少，白雲回首望龍眠。

愁怨

七尺銀屏冷燭光，夜來獨自臥蘭房。不緣離别愁風雨，那識秋宵如許長。

金陵送鄰人歸

驛路西風落日斜，送君歸看故園花。高堂若問金陵客，為道平安似在家。

過界河

秋風遊子背行裝，一水濺濺送夕陽。我欲驅車還小立，渡河從此是他鄉。

少年行

錦帶明珠照翠裘，春風蹀躞紫驊騮。相逢未暇通名姓，共挈金樽上酒樓。

驪駒

黄雲白草指前途，點檢征衣戒僕夫。不管慈親雙淚落，催人離別是驪駒。

送人

十年離緒結愁腸，纔得相逢又別觴。忽見掛帆雲外去，春風河上柳絲長。

贈黄石農

先生屋破圖書在，況有梅花三百株。夜靜月明渾似水，不知夢到廣寒無。

三十年前玉案仙，風流人説杜樊川。祇今抛卻閒花柳，臥看青山到枕邉。

送吳一之岳州

年少天涯事遠征，慈親難遣倚閭情。洞庭波浪如天濶，一葉扁舟慎此行。

聞許菽坪往浙江詩以寄之

昨送吳均赴岳陽，今聞許邵下錢塘。春來別思知多少，飛絮飛花滿道旁。

古寺

蘿薜蕭森古寺幽，山中長夏祇如秋。一聲清磬出深谷，時有白雲崖下流。

登樓

層樓縹緲倚城隈，拂袖憑欄四望開。紅樹白雲天萬里，一行征雁向人來。

附錄

與戴存莊書

方宗誠

存莊足下：　前見邑侯琹示團練章程，愷惻詳明，深幸吾邑將有起色。繼乃知出足下之手，又見為呂侍郎所擬示稿，字字痛切，語語著實，果行之江南北，必大有效也。豈惟吾邑之幸！

自古欲除外患者，必先清內憂。欲成大功者，必先固根本。齊桓公即位之初，即志在攘楚。然先必九合諸侯，招攜懷遠，以要結人心，聯合聲勢，使荆楚之氣懾，而後可以一舉而屈之。諸葛武侯為漢畫討賊之策，在和孫吳以結外援，定孟獲以清內患，然後興北伐之師，以除曹氏之奸凶。而蘇洵氏父子論六國之所以失者，亦惟在合從之心不固，故使秦人得以解散其黨而滅其宗。書曰：『本固邦寧。』語曰：『眾志成城。』使在我者，人人協力同心，則奸宄寇賊亦何從乘間而入！

今皇上洞達賊情，深知政要，令各省團練以本地之勇，救本地之民，誠固根本、清內患之上策也。吾邑地當衝道，偪近省城，外江內河可通舟楫，不能必賊之不至。雖然，今日之賊情，非古之賊情也。今日之賊勢，亦非古之賊勢也。古時之賊，往往得邑據邑，得州據州，經歷險阻，不圖安逸。其首惡者，亦往往有智謀勇略之人。雖我兵有忠義勇敢之夫，死守死戰，而彼賊亦不難於戰勝而攻取。

今粵賊則不然，得邑不據邑，得州不據州，貪輜重之貨，愛舟楫之安。其首惡者初非有知謀雄勇之才，其脅從者並非有戰勝攻取之士，徒以我兵無忠義勇敢之將，而大臣又多庸懦之夫。先事因循，當事畏縮。凡賊所破，皆不守而破，非固守而破也；凡賊所敗，皆不戰而敗，非力戰而敗也。即如廣西、湖南、河南、江西四省城，苟能固守，賊未有能破之者。六合小邑，殺賊數千餘，賊遂遁逃不敢復至。全州之固守而破，乃劉長青、余萬清頓兵不救之罪，非賊之強也。賊衆雖號數十百萬，然皆舊冬及今春虜脅兩湖、安慶一帶及江寧、揚州、鎮江居民，非素嫻弓馬者比。每有侵掠，不過以虛聲恐嚇，使我兵先潰，我民先散，而彼始長驅直入，飽其貪婪而去。使遇古力戰之將，早無遺類矣。被虜之民，或尚念室家欲逃而不得間，或苟延性命欲報而無如何，或利其分給錢財，或貪其美衣鮮食，而又見我兵畏懦不戰，雖從彼而不至於卽死。其實非人人心服而甘為之出死力也。觀竄河南一支，數經殘敗，隨卽解散，可知今日賊中情勢，利於水，不利於陸。而我之所以備賊，利於守、利於戰，而獨大不利於逃避。欲守與戰，則不得不以團練為急務。何則？團練者，所以固根本，所以清內患也。

夫民情有善有惡，雖良善之地，不能保無奸民。團練起，則奸民不敢肆而內患息。今邑中已練勇六百矣。誠使四鄉亦各練勇三四百人，日日訓練，使之有勇知方。設有賊警，聽邑中練總統率佈置，或守或戰，與邑中練勇俱為先鋒，其餘各保壯丁，或埋伏深林，或隱藏山谷，以為救應。或於戰時擁衆吶喊，以助聲勢；或於深夜鼓譟，以作奇兵。使我之氣壯，賊之氣餒。又懸重賞以誘平民之殺賊。吾知賊卽至必不久而解散，散而追之，四鄉俱起而響應，則賊有不殄滅者乎？一次殄滅，賊自是必不敢輕嘗。卽鄰匪聞之，亦必心寒膽落。此所謂固根本而除外患之計也。不特吾邑之福，使江北諸州縣果皆如是，賊亦何能入境！所患者不肎實行耳。

今議者沮之，其說有二：曰財難，曰人難。夫財，信乎其難也。然以吾觀之，非財之難。桐邑西、北二鄉殷實頗多。其地內與城池唇齒相聯，外與舒、廬、潛、懷接壤，賊來必先由此。故團練之重，視東、南二鄉為尤急。而今歲又未被烖荒，使殷實之家，果肯破除慳吝，當亦不甚竭力。不然，設賊至城閉，而本地無練勇助之殺賊，賊有不四鄉擾亂者乎？設或城破，練勇一散，土匪四起，鄉居者之資財可保無虞乎？觀正月十九日之後，非城中有義勇擒殺土匪，彼鄉中殷實之民，已久破敗矣。平時仗官威，食租稅，當此之時，乃曰城池官府無與我事，不思保城卽所以保鄉也，衛官卽所以自衛也。若此者，非惟不仁，抑不智實甚。是故非財之難而人之難。

雖然，人亦不難得也。庸人可與樂成，難與圖始。惟顧目前之近，而不計經遠之謀。第使邑侯大振精神，勤加訓示，奉行者特加獎異，不率者董之以威，而實心訪察篤實公正之人，委以重任，於是愛名者未必不動色，畏勢者未必不心驚。況足下經濟謀猷，為鄉人之領袖，誠能不惜精力倡而行之，不中道而退，不因難而阻，不務為美觀而務求實用，則亦未始不可有成也。是故財非難，而難於人之吝嗇；人非難，而難於人之懷私。苟以公心倡之，亦自必有回應之者，豈得徒以人難、財難，遂日事粉飾而已哉！

雖然，誠尤有憂者，憂不在外患，而仍在內奸，憂竝不在內奸，而卽在練勇團練不成，固無以攘外寇。團練既成，又何以消內憂？夫鄉勇與兵不同，兵有將，可以嚴立法程。勇雖有長，而同鄉同里，無上下之分，難以調服。況今官所招集東鄉周、章、左、田數大姓，素稱桀驁不馴。雖交命之管轄，而自以為與之平等，往往不盡率其教。設有賊警，命之雖衝鋒陷陣，安知果可調用邪？或小有蚪衄，安知不散佈民間為患害邪？此無他，命之之權不足故也。

足下既與呂侍郎善，何不作書詳言情形，勸呂公或保奏命之、小嵩，不然卽勸呂公剳諭二人，統領一切，練勇俱以軍法從事，則二人始有權矣。夫以二人之誠實公正，奮勇殺賊，亦當世之所希也。如再使之有權得以自便，而足下所見及者，又可以密啟直陳，補其偏而救其弊，則邑侯雖庸懦，諸紳雖異心，練勇雖桀驁，皆將不足為患。是不特於一邑有益，卽他日既奏膚功，二人由此為國家用，亦不得不謂之為朝廷得人也。此舉出弟之私衷，惟足下裁度焉。

當今人才難得，如足下之見事曉暢，勇於有為，誠可謂之國士。然亦有一病，往往遇義感激，興致勃然，稍一棘手，卽意氣消沮。是所謂勇而無剛者，非美德也。天地間事，皆分內事。苟我所能言我所能為，又無他人可以代為者，則其責在我，不得以世俗顧忌之私而中止也。顧忌中止，則計較之心日重，久之漸使浩然剛大之氣消沮而不伸，其害匪細。人之生世，不過數十年，又況遭際時艱，後事莫必若不挺然自立，留此真血性與千秋萬世相見，則亦枉此生矣。平日著述等身，聲名洋溢，皆於己無涉。惟此真血性，乃歷劫不磨者也。久不見無知己可談，義憤感激，遂發狂言，惟採擇焉。

送戴存莊敘

方宗誠

道光己酉冬，余友戴君存莊舉於鄉。其明年，將試春官，索言於余。余惟國家沿明制，用經義取士。其意本欲率天下學者，沈浸於聖人之經，以明其道，淑其身，而達諸用也。夫其能明道、淑身、達用者，上之人慮不可得而見也。故三年大比，試之以文。蓋將即其發著於言者，驗其明道、淑身之實，而收其達用之效。

近世學者不明其本，乃專求之文，於聖人之經特苟焉而已。且其所謂文，又不過一時浮靡之文，師所教，弟子所受，舍是，無他以也。間有超出之才，不齷齪於此，則爭起而誚之，而其所親且時用為大惑。嗟乎！以是習俗，以是學術，尚望其能明道、淑身邪？治一己不足，又何足以達天下之用邪？故其僥幸得志，操衡人之柄者，復用其所以進身者取人，而人亦揣摩時風，投之以所好。任臨民之責者，則事與學相背。惟是引用私人，任私意，循故例，苟蒙上下之耳目，圖一身之得失，其不至喪心戕民者，已足稱良吏矣。而其不得志於時，與嘗仕而退食於家者，則又抱其浮靡之文，挾其鄙陋之學，以授後進，輾轉相導，風氣日靡，學術遂愈變而愈降。嗟乎！聖人作經垂世，與國家所以取士之本心，豈知其末流之失至於此極邪？

存莊少攻舉業，既治詩古文有聲，後又為經學，所著書說，貫穿古訓，補正蔡傳，而一衷諸程、朱之理。吾嘗推為不可少之書。雖治舉業者，或笑之以為背於時，存莊不顧也。昔韓子論士『在能自樹立，而不因循』。孟子論在外者曰『求之有道，得之有命』。觀存莊之不溺志舉業而亦得舉，信乎士貴樹立而俟命矣。世之人得則自驕，失則自傷，惟恐與時背，然終亦未必得也，不亦惑乎？雖然聖人之經，又非特訓詁章句而已。不沈浸聖人之經，而惟時是趨，陋也。沈浸聖人之經，苟未至於明道、淑身、達用，遂自畫焉，亦猶未免於陋也。存莊能益修其業，終不為時所惑，則真深於聖人之經也已。

戴存莊權厝誌

方宗誠

咸豐五年十月十八日，吾友戴君存莊病卒於懷遠。訃聞，余慟哭失聲深巖幽谷之中，隨所坐地為之濕。嗚呼！余避亂柏堂甫二年，始聞吾友馬命之殉節於舒，哭之，為之傳，編次其遺集。未幾，而吾友張小嵩復隨宿遷臧公戰歿於桐，吾與存莊會哭於僧舍，屬余謀尋其屍斂之，兼為作傳，教育其孤與弟，乃至今而又哭吾存莊焉。天生才之難，才而足以用世則尤難。是三君者，匪徒一邑之才，天下之才也。乃人多忌嫉摧折之惟恐不力，而天又若陰助其虐，以速其夭亡，使雖欲謀一邑之安而不可得。而不才如余者，世無所可用，徒留其身以哭吾友焉。嗚呼！其何以為懷邪！

初，桐陷後，命之既起義師陣亡，小嵩日奔走舒營，圖收復。君亦與文君鐘甫、徐君晉生籌餉，結義民，請兵於各大帥，久之不得，君發憤上書撫軍，極言用兵之道在神速，設伏出奇，宜乘間分兵襲桐，以斷舒、廬賊後，不宜坐擁重兵於一隅之地。又著草茅一得，謂今日之事，最要四端：一嚴軍令，一求將才，一明賞罰，一籌大局。軍令不嚴，高官厚賞，不能得其死力。將才不求，大帥一人不能衝鋒肆應。賞罰不明，雖有軍令將才，人心不可得而固。大局不籌，雖有目前克捷，賊勢不可得而滅。賊不急滅，設再有不軌之徒，乘間竊發，或兵燹之後繼以凶荒，則事有難為者。又論嚴法令，明教化，勵氣節，改科舉，破資格，久任使，肅軍政，省例案，節財用，禁奢侈，皆按切時務，反覆至數萬言，上之副憲袁公，袁公極重之。及臧公之敗也，賊聞君曾籌餉請兵，又入營獻策，掠其家，夫人李氏、妾劉氏被執殉節。君聞之益慷慨報國，遂走臨淮見袁公。當是時，舒、廬駐重兵，與賊相持久不下。袁公復以被議去。君不得已乃復上書所知大府，以為自古用兵，未有不先嚴軍律而能殺敵制勝者。當今大計，宜急請皇上大震天威，起用從前卓有成效，為天下人心共向者數人，重其事權，嚴其責成，速圖會剿。俾之自請將官廣求奇才，開言路以收群策群力之效。蓋君性伉直勇言事，又義憤所積，故奮不顧身，且忘其越位犯分也如此，而卒鬱鬱得疾以死。嗚呼！悲夫！

君少有異才，思以詩文名世，壯歲遊方植之先生之門，乃奮志為通經致用之學。嘗著書傳補商，貫穴漢、宋，多前賢所未發。道光己酉科中江南鄉試第四人。庚戌、壬子兩上公車，皆勤訪當世人才賢否、民生利病，深思所以整齊之方，制治防微久遠之策。有公車日記數卷。

今天子新即政，鋭意求治，詔許直言。君因條舉數端，分別邪正，指陳利弊。先後上書於呂侍郎賢基、陳給諫壇、羅通政惇衍、曾侍郎國藩，其言多關政理之大，乞其陳請以振士氣，慰天下望。陳給諫據以入奏，其後罷斥誤國數大臣，由君發之也。呂侍郎奉命團練安徽，君又十上書論事宜。其在懷遠，聞亳州土賊張洛刑〔一〕聚眾偁逆，復上書撫軍，謂不速剿，後又為巨患。袁公之被劾也，君亦上書撫軍爭之，且為鳳、潁二郡人士作書辨其冤。嗚呼！君之才其見於言者如此，雖皆空談無施，然其志則亦可悲矣。故余嘗論余執友數人，使以命之為大學師倡明正學，鐘甫、小嵩膺民社，而君為言官，余以散才左右其間，必皆有卓卓建立於世者，乃竟不得稍伸其志以死，今惟鐘甫存而齒已衰。嗚呼！天乎！是豈吾一人之不幸，亦豈吾一邑之不幸已哉！而吾黨之孤則尤為可悲也夫。

君名鈞衡，字存莊，號蓉洲，姓戴氏，卒時年四十有二。子三先殤，以兄子心傑為後。心傑奉君喪歸，權厝於龍眠山。請余為誌，余既為君編遺集成，因拭淚為之銘曰：

鬱抑侘傺心煩冤，志恢土宇奉至尊。陳詞無路叩帝閽，皇皇覊上又棘門。充耳莫聞氣潛吞，顛沛不悔炎炎言。婞直亡身赤心存，紀辭伐石壽乾坤。

【校】

〔一〕刑，實為「行」。

答戴存莊

方宗誠

承示近詩，言中有物，意味深曲纏綿，足令讀者感發。第必根心而生，將來發之事業者，能實其言，乃為立言，不然猶偽詩也。

與戴存莊

方宗誠

昨見足下團練局章程，頗詳密，惟籌費一條，似未盡協功令。團練事宜令富者出財，貧者出力。今使佃人田種一石者出錢百，畜黃牛一頭者出錢百，則是貧者既出力，又與富者同出財矣。必不足以服其心，將致人情解散。而所云團練者，不足恃矣。且貧戶佃人田種二三石，畜牛一頭，每歲所入，除田主租課、官府差徭，恒不足半年之食，其餘全恃傭力轉徙，始不至於餓莩。今團練事行，已無暇傭力求食，又使其出財助費，貧者其何以安乎？夫欲民有勇知方，當先以能安貧民為本。請再商之。

與戴存莊

方宗誠

臧公一死，江北大局一時難以有為。足下能否往謁袁公，略言天下大勢，請其嚴行賞罰以大振軍威，奏請皇上特用經略一二人，以總統諸將。

北方則命僧王急克復高唐、連鎮，使北路肅清，絕逆賊北竄之心，隨即統兵南下，督率各軍，克復舒、廬，以圖會勦於北。南方則請以曾公為湖北及江西、江南諸路經略，總統諸軍，以會勦於南。兩公威名偉略，今世所希。如假以大權，使之南北合力，庶人功可成也。不然，但令曾公一人順流東下，而高唐不克復，僧邸不能來，舒、廬大將泄泄沓沓，其禍豈可勝言？

袁公如不能行，則望足下由間道見曾公，與之商論大局。若皆不行，則不如寂處空山，養親讀書之為得矣。人生當此之際，與其沒沒而生，不如烈烈而死，庶可報天地父母生成之德，斷勿悠悠忽忽，出不成出，處不成處，孤負生平志氣也！